红与黑

LE
ROUGE
ET LE
NOIR

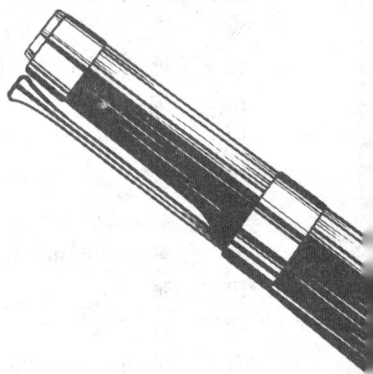

Stendhal [法]司汤达 著

孙洁 译

民主与建设出版社
·北京·

©民主与建设出版社，2018

图书在版编目(CIP) 数据

红与黑 /（法）司汤达著；孙洁译. — 北京：民主与建设
出版社，2018.2

ISBN 978-7-5139-1963-0

Ⅰ.①红… Ⅱ.①司… ②孙… Ⅲ.①长篇小说－法国－近代
Ⅳ.①I565.44

中国版本图书馆CIP数据核字（2018）第028027号

红与黑

HONG YU HEI

出 版 人	李声笑
作 者	［法］司汤达
译 者	孙 洁
责任编辑	刘树民
封面设计	末末美书
出版发行	民主与建设出版社有限责任公司
电 话	（010）59417747 59419778
社 址	北京市海淀区西三环中路10号望海楼E座7层
邮 编	100142
印 刷	三河市天润建兴印务有限公司
版 次	2019年6月第1版
印 次	2019年6月第1次印刷
开 本	889mm×1194mm 1/32
印 张	14.5
字 数	390千字
书 号	ISBN 978-7-5139-1963-0
定 价	49.80元

注：如有印、装质量问题，请与出版社联系。

目录

Table
Des
Matières

上卷

下卷

上卷

真实，令人难堪的真实。

丹东[1]

---

① 丹东（1759～1794），18世纪法国大革命时期著名的活动家。初期是雅各宾俱乐部成员之一，在法国遭到入侵时喊出"为了战胜敌人，必须要勇敢，勇敢，再勇敢"的口号。后成为山岳派领袖之一，公开反对雅各宾党派政府的恐怖统治。1794年被处以死刑。

01 小城

把万千生灵置于一处，将坏的挑出来，笼子里也就不那么欢腾了。

——霍布斯①

弗朗什－孔代②一带多风光秀丽的小城镇，维尼埃尔算是其中最漂亮的小城之一。白墙、红瓦、尖顶的小楼星罗棋布散落在大片小山的斜坡上。粗壮繁茂的栗树疏密有致，勾勒出山坡的曲折起伏。杜河在旧城墙外数百步远流过；这道城墙早年为西班牙人所建，如今只剩下断壁残垣。

维尼埃尔北面屏障着汝拉山脉的一条支脉。每到十月，初寒乍至，威赫山连绵起伏的山峦就会被皑皑白雪覆盖。从山上奔流而下的急流穿过小城注入杜河，强大的水力使一座座锯木厂转动起来。这是种简易的作坊，小城大多数居民与其说是市民，不如说是乡下人。这里的人的日子还算殷实，但小城的主要财富来源并非这类锯木作坊，而是靠着一种称之为"米鲁兹"的印花布。在拿破仑倒台后，这里的家家户户几乎都把房屋修葺一新。

一进城就能听到震耳欲聋的嘈杂声，它来自一部巨大的粗笨机器。这部机器有二十个笨重的铁锤，靠着湍流带动升起、落下，震得路面都在颤动。谁也说不清每个铁锤一天能生产出多少颗钉子。起落间一些灵秀的姑娘把小铁块送到巨大的铁锤下，铁块立刻变成

---

① 霍布斯（1588～1679），英国哲学家。
② 弗朗什－孔代，法国东部古省。现包括上索恩省和杜省、茹拉省。

了钉子。这种劳动看上去笨拙，却使初次进入法国和瑞士之间的这片山区的旅人叹为观止。这座制钉厂不光是会把刚进入维尼埃尔的旅人震得头晕目眩，而且只要问起这座光鲜的厂是谁的，就会有人拖长腔调回答："嗬，我们市长大人的！"

维尼埃尔的这条大街沿着杜河岸往上直到山顶。游人在街口稍做停留，十有八九会遇见一个身材高大、行色匆匆的人，一副要事在身的模样。行人看见他都会脱帽致意。这位先生头发花白，胸前总是佩戴着好几枚勋章。他大脑门，鹰钩鼻，五官还算端正。不仅仅有着市长大人的威严，也有中年男人的和蔼可亲。然而巴黎来的游人转眼间就会感到不快，因为他那种志满的神气中，混杂着一种褊狭与狡诈。一般人会感觉这人的才干仅止于让欠账的人如期偿还，而让自己能更久地拖欠欠账。

这就是维尼埃尔的市长德·雷纳先生。我们的这位市长大人步履庄重穿过大街，很快进入市政厅，从游人的视野里消失。要是游人继续闲逛，再往上走一百步，就会看到一幢外观漂亮的房子，越过与之相连的铁栅栏，是一座姹紫嫣红的花园。远处是勃艮第山峦形成的天际，群峰隐显，令人心旷神怡。这景色使人忘了锱铢必较的铜臭，心胸顿时豁然开朗。

有人会告诉他，这是德·雷纳先生刚刚落成不久的府邸。正是靠着制钉厂的收益，维尼埃尔的市长才能盖起这漂亮的房屋；据说他祖上是来自西班牙的古老家族，很可能早在路易十四征服此地前就已定居下来。

一八一五年①，他当上了维尼埃尔的市长，那之后他一直都对自己实业家的身份感到羞愧；尽管包括那座府邸和漂亮的花园，还有一直延伸到杜河岸边的层层护墙都来自他的制钉产业。

在德国的莱比锡、法兰克福、纽伦堡那样的工业城市周围，这样的花园府邸比比皆是，但在法国您就别指望能随意看到。在弗朗

---

① 这一年法国发生王政复辟，拿破仑倒台。

什－孔代，谁家庭院的围墙越长，石头的墙基垒得越高，就越会被人称赞。尤其是像德·雷纳先生的庭院里的几小块地皮，是他花大价钱才买下的，因此他家的花园就更令人赞赏。就说那个锯木厂吧，它在杜河岸边的特殊位置，使得您一走进这座城就能看到它的屋顶，而且你还没法不留意到那块写着"索雷尔"的牌子。而该厂的原址六年前就划入了市长大人的花园，眼下正在修筑第四层平台的护墙。

索雷尔是个顽固的乡下佬。市长大人尽管精明能干，却也不得不花大量精力才让老头答应迁走锯木厂，并且花了不少金路易。至于那条使锯子转动起来的公共河流，则是他利用自己在巴黎的影响让它改道的。这个恩典是他在一八二×年选举后谋取到的。德·雷纳先生为了这块一顷大小的地皮，不得不把杜河下游五百步远的一块四顷的地皮划给索雷尔。尽管这块地的位置对他的枞木板生意有利得多，索雷尔老爹（自打发迹后人们就这样称呼他）还是巧妙利用了这位邻居的急迫和对地产的癖好，敲了他一笔六千法郎巨款。

这笔交易事后遭到当地精明人的嘲笑。四年前发生过一件事。那是在一个礼拜天，德·雷纳先生身着市长礼服从教堂回家，远远看见老索雷尔和他三个儿子正在冲他笑。这一笑在市长内心留下一道阴影；此后他经常会想到那次地皮置换，想到自己原本是可以用更便宜的价格做成这笔交易的。

每年春天，都有一批泥瓦匠穿越汝拉山前往巴黎。在维尼埃尔要想赢得人们的尊重，关键是要在建造围墙时，不用这群泥瓦匠从意大利带来的图样。因为这会给那些不小心采用这种新花样的业主带来洗不掉的坏名声，那些明智的人会认为他"没有头脑"，有失体面；而在弗朗什－孔代，正是这样一群人掌握着话语权。

事实上，这些掌握着当地的话语权的明智之士通常会显得霸道。对那些习惯了巴黎这个号称最伟大的共和之邦生活的人，内地小城镇的生活简直无法忍受。其原因正来自这里。专横的舆论，而且这是怎样一种舆论啊！无论是在法国的小城镇，还是在美利坚合众国，其顽固愚蠢都是一样的。

02 市长

权势！

先生，难道可以视而不见吗？

它足以引起傻瓜的敬重，小孩的惊奇，阔佬们的妒忌，贤者的鄙视。

——巴纳夫[1]

  离杜河河面大约百步之高，沿着山坡有条公共步道。步道旁需要修一道挡土墙，大多数人都认为这是有益之举。这对喜好沽名钓誉的行政官员德·雷纳先生来说，正是一次千载难逢的机会。步道所处位置可以把法国最秀丽的风光之一尽收眼底。只是每到春季，雨水就会冲刷出道道纵横的沟壑，把路面变得坑洼难行。对此人人都感到不便，德·雷纳先生倒是得到一个好机会。他借机修筑了一道六米高、六七十米长的挡土墙，使他的政绩流芳百世。

  为了这堵墙，德·雷纳先生亲自去了三次巴黎。主要原因是前任内务部长曾公开表示，他会至死反对维尼埃尔修缮这条步道；如今，这堵墙已经修筑到了一米多高，而且像是故意要气一气前任和现任的部长，眼下人们正往墙面上贴大块的石板。

  有多少次啊，我的胸抵着泛出美丽蓝灰色的巨大石块，心中犹想着昨夜才告别的巴黎的舞会，举目远眺杜河河谷。远处，在河的左岸，五六条山谷曲折蜿蜒，其间有依稀可辨细流涓涓的数条小溪。这些小溪到了陡峭之处，就瀑布似的飞流直下，奔流进杜河。山里的太阳很猛，正当顶时，旅人却可坐于平台之上凝神静思，享受枝

---

① 巴纳夫（1761～1793），法国大革命时期的社会活动家、社会学家，司汤达的同乡。君主立宪制的支持者，1793年被处以死刑。

叶婆娑的梧桐带给的荫庇。这些树生长迅速，绿中泛着微蓝，这都得力于市长先生命人填在巨大挡土墙后的新土，因为他不顾市议会的反对，把步道拓宽了两米（尽管他是保王党人，我是自由党人，但在这件事上我还是要称赞他）。维尼埃尔乞丐收容所所长瓦雷诺先生也非常赞同市长此举，两人一致认为，这个平台足以与巴黎近郊著名的圣日耳曼－昂莱大道的大平台媲美。

步道的正式命名为"忠诚大道"，并散见于沿途十一二块大理石路牌板上，这又为德·雷纳先生赢得了一枚十字勋章。唯一要加以指责的，是在路政事务上当局的野蛮做法：让人修剪乃至剃秃这些茁壮的悬铃木的枝叶。悬铃木树本该像在英国那样长得亭亭盖盖；现在可好，它们被修剪成低而圆、圆而平，跟菜园里最普通的蔬菜一个样。然而市长先生的意志不可违抗，属市政府所有的那些树每年两度都要遭到此种摧残。当地自由党人声称（当然有些夸张），自从助理司铎马斯隆定下了修剪下来的树枝归他所有后，那些拿公家薪水干活的园林工，下手就越发无情了。

这位年轻的司铎几年前才被从贝藏松 ① 派来，据说是专门监视谢朗神父和附近几位本堂神父 ②。有位已故老军医，曾参加过征服意大利的战争，退伍后他来到了维尼埃尔。据市长先生说，他生前既是雅各宾党人，又是波拿巴分子 ③。某天，他居然敢当着市长先生的面抱怨不该这样周期性伤害这些美丽的树。

"我喜欢树荫下的凉爽，"德·雷纳先生当时答复的口吻十分得体，他认为对一位身为荣誉团骑士的医生说话，就得这样不卑不亢。"我的树只有这样勤加修剪，才能更加茂盛。一棵树如果不能像有用的胡桃树那样带来收益，我想不出它还能有什么用处。"

"带来收益"，这在维尼埃尔是衡量一切的尺度。这个词语代表这里四分之三居民的观念。

---

① 贝藏松，法国杜省的省会，历史上曾是弗朗什·孔代的首府。

② 本堂神父，主管一个地区普通教堂的天主教神父。地位随教堂的大小有别。

③ 波拿巴分子指的是当时法国的拿破仑支持者。

在这座您觉得风光旖旎的小城，"带来收益"乃是决定一切的标准。初到此地的外乡人醉心于它幽深僻静的秀丽山谷，会以为当地的居民们也会有同样的感受；他们也的确没少把本地美丽风光挂在嘴上，但所不同的是，他们之所以这样在意本地的美丽风光，原因却是这能招揽游客，让客店老板赚到钱，给小城带来税收。

在一个晴朗的秋日，德·雷纳先生挽着妻子的胳膊在忠诚大道上散步。德·雷纳夫人一边认真倾听着丈夫庄重严肃的谈话，一边盯着自己三个孩子的动静。那三个孩子大的有十一岁，总是靠近路边的墙，做出要爬上去的样子。于是一声娇喝——"安道尔夫！"就使那孩子不得不放弃自己的雄心壮志。德·雷纳夫人看上去有三十来岁，却依然娟秀可人。

"他会后悔的，这位神气活现的巴黎来的漂亮先生。"德·雷纳先生愤愤地说，脸色比平时要苍白些，"我在宫里也不是没有朋友……"

虽然我很愿意用两百页篇幅来跟您谈谈外省生活，但毕竟不忍心让您和诸位读者受这个罪，被外省人那种唠叨和圆滑折磨。

这位维尼埃尔市长眼中如此可恶的巴黎来的漂亮先生不是别人，正是阿佩尔先生。两天前，他不仅设法进入了维尼埃尔的监狱和乞丐收容所，还参观了市长和当地名流们开办的医院。

"可是，"德·雷纳夫人怯生生地说，"既然您清廉地管理着穷人的福利，巴黎来的这位先生又能把您怎样呢？"

"他来是专门为了找我茬的，那些流言蜚语被写成文章刊登在自由党的报纸上。"

"可您从不看这些报纸呀，我的朋友。"

"问题是总有人跟我提起这些雅各宾派的文章，分散我的精力，干扰我做事。还有那位本堂神父，我是这辈子也不会原谅他的。"

03 穷人的救星

一位品格高尚、不搞阴谋诡计的神父，就是一个村的造化。

——佛勒尼①

　　维尼埃尔本堂神父是位八十岁的老人；不过拜这儿山里清新的空气所赐，他有钢铁般的体魄和坚强意志。我得在这交代一下：作为本堂神父，他有权随时造访监狱、医院，甚至乞丐收容所。阿佩尔先生是巴黎方面向这位本堂神父推荐的。这是个聪明、机灵的家伙，有意选了早晨六点抵达这座喜欢流言蜚语的小城。他一到就直奔神父住宅。

　　他为谢朗神父带来了一封德·拉莫尔侯爵的信。侯爵是法国贵族院议员，本省最大的地主。

　　读完信，神父暗自想："我一把年纪，在此地受人爱戴，谅他们也不敢怎样我！"想到此，他转身看着巴黎来的先生。他虽然年事已高，两眼却炯炯有神，闪耀着神圣的光芒。这足以显示出他的高风亮节与不惧风险。

　　"跟我来，先生。不过请不要在看守们，尤其是收容所那些看守们面前发表意见。无论看到什么，都请不要做评价。"阿佩尔先生明白自己遇上了一个好心人。他跟着这位可敬的本堂神父参观了监狱、医院和收容所，提出许多问题，也得到了千奇百怪的意见和建议。但自始至终都没流露出责备的意思。

　　视察持续了好几个小时。结束后，神父邀阿佩尔先生共进午餐。但阿佩尔先生不愿意更多连累这位好心的朋友，就推说有几封信要

---

① 佛勒尼（1640～1723），法国神父，路易十四的孙子们的家庭教师。著有《教会史》。

写。三点钟前后，两位先生结束了对乞丐收容所的视察又回到监狱。他们在门口遇见了一位看守，这是个巨人般的家伙，足有六尺①高，罗圈腿，不很雅观的相貌加上凶神恶煞的神情就显得格外可憎。

"啊！先生，"他一看见神父就对他说，"跟您一起的这位可是阿佩尔先生？"

"是又怎样？"神父问。

"昨天我接到明确指令，是由省里的宪兵专差连夜骑马送达的，指令不许阿佩尔先生进入监狱。"

"我告诉您，诺瓦鲁先生，"神父说，"跟我一起的这位正是阿佩尔先生。您承认不承认我有权随时进入监狱，不管白天还是晚上，并愿意让谁陪同就让谁陪同？"

"是的，神父先生，"看守一下子变得低声下气起来，像一只害怕挨揍的哈巴狗。"可神父先生，我有老婆孩子，要是有人告发，我会丢掉饭碗的。我可全靠这差事养家糊口啊。"

"我要是丢了饭碗，我也不会高兴。"善良的神父有些动情。

"那可不一样！"看守急了，"神父先生，谁都知道您有八百法郎的年金，一份上好的产业……"

这就是事情的经过。可两天来闹得满城风雨，众说纷纭，更有人添油加醋，维尼埃尔这座小城于是被掀起各种仇恨情绪。眼下德·雷纳先生和他妻子之间发生的小小争论正是因为这件事。早晨，他带着乞丐收容所所长瓦雷诺先生去过本堂神父家，向他表示了最强烈的抗议。而谢朗先生在这里没有依靠，自然是感觉到了他们的话的分量。

"好吧，先生们！我今年八十，将会是附近第三个被撤职的本堂神父。我在此地已经五十六个年头了；我刚来时，这里还是一座很小的小镇。至今这城里差不多每一个居民都是由我施的洗礼。我每天都为年轻人主持婚礼，从前他们的爷爷奶奶的婚礼也是我主持的。维尼埃尔是我的家，但我看见这个陌生人时心里想：'这个人从巴黎

---

① 书中的"尺"皆为法国古尺，约 325 毫米。

来，可能是一个自由党人，这样的人那里可是太多了。但他对我们的穷人和囚犯能有什么危害呢？'"

德·雷纳先生尤其是乞丐收容所所长瓦雷诺先生的指责，却越来越咄咄逼人。

"那好，把我撤了吧，先生们。"老神父喊了起来，声音都在颤抖，"可我还要住在此地。大家都知道，我四十八年前继承了一片土地，每年有八百法郎的进项。我靠这些足够过我的生活。在我任职期间我可没有任何其他来路不明的进项。先生们，也许正因为如此，当有人跟我谈撤职时，我才不会害怕。"

德·雷纳先生与夫人十分恩爱，可他不知道如何回答妻子怯生生的反复提问："巴黎来的这位先生能对囚犯有什么危害呢？"他简直想要耍一下威风，发发火。正在这时，妻子惊呼了一声。原来她的第二个儿子已经爬上了那道墙，并且在上面奔跑；而这道土墙要高出墙外的葡萄园好几米。德·雷纳夫人担心孩子受惊吓掉下去，不敢叫喊。那孩子正为自己的壮举洋洋得意，看到了母亲面色如土，就跳到步道上朝她跑过来。自然挨了一顿好骂。

这小的插曲打断了夫妻间的谈话，转变了话锋。

"我要雇那个锯木匠索雷尔的儿子于连，"德·雷纳先生说，"让他照看孩子们。他们越来越淘气，我们管不住了。他是个年轻的教士之类吧。据说精通拉丁文，要是他答应来，会让孩子们进步的。他的性格很坚强，这是本堂神父说的。我给他三百法郎，管他吃住。我过去对他的品行一直有些怀疑，他是那个老军医的宠儿，医生借口是亲戚，就住在他们家里。这人实际上很可能是自由党的密探，他说我们山里的空气对他的哮喘有好处，可这并没有得到证实。他参加过布奥纳巴尔德 ① 在意大利的每一次战役，据说还签名反对过波拿巴称帝。是个典型的自由党人。他教于连拉丁文，还把带来的大量书籍留给他。按说我们家的孩子不应该考虑让木匠的儿子来照看，

---

① 拿破仑的姓氏是"波拿巴"，这里作者用意大利语"Buonaparté"来称呼"波拿巴"——"Bonaparte"，含有嘲弄的意味。

但正好在我跟神父争吵的前一天，神父对我说，索雷尔家的孩子钻研神学已经三年了，将来打算进神学院。这样一说，又不像是自由派分子，还是个拉丁文人才。

"这安排还有一个原因，"德·雷纳先生用老谋深算的神情看了眼妻子，"瓦雷诺刚给他的敞篷四轮马车买了两匹诺曼底①马，正得意着，可他的孩子们没有家庭教师。"

"他会把我们的这一个抢走呢。"

"这么说你赞成我的计划了？"德·雷纳先生对妻子的聪慧报以赞赏的微笑，"好，就这么定了。"

"啊，上帝！亲爱的朋友，你一下就拿定主意了！"

"这是因为我性格刚强，想必本堂神父已经领教过了。我们不必隐瞒什么，在此地我们是被自由党包围着的。所有布商都嫉妒我，我对此深信不疑；其中有两三个正在变成富豪。那好吧，我倒喜欢让这些人看看，德·雷纳先生的孩子，是怎样在他们的家庭教师带领下散步的。我想那样的气派一定能让他们肃然起敬。我祖父常对我说，他小时候就有一个家庭教师。当然这大概得花一百个埃居②，不过既然有关身份，那就应该列入日常开支里。"

这有些突然，让德·雷纳夫人一时不知说什么。这女人高挑苗条，曾被这一带山里人看作美人。她有某种纯朴的仪态，举手投足至今还透着青春活力；在一位巴黎人看来，这种天真活泼的自然风韵更能唤起人心中的温情，让人想入非非。德·雷纳夫人要是知道这点，恐怕会羞得无地自容。什么卖弄风情、忸怩作态从未跟她有丝毫关系。据说有钱的乞丐收容所所长瓦雷诺先生曾追求过她，但功败垂成，这更让她在人们眼里成为品德高洁的代表。要知道我们这位瓦雷诺先生可是位高大健壮，孔武有力的汉子，他面色红润，加上乌黑浓密的络腮胡，有着外省人眼里美男子应该具备的粗鲁、放肆和大声嚷嚷的习性。

---

① 诺曼底，法国西北部旧省。包括现在的芒什、卡尔瓦多、厄尔。
② 埃居，法国旧时代钱币，有很多种类，价值不一。

德·雷纳夫人性情平和、腼腆，因此很讨厌瓦雷诺先生的粗鲁和口无遮拦。她远离维尼埃尔人所谓的快乐，这使人们认为这是因为她为自己的出身感到骄傲所致。对此她倒也不在意，看到本城男性居民越来越少登自己家门，反而感到高兴。我们没必要隐瞒，她在那些人的太太眼里就是个傻瓜，因为她一点都不知道在自己丈夫身上耍心机，她要是懂得这样做的话，本该能让她丈夫为她从巴黎或贝藏松多买回几顶漂亮帽子的。在她，只要大家能让她一个人在自家美丽的花园中随意走走就心满意足。

她天性淳朴，从不会想到品评自己的丈夫，更没想到要嫌弃他。在她的想象中，夫妇之间不过如此，不会有更亲密的关系了。当德·雷纳先生跟她谈对孩子的打算时，她倒很爱听；雷纳先生想让老大进军队，老二进法院，老三进教会。总之，和她认识的那些男人比起来，德·雷纳先生算是最不让人讨厌的男人。

妻子对丈夫的这种品评也算合情合理。维尼埃尔的市长被认为是一个风趣、幽默、谈吐高雅的人，这名声的得来全仰仗他从一位叔父那儿学来的五六个笑话。已故的德·雷纳上尉大革命前在德·奥尔良公爵 ① 麾下的步兵团效力，他去巴黎时有幸进入过亲王的客厅，从而有幸见到过德·蒙德松夫人 ②，还见识过名噪一时的德·尚利夫人 ③ 和皇家建筑师兼发明家杜卡莱 ④ 先生。这些人物自然经常出现在德·雷纳先生的故事里。不过，这类奇闻轶事讲得多了，就会变成苦差。因此，如今只有在重大场合，我们的市长大人才会讲讲这些与奥尔良宫廷有关的故事。一般来说，只要不涉及金钱，雷纳先生都算是一位君子。因此他理所当然被看作维尼埃尔最有贵族气的人物。

---

① 德·奥尔良公爵（1725～1785），法国王族，法国国王路易·菲利普的祖父。
② 德·蒙德松夫人（1738～1806），侯爵夫人，与德·奥尔良公爵秘密结婚，写下过不少剧本。
③ 德·尚利夫人（1746～1830），德·蒙德松夫人的侄女，德·奥尔良公爵孙子的家庭教师，写过一些有关教育的书。
④ 杜卡莱（1747～1821），德·尚利夫人的弟弟，写过一些经济学和船舶学的著作。

04 父与子

事情若真的如此，难道错在我吗？

——马基雅维利 [1]

第二天早晨六点钟左右，我们的维尼埃尔市长就前往索雷尔老爹的锯木厂。他边走边想："我妻子很有头脑。索雷尔家这个小神父听说很有拉丁文天分，我跟夫人说要聘请他，不过是为了保持我身份地位的优势。完全没想过要是不请，说不准那个收容所所长会请。他就是喜欢折腾。要真被他请去，不知道说起自己孩子有家庭教师来，会怎样得意，怎样口出狂言……这位家庭教师是不是要穿黑袍子呢？"

德·雷纳先生在这个问题上思前想后，有些游移不定。这时他远远看见一个乡民：身高估计不到六尺，大清早就在那里忙着丈量木材，河边拉纤的道路全让他给堵住了。这乡巴佬看见市长先生好像不大高兴，因为这些木材堆放在那里是违章的。

这乡巴佬正是索雷尔老爹。德·雷纳先生提出要聘用他儿子于连起初使他吃惊，然后就开始欣喜。不过他听的时候仍然愁眉苦脸，让人觉得他很不高兴。这一带山民很擅长装傻来掩饰自己的精明。这是因长期受西班牙人的统治，养成了如同古埃及佃农那样的面部表情。

索雷尔老爹的开场白不过是大段滚瓜烂熟的套话。他的样子看上去傻乎乎的，但却越发显得虚假；他本来生就一副无赖相，这下

---

① 马基雅维利（1469～1527），意大利政治思想家和历史学家。

反而欲盖弥彰。他一边重复着那些废话，一边脑子转个不停，试图弄明白是什么原因使这位有权有势的人想要雇用他那废物儿子。他不喜欢于连，可德·雷纳先生偏偏要给他三百法郎一年的工钱，还管吃管住，甚至还答应了管穿戴——最后这项是索雷尔老爹灵机一动提出的，自然德·雷纳先生也灵机一动答应了。

　　但这一要求引起了市长先生的警觉。他想："对我的提议，索雷尔竟没有理所当然大喜过望，显然是另有人向他提出过类似要求了。除了瓦雷诺先生还能有谁呢？"于是德·雷纳先生催促索雷尔老爹马上拍板。可这老农民诡计多端，死活不同意；他说他要征求一下儿子的意见，那样子好像在外省，一个有钱的父亲真会征求自己一文不名的儿子的意见似的。

　　水力锯木厂其实就是建在水边的一个大棚子。四根粗大的木柱支起屋顶，屋顶覆盖上棚顶。棚子中央三四米高的地方，有一把上下起落的大锯，那是种简单的机械装置：河水推动水轮转动，水轮带动机械装置，然后带动锯子上下来回，同时也把木头推向锯子，最后锯成木板。

　　索雷尔老爹走近自己的作坊亮起大嗓门喊于连，可没人应声。他只看见两个魁梧得像巨人的儿子正挥动沉重的斧子整理枞树干。两兄弟全神贯注，对准那画好的墨线，一斧子下去就是一大块木片。他们没听见父亲的喊声。索雷尔老爹走进大棚看到于连没守在锯旁，而是骑在离地几米高的棚顶一根梁上专心读书。索雷尔老爹可以原谅于连的身子单薄，没法像两个哥哥那样干活，但无法容忍于连不干活只顾读书——而他自己大字不识一个。

　　他又叫了于连几声。但那年轻人的注意力全在书本上，加上锯子巨大的嘈杂声，根本没听见他老爸的叫喊。这老头尽管年纪大了，却敏捷地从正在锯着的一根树干跳上支撑着棚顶的横梁，猛一掌把于连手中的书打落到河里，接着一掌打在于连的头上。于连身子一歪，眼看就要摔下去；要是真摔下去，就会掉进下面三四米深的正在运转的机器的杠杆间，非粉身碎骨不可。得亏老头手脚灵敏，一把抓住了他。

"好哇，你这个懒鬼！看锯的时候还要读你那些该死的书吗？晚上去神父那瞎混时才是你读书的时候。"于连被打得晕头转向，满脸是血，然后还得回到锯子旁自己的岗位上。他眼里含着泪，肉体的痛苦自不待言，更主要是他失去了心爱的书。

"下来，畜生，我有话跟你说。"

机器声使于连听不见这命令。他父亲已经下地，不愿再登上机器，就找了根打胡桃的长杆子抽他的肩膀。于连脚刚一落地，老头就推推搡搡把他往家撵。"天知道他会怎样教训我了！"年轻人心里犯着嘀咕，边走边朝河里看。他很是伤心，要知道掉到河里的是他最喜欢的《圣赫勒拿岛回忆录》①。

于连双颊红红的，低头看着地面。这小伙子十八九岁，外表文弱，五官不算周正，但眉清目秀，鼻子很尖；尤其是一双眼睛又大又黑，沉思的时候显得格外深沉、热情。而这时于连的表情充满了怨恨。他的头发是深栗色的，发际线很低，因此前额给人的感觉不是很开阔，如果发怒起来会显得很凶。人的相貌千差万别，可说到勾人魂魄，很难有谁出此子之右。他身材修长而匀称，虽然不壮实却灵敏轻捷。自幼年起，他就喜欢沉思遐想，加上脸色总那样苍白，他父亲以为他养不大，或会成为家庭的负担。家里人都看不起他，他也恨父亲和两个哥哥；礼拜天在广场上玩耍时，他总是挨打。

他那张漂亮的脸开始博得年轻姑娘们的几句赞许还是最近的事。于连被当弱者受到众人的轻视，然而他崇拜那位敢于和市长争论悬铃木的老军医。

有好几次，这位医生需要付钱给索雷尔老爹才能让他儿子跟自己学习拉丁文和历史；对老军医来说，所谓历史就是一七九六年拿破仑的意大利战役。临终前，老军医把他的荣誉十字勋章、半饷②的

---

① 即《拿破仑回忆录》，由拿破仑的副官拉斯卡斯根据拿破仑流放圣赫勒拿岛期间的言谈编撰而成，出版于1823年。后面的"那本书"等都是暗示的这本书。
② 半饷，法国非现役军人的薪俸。这里指的是第一帝国的军官在拿破仑垮台后，王朝复辟时期被迫领取的薪俸。

余款和三四十本书都留给了于连。这些书里最珍贵的，就是刚掉进市长先生利用其影响力使之改了道的公共河流里的那本。

刚进屋门，于连的肩膀就感到了父亲手的强力；他吓得瑟瑟发抖，等着挨揍。

"不许撒谎！"老头冲着他厉声喝道，用手把他像小孩用手扳铅制玩具兵那样扳过来。于连又大又黑的眼睛里含着泪水，看着老木匠灰色凶恶的小眼睛；看上去这老木匠简直要看透儿子的灵魂。

05 讨价还价

那就尽可能拖延时间，来挽回局势。

——爱尼乌斯①

"不许撒谎！你这书呆子，是怎样认识德·雷纳夫人的？你跟她说过话吗？"

"我没跟她说过话，"于连回答道，"只在教堂见到过这位夫人。"

"那你是不是看她了？不要脸的下流胚！"

"我发誓绝没有。您知道，在教堂里我的眼睛只会看着天主。"于连这样说有些虚伪，但只要脑袋上不挨巴掌就行。

"这里面总有点名堂，"狡猾的乡巴佬顿了顿，接着说，"我是不能从你这套出什么了，该死的伪君子。也好，这回我总算可以甩掉你这个包袱。没你，我的轮锯只会转得更欢。你讨得了本堂神父还有什么人的欢心，他们给你找了个好差事，收拾你的东西，我送你去德·雷纳先生家，你要给那家的孩子做家庭教师。"

"那给我什么？"

"管吃管住，还有三百法郎的年薪。"

"我不愿意当仆人。"

"畜生，谁说让你当仆人了？难道我愿意我的儿子当仆人吗？"

"可我跟谁一起吃饭呢？"

---

① 爱尼乌斯（公元前239～前169），古罗马诗人，著有《编年史》。这句拉丁文应该是指古罗马统帅费边在第二次布匿战争时采取的拖延战术。

这个问题把老索雷尔难住了，他觉得再继续说下去，保不准就会说错话。他索性大发雷霆起来，把于连骂了个狗血淋头。他骂于连就知道吃，然后扔下于连跑去找另外两个儿子商量。

于连看见他们各自挂着一把斧子在那里商量。看了很久，于连觉得猜不出他们是在商量什么，又怕被人看到，就往锯子另一侧去。他想好好考虑一下这个改变自己命运的意外消息，但静不下心来，他的想象不由自主开始描画将在德·雷纳先生漂亮的房子里看到的东西。

他转念一想："宁可放弃这一切，也不能沦落到和仆人一起吃饭的地步。要是我父亲强迫我，我就去死。我有十五个法郎八个苏的积蓄，今夜就逃；走小路碰不上宪兵，两天就到了贝藏松。我在那儿可以去当兵，需要的话就去瑞士。不过，这么一来前程、雄心壮志都完了，更别提教士这份有尊严和地位的职业。"

于连厌恶跟仆人一起吃饭并非与生俱来。为了出人头地，甚至更难堪的事他都愿意做。他这样厌恶跟仆人们一起吃饭，是在他读了卢梭的《忏悔录》①后才开始的。正是这本书使他开始想象大千世界的千姿百态。于连把这本书和拿破仑大军的《帝国军报》，还有《圣赫勒拿岛回忆录》看作是他的三部经典。为了这三本书，他可以舍弃生死。至于别的书籍对他来说都不值一谈。自从听了老军医的一句话后，于连就认定了天底下其他的书籍全是一堆废话和谎言，是骗子为了升官发财而编造出来的。

于连有颗火热的心，还有种经常是跟痴呆结合在一起的惊人记忆力。他看出自己的前途取决于年老的本堂神父谢朗，为了讨得老神父的欢心，于连竟把一部拉丁文的"新约"背了下来；德·迈斯特尔先生②的《论教皇》他也背得烂熟。但这并不代表他有坚定的信仰。

好像双方有了默契，索雷尔老爹和他儿子这一天都避免和对方

---

① 《忏悔录》是法国思想家、哲学家卢梭著名的自传。在第二部第七章里有段卢梭初次访问柏尚夫人的描述。当柏尚夫人留卢梭吃午餐时："我毫不客气留了下来。一刻钟后，从她们的言谈里我得知，原来是让我去厨房跟下人们一起吃饭。"

② 德·迈斯特尔（1755～1821），法国哲学家，保守的天主教学者，为教皇制度辩护，斥责法国大革命。著有《论教皇》一书。

说话。傍晚，于连到本堂神父那儿去上神学课，他认为把别人向他父亲提出的奇怪的建议告诉神父是不谨慎的。"也许这是个圈套，"他这样想，"不该当回事。"

第二天一早，德·雷纳先生就派人来叫索雷尔老爹过去，而这个老头让来人等了一两个钟头才出现。一进门就开始又是道歉，又是表示敬意。在表示了各种各样的异议后，索雷尔老爹这才明白，他儿子将会跟先生和夫人在一起吃饭。遇到宴请时才单独跟几位少爷一起在另外的房间用餐。市长大人所表现出的急切，让索雷尔老爹不由自主开始了节外生枝，他越发地吹毛求疵，很可能还有心里的惶恐，提出了一大堆荒唐的要求。看到几个佣人在忙着把三个孩子的床具往楼上搬，他就要求去看看他儿子睡觉的房间。那是一个布置得十分整洁的大房间，家具十分雅致。见此，这乡巴佬就更进一步要求马上看看儿子的衣服。德·雷纳先生拉开抽屉拿出一百法郎来。

"你拿着这钱，让你儿子去杜朗先生的店里定做一套黑礼服去。"

"那么就算我把他从这里领回去，"乡巴佬这时候已经把一切的客套都忘到了九霄云外，"这衣服还是归他是吗？"

"当然。"

"那敢情好，"索雷尔老爹拖着长声说，"现在只剩下一件事需要合计，就是您能给他多少薪水。"

"什么！"德·雷纳先生忍不住喊出声来，"我们昨天已经达成一致：三百法郎。我认为这已足够了，也许还太多。"

"这是您出的数，我不否认，"索雷尔老爹不紧不慢。他盯着德·雷纳先生，展现出了只有不了解弗朗什－孔代这地方的人才会感到惊奇的精明补上了一句，"我们可以找到更好的地方。"

听这话，市长大惊失色。不过他很快就镇静下来。他们就这样对峙了足足有两个钟头，对每一个细节都做了最详尽也最折磨人的讨论，最终乡巴佬的精明战胜了富人的精明。这也难怪，毕竟富人不以此为生。一系列针对于连新生活的条款都逐一敲定下来；他的薪水不仅最终被定为四百法郎，而且还是一月一付，每月一号结算。

"好吧，我每月给他三十五法郎。"德·雷纳先生说。

"凑个双数吧，"乡巴佬用谄媚的声调说，"像我们市长先生这样有钱又慷慨的人，一定会改成三十六法郎①的。"

"行，"德·雷纳先生无可奈何了，"不过别再啰唆了。"

这一回，愤怒使他的口气变得强硬，而乡巴佬也懂得见好就收。这下轮到德·雷纳先生开始占据上风，他坚持不把第一个月的三十六法郎交给急于为儿子领钱的索雷尔老爹。德·雷纳先生突然想到，他必须把整个谈判过程讲给妻子听。

"把我刚才给您那一百法郎还给我，"他生气地说，"杜朗先生还欠着我呢。我跟你儿子一起去定做礼服好了。"

遇到这样强硬的态度，索雷尔老爹马上变得老老实实，又开始满嘴恭维话。一刻钟后，他看到再也榨不出油水了，便决定告辞。他最后鞠了一躬，以下面这句话结束：

"我回头就把我儿子送到公馆来。"

市长先生的子民们每当想要讨好他时，就这样称谓他的房子。

回到锯木厂，索雷尔老爹到处找不到儿子。原来于连对可能发生的事心怀疑虑，半夜就出门去了。他想为他的书和荣誉团勋章找个安全的地方。最后，他把这些都送到一个年轻木材商那里，此人是他的朋友，叫富凯，住在俯瞰维尼埃尔的山上。

他回来后，他老爹劈头盖脸一顿臭骂："你这懒鬼，天知道你会不会把我养你这么多年的饭钱还给我。收拾你的破烂滚到市长先生那里去。"

于连很吃惊，这回居然没挨打，于是他决定赶紧走。等到他那父亲看不见他后，他就放慢脚步，决定先去教堂一下，这样对自己虚伪的手段也许不无好处。

"虚伪的手段"在这里这样使用，您一定会觉得奇怪是吧？但要知道这样难听的词语，这个年轻的乡下人也是琢磨了好久才明白。

---

① 此处应该是指每一枚价值 6 法郎的一种埃居，6 个埃居刚好是 36 法郎。

在他还小的时候，于连看见几个第六团①的龙骑兵身披白色大氅，头戴饰有黑鬃毛的头盔从意大利回来。他看见他们把马拴在父亲的房子的窗栅上，这使他疯狂爱上了军人的职业；后来，他聆听了老军医描述的洛迪桥战役、阿尔科战役还有里沃利战役②，听得他热血沸腾。他注意到老人凝视自己的十字勋章时，目光里会燃烧起光芒。

但在于连十四岁时，维尼埃尔开始建一座教堂。对如此一座小城来说，这教堂可谓富丽堂皇。尤其是那四根大理石柱给于连印象极深。这四根柱子曾在治安官和年轻的副本堂神父之间造成了不共戴天的仇恨，因此在当地出名。年轻的副本堂神父是从贝藏松来的，据说是圣会③的密探。为和他之间发生的一点纠纷，治安官险些丢了差事，至少公众是这样议论的。谁让他敢跟一位教士对抗呢？而且还是一位每隔半个月都会去一次贝藏松的教士。据说他每次都是去觐见主教大人的。

正是在这个时期里，已经是儿女成行的治安官判处了几件案子，看起来有失公允，并且所有的误判都是针对读《立宪新闻》④的那部分市民的。而拥有实权的那一方总是获得有利的判决。其实这些案子涉及的也不过是那么几法郎的争议。其中有几笔小款项处罚到了于连的教父身上。于是这位制钉匠愤怒至极，常常大声嚷嚷世道不公，"世道变了，二十多年来，大家都把治安官看作是正派人，如今却不好说了！"于连的忘年之交——那位老军医正是在这个时候去世的。

于连突然从此不再谈拿破仑，他宣布自己要当教士。于是人们就经常能看到他在父亲的锯木厂里默默背诵神父借给他的拉丁文《圣经》。这位善良的老人对于连的进步大为赞叹，常常整个晚上教授于连神

---

① 司汤达本人曾在 1800 年至 1820 年期间驻扎在意大利的法国龙骑兵第 6 团担任少尉军官。

② 洛迪，意大利北部城市。1796 年 5 月 11 日，拿破仑曾在此打败奥地利军队，战役中最激烈的战斗发生在阿达河的桥头；阿尔科，意大利北部伦巴第的一座村庄。1796 年拿破仑在此打败奥地利军队；里沃利，意大利北部城市。1797 年拿破仑在此打败奥地利军队。

③ 圣会，法国波旁王朝复辟后，耶稣会成立的一个秘密组织。对当时的法国政权有很大影响。

④ 《立宪新闻》是当时法国一份左翼报纸。

学，而于连在他面前也表现得十分虔诚。谁也想不到，这个面色苍白，长得像女孩的小伙子，内心竟藏着宁死一千次也要飞黄腾达的决心！

在于连看来，想要飞黄腾达，首先就得离开维尼埃尔。他恨透了自己的家乡，觉得那里的一切都是在冻结他的想象力。

少年时期，他经常会有很多的遐想。最让他兴奋的就是有朝一日被引荐给某位巴黎的美妇人，然后他用自己辉煌的壮举博得她的垂青。为什么他就不能被其中的一个爱上呢？波拿巴不也是在寒微时就被光彩照人的德·博阿内夫人①爱上了吗？多年来于连总是对自己说，波拿巴，一个默默无闻又没有财产的中尉，靠他的剑做了世界的主人。这个想法给他带来安慰，使他在快乐时加倍快乐。

教堂的兴建和治安官的宣判使他恍然大悟；他有了一个想法，于是一连几个星期就像疯了似的，最后，这个想法完全控制了他。一般来说，一个充满激情的人，如果觉得自己有了一个不错的主意，大多会这样。

"拿破仑名扬天下之日，正是法兰西遭受强敌凌辱之时。那时战功不仅必要，而且时髦。可如今一些四十岁的司铎就能有十万法郎的年俸，相当于当年拿破仑手下的名将收入的三倍。他们都需要有人帮助。看这位治安官，为人正派，而且聪明，年纪也够老了，只因害怕得罪一个三十岁的年轻副本堂神父，就做出了毁坏自己一生声名的事。这充分说明应该去做教士。"

学神学已有两年的于连，平时总是在人面前表现得对宗教充满虔诚，可一不小心，就让那股一直在他内心燃烧的火露了马脚，揭去了他的假面。那是在谢朗先生家里，很多神职人员在一起聚餐。善良的本堂神父把他当作神童介绍给大家，他却突然颂扬起拿破仑来。事后他自己把右臂吊在胸前，说是翻枞树干时脱了臼；那之后在两个月时间里他都保持这种姿势，算是对自己的惩罚，否则他无法原谅自己。就是这个十九岁的年轻人，外表看上去只有不到十七岁的样子，十分

---

① 德·博阿内夫人（1763～1814），名约瑟芬，丈夫于1794年在断头台上被处死。后嫁给拿破仑·波拿巴，1804年成为法国皇后。1809年与拿破仑离婚。

柔弱，此刻却夹着一个小包，走进维尼埃尔宏伟的教堂。

他觉得这教堂阴暗、僻静。每逢节日，教堂的窗户都会挂上深红色的帷幔，阳光射入，就会产生出一种让人炫目的庄严气氛。于连战栗了一下。教堂里只有他一个人，他在一把外观最漂亮的长凳上坐下，这把椅子上饰有德·雷纳先生家的爵位徽章。

于连注意到跪凳上有片字的碎纸片摊开在那，像是为了让人读到似的。他凑近去看，上面写的是：

"……日，路易·让雷尔于贝藏松伏法，其处决及临终详情……"

这张纸残破不全，背面还有一行字的开头几个字："第一步。"

"这纸是谁放在这儿的呢？"于连不由叹气想，"可怜的不幸的人啊，他的姓的后面部分和我的一样……"想到这，他随即把纸片捡起来揉成了一团。

于连走出教堂，看见圣水缸旁似乎有血，其实那是洒出来的圣水，由于光线透过红色的窗幔照射的缘故。于连对自己内心中的恐惧感到羞愧。

"我是一个懦夫吗？"他问自己，"拿起武器来！"

《马赛曲》的这句歌词，经常会在老军医的战争故事中被引用。每次听到，于连就会热血沸腾。想到此，他站起身来，快步朝德·雷纳先生的府邸走去。

尽管他下定了决心，但当看见那幢房子就在二十步外时，还是被一种不可克服的胆怯控制了。铁栅栏门开着，他觉得很豪华，他也认为自己必须进去。

走进这幢房子，感到心慌意乱的不止于连一人。德·雷纳夫人胆子极小，一想到这个外人根据职责要求，需要经常处在她和孩子们之间就惊慌。她习惯让儿子们睡在她房间里。早晨，她看见他们的小床被搬进指定给家庭教师的房间里时，眼泪不住地流。她央求丈夫把小儿子斯坦尼斯拉·克萨维埃的床搬回她的房间，但没有用。

女性的敏感在雷纳夫人身上到了过分的程度。她想象一个最令人厌恶的家伙：粗鲁、蓬头垢面，仅仅因为会点拉丁文就被雇来训斥她的孩子；为了这种野蛮的语言，她的儿子们很可能还要遭到鞭打。

06 烦恼

我忘了自己是谁，在做什么。

——莫扎特《费加罗》

只要远离男人的目光，雷纳夫人就会显出优雅活泼的一面来。这天，她正是带着自己这种优雅活泼从客厅的落地窗走出，朝着花园走去；她看到的大门口站着的那位乡下小伙子——看上去还是个孩子，面色苍白，脸上还带着泪痕。这孩子身着雪白的衬衫，腋下夹着一件很干净的紫色平纹格子花呢短外套。

这个小乡下人面色那么白，眼睛那么温柔，竟然使得喜欢想入非非的雷纳夫人开始还以为那是一个女扮男装的姑娘，是来向市长先生求什么恩典的。这个可怜的小家伙站在门口，显然不敢抬手按门铃。她走过去，一时间里忘掉了家庭教师要来的烦恼。而于连正面朝着大门，没看见她走过来。他听见耳畔有温柔的话音响起，不由打个哆嗦：

"你到这儿来干什么，孩子？"

于连猛地转过身，雷纳夫人那温柔的目光打动了他，他心里的胆怯一下子减少了一多半。很快，他就被她的美惊到了，甚至把自己来干什么也忘了。雷纳夫人又问了一遍。

"我是来做家庭教师的，夫人。"他终于说了出来，为自己还挂着泪感到羞愧，于是马上揩干净。

雷纳夫人愣住了。两人隔得很近互相望着。于连从未见过穿得如此漂亮，容貌如此光艳照人的女人，而且还对自己柔声细语。雷纳夫人看看他颊上的泪珠，这张脸刚刚还那么苍白，现在却一下子通红了。她不禁笑了起来，感到难以言表的快乐。她笑自己，想不到竟然会这样开心。怎么，这就是家庭教师？就是她想象中的那个来训斥和鞭打她孩子们的肮脏教士！

"怎么，先生，"她终于开口，"您会拉丁文？"

"先生"这个词使于连受宠若惊，他犹豫了片刻，有些羞怯地回答说："是的，夫人。"

雷纳夫人有些喜出望外，大着胆子问于连："您不会过分责骂这些可怜的孩子吧？"

"我，责骂他们？"于连感到很奇怪，"为什么？"

"您会对他们很温和，是吗，先生？"她停了会儿，说话声越来越激动，"您答应我行吗？"

听见又一次被郑重其事地称作"先生"，而且出自一位穿得如此讲究的夫人之口，这是于连万万没有想到的。他少年时幻想，觉得除非自己穿上漂亮的军装，否则那些名媛贵妇才不会跟自己说话。至于雷纳夫人，她完全被于连的漂亮迷惑住了：大而黑的眼睛，还有漂亮卷曲的头发——那是于连为了凉快刚在公共水池中浸过的。目睹这些，雷纳夫人感到一阵说不出的欣慰。这个原本在她心里不祥的家庭教师，居然腼腆得跟年青姑娘一样，而她却曾为孩子们担惊受怕，以为他必是个心肠冷酷、面目可憎的男人。雷纳夫人的心灵一向那样平静，这种恐惧和所见之间的反差，对她来说非同小可。她感到惊讶，竟和这个年轻人就那样站在自家门口。而他只穿着衬衣，和她又离得这样近。

"我们进去吧，先生。"她猛然醒悟过来，神色尴尬地说。

从未有一种纯粹是令人愉快的感觉如此深地打动过雷纳夫人，也从未有一种如此亲切的感觉跟着揪心的恐惧出现在她的心中。这下好了，她精心照料的这些漂亮孩子不会落入一个肮脏的教士之手了。刚进前厅，她就回头看了看怯生生跟着自己的于连。于连看见一幢如此漂亮的房子时的惊讶表情，在雷纳夫人的眼中又添了一些可爱。她简直不敢相信自己的眼睛，她觉得一个家庭教师应该穿黑色的衣服。

"可这是真的吗，先生，"她停下来再次问他，"您真懂拉丁文吗？"她可能还在大喜过望，害怕是在做梦吧。

这句话刺伤了于连，刚还在的陶然感顿时烟消云散。

"是的，夫人。"他竭力摆出冷冰冰的样子，"我的拉丁文和神父先生的一样好，甚至有时候他会说我比他强。"

这时候雷纳夫人才发现于连表情里凶狠的一面，他在距她两步远的地方停住。她走近他低声说："开头几天，您是不是别用鞭子抽我的孩子，哪怕他们的功课不好？"

一位如此漂亮的夫人的如此温柔，而且这样近乎哀求地请求自己，即刻让于连忘记了自己优秀拉丁语学者的身份。雷纳夫人的脸离他很近，他闻到了女人夏装的香气，这对一个穷乡下人来说，简直有点让他难以自已。于连的脸涨得通红，叹了口气，轻声说："您别担心，夫人，我听您吩咐。"

雷纳夫人对孩子们的担心于是完全消除。只是到了这时刻，她才注意到于连的不同凡响的俊美。他那近乎女性的容貌和困窘的神态，对一个自己就十分腼腆的女人来说，并不显得可笑。反倒是一般人认为的男性美所必备的那种阳刚之气让她害怕。

"您多大了，先生？"她问于连。

"很快就十九岁了。"

"我大儿子十一岁，"这时候雷纳夫人完全放心了，"差不多可以做您的朋友。您完全可以跟他讲道理。有一次他挨了父亲的打，足足病了一个星期。其实只是轻轻一下。"

"这跟我简直是天壤之别，"于连心想，"昨天我父亲还打了我。这些有钱人真幸福！"

德·雷纳夫人能够察觉到这位家庭教师内心细微的变化，只是她把这种突然的悲伤当成了胆怯，于是想鼓励一下他。

"您叫什么名字，先生？"她的语气、风度是那样柔美，于连心醉神迷却不知道为什么。

"我叫于连·索雷尔，夫人。我生平第一次进入陌生人的家，有些惶恐，需要您多关照。初来乍到，我需要您的保护，好多事情您得多加原谅。我因为穷，从未进过学校；除了我表亲，荣誉团成员老军医，还有谢朗神父先生，我没跟任何人说过话。神父先生可以向您证明我的人品。我的哥哥们经常打我，如果他们跟您说我的坏话，请您不要相信。如果我做错了什么，请您一定谅解，夫人，我绝不会有任何恶意。"

这段话很长，他说着说着心里就有了信心，开始仔细观察德·雷纳夫人。女性的风韵要是出自天性，就会浑然天成，不求风韵而风韵十足。并且只有在那样的时刻才算得上风情万种。对于真正的女性美于连才刚开始见识，因此这时候他还敢发誓说雷纳夫人只有二十岁。他突然生出一个大胆的念头，要吻她的手。他很快就害怕了，过了一会儿他想："一个可能对我有用的行动，一个可能减少这位美丽的太太对一个刚离开锯木厂的工人所怀的轻蔑行动，我不去完成，那我就是懦夫。"近半年来，每个礼拜日他都听见一些女孩子说自己是"漂亮小伙子"。这个词让他内心斗争着。

雷纳夫人告诉他开始时如何对待自己的孩子，由于强力克制，于连的脸色又变得苍白，很不自然地说：

"夫人，我绝不会打您的孩子，我对天主发誓。"

他一边说，一边大着胆子抓住雷纳夫人的手拉到唇边。她被这举动惊呆了，觉得受到了冒犯。天很热，她的胳膊只盖着披肩，于连把她的手拉到唇边的动作，使她的胳膊完全暴露出来。过了会儿她责备起自己来，觉得自己的气愤来得还不够快。

这时雷纳先生听见有人说话，就从书房里出来，用他在市政厅主持婚礼时的那种既庄严又慈祥的语气对于连说：

"我必须在孩子们见到您之前跟您谈谈。"

他把于连带到书房，他妻子想让他们单独谈话，但被留了下来。

德·雷纳先生关上门，态度庄重地坐下。

"本堂神父先生说您是一个品行端正的人，这里的人都会尊敬您的。如果我满意，我会帮助您谋个小小的前程。我要求您不再和亲戚以及朋友见面，他们的举止言谈对我的孩子是不适宜的。这是第一个月的三十六法郎，但您要向我保证不给您父亲一个子儿。"

雷纳先生对那老头很恼火，因为在这笔交易中，那老头表现得比他更精明。

"现在，先生，根据我的命令，这里的人都要称您先生，您将感到自己是进入到了一个体面的人家。现在，先生，您还穿着短上衣，这让孩子们看见很不成体统，仆人们看见他了吗？"雷纳先生问妻子。

"还没有，我的朋友。"她一边回答还一边沉浸在自己的遐想中。

"那再好不过，穿上这件吧。"他把自己的一件礼服递给他。那年轻人愣了一下。"现在，让我们去呢绒商杜朗先生那儿吧。"

一小时后，雷纳先生就带着一身黑色礼服的新家庭教师回来了，他发现妻子还坐在老地方。于连再度出现，雷纳夫人已经能泰然处之，她端详穿上了新衣服的于连，忘了害怕。而这时于连压根没想到她。尽管他对命运和人都不信任，但此刻的他完全像个小孩，他觉得打从教堂里发抖那一刻起，三个钟头以来他已经生活好几年了。他注意到德·雷纳夫人冰冷的神情，知道她还在为自己先前竟敢吻她的手生气。然而穿上一套如此不同的衣服使他有点忘乎所以。他想要掩饰自己的兴奋，可一举一动都生硬和狂乱。德·雷纳夫人吃惊地睁大了眼睛看着他。

"庄重点，先生，"雷纳先生嘱咐道，"假使您想获得孩子和下人的尊敬。"

"先生，"于连答道，"我穿着这身新衣服感到很不自在。我是个乡下人，从来只穿短上衣。如果您允许，我去自己的房间了。"

"你觉得这个新来的人怎样？"在于连离开后雷纳先生问妻子。

雷纳夫人心一动，本能地对丈夫隐瞒了真情。

"对这个小乡下人，我可不像您那么高兴，您的殷勤将使他变得傲慢无礼，不出一个月您就得打发他走。"

"好吧，那就打发他走好了，这不过破费了我一百多个法郎。不过到那时，维尼埃尔城将习惯看见德·雷纳先生的孩子有一位家庭教师。如果我让于连仍旧一身工人打扮，这目的就根本达不到。打发他走的时候，我当然要留下我刚在呢绒商那做的这套黑衣服。他只能拿走我在裁缝那买的成衣，就是我让他穿的那套。"

雷纳夫人觉得于连在自己房间里只待了一小会儿。孩子们听说家庭教师来了，围着她问个不停。终于，于连出来了。看上去简直是换了一个人。说他稳重还不够全面，应该说他就是稳重的化身。他被介绍给孩子们，他跟他们说话的态度连德·雷纳先生都感到惊讶。

"先生们，我来到这里，"他在结束讲话时说，"是为了教你们拉丁文。你们当然知道背书是怎么回事。这是《圣经》，"他指给他们看一本三十二开黑面精装的小书，"特别是《新约》的那部分，也就是我主耶稣那部分，我要常常让你们背诵，你们现在可以先考考我。"

最大那个孩子安道尔夫拿起书来。

"请您随便翻开，"于连说，"找一段，把第一个字告诉我。我就把这本圣书，我们的行为准则背下去，直到您让我停止。"

安道尔夫打开书念出一个字，于连随即背下了一整页，拉丁文流利得像说法语一样。雷纳先生望着他妻子好不得意。孩子们看到父母脸上的惊讶，也都睁大了眼睛。一个仆人正好路过客厅门口，于连的拉丁文让她先是呆立不动，然后不见了。很快，女仆和女厨子都来到门口，这时安道尔夫已把书翻了八个地方，于连全都流畅地背出。

"啊，我的主，多漂亮的这小教士呀！"女厨子大声嚷嚷着，她可是个虔诚的好姑娘。

德·雷纳先生的自尊心动摇了，他不再想考察家庭教师，而是一门心思在记忆中翻腾，想找出几句拉丁文来；终于，他好不容易念出了一句贺拉斯[1]的诗。可于连只知道《圣经》，就皱着眉头说："我

---

[1] 贺拉斯（公元前 65～公元前 8），古罗马著名诗人。

所献身的圣职禁止我读一位如此世俗的诗人。"

德·雷纳先生背了不少所谓贺拉斯的诗。他向孩子们解释谁是贺拉斯，但孩子们已对于连佩服得五体投地，对父亲的话根本听不进去。他们就那样眼巴巴看着于连。

仆人们一直站在门口，于连于是认为应该让考验继续下去。

"斯坦尼·克萨维艾先生也该来试试。"他对最小的孩子说。

小斯坦尼很是得意，好歹总算念出了某行的第一个字，于连接着背出了一整页。合该雷纳先生要大出风头，正当于连倒背如流之际，诺曼底骏马的拥有者瓦雷诺先生和专区区长夏尔科·德·莫吉隆先生到了。这一来就让于连当之无愧赢得了"先生"的称呼，那些下人再也不敢怠慢他了。

市长先生家里来了个奇才，当晚雷纳先生的府邸里可谓是群贤毕至，似乎全城都想要一睹这位才俊的风采。而于连不卑不亢应付了下来。从此，他的声名在城中迅速传播，几天后，德·雷纳先生怕他被抢走，向他提出签订两年的合约。

"不，先生。"于连冷冷回答，"您要辞退我，我不得不走。一份合同拴住了我，您却不承担任何义务，这不平等，我不能接受。"

不足一个月，于连就让德·雷纳先生本人都敬重了。并且由于本堂神父与德·雷纳先生和瓦雷诺先生失和，也就没人会泄漏于连往日对拿破仑的狂热。而他此后每提及拿破仑，都会显得深恶痛绝。

07 亲和力

欲动其情，必伤其心。

——现代人

　　三个孩子崇拜于连，可他却不喜欢他们；他的心思全都在别的地方。不过不管这三个小家伙有多顽皮，于连也不曾显出不耐烦。他冷静、公正、喜怒不形于色，然而却得到了爱戴；因为他的到来，这公馆里原先的沉闷一扫而空。作为家庭教师他还算称职；但对上流社会，于连有的只是仇恨和厌恶，对此最好的解释，就是这个社会实际上只是在餐桌的末端接纳了他。在几次盛大的宴会上，他好不容易才没有表现出自己的厌恶。圣路易节 ① 那天，瓦雷诺先生在德·雷纳先生家里成为谈话的中心，于连借口看看孩子们，跑进了花园。他在那忍不住喊道："廉洁奉公，说得多好听呀！仿佛这是唯一的美德。然而这人自从管理起穷人的福利，显然让自己的财产增加了两三倍，却得到了人们的敬重！我敢打赌，他连专供弃儿使用的经费都要捞，而这些可怜的人的苦难，是比其他人的苦难更为神圣的！啊！魔鬼！魔鬼！我也跟弃儿一样，父亲、哥哥，全家人都恨我。"

　　圣路易节前的一天，于连独自在一片小树林里一边散步一边念着日课经。这片小树林刚好能俯瞰忠诚大道，被人称作"观景台"。他远远看见两个哥哥从一条僻静的小路上走过来，想躲也躲不及。这两个粗鲁的工人看见他一身漂亮的黑衣、整洁的外表，还有脸上

---

① 圣路易节是在每年的 8 月 25 日。

对他们的轻蔑，就上来把他揍了一顿，打得他满脸是血昏死过去。德·雷纳夫人和瓦雷诺先生、专区区长一起散步，偶然来到这片小树林，她看见于连直挺挺躺在地上，以为他死了。她显得非常激动，让瓦雷诺先生嫉妒了起来。

瓦雷诺先生的担心未免早了点。于连觉得雷纳夫人很美，然而正因为这美他才恨她。这是他几乎遭到颠覆的第一道暗礁。他尽量少跟她说话，想让她忘掉自己头一天吻她的手的那种狂热。

而雷纳夫人的贴身女仆爱丽莎很快就爱上了年轻的家庭教师，常在女主人面前谈到他。爱丽莎的爱情为于连招来了一个男仆的仇恨。一天，于连听见这人对爱丽莎说："自从这个肮脏的家庭教师来了之后，您就不愿和我说话了。"这真冤枉了于连。然而出于英俊小伙子的本能，他倒加倍注意起自己的仪表来。当然这里还有瓦雷诺先生的嫉恨。他公开说一个年轻的教士不应该这样爱打扮。其实于连穿的黑色衣服跟教士穿的黑袍差不多。

雷纳夫人注意到于连和爱丽莎小姐说话比平时多了，她还了解到这些交谈是因为于连没有足够换洗的衣服所致。于连的内衣很少，不得不经常送到外面去洗，在这些小事上爱丽莎对他很有帮助。这种极端贫穷是德·雷纳夫人没想到的，她深受触动。她想送他些礼物，但不敢，这种内心的矛盾是于连带给她的第一种痛苦。在此之前，于连的名字对她来说，不过是纯粹、精神性的快感的同义词。但如今一想到于连的贫穷，她就焦虑不安。终于，她对丈夫说要送于连一些内衣。

"真是在开玩笑！"他回答说，"怎么搞的！给一个我们完全满意、为我们服务得很好的人送礼？只有在他不好好干时才需要刺激他的热情。"

雷纳夫人为丈夫这种看问题的方式感到丢脸，要不是于连来了，她原本是不会注意到的。每次看见于连整洁却极其简陋的穿着，她都要对自己说："可怜的孩子，真难为他了！"

渐渐她对于连产生同情就不再奇怪。

有些外省女人，人们在相识的头半个月里很可能把她们当成傻子，德·雷纳夫人就是其中之一：她对人生毫无经验，不喜欢说话。命运将她抛进一群粗俗的人中，然而她天生有颗敏感而倨傲的心，人人生而有之的那种追求幸福的本能，使她大部分时间对那些人的行为浑然不觉。

她淳朴的天性和灵活的头脑，要是能多受点教育，就会引人注目。然而她是独生女，作为女继承人是在修道院里长大的。那些修女全都是狂热的"耶稣圣心会"成员，对与耶稣会为敌的法国人恨之入骨。雷纳夫人还算是拥有足够的天分，把她在修道院里学到的那套很快就丢在了脑后。但她却没有能用别的来代替，结果变得一无所知。作为一笔巨大财产的继承人，她从小习惯了别人的阿谀奉承，加上有着宗教殉教的狂热倾向，这都使她养成了一种内向的生活方式。她表面上随和，也善于克制个人情感，常被维尼埃尔的丈夫们作为榜样让他们的妻子学。对此德·雷纳先生引以为豪。其实她这种惯常的行为方式，不过是一种心高气傲的表现。任何一位因其骄傲而被称道的公主，对那些围绕在身边的贵族子弟，都不会放在眼里。不过她们对周围的关注总是要胜过这位外表谦逊、性情温和的女人对她丈夫的关注。于连来之前，雷纳夫人的心思都在几个孩子身上。他们的头疼脑热、痛苦、欢乐，占据了她的心。而她的心此前只在贝藏松的圣心修道院里热爱过天主。

她不愿意告诉任何人，每次只要某个孩子一发烧，她就会如同这个孩子已经死了一样。结婚后的最初几年，倾吐衷肠的需要促使她把这种痛苦说给丈夫听，然而得到的总是一阵粗鲁的嘲笑和耸耸肩膀，以及关于女人的傻念头之类粗俗的格言。此类笑话，如果和孩子们的病痛有关，就会像匕首一样扎进她的心里。离开了少女时代的耶稣会修道院里那种殷勤、甜腻的奉承，她的教育是由苦难完成的。这样的苦难因为天性的高傲，使她连对最要好的戴薇夫人也不会说。在她的想象里，所有的男人都跟她丈夫还有瓦雷诺、专区长官德·莫吉隆一样粗鲁、庸俗，除了金钱、地位和十字勋章外，对别的都麻木不仁，还会对一切使他们感到不快的看法不分青红皂白仇视。在她看来，这些东西对男人这个性别来说，是自然而然的，就像穿靴子戴毡帽一样。

在这样利欲熏心的圈子里生活多年后，雷纳夫人还是无法习惯。但她没法不生活在他们中间。

于连这个小乡下人之所以会走运，很大原因正在于此。雷纳夫人对这颗骄傲的心充满了同情，从中感受到了美妙、新鲜的魅力。她很快就原谅了于连的莽撞无知，这反倒成了他又一个可爱之处；她也原谅了于连的幼稚和举止的粗野。她发现他的谈话居然也值得一听，哪怕说的是一条狗横穿马路被疾驶的大车压死。这场面使她丈夫哈哈大笑，可她看到于连蹙紧了乌黑、弯得很好看的眉毛。渐渐地，她觉得宽厚、高尚、仁慈只存在于这个年轻修士身上。她把这些美德在高贵的心灵中激起的同情，还有钦佩，都给了于连。

要是在巴黎，于连对雷纳夫人的态度会很快就变得简单起来：因为在巴黎，爱情就像写小说一样容易发生。年轻的家庭教师和他的腼腆的女主人这个主题，可以使三四本小说甚至吉姆纳兹大剧院的台词得到启发。小说可以对他们扮演的角色给出规定，提出可供他们模仿的对象，而虚荣心迟早会逼着于连去照做，尽管毫无乐趣可言，甚至还会感到厌恶。

在阿维隆 ① 或比利牛斯的任何一座小城里，炎热的气候可以让微不足道的小事都引起满城风雨；但在我们这里这种比较阴沉的天空下，一个贫穷的年轻人之所以会野心勃勃，是因为他敏感细腻的心使他需要优雅，而优雅很多时候需要很多的金钱。他天天都跟一个三十岁的女人在一起，这女人打心眼儿里规规矩矩，心思全在孩子身上，绝不会到小说里去找行动的榜样。在外省，一切都得慢慢来，都只会在不知不觉中成全，这反倒更自然些。

想到年轻的家庭教师的贫穷，德·雷纳夫人常常感到难过甚至落泪，有一天，于连撞见她正哭得伤心。

---

① 阿维隆，法国省份，南部中央高原的一部分。

"啊，夫人，您遇到什么不幸了吗？"

"不，我的朋友，"她说，"去叫孩子们来，我们散步去。"

她挽起于连的胳膊，靠着他，那方式让于连觉得奇怪。她这是第一次称他"我的朋友"。

散步快结束时，于连注意到她的脸很红。她放慢了脚步。

"可能有人跟您说过，"她说话时并不看他，"我是一个很富有的姑母的唯一继承人，她住在贝藏松，常送我许多礼物……我儿子们取得的进步……很惊人……为表示我的感激之情，我想请您接受一个小小的礼物。不过是几个路易罢了，给您添置些内衣。不过……"她的脸更红了，并且很难开口。

"不过什么，夫人？"于连问。

"就不必跟我丈夫说。"她低下了头。

"我出身卑微，夫人，但是我并不低贱。"于连停下脚步，挺直了身子，眼里闪着怒火，"您这样考虑欠周全。如果我对德·雷纳先生隐瞒有关钱的任何事，那我就连一个仆人都不如了。"

德·雷纳夫人被他吓呆了。

"自从我来到府上，市长先生已五次付给我三十六法郎，我随时准备把我的收支账本给德·雷纳先生和随便什么人看，甚至给恨我的瓦雷诺先生看。"

一通发泄后，雷纳夫人脸色苍白，浑身发抖，直到散步结束，两个人谁都再也找不到话题来恢复谈话。在于连的心里，爱上雷纳夫人是越来越不可能了；至于雷纳夫人，她尊重、敬佩他，还因此受到过申斥。自己无意间让他觉得受到了羞辱，于是她心里想着怎样弥补这个错误。她觉得自己应该给他更多的关切。这想法倒是给了她好几天的快乐。好在不久后于连的愤怒得到了平复，但看不到其中有什么个人情感的成分。

"看看，"他心想，"这些有钱人就是这样。他们侮辱了一个人，接着以为装装样子就能补救！"

雷纳夫人一肚子话要说，况且她也太天真，尽管拿定主意，还是不能不把她送钱给于连以及受到回绝的事说给丈夫听。

"什么,"雷纳先生大为光火,"您居然能容忍一个仆人的拒绝!"

雷纳夫人听见"仆人"这个字眼儿叫了起来,雷纳先生就说:

"我要像已故的德·孔代亲王一样,他在向新夫人介绍内侍们时说:'这些人都是我们的仆人。'我给您读过贝桑瓦①《回忆录》中的这一段,这对维护我们的身份来说至关重要。住在您家里的任何一个人,只要不是绅士,并且接受一份工资,那他就是您的仆人。我去找这位于连先生谈谈,给他一百法郎。"

"啊!我的朋友,"听到丈夫这样一说,雷纳夫人吓得发抖,"求您别当着仆人们的面。"

"当然,这会引起他们的妒忌的,而且很有理由这样。"她丈夫一边说一边盘算这笔钱的数目大小。

而雷纳夫人则一屁股坐在椅子上,几乎要晕过去。"他这样做等于是去羞辱于连,这都是因为我的错!"她顿时厌恶起自己的丈夫,用双手捂住了脸。她发誓今后绝不再对丈夫说心里话。

她再见到于连时,浑身哆嗦,胸口发紧,一句话都说不出来。窘迫中她抓住于连的手,紧紧握住。

"怎么样?我的朋友,"她终于说,"您对我丈夫还算满意吧?"

"我怎么能不满意呢?"于连苦笑着,"他给了我一百法郎呢。"

雷纳夫人看着他,心里没底。

"让我挽着您的胳膊。"她说,那种勇敢的声调,于连还从不曾见她有过。

她挽着他走进一家书店,竟不顾这家书店的老板有自由主义思想的可怕名声。她在书店里挑选了十个路易的书送给她的儿子们。不过这些书她知道是于连希望得到的。她要每个孩子就在书店里把自己的名字写在分到的书上。德·雷纳夫人采取了这种向于连赔不是的方法,当她为了自己的大胆感到高兴时,于连却为看到书店里

---

① 贝桑瓦(1722~1791),瑞士将军,曾在法国担任瑞士卫队指挥官。1789年法国大革命时遭到逮捕,后宣布无罪释放。

有这么多书而惊讶。他从来不敢走进这样世俗的地方，他的心怦怦直跳。他没有去猜测雷纳夫人心里在想什么，而是全神贯注考虑一个学神学的年轻学生能用什么办法把这些书中的一部分弄到手。最后，他有了一个主意，只要多动动脑筋，就有可能说服德·雷纳先生，把出生在本省的那些著名贵族的历史拿来给他儿子们作为法文译拉丁文的练习。经过一个月的努力，于连这个主意取得了成功，而且很顺利，所以不久后，他跟德·雷纳先生谈话时，竟敢建议采取一个对贵族市长说来相当困难的行为：到书店登记做长期读者；可这就等于帮一个自由党人发财致富。但德·雷纳先生觉得，他的长子将来进了陆军学校以后，在谈话中一定会听人谈起好些书，让他的长子对这些书有个 de visu（拉丁文"亲眼看见"）的了解，是很明智的。但于连看到市长先生固执地再也不肯朝前更进一步，他猜想其中一定有什么原因，但他一时猜不出那是什么。

"先生，我一向认为，"有一天于连对雷纳先生说，"一位可敬的贵族，例如雷纳家，名字出现在书商肮脏的登记簿上，是不合适的。"

德·雷纳先生的额头开朗了。

"对于一个学神学的穷学生来说，"于连口气显得谦卑些，"如果人们有朝一日发现，他的名字出现在一个出租书籍的书商的登记簿上，一样会是一个很大的污点。那些自由党人会指责我借过最下流的书，谁知道他们会不会在我的名下写上那些邪恶的书的书名呢？"

但于连有些出格了。他看见市长的脸上困惑和生气的表情，就停住了不再说，只是心里在想："我抓住了这家伙。"

几天后，最大那个孩子当着雷纳先生的面，问起于连《每日新闻》①上预告过的一本书。

"为了使雅各宾党找不到任何理由感到得意，"年轻的家庭教师说，"同时又使我能解答安道尔夫先生的问题，可以让您府上地位最低的仆人到书店去登记。"

---

① 《每日新闻》，1792 年创刊的一份报刊。拥护波旁王朝的保皇派报纸。

"唔，这个主意不错。"雷纳先生显然很高兴。

"不过应该明确规定，"于连的严肃，甚至有点惋惜的神情，对于一个眼看期望已久的事终于要成功的人很合适，"仆人不得借任何小说。这些危险的书一旦进入府上，就会腐蚀夫人的贴身女仆，更别说这位听差了。"

"那些宣传性的小册子也不行，这您忘了。"德·雷纳先生矜持地补充道。他家庭教师这个巧妙的折中办法博得了市长先生的赞赏，不过他不想表现出来。

于连新的生活中不缺少这类钩心斗角。那段日子里他满脑子都是得失，完全顾及不到雷纳夫人的偏爱之情。而这只要他愿意，就能从她眼神中读出。

他过去那种生活状态，如今在市长的府上又开始了重演。跟之前在他父亲锯木厂里一样，他内心极度看不起周围这些人，同时也被周围的人所讨厌。当每天听到专区区长、瓦雷诺先生、市长家的其他朋友对眼前发生的那些事的议论，于连都知道他们所说的跟实际情况有多大的出入。于连认为值得称道的那些行为，在这些人那里却遭到谴责。对此他内心有太多的不服气，会想："这是怎样的一群怪物呀！""一群蠢货！"有趣的是，他虽然自视甚高，却常常听不懂这些人谈论的话题。

他长这么大，推心置腹谈过话的就只有老军医一人。他仅有的那点知识除了波拿巴的意大利战役，就是外科手术。于连喜欢听有关外科手术的细节，那些对最可怕的外科手术的描述，他经常会想："要是我，连眉头都不会皱。"

当雷纳夫人第一次试图跟他谈谈孩子教育以外的事，他却开始大谈外科手术，吓得雷纳夫人脸色煞白，求他不要再说下去。

除此之外，于连一无所知。这样，生活在雷纳夫人身边，每次两人单独相处时，都会出现奇怪的沉默。在客厅里，无论他的举止多么谦卑，雷纳夫人总能在他眼里看到一种精神上的自负，所有她家里来的客人他都不屑一顾。要是单独和他在一起，哪怕很短的时间，雷纳夫人也会看出他的窘态。为此她感到不安，因为女人的本性告诉她，这种窘迫毫无温情可言。

那位老军医算得上是见过世面的，经常会对于连讲一些上流社会的事情，很奇怪的是，居然让于连有了这样的感觉：只要单独跟一位女性在一起，如果找不到可说的话，那就会感到歉疚，会让于连感觉这样的冷场全是自己的错。因此每当遇到这样的情形时，于连就会非常痛苦。关于一个男人和一个女人独处时应该说些什么，他的想象中充满了夸张、不切实际的想法。他的想象力会为他出一些最不好的主意，使他难以自制，根本无法帮助他摆脱令人难堪的沉默。为此，每次需要陪伴雷纳夫人母子们散步时，对于连就是一次煎熬，并且这样的难受会表现在他刻板的脸上。他为此看不起自己，当有时他实在忍受不了这种沉默，想找点话说时，很不幸的是他说出来的常常会让人觉得可笑。最糟糕的是，他自己完全能意识到这点，并在意识到了自己的荒唐时，会控制不住继续胡说下去。只是他看不见自己的眼睛，看不见自己的神情。他的眼睛是美的，显示出他那充满热情的心灵，像一位优秀的演员，能把最微妙的含义赋予一种本来没有的迷人。雷纳夫人注意到，当单独在一起时，于连根本说不出一句得体的话来，除非突然发生了什么，让他分心，没有时间去斟词酌句。因此对她来说，既然家中时常来的那些客人无法带给她什么新鲜有趣的东西，那就还不如领略于连这样的智慧的偶然闪烁。

雷纳夫人是一位虔诚而富有的姑母的继承人，她十六岁就嫁给了雷纳先生这样一位令人尊敬的贵族；这么多年，不要说爱情，就连跟爱情有点类似的情感她都没有体验过。只有听她忏悔的善良的本堂神父谢朗，才在针对瓦雷诺先生对她的追求时，跟她谈到过"爱情"，但却把爱情描述得污浊不堪，以至于造成雷纳夫人对爱情这个词含义的很深误解，认为这个词代表的就是下流放荡。偶尔她也读过几本小说，书中也有爱情的描写，但在她看来，那都是例外，甚至是出格了的。不过靠着这种无知，她倒也能怡然自得。这样一来，尽管她内心里时刻想着于连，却一点都不感到羞愧，更不会自责。

08 小小风波

> 何况还有叹息，越压抑越深厚，
>
> 还有偷偷一瞥，因偷偷地而更甜，
>
> 还有那火一样的羞红，尽管不是因为犯罪。
>
> ——《唐璜》第一章第七十四节

雷纳夫人天使般的温柔既来自她的天性，也来自她眼前生活的幸福。只是女仆爱丽莎最近让她有了一点不安和焦虑。这姑娘继承了一份遗产，去向谢朗神父做忏悔，说自己打算和于连结婚。神父为朋友的幸福感到由衷高兴，但他万万想不到的是，于连竟断然拒绝，说爱丽莎小姐的提议不合适。

"我的孩子，你要当心自己的心思才是。"神父皱起了眉头，"这笔财产足够保你温饱。要是出于舍身奉教而对此不屑一顾，我当然要向你致敬了。我在维尼埃尔任教五十六年，但如今种种迹象都表明，很快我的职务就会被革除。对这件事我很伤心，不过好歹我还有每年八百法郎的年金。我跟你说这点是想告诉你，不要对神父这一职位抱幻想。如果想巴结权贵，那你就不要再奢望能升入天国；如果想要发迹，那就得做损人利己的事，就要去巴结、奉承专区区长、市长这类有权有势的人，为其效劳。在尘世这被称为处世之道，对一个世俗的人来说，倒也不是跟灵魂得救水火不容。但我们教士就要有所选择了。要么在尘世发财，要么在天国享福，没有中间道路。去吧，我亲爱的朋友，仔细想想，过三天给我答复。我很难过，我在你的性格深处隐约看见了一股郁结着的热情，向我表明你不具备一个教士应有的克制和舍身精神。以你的聪明和才智，我可以预言你前途似锦；但我还是想说，"善良的神父眼含着泪，"你的灵魂能否得救，我深表担忧。"

于连为自己的动情深感羞愧，因为他生平第一次看到有人爱自己；他为了不让人看见，就跑到山上树林里哭了个痛快。

"为什么我会这样？"最后他问自己，"我觉得我能为善良的谢朗神父死一百次，可他却向我证明我不过是个蠢货。我想要骗过他，他却猜中了我的心思。他说的我那股郁结的热情，正是我发迹的动力呀。原想着放弃五十个路易的年金，他就会认为我是虔诚的，谁知道他却认为我不配当教士。

"将来，"于连又想，"我只能相信我性格中经过考验的那部分了。谁今后还会说我在眼泪中找到过快乐！我曾敬重过的那位说我是蠢材的人！"

三天后，于连终于为自己找到了理由。其实他本该第一天找到。但拿这个理由当托词纯属诽谤，不过又有什么关系呢？他吞吞吐吐向神父承认，自己有个不便言明的原因，让自己一开始就不能考虑这桩婚事，但一旦说出，就会损害到第三方。这无疑是在暗示爱丽莎的行为不端。谢朗先生在于连的神情里看到了一种对浮华的热衷，这跟一名年轻修士应具备的虔诚格格不入。

"我的朋友，"神父说，"与其当一个没有信仰的教士，还不如老老实实去做一名博学多才、受人尊敬的绅士。"

对神父的忠告，于连至少在措辞上回答得十分得体。他对着神父夸夸其谈，用尽了一个年轻修士所能使用的全部辞藻；不过他还是无法掩盖他内心里的那股热火。这使谢朗神父隐隐不安起来。

于连的前途倒也不可小看：他圆滑与谨慎兼备，口若悬河，能把一套虚伪的论调诠释得滴水不漏。这在他这样的年纪实在是难得。至于语气和身体姿态，主要是因为他长期与乡下人为伍，没能见识过什么大场面。一旦机会来了，这些都会很容易得到改观。

雷纳夫人很纳闷，女仆新近得了一笔遗产，却没有因此变得更快活。反倒是不断去本堂神父那，回来时眼里总噙着泪。最后，爱丽莎终于跟她谈了自己的婚姻大事。

雷纳夫人听后浑身发热，夜不能眠。只有看见贴身女仆或者于连在跟前，才觉得自己是活着的。日里夜里她脑子里尽是他俩和他们婚后的生活情景。小小的家庭只靠五十路易的年金过活，穷固然是穷，但在她心里却充满了浪漫，很是迷人。到那时，于连可以去专区首府做律师，离维尼埃尔也只有十五法里路。这样她还能偶尔见上一面。

雷纳夫人真以为自己疯了。她告诉了丈夫，终于病倒。当天晚上女仆侍候她，她发现这姑娘在哭。她这一段时间恨透了爱丽莎，刚刚还粗暴对待她，可现在她又请求女仆原谅。没想到爱丽莎哭得更凶，她说如果女主人允许，她就把自己的不幸都说出来。

"说吧。"德·雷纳夫人急忙说。

"唉，夫人，他拒绝我了。肯定有坏人说了我的坏话，他相信了。"

"谁拒绝你了？"雷纳夫人喘不过气来了。

"夫人，除了于连先生还有谁？"女仆哽噎起来，"神父先生也没能说动他。神父先生原以为他不该以女仆的身份为借口拒绝一个好姑娘。说到底，于连先生的父亲也不过是个木匠，他自己来夫人家前又是怎样的呢？"

雷纳夫人没听清女仆后面那些话，这消息使她大喜过望，几乎丧失了理智。她要女仆反复确认于连已断然拒绝，听起来于连的态度很坚决，毫无反悔的余地了。

"我想帮你最后试试，"她对女仆说，"我去跟于连先生谈……"

第二天午饭后，雷纳夫人热心地去做说客。整整为自己的情敌说了一个钟头的好话。看到于连一再断然拒绝，她感到了莫名的快乐。

渐渐于连的回答不再那么呆板了，他的应对越来越自如，也越来越机智风趣。这下子雷纳夫人从原本的绝望里走出来，终于抵挡不住幸福的激流，她的灵魂被淹没了。这一次她真晕了。当她醒过来，在卧室里坐定后就屏退了左右。她对自己的表现大为诧异。

"莫非我对于连动情了？"她暗想。

这一发现要是换个时间，她一定会羞愧难当；而此刻不过成了一道别致的人生景致。她的心力已被刚刚的折腾耗尽，再也无力供激情驱使。

雷纳夫人想做点针线活，谁知竟沉沉睡去；醒来后她本应十分害怕，却一点都不。她感到了幸福，不再往坏处想。这个善良的外省女人天真无邪，心灵从未受到折磨过。于连来之前，她的心思完全被一大堆家务占住，对于一个远离巴黎的好家庭主妇来说，这也就是她的命运。因此她想到激情就如同我们想到彩票一样，不过是确定无疑的骗局和疯子们追逐的幸运罢了。

晚饭的铃声响了，于连带着孩子们回来。雷纳夫人听见他的说话声，脸刷地就红了。自打她开始了恋爱，人也变得机灵了，她为了解释脸红，就推说头疼得厉害。

"看看，女人都是这样，"雷纳先生哈哈大笑说，"这部机器总有点毛病要修理！"

雷纳夫人尽管已习惯了这样的俏皮话，但那口气仍使她感到不快。为了分神，她端详起于连的相貌，现在即使他是世上最丑的男人，也让她喜欢。

雷纳先生很注意模仿宫廷人士的时尚，春天一到就举家搬到维尔吉①。这个村子因加布里埃尔②的悲惨遭遇而出名。村里曾有一座哥特式教堂，现已成为废墟，但算得上是一处景致。离教堂的断壁残垣大约百步外，德·雷纳先生拥有一座带花园的四个塔楼的古堡，其布局很像杜伊勒里宫③的花园。边上是茂密的黄杨树，园内小道两侧是每年修剪两次的栗树。毗邻的是一片苹果树，是休闲散步的好去处。果园尽头还有八九株高大挺拔的胡桃树，枝叶挺拔宛如巨盖，高达十几米。

---

① 维尔吉，法国科多尔省第戎附近一座村庄。
② 加布里埃尔，中世纪韵文故事里的女主人公，维尔吉城堡的主人。在18世纪由贝罗阿改编的悲剧中，加布里埃尔因丈夫的妒忌被逼去吃情人的心。
③ 杜伊勒里宫，巴黎的旧王宫，后改建成花园。

每当妻子赞美这些胡桃树时，德·雷纳先生就会说："这些该死的胡桃树，毁了我半阿尔邦地的收成，树荫下种不了麦子。"

而在德·雷纳夫人的眼里，这里的山川草木让她的眼前一亮，为之陶醉。现在，她胸中涌动的那种情感，使她的人也变得聪明而果断。来到维尔吉的第三天，当雷纳先生返城去处理市政公务时，雷纳夫人就自己出钱雇了些工人。原来这是于连给她出的主意，从果园到那些大胡桃树处修一条小路，铺上沙子，这样孩子们大清早出去散步，鞋子就不会被露水打湿了。

维尼埃尔的市长从城里回来时，看到一条新修的小路，很是吃惊。不过雷纳夫人看见他时，也感到吃惊，因为她早把他抛在脑后了。一连两个月里他都在气愤地说她的这次胆大妄为，居然不跟他商量就进行如此大的维修工程。好在雷纳夫人花的是自己的钱，这使他稍稍得到点安慰。

雷纳夫人天天和孩子们在果园里奔跑、扑蝴蝶。他们用浅色的薄纱做了几个大网，用来捕捉可怜的鳞翅目昆虫。这个野蛮的名称是于连教给她的。她让人从贝藏松买来戈达尔[①]先生的生物学著作，于连为她讲了很多这类昆虫的奇特习性。

它们被无情地用大头针钉在有框的大块硬纸板上，这硬纸板也是于连做的。

德·雷纳夫人和于连之间总算有了一个话题，他可以不再需要忍受沉默带给他的那种可怕折磨。

他们说个不停，而且兴趣极浓。这种愉快的生活正合大家的口味——除了爱丽莎小姐。她说："就是在狂欢节，在维尼埃尔的舞会上，夫人也没有这样用心打扮过，她现在每天总要换两三次衣服。"

我们无意奉承谁，但也无须讳言，德·雷纳夫人的肌肤如雪，她为自己做了几件袒露的轻装，当她那姣好的身姿穿上这些衣裙时，真的是让人惊艳。

---

① 戈达尔（1775～1823），法国博物学家。他的《法国鳞翅目自然史》一书因去世未能完成。

维尼埃尔的友人来维尔吉赴宴，看到女主人都会忍不住说："您从没有这样年轻过，夫人。"（这在当地算是一种恭维。）

有件奇怪的事，说来大家也许不信，雷纳夫人这样精心打扮纯粹是无心的。她只是觉得快乐，并无别的想法。她除了和孩子及于连一起捕蝴蝶，剩下的时间都用来跟爱丽莎一起做连衣裙。她只去过维尼埃尔一趟，那是想买刚从米鲁兹运来的新式夏裙。

不久从韦尔市来了一位少妇，这少妇是她的亲戚。结婚后，雷纳夫人不知不觉跟德维尔夫人——这位圣心修道院同伴来往得多起来。

德维尔夫人听到表妹讲自己的那些趣事时常常大笑不止，说："我怎么也想不出。"这些谁也料不到的念头在巴黎是会被看作有趣的事的，但在丈夫面前雷纳夫人却会感到羞耻，仿佛说了蠢话，而在德维尔夫人面前很容易就说出来了。两个朋友都感到非常快乐，但心思缜密的德维尔夫人发现表妹显得比以前快活很多。

至于于连，自打到了乡下就跟回到了童年似的，跟他的学生们一样兴高采烈，到处跑着捕捉蝴蝶。从前他得处处克制自己，事事都要用心机，而如今他远离人们的目光，又本能地不惧怕雷纳夫人，因此能尽情享受生活的快乐，何况这快乐在他那个年纪是如此强烈，又是在世界上最美丽的群山之中。

德维尔夫人让于连觉得她是一个不错的朋友，于是急忙领她去那条新修的小路的尽头看风景。事实上，那景致不说胜过瑞士的山川、意大利的湖泊，至少也是不相上下。如果再走几步，沿着陡急的山坡很快就能登上一处被橡树林环抱着的悬崖。这悬崖突出去，简直就是悬在河的上空。站在悬崖上，于连感到幸福、自由，有种主人的感觉，陪伴着两位女性对这壮丽风光的赞叹使他心花怒放。

"这简直就是莫扎特的音乐呀！"德维尔夫人赞叹着。

维尼埃尔周边的乡野山川不可谓不美。但在过去的岁月里，于连长期处在妒忌的哥哥们还有专横的父亲的高压下，根本没有心情去感受自然之美。而在维尔吉，他生平第一次远离了让他痛苦和紧张的人和事，第一次感觉不到敌人的存在。雷纳先生常在城里，他能放心读自己喜欢的书，累了也可以随心所欲地小憩一会。从前要读书就得在夜里，把灯藏在一只倒置的花瓶里。现在，在孩子们做功课的间歇中，他能带着那本作为他行为准则、让他怦然心动的书来到悬崖上。他能尽兴去书中寻找幸福，并慰藉自己的失意。

在这本书里，拿破仑那些关于女性的言论和对他所在时代某些流行小说的评价，使于连获得了一些全新的见解——尽管这些见解对大多数与他同时代的同龄人早就不新鲜了。

酷暑来临了。房子几步外有一株大椴树，到了晚上，大家经常会坐在树下。那里光线很暗。一天晚上，于连跟两位少妇侃侃而谈，说得兴起，就开始比画，不小心碰到了雷纳夫人的手；那手正搁在花园里漆过了的椅子的椅背上。手很快缩了回去了。于连猛想道：他有义务让这只手在他碰到时不再缩回去。他甚至觉得这是一种需要他履行的职责。要是完成不了，那就会成为笑柄，会让他看不起自己。想到此，他的快乐突然消失。

09 山乡一夜

盖兰①所画之迪多女王，堪称魅力之素描。

——斯特隆伯克②

第二天再见到雷纳夫人时，于连的目光有些怪异，他盯着她，仿佛面对的是一个他就要与之搏斗的仇敌。这目光和昨晚上的是那样不同，雷纳夫人一时不知所措，她心想自己一向待他很好，可他为什么看上去很生气呢？于是她也目不转睛看着他。

德维尔夫人在场时于连话不多，更多是去想自己的心事。于是这一整个白天他唯一做的就是重温那本他的启示录，好让自己的灵魂再次得到锤炼，变得坚强。

他为此缩短了孩子们的上课时间。接着，雷纳夫人出现，这提醒他必须设法维护自己的荣誉。他暗下决心，今晚无论如何要握住她的手，并且留下。

夕阳西下，决定性时刻临近，于连的心跳得好快。天黑后天空阴云密布，热风在吹拂，预示一场暴风雨即将来临，同时也预示着这将会是一个漆黑的夜晚。于连不由得大喜，压在胸口的巨石被掀掉了。两个女友去散步很晚才回，做的事件件都让于连觉得奇怪。看来她们喜欢这样的天气，对某些感情细腻的人来说，这似乎更能

---

① 盖兰（1774～1833），法国新古典派画家。罗浮宫现藏有他的作品。迪多是古迦太基女王，是迦太基的创建者。
② 斯特隆伯克，作者本人在1806至1808年担任拿破仑在德国布伦瑞克领地监督时结交的好友。

增加情趣。

　　大家终于落座。雷纳夫人坐在于连旁边，德维尔夫人则挨着她的朋友。于连一心想着要做的事，竟说不出话来。谈话于是显得无精打采，了无生气。

　　于连很焦虑："难道我会像第一次跟人决斗那样发抖和害怕吗？"这种焦虑真是要他的命。他真希望雷纳夫人有什么事不得不离开！由于拼命克制自己，于连说话的声音都变了；并且很快雷纳夫人的声音也开始颤抖，于连却浑然不觉。这时候他完全与外界隔离，一心只想着这件事。古堡的钟敲响，过了九点三刻，他还是不敢行动。于连为自己的怯懦愤怒，他在心里下决心："十点钟，如果十点钟后我还不能行动，我就回到房间开枪打碎自己的脑袋。"

　　过于紧张和激动，于连已经很难控制自己。终于，那钟敲响了十点，这等待和焦灼的时刻总算到来了。钟声使他心惊肉跳。

　　就在最后一声余音未了之际，他伸出手一把握住雷纳夫人的手，但她立刻抽了出去。于连重新把那只手握住。虽然他昏了头，仍不禁吃了一惊，他发现被自己握住的那只手冰凉；他使劲握着，浑身在颤抖，而雷纳夫人做了最后一次努力，最终那只手还是留下了。

　　于连心里涌起了巨大的幸福的洪流，这并非是因为他爱雷纳夫人，而是可怕的折磨终于熬到了头。他想他该说话了，不然德维尔夫人会有所察觉。这时他的声音变得响亮而有力，相反，雷纳夫人的声音中却有着难以掩饰的激动。这使得她的女友以为她不舒服，建议她回房去。于连感到了危险，他心想着："要是雷纳夫人回屋去，我又会跟先前那样惶惶不安。这只手我握的时间还太短，还不能算是一次真正的胜利。"

　　那只手现在听任于连握着。而当德维尔夫人再次提议回客厅时，于连用力握了一下那只手。

　　原本已经起身了的雷纳夫人重新坐下，有气无力地说：

　　"我是觉得有些不舒服，不过，外面的新鲜空气对我有好处。"

　　这话等于是在确认于连的胜利。他真是幸福到了极点。开始口若悬河，忘记了伪装。此时此刻他所说的在两个女人听来，简直就是世间最迷人最美妙的话语，仅仅还缺少点勇气。这时刮起了大风，看来暴雨要来了。德维尔夫人一向怕风，神色中露出了怯意，于连生怕她一个人回客厅去，那他就不得不和雷纳夫人单独相对了。刚才他凭着一股莽撞劲，也是耗费了精力才握住那只手；而现在要他单独面对雷纳夫人，恐怕一句话也说不出了。而且，要是雷纳夫人稍微责备一下，他就会觉得自己丢尽了脸，刚获得的胜利也会化为乌有。

幸运的是，他的夸夸其谈逐渐博得了德维尔夫人的欢心。平时德维尔夫人一直都觉得他笨嘴笨舌，跟个腼腆的孩子似的不那么风趣。至于雷纳夫人，就那样让自己的手留在于连的手里，脑子里什么也不想，听之任之。他们坐在那株据说是当年大胆查理亲手所栽的大椴树下①，不知不觉度过了几个钟头。

风开始在椴树浓密的枝叶间低吟，稀疏的雨点滴落在靠近地面的那些叶子上，在雷纳夫人听来十分温馨悦耳。于连可没留意到这些，虽然他更放松了。这时，德维尔夫人脚旁的一只花盆被风掀翻，雷纳夫人起身想要扶起来，于是就把手从于连的手中抽了出来。不过等她重新坐下后，很自然又把手递给了于连。情形就像是两人已经习惯这样了。

午夜的钟声敲过。最后总得要离开花园回屋去。被爱情陶醉了的雷纳夫人此时迷糊了，对此竟毫无自责，快活得难以入眠。反倒是于连睡得死沉沉的，一夜的激战让他精疲力竭。

第二天早晨五点钟他就被叫醒；醒来后他几乎忘了昨晚的事。这要是被雷纳夫人知道了，不知会多伤心。于连履行了职责——当然是一种英雄的职责。这让他心满意足。他把自己反锁在房间里，怀着一种全新的乐趣重温自己的英雄壮举。

---

① 大胆查理（1433～1477），勃艮第公爵，以胆大著称。后在与路易十一的交战中阵亡。椴树被日耳曼人敬为爱情与幸运之女神费里娅，与欧洲橡木相对，椴树也常被认为是阴性的。

当午餐的铃声响起时，他正在阅读拿破仑大军的战报。这时候他已完全不在意昨晚的那个胜利了。下楼去就餐时，他用一种轻佻的口吻对自己说："应该对这个女人说，我爱她。"

他满以为会遇到一双柔情缱绻的眼，不料看见的却是雷纳先生威严的面孔。德·雷纳先生两个小时前刚从维尼埃尔回来，他毫不掩饰对于连的不满，原因是于连整整一上午扔下孩子不管。当这个有权有势的人不高兴并且认为无须掩饰时，他的脸真是极为地难看。

丈夫的每句刻薄的话都像是在用刀割雷纳夫人的心。于连却还沉浸在一上午阅读那些战报带来的心旷神怡中，他眼前依然展现着战场上的铁马金戈，这让他神往，从而完全没去在意雷纳先生的尖酸话语。到最后，他突然冒出一句："我生病了。"

不要说是维尼埃尔的市长大人，就算是别的某位脾气温和的人，也会为于连这一句突然冒出来的话生气。气急败坏的雷纳先生几乎就要当场让于连卷铺盖滚蛋了。但他还是隐忍下来，因为他即刻想起了自己的座右铭：凡事都须谨慎，不能操之过急。

"这个不识抬举的混蛋，"他心想，"他在我家为自己赢得了声誉，现在瓦雷诺先生很可能会把他弄去，并且爱丽莎也有可能嫁给他，无论哪种情况，他都会在心里嘲笑我。"

德·雷纳先生这样考虑固然明智，可他的不满仍旧没法忍住，嘴里冒出了一连串粗话。于连也被激怒，脸色越来越难看。雷纳夫人的眼里涌出了泪水。午饭后，她请求于连让她挽着出去散步。在散步时她亲切依偎着他。不过无论雷纳夫人说什么，于连都只是低声应一句：

"这就是有钱人！"

而这时雷纳先生就在他们身边不远走动。看到这个人，于连火就不打一处来。他突然感到雷纳夫人紧紧靠着自己胳膊让人恶心起来，就粗暴地抽回了自己的手臂。

幸亏雷纳先生没看见他这样无礼的举动，可德维尔夫人看见了。她看到自己朋友的眼泪扑簌簌落下。这时，有一个乡下姑娘想要抄近路从果园的一角穿过，雷纳先生过去用石子朝那姑娘扔去。

"于连先生，求您克制一下吧。您应该想想，我们人人都有生气的时候。"德维尔夫人很快地说。

于连冷冷看了她一眼，目光中流露出极端的轻蔑。

这样的眼神让德维尔夫人大吃一惊。如果她猜得出这目光的真正含义，她还会更吃惊——一种寻求最残忍报复的朦胧意愿。如果仔细想想就不会怀疑，正是这样的屈辱铸造出了众多的罗伯斯庇尔分子。

"你那位于连真粗暴，我有点怕他。"德维尔夫人低声对表妹说。

"他有理由发火，"而她的表妹回答说，"他使孩子们取得了进步，一个早上不给他们上课有什么关系呢？男人们都很无情。"

雷纳夫人生平第一次有了想要报复丈夫的欲望。而于连对有钱人的极端仇恨也到了就要爆发的地步。幸好这时雷纳先生叫来了园丁，忙着用一捆捆荆棘堵住那条斜穿过果园的小路。接下的散步中，于连受到了无微不至的关爱，可他就是闷不作声。等雷纳先生刚一离开，她俩就声称累了，一人挽上他的一只胳膊。

他被两个女人夹在中间，他的苍白的脸上展露着高傲的神色，与两个女人羞红的面庞还有慌乱的眼神形成鲜明对比。他从心里鄙视这两个女人以及她们给予自己的温柔。

"这算什么？"他心想，"我连五百法郎的年金都没有！怎么完成我的学业？啊，都见鬼去吧！"

他全神贯注想着自己的心事，对两位太太的话只偶尔听进去了一两句。但这些话让他觉得空虚、浅薄，完全不能入耳。一言以蔽之，女人就是愚蠢。

为了不至于冷场，雷纳夫人没话找话说。她说起了她丈夫从维尼埃尔回来，是因为他从一个佃户那里买了些玉米皮。（当地人用玉米皮填充床垫。）

"我丈夫他要和园丁、男仆一起把全家的床垫都换过。今天上午，他已经把二楼的都换过了玉米皮，现在正在三楼忙活。"

于连的脸色骤变，神情古怪地看了看雷纳夫人，立刻拉着她快走了几步，把德维尔夫人落下。

"救救我吧，"于连对雷纳夫人说，"只有您能救我，因为您知道那个男仆恨我恨得要死。我应该向您坦白，夫人，我有一张肖像藏在我床上的床垫里面。"

听了这话，雷纳夫人的脸也惨白了。

"夫人，这个时候只有您才能进我的房间。别让人看见，就在床垫靠窗户的那个角里，有个黑色的小纸盒子，很光滑。"

"那里面有一张肖像！"雷纳夫人快要站不住了。

于连看到她沮丧的神情，猛然觉得倒是可以利用她。

"我还有一个恳求，夫人，我求您别看这肖像，这是我的秘密。"

"秘密。"雷纳夫人声音极端微弱。

尽管她是在只看重财产和金钱的环境下长大，爱情却已使她的心灵被注入了勇气。雷纳夫人表现出最单纯的忠诚，为了不辱使命，她向于连提出几个必须要弄清的问题。

"是这样，"她边走边说，"一个小圆盒子，黑纸板的，很光滑。"

"是的，夫人。"于连的语气凶狠，这是男人遇到危险时通常的腔调。

她登上三楼，脸色苍白，犹如赴死。更为不幸的是，她觉得自己马上就要昏倒；可她必须帮助于连，这又给了她力量。

"我必须拿到那个盒子。"她一边快步上楼一边对自己说。

她听见丈夫正跟男仆在于连的房间里说话。幸好，他们到孩子们房间里去了。她立刻进去掀起床垫，把手伸进去，由于用力过猛扎破了手指。本来她对这类小疼小痛十分敏感，现在却毫无知觉，因为她摸到了那个光滑的盒子，一把抓住，转身就跑掉。

她庆幸没被丈夫撞见，但这样的恐惧刚消失，那个盒子就让她憎恶起来，也让她难过得要命。

"这么说于连是在恋爱了，我拿着的是他爱的女人的肖像！"

雷纳夫人跑到前厅，在一张椅子上坐下，内心开始经受着妒火的煎熬。她的无知这时倒有了用处，惊恐掩盖了痛苦。

于连来了，一把抢过那个盒子，连句谢谢也没说就跑回房间，把那盒子一把火烧掉。看着盒子燃烧，于连的脸苍白，四肢瘫软。

"拿破仑的肖像，"他摇头对自己说，"如果被一个对这个所谓的篡位者怀有深仇大恨的人发现，那简直不敢想象。这个极端的保皇分子，性情又极度暴躁。何况在肖像的背面我还题了字，我的崇敬之情溢于言表！而且在我每次感情冲动时，我都会注明日期。前天还注明过一次。

"我的声名将毁于一旦！"看着那燃烧的盒子，于连对自己说，"而我的全部财产就是荣誉，我就靠它生活……再说，这是怎样一种生活啊，天主！"

一个钟头后，疲惫和对自己的怜悯让他的心变软了。再看见雷纳夫人时，他拿起她的手，怀着从未有过的真诚吻着。她幸福得脸红了，但几乎同时爆发的妒火让她一把推开于连。于连早上刚被刺伤过的自尊现在又开始爆发了，这使他看上去像个傻瓜。他在雷纳夫人身上只看见一个有钱的阔太太，于是他厌恶地扔下她的手扬长而去。他去花园散步、沉思，嘴角很快浮现出一丝苦笑。

"我在这散步，倒像是一个悠闲到可以随意支配自己时间的人。我丢下孩子们不管，就会又听到德·雷纳先生那些让人屈辱的责备，而他完全有理由这样。"于是，他朝孩子们的房间走去。

他很喜欢最小的那个。孩子的亲近平复了他的情绪。

"总算这些孩子不蔑视我。"于连这样想。很快让自己的痛苦减轻了下来。但当看到自己软弱的一面后，他又开始自责起来：

"这些孩子亲近我，就像亲近他们昨天刚买来的小猎狗一样。"

10 心比天高，命比纸薄

热情最善于伪装，可欲盖弥彰；
就像乌云越暗，预兆的暴风雨就越大。

——《唐璜》第一章第七十三节

德·雷纳先生跟着仆人们走遍了古堡的每个卧室，最后回到孩子们的房间。这个人的突如其来，让于连像盛满水的罐子又加进去了一滴。

于连朝他冲过去，脸色比平时更苍白、阴沉。德·雷纳先生站住了，看看仆人们。

"先生，"于连对他说，"您认为您的孩子跟任何一位家庭教师在一起，会像现在跟我在一起取得同样进步吗？如果您说不，"于连不容雷纳先生开口，"那您怎么敢指责我丢下他们不管？"

雷纳先生吓了一跳，待回过神来，立刻从这乡下小伙子奇怪的语气中得出结论：他口袋里肯定装着条件更好的协议。而于连越说火越大：

"我离了您也能活，先生。"他最后补了一句。

"看到您这样冲动，我确实感到遗憾。"雷纳先生有点儿结结巴巴。仆人们在十步外正忙着铺床。

"我要的不是这个，先生。"于连有点忘乎所以，"想想您对我说的那些有损我名誉的话吧，而且还是当着女人的面！"

现在，雷纳先生终于知道于连要什么了。很是艰难的抉择让雷纳先生心痛得厉害。而这时候于连完全是疯狂的。他大吼大叫着：

"出了您的门，先生，我知道上哪去。"

听了这句，德·雷纳先生立刻看见了于连在瓦雷诺先生的府邸里的情形。

"好吧！先生，"他叹口气，那神情就像外科医生要给他做手术似的，"我同意您的要求。后天是一号，以后每月您的薪水是五十法郎。"

于连本来想笑，这时却惊呆了。他的怒火瞬间烟消云散。

"这畜生我还是太看得起他了，"他想，"这大概是一个卑劣的人所能表示的最大歉意。"

孩子们听见了这场争吵，惊得嘴都合不上。他们跑到花园告诉他们的妈妈于连先生在大发雷霆，不过他每个月就要有五十法郎了。

于连习惯性地跟着孩子们出去，看都没有看雷纳先生一眼，留下他一个人在那儿气鼓鼓的。

市长心想："瓦雷诺先生又让我破费了一百六十八法郎。这家伙供应孤儿的饮食，我得来两句硬的才行。"

过了一会儿，于连回到德·雷纳先生跟前。

"我有些良心上的事要对谢朗先生说，我有幸通知您，我要离开几个小时。"

"啊，我亲爱的于连，"雷纳先生虚假地笑笑，"您愿意的话一整天都行，明天一整天吧，我的朋友。骑上园丁的马到维尼埃尔去。"

雷纳先生心里却在说："他这是去给瓦雷诺先生回话了，他对我还没有任何承诺，不过应该让这年轻人的脑子冷静一下。"

于连迅速离开屋子，到了山上的树林，从那里可以直奔维尼埃尔。他不想这么快就到谢朗先生那儿去。他不想强制自己再去演一场虚伪的戏，他需要把自己看清楚，审视使他激动不已的蜂拥而至的感情。

"我打了一个胜仗，"一进入树林，远离了众人的目光，他就对自己说，"这是一个胜仗呀！"

这句话为他现在的处境涂上了一层绚丽的色彩，使他平静了些。

"现在一个月有五十法郎，德·雷纳先生刚才肯定是怕得要命。可他怕什么呢？"

这个幸运又有权势的家伙，于连一个小时前还对他大发雷霆，能有什么事情让他害怕呢？于连思前想后，终于完全平静下来。他在树林中走着，居然对迷人的景色有了些感觉。光秃秃的大块岩石是很久以前从山峰上滚落下来的，坠落在了树林中央，一些粗壮的山毛榉长得几乎和这些岩石一样高。在强烈的阳光下，岩石形成的阴影凉爽宜人。

于连在这些巨石的阴影中喘了口气后开始攀登。他沿一条很不明显的羊肠小道向上攀登，很快来到了一块巨大的悬岩上，并且确信已远离了所有人。所在的位置使他露出了微笑，为他描绘出他渴望达到的精神的位置。高山上纯净的空气带给了他心灵的平静和快乐。在他眼里，维尼埃尔的市长当然是世上所有有钱人和粗俗的人的代表，但他感到，刚才还使他激动的那种仇恨，虽然体现为强烈的情绪，却没有丝毫个人的性质。如果不再看见雷纳先生，一个礼拜他就会忘掉这个人和这个人的古堡、狗、孩子。

"我不知道是什么迫使他做出在他算是很大的牺牲的。怎么！每年五十多个埃居！而且我刚刚摆脱了最大的危险。一天里竟连着获得两个胜利；第二个胜利微不足道，但也应该猜出原因。不过还是明天吧，这种伤脑筋的事还是明天再说。"

于连站在那块巨大的悬岩上，凝视着被八月的骄阳烤得冒火的天地万物。悬崖下的田野里传来了悠长的蝉鸣；当蝉鸣停下时，世界就陷入沉寂里。脚下方圆二十法里的田野尽收眼底。有一只鹰从他头顶上的峭壁飞掠而出，开始在长空里盘旋，画出一个个巨大的圆。于连的眼睛不由自主跟随着这只猛禽。这只猛禽的动作安详宁静，浑厚有力，深深打动了于连。他渴望这样的力量，渴望拥有这样的孤独。

这曾是拿破仑的命运，有一天也将是他的命运吗？

11 一个晚上

朱丽亚的冷淡却包含温情，
她的纤手总是微颤而轻柔地
挣开他的掌握，挣开前那
轻轻一握，却甜得让人心醉：
那是如此轻，轻得令人狐疑。

——《唐璜》第一章第七十一节

在维尼埃尔露面这对于连来说是很有必要的。碰巧，出了本堂神父住宅，于连就遇见了瓦雷诺先生，他把加薪的事告诉了他。

回到维尔吉，于连直到天完全黑才下楼到花园里去。这一天里，他的精神受到太多强烈情感的冲击，有些疲惫不堪。想到两位夫人，他有些犯愁。

"我对她们说什么呢？"也只能怪他自己没有自知之明，看不出自己除了小聪明外，精神完全集中在了一些琐碎的小事上，而这些正是女人们感兴趣的。德维尔夫人甚至雷纳夫人，常常都理解不了于连说的那些，而于连对她俩的话也是一知半解。从这里可以看到魅力的作用，恕我斗胆说一句，由此可见激情的无所不能。现在这样的一股激情正在撼动这位野心勃勃的年轻人。在他心里几乎每天都有风暴。

这天晚上于连走进花园，打算听听这对表姐妹的看法。她们正焦急地等着他。他挨着雷纳夫人坐下。不一会夜色就转浓了。他老早就看见那只白皙的手搭在椅背上，就在他旁边，他很想握住。但那只手有些犹豫，很快就缩回去，像是在生气。本来于连准备就这样算了，继续愉快地说话，没想到德·雷纳先生走了过来。

于连的耳畔还响着早上雷纳先生那些粗鲁的话。心想着："这家伙占尽了财富带来的种种好处，让我来嘲弄一下他。我要当着他的面握住他老婆的手！对，就这么办。他曾对我表示出了多大的轻蔑呀。"

这时，于连性格中原本就少有的平静很快便离他而去；他什么也不能想，只是惶恐地盼望着雷纳夫人把手递给他。

雷纳先生愤愤地谈开了政治。如今，维尼埃尔有两三个实业家肯定变得比他有钱了，想在选举中挫败他。德维尔夫人安静地听着，但于连对他的滔滔不绝越来越恼火，就把椅子挪近雷纳夫人。黑夜掩盖着一切，他的胆子也越来越大，把手放在了离那衣服没有掩住的美丽胳膊很近的地方。他心慌意乱、神不守舍、色胆包天，竟把脸挨近这美丽的胳膊，在上面印上自己的唇。

雷纳夫人大吃一惊，浑身颤抖一下。她丈夫就在四步之外，她赶紧把手给了于连，同时把他稍稍推开点。雷纳先生在继续咒骂那些发了财的无耻之徒和雅各宾党人，于连却在那只手上印满热情的吻——至少雷纳夫人认为是热情的。然而，这可怜的女人其实在昨天就有了证据，证明这个她所爱慕却并未承认的男人爱着别人！在于连离开的那段时间里，她一直处在煎熬中，并开始思考。

"什么！我是在爱吗？"她问自己，"我是有了爱情？我，一个结了婚的女人，我在恋爱！但我从未对我丈夫有过这种不明不白的疯狂，我老是想着于连。其实，他不过是个对我充满敬意的孩子！这种疯狂很快就会过去。可我对这年轻人怀有的感情关我丈夫什么事！我跟于连净聊些空想的事，雷纳先生会感到厌烦呢。他嘛，他想的是他的事务。我并没有从他那夺走什么送给于连。"

一种从未体验过的激情让她眩晕，但她天真无邪的心灵的纯洁却没因此遭到任何虚伪的污染。她开始迷茫，开始自欺欺人，但她的道德本能很快就惊醒了。一开始当于连出现在花园时，她正心神不宁，内心经历着挣扎。在听见他说话的同时，她看见他坐在了自己的身旁。两个礼拜来，一种迷人的幸福迷惑了她，让她震惊，她感受到了一种前所未有的快乐。她害怕，但转而又想："难道只要于连在场，一切过错就都不存在了吗？"她害怕，把手缩了回去。

只是这样热烈的吻她之前从没感受到过，使她瞬间就忘了他也许正爱着另一个女人。很快，在她心中于连不再是应该受到谴责的了。一种由怀疑产生的痛苦中止了，难以想象的幸福感涌上心头，让她不禁春心荡漾，忘乎所以。

除了维尼埃尔的市长，这个晚上人人都过得很愉快。他一直对那几个实业家耿耿于怀。于连也不再想他的勃勃野心，不再想那难以实现的不切实际的远大理想。他生平第一次受到女性美的冲击。他沉浸在一种与他的性格如此不合、模糊而甜蜜的梦幻中，轻轻揉捏着那只可爱的手。他恍恍惚惚听着夜风吹动着椴树的叶子发出的沙沙声，从远处的杜河磨坊那儿传来了狗的吠叫。

只是让人愉悦的并不是激情，而是一时的兴奋。当回到卧房，他就只想到一种快乐，那就是捧起他心爱的书；一个人在二十岁的时候，他对世界以及自己可能对这个世界产生怎样的影响的看法，总是胜过一切的。

他很快把书放下，满心都是拿破仑的赫赫战功，对自己近来的这点小小成果，也品出了一些味道来。"是的，我打了一个胜仗，"他对自己说，"但应该乘胜追击，应该在这个自负的绅士退却时粉碎他的傲气。这才是拿破仑的风格。我得请三天假去看我的朋友富凯。如果他拒绝，我就再次逼他立即做出抉择，不过他会让步的。"

雷纳夫人却难以入眠。她觉得到目前为止，自己简直就没真正生活过。于连印满她的手的火热的吻带给她的幸福感让她无法不去想。猛然间，她脑海里冒出了"奸情"这个词。那些最下流放荡的情景一下子全都浮现。于是在她心中于连的温馨圣洁的形象，还有对爱情的憧憬全都因为这些意念而变得不堪起来。她感觉到自己的未来变得晦暗了，感到了落到不齿于人的可怕境地的情形。

这是个可怕的时刻，她的灵魂连自己也陌生了。刚才还尝到一种未曾体验过的幸福，现在一下子就沉入难以忍受的不幸中。她不曾想到过会如此难以忍受,如此痛苦不堪,她的理智被搅乱。她有一阵想向丈夫坦白,说自己可能爱上了于连。幸好她想起了结婚前姑母的忠告,说最大的危险莫过于对丈夫说出自己的隐情。因为丈夫终究是一家之主。她在极度痛苦中绞着自己的手。

她的内心因为矛盾而受到了折磨。一下子担心于连不爱自己,一会儿又有着强烈的罪恶感,好像明天就会被拉到维尼埃尔的广场上示众似的。

可怜的雷纳夫人毫无人生经验,即使是在最清醒的时刻,她也分不清在天主眼中有罪和当众受辱有什么不同。

按照她的认识,通奸这桩罪必然会带来种种耻辱。只有暂时把这可怕的念头放在一边时,她才能得到少许安宁。她开始想着,要是能跟于连像以前那样毫无芥蒂地朝夕相处该有多好。但猛然间于连是在爱别人的念头又开始纠缠她。她想到于连害怕丢失那个女人的肖像,或者害怕因让人看见而连累她时的苍白的脸,她第一次在于连沉稳而高贵的脸上看到了恐惧。当这种痛苦达到人所能承受的最大限度,雷纳夫人不知不觉中竟然叫出声来,这惊醒了女仆。她看见床边亮起了灯,认出是爱丽莎。

"他爱的是你吗?"她在狂热中喊道。

女主人可怕的慌乱让爱丽莎大吃一惊。幸好她没注意到这句怪异的话。雷纳夫人自己也马上察觉到说漏了嘴,便说:"我在发烧,大概说胡话了,你留在我身边吧。"她知道必须克制自己,也就完全清醒了。而这时她觉得自己的不幸减轻了些,半睡半醒的状态使她失去了理智,现在理智又得到了控制。为了摆脱女仆的注视,她吩咐她读报。女仆就开始用单调的声音读《每日新闻》上的一篇长文。而雷纳夫人决心维护自己的贞洁,再见到于连时,要表现出冷淡。

12 出门访友

巴黎到处都是漂亮的人物，而那些刚毅之士却都在外省。

——西埃耶斯 [①]

第二天早晨五点钟，德·雷纳夫人还未梳妆好，于连就从她丈夫那里请到了三天假。于连没有想到自己竟渴望见到她，她那只手那么好看。他下楼进了花园，德·雷纳夫人迟迟不肯露面。但于连要是真在爱她的话，应该发现她站在二层楼上半开的百叶窗后，额头抵着玻璃。她在看他。最后，决心归决心，她还是决定到花园去。早起后的娇艳让她的脸不再那么苍白。这个天真淳朴的女人，心情显然不平静，她内心里有一种压抑着的怨愤，这使她没有了平常那种淡雅随和；而正是这种神态，才让她看上去有些超凡脱俗，为她的容颜添了一些妩媚。

于连走近她，盯着她那双匆匆忙忙披上披肩的雪白的手臂。一夜的愁思使她更加敏感，清晨的凉爽使得她显得更加润泽。这时候她美得娇羞，美得让人心动，同时也充满了灵性。这种端庄、动人却又笼罩在沉思中的美，在下层阶级中是不存在的，它唤醒了于连身上某种还没被开发出来的感受能力。于连贪婪的目光意外发现这种魅力后，就迅速被其征服，一时间忘了先前想好了的友好的问候。只是女主人表面上的冷淡让他惊讶。这种冷淡给人的感觉就是在提醒

---

① 西埃耶斯（1748～1836），神父，政治家。法国大革命时期雅各宾俱乐部创始人之一。

对方保持距离。

愉快的微笑从他的脸上消失，他想起了自己在上流社会，尤其是在一个出身高贵而富有的女继承人眼中的地位。转眼间他的脸上只剩下高傲和自尊受到伤害后对自己的愤怒。他恨自己，把出发推迟一小时得到的却是如此屈辱的对待。

他在内心里自责："只有傻瓜才生别人的气，石头下落是因为它重。难道我永远是个孩子吗？真不知道是什么时候养成的这种习惯。想要让这些人看得起自己，也让自己看得起自己，那就该让他们明白，我因为穷才不得不跟富有的他们打交道。但他们无论怎样也影响不了我心灵的高贵。我的境界岂是这类人可以企及的吗？"

这些感想与情绪纷至沓来，在这位年轻的家庭教师心里翻腾。他那张多变的脸马上变得孤傲和凶狠。雷纳夫人一下子乱了方寸。她原来想表现出一种高雅、适度的冷淡，现在却转而成了关切；而之所以会这样，完全是因为对方的脸色突变。早晨见面时身体好天气好之类的废话，他们谁都说不出来了。于连还没被冲昏，他马上想到一个办法，他要让雷纳夫人明白，他对她的情感还很淡。于是他只字不提自己要出门，只是朝她行个礼，然后转身离开。

她眼睁睁看着他走了，头天晚上他还那么可爱，而刚刚他目光中的那种傲慢吓住了她。这时，她的大儿子从花园深处跑来，一边拥抱她一边嚷嚷：

"我们放假了，于连先生要出门旅行。"

听了这话，雷纳夫人顿时感到周身冰凉，如同死了一样。这下子可好，为了所谓贞洁，现在自食其果了。同时，她性格的软弱进一步加大了她的不幸。

新的风波迅速占据了她的全部心思。在那个刚熬过来的可怕的夜晚所下的决心，现在全都被她抛到九霄云外。眼前最主要的是，自己很可能就此永远失去这位迷住了自己的男人。

早餐她是必须要到场的。更令她痛苦的是，雷纳先生和德维尔夫人很快就提及了于连出门这件事。市长大人注意到，于连请假时的强硬口气里有种不寻常的东西。

"这个乡下小伙子的口袋里肯定装着什么人的建议。不过，哪怕是瓦雷诺先生，也不能不对这六百法郎的数目感到头痛，他现在就得预先准备出这笔款项。昨天在维尼埃尔，大概有人要求给三天时间来考虑；今天早晨，为了避免非得给我一个答复不可，这位小先生就出发到山里去了。不得不对一个跛脚的雇工赔笑脸，这就是我们今天的境况！"

雷纳夫人心想："我丈夫不知把于连伤得有多么深了，既然他都认为于连要离开，那我还有什么好怀疑的呢？唉，看来无法挽回了！"

为了至少能痛快哭一场，免得德维尔夫人问长问短，她就推说头痛，需要回卧室去休息。

"这就是女人，"雷纳先生下着定论，"女人就是些过于复杂的机器，总会什么地方出毛病。"说完，他脸上带着嘲讽的神情离开了。

命运的拨弄让雷纳夫人陷入可怕的激情中。当她正在经受着这种激情残酷的折磨时，于连却兴高采烈地走在如画的山间小道上。他得穿越维尔吉北面的山脉。他走的那条小路穿过大片大片的山毛榉林，沿着高山的斜坡无穷尽地蜿蜒向上。要不了多久，我们的旅人就能看到在山脚下纵横交错的山峦引领着杜河折向南方。极目远眺，远处是勃艮第和博若莱的沃野。这位年轻野心家的心灵，无论对山川之美怎样迟钝，也禁不住要不时停下脚步来欣赏。

终于到达山顶。山顶有条近路通向他朋友——年轻的木材商富凯居住的那条偏僻的山谷。于连并不急着见到任何人。他像一只猛禽一样藏在山顶那些光秃秃的岩石间，这样他可以远远就看见朝他走近的人。他在一面几乎垂直的峭壁上发现了一个小山洞，飞跑几步进入洞中。"在这儿，"他眼里闪着快乐的光芒，"谁也伤害不了我。"他忽然心生一念，既然别的地方对他都充满了危险，何不在这里享受一下把思想写下来的乐趣呢？于是他把一块方石充作桌子，开始奋笔疾书。等他终于注意到时，太阳已落入远方博若莱的那些大山后面了。

"我为什么不就在此过夜呢？"他对自己说，"我有面包，而且我是自由的！"随着这个伟大的字眼被他说出来，他的心兴奋了起来。他想人与人之间的那些虚伪的做作，会让自己在富凯家里也感觉不到自由。于是他就双手托着头，沉浸在幻想和自由的幸福中。长这么大，于连从未像在这个山洞里这么幸福过。他怔怔看着黄昏的光线一点点消失，黑暗逐渐笼罩世界，心灵在沉思中奔突。他开始想象有朝一日自己在巴黎可能的遭遇。首先是一个女人，她比在外省能见到的任何女人都美，都更有才华。他热烈地爱她，也为她所爱。如果他暂时离开她，那是为了去获取荣誉，为了更值得她爱。

一个在巴黎上流社会可悲现实中被教养成人的青年，假设他有于连的想象力，当幻想发展到这种地步时，他也会被冷酷的现实唤醒。壮举早已随实现的希望消失，取代它的是那句人们如此熟悉的格言："离开情妇，唉，就有一日两三次被骗的担心。"年轻的乡下人在他和最英勇的行为之间，只看见缺乏机会，其余的什么也看不见。

黑夜完全取代了白昼，现在想要下到富凯居住的小村庄，他还有两法里的路要走。离开小山洞前，于连小心把写的东西烧掉了。

当他在子夜一点敲响门时，他的朋友大吃一惊。那时富凯还在算账。这是个高个子的年轻人，脸上线条粗硬，鼻子极大，并且身材很不匀称，但在丑陋的外貌下却藏着一颗善良的心。

"你怎么突然跑来了？是不是跟雷纳先生闹翻了？"

于连就把头一天发生的那些事讲给他听，但是讲得很有分寸。

"那就留在我这儿吧，"富凯说，"我看出你现在很了解雷纳先生、瓦雷诺先生、莫吉隆专区区长和谢朗本堂神父这些人，你对这些人的秉性了如指掌，你已经可以参与拍卖了。你的数学比我强，你可以帮我记账。我的买卖现在很赚钱，一个人顾不过来，找一个合伙人又怕遇上骗子，所以每天都会丢失一些很不错的买卖。一个月前，我让圣－阿芒的米肖赚了六千法郎，我和他有六年没见了，这次是在蓬塔尼埃拍卖会上偶然碰上的。为什么你不能赚这六千法郎，至少也有三千呢？如果那天有你和我在一起，我会出高价承包采伐那片林子，所有的人都会让给我。做我的合伙人吧。"

这个建议让于连不高兴，因为他满心都是狂放的幻想。富凯还是单身，于是两个朋友像荷马史诗里的英雄一样开始自己做饭。吃饭时富凯给他看账本，向他证明自己的木材生意有利可图。富凯一向都很看重于连。

等于连终于能一个人在枞木小屋里躺下时，他对自己说："是啊，我可以在这里挣几千法郎，然后再去当兵或者做教士。这样看来要好得多。至于最终当什么那要看怎样最有利，还要看法国的形势。如果能攒下一笔钱，所有乱七八糟的麻烦都能解决了。隐居在深山里，还能治一下我的无知。好多东西我都不懂，可那些沙龙里的常客们都很在意。富凯不想结婚，可他老对我说孤独使他难受。这样看来很明显，他想要一个在他生意中没有投资的人做合伙人，只是想有一个能陪伴他的伙伴。

"难道我会欺骗朋友吗？"于连生气地叫出声来。一般来说，虚伪和无情是他最好的武器，但这次不一样，这次他动真情了，不能接受自己对富凯有任何的不诚实。

但于连突然高兴起来，因为他想到了拒绝的理由。"什么！要我这样虚度七八年的光阴？到那时我都二十八岁了；而在这个年纪，拿破仑已经完成了他最伟大的事业。当我为了贩卖木柴到处吃喝，为了赚点钱讨那些低俗可怜的骗子的欢心，最后，谁能保证我还有成就功名的热情呢？"

在第二天早晨，于连冷静地给了善良的富凯一个回答，说从事圣职的志向使他难以从命。富凯大为惊讶，他还以为合伙的事说定了。

"可你想过没有，"富凯继续苦口婆心，"我要你做合伙人，我每年可以给你带来最少四千法郎的收益，而你却想回雷纳先生那里去，他轻视你就像他轻视自己鞋上的泥！等你有了两百个金路易，有什么能阻止你进神学院呢？还有，说得过分点，我还能帮你弄到本地最好的本堂。因为，"富凯压低了声音，"我向某某先生，还有某某先生供应烧柴。我给他们头等的橡木，他们只照白木的价钱付款。

你不觉得这是最好的投资吗？"

　　但于连矢志不渝。最后，富凯不得不认为他脑子有问题。第三天一大早，于连就离开了他的朋友，他想在大山的林壑溪流间度过这一天。当他又看见那个小山洞时，心灵却再也没有了先前的那种宁静。因为他朋友的建议把它夺走了。就像海格力斯，如今他得做出抉择，不是善与恶的抉择，而是守着安适碌碌无为，还是去实现自己的雄心壮志。"由此可见，我还不具备坚强和刚毅。"正是这种犹疑不定让他痛苦，"看来我不是做伟人的材料，因为害怕用七八年时间来挣面包钱会消磨掉我的雄心，再也干不了大事。"

13 网眼长袜

小说，是一面可以一路拿在手里的镜子。

——圣雷阿 ①

等于连在夕阳残照时又看见维尔吉那座老教堂的废墟时，这才想到从前天晚上到现在，他竟一次也没有想到过德·雷纳夫人。"那天临走时，这女人提醒我和她之间有着天壤之别的距离，她对待我就像对待一个工人的儿子。无疑，她想向我表明，她后悔头天晚上让我握住她的手……可这手真美呀！这女人的顾盼之间，那种妩媚和高贵真让人心动！"

和富凯一起发财的可能性使于连在思考问题时，能心平气和些了，再也不必跟以前那样动辄激愤起来，主要原因就是因为贫穷给了他太大的压力，使他随时都会意识到自己的社会地位，从而容易走极端。现在他仿佛站在一处高高的岬角上，能俯瞰万千，客观对待贫穷与富有；不过需要强调的是，于连所谓的富有也仅仅是小康。尽管于连还不具备用哲人的深刻来判断自己的处境，但他的头脑此时很清醒，能感觉到这趟短暂的旅行对自己身心的影响。

应雷纳夫人的请求，他简略讲述了一下自己的这趟旅行。但他发现，对自己所讲的雷纳夫人表现出来惶恐不安。这让他很是惊讶。

富凯曾有过结婚的打算，也有过几次失败的爱情；两个朋友在深夜里对此做过详谈。富凯总是容易犯过于自信的毛病，而过后才

---

① 圣雷阿（1639～1692），法国神父，历史学家。此处所引不知出处。

发现自己并非对方心仪的对象。这在于连听来十分难以理解，但也让他受益匪浅。要知道于连平日里总是一味陷入自己想象的世界里，郁郁寡欢，不善于与人交往，这使得他很难从他人那儿得到教益。

他不在这段时间，生活对于雷纳夫人不过是一连串的痛苦；痛苦虽然是各式各样的，但对她都是一样的煎熬。这回她是真病了。

见于连回来，德维尔夫人就对雷纳夫人说："你这样不舒服，今晚就不要去花园了，潮湿的空气会加重你的病情的。"

看到雷纳夫人穿上了一双巴黎新到的网眼长袜，还有小圆头淑女鞋，德维尔夫人心中一惊。要知道雷纳夫人一向穿着简朴，并为此经常受到雷纳先生的责备。这三天，雷纳夫人唯一的乐趣就是裁一条夏裙，用的是一种很时髦的轻薄料子，并且让爱丽莎快快去做。于连回来不久裙子做成了，雷纳夫人立刻穿上。到这时，德维尔夫人确定："她在恋爱，不幸的女人！"对雷纳夫人的种种离奇症状她也就找到了明确原因。

她看到雷纳夫人跟于连说话时，脸一阵红一阵白，目光中满是焦虑不安地盯着年轻的教师看。她并不知道此时的雷纳夫人正在焦急等着于连宣布留下还是离去。于连压根没想到这一层，因此根本不曾涉及。痛苦的挣扎让雷纳夫人的声音颤抖着，终于大着胆子问他：

"您是不是准备丢下您的学生到别处去？"

雷纳夫人眼神的游移不定和她的问话的情绪，让于连大吃一惊。"这个女人爱我，"他心里这样断定，"可她的骄傲会让她等会就开始谴责自己的，一旦她不再担心我离开，就会重新开始她的傲慢。"于连迅速分析了两人目前所处的地位，于是支支吾吾回答说：

"这些孩子出身高贵，实在可爱。就这样丢下他们，还真有点舍不得。但这一步也许没法避免吧？一个人总该履行他的职责才是。"

在说到"出身高贵"（于连最近刚学到的一句贵族用语）这个词时，于连的内心大为反感。

"在这女人眼里，我，"他想，"就不属于出身高贵。"

雷纳夫人一边听他说，一边欣赏他的才智和英俊，他隐约让她看见离去的可能性，这刺痛了她的心。于连不在这段时间，雷纳夫人的一些维尼埃尔的朋友来维尔吉赴宴，都争先恐后夸雷纳先生有幸挖掘出来这位奇才。这倒不是说这些人对孩子们的进步有什么了解。光是背诵《圣经》而且是用拉丁文，就足够让这一带的人为之赞叹了。这样的赞叹也许会持续上百年呢。

于连不跟任何人说话，对这一切自然是浑然不知。假使雷纳夫人稍微冷静些，就会对他所赢得的声誉表示祝贺，而让于连的傲气得到了满足，也就对她温柔些；何况那件连衣裙让他觉得很可爱呢。雷纳夫人对连衣裙、对于连关于它发表的那些看法都感到高兴。她表示想去花园里转转，而且很快就说自己走不动了。于是她挽住了倦游刚回的于连的胳膊，然而，接触到他的胳膊，她的力气非但没有增加，反而一点也没有了。

天黑后，大家刚坐下，于连就使用了他得到的特权，大胆把嘴唇挨近漂亮的女邻座的胳膊，握住了她的手。但此时他想的不是雷纳夫人，而是富凯对他的情妇们所表现出的大胆，还有"出身高贵"这个词所带来的心理效应。邻座的美人握紧了他的手，他竟没有丝毫的快感。这天晚上，雷纳夫人过于明显地流露了自己的情感，甚至到了露骨的程度；但于连不仅没有感到得意，甚至都没有一丝兴奋；就连女性的娇美、雅致这些也没有让他动心。可叹世间女子总怨红颜易老，却不知心地纯良、宠辱不惊才能青春永驻。

于连整个晚上都显得懊丧。这之前他还只是为了社会的不公和自己的命运而愤愤不平，而如今，富凯给他的提示为他暗示了一条不能算是高贵的致富之路，反倒使得他对自己生气起来。他整个晚上都在想自己的心事，对两位夫人虽然也会敷衍几句，但完全没有真正去在意，最后竟然放开了雷纳夫人的手。这让我们的这位夫人惊慌失措，甚至当作是命运的不好兆头。

她要是能确信于连的感情，她的贞洁也许能找到力量对付他。然而害怕失去他让她昏了头，竟主动去抓住于连无意中放在椅背上的手。这下可惊醒了这个野心勃勃的年轻人，他真希望所有那些傲慢的贵族老爷都能见到这一幕。吃饭时，他同孩子们坐在桌子末端，他们微笑着望着他，可那是怎样一种恩主的微笑啊！"这女人再不能轻视我了，在这种情况下，"他暗想，"我应该对她的美貌有所感觉，我有义务成为她的情夫。"这样的念头，在他那朋友天真的表白之前是不会有的。

下定决心后他感到轻松快活。他对自己说："我必须得到这两个女人中的一个。"他觉得追求德维尔夫人要好得多，这倒不是因为她更可爱，而是因为在她眼里，自己始终是一个因学问而受人尊重的家庭教师，而不是最初出现在雷纳夫人面前的那个胳膊下夹着件花呢短上衣的木工。

于连继续观察自己的处境。他最终认清了自己不该考虑征服德维尔夫人，她大概已经觉察到了雷纳夫人对自己有意。他于是不能不回到雷纳夫人身上来。"我对这女人的性格知道些什么呢？"于连心想，"只是这一点：出门之前，我握住她的手她抽回了；今天，我抽回我的手她却又抓住，并且握紧。真是个好机会，让我把她曾给予我的轻蔑全都回报给她好了。天知道她有过多少情夫！她看中我，也许仅仅是因为见面容易。"

唉，这就是过度文明造成的不幸！一个二十岁的年轻人，只要受过些教育，其心灵就远离自然本性；而不能顺乎自然，爱情就常常是一种令人厌烦的责任。

于连那小小的虚荣心继续膨胀："我尤其应该在这女人身上取得成功，万一我将来发了迹，有人指责我当过低贱的家庭教师，我就可以说是爱情使得我屈尊的。"

于连把手从雷纳夫人的手中抽出，然后再去紧紧握住——这样是在表达得由他来做主。将近午夜时大家才回到客厅。雷纳夫人低声对他说：

"您要离开我们，您要走？"

于连叹了口气答道：

"我不得不走，因为我爱您爱得发狂了，这是一个错误……尤其是对一个年轻的教士来说！"

雷纳夫人忘情地靠在于连的胳膊上，以至于她的脸都感觉到了于连脸的温热。

同样一个夜晚，前后半夜截然不同。雷纳夫人因兴奋而情绪亢奋，春心荡漾难以自控。那些天性轻佻的女人因过早了解风情，对所谓爱的烦恼习以为常，真动情了，却已无法激情洋溢；如雷纳夫人这样的，连小说都很少读，爱所带来的幸福与刺激，自然是新鲜与激烈的。所有的一切对于她都是新奇的，什么担忧都不会在这种时候影响到她的情绪，更别说存在于未来的危险。在她的心中，十年后也会跟眼前一样幸福。至于那些责任、义务，还有对丈夫的忠诚，自己的贞洁之类，尽管这些天曾让她纠结，但到了此时却荡然无存。"我永远也不会答应于连什么的，"她对自己说，"我们将像一个月以来这样相处下去。他永远都是一个朋友。"

14 英国剪刀

一个十六岁的姑娘，脸色红润得像玫瑰，她却还要搽脂抹粉。

——贝利多尼 [1]

至于于连这边，富凯的建议几乎剥夺了他全部的快感，这让他一时间拿不定主意。"唉，也许我性格中缺乏刚毅，要是我是在拿破仑手下，一定不是一个好兵。但是，"他又想，"跟这家女主人之间的逢场作戏，也给我带来了一点乐趣。"

幸运的是，即使是在这类小事上，于连的内心也跟他嘴里说出的放肆的言语不同。刚开始他看到雷纳夫人有点紧张，因为她穿的这套新衣服太漂亮了——按照于连的眼光，这套新装就算是在巴黎也能算得上是出类拔萃。他一向自视甚高，不能容忍任何偶然性存在。他根据从富凯那儿得来的信息，还有从《圣经》里读到的关于爱情的那点知识，为自己制定了一个详尽的计划。虽然他不会承认自己有些慌乱，但他必须得写出计划来才能安心。

第二天一早，雷纳夫人和他有一段时间是单独在客厅里的，那时她问过他：

"您除了于连，还有别的名字吗？"

这算是一句讨好他的话，可我们的于连却不知如何回答。这个情况不在他的计划里。如果没有制订计划这种蠢事，于连灵活的头脑本可以派上用场。一般来说，意外情况总会激发他随机应变的能力。

---

① 贝利多尼，英国诗人拜伦的医生和秘书。

他这时显得傻乎乎的，并且显得笨拙。但雷纳夫人很快就原谅了他。因为她认为这也是来自一种迷人的天真。在她看来，这个大家认为才华横溢的人所缺少的恰恰是天真。

"我不信任你那位小家庭教师，"德维尔夫人好几次这样对她说，"我发现他小小年纪老是在琢磨什么，心机太深了点。我看他就是那种阴险的人。"

对雷纳夫人的问题于连不知如何回答，真不幸，对此他深感屈辱。

"一个像我这样的人，就不该这样丢人。"他抓住从一间屋子进到另一间屋子的机会吻了吻雷纳夫人，他认为这是他的责任。

无论对他还是对她，没有比这更意外、更令人不快，也更冒失的了。他们险些被人撞见。雷纳夫人以为他疯了。她被吓坏了，也感到自己受到了冒犯。尤其是让她想到了瓦雷诺先生。

她想："我要是单独和他在一起，不知道会发生什么事？"她的贞操观又回来了，因为这时候爱情消失了。那之后她就开始设法总让一个孩子留在身边。

于连一整天闷闷不乐，他的心思都用在了怎样实行他那个愚蠢的计划上。每看一眼雷纳夫人，他的目光都会带着探询；不过他还没蠢到看不出自己这样做不讨人喜欢来，更别说把人迷住。

他的笨拙而莽撞尽管让雷纳夫人惊讶。但她还是想："这就是羞涩的爱，真是一个才子！"同时她也忍不住有些高兴，因为他的表现说明，爱丽莎并没有得到过他的爱。

因为博莱专区区长夏尔科·德·莫吉隆先生的来访，午饭后雷纳夫人回客厅去了。她坐在一个很高的小绣架前做十字挑花的活，德维尔夫人坐在她旁边。在众目睽睽下，在大白天，我们的英雄于连居然认为有机可乘，把靴子伸过去踩雷纳夫人的秀足。而那网眼长袜和巴黎来的美丽的鞋子显然吸引住了风流区长的目光。

雷纳夫人吓坏了，她故意让剪刀、绒线团、针全掉在地上，来掩饰于连的胆大妄为。于连看见剪刀掉地上了，情急之下想用脚去阻拦一下，谁知那把英国钢制的小剪刀还是摔到地上摔断了。雷纳夫人连连表示惋惜，责怪于连没有坐得更靠近点。

"您先看见剪子掉了，您本该挡住的，可您的热心没挡住剪子，却给了我狠狠一脚。"

这种把戏骗得了区长，却骗不了德维尔夫人。"这个漂亮小伙子的举止真蠢！"她心想。外省首府的礼仪是绝不原谅此类错误的。雷纳夫人找到机会对于连说：

"谨慎点，我命令您。"

于连自己也发现了自己的笨拙，所以心里很生气，于是他长久地和自己争辩。他纠结于该不该对雷纳夫人的那句"我命令你"生气。他够蠢的，居然想："如果事关孩子们的教育，她可以这样说；可回答我的爱情时，她该认为我们是平等的。没有平等就不能爱……"而这之后，他满心里都是关于平等的老生常谈。他愤怒地默诵德维尔夫人几天前教给他的那句高乃依的诗：

　　……爱情
　　造就了平等，何须再追求平等。

于连执意扮演唐璜的角色，虽然他此生还不曾有过情妇。可是这一整天他的行为蠢透了。这期间他只有一个感受是对的，那就是他对自己、对雷纳夫人的厌倦。他就那样心怀恐惧看着夜晚的降临，因为那时候他又得坐到花园里，在黑暗中挨着她。最后他对雷纳先生说自己要去维尼埃尔看神父，晚饭一结束就走了，直到夜里很晚才回。

谢朗神父正忙着搬家，他果然被撤职了，职位被马斯隆副本堂神父接替。于连帮助善良的神父搬家，他想写封信给富凯，说他对从事圣职的不可抵抗的志向曾阻止他接受他的提议，现在他目睹了一件不公的事后，也许不进教会对拯救自己的灵魂更为有利。

于连为自己的机灵喝彩：在维尼埃尔本堂神父被撤职这件事上，他聪明地为自己留了后路。一旦可怜的谨小慎微压倒了豪情壮志，他还可以再回头去经商。

15 雄鸡一唱

"爱情"一词的拉丁文是 amor，

*因此始于爱慕，止于死亡*①。

但在这之前，忧心如焚，

还有悲痛、眼泪、欺骗、罪恶和悔恨。

——《爱情赞礼》

  于连一向自视甚高，对自己的机敏充满信心。要真是这样的话，那他就该为自己第二天要去维尼埃尔感到高兴了。因为他一走，大家就可以忘了他的呆头呆脑。但这天他心情不好，到了黄昏时分，他突然有了一个荒唐的想法，就立刻告诉了雷纳夫人。也是真够猴急的。

  当时大家刚在花园里坐定，等不及天完全黑下来，于连就凑近雷纳夫人的耳朵，也不管会不会对她的名誉造成损害，他对她说：

  "夫人，夜里两点钟我到您房里去，有话要对您说。"

  说这话的时候于连紧张得不得了，生怕遭到拒绝。扮演这种良家妇女的勾引者，于连心里的压力也自然很大。如果由着他的性子，他会好几天躲在房里，不再跟这两位夫人见面。他也明白，正是自己昨天干的事，把前一天自己给人的美好形象都毁掉了。而现在他也不知道该怎么办才好。

  雷纳夫人没想到于连居然会提出这样无礼的要求，因此她当时回答于连时非常生气。而于连则从雷纳夫人简短的回答中，品味出

---

① 法文"死亡"（la mort）刚好跟拉丁文的"爱情"（amor）押韵。

了轻蔑的味道。当时雷纳夫人的声音很小，于连不能确信自己是不是听到了一个"滚"字。于连借口有事对孩子们说，就到他们房间去了。回来后他坐在德维尔夫人旁边，离雷纳夫人远远的，这样他就避开了握还是不握她的手的难题。接下去谈话的内容很严肃，于连应付得也不错，中间只有过几次短暂的沉默，那是因为他正绞尽脑汁在着急。"我怎么就想不出点子来，逼她一下，让她做出亲热的表示呢？"他想道，"三天前，正是那些表示让我相信她是属于我的。"

于连自己把事情弄到难以收拾的地步，现在感到非常沮丧。其实事情要是太顺利了不见得就更好，那样可能让他更难办。

分手时已经到半夜了。他的情绪沮丧到了极点。他深信自己受到了德维尔夫人的蔑视，雷纳夫人也好不到哪去。

于连睡不着，情绪低落，屈辱折磨着他。他的心情很坏，而且感到屈辱。要他现在放弃所有的阴谋诡计，不再这样钩心斗角，和雷纳夫人平平淡淡安静地相处，就像是孩子似的满足于每天的那点点快乐，这在于连已经做不到了。

他累得脑袋疼，想出种种巧妙的伎俩；转眼又觉得荒唐可笑而否决掉。总之他难受极了。这时，城堡的钟敲响了深夜两点的钟声。

钟声惊醒了他，就像鸡叫惊醒了天堂的守门人圣彼得那样。他突然发现自己正处在紧要关头，不得不面对这件麻烦了。说实话，自从那放肆的提议之后，他都没再想过这事。当时他就没得到她甚至是客气的回答。

"我对她说过我两点钟去她那里，"他一边起身一边对自己说，"我可以没什么经验，也很粗鲁，像一个乡巴佬的儿子那样。德维尔夫人的暗示很清楚地提醒了我。但我可不能就此罢手，要不会显得软弱。"

于连完全有理由为自己的勇气骄傲，他还从不曾让自己这样勉为其难。打开房门时，他浑身都在发抖，两腿也发软。他甚至都不得不靠在墙上休息一会。

他光着脚走到雷纳先生的门口听了听，里面传出鼾声。这让他有些失望，因为这样一来他就再也没有理由退缩，不得不去她的房间了。但，天哪！他去她房间里干吗去呢？对此于连一点计划都没有；即使是有过，他这样的状况也无法加以实施呀！

但最终，他还是强忍着比去受死还要大的煎熬，走进了那条通向雷纳夫人卧室的狭小甬道。来到那间房间的门口，他伸手要去推开房门，浑身哆嗦着，弄出了惊心动魄的响声。

壁炉下点着一盏灯，让屋内有一些亮光。真不幸，这一点是他不曾想到的。见他进来，雷纳夫人猛地跳下床叫喊着："啊，你这疯子呀！"这时候于连早就把他那些无用的计划忘得干干净净，他露出了自己本来的面目。要是没法博得这位美人的欢心，那才是他人生的彻底失败。他不管她的责骂，在她面前跪下，紧紧抱住她的双膝。她一连串说出的话非常难听，而他也痛哭流涕着。

几个钟头后，当于连走出雷纳夫人的卧房时，用小说笔法我们可以说他应该是心满意足，别无所求了。事实上，光靠他那可笑的机智，是根本不足以取得这样的胜利的。一方面因为他引发了对方对他的爱，还有一点就是对方的美色让他完全变得无法控制。

然而，即使是在那男欢女爱最甜蜜激奋的时刻，他也摆脱不了古怪的傲气。在那样的时刻他也还是在本能扮演着征服者的角色。他简直就是在竭力破坏自己的可爱之处，真令人难以置信。他不去注意自己被激起的狂喜，也不去注意使欢情更甚的娇羞，反而不断想着责任之类。他害怕自己一旦离开了打算效法的理想模式，就会陷入痛苦的悔恨之中，成为笑柄。一句话，使于连出类拔萃的那种东西，恰恰使他不能享受就在眼前的幸福。这就像是一位十六岁的少女，本来就娇艳欲滴，为了去参加舞会，却愚蠢地涂脂抹粉。

于连的出现把雷纳夫人吓得要死，很快，最残酷的不安又来折磨她。于连的哭泣和绝望使她六神无主了。

甚至在她没有什么可拒绝了的时候，她仍怀着真正的愤怒先是把他推得远远的，然后又投入到他的怀抱中。这过程里一切都是来自本性，没有丝毫矫揉造作。她相信自己已被罚入地狱万劫不复，她试图回避地狱的景象，就百般温存爱抚于连。一句话，只要我们的主人公知道如何享用，他的幸福就会是完满的，甚至他刚征服的女人身体带给他的那种温暖的热潮，也会让他难以忘怀。在于连走后，使她神魂颠倒的云雨之情还没有平复，当然也同时伴随着撕裂般的悔恨。

"主啊！幸福，被爱，就是这样的吗？"于连回到自己房间后做的第一件事就是这种感慨。长久的渴望一旦得到满足，就会适得其反，身心都会陷入惊惶之中。他习惯于渴望，现在却没什么要渴望的了，不过刚刚的感受还只是过眼的云烟，还没能成为回忆。像一个参加检阅归来的士兵，于连开始检点自己的表现，开始回想那些细节。

"攸关职责，该做的我都做到了吗？会不会存在什么缺失？我的角色扮演得成功吗？"

什么角色？一个惯于引起女人注目的男人的角色。

16 全新的一天

他转过唇来对着她的唇，

用手召回她那在彷徨的秀发。

——《唐璜》第一章第一百七十节

对于连来说，幸运的是德·雷纳夫人过于激动、惊讶了，完全没发现这个转眼间成为自己生命的一切的男人有多愚蠢。

当天快亮时她催促他走。

"啊！我的天主，"她说，"要是我丈夫听见了响动，我就完了。"

那时于连居然还有工夫玩弄辞藻，他想起这么一句：

"您会惋惜失去生命吗？"

"噢！此时此刻多好啊！但我绝不后悔认识您。"

于连故意在天大亮时才大摇大摆离开，这样让他感到了尊严。

于连内心里一直有着这样一个愚蠢的念头，那就是要显得像一个有经验的男人。于是他不停研究自己的每一个细微的动作。他如此专心只有一个好处，那就是在吃中饭时再见到雷纳夫人，他的言谈举止是来自自己的杰作。

而她呢，一看他脸就通红，可不看他又一刻也过不下去；她觉察到了自己的慌乱，就竭力去掩饰，可适得其反——于连只抬眼望过她一次。开始，雷纳夫人很欣赏他的谨慎，但很快就开始慌神："难道他不再爱我了？"她心里嘀咕，"唉！我对他来说太老了，我比他大十岁呀。"

从餐厅到花园，一路上她都握住于连的手。这一不寻常的爱情表示让他惊讶，他看她时眼里充满热情；因为吃午饭时他觉得她很漂亮，当时他把时间都用来咀嚼她的魅力了。这目光给雷纳夫人带来了慰藉，虽然没有完全消除她的惶恐，却几乎完全解除了她对丈夫的内疚。

午饭时这位丈夫丝毫也没有察觉，可德维尔夫人就不一样：她相信雷纳夫人就要屈服了。整个白天，出于友情，她没少用隐晦的语言严厉地提醒雷纳夫人，为她描绘可怕的后果。

可雷纳夫人心急如焚想要和于连单独在一起；她想问他还爱不爱她。尽管她的性格温和，还是好几次差点让她的朋友明白，她是多么让人讨厌。

晚上在花园里时，德维尔夫人做了巧妙的安排，让自己坐在雷纳夫人和于连之间。而雷纳夫人原本为自己勾画了一个快乐美妙的情景，她会握着于连的手凑近唇边，可现在连一句话也不能跟他说。

这种意外使她躁动不安，悔恨噬咬着她。头天夜里她曾那样责备于连不谨慎，可现在却担心他今夜不来。她早早就离开花园回到自己房里安歇。但情急难耐，就跑到于连的门口把耳朵贴在门上倾听。这时候尽管她被疑虑和情欲淹没着，可还是不敢进去。这举动在她看来简直就是可耻的，有一句外省的谚语"送上门"说的就是这种事。

仆人们有的还没睡。谨慎终于迫使她回到自己房里。两个小时的等待就像是两个世纪的漫长煎熬。

可于连过分忠于他所谓的职责了，他绝对不会不按部就班执行自己的规定。

一点的钟声敲响后，他才悄悄溜出房门，先确定雷纳先生确实熟睡后，才来到雷纳夫人的房里。这一次，他在女友身边感到了更多的幸福，因为他不再时刻想着扮演那些自己想到的角色。他看足了，听够了，雷纳夫人关于她年龄的那些话也让他更加有了信心。

"唉！我比您大十岁！您怎么能爱上我呢？"她反复说，也没有什么别的意思，就是因为这个念头一直压在心里。

于连完全不能理解她的这种焦虑和不安，但他能感觉到她这样是真实的。这样一来，他几乎完全忘了自己会显得可笑的担心。

他原以为自己出身微贱，会被她看作是一个地位低下的情夫；现在，这愚蠢的念头消失了。于连的狂热使他那胆怯的情妇渐渐放下心来，她又尝到了一点点幸福，并且有了评判她情夫的能力。幸好他这一次几乎没有那么多的做作，不再把幽会变成跟昨夜一样的征服。假使她觉察到他在用心扮演一个角色，这种可悲的发现将会把她的幸福彻底葬送。那样一来，她只能看到自己的年龄所造成的可悲后果。

虽然雷纳夫人从未想到过那些有关爱情的理论，但在外省，一谈到爱情，年龄的差别总是仅次于财产的话题。

短短几天，于连恢复了他这个年纪应有的热情，爱得神魂颠倒。

"应该承认，"他想，"她心地善良得像天使，而且没有人比她更漂亮了。"

他再也不想演戏了。在纵情而放任自己倾诉时，他甚至承认了自己的担忧。这番倾诉把他所激起的热情推向极点。"这么说我那情敌还不曾幸福！"雷纳夫人不由得心花怒放。她大着胆问到他如此关心的那幅肖像，于连发誓说那是一个男人的。

当德·雷纳夫人还有足够的冷静进行思考时，她简直惊奇得不得了，世上居然还有这样的幸福，她连想都没想过。

"啊！"她想，"要是十年前认识于连该多好！那时候的我比现在要漂亮。"

于连可想不到这些。他的爱情本质上仍然是一种野心，是一种占有的快感；他是一个被人看不起的可怜虫，而她，一个高贵、美丽的女人。他那些爱慕的举动，面对女友的魅力时所流露的激情，终于模糊了她内心对年龄差异的恐惧。在更为开化的地区，一个三十岁的女人早就有了处世经验，如果德·雷纳夫人稍有些此种经验，她会担心的就不是年龄，而是一种只靠惊奇和自尊心维持的爱情能否长久。

在他不再想着自己的勃勃雄心后，于连开始连雷纳夫人的帽子、衣裙都狂热赞赏。它们散发的香气使他快乐，总也闻不够。他打开她的衣橱，几个小时站在那欣赏他在里面发现的美和整洁。当他盯着那些仿佛新郎送的结婚礼物一样的首饰和衣物时，他的女友则依偎着他。

"我原本可以嫁给一个这样的男人！"德·雷纳夫人有时会这样想，"一颗心有多火热呀！跟他在一起会有多快乐啊！"

至于于连，他还从未这样接近过女人这些令人销魂的手段。"就是在巴黎，"他对自己说，"也不可能有比这还漂亮的东西了！"于是他对他的幸福不再有异议。情妇真诚的赞赏，她的狂热，常常使于连忘掉他那些无用的理论，这理论在这场私情的最初曾使他呆板可笑。尽管他对虚伪早已习以为常，但有时他还是会觉得，向这位钦佩他的高贵夫人承认自己对那些礼节与人情世故一窍不通，是种快乐的事。他情妇的地位似乎使他超越了自己，雷纳夫人则觉得能在很多小事上做这个才华出众、人人都视作前途无量的年轻人的导师，是无比甜蜜和快乐的。要知道这个年轻人，甚至让专区区长和瓦雷诺先生也不能不佩服。这让她开始觉得他们不再那么愚蠢了。至于德维尔夫人可没有这样的想法。她对她相信自己已经猜中的事感到绝望，眼见明智的劝告被一个昏了头的女人讨厌，她不得不离开维尔吉。走的时候她没有说明原因，别人也避免去问。德·雷纳夫人洒了几滴泪，很快就被成倍增加的幸福淹没。德维尔夫人一走，她就可以整天单独和情人在一起了。

于连也沉湎在情人的温柔中，而每次一旦他独处的时间长了，富凯那个建议就会来撩拨他。新生活的最初几天，从未爱过也从未被爱过的于连觉得做个真诚的人是甜蜜和愉快的，他差点就向雷纳夫人坦白他的野心，这野心迄今为止一直支撑着他。富凯的建议对他有种奇怪的诱惑力，他想能不能就此问问她的意见，但后来发生了一件小事，任何坦诚都变得不可能了。

17 市长第一助理

唉！青春期的恋爱像阴晴不定的四月天，太阳刚刚照耀着大地，顷刻之间又乌云密布！

——莎士比亚《维罗纳绅士》第一幕第三场

有一天日落时分，他坐在果园深处和情妇在一起，远离了那些讨厌的人。那时候他陷入沉思，他想："这样甜蜜的时刻会永远继续下去吗？"然后，他被谋取一个职位的困难吸引住了。他很快认识到这是一个很大的不幸，它结束了一个人的童年，也会耗费掉一个穷人的最初的青春。

"啊！"他叫起来，"拿破仑的确是天主给法国青年派来的，谁能代替他？没有他，那些不幸的人，即使比我富有，刚好有几个埃居受到良好教育，但不能在二十岁时买一个人替他服兵役，不能从事一种事业，他们又能怎样呢？无论怎么做，"他深深叹口气，"这摆脱不掉的回忆使我永远不能幸福！"

他看到雷纳夫人皱起了眉头，神情变得冰冷和轻蔑；在她看来，只有做仆人的人才会有这样的想法。她从小到大一直知道自己富有，她觉得于连理所当然也应如此想。她爱他胜过爱自己的生命一千倍，她根本没有想到过钱。

于连怎么也不可能猜到她会有这样的想法。她的皱眉一下子把他拉回到现实里。他的脑子够灵活的，话头一转，告诉这位挨着他坐在青草墩上的贵夫人，他刚才说的话是他这次出门在那位木材商朋友那儿听来的。这就是那些亵渎宗教的人的想法。

"好吧！以后您别再跟这些人来往了。"德·雷纳夫人脸上还残留着刚刚那种冷冰冰的神情，就是这种神情替代了先前的温柔。

她的皱眉，或者说为自己的冒失感到后悔，是于连的幻想遭到的头一次打击。他在心里对自己说："她善良，温柔，对我有强烈的兴趣，但她是在敌对阵营中长大的。这个阵营一定是非常害怕这样一个由受过良好教育，却没钱去从事一个职业的勇敢的人组成的阶层。这些贵族，如果让我们有机会和他们展开一场武器对等情况下的搏斗，结果会怎样呢？比如我像德·雷纳先生那样是维尼埃尔的市长，并且我心地善良，为人正直，看我会怎样把副本堂神父、瓦雷诺先生连同他们那些坑蒙拐骗偷的勾当都扫地出门吧！正义会在维尼埃尔取得胜利！他们的才干绝对不可能成为我这样做的障碍。他们永远都是在盲人摸象。"

那一天，于连的幸福眼看就可以成为长久的了。问题是我们的主人公缺的是勇气和坦诚。他现在需要的是投入战斗，并且是勇敢地战斗。雷纳夫人对于连的话感到吃惊是因为她那个圈子里的人总是在说：罗伯斯庇尔之类的人之所以可能卷土重来，主要因为存在着这些受过良好教育的下等阶级的年轻人。雷纳夫人的冷淡持续得相当久，而且让于连觉得很明显。但这主要是因为在被于连的那番话引起了反感后，自己又说了一些不是很合适的话，她为此在担心于连是不是受到了伤害。她的这种担心清楚地写在她脸上；她这张脸在远离那些让她厌烦的人时，或者是在感到幸福的时候，是多么纯洁、天真。

于连不再敢纵情遐想了。他变得冷静了很多，而且不再那么多情。他认识到去德·雷纳夫人房里是不谨慎的，而是她到他那去要好些，因为如果被某个仆人看见，能找出二十种不同的借口。

只是这也有不便之处。于连从富凯那里收到一些书，作为一个学神学的学生，这些书他自己是绝不可能去书店订购的。他只敢晚上看。他想安静读书而不被打搅，于是就希望她不要出现。可仅仅在那次果园风波前的一天，他还渴望着她的夜访呢。那时候他可没心思读书。

多亏雷纳夫人，他才能以一种全新的方式去理解那些书。他曾大着胆子向她问起许多一个出生在上流社会之外的青年很难知道的小事，但这样一来就会影响到他的理解力，无论一个人有多高的天分，都不可能理解自己不知道的事。

接受一个极其无知的女人给予的这种爱的教育是一种幸福。于连能够看清如今的上流社会，因为他没有被传统所蒙蔽，比如两千年前或者六十年前伏尔泰①和路易十五②时代的那些对上流社会的描述。让他感到无比快乐的是，遮住他视线的那层帷幕落下来了，他终于懂得了维尼埃尔发生的那些事。

出现在前景中的，是近两年来在贝藏松省长身边策划的一些很复杂的阴谋。这些阴谋得到了来自巴黎的一些最著名的人士所写的信的支持。目的是要让德·穆瓦洛先生，也是本地最虔诚的人担任维尼埃尔市长的第一助理而不是第二助理。而他的竞争者是一位很有钱的制造商，必须把他压到第二助理的位置上去。

当地上层人士经常到德·雷纳先生家吃饭，因此于连能听到一些含蓄的话语，而如今他终于明白了是怎么一回事。这些维尼埃尔享有特权的上层人士，对挑选一名第一助理非常关心，而城里的其他人，尤其是那些自由党人，甚至都没想到会是穆瓦洛。让这件事变得至关重要的原因，是维尼埃尔的大街东边需要向后缩进去九尺多这件事，因为这条大道现在变成了国王的国道。

现在的问题是，穆瓦洛先生有三幢房子在这次缩进的范围内。如果他能当上市长第一助理，以后再在德·雷纳先生被任命为议员后能继任市长的话，他就会闭上眼视而不见，其他人就可以对那些影响到了国道的建筑做一些小的修改，这样一来，就可以再维持一百年不需要动了。尽管德·穆瓦洛先生一向以正直与宗教虔诚著名，但大家都相信他会与人方便，因为他有好多孩子。在应该缩进的房屋中，其中有九栋属于维尼埃尔最富有的人家。

① 伏尔泰（1694～1778），法国启蒙思想家、哲学家和作家。
② 路易十五（1710～1774），法国国王。

在于连的眼里，这个阴谋比丰特诺瓦^①战役的历史更为重要，他还是在富凯寄来的一本书中第一次知道这个战役的。在开始晚上去本堂神父家学习的五年时间里，他知道了很多让他吃惊的事情。然而谨慎和谦卑是学神学的学生首要的品质，所以贸然提问对他来说是不可能的行为。

一天雷纳夫人吩咐她丈夫的随身仆人，那个于连的对头去办一件事。

"可夫人，今天是本月最后一个星期五。"那人这样说时神情非常古怪。

"那就算了。"德·雷纳夫人说。

"哼！"于连想，"他要去干草仓库了，那儿过去是教堂，最近里边在举行什么祭礼。可他们在那儿干什么呢？这秘密我一直猜不透。"

"那是一个很有益但很古怪的组织。"雷纳夫人说，"不接纳女人，我只知道里面的人都用第二人称单数相称^②。比方说，这仆人会在那儿见到瓦雷诺先生，这个那么傲慢愚蠢的人，听见圣让用第二人称单数称呼他不但不会生气，还会用同样的方式回答。如果您很想知道他们在里面干些什么，我有机会会帮您问问德·莫吉隆先生和瓦雷诺先生的。我们为每个仆人付二十法郎，就是为了有一天他们不会砍我们的脖子。"

随着时间的流逝，每当回味起情妇的魅力，于连就能暂时忘掉自己内心里隐藏着的野心。因为分属敌对阵营，所以他不得不避免跟她说那些沉闷以及正儿八经的事。而正因为这样，才在不知不觉中强化了她带给他的幸福感，并且也让她获取了对他一定程度的控制。

孩子们太聪明了。有他们在场，他俩就只能保持理性，并且说话交流也不得不严肃。这样的时候，于连总会用一双闪烁着爱情光

---

① 丰特诺瓦，比利时一座小镇。1745 年 5 月 11 日法国军队在这里打败了英国、奥地利、荷兰联军。

② 法国人一般使用第二人称复数(通常翻译为"您")称呼对方，以表示尊重和礼貌。使用第二人称单数（一般翻译为"你"），主要是在关系亲密的人之间。此处应该指的是法国圣会组织，尤其是那些由仆人组织起来的团体。

芒的眼看她，极其温顺地听她讲述上流社会的情形。当雷纳夫人讲述一件比如与一条道路有关，或者是跟一份供应合同的欺诈有关的事情时，经常会讲着讲着就走神，变得忘乎所以；这时候于连就不得不责备她，因为她竟会对他做出些像是对自己孩子的亲热举动。这是因为在有些时候她会产生幻觉，觉得应该像爱孩子一样爱于连。她不是不断在回答他那些天真的问题吗？他所问的那些简单的事，一个出身良好的孩子十五岁前就知道了。可一转眼她又会像钦佩主人那样钦佩于连。他的才华甚至高到使她害怕的地步。她相信她在这位年轻的神学学生身上，一天比一天更清楚地看到了一位不久将来的伟人。她看见他成了教皇，成了黎塞留①那样的首相。

　　"我能活着看到您尽享荣耀的那天吗？"她这样问于连，"一个伟人自有其位置，王国和教会需要他。"

---

① 黎塞留（1585～1642），法国国王路易十三的宰相，红衣主教。

18 国王临幸维尼埃尔

难道你们只适合于像那些没有灵魂、血管里不再有鲜血的平民的尸体一样被抛弃吗?

——主教在圣克莱芒教堂的演讲

九月三日晚上十点,一名宪兵骑着马在大街上飞奔而过,急促的马蹄声惊醒了全维尼埃尔的人。这位宪兵带来了国王陛下将于下星期日驾临维尼埃尔的消息。那天是星期二了。省长批准,也就是说他要求组建一支仪仗队,场面要尽可能奢华。一个急使被派往维尔吉。

德·雷纳先生连夜赶回。全城都动起来了。每个人都有自己的要求,而那些闲人则租用阳台以观看国王进城。

谁将担任仪仗队指挥呢?德·雷纳先生立刻就看出,为了那些要往后缩的房屋的利益,让德·穆瓦洛先生来指挥是多么重要。这可以为他取得第一助理的职位增添筹码。德·穆瓦洛先生的虔诚无话可说,可他从没骑过马。此人三十六岁,胆小如鼠,既怕从马上摔下来,又怕惹人笑话。

早晨五点钟市长就命人把他叫了去。

"您看得出来,先生,我征求您的意见就像您已经担任了有教养的人希望您担任的那个职务一样。在这座不幸的城市里,制造业繁荣兴旺,自由党成了百万富翁,并且渴望得到权力,他们是什么都可以拿来作武器的。想想国王和王国的利益,还有我们神圣的教会的利益吧,先生。您想我们能把指挥仪仗队的重任交给谁呢?"

尽管怕骑马怕得要死,德·穆瓦洛先生还是像殉道者一样接受了这个任务。"我会举止得体的。"他对市长说。时间不多了,他刚来得及让人把那套军装整理好，那是七年前一位亲王路过时用过的。

到了七点，德·雷纳夫人和于连带着孩子们从维尔吉回来了。她发现客厅里挤满了自由党人的太太，她们主张各党派联合一致，求她丈夫把仪仗队的名额给她们各自的丈夫一个。其中的一位还说，如果她的丈夫不能入选，他会因伤心而破产。德·雷纳夫人很快把这些人打发走了。她显得十分忙碌。

于连感到惊奇的同时更感到恼火。她竟神秘兮兮不告诉他是什么使她这样激动。"我早料到了，"他心里感到痛苦，"碰上在家里接待国王这样的事，她的爱情就无影无踪。要等到她的等级观念使她发晕时，她才会重新爱我。"

可奇怪的是，他因此反而更爱她了。

屋里到处都是干活的人，工人们已经开始装潢和布置。于连等了好久也没有机会跟她说话。终于，他看见她从他的房间里出来，拿着他的一件衣服。这时候周围没有人，他想跟她说话。她却一溜烟跑了。"我真傻，竟爱上这样一个女人，野心使她变得和她丈夫一样疯狂。"

她其实是比丈夫还要疯狂。她有一个强烈的愿望，就是看见于连脱下那身晦暗的黑衣服，哪怕一天也好。这个如此天真朴实的女人使出的手段叫人佩服，她先后说服了德·穆瓦洛先生和专区区长德·莫吉隆先生，让于连当上了仪仗队员，为此挤掉了别的几个年轻人，而这些人都是很富有的实业家的子弟，其中至少有两个还是极其虔诚的信徒。瓦雷诺先生原打算把马车借给本城最漂亮的女人，好借此炫耀一下他的诺曼底骏马，现在也同意借一匹给于连，而他最恨于连了。所有的仪仗队员都有自己漂亮的天蓝色制服，没有的也都去找人借来了；这种带着银质上校肩章的制服七年前曾非常流行。德·雷纳夫人希望能有一套全新的，于是在仅有的四天时间里派人去贝藏松买回了制服、武器、帽子等行头。有趣的是，她觉得在维尼埃尔给于连做衣服是对于连的不尊重。她这是想让于连和全城的人都大吃一惊。

组织仪仗队和鼓动人心的工作结束后，市长就开始忙于筹备盛大的宗教仪式。因为国王想在路过维尼埃尔时参拜圣克莱芒的遗骨，这遗骨保存在离城不到一法里的博莱－勒奥。参加仪式的教士多多益善，不过这件事安排起来最难；新任本堂神父马斯隆先生想尽力避免谢朗先生在场。德·雷纳先生向他指出这样做是不慎重的，然而没用。德·拉莫尔侯爵先生的祖上有几位曾长期担任本省省督，这次他被指定陪同国王，而这位侯爵认识谢朗神父已有三十年。他到维尼埃尔后肯定会打听他的消息，一定会去谢朗神父隐居的小房子看他的，而且还会带着他能动用的所有随从。这样一来该会是怎样响亮的一记耳光啊！

"但这样一来，我在这里和贝藏松就得丢脸了。"马斯隆神父说，"如果他出现在我的教士中间。那可是一个冉森派呀，天主！"

"我可不管您说什么，亲爱的神父，"德·雷纳先生反驳道，"我决不让维尼埃尔的市政府冒这个险，被德·拉莫尔先生羞辱一番。您还不了解他，他在宫里循规蹈矩，可在这里，在外省，却是个十足的恶作剧者，喜欢挖苦讽刺，一心想使人难堪。他可以单单为了取乐就让我们在自由党人面前出丑。"

经过三天谈判，到了星期六的夜里，马斯隆神父的自尊心才在市长大人的决心面前屈服。现在要做的是给谢朗神父写一封甜言蜜语的信，请求他在高龄和身体允许的情况下，出席博莱－勒奥的遗骨瞻仰仪式。谢朗先生向于连提出要求：于连作为助祭陪伴他。

星期天一早，成千上万邻近山里的农民就涌进了维尼埃尔的街道。天气极好。临近三点，人群骚动起来，有人看见距维尼埃尔两法里的一座悬崖上燃起了大火。这是宣布国王刚刚踏上本省地界的信号。立刻钟声齐鸣，一尊属于本城的古老的西班牙大炮连续发射，表示对这件大事的庆祝。女人们都来到阳台上，仪仗队开始行动。光彩夺目的制服受到人们的交相称赞，几乎每个人都认出了一个亲戚或是一个朋友。大家纷纷嘲笑德·穆瓦洛先生的胆小，他小心翼翼的手随时都准备抓住马鞍架。可当他们注意到一件事后，其余的一切都变得不值一顾：第九排的第一名骑士是个身材瘦削的漂亮小伙子。一开始大家没认出是谁，但很快就有人发出愤怒的喊叫，有人惊讶得说不出话来。这一下到处都开始骚动。人们认出这个骑在瓦雷诺先生的诺曼底马上的年轻人，是木匠索雷尔老爹的小儿子小索雷尔。大家开始齐声谴责市长，特别是那些自由党人更是怒不可遏。怎么能这样，就因为这个装扮成神父的小工人做了他的小崽子们的家庭教师，就敢把他选作仪仗队员，而把有钱的制造商某某先生的儿子某某，还有某某先生排除在外！"这些先生，"一位银行家的太太叫喊着，"应该当众羞辱一番这个粪堆里出生的傲慢无礼的小东西。""他真阴险，而且还带着刀。"旁边一个男人说，"得提防点他拿刀砍他们的脸。"

贵族圈子里的议论更危险。太太们开始寻思，这种极端失礼的行为是不是市长一人的事。一般来说，他们还是承认他这个人一向都对出身看得很重。

于连引起了纷纷议论，这也让他成了世上最幸福的男人。他生来胆大，骑在马上比这座山城大部分年轻人都驾轻就熟。他从女人们的眼里看出她们说的是自己。

他的肩章因为是新的而比别人的亮；他的马比其他人的都要精神抖擞。这让他到了快乐的顶点。

行至古城墙附近，那门小炮的炮声惊了马，马跳到了行列外去。而正是在这时他的幸福没了边儿。出乎所有人的意料，他居然没有摔下来。从此，于连觉得自己是英雄，是拿破仑的副官，正在向敌人的炮兵阵地冲锋。

其实这时有一个人比他更幸福。雷纳夫人先是从市政厅的一个窗口看见他经过，然后登上敞篷四轮马车，飞快绕个大弯儿追赶着仪仗队。于连的马出列时她正好赶到，吓得直哆嗦。最后，她的马车出另一座城门一路飞奔，赶到国王要经过的大路上，在二十步外，裹在一片高贵的尘土中紧随着仪仗队。市长荣幸地向陛下致辞，一万农民齐声高呼着："国王万岁！"一小时后，国王听完所有致辞要进城了，那门小炮又开始急速发射。可紧接着就出事了。出事的不是那些在莱比锡和蒙米拉伊①经受过战场考验的炮手们，而是未

---

① 莱比锡和蒙米拉伊，指的是德国城市莱比锡和法国城市蒙米拉伊。拿破仑曾在1813年和1814年分别在两地打败了联军。

来的市长第一助理德·穆瓦洛先生。他的马把他轻轻掼进大路旁唯一的一个泥坑里。混乱由此而起，因为大家得把他从泥坑里拉出来，好让国王的车子通过。

国王陛下在美丽的新教堂前下了车。这一天教堂把它所有的深红色幔帐都挂上了。国王用餐完毕，立即就要去瞻仰圣克莱芒的遗骨。国王一到教堂，于连就飞马奔向德·雷纳先生的府邸。在那儿，他叹着气换下那套漂亮的天蓝色制服，当然还有佩刀和肩章，再次穿上已经磨损了的小黑衣。然后他又骑上马，一刻不停赶到坐落在一座美丽的小丘顶上的博莱－勒奥。"狂热使这些农民的人数越来越多，"于连想，"维尼埃尔挤得寸步难行，这座古老的修道院周围也有一万多人。"修道院有一半毁于大革命时期对文物的破坏，复辟后重新修复，显得更加壮丽，而且人们已经开始谈论奇迹的发生了。于连找到谢朗神父，神父狠狠责备了他一顿，交给他一件黑道袍和一件白法衣。他匆忙换上，紧随着谢朗先生去觐见年轻的阿格德[1] 主教。这位主教是德·拉莫尔先生的侄子，负责陪国王瞻仰遗骨。可一时半会到处也找不到这位主教。

教士们不耐烦了。他们在古老的修道院阴暗的哥特式回廊里等着他们的首领。一共召集了二十四位本堂神父，用来代表一七八九年前由二十四位议事司铎组成的博莱－勒奥教务会。大家哀叹主教的年轻，三刻钟后，本堂神父们认为应该让教长先生去找主教大人，提醒他国王即将驾到，到祭坛去的时候已经到了。谢朗先生的高龄使他成为教长，他虽然还在生于连的气，但还是示意他跟上。于连的法衣非常合身。不知道他用了什么样的教士装扮法，一头鬈发居然变得又平又直；可由于一时疏忽，他道袍的长褶下露出了仪仗队员的马刺，这使谢朗先生更加恼怒。

来到主教的套房，几个身材高大打扮得花里胡哨的仆从，爱答不理地回答老本堂神父，说主教大人不见客。谢朗神父想解释一下，

---

① 阿格德，法国埃罗省城市。

说自己作为博莱－勒奥的教务会教长，有权随时面见负责主祭的主教。可那些人根本不当回事儿。

仆从的无礼激起了于连的傲气。他开始沿修道院的宿舍一间间找，遇门便推。有一扇很小的门，他使劲推开后，进到了一个小房间，里面有几位身着黑衣、脖子上挂着链子的主教大人的随身仆人。这些人见他神色匆匆，以为是主教叫来的，就放他过去。他走了几步，进入一间哥特式大厅，厅内阴暗，墙上铺着黑色橡木的护壁板；尖拱的窗户除了一扇外，全部用砖头堵死。砖砌得很粗糙，没有一点遮掩，与护壁板的古色古香形成可悲的对比。这间大厅在勃艮第的考古学家中很有名，它是大胆查理公爵于一四七〇年为了赎一桩什么罪而修建的，它较为宽大的两侧布满了雕刻精细的木质的神职祷告席。上面还可以看到用各色木头镶嵌的图画，表现《启示录》[①]神秘的故事。

裸露的砖和依旧很白的灰破坏了大厅的富丽堂皇，令人感到凄凉，这深深触动了于连。他默默站住。大厅的另一端那扇唯一有光线进入的窗前有架桃心木框的活动镜子。一个年轻人身着紫袍和镶花边的白法衣，光着头站在离镜三步远的地方。这家具出现在这样的地方显得很怪异，一看就是刚从城里运来的。于连发现这个年轻人面有愠色，正用右手朝着镜子庄严地做着降福的动作。

"这能说明什么？"于连想，"这年轻人是在为仪式做准备吗？也许是主教的秘书……他会像那些仆从一样无礼的……我的天，管它呢，试试看再说。"

他走向前去，走得很慢，眼盯着那扇窗户，同时望着那个年轻人。这年轻人继续降福，动作很慢，但次数多得没个完，而且一刻也不停。

当于连越来越近时，他看清了那张不高兴的脸色。饰有花边的法衣很华丽，于连不由自主在距离豪华的镜子几步远停住了。

"我有责任开口说话。"他对自己说；然而大厅的华丽使他心情激动，他预先对人家将会对他说的粗暴的话感到气愤起来。

---

① 《启示录》，《新约圣经》最后一卷。其中第二部分以"见异象"的形式详细罗列了世界末日的各种景象。

那个年轻人在镜子里看见了他，转过身来不悦的脸色立刻变了，以最温和的口气对他说：

　　"啊，先生，终于把它弄好了吗？"

　　于连大吃一惊。这年轻人朝他转过身时，于连看见了挂在他胸前的十字架：原来他就是阿格德主教。"这么年轻，"于连想，"顶多比我大六岁或八岁……"

　　他为他的马刺感到羞愧。

　　"主教大人，"他畏缩地说道，"我是教务会的教长谢朗先生派来的。"

　　"啊！有人向我大力举荐过他。"主教客气的口吻使于连喜出望外。"不过我得请您原谅，先生，我把您当成送主教冠回来的那个人了。在巴黎时没有包装好，上面的银丝纱网损坏得很厉害。那会给人留下极糟糕的印象。"年轻的主教愁眉不展，"他们让我在这儿等！"

　　"大人，我去找主教冠，如果允许的话。"

　　于连的漂亮眼睛产生了效果。

　　"去吧，先生，"主教彬彬有礼地说，"我现在就要。让教务会的先生们等，我很抱歉。"

　　当于连走到大厅中央时回头再看，主教又开始降福了。"这是在干什么？"于连感到困惑，"可能是教士在将要开始的仪式前的一种必要的准备吧。"他回到随身仆人们待着的那个小房间，看见主教冠正在他们手中。这些先生在于连专断的目光注视下，不由自主把主教冠交给了他。

　　他为自己能送主教冠感到自豪，在穿越大厅时他放慢了脚步，毕恭毕敬捧着那顶冠。他看见主教坐在镜子前，右手还不顾疲劳练习着降福的动作。于连帮助他把冠戴上后，主教摇晃了一下头。

　　"啊，很稳，"他很满意地对于连说，"您站得稍远一点，好吗？"

　　说着，主教快步走到大厅中央，然后慢慢朝着镜子走过去，表情变得严肃起来，开始庄严地降福。

　　于连惊得一动不动。他想弄明白，可是不敢。这时候主教停了下来，望着他，神情缓和地问他：

"您觉得这顶冠如何，先生？合适吗？"

"非常合适，大人。"

"它是不是有点靠后了？太朝后会显得蠢，不过也不应该太低，压在眼睛上，像军官的筒帽。"

"我觉得非常合适。"

"但国王见惯了德高望重当然也是非常严肃的教士。我不想，特别是由于我的年龄显得过于轻浮。"

主教说着又开始走动，一边做着降福的动作。

"现在清楚了，"于连终于明白，"他是在练习降福的动作。"

过了会主教说：

"我准备好了。先生，去通知教长先生和教务会的先生们吧。"

很快，谢朗先生带着两位最年长的本堂神父从一扇雕刻华美的大门进来，这扇门于连竟没发现。这一回，于连待在属于他的位置上，也就是最后一个；教士们挤在门口，他只能越过他们的肩膀看见主教。

主教缓步穿过大厅。到门口时，本堂神父们正在排仪式队伍。一阵短时间的混乱，仪式队伍开始唱着圣诗行进。主教走在最后，夹在谢朗先生和一位很老的本堂神父中间。于连作为谢朗神父的助手，紧贴着主教大人。队伍沿着博莱－勒奥修道院那些长长的走廊行进，外面阳光灿烂，走廊里却阴暗潮湿。最后队伍终于到了内院门口的柱底下。如此宏伟壮丽的仪式使于连赞叹不已，简直被迷住了。主教的年轻激起了他的野心，不能说他到底是喜欢这位年轻的高级神职人员的和蔼还是他的温文尔雅。这种彬彬有礼与德·雷纳先生的完全不同。"越是靠近社会的最上层，"于连心里想，"越是能遇到这种迷人的风度。"

队伍从边门进入教堂。突然，一声可怕的巨响震得古老的拱顶发出回声，让于连以为拱顶掉下来了。还是那门小炮，被八匹奔马拖着刚刚到达。来自莱比锡的炮手们迅速把它架好，每分钟五炮，仿佛前面是普鲁士人似的。

不过，这令人赞叹的巨响对于连已不再起作用，他不再为此联想到拿破仑，也不再联想到从军的荣耀。"这么年轻就做了阿格德的主教！"于连想，"可阿格德在哪？能有多少收入？也许有二三十万法郎吧。"

主教大人的仆从们抬着一顶富丽堂皇的华盖来了。谢朗先生举着其中的一根竿子，实际上是于连替他举着。主教站在下面。真的，他果然使自己显出老沉的样子；我们的主人公简直佩服得五体投地。"机灵真是无所不能啊！"他想。

国王进来了。于连真有福气，能够就近看到国王。主教满怀热忱地向国王致辞，同时没有忘记稍微让自己显得有些紧张不安；因为这样能显出对陛下的恭敬。我们没必要重复有关博莱－勒奥的仪式细节，因为一连半个月全省各报的篇幅都被它占满了。于连从主教的致辞中得知，国王乃大胆查理的后裔。

后来于连的职责中包括了一项核对这次仪式项目的花费。德·拉莫尔先生因为为他侄儿谋到了一个主教职位，大方地承担了全部费用。单单博莱－勒奥的宗教仪式一项就花费了三千八百法郎。

主教致辞和国王答词后，国王陛下站到了华盖下，很虔诚地跪在祭坛旁的一个垫子上。祭台四周是高出地面两个台阶的神职祷告席。于连坐在台阶的第二级上谢朗先生的脚边，简直就跟罗马西斯廷教堂①中专为红衣主教拉长袍后裾的人一样。有感恩赞美诗，有缭绕的香烟，有砰砰响个不停的火枪火炮，农民们自然陶醉在幸福和虔诚之中。这样的一天足以挫败一百期的雅各宾派的报纸的努力。

于连距离国王只有六步远，他看得出这位国王确实是在诚心诚意祈祷。他第一次注意到一个身材矮小、目光敏锐的人，这人穿着一件几乎没有绣花的礼服。不过这件朴素的礼服上有一条天蓝色绶带。他比那些贵人离国王都近，而那些贵人的衣服上绣了那么多金线，用于连的说法，那就是连布料都看不见了。过了会儿，他终于知道

----

① 西斯廷教堂，在罗马梵蒂冈。建于 1473 年，内有文艺复兴时期著名画家米开朗琪罗等人的壁画。

那人就是德·拉莫尔先生。他觉得他神情高傲，甚至有些蛮横无理。

"这位侯爵可不像漂亮的主教一样有礼貌，"他在心里这样想，"啊，教士的身份使人变得温和又聪明。可国王是来瞻仰遗骨的，怎么没看见遗骨呢？圣克莱芒在哪儿？"

这时候，身旁一个小教士告诉他，可敬的遗骨放在这座建筑物顶部的一个火焰殿①里。

"火焰殿是什么？"于连想。

然而他不想多问。他的注意力更加集中了。

国王参拜时，按照仪式规定议事司铎不陪伴主教。可在走向火焰殿时，阿格德主教大人叫上了谢朗神父，于连于是大着胆跟了上去。

登上一段很长的楼梯后，来到一扇很小的门前，那哥特式的门框金碧辉煌，看上去像是昨天才装修完工的。

门前跪着二十四位少女，她们来自维尼埃尔最显赫的家庭。开门前，主教先跪在这些个个都很漂亮的姑娘中间。他开始高声祷告，她们则津津有味欣赏着他的袍子的花边和迷人的风采，如此年轻又如此温和的面孔让这些女孩简直看不够。这场面让我们的主人公那仅存的一点理智也全都丧失了。就在那一瞬间，他完全可以为宗教裁判所去跟人决斗，而且还是诚心诚意的。突然门开了。小小的殿堂被祭台上一千多支蜡烛照得通明；蜡烛分成八排，中间用花束隔开。质地很纯的乳香散发出好闻的香气，一团团从圣殿的门口涌出。新镀了金的这个殿堂很小，但位置很高。于连注意到祭台上的蜡烛高达十五尺。那群少女们禁不住发出赞叹的叫声。殿堂的小门厅里只准这二十四位少女和两位本堂神父进，但于连也跟着混了进去。

国王到了，身后跟着德·拉莫尔先生和侍从长。侍卫们都留在外面，跪在地上举起武器致敬。

国王陛下快步上前，简直是扑倒在跪凳上的。于连紧贴在涂金的门上，这时他才从一位姑娘的裸臂下看见可爱的圣克莱芒的雕像。

---

① 火焰殿，原本指的是挂着黑色帷幔，专门用来停放尸体的房间。

它藏在祭台下，身着年轻的罗马士兵的服装，脖子上有道很大的像是在淌着血的伤口。垂死前的眼半闭着，看上去哀伤动人。雕像的上唇有一些初生的唇髭，嘴半张着，好像还在祈祷。这时于连发现自己身边一位姑娘已是热泪盈眶，泪水滴落到了于连的手上。

此时万籁俱寂，只有从方圆十法里范围内所有村庄传来的钟声在回响。钟声伴随着无比深沉的祈祷。祈祷过后，阿格德主教请求国王准许他讲话。他的讲话十分感人，尤其是结尾的几句话简短、动人：

"永远不要忘记，年轻的女基督徒们，你们目睹了尘世上最伟大的国王之一跪倒在全能、可怕的天主的仆人面前。正如你们从圣克莱芒还在流血的伤口中看到的那样，在尘世间受折磨和被杀害，然而在天上得到了胜利。年轻的女基督徒们，你们将永远记住这一天，将会憎恨那些亵渎的人是吗？你们要永远忠于这位伟大、可怕却又是如此仁慈的天主。"

主教站了起来，看上去威严肃穆。

"你们答应我吗？"他一边说一边伸出胳膊，样子像是受神启似的。

"我们答应。"少女们泪流满面地回答。

"我以天主的名义接受你们的应允！"主教用雷鸣般的声音作为结束。

国王本人也流泪了。过了很长时间于连才冷静下来，向身边的人打听从罗马给勃艮第公爵好人菲利普①送来的圣人遗骨放在什么地方。有人告诉他遗骨藏在那个迷人的蜡像里。

承蒙国王陛下恩准，那些在火焰殿里伴随国王左右的小姐们可以佩戴一条红缎带，上面绣着："憎恨渎神，永远敬神。"

德·拉莫尔先生为农民们派发了一万瓶葡萄酒。晚上，在维尼埃尔，自由党人想出了一个张灯结彩的理由，其辉煌胜过保王党人的一百倍。离开前国王对德·穆瓦洛先生做了一次接见。

---

① 好人菲利普（1396～1467），勃艮第公爵，大胆查理的父亲。

19 思想使人痛苦

每天在发生的那些事十分荒唐，让您看不到热情造成的不幸。

——巴纳夫

于连把原来那些家具放回了德·拉莫尔先生住过的房间。他发现了一张折成四折的厚纸。在第一页的下方写着：

> 呈法兰西贵族院议员、国王所颁诸勋章之获得者德·拉
> 莫尔侯爵大人阁下。

这是一份用女厨娘惯用的粗大字体写成的请愿书。

侯爵阁下：

　　我毕生恪守宗教原则。在那个不堪回首的九三年[①] 里昂[②] 围城时期，我曾饱受轰炸之苦。我领圣体，每个礼拜日都去教区的教堂望弥撒。即便是那留下了可憎回忆的九三年，我也不曾忘记复活节的职责。我的厨娘——革命前我有过一些用人——我的厨娘守礼拜五斋戒。我在维尼埃尔受到普遍的敬重，而且我敢说自己受之无愧。在宗教仪式队伍中，我走在华盖之下，紧挨着本堂神父先生和市长先生。

---

① 九三年指的是法国大革命时期，雅各宾专政期间，也就是所谓恐怖时期。
② 里昂，法国东南部最大的城市。大革命时期曾遭到围攻。

每逢重大场合，我都会手捧自费购买的大蜡烛。这一切皆有证明，保存在巴黎的财政部。我请求侯爵阁下让我主持维尼埃尔的彩票经销处，目前它即将出现空缺，因为现主持人病得很重，而且在选举中投错了票。

德·肖兰

这份请愿书的空白处有德·穆瓦洛亲笔签署的意见，起首一行是："我昨日曾有幸提及提出此项请求的这位好人。"

"好，连德·肖兰这蠢货都在向我指出应该走的路。"于连心想。

这次国王路过维尼埃尔，国王、阿格德主教、德·拉莫尔侯爵、一万瓶葡萄酒和可怜的穆瓦洛的堕马（他希望得到一枚十字勋章，堕马后一个月才出门），相继成为无数谎言和愚蠢的解释，自然有可笑的争论，等等；而一周后，仍有一件极其不成体统的事还在被人家议论纷纷，那就是于连·索雷尔，一个木匠的儿子被塞进了仪仗队。关于这件事，应该听听那些富有的印花布制造商们说了些什么。他们不论早晚都在咖啡馆里喊破了嗓子鼓吹平等，现在您倒是可以听听他们关于这件事的说法。德·雷纳夫人这位高傲的女人正是这件可恶的事的始作俑者。理由？小索雷尔神父那双美丽的眼睛和娇嫩的脸蛋就足够了。

回到维尔吉不久，孩子中最小的一个，斯坦尼斯拉·克萨维埃发起烧来。德·雷纳夫人因此一下子陷入可怕的悔恨。她第一次开始了持续责备自己的爱情；仿佛奇迹出现，她似乎明白了自己被听任拖进一个巨大的错误泥潭中。尽管她笃信宗教，然而在此之前她还从未想过自己所犯的罪在天主眼中有多么深重。

过去在圣心修道院时，她对天主有过狂热的爱；而目前，她对天主的畏惧同样狂热。在她的情绪中没有任何理性的东西，这使得对她内心的折磨更加剧烈。于连发现，跟她讲道理非但不能使她平静，反而会更加激怒她；她把于连所说的都看作是魔鬼的话。于连也很喜欢小斯坦尼斯拉，在跟她谈他的病时，她就会欢迎，而病情很快变得严重了。这时，持续不断的悔恨使德·雷纳夫人无法入眠；她整天沉默不语，如果开口说话了，那一定是在对天主和世人承认自己有罪。

"我求您，"他俩单独在一起时于连对她说，"别跟任何人说。把您的痛苦只讲给我一个人听。如果您还爱我，就别说，您的话不能让斯坦尼斯拉退烧。"

然而这没有用。他根本不知道德·雷纳夫人现在满脑子里想的都是：要想平息天主的愤怒，就必须要恨于连，否则只能眼看着儿子死掉。但恰恰是没法恨自己的情夫，所以她才这样不幸。

"离开我吧，"一天她对于连哀求道，"看在主的份上，请您离开这座房子；只要您在这里，我儿子就会死。

"主在惩罚我，"她低声补充道，"他是公正的，我敬仰主的公正。我的罪孽是可怕的，过去我活着一点都不曾受过良心的责备！这就是背弃上帝的迹象，我应该受到加倍的惩罚。"

于连被她深深打动，从她的话语和神情里看不到丝毫虚伪做作。心想："她相信爱我就会要了她儿子的命，可见这可怜的女人爱我胜过爱她的儿子。我不能再怀疑了，她会因悔恨而死。这就是高尚的感情啊。可我这样穷，这样没有教养，这样无知，有时举止粗鲁，怎么会激起她的这样一种爱情呢？"

一天夜里，孩子的病加重起来。快深夜两点钟时，德·雷纳先生来探视。那时候孩子烧得厉害，满脸通红，已经认不出他父亲了。突然，德·雷纳夫人扑倒在丈夫脚下，于连看出她就要把一切都说出来了，要把自己永远毁掉。

幸亏这奇怪的举动使德·雷纳先生感到厌烦。

"得了！得了！"他说着就要走。

"不，您听我说，"她跪在他面前喊着，想要拉住他，"我告诉您全部真相。是我杀了我的儿子。我给了他生命，现在我又要了回来。上帝在惩罚我，在主的眼里，我犯了谋杀罪。我应该毁掉自己，羞辱自己；也许这能够平息主的怒火。"

如果德·雷纳先生稍微有点想象力，就能猜到一切。

"尽在胡思乱想。"他推开想要抱住自己双膝的妻子大声说，"全是胡思乱想！于连，天一亮就派人去叫医生。"

说完就回去睡他的觉去了。德·雷纳夫人快要昏过去了，于连想扶她，却被她猛地推开。于连呆住了。

"这是通奸……"他心里对自己说，"难道那些狡猾的教士们可能……是对的吗？他们犯了那么多罪，倒有了特权通晓真正的犯罪理论？这太奇怪了！……"

在德·雷纳先生离开后的二十分钟里，于连心爱的女人头倚在孩子的小床上一动不动，几乎不省人事。"看，一个聪明绝顶的女人，因为认识了我，就不幸到了极点。"他这样对自己说。

"时间过得很快。我能为她做什么呢？应该做决定了。我个人已无关紧要。那些人和他们庸俗乏味的装腔作势与我何干？我能为她做什么呢？……离开她？可这难道不是让她一个人承受最可怕的痛苦吗？而她丈夫不但帮不了她还会害她。他会对她粗鲁地说出没心没肺的话，她会发疯，会从窗口跳下去。

"如果我撇下她，如果我不守着她，她一定会向他坦白一切。谁知道呢，也许他会不顾她带来的大笔遗产大闹一场。伟大的主啊！她也许会把一切都告诉马斯隆神父这个伪君子，而他就会以一个六岁孩子的病为借口，不再离开这座房子，而且不可能没有企图。她的痛苦和对天主的恐惧，会让她眼里只有教士。"

"走吧，你走吧。"雷纳夫人突然睁眼对他说。

"为了知道什么对你最有用，我愿意死一千次。"于连说，"我从没这样爱过你，我的天使，不如说从此刻起，我才开始像你理应得到的那样崇拜你。远离你，而且是在你因我而痛苦时，我会变成什么呢？不过我的痛苦无所谓。好，我走，亲爱的。可如果我离开你，不守着你，不置身于你和你丈夫之间，你会向他说出一切，毁掉你自己。想想吧，他会卑鄙地将你赶出家门，整个维尼埃尔、贝藏松都会议论这桩丑闻。一切错都会落到你身上；你将永远不能走出这耻辱……"

"这正是我所求的，"她大声喊着站起身来，"遭受痛苦和折磨更好。"

"可这可怕的丑闻也会给他带来不幸！"

"是我自己跳进泥坑里去的；也许这样能救了我的儿子。在众人的眼中，这种自轻自贱也许是一种公开的赎罪吧？就软弱的我看来，这难道不是我能对天主做出的最大牺牲吗？也许他肯接受我的自轻自贱，把儿子留给我！告诉我另一种更加痛苦的牺牲吧，我会立刻就去做的。"

"让我也惩罚自己吧。我也有罪。你愿意我进特拉伯苦修会①吗？那种生活的严酷也许能够平息你的主……啊！天！为什么我不能代替斯坦尼斯拉生病呢……"

"啊！你爱他，你爱他，"德·雷纳夫人站起来投入他的怀抱。但马上又惊恐万状地一把推开他。

"我相信你，我相信你，"她重又跪下，"我唯一的朋友！啊，为什么你不是斯坦尼斯拉的父亲？那样的话，爱你胜过爱你儿子就不是一桩可怕的罪过了。"

"你愿意我留下，以后让我像弟弟一样爱你吗？这是唯一合乎情理的赎罪办法，它能够平息主的怒火。"

"那我呢？"她站了起来，双手捧住于连的头，和自己的眼睛保持一段距离，"那我呢，我像爱弟弟那样爱你？难道我能够像爱一个弟弟那样爱你？"

于连泪如雨下了。

"我听你的，"他扑倒在她的脚下，"不管你命令我做什么，我都服从；我能做的就只有这些了。我已失去了思考的能力，我看不到任何别的办法。如果我离开你，你会向你丈夫坦白一切，你毁了，你的儿子也会跟着毁了。出了这桩丑事，他永远不会被任命为议员。

---

① 特拉伯苦修会，天主教隐修会之一。该会规章严厉，主张终生素食，足不出户，并且要求不开口说话，只用手势表达，因此被称作"哑巴会"。

如果我留下，你会以为是我害死你儿子的，你也会痛苦而死。你愿意试一试我离开的效果吗？如果你愿意，我就离开一周，为了我们的过失去惩罚自己。你愿意我躲在哪里，我就去那里度过这一周。例如博莱－勒奥修道院。不过你得发誓，我不在时，你什么也别对你丈夫说。想想吧，如果你说了，我就再不能回来了。"

她答应了，他走了，可是两天后就被叫了回来。

"没有你，我不可能遵守誓言。如果你不在这里不断地用你的目光命令我沉默，我会说给我丈夫听的。这种可怕的生活每个钟头在我都像是整整一天。"

上天终于对这个不幸的母亲动了恻隐之心。斯坦尼斯拉渐渐脱离了危险。然而坚冰已破，她的理智已让她认识到自己的罪孽有多深；从此她再也找不到平衡。悔恨一直折磨着她，对一颗如此真诚的心来说，情况原本就该是如此。她的生活所在是天堂，也是地狱——当她看不见于连时是地狱，当她依偎在他怀中时是天堂。"我不再存任何幻想，"就是在她敢于全身心沉湎于爱情时，她这样对他说，"我无可挽回地会下地狱。你还年轻，是屈服于我的诱惑。主会宽恕你的；而我，只有下地狱。从一个确定无疑的迹象中我看出了。我害怕——谁能不害怕呢？可我一点儿也不后悔。如果这过失需要重犯的话，我会重犯。只求上天不在我孩子们身上惩罚我。而你，至少我的于连，"有时她会嘀咕着说，"你幸福吗？你觉得我爱你爱得足够吗？"

于连深为狐疑和骄傲所苦，特别需要一种做出牺牲的爱情，如今面对这样一种巨大到不容置疑的、每时每刻都在做出的牺牲，这狐疑和骄傲也烟消云散了。他开始崇拜德·雷纳夫人。"尽管她是贵族，我是工人的儿子，可她爱我……在她心里我不是一个行情夫之职的仆人。"这种担心消除后，于连就放任自己陷入爱情的种种疯狂中，也陷入爱情难以忍受的变化无常里。

"至少，"她见于连对她的爱情还有怀疑，就说道，"在我们一起过的这段不算长的日子里，我要让你幸福！让我们抓紧时间吧，也许明天我就不再属于你了。如果上天在我孩子们的身上惩罚我，即使我想只为爱你而活着，并且不认为是我的罪孽杀了他们，那我也做不到。我不能苟活于这样的打击下。即使我愿意，也做不到；我会发疯的。

"啊！你曾那么慷慨提出要代替斯坦尼斯拉生病，如果能把你的罪孽全都由我一个人来承担，那该多好呀！"

这巨大的精神危机改变了把于连和他情妇结合在一起的情感的性质。他的爱情从此不再仅仅是对美貌本性的渴求，也不再仅仅是占有的骄傲。

他们的幸福从此具有一种崇高的属性，吞噬他们的烈火也燃烧得更为猛烈。他们有过一些充满了疯狂的昂奋时刻，如果让世人来看，他们似乎更加幸福了。然而，焦虑于连究竟有多爱自己却成了雷纳夫人挥之不去的心病，这样的时候，他们就再也找不到最开始时那种平静和没有阴霾的喜悦了。他们的幸福有时具有罪恶的面貌。

在最幸福、表面上最平静的时刻，雷纳夫人会突然痉挛地抓住于连的手大声喊叫："啊！主呀！我看见地狱了。多可怕的酷刑啊！可是我罪有应得。"然后她会紧抱住他，仿佛常春藤贴在墙上。

于连试图让这颗骚动不安的心灵平静，然而没用。她抓住他的手，在上面印满了吻。接着她就一次次跌入阴暗的梦幻。"地狱，"她说，"地狱对我是一个恩典；我在这世上也许还有几天和他一起度过，可地狱就在这世上，我的孩子们的死……不过，付出这样的代价，也许我的罪会被赦免……啊！伟大的主！别让我为自己的罪孽付出这样的代价。这些可怜的孩子一点儿也没有冒犯您；是我，只我一个人有罪：我爱上一个不是我丈夫的人。"

随后，于连看见雷纳夫人进入一种安静状态。她是在竭力控制自己，她不想破坏她所爱的人的生活。

日子就这样在爱情、悔恨、欢乐的交替中飞快地流逝。于连失去了思考的习惯。

爱丽莎小姐去维尼埃尔打了一场小小的官司。她发现瓦雷诺先生恨于连。她也恨这位家庭教师，因此常常在瓦雷诺先生面前数落他。

"您会毁了我的，先生，如果我说出真相……"一天她对瓦雷诺先生说，"主人们在大事上总是一致的……有些隐情，可怜的仆人们要是说出去，是绝不会得到宽恕的……"

瓦雷诺先生的好奇心让他不耐烦了，他想出一种缩短这一套陈词滥调的办法，然后知道了他虚荣心最无法忍受的事。

这个当地最高贵的女人，六年里他对她无微不至地关爱着，这甚至在维尼埃尔已是众所周知了；这个如此高傲的女人，她对自己的轻蔑那么多次让他脸红，居然找了这么一个打扮成家庭教师的小工人当情夫。最让乞丐收容所所长先生难以忍受的是德·雷纳夫人居然还崇拜这个情夫。

"还有，"这女仆叹了口气补充说，"于连先生不费吹灰之力就征服了她，就是对夫人，他也保持着一贯的冷冰冰的态度。"

对于于连跟雷纳夫人之间的关系，爱丽莎是到了乡间后才确认的。但她相信他们的私通很早就开始了。

"毫无疑问就是为了这个，"她愤愤不平，"他那时拒绝娶我。而我真傻，还去问德·雷纳夫人，求她去跟那家庭教师说。"

当天晚上，德·雷纳先生在收到城里送来的报纸的同时，收到了一封长长的匿名信，把他家里发生的事详细讲述给他听。于连看见市长读这封写在蓝色纸上的信时脸色发白，还朝他恶狠狠看了几眼。整个晚上市长都烦躁不安，于连于是尽力讨好他，请他对勃艮第最好的家族的谱系做解释，但全都是徒劳。

20 匿名信

不要太恣意调情。血液中的火焰一燃烧起来，最坚强的誓言也就等于草秆。

——莎士比亚《暴风雨》第四幕第一场

离开客厅时已临近午夜。在离开前于连抓住机会对雷纳夫人说："今晚我们别见面了，您丈夫起了疑心，我发誓他读的那封长信是一封匿名信。"

幸好于连把门上了锁。不然一定会出大事。雷纳夫人愚蠢地认为于连这样说只是想找借口不见她。她昏了头，在平时那个时间来到他的门前。于连听见走廊里有动静，就立刻把灯吹灭。等听见有人在推门时就琢磨：是德·雷纳夫人还是她妒火中烧的丈夫？

第二天一早，那个日常保护于连的厨娘带给他一本书，封面上用意大利文写着几个字：

看第一百三十页。

于连被这种轻率行为吓得发抖，他翻到一百三十页，发现上面用别针别着一封信。信写得很匆忙，浸透了泪水，而且根本不顾拼法。

平时雷纳夫人的拼写很讲究，这一细节使于连感动，他稍稍忘了这种行为的轻率。

昨夜你不愿意接待我是吗？有时候我觉得从未看清过你的灵魂。你的目光总是让我恐惧。我怕你。主啊！你是从来也没爱过我是吗？如果是这样，就让我丈夫发现我们的事情好了，让他把我关在一座永久的监牢里吧，在乡下，远离我的孩子。也许主愿意我如此。我将很快死去。而你将是一个恶魔。

你不爱我？你这不敬神的人，你对我的疯狂、我的悔恨厌倦了吗？你是想毁了我对吧？我教给你一个最容易的办法，去吧，把这封信给全维尼埃尔的人看，或者就拿给瓦雷诺先生一个人看。告诉他我爱你，但不要，不要说出这亵渎的词；就告诉他我崇拜你，我的生活始于我看见你的那一天；告诉他就是在我青年时代最疯狂的时刻，我也没梦到过你给我带来的这种幸福；告诉他我为你牺牲了我的生命，我还要为你牺牲我的灵魂。你知道我为你牺牲的还要多得多。

然而这个人知道什么叫牺牲吗？告诉他，为了激怒他，告诉他我不怕这些坏人。在这世上我只有一个不幸，那就是唯一使我还眷恋着生命的人变了心。失去生命，把它作为牺牲奉献出去，不再为我的孩子们担惊受怕，这对我是怎样的幸福啊！

不必怀疑，亲爱的朋友，如果有一封匿名信的话，那肯定是来自这个可憎的家伙。六年来，他一直用他的大嗓门，用他如何跃马飞奔，用他的自命不凡和无穷无尽列举他的长处来纠缠我。

有一封匿名信吗？狠心的人呀，这正是我曾想跟你商量的事，可是不，你做得对。把你抱在怀里，也许是最后一次，我无论如何也不能像独处时那样冷静地和你讨论。从现在起，我们的幸福就不那么容易得到了。这会使您不快吗？是的，在您不能从富凯先生那儿收到什么有趣的书的日子里是这样的。已经做出了牺牲，明天，有或没有匿名信我都会跟我丈夫说我收到了一封匿名信，他应该重金酬谢你，找一个堂皇的借口，立刻把你送回到你父母那儿去。

唉！亲爱的朋友，我们要分开半个月，也许是一个月！

去吧，我了解你，你一定会和我一样痛苦。可说到底，这是弥补这封匿名信带来的后果的唯一办法；这不是我丈夫收到的第一封，与我有关的还有过一些。唉！我曾是怎样地一笑置之啊！

我之所以采取这样的措施，目的就是想要我丈夫认为这封信来自瓦雷诺先生；我肯定是他写的。你离开这里后，一定要住在维尼埃尔。我将想办法让我丈夫也去那里住上半个月，向那些笨蛋表明他和我的关系并未冷淡。你一到维尼埃尔，就要和所有的人结成友谊，甚至和自由党人。我知道所有那些太太们都巴不得和你结交。

别跟瓦雷诺先生闹翻，也别去像有一天你说的那样割掉他的耳朵；相反，你要去尽量讨好他。主要是让维尼埃尔的人知道，你将去瓦雷诺家或别的什么人家里做家庭教师。

这是我丈夫绝不能容忍的。即使他决心忍受了，那好吧，至少你住在维尼埃尔，我还可以偶尔和你见面。我的孩子们那样爱你，他们也可以去看你的。伟大的主！我感到我更爱我的孩子们了，因为他们爱你。这是怎样的悔恨啊，一切又该如何结束？……扯远了……反正你明白该做什么；对那些粗俗的人温和些、礼貌些，别让他们觉得你看不起他们。我跪着恳求你，他们将左右我们的命运。一刻也不要怀疑，我丈夫将会按照公众舆论规定的那样对待你。

匿名信要由你向我提供，要有耐心，还要有一把剪刀。把你将看到的那些字从一本书上剪下来，然后把这些字贴在我寄给你的一张发蓝的纸上；这纸是我从瓦雷诺先生那儿弄到的。然后你要做好准备，因为很可能会有人去搜查你的房间，你要把你剪过的那几页书烧掉。如果找不到现成的字，就耐着性子一个字母一个字母地拼吧。为了减轻你的劳累，我把匿名信写得很短。唉！如果像我担心的那样，你已经不再爱我了，你当然会觉得我的信太长了！

匿名信

夫人：

　　您那些小伎俩全都被人识破了，但那些想制止它们的人已被告知。出于对您尚存的一点友谊，我要求您彻底摆脱那个小乡巴佬。您如果够聪明的话，那就照这样做，您的丈夫将相信他接到的通知骗了他，我们也会对此听之任之。一定要记住，我掌握着您的秘密；发抖吧，不幸的女人；现在起，你要对我老老实实的。

　　贴完组成这封信上的字后(你认出了所长的口气吗？)，马上走出房子，我会跟你相遇的。

　　我将到村里去，回来时会神色不安；实际上我真的很是不安。主啊！我冒的是怎样的风险，而这一切都是因为你认为你知道了有一封匿名信。总之，我将愁眉苦脸地将一个不认识的人交给我的这封信交给我丈夫。你呢，带孩子们去林中那条路散步，吃饭时再回来。

　　从悬崖上会看见鸽舍的塔楼。如果一切进展顺利，我会在那上面放一块白手帕，否则就什么也不放。

　　负心的人，你难道在出去散步前，就不能找到机会对我说你爱我吗？无论发生什么，有一件事你可以放心：在我们不得不分开后，我一天也不会多活。啊！坏母亲！我刚刚写的是对我毫无意义的三个字，亲爱的于连。此时此刻我能想到的只有你，我写下它们只是为了不让你责备我。现在，既然我看见了自己正处在失去你的关口，虚伪还有什么用？是的，让你觉得我的心是残忍的，然而不要让我在我崇拜的人面前说谎！我一生受的骗已经太多了。听着，如果你不再爱我，我也会宽恕你。我没有时间重读一遍我这封信。用生命去换取我刚刚在你怀抱里度过的幸福时光，这在我不算什么。你知道，这样幸福的日子将会让我付出的代价还要高得多呢。

21 与主人对话

这都是我们生性脆弱的缘故，不是我们自身的错；因为上帝创造的我们是怎样的，我们就是怎样的。

——莎士比亚《第十二夜》第二幕第二场

于连怀着孩童般的喜悦，花了一个小时拼粘好了那封信。他从自己房间走出来时，遇到了他的学生和他们的母亲。她勇敢并坦率地接过这封信，她的镇定让于连有些害怕。

"胶干了吗？"她问。

"这难道就是那个被悔恨折磨得疯疯癫癫的女人吗？"于连很难想象，"她现在有什么计划呢？"他的骄傲使得他不屑于问；然而，她也许从未像此时此刻这样喜欢他。

"如果事情变得糟糕了，"她冷静地说，"我会被剥夺得干干净净。去把这个匣子埋在山里什么地方吧，这也许是某一天我唯一能指望的。"

她递给他一个红色摩洛哥山羊皮首饰盒，里面装满了金子，还有几颗钻石。

"现在走吧。"她说。

她吻了孩子们，最小的那个吻了两次。于连站着没动。她快步离开，看也不看他一眼。

从打开匿名信的那一刻起，德·雷纳先生的日子就变得不堪忍受。从一八一六年那次他差一点与人决斗后，他就再也没有这样激动过；说句公道话，就算是那时他心想着挨枪子，所感到的不幸也无法跟现在的比。他把那封信翻来覆去研究了好多遍。"这不是女人的笔迹吗？如果是，那会是哪个女人写的呢？"他把他在维尼埃尔认识的女人一个个都过了一遍，始终无法确定是谁。"也许是个男人口授了这封信？那是谁呢？"对此他同样无法确定；他认识的人大都嫉妒他，自然也恨他。"应该跟我妻子商量一下。"他出于习惯这样想，同时从深陷其中的椅子里站起来。

刚站直，他就拍拍自己的脑袋说："伟大的天主！我首先要提防的就是她呀，她现在是我敌人了。"愤怒让他的眼泪涌了出来。

硬心肠构成了外省人为人处世的基础，而因此造成的结果必然就会是这样，此刻德·雷纳先生最怕的两个人正是两个最亲密的人。

"除了他们，我也许还有十个朋友。"他把能看作是朋友的人数了一遍，估量能从他们那得到多少安慰。"全都一样！都是一样！"他愤怒地叫喊起来，"都会对我的不幸幸灾乐祸！"幸亏他觉得自己遭人妒忌，这并非没有道理。他有全城最豪华的房子，最近更因国王在这栋房子里过夜而荣耀无比。此外，他还把维尔吉的城堡修葺一新，正面刷成白色，窗户都装上了绿色的护窗板。想到此，他得到了些许慰藉。的确，三四法里外就能看见他的城堡，使得周围那些别墅或者所谓的城堡相形见绌——因为它们都被岁月侵蚀得灰暗不堪了。

德·雷纳先生终于想到可以从一个朋友那里得到眼泪和同情，此人是本堂区财务管理委员，不过这可是个动不动就哭的笨蛋。然而此君正是他唯一可以信赖的。

"什么样的不幸能与我的不幸相比！"他愤怒地喊道，"我是这样孤单呀！

"这可能吗？"这个值得同情的人对自己说，"我倒霉的时候，竟连一个可以商量的朋友也没有，这怎么可能？我感觉自己已经丧失了理智，我感觉到了！啊！法尔考兹！啊！杜克罗斯。"他悲伤地喊道，这是他童年时的两个朋友的名字，由于他在一八一四年的傲慢他们疏远了他。只因为他们不是贵族，他当时不过是想要改变一下他们从童年起一直跟自己保持的那种平等说话的语气。

两个人中法尔考兹既有才智又有勇气，现在在维尼埃尔做纸张生意，曾经从省城买来印刷机，办了一份报纸。圣会决心让他破产，于是报纸被查封，印刷许可证被吊销。在这种悲惨的遭遇后，他十年来第一次试着给德·雷纳先生写了一封信。维尼埃尔市长认为应该像古罗马人那样给予他答复："如果承蒙国王的大臣屈尊来垂询我，我会这样对他说：让外省所有印刷厂主都破产吧，让国家对印刷业如烟草一样实行专卖好了。"这封给一位亲密朋友的公开信，当时博得维尼埃尔全城的赞赏。但今天德·雷纳先生回忆起信里的那些句子，开始感到有些害怕起来。"以我当时的地位、财产和荣誉，谁料想我会有一天后悔写这封信呢？"在这种一会儿对自己一会儿对别人的狂怒中，他度过了一个可怕的夜晚。好在他没想到需要去窥探一下妻子。

　　"我已经习惯了路易丝，"他心里说，"我的事她都知道；假使我明天能再结婚，我还找不到能顶替她的人。"于是他开始尝试用自己妻子是清白的这种想法安慰自己。要知道这样的想法不需要有刚毅的性格，非常适合他。受到诽谤的女人我们见得还少吗？

　　"什么！"他突然喊了起来，痉挛地迈出几步，"我能像一个一钱不值的乞丐一样容忍她和她情夫一起愚弄我吗？难道应该让维尼埃尔全城讥笑我的懦弱吗？人们对夏米埃（这是当地一个尽人皆知的受骗丈夫）什么话没说过？一提到他的名字，谁的嘴上不带着嘲笑？他是个好律师，可谁提到过他的口才？啊！夏米埃！那个夏米埃·德·贝尔纳，人们就是这样成心要用一个蒙受耻辱的人的名字来称呼他。"

　　"感谢上帝！"德·雷纳先生有时候这样说，"我没有女儿，要惩罚这位母亲的方式丝毫不会妨碍我儿子们的前程；我可以当场捉住那个小乡下佬和我妻子，把两个人统统杀死；这样的话，事情的悲惨也许会消除事情的可笑。"这个念头很是称心，他便想到种种的细节。"刑法在我一边，无论发生什么事，我们的圣会和我的陪审团里的朋友们总是会营救我的。"他检查了猎刀，很锋利；然而，一想到血他又害怕起来。

"我可以把这无礼的小教师痛打一顿然后赶走，可这样一来，会在维尼埃尔甚至省里引起轰动啊！法尔考兹的报纸被关闭后，那主编出狱时我曾插手让他失去了六百法郎年薪的一份工作。据说这个蹩脚文人还敢在贝藏松露面，这正好给了他攻击我的把柄，并且我还没办法把他拖上法庭！……这个无礼之徒会千方百计暗示他说的是真话。一个像我这样出身高贵又有地位的人，总是受到平民的忌恨。我会看到我的名字出现在巴黎那些可怕的报纸上；啊，我的主！怎样的深渊啊！看见雷纳这古老的姓氏跌进笑料的泥潭……如果出门旅行，我还得改名换姓；什么！放弃这个使我得到荣誉和力量的姓氏！那简直是雪上加霜！

"如果我不杀死我的妻子，只把她羞辱一番赶出家门，她在贝藏松的姑妈会把全部财产不经任何手续直接交给她。我妻子会去巴黎和于连生活在一起；那样的话全维尼埃尔的人都会知道，我还是会被当作一个受骗的丈夫。"灯光暗淡，这个不幸的人发现天开始亮了。他决定到院子里呼吸点新鲜空气，而这时他已经做出决定，这件事不惊动任何人，因为他想到一旦张扬出去，会使维尼埃尔他的那些朋友心花怒放就难受。

在院子里散步使得他稍微平静了些。"不，"他对自己说，"我不能没有我的妻子，她对我太有用了。"他开始想象没有妻子的样子，那情景让他害怕。他除了R侯爵夫人，没有别的亲戚，可她又老、又蠢、又恶毒。

最终，他做出了一个意义重大的决定，但他没注意到，想要实现这个想法所需的精神力量却是非他所有的。"假使我留下妻子，"他想，"到有一天她让我忍无可忍时，我就会指责她的过失，我肯定会这样做。她很骄傲，我们会闹翻，而这一切发生时她还没有继承她姑妈的遗产。这样一来我看人们怎么嘲笑我吧！我妻子爱她的孩子，到头来一切都会落到他们手上。而我呢，我将成为维尼埃尔的大笑柄。他们会说：'什么，他竟不知道如何报复他老婆！'我是不是疑而不察反而更好些？可这样我就自缚手脚，对她一点办法也没有。"

一会儿后，德·雷纳先生那被伤害的自尊心又出来折磨他了，他费力回想在维尼埃尔的"俱乐部"或"贵族圈"的台球厅里，某个能说会道的家伙如何停下赌局来，用种种方式拿一个受骗丈夫开心。此时此刻，他觉得那些玩笑太残酷了！

"主呀！我妻子怎么不死呢？那样我就不会遭人耻笑了。我怎么不成个鳏夫呢！那样我就会去巴黎，在最高贵的圈子里过上六个月。"鳏居的念头给了他片刻的欢乐，随后他又想起要如何弄清真相来。"是不是半夜人都睡着时，在于连的房门前撒一层薄薄的麸皮？第二天早晨天亮便可看见脚印？"

"可这办法根本不行！"他疯狂地喊道，"爱丽莎那个坏女人会看出来的，这房子里的人立刻就会知道我嫉妒了。"

在"俱乐部"里，有人讲过一个故事：有一个丈夫为了弄清楚自己遭遇的不幸，用蜡把一根头发像贴封条一样粘在老婆的门和风流客的门上。经过一连很多个小时的犹豫不决后，他觉得这个使他的命运得以明确的办法肯定是最好的。他正考虑采用这个办法，在小路的拐弯处他就碰见了他曾非常希望她死的那个女人。

她刚从村里回来。她到维尔吉的教堂里去望弥撒了。根据一个在冷静的哲学家看来极不确实而她却信以为真的传说，今日人们使用的这座教堂，就是当年维尔吉领主城堡里的小教堂。德·雷纳夫人打算去这个教堂祈祷时，这个念头一直纠缠着她。她不断想象她丈夫趁打猎的机会假装失手杀死于连，然后晚上让她吃他的心。

"我的命运，"她自语道，"取决于他听我说后有什么打算。也许在这要命的一刻钟后，我就没有机会跟他说话了。他不是一个通情达理的人。我可以凭借我这点理性预料到他将做什么或说什么。他将决定我们共同的命运，他有这个权力。不过这命运也还取决于我是不是能巧妙引导这个反复无常的人的思想，愤怒已使他盲目，看不见事情的另一半。伟大的主！我需要才智，需要冷静，可我到哪去找？"

　　走进花园，她远远看见丈夫后竟神奇恢复了平静。她丈夫头发散乱，衣履不整，一看就知道一夜未眠。

　　她把一封打开然后又折起的信递给他。他并不展开读，只是两眼发狂地盯着她。

　　"这封信真可恶，"她说，"我从公证人的花园后面经过时，一个面目可憎的人交给我的。他说他认识您，受过您的恩惠。我要求您一件事，立刻把这位于连先生打发回家。"德·雷纳夫人说出这句话后如释重负，也许说得有点早，可她不能不说，尽管她害怕。

　　如她所料，丈夫的反应让她惊喜。从他盯住她看的目光中，她看到的跟于连所料一样。"遇到这桩实实在在的不幸而不感到悲痛，这需要怎样的天才啊！"她想，"需要怎样完美的分寸感！可他还不过是个毫无经验的年轻人！日后他什么事情做不到呢？唉！那时候成功会使他忘了我。"

　　她对自己崇拜的人的钦佩让她完全摆脱了慌乱。

　　她对自己的行动也很自得："我没给于连丢脸。"她这样想，心中就充满了温柔和快乐。

　　而这时候的德·雷纳先生开始害怕表态，他一声不吭仔细察看这第二封匿名信。如果读者还记得的话，这封信是用一些从书上剪下来的字粘在一张蓝色的纸上的。"大家用尽法子嘲弄我。"德·雷纳先生真的心力交瘁了。

　　"又是一番污辱需要查明，而且还是因为我妻子！"他正想要开口用最粗鲁的语言辱骂他妻子，但一想到贝藏松的遗产，就强行忍住了。他必须找点什么事发泄一下，就把那封信揉成一团，大步走开了。现在，他需要离他妻子远点。过了一会儿，当回到她身旁时，他已经比刚才平静了些。

　　"要拿定主意，把于连打发走。"她对他说，"说到底他不过是个工人的儿子。给他几个埃居赔偿损失。再说，他有学问，找工作很容易，例如到瓦雷诺先生或德·莫吉隆专区区长家里，他们都有孩子。

这样您也没有让他蒙受损失……"

"您这话真蠢！"德·雷纳先生的声音很吓人，"还能指望女人有什么理智吗？您从来不留心什么合理什么不合理；您如何才能明白点事儿呢？您的随意和懒惰，就是在扑蝴蝶上使劲，软弱的人啊，我们家有这样的人真是不幸！……"

德·雷纳夫人自然是由他去喊叫。他说了很久，终于算是出气了，这是当地人的说法。

"先生，"她终于等到机会说话了，"我以一个名誉受到凌辱的女人的身份说话，也就是说，她最宝贵的东西受到了凌辱。"

在这场痛苦的谈话中，雷纳夫人始终保持冷静，因为这场谈话将决定她能否和于连继续在一个屋顶下生活。为了引导她丈夫的盲目怒火，她寻找着她认为最合适的种种看法。她丈夫骂她她无动于衷，充耳不闻，一心想着于连："他会对我满意吗？"

"我们对这小乡巴佬关怀备至，甚至送他礼物，他也许是无辜的，"她说，"可毕竟因为他，我才生平第一次受到侮辱……先生！当我看到这封可恶的信时，我发誓不是他就是我要离开您的家。"

"您想闹出事来让我也让您丢脸吗？您这是在吊维尼埃尔许多人的胃口。"

"这倒也是真的，人人都嫉妒您的明智管理使您的家庭和城市兴旺发达……那好吧，我去让于连向您请假，到山里那个木材商家里住上一个月，他是这个小工人的好朋友。"

"别忙着行动，"德·雷纳先生现在看上去冷静了，"我首先要求的是您别和他说话。您会激怒他，使我跟他闹翻，您知道这位小先生有多敏感。"

"这年轻人一点儿也不机灵，"雷纳夫人说，"他可能有学问，这您清楚，但说到底不过是个地地道道的乡下人。至于我，自从他拒绝娶爱丽莎，我对他就再没有好印象了，那可是一笔稳稳当当的财产啊，他竟借口她有几次秘密拜访瓦雷诺先生。"

"噢！"德·雷纳先生眉毛高高一耸，"什么，于连跟您说的？"

"不完全是，他常向我说起他献身宗教事业的志向；但依我看，对这些普通人来说，第一个志向是有饭吃。他没有明说，可我听出来了，他不是不知道这些秘密的来往。"

"而我，我竟然一点都不知道！"德·雷纳先生怒火中烧，一字一顿说，"在我家里居然有我不知道的事……怎么！在爱丽莎和瓦雷诺之间有什么事吗？"

"嘿！这可是段老故事了，亲爱的朋友。"雷纳夫人笑着说，"也许没什么不好的事。那个时候，您的好朋友瓦雷诺大概正希望维尼埃尔的人认为他和我之间有种完全柏拉图式的小小爱情。"

"我有一次也这样想过，"德·雷纳先生拍着脑袋，越想越有所发现，"可您怎么一点儿也没跟我谈起？"

"为了我们亲爱的所长那点虚荣心，就应该让两个朋友伤了和气吗？有哪位上流社会的女人他没有写过几封风趣甚至带点求爱性质的信呢？"

"他也给您写过？"

"写了不少。"

"立刻把这些信拿给我看，这是命令！"德·雷纳先生一下子比原先长高了六尺。

"我可不能做这样的事，"她说这话时不紧不慢，甚至有些漫不经心，"等哪天您心平气和下来了我再拿给您看。"

"我现在就要看，见鬼！"德·雷纳先生嚷了起来，看上去他已经怒不可遏；但在过去的十二个钟头里，他从未这样高兴过。

"您发誓，"德·雷纳夫人严肃地说，"永远不因这些信和收容所所长吵架。"

"吵不吵我都可以不让他管理那些弃儿，但，"他生气地说，"我现在就要那些信，在哪儿？"

"在我桌子的抽屉里，但我肯定不会给您钥匙。"

"那我就砸开！"他一边嚷一边朝他妻子房间跑去。

他果然用一把凿子把那张贵重的桃花心木写字台弄坏了。桌子是从巴黎买来的，平时看到上面有点污迹他都会用衣襟去擦拭掉。

德·雷纳夫人一口气爬了一百二十级阶梯跑上鸽楼，她把手帕的一角系在小窗户的一根铁栏上。此刻，她是世上最幸福的女人。她朝山上那片森林望去，眼里充满了泪水。"肯定，"她心中说，"在一棵茂盛的山毛榉树下，于连正等着这幸福的信号。"她侧耳倾听，咒骂那些单调的蝉鸣和鸟雀的鸣叫，这些讨厌的声音，没有它们的骚扰，肯定会有一阵欢呼声从大岩石那边传来。她贪婪地张望着，恨不得一眼望尽这片暗绿得像草地的由树梢构成的斜坡。"他怎么这么死心眼呀？"这时候万种柔情涌上她的心头，"怎么没想到给我一个信号，告诉我他和我一样高兴呢？"她在鸽楼上胡思乱想，直到害怕丈夫来找才离开。

她丈夫正浏览瓦雷诺先生的那些平淡的句子，这些句子还不习惯被人带着这样的情绪来阅读呢。雷纳夫人抓住她丈夫喊叫的间歇能听清她的说话的机会对他说：

"我还是那个想法，最好让于连去旅行。无论他在拉丁文上多么有才能，他毕竟是个农民，经常粗鲁到缺少分寸。他每天都对我说一些夸张的、俗不可耐的恭维话，还以为是彬彬有礼呢，那都是从哪本小说里学来的……"

"他可从来不读小说，"德·雷纳先生吼道，"我可以保证。您以为我是个瞎了眼的家长，完全不知道家里发生的事吗？"

"好吧好吧！这些可笑的恭维话要不是他从什么书上看来的，那一定是他自己想出来的了。这对他来说更坏！他很有可能用这样的口吻在维尼埃尔跟别人说到过我……完全不需要到那么远去。"雷纳夫人这样说的时候，神情似乎有了一个新的发现，"他也许在爱丽莎面前这样说过我，这就跟在瓦雷诺先生面前说我一样。"

"啊！"德·雷纳先生叫了起来，一记重拳砸在桌子上，把整个房间都震动了，"那封铅字拼贴的匿名信和瓦雷诺先生的信用的是同一种纸。"

"总算行啦！……"德·雷纳夫人心里高兴；不过她装作被这一

发现惊呆了，远远退到客厅尽头，在一张沙发上坐下。

这一仗已经打赢，只是她还要下大力气阻止德·雷纳先生去找匿名信的假定作者算账。

"您想过没有，在没有足够证据时，就去找瓦雷诺先生大吵一通，这不是最笨不过的吗？您遭人嫉妒，先生，可这又是谁的错呢？您的才干，您明智的管理，您的趣味高雅的房屋，还有我给您带来的嫁妆，尤其是我们有望从我善良的姑母那继承的一笔可观的遗产，这笔遗产已经被无限夸大了，使您成为维尼埃尔的头号人物。"

"您忘了门第。"德·雷纳先生略微有了点笑意。

"您是本省最高贵的绅士之一，"德·雷纳夫人赶紧说，"假使国王是自由的，能够公正对待门第，您肯定会当上贵族院议员。您有这样美好的地位，您愿意给嫉妒者以口实，闹得满城风雨吗？

"找瓦雷诺先生去谈他的匿名信，就等于在维尼埃尔，怎么说呢，这就等于是在贝藏松，在全省宣布，一个德·雷纳家的人有些轻率地把一个无足轻重的平民看作是知己，给他机会来冒犯自己。如果您刚看到的这些信证明我曾回答过瓦雷诺先生的爱情，您就应当杀死我，而我是罪有应得，但您不该在他面前表示您的愤怒。您应该想到，您周围的人正等着一个机会来报复您的优越；想想吧，一八一六年您曾插手逮捕某些人。藏在屋顶上的那个人……①"

"我想您对我既不尊重也不友好，"德·雷纳先生开始大声喊叫。这段回忆使他不胜酸楚，"可我并没有当上贵族院议员！……"

"我的朋友，"雷纳夫人面带微笑继续说，"我将比您富有，我是您十二年的伴侣，以这样的名义我有权说话，尤其是对今天这件事。假若您宁要一位于连先生而不要我的话，"她装作满怀怨恨地补充说，"我已准备好去姑妈那儿过冬。"

这句话恰到好处，坚决而不失礼貌，使德·雷纳先生拿定了主

---

① 此处作者是在影射1816年发生在法国尹泽尔省圣伊莱尔的事件。一个客店老板因为他的波拿巴主义和自由主义思想，而遭到了保王党人的迫害。在没有任何证据的情况下对他发出了控告。这个人逃到了邻居家，想要从屋顶逃走，结果被枪杀。

意。不过，依照外省的习惯，他自然还把所有理由又说了一遍。他妻子由他说去，因为他的语气中还余怒未消。两个钟头的废话终于耗尽了这个一整夜都在发怒的人的气力。他制定好了针对瓦雷诺先生、于连、爱丽莎的行动决策。

在这场紧张的较量中，有一两次雷纳夫人险些对眼前这个人的极为真实的不幸产生同情，毕竟在过去的十二年中他是她的伴侣。然而，真正的激情是自私的。再说了，她时刻都等着他承认自己昨晚接到了匿名信这事，而到现在他还只字未提。对自己的安全而言，她有必要弄清楚这封信在左右着她命运的人心里究竟激起了什么。因为在外省，社会舆论是由丈夫们主导的。一个抱怨自己妻子的丈夫会受到百般嘲笑，不过如今的法国这种情形已经变得越来越不重要。但对他妻子来说，如果他不给她钱，她就会沦落到女工的地位，每天赚十五个铜板。而且那些好心肠的人雇佣她们时会心怀顾忌。

一个土耳其后宫里的嫔妃可以全力爱她的苏丹；因为苏丹是万能的，她没有任何可能窃取他的权力。而主子的报复是可怕和血腥的，同时也是军人气概和宽宏的：一刀下去万事大吉。而在十九世纪，一个丈夫是用公众的鄙视来杀死妻子，所有的客厅都对她关上大门。

雷纳夫人回到自己的卧室里后，即刻再次意识到了处境的危险；她大吃一惊，房间里一片狼藉。她那些漂亮的小盒子的锁都被砸烂，细木嵌花的地板也有几块被撬起。"看来他对我毫不留情了！"她暗自思忖，"居然毁坏这些他喜欢的彩色细木地板！每次只要他的孩子中谁要穿着湿鞋走进房里，他都会气红了脸。现在全完了！"看到这种粗暴的行为，她刚才产生的对丈夫的那点同情即刻便烟消云散。

午饭前于连带着孩子们回来了。在餐后点心上来后，仆人们都退下了，德·雷纳夫人很冷淡地对他说：

"您曾向我表示想去维尼埃尔呆半个月，德·雷纳先生已经准了你一个礼拜的假。您什么时候动身都行。不过，为了让孩子们不虚度光阴，每天都会有人把他们的笔译练习送去您那儿。"

"当然，"德·雷纳先生很不客气地补充道，"我给您的假不会超过一个礼拜。"

于连从市长先生的脸上看出了他内心的深深不安。

"他还没有拿定主意。"当客厅只剩下他和他情人时他说。

雷纳夫人匆匆把早上发生的事告诉了他。

"晚上再详谈吧。"她笑着补充。

"女人的邪恶啊！"于连想，"什么样的本能在驱使她们欺骗我们啊！"

"我觉得爱情使您明智也使您盲目，"他冷冷地对她说，"您今天的行为值得钦佩，可我们今晚见面难道是谨慎的吗？这房子里到处都是敌人。想想爱丽莎的仇恨吧。"

"这种强烈的仇恨倒很像您对我的强烈的冷淡。"

"即便是冷淡，我也应该把您从我使您陷入的危险中救出来。万一德·雷纳先生问起爱丽莎，她只需要一句话，就能什么都告诉他。他为什么不能藏在我房间周围，带着家伙……"

"怎么！你居然连这点勇气都没有了？"雷纳夫人这样说的时候，神情中掩饰不了那种贵族小姐的高傲。

"我从不会贬低自己的身份去奢谈勇气，那是可耻的。让世人根据事实来评判吧，但，"他握住她的手，"您想象不出我是多么爱您，如果能在这次残酷的分别前跟您道别，我将会无比快乐！"

22 1830 年的行为方式

语言是人们用来掩盖自己思想的。

——尊敬的神父马拉格里达 ①

　　刚回到维尼埃尔，于连就责备自己错怪了雷纳夫人。"假使她由于软弱而没有能把她与德·雷纳先生之间的这场戏演好，我会像鄙视一个弱女子一样鄙视她。但她像一名外交家一样应对自如，而我却同情起了我的敌人和失败者。在我的行为中有种市民的狭隘，虚荣心受到伤害，因为德·雷纳先生是个男人！我有幸和他同属男人这个杰出而庞大的群体；但我不过是个傻瓜而已。"

　　谢朗先生遭解职后被逐出了本堂神父住宅。当地最有声望的自由党人竞相为他提供住处，但都被他拒绝。他自己租了两间房，里面堆满了他的书。于连想让维尼埃尔人看看教士应该是怎样的人，就去他父亲那儿取了十二块枞木板，亲自扛着走过整条大街。他从一个旧时的伙伴那儿借来工具，很快就做好了一个书橱，把谢朗先生的书在上面排放整齐。

　　"我以为你已被尘世的虚荣腐蚀了呢，"老人高兴得流下眼泪，"那套华丽的仪仗队军服给你招来了多少敌人呀，可现在你把你干的这件傻气的事一下子都弥补了。"

---

① 　马拉格里达（1689～1761），意大利神父，耶稣会成员。曾经在巴西传教，后被召回葡萄牙。1785 年卷入谋杀国王约瑟夫一世的案件中，三年后被宗教裁判所判处为异端并烧死。

德·雷纳先生吩咐于连住在他家里。没人怀疑发生了什么事。到后第三天，于连就见到了专区区长德·莫吉隆先生这位大人物，他进来后上楼直接到于连的房间。接下来是长达两个钟头的废话，区长大人谈论了对人心险恶的看法，还有对管理国库的那些人的品质的质疑，并且发表了一番对法兰西所面临的危险的深深忧虑。最后，于连终于知道了对方来访的目的。可怜的半失宠的家庭教师彬彬有礼地送这位某个幸运省份的未来省长。到了楼梯口时，来客突然心血来潮关心起连的前程，称赞他对个人利益的谦逊等等。终于，德·莫吉隆先生在慈父般拥抱他时，建议他离开德·雷纳先生，到另一位有孩子需要教育的官员家里去，而这位官员会像菲利普国王那样感谢上天，当然不是感谢上天让他有了这些孩子，而是感谢它让他们生活在于连先生身边。他们的教师可以有八百法郎薪金，而且，"不是按月支付，那样不够高尚，"德·莫吉隆先生说，"是按季支付，并且提前支付。"

现在轮到于连说话了，这之前他已耐心等待了足足一个半钟头。他的回答无懈可击，但长得像篇主教训谕。听起来什么都有，可又什么都不说清。既有对德·雷纳先生的尊重，对维尼埃尔公众的崇敬，又有对大名鼎鼎的专区区长的感激。这位专区区长发现于连比自己还虚伪，不免大为惊讶，他竭力想得到一些确切的东西，却徒劳无用。于连非常高兴能抓住这个很好的机会练习虚伪，又把他的回答用另一套词句来了一遍。就算是一位善辩的大臣想利用会议结束使议会从昏睡中醒来，怕也不会用这样多的话说出这样少的东西。德·莫吉隆先生一出门，于连就像疯子一样哈哈大笑。趁着兴头，于连写了封长达九页的信给德·雷纳先生，报告德·莫吉隆先生刚才跟他说的一切，并谦卑地请求指教："这混蛋还没有告诉我请我教书的人的姓名！肯定是瓦雷诺先生，他已经从我维尼埃尔的流放中看出他的匿名信的效果了。"

这封快信发出后，于连快活得像在美丽的秋日早晨六点冲向猎物丰富的原野的猎人，他出门找谢朗先生求教去了。在去善良的神父家的路上，很可能是上帝想给他多一点快乐，让他一出门就遇到了瓦雷诺先生。他对瓦雷诺先生毫不隐瞒自己的心碎了。一个像他那样的穷孩子，理应全身心服从上天置于他心中从事圣职的志向，然而在这人世间志向并非一切。为了配得上在天主的葡萄园里劳作 ①，配得上和那几个博学的同行共事，他必须受教育，必须去贝藏松的神学院待上花费昂贵的两年时间；因此他不能不攒些钱，而想要攒钱，当然按季支付的八百法郎年薪要比按月支付的八百法郎年薪更不容易吃光喝光。但从另一方面来说，上天已把他安排在雷纳家的孩子们身边，尤其是上天已使他对他们产生了一种特殊感情，这难道不是主在向他指明，他不该放弃这一份而去接受另一份教育工作吗？

帝国时代的迅速行动已被雄辩取代，而于连则把此类雄辩术发展到完美的程度，说着说着他对自己的声音也厌恶了。

等回到家时，于连看见瓦雷诺先生家的一位身穿华丽号衣的仆人，拿着当日午餐的请帖，跑遍全城正到处找他。

此人家里于连从未去过；仅仅几天前，他还在想如何能用棍子狠狠揍他一顿而不至于被拖上轻罪法庭。午餐定在一点钟，可于连觉得十二点半到收容所所长先生的办公室更恭敬。他看见这位大人神气十足，坐在周围一大堆文件夹中。他那又黑又粗的颊髭，浓密的头发，斜扣在头顶的希腊式便帽，巨大的烟斗，绣花拖鞋，纵横交叉在胸前的金链，以及一位外省金融家用来表示自己正财运亨通的整套装饰，并没有震住于连，反而使得于连更想揍他几棍子。

于连荣幸地被介绍给瓦雷诺太太。但她正在打扮不能接待。作为补偿，他可以看看收容所所长如何打扮，然后一起去见瓦雷诺太太。她含着泪把孩子们介绍给于连。这位太太是维尼埃尔最重要的太太之一，有张男人的大脸盘，为了这次隆重的午宴，她特地搽了胭脂。她把母爱尽量展示在这张脸和所使用的那一堆辞藻上。

---

① 在天主的葡萄园里劳作是指做教士传教工作。

于连想到了德·雷纳夫人。他的多疑几乎使他只能接受此种由对比激起的回忆，于是，他心中涌起一股柔情。收容所所长的房子的外观更强化了他的这种心情。他们带他参观房子。一切都是华丽的，崭新的，家具的价格也被一一报给他听。然而于连只觉得有某种丑恶的东西，散发出偷来的钱的气味。包括仆人在内，这房子里的人都像是严阵以待，准备应付外来的蔑视的。

　　收税官，间接税征收人，宪兵长官和两三位公职人员偕妻子来到。跟着又来了几位有钱的自由党人。仆人禀告筵席摆好了，于连心情很不好，想到餐厅隔壁就是那些可怜的被收容者。这种种向他炫耀的俗不可耐的奢华，那钱说不定就是利用职务之便，从这些穷苦人身上揩下来的油。

　　"现在也许他们正挨饿呢。"他嗓子眼一阵阵发紧，吃不下东西，几乎连话也不能说。一刻钟后更糟了，远处传来断断续续的歌声，那是一首民歌。应该承认，这歌有点下流，是一个被收容者唱的。瓦雷诺先生朝一个穿着号衣的仆人看了一眼，仆人走开了，很快歌声就消失了。这时，一个仆人递给于连一杯莱茵葡萄酒，杯子是绿色的，瓦雷诺太太特意提醒于连，这酒在产地每瓶值九法郎。于连端着这酒杯对瓦雷诺先生说：

　　"他们不再唱那首下流的歌了。"

　　"当然，我相信他们不再唱了。"所长扬扬得意地答道，"我已命令这些叫花子不要出声。"

　　这话于连听起来是太过分了；这个人已经有了适应他职业的风度，却远没有一颗适合这职业的心。尽管他的伪善经受了很多的锤炼，但此时还是觉得有一大滴泪顺着脸颊流下。

　　他试图用绿玻璃酒杯挡住，但无论如何也不能赞赏这莱茵葡萄酒了。"不让唱歌！"他对自己说，"我的天主！你竟容忍了！"

　　幸亏没有人发觉他这不合时宜的温情。税务官哼了一首保王党的歌曲。大家合唱叠句时，于连的良心突然说："原来这就是你将获得的肮脏财富啊，而你也只能在这种场合跟这样的人一起享用！你可能会有一个两万法郎的职位，然而当你大口吃肉时，你将禁止可怜的囚徒唱歌；你举行宴会所用的钱是从他可怜的口粮中偷来的；你举行宴会时他们将更为悲惨！啊，拿破仑！在你那个时代，是在战场上出生入死争得荣华富贵，那该多美好呀！而现在，却要卑鄙地加重不幸者的痛苦……"

我承认，于连在这段独白中表现出的软弱使我对他产生了不好的看法。他可以做那些戴黄手套的阴谋家的同党，他们声称要改变一个国家的全部存在方式，却不愿意让自己的名声受到一点点损害。

猛然间于连想起自己的角色。人家请他参加这样高朋满座的午宴，不是让他来胡思乱想，一声不吭的。

一位歇业了的印花布制造商，贝藏松和于泽斯①两个科学院的院士，从餐桌的另一端向他发话，问他大家都说他在《新约》的研究中取得惊人进展是否是真的。

这样的问话引起了一阵沉默。一本拉丁文《新约》神奇地出现在这位博学的两院院士的手中。他按照于连的回答，随口念了半句拉丁文。于连接着背下去，他的记忆力忠实可靠；这件奇事受到赞叹，那种喧闹劲只有在宴会结束时才会有。于连看了看那几位太太红扑扑的脸，其中有长得不错的。他特别注意会唱歌的税务官的妻子。

"当着这些夫人的面，说了这么久拉丁文，真不好意思，"他望着她说道，"如果吕比尼奥先生（就是那位两院院士）肯随意挑选一句拉丁文，我想不再接着用拉丁文原文接下去，而是看能不能即席翻译出来。"

这第二个测验使他的光荣达到顶点。

席间有好几位富有的自由党人是有可能获得奖学金的孩子们的父亲，因上次布道后突然改变了信仰。尽管表现出这种政治的精明，德·雷纳先生仍不愿在家接待他们。这些老实人只是耳闻于连的大名，在国王驾临本城那天看见他骑在马上，于是就成了最热烈的崇拜者。

① 于泽斯，法国加尔省的一座城市。

"这些傻瓜要听到什么时候才会厌烦这种他们一窍不通的《圣经》风格呢？"这种风格的奇特让他们开心，他们笑个不停。可于连烦了。

六点的钟声响了，他严肃地站起来，谈起利戈里奥的新神学里有一章他需要认真学学，第二天还要背给谢朗先生听。"因为我的职业，"他愉快地补充说，"是让人背书给我听和自己背书给别人听。"

众人听了大笑，赞不绝口；这是适合维尼埃尔人口味的俏皮话。于连已经站起身了，大家也就纷纷站了起来。这就是天才的威力。瓦雷诺太太把他多留了一刻钟，请他务必听听孩子们背诵教理问答；他们背得颠三倒四，滑稽透顶，只有他一个人听得出。然而他并不加以纠正。"对宗教的基本原理多么无知啊！"他想。最后他鞠了一躬，以为可以就此脱身了，然而不，他还得领教一篇拉封丹①寓言。

"这是一个很不道德的作家。"于连对瓦雷诺太太说，"有一则关于让•舒阿尔神父的寓言②竟敢对最可敬的事物大肆嘲笑。他受到最优秀的批评家的严厉谴责。"

于连在离去前收了四五份午宴的请帖。"这年轻人为本省增了光。"宾客们异口同声这样说。他们甚至谈到从公共积金中拨出一笔津贴，让他去巴黎深造。

就在这个贸然提出的提议在餐厅里引起回响时，于连已迅速跨出大门。"啊，流氓！流氓！"他连着低声喊了三四次，尽情呼吸着新鲜的空气。

此刻他觉得自己完全是个真正的贵族。长久以来他发现，在德•雷纳先生家里，人们对他的礼貌后面藏着一种轻蔑的微笑和高傲的优越，让他很反感。"忘掉吧，"他边走边对自己说，"甚至忘掉他们从可怜的被收容者身上偷钱，还禁止他们唱歌！德•雷纳先生何曾想过要对他的客人报出他拿出来的每瓶酒的价钱？可这位瓦雷诺先生

---

① 拉封丹（1621～1695），法国寓言作家，诗人。著有《故事诗》和《寓言诗》。以幽默和讽刺见长。

② 指拉封丹的寓言诗《本堂神父和死者》。在这首诗中，本堂神父让•舒阿尔在送葬途中想着能从送葬中得到多少好处，由于太过入神，结果被撞死了。

呢，他反复列举自己的财产，例如房子、产业等等，如果他老婆在场，就总是说您的房子、您的产业。"

这位太太显然对享有所有权带来的快乐非常敏感，在刚才的午餐中还跟仆人大吵，因为仆人不小心打碎了一只高脚杯，让她那一打杯子少了一只；而那位仆人回答她时的傲慢无礼简直让人难以容忍。

"怎样的一帮人啊！"于连想，"即使他们把偷来的钱给我一半，我也不愿意跟他们一起生活。有朝一日我会暴露自己的观点的；我不可能完全压抑住不让它们流露出来。"

依照德·雷纳夫人的吩咐，此类午宴必须参加多次。于连因此红得发紫起来。人们原谅了他身着仪仗队服装，或者可以说那种冒失正是他成功的原因。很快，在维尼埃尔，问题只是看谁在这场争夺博学的年轻人的斗争中获胜——德·雷纳先生还是收容所所长。这两位先生和马斯隆先生一起形成一种三头政治，多年来在这座城里说一不二。人们嫉妒市长，自由党人怨声载道，但说到底他是个贵族，生来就高人一等；而瓦雷诺先生的父亲甚至没有给他留下一笔六百法郎的年金。对于他，人们得从怜悯过渡到羡慕：怜悯的是他年轻时人人都见到过他穿着一套蹩脚的苹果绿衣服，羡慕的是他的诺曼底马、金链、巴黎买来的衣服。

在新认识的芸芸众生中，于连以为自己发现了一个正直的人。那是一位几何学家，名叫格罗，被看作是一个雅各宾党人。于连发过誓，只有自己认为是虚假的话才说，因此对格罗先生也疑虑重重。他收到从维尔吉来的大包大包的作业练习。人家还劝他常去看看父亲，他倒是愉快地履行了这倒霉的义务。一句话，他相当成功地挽回了名誉。一天早上，他突然觉得有两只手捂住了他的眼睛，醒了。

原来是德·雷纳夫人，她进城了。她让孩子们去管那只一路上带着的可爱的兔子，自己大步登上楼梯，先到了于连的房间。这时刻是美妙的，柔情缱绻，只是太短，孩子带着兔子上来，他们想让他们的朋友看看。这时德·雷纳夫人已经躲开。于连热烈地欢迎他们还有那只兔子。他仿佛又回到了家里，他觉得他爱这些孩子，喜欢叽叽喳喳地跟他们说话。他们的声音之温柔，举止之单纯和高贵，都让他感到惊奇；在维尼埃尔，他是在粗俗的行为方式和令人不快的思想中呼吸，他需要把这一切从脑海中清除。每天都心存着对贫穷的恐惧，可每天也要跟奢侈作斗争。请他吃饭的那些人说到餐桌上的烤肉，会吐露出一些心里话，令说的人蒙受耻辱，听的人感到恶心。

"你们这些贵族，有理由骄傲。"他对德·雷纳夫人说。接着他就给她讲那些他不得不参加的宴会。

"您走红了！"她想到瓦雷诺太太每当要见于连，都认为必须搽胭脂时，就不禁开怀大笑。"我认为她对您有感情了。"她补充说。

早餐十分愉快。孩子们在场看起来碍事，实际上增加了共同的幸福。这些孩子又见到于连后，不知道如何证明他们的快乐。仆人们一定是告诉了他们有人多给他二百法郎，要他去教育那些小瓦雷诺。

大病后还有些苍白的斯坦尼斯拉·克萨维埃突然问母亲，他的银餐具和喝水用的高脚杯值多少钱。

"为什么问这个？"

"我想卖了给于连先生发奖金，好让他跟我们在一起不感到上当。"

于连抱住了他，热泪盈眶。孩子的母亲眼泪也流出来了。于连把斯坦尼斯拉放在膝上，解释这里为什么不能用"上当"这个词，当差的才这样说。他见雷纳夫人高兴，就找些孩子们听了开心的生动例子解释什么是上当。

"我懂了，"斯坦尼斯拉说，"就是乌鸦傻乎乎让奶酪掉在地上，给拍马屁的狐狸叼走了。"

雷纳夫人欣喜若狂，一个劲儿吻她的孩子们，她这样做不能不略微靠在于连身上。

突然门开了，是德·雷纳先生。他那张严厉的脸写满不满，和被他的在场驱走的温馨快乐形成奇特的对比。雷纳夫人脸色发白，觉得什么也否认不了了。于连抢先开口，高声向德·雷纳先生讲述斯坦尼斯拉要变卖银高脚杯的故事。他确信这故事不会受到欢迎。

首先德·雷纳先生有个好习惯，只要一听见"银"字就皱眉头。"只要提到这种金属，"他常说，"就是要从我们口袋里掏钱的开场白。"

然而这里还有银钱之外的东西，那就是疑心。他不在，家里就充满欢乐的气氛，这对一个自尊心易受伤害的人来说绝非好事。当他妻子向他描述于连如何优雅巧妙向他的学生传授新思想时，他却暗想：

"是啊！是啊！我知道，他使我的孩子们讨厌我。他轻易就让自己在孩子们眼里显得比我可爱百倍，而我却是一家之主。如今这年头，一切都在丑化合法的权威。可怜的法兰西！"

雷纳夫人没工夫去在意丈夫态度的细微变化，她一心想着有可能和于连一起单独度过十二个钟头。她还有一大堆东西要买，而且她坚持一定要去酒馆吃饭；无论丈夫会说什么或做什么，她都坚持自己的意见。孩子们一听到"酒馆"——现代的假正经说出这两个字时怀着怎样的喜悦呀——都兴奋极了。

德·雷纳先生在妻子进入第一家时装店时就离开了，他要去拜访几个人。不过当他回到家时脸色比早上还难看，他确信全城都在议论他和于连。其实这时候还没人告诉他公众议论中那些让人难堪的部分。人们一再向市长先生询问的，只是于连是准备留在他家里拿六百法郎，还是接受收容所长提出的八百法郎。

所长在社交场所碰见德·雷纳先生时，有意冷落了他一下。此举可称巧妙。在外省，人们很少会采取这种不够稳重的举动。一般来说，可以引起轰动的事很少发生，即使是有了，也会让它石沉大海。

瓦雷诺先生是距巴黎百法里外人们称之为自命不凡的那种人。这种人厚颜无耻、粗俗无礼。一八一五年以来，他的飞黄腾达更强化了他的这些美妙品质。这么说吧，他是在德·雷纳先生领导下统治着维尼埃尔；但他更为活跃，也更加寡廉鲜耻。他插手一切，不停走动、写信、谈话，从不记得自己遭到的那些侮辱，也没有任何个人抱负，但他终于在教会势力中动摇了他主人的信誉。瓦雷诺先生对待当地那些重要人物采取的手段会是这样的：他对那些杂货商说：“把你们当中最愚蠢的两个人给我。”对法官们说：“告诉我你们当中最无知的两个人是谁。”而对医生们则说：“把你们当中最会骗人的两个指给我。”就这样他把各行业中最无耻的人集合起来，然后对他们说：“让我们一道统治吧。”

德·雷纳先生对这些人的作风深感不快。瓦雷诺的粗鲁刀枪不入，就是小马斯隆神父当众戳穿他的谎言也奈何不了他。

然而，在这成功的同时，瓦雷诺先生还需要不时搞些小小的无礼之举，用来抵制他感觉到的人人都有权对他提出的那些指责。自从阿佩尔先生的来访引起他的担忧后，他的活动就变本加厉。他去了两趟贝藏松，除了每班邮车外，他还让一些在深夜到他家去的陌生人带过几封。也许他不该参与解除谢朗这位老本堂神父的职务这件事，因为做出这一报复性行为后，使得好几位出身高贵的女信徒把他看作恶棍。再说，这一次效劳使他完全依附于代理主教德·福利莱尔，为此他接受过代理主教交办的一些奇怪的事。正是在他政治生涯的这个阶段，他抵制不了诱惑写了那封匿名信。更棘手的是，他妻子宣布要把连请到家里来。

鉴于此，瓦雷诺先生预见到自己和旧日盟友德·雷纳先生之间必会爆发一场争执，而这场争执将会是决定性的。至于德·雷纳先生会说些怎样严厉的话他倒不在乎，问题是德·雷纳先生可以往贝藏松甚至巴黎写信。某位大臣的一个亲戚很可能会突然出现在维尼埃尔，把乞丐收容所夺走。瓦雷诺先生于是想到去接近自由党人，因此几位自由党人才被邀请出席为于连背书的那次午宴。他想要反对市长，本来是可以得到强有力支持的，然而选举可能突然举行，而很明显，收容所的职位和投反对票二者不可得兼。这个政治内幕德·雷纳夫人猜得很准，在于连挽着她的手一个铺子一个铺子逛的时候，她就把这些讲给他听了。两人走上了忠诚大道，在那儿消磨了好几个钟头。

而这时，瓦雷诺先生正试图极力避免跟他老上司有决定意义的冲突，他也同时装出无所畏惧的样子。这种战术使他获得了成功，但也加深了市长对他的不满。

当虚荣心碰上了贪婪和对金钱的斤斤计较，还没有谁能变得像德·雷纳先生走进酒馆时那样愁眉苦脸。相反，他的孩子们却无比快活。这种对比深深刺痛了他。

"就我所见的情景来说，现在我在这个家里是多余的了！"他走进来时装腔作势说。

他妻子把他拉到一边，对他说必须让于连离开。她刚刚度过的幸福时光使她重拾信心，要知道这是执行她考虑了半个月的计划所必需的。最让维尼埃尔市市长苦恼的是他知道全城都在公开嘲笑他对金钱的嗜好。瓦雷诺先生像窃贼一样慷慨，而他呢，在最近为圣约瑟兄弟会、圣母会和圣体会等进行的五六次募捐中，表现得过于谨慎而缺少了慷慨。

维尼埃尔和附近一带的乡绅的名字被巧妙按照捐款数额排列在了收集捐款的修士的登记册上，人们不止一次看到德·雷纳先生的名字在最后一行。他徒劳地解释说自己没有任何收入。但教士们在这个问题上是从不开玩笑的。

23 一位官员的忧伤

让人一整年都昂首挺胸的快乐，需要用几刻钟的不愉快来换取。

——卡斯蒂 [①]

不过，我们还是让这个微不足道的人留在他那些微不足道的忧虑中吧。谁让他需要的是奴性，却把一个勇者弄到家里去呢？十九世纪的惯例是，一个有权势的贵族遇上一个勇者，通常采取的手法是杀之、逐之、囚之或辱之，使之傻得居然痛苦而死。可这里却出现了一点意外，感到痛苦的不是那个勇者。法国的小城和众多如纽约那样的民选政府最大的不幸是不能忘记世上存在着德·雷纳先生这样的人。在一个两万人的城市里，是这些人在制造舆论，而在一个拥有宪章的国家里，舆论是可怕的。一个品德高尚、宽宏大量的人，很有可能是您的朋友，但他住在一百法里之外，只能根据您所在的那个城市的舆论来判断您；而舆论恰恰是那些碰巧生下来就有钱有势的贵族傻瓜们制造的。正所谓出头的橡子先烂！

午饭后他们回了维尔吉。但第三天于连见他们又回到维尼埃尔。

很快于连就惊讶地发现德·雷纳夫人有什么事情瞒着自己。他一出现，她就中断了跟丈夫的谈话，好像希望他走开。于连非常知趣，不用她表示第二次。他变得冷淡而审慎，雷纳夫人看出来了，但她并没有要解释的意思。"难道她要找一个接替我的人了吗？"于连想，"前天她还跟我那么亲密！有人说这些贵妇人就是如此。简直像国王

---

① 卡斯蒂（1721～1803），意大利神父、诗人。

一样，一个大臣刚还受到恩宠，回到家里却发现有封宣布自己不再受宠的信等着自己。"

于连注意到，在这些他一走近便戛然而止的谈话中，常提到一座属于维尼埃尔市的大房子。那栋房子古老、宽大、舒适，对着教堂，地处最繁华的商业区。"这座房子和一个新情人之间有什么共同点呢？"于连问自己。忧伤中，他反复吟诵弗朗索瓦一世①的精彩诗句。这两行诗德·雷纳夫人教给他还不到一个月。当时，德·雷纳夫人想要用尽可能多的爱抚和誓言来反驳这两行诗中的每一行！

> 女人善变，
> 傻瓜才信。

德·雷纳先生乘驿车去贝藏松了。这次旅行是两个钟头内突然决定的。他看上去很苦恼，回来时把一个用灰纸包着的大包裹扔在桌上。

"看吧，这就是那件蠢事。"他对妻子说。

一个钟头后，于连看见专门张贴布告的人拿走了那个大包裹，他急忙跟去。"我在头一个街角就能知道这个秘密。"

于连跟在贴布告的人身后。那人用大刷子在布告背面刷满糨糊，然后贴在墙上。布告刚贴好，于连就迫不及待把布告的内容看了一遍，原来是用公开招标的方式出租德·雷纳先生和他妻子谈话中经常提到的那座又大又老的房子。投标定在次日两点钟在市政府大厅举行，以第三支蜡烛熄灭为时限。于连觉得投标时间有点短，有意参与投标的人如何能及时得到通知呢？最大问题是布告是十五天前签署的，他在三个不同地点又把布告仔细看了，但还是看不出什么名堂来。

他去看那座待租的房子。门房正对一个邻居神秘地说：

"哼！哼！白费劲儿！马斯隆先生断言他用三百法郎就能租下

---

① 弗朗索瓦一世（1494～1547），法国国王。这两行诗据说是由他亲手刻在上巴尔城堡的窗框上的，后来被雨果在他的剧本《国王自娱》里使用。

来；市长还顶牛，结果被代理主教福利莱尔召到主教府去了。"

于连的到来使他们马上停下了交谈。

于连岂能错过这次投标会？阴暗的大厅里人很多，人人都以一种奇怪的方式互相打量。所有的眼睛都盯着一张桌子，桌上有一个锡盘，上面点着三支蜡烛。执达吏喊道："先生们，三百法郎！"

"三百法郎！这太过分了。"一个人低声对旁边的人说。于连正好在他们俩中间，"这值八百多法郎，我要出更高的价。"

"你这是自讨苦吃。你跟马斯隆先生、瓦雷诺先生、主教，还有可怕的德·福利莱尔代理主教一伙作对有什么好处？"

"三百二十法郎。"那一位喊道。

"大傻瓜！"这人应道，"这儿正有一个市长的密探。"他指了指于连。

于连猛地回头想跟说这话的人算账；然而两位弗朗什－孔代人根本不再理会他。他们的冷静使他也冷静了。这时，第三支蜡烛灭了，执达吏用拖长的声调宣布房子租给某某省政府的科长德·圣吉罗先生，租期为九年。

市长一走出大厅，人们就嚷嚷开了。

"格罗诺的冒失让市府多挣了三十法郎。"一个人说。

"德·圣吉罗先生，"另一个人答道，"会报复格罗诺的，那可有他受的。"

"多卑鄙！"于连左边的一个胖子说，"这座房子我可以为我的工厂花八百法郎租下来，而且我还觉得便宜呢。"

"哼！"一个年轻的制造商、自由党人答道，"德·圣吉罗先生不是圣会的吗？他的四个孩子不是都领助学金吗？可怜的人！维尼埃尔市又得多发给他五百法郎的补助了，就是这么回事。"

"市长居然不阻止！"第三个人说，"他是极端保王党，一点没错，但是他不偷。"

"他不偷？"另一个人反驳道，"他不偷谁偷！都装在一个公共的大钱袋里呢，年终瓜分。小索雷尔在这里，咱们走吧。"

于连回去后情绪恶劣，看见德·雷纳夫人也一脸不高兴。

"您去看招标了？"她问。

"是的，夫人，我在那荣幸地被视为市长先生的密探。"

"他如果听我的，就该去旅行。"

这时，德·雷纳先生来了，沉着脸。吃晚饭时没有一个人说话。德·雷纳先生吩咐于连随孩子们回维尔吉。旅途中大家都很郁闷。德·雷纳夫人安慰她丈夫：

"您也该习惯了，我的朋友。"

晚上，大家围坐在壁炉前谁也不说话，只有燃烧的山毛榉柴在噼啪作响。这是最和睦的家庭都会遇到的那种愁闷时刻。一个孩子快活地叫起来：

"有人拉门铃！有人拉门铃！"

"见鬼！如果是德·圣吉罗先生以道谢为由来纠缠，"市长叹道，"我就对他不客气。这也太过分了，他该谢的是瓦雷诺，我是受牵连的。这件事要是被那些该死的雅各宾报纸抓住，把我写成一个诺南特·散克^①先生，我又能说什么呢？"

这时，一个蓄着巨大连腮胡，模样英俊的人被仆人领了进来。

"市长先生，我是 il signor Géronimo^②。这里有封给您的信，是驻那不勒斯大使馆的随员德·博威西骑士在我动身前交给我的。"吉罗尼莫先生神情愉快地望着德·雷纳夫人补充道，"那是九天前，夫人，您的表兄我的好友博威西先生说您会说意大利语。"

那不勒斯人的好兴致让这个夜晚的沉闷一扫而空。德·雷纳夫人一定要请他吃夜宵。她让全家人都动了起来，无论如何要让于连忘掉这一天内在他耳边响过两次的"密探"的称谓。吉罗尼莫先生是有名的歌唱家，有教养又快活。在法国，这两种品质已不大能并

---

① 诺南特·散克，法国马赛一位法官梅兰多尔，1830 年 1 月判处政论小册子作者巴泰雷米 1000 法郎罚款，在判词里这位法官使用了当地方言"nonoante-cinq"，意思是"九十五"，音译即为"诺南特·散克"，用来代替标准法语"quatre-vingt-quinze"。因此遭到了自由党人的嘲笑。

② il signor Géronimo，意大利语"吉罗尼莫"。

存了。夜宵后，他和雷纳夫人唱了一小段二重唱。他讲的故事也很迷人。子夜一点，于连让孩子们去睡觉，他们都嚷嚷起来。

"再讲一个故事。"老大说。

"好吧。这是我自己的故事，Signorino①。"吉罗尼莫说，"八年前，我像您一样，是那不勒斯音乐学院的一个年轻学生，我的意思是说像你们一样大，但我可没有福气做美丽的维尼埃尔市著名市长的儿子。"

这句话让德·雷纳先生叹了口气，他望了望妻子。

"赞卡莱利②先生，"年轻的歌唱家稍微加重了他的外国口音，逗得孩子们哈哈大笑，"赞卡莱利先生是个极严厉的老师。大家都不喜欢他，可他希望大家一举一动都要表现得仿佛喜欢他似的。我是能出校门就出校门，去圣卡利诺小剧场，在那里可以听到天籁般的音乐；但天哪，我怎么才能凑足八个苏买一张正厅的票呢？这可不是一笔小数目。"他看看孩子们，孩子们笑了。"剧院的经理乔瓦尼③先生听我唱歌。那时我十六岁，他说：'这孩子可是个宝贝呀。'

"'你愿意我雇你吗，亲爱的朋友？'他对我说。

"'您给我多少钱？'

"'一个月四十杜卡托④。'先生们，这是一百六十法郎呀。我以为我看见天开了。

"我对乔瓦尼说：'可怎么让赞卡莱利先生放我走呢？'

"'让我去办！'"

"让我去办！"老大模仿着喊道。

"正是，我的少爷。乔瓦尼先生对我说：'亲爱的，先来签一份合同。'我签了字，他给了我三杜卡托。我从来没有见过这么多钱，然后他告诉我该做什么。

"第二天，我求见可怕的赞卡莱利先生。他的老仆人让我进去。

---

① Signorino，意大利语"少爷"。

② 赞卡莱利，意大利作曲家，时任那不勒斯戏剧学院的院长。

③ 乔瓦尼，从1810年起担任那不勒斯圣卡利诺剧院经理。

④ 杜卡托，威尼斯古金币。

"'找我干什么，坏小子？'赞卡莱利问。

"'老师！'我说，'我对我的过失感到后悔，我再也不翻铁栏杆溜出学院了。我要加倍努力学习。'

"'要不是我怕毁了我见过的最美的男低音，我早就把你关上十五天了，只给面包和水，你这小流氓！'

"'老师，'我说，'我将成为全院的榜样，请相信我。但我向您求一个恩典，如果有人来求我到外面唱歌，您一定要替我拒绝。求求您，说您不能同意。'

"'见鬼，谁会要你这样一个坏蛋？难道我会允许你离开音乐学院吗？你想取笑我？滚！'他一边说一边要朝我屁股上踢一脚，'否则你就当心去啃干面包蹲监狱。'

"一小时后，乔瓦尼先生来到院长家。

"'我来求您成全我，'他说，'把吉罗尼莫给我吧。让他到我的剧场去唱歌，今年冬天我就能嫁女儿了。'

"'你要这个坏蛋干什么？'赞卡莱利问，'我不愿意，你得不到他，再说，就算我同意，他也不会离开音乐学院，他刚对我发过誓。'

"'如果只是因为他的个人意愿，那么，'乔瓦尼从口袋里掏出我的合同严肃地说，'歌唱合同！这是他的签字。'

"赞卡莱利勃然大怒，一个劲摇铃叫人：'把吉罗尼莫赶出音乐学院！'就这样，我被赶出来了，可我哈哈大笑。当晚我唱了一首莫蒂普利科咏叹调。驼背小丑想结婚，掰着指头计算家里需要的东西，老是算不清楚。"

"啊！先生，请您给我们唱唱这支咏叹调吧。"德·雷纳夫人说。

吉罗尼莫唱了，大家笑得眼泪都出来了。直到深夜两点吉罗尼莫先生才去睡。他的优雅举止跟快活，还有他的随和迷住了这家人。

第二天，德·雷纳先生和德·雷纳夫人给了他几封去法国宫廷所需要的介绍信。

"这么说吧，到处都有虚假，"于连说，"看看吉罗尼莫先生，他要去伦敦接受一个薪俸六万法郎的工作。要是没有圣卡利诺剧场的经理的机智，他那神奇的声音也许要再过十年才会为人所知……真的，我宁肯做吉罗尼莫而不做雷纳。他在社会上也许不那么尊贵，但他没有像今天的招标这样的烦恼，而且他的生活是快乐的。"

有件事情使于连感到不解：在维尼埃尔度过的这寂寞的几星期，对他来说竟成了一段幸福的时光。只有在人家邀请他参加的宴会上，他才会感到厌恶，才会有令人不快的想法。在这座寂寞的房子里，他可以不受打扰地读、写、思考，不用随时都会被某种残酷的需求把他从美梦中惊醒。而这种残酷的需求就是研究一个卑鄙的人的内心活动，更糟的是，还得用各种虚伪和谎言欺骗。

"难道幸福离我很近吗？……这样的生活要不了多少钱。我可以选择娶爱丽莎或者跟富凯合伙……但问题是，当一个旅行者爬上一座陡峭的山峰后，坐在山顶休息是快乐的；可是要他永远这样休息下去，他还会感到幸福吗？"

至于德·雷纳夫人，她脑子里有了一些死缠着她不放的念头。她下过决心，但还是把招标的内幕向于连和盘托出。"这么看来，他会让我忘记我的所有誓言！"她想。

如果看见她丈夫处于危险中，她会毫不犹豫牺牲自己的生命去救他。这是一颗高尚而浪漫的灵魂，对她来说，能为宽厚之事而不为，良心的自责会跟犯罪后的自责相当。可在一些不幸的日子里，她没法驱散那总是出现在脑海里的幸福的情景：如果她突然成了寡妇，就可以和于连成为夫妻。

于连爱她的孩子们胜过喜欢孩子们的父亲；他管教严格但不失公正，因此赢得了爱戴。她要是和于连结婚就得离开维尼埃尔，尽管她那么喜欢它的绿树成荫。她仿佛看见了自己生活在巴黎，继续给孩子们人人称赞的教育。她的孩子们、她自己、于连，快乐地生活在一起。

这就是十九世纪婚姻的奇特结果！如果爱情先于婚姻，那么对婚后生活的厌倦肯定会导致爱情的毁灭。一位哲学家会说：问题是出于对婚姻生活的厌倦，那些钱多得不需要做任何工作的人，就会对平淡的家庭生活感到更深的厌倦。在妇女中，只有那些铁石心肠的，婚姻生活带来的厌倦才不至于使她们陷入情网。

这种哲学家的想法使我原谅了德·雷纳夫人，可维尼埃尔人不会原谅她。全城的人除了议论她的爱情丑闻就不会谈别的；而这时，只有她自己蒙在鼓里。由于出了这件大事，维尼埃尔的人们今年秋天要过得比往年秋天少很多的烦闷。

秋天还有冬天的一部分很快就过去，到了离开维尔吉的树林的时候了。因为德·雷纳先生对人们的批评无动于衷，维尼埃尔的上流社会开始愤怒了。某些正人君子们正是用这类方法在犒赏自己的道貌岸然。不到一星期，这些人就使德·雷纳先生生出令他痛苦难耐的疑心。不过，这些人所使用的措辞都是很有分寸的。

尤其是瓦雷诺先生。他把爱丽莎安置在一个受人尊敬的人家，这家有五个女人。据爱丽莎自己说，她担心在冬天很难找到工作，所以愿意接受更少的工钱，差不多只相当于市长家给的三分之二。她自己还有个绝妙的主意，去找过去的本堂神父谢朗先生，同时也找新的本堂神父做忏悔，好向他们两个人都详细讲述于连的爱情。

于连回来的第二天早晨六点，谢朗神父就遣人把他叫去了。

"我什么也不会说，"他对于连说，"我只是请求您，必要的话我命令您什么也不要对我说，我要求您在三日内前去贝藏松神学院报到，或者去您朋友富凯那儿。他一直都准备为您提供一个美好的前程。我什么都预见到了，也什么都安排好了，您必须走，一年内不要回维尼埃尔。"

于连没有回答，他琢磨着谢朗先生对他的关心是否有损自己的名誉，他毕竟不是自己父亲。

"明日此刻，我将有幸再见到您。"最后他对本堂神父说。

谢朗先生想要用强力制服这个年轻人，于是说了很多。而于连表现得十分谦卑，始终不开口。

离开后他立刻跑去告诉德·雷纳夫人，却发现她也陷入了绝望。她丈夫刚坦率地跟她谈了。他天性懦弱，但同时又对来自贝藏松的遗产充满渴望，这使他没法不接受她的清白无辜。他刚才向她承认，他发现维尼埃尔的舆论处在一种奇怪状态中。公众被嫉妒者引入歧途，可能怎么办呢？

德·雷纳夫人曾有过瞬间的幻想，于连接受瓦雷诺先生的聘请留在维尼埃尔。然而现在的她不再是去年那个单纯羞怯的女人了，她的致命的激情和悔恨使她变得聪明。听着丈夫的话，她心里很快便痛苦地确认，一次至少是暂时的分别是无可避免的了。"离开我后，于连会再度坠入他那野心勃勃的计划中去，对于一无所有的人来说，这些计划是那样自然。可我呢，主啊！我这样富有，可对幸福又是这样的无能！他会忘掉我。他那么可爱，会有人爱他，他也会爱别人。啊！不幸的女人……我有什么可抱怨的呢？上天是公正的。我本可以用钱收买爱丽莎，这再容易不过了。我甚至不肯想一想，爱情的疯狂占去了我全部的时间。我完了。"

把离别的消息告诉德·雷纳夫人后，居然没有遭到任何反对，这让于连震惊。但她一直都在竭力克制不让自己哭出来。

"我们需要坚强，我的朋友。"她剪下一缕头发，"我不知道我将来会怎样，"她说，"但如果我死了，答应我永远不忘记我的孩子们。无论你离得远还是近，请设法把他们培养成有教养的人。如果有一次新的革命，所有的贵族都被扼死，他们的父亲可能会因为杀死那个藏在屋顶上的农民而流亡他乡。请照顾这个家……伸出你的手。永别了，我的朋友！这是最后的时刻。做出这一重大牺牲后，我希望我在众人面前有勇气想到自己的名誉。"

这番告别感动了于连。

"不，我不能这样接受您的道别。我要走，他们要我走，您也要我走。可三天后我会在夜里回来看您。"

德·雷纳夫人的生活顿时改观。于连是真爱她的，因为是他自己想回来看她。她那可怕的痛苦变成了她有生以来所体验过的最强烈的快乐。对她来说，一切都变得容易。能重见使得这最后的时刻不再那么令人心碎。从这时起，德·雷纳夫人的举止和她的表情一样高贵、坚定、得体。

德·雷纳先生很快回来了，他气疯了。他终于向他妻子谈到两个月前收到的那封匿名信。

"我要把它带到'夜总会'去让大家都看看，这是卑鄙的瓦雷诺写的，是我把他从一个乞丐变成维尼埃尔最富有的市民。我要公开让他出丑，然后跟他决斗。这太过分了。"

"我可能成为寡妇，天主呀！"德·雷纳夫人想。然而几乎同时她又自语道，"我肯定能阻止这场决斗，如果我不阻止，我将成为谋害我丈夫的凶手。"

她从未如此巧妙在意过丈夫的虚荣心。不到两个钟头，她就让他通过他自己得出，他应该对瓦雷诺表示出比以往更多的友情，甚至应该把爱丽莎请回家。德·雷纳夫人决定再见见这位给自己带来种种不幸的姑娘，是需要些勇气的。不过，这主意却是来自于连。

经过三四次引导，德·雷纳先生终于忍着破财的痛苦认识到，最让他难堪的，只能是让于连在维尼埃尔全城纷纷议论时去瓦雷诺家。很明显，接受乞丐收容所所长的聘请对于连有利，相反，离开维尼埃尔去贝藏松神学院或第戎神学院，对雷纳先生的荣誉有利。可如何能让他下定决心呢？此后他在那儿如何生活呢？

德·雷纳先生已经看到了在金钱上做出牺牲的迫切性，他比他妻子还要绝望。至于她，在经过这次谈话后，她身处勇者的地位，这让她对生活开始感到了厌倦，并服下了一剂曼陀罗①，因此她之后的行为基本都是受着本能的驱使。对什么都不再有兴趣。弥留之际的路易十四即是说："从前我做国王时……"妙哉斯言！

第二天一早，德·雷纳先生就收到了一封匿名信。此信的文笔极具侮辱性。与他的处境相应的那种最粗俗的词语随处可见。这是某个下等的嫉妒者的作品。这封信又让他起了找瓦雷诺先生决斗的念头，并且勇气增添得很迅猛，想马上就干。他独自出门，到武器

---

① 曼陀罗，茄科，一年生有毒草本植物。

店买了几把手枪，让人装上子弹。

"总之"，他对自己说，"即使拿破仑皇帝的严厉行政管理制度重现于世，我也没有一个苏是诈骗来的，为此更没有必要受到良心的谴责。我最多是闭上眼，但我抽屉里有不少信件可以作为我这样做的理由。"

德·雷纳夫人被她丈夫的怒火吓坏了，她又想起那个她费了好大劲才消除的当寡妇的不祥念头。她和他关在房里谈了好几个钟头，没有用，新的匿名信已使他拿定主意。最后，她终于把雷纳先生给瓦雷诺先生一记耳光的勇气，转化成供给于连在神学院一年膳宿费用六百法郎的勇气。德·雷纳先生为此千百次诅咒那一天，就是那一天他竟心血来潮想弄个教师到家里来。

他有了个主意，这个主意使得他稍觉快慰，但他没告诉妻子，他想利用年轻人好幻想的心理，巧妙地让他保证拒绝瓦雷诺先生的提议而接受一笔数目小些的钱。

德·雷纳夫人的困难要大得多。她得向于连证明，为了她丈夫的面子而牺牲了收容所所长公开提出的八百法郎的工作，他完全可以接受一点补偿而问心无愧。

"可，"于连说，"我从来也没有过接受这提议的打算。您已让我习惯于高雅的生活，那些人的粗俗我受不了。"

残酷无情的贫困，用它的铁手迫使于连屈服。他的骄傲使他产生一种幻想，只把维尼埃尔市长提供的这笔钱作为借款，并出具一张借据，五年内归还本息。

德·雷纳夫人有几千法郎一直藏在小山洞里，她战战兢兢提议把这些钱送给他，深信会遭到他愤怒的拒绝。

"您想让我对我们的爱情的回忆变得丑恶吗？"于连这样问她。

终于，于连离开了维尼埃尔。为此德·雷纳先生很高兴。在接受他的钱那个要命的时刻，于连觉得这牺牲不堪承受，于是断然拒绝。德·雷纳先生热泪盈眶，一下子抱住了他。当于连要求他开一张行为良好的证明时，他欣喜若狂，一时竟找不到足够的漂亮词句来称赞于连的品行。我们的主人公有五个路易的积蓄，打算再向富凯要同样的数目。

他非常激动。然而，当他走出离他刚不得不丢下的爱情一法里外时，他就只想马上能看到贝藏松这样一座省府、一座军事重镇。

在这短短三天的离别中，德·雷纳夫人经受着一种最残酷的爱情假象的欺骗。她的日子还过得去，还有最后见一次于连的希望。她一小时一小时、一分钟一分钟地计算着。终于在第三天夜里，她听见远处传来了约好的信号。于连经历了千难万险出现在她面前。

从这一刻起，她就只有一个念头："这是我最后一次见他了。"她没有对情人的殷勤做出回应，倒像是还剩一口气的垂死的人。就算她强迫自己说她爱他，可她的神情也在揭穿她。什么也不能使她摆脱永久分离的残酷念头。多疑的于连一时以为自己已被遗忘，因此说了些尖刻的话，得到的只是静静流淌的大滴泪珠和近乎痉挛的握手。

"可天主啊！您怎么能指望我相信您呢？"对他情人冷冰冰的分辩，于连回答道，"您对德维尔夫人、对一个普通熟人都会表现出比这要多百倍的热诚呀。"

德·雷纳夫人不知如何回答。

"没有人比我更不幸……我想我要死了……我觉得我的心已冻住……"

这是他能得到的最长的回答。

天快亮了，他不能不离开。这时候德·雷纳夫人的眼泪已不再流淌。看到他把一根打了很多结的绳子系在窗上，她一声不吭，也没吻他。于连徒然地对她说：

"终于到了您那么希望的地步。从今以后您可以毫无悔恨地生活了。您的孩子们稍微有点不舒服，您也不再会就想到他们要死了。"

"您没能再吻吻斯坦尼斯拉我很难过。"她冷冰冰说。

这具活死尸的毫无热情的拥抱让于连震动。他一口气走了几法里还在想这事。他的心碎了。在翻越高山前，他频频回首，直到看不见维尼埃尔的钟楼为止。

24 省会

> 如此喧闹，如此忙碌的人们！在一个才二十岁的青年人心中，有着
> 多少关于未来的计划呀！这对爱情来说，该是怎样的分心事！
>
> ——巴纳夫

终于，他看见了远处山上的那些黑色的围墙，那就是贝藏松的
堡垒。"如果我来到这座军事重镇，为的是在受命保卫它的一个团里
当一名少尉，那该是多么不同！"对此他感慨万分。

贝藏松不仅是法国最漂亮的城市之一，而且还拥有许多有勇气
和才智的人。然而于连一个小小农民根本无法接近这等出类拔萃者。

他在富凯那儿换上一套便服，并穿着这套衣服走过吊桥。他脑
海里装满了一六七四年围城战的历史[①]，想在被关进神学院前多看看
那些城墙和堡垒。有两三次他险些让哨兵抓起来，因为他进入了工
兵部队为每年能卖上十二或十五法郎的干草而不准闲人进入的区域。

有好几个钟头，他所见到的全都是高墙、深沟和样子吓人的大
炮。后来，经过林荫大道上的咖啡馆前，他心怀敬意在那里久久伫
立。他明明看见两扇大门上写着"咖啡馆"几个大字，可还是不能
相信自己的眼睛。他拼命克制自己的胆怯走了进去。他来到一个大厅，
有三四十步长，天花板至少有二十尺高。这一天他所遇到的一切对
他来说都充满了难以置信的魅力。

大厅里正在进行两场台球赛。侍役们喊着点数，玩球的人围
着桌子跑来跑去，周围挤满观众。一股股烟从人们的嘴里喷出，把

---

① 指 1674 年法王路易十四与奥地利、西班牙还有荷兰组成的"欧洲联盟"之间
在此地发生过的激战。

他们裹在蓝色的云雾中。这些人身躯高大，举止笨拙，个个都有浓密的颊髯，裹在长长的礼服里，这些都深深吸引着于连。这些古代Bisontium[1]的子孙们不开口则已，一开口就会发出大声的喊叫。他们都装出一副勇武、粗野的军人模样，把于连看得发呆。他满脑子都是贝藏松这个大都会的宏伟和壮丽，感到浑身没有了一点勇气，连向那些目光高傲喊着台球点数的先生们要一杯咖啡都不敢。

坐在柜台里的那位小姐注意到了这位年轻乡绅迷人的面庞。此刻他正站在离炉子三步远的地方，臂下夹着一个小包裹，端详着用白石膏制成的国王胸像。这位小姐是位个子高高的弗朗什－孔代人，身材极好，穿着打扮足以为一间咖啡馆生色。她已经用只想让于连一个人听见的声音轻轻喊了两遍："先生！"于连看见了一双温柔的蓝色大眼睛，然后他发现对方是在叫自己。

他像是走向敌人似的走向柜台和那漂亮姑娘。他的动作过于急促，以至把包裹都弄掉了。

我们这位外省人该会引起巴黎年轻的中学生们怎样的怜悯啊！他们十五岁就知道了怎样气概非凡地走进咖啡馆。然而，这些孩子尽管十五岁就那么老练，到了十八岁却变得平庸。人们在外省看到的那种充满激情的胆怯有时却能得到克服，这时，它就会教会一个人如何使用自己的意志。于连走近那位美丽的姑娘。"我得跟她说真话。"他想。因为克服了羞涩，于连变得勇敢起来。

"夫人，我生平第一次来贝藏松，很想要一片面包和一杯咖啡，我会付给您钱的。"

小姐嫣然一笑，随即红了脸。她怕那些正在玩台球的人会拿这漂亮的小伙子取笑——他要是给吓着了，就不会再来了。

"您坐在这儿，靠近我。"她指指那张大理石桌子。这张桌子差不多完全被突出在大厅中的巨大桃心木柜台遮住。

小姐朝柜台外俯下身，这使她有机会展示自己美妙的躯体。于

---

[1] Bisontium，古罗马时代贝藏松的拉丁文名字。

连注意到了，他全部的想法顿时改变。美丽的小姐在他面前放了一个杯子、糖、一小块面包。她拿不定主意是否叫一个侍者来倒咖啡，她心想，侍者一来，她和于连的单独谈话便告结束。

于连陷入沉思，比较着这位快活的金发美人和常常使他激动的某些回忆。他想到自己曾作为对象的那种激情，他的胆怯几乎一扫而光。美丽的小姐不多时便从于连的目光中看出他的心思。

"烟斗的烟呛得您咳嗽，明早八点钟前来吃饭吧，那时差不多只我一个人。"

"您叫什么？"于连温柔的微笑中带着恰到好处的羞怯。

"阿芒达·比奈。"

"您允许我一个钟头后给您寄一个跟这一样的包裹吗？"

美丽的阿芒达想了想。

"有人监视我，您要求我做的事可能会连累我；不过，我把我的地址写在一张纸上，您贴在包裹上，大胆寄给我吧。"

"我叫于连·索雷尔，"年轻人说，"我在贝藏松既没有亲戚，也没有熟人。"

"啊！我明白了，"她高兴地说，"您是来上法律学校的？"

"唉！不是，"于连答道，"人家送我进神学院。"

阿芒达的脸色变了，流露出沮丧。她叫来一位侍者，现在她不再害怕了。侍者给于连倒咖啡时都不看他一眼。

阿芒达在柜台内收款。于连对自己刚才的应答很得意。这时，一张球桌上发生了争吵。打台球的人的叫喊和争辩在大厅里回荡，这使于连感到惊奇。阿芒达不知在想着什么，垂下了眼睛。

"如果您愿意，小姐，"于连突然很自信地说，"我就说我是您的表弟。"

于连的语气有些专横，但这正是阿芒达喜欢的。"这不是一个身份卑微的年轻人。"她这样想。她的语速极快，而且不看他，因为她正留意是不是有人走近柜台。

"我从第戎附近的让利来；您就说您也来自让利，是我母亲的表亲。"

"记住了。"

"夏天，每星期四五点，神学院的先生们会从咖啡馆门前走过。"

"如果到时您还想着我，我经过时您手里就拿一束紫色花。"

这话让阿芒达久久望着他，这种目光把于连的勇敢变成了鲁莽；不过，他说话时还是涨红着脸：

"我感到我是用最强烈的爱爱着您。"

"小点声！"她显得很害怕。

于连在维尔吉找到过一卷不完整的《新爱洛伊丝》，他想回忆起里面的句子。他的记忆力很好，于是就对着心醉神迷的阿芒达背了十分钟的《新爱洛伊丝》。正当他对自己的勇敢感到自豪时，美丽的弗朗什－孔代姑娘的脸突然变得冷若冰霜。她的一个情夫出现在咖啡馆门口。

这人吹着口哨，晃着肩膀，走近柜台时看了于连一眼。于连的想象力总是走极端，此刻就是只有决斗的念头。他脸煞白，推开杯子，一副坚定的样子，十分专注地看着他的情敌。那情敌低下头，随意在柜台上倒了一杯烧酒。阿芒达使了个眼色，命令于连也低下眼。他服从了。他一动不动足有两分钟，脸色苍白，神态果决，一心只想着将要发生的事。此时的于连的确很出色。那情敌对于连的眼神感到好奇，他一口喝干那杯烧酒，对阿芒达说了句话，就把手插进宽大的礼服两侧的口袋，走到了一张台球桌前，一边还喘着粗气看了于连一眼。于连大怒，站了起来，可他不知道怎样才能显得傲慢无礼，于是就放下小包裹，尽量大摇大摆走近那张台球桌。

而这时候谨慎对他说："刚到贝藏松就决斗，教士的职业算完了。"然而没有用。

"管它呢，日后不会有人说我放了一个无礼之徒。"

阿芒达看见了他的勇敢；这勇敢和他言谈举止的天真形成很有趣的对照；一时间她喜欢他更甚于那个穿礼服的高个子青年。她站了起来，装作盯着街上走过的一个人，迅速站在于连和台球桌之间。

"别斜着眼看这位先生，他是我姐夫。"

"这与我何干？他看了我。"

"您想让我难过吗？的确，他看了您，也许他还要过来跟您说话呢。我刚才跟他说您是我母亲那边的亲戚，从让利来。他是弗朗什-孔代人，就住在这条勃艮第大道上，从没去过比多尔更远的地方。因此您想说什么就说什么，不必害怕。"

于连还在犹豫。站柜台的女人所具有的想象力为她提供了大量的谎言，她补充道：

"他是看了您，可那是他在向我打听您的时候。他是一个对谁都粗鲁无礼的人，他不是存心想要侮辱您。"

于连去看那个所谓的姐夫，看见他买了一个号码牌，到两张球桌中较远的那张上去玩去了。于连能听见他粗声大气在喊叫："我来开球。"他于是绕过阿芒达小姐朝台球桌走了一步。阿芒达抓住他胳膊："先把钱付给我。"她说。

"是的，"于连想，"她怕我不付钱就走。"阿芒达跟他一样激动，满脸通红。她尽可能慢地给他找钱，反复低声念叨着：

"马上离开咖啡馆，否则我就不爱您了；其实我很爱您。"

于连确实出去了，但却是慢慢悠悠的。"我也要喘着粗气盯着这个粗鲁的家伙看，"他反复对自己说，"这难道不是我的责任吗？"但他拿不定主意。他在咖啡馆门口的大街上转悠了足有一个钟头，他等那人出来，但那人一直都没露面，于连就只好走了。

刚到贝藏松就遇到这桩倒霉的事。那位老军医不顾身患风湿病，曾给他上过几次剑术课，这应该就是于连的全部本领。假使他知道除了打耳光外还有别的方式可以表示生气的话，剑术欠佳的他也就没什么了。万一动起拳头，他那情敌可是个庞然大物，肯定会把他打翻在地狠狠揍一顿。

"对于我这样的可怜虫来说，"于连想，"没有保护人，没有钱，神学院和监狱区别不大。我得把我的便装存在某个旅馆里，然后穿上黑衣服。万一能离开神学院几个钟头，我可以穿上便装去会阿芒达小姐。"于连对自己这样的想法很满意，可他走过所有的旅馆，一家也不敢进。

最后，他再次走到大使饭店门前。他不安的眼神碰上了一个胖女人的眼睛。这女人还相当年轻，肤色鲜丽，神情幸福而快活。他走近她，讲了自己的事情。

"当然可以，我漂亮的小神父。"大使饭店的老板娘对他说，"我保存您的便装，还经常掸掸灰尘。这样的天气，把一件毛料衣服扔那儿不管可不行。"她拿起一把钥匙，亲自带他到一个房间里，让他把留下的东西写一个清单。

"仁慈的主，索雷尔先生，您的气色真好！"于连下楼时胖女人对他说，"我去给您准备一顿好饭菜，而且，"她低声说，"别人付五十苏，您只要二十苏，因为您得好好照顾您那小钱袋。"

"我有十个路易。"于连有点儿得意地答道。

"啊！仁慈的主！"善良的老板娘警觉起来，"别这么大声说话，贝藏松坏人多的是。一转眼就会让人偷走。特别是绝不能进咖啡馆，那里尽是坏人。"

"真的！"于连说，老板娘的话引起他深思。

"别去别的地方，就到我这儿来，我给您煮咖啡。记住，您永远可以在这儿找到一个朋友和一顿二十苏的好饭菜。我想就说定了。去吃饭吧，我亲自伺候您。"

"我吃不下了，"于连对她说，"我太感动了，出了您的门我就要进神学院了。"

善良的女人把他的口袋塞满食物才放他走。终于，于连朝那个可怕的地方走去；而那位老板娘站在门口给他指路。

25 神学院

每顿八十三生丁[①]的午餐三百三十六顿，每顿三十八生丁的晚餐三百三十六顿，有资格享用的人享用巧克力。承包出去能赚多少！

—— 贝藏松的瓦尔诺

他远远看见门上镀金的铁十字架。走近时他的两腿有些发软。"这就是我进去后就再也出不来的那座人间地狱了！"最后，他还是决定拉门铃。铃声像是在一个空旷无人的地方回响。过了十分钟，才有一个身穿黑衣面色苍白的人来给他开门。于连打量了一下这人，立刻把眼垂下。这个看门人相貌奇特：绿色突出的眼珠圆如猫眼；眼睑一动不动表示他毫无同情心；包住一口龅牙的嘴唇很薄，充分展现了他的冷酷，而这远比罪恶更让年轻人感到恐怖。于连只是迅速瞥了一眼，就看出了这张虔诚的长脸唯一的情感所在，那就是对他人所说的一切与天国无关的话都极端地蔑视。

于连鼓起勇气把眼抬起来，他的心在剧烈跳动，发出的声音也在颤抖。他说他想求见神学院院长比拉尔先生。穿黑衣的人不发一言，只是打个手势让他跟着。他们爬了两层楼，宽阔的楼梯上装有木栏杆。楼梯板已经弯曲变形，朝着与墙壁完全相反的方向倾斜，仿佛随时都会坍塌。一扇小门，门上方有个公墓用的漆成黑色的木十字架。等这扇门被困难地打开后，看门人让他走进一间阴暗低矮的房间。墙壁刷了白灰，挂着两幅年久发黑的画。然后看门人离开了，把于连单独留下。他很害怕，这时候要是允许哭出来的话，他会很高兴。

---

① 生丁，法国辅币。每一百生丁等于一法郎。

死一般的沉寂笼罩着整座房子。

大约一刻钟后，就在他以为自己等了有一整天时，那个相貌可怖的看门人重新出现在房间另一端的一扇门口，对他做个手势让他往前走。他进入一个比刚才那间大点的房间，光线一样差，墙也刷成白色，但没有家具。只是在靠门的一角，于连经过时看见有张白木床，两把草垫椅子和一把没有坐垫的冷杉木的小扶手椅。在房间另一端，一扇玻璃发黄的小窗窗台上摆着脏的花瓶，他发现一个身穿破旧道袍的人坐在桌前。这个人面带怒容，像是很生气似的。他正把很多的小方块纸片一张张拿起，写上几个字后在桌上排列。他很可能没觉察到于连进来，于连只好站在房间中央不动。看门人把他留下，就出去并把门关上。

十分钟就这样过去了，那个人一直在写。于连又激动又害怕，感觉到自己就要倒下。一位哲学家会说："这是丑对一个天生爱美的心灵带来的强烈印象。"也许他说错了。

写字的人终于把头抬起来。于连的眼睛模糊不清，只能勉强分辨出，那是张布满红斑，有一个苍白的额头的长脸。在这样鲜明的红与白之间，是一双闪耀着的足以让最勇敢的人都胆寒的黑色小眼睛。那前额的宽广是被一头像墨玉般乌黑发亮的浓密的硬发勾勒出的。

"请您走近些，行不行？"那人终于说话，显得很不耐烦。

于连步子不稳地往前走了走，脸色苍白，眼看着要倒了。但终于走到了距摆满方纸片的小白木桌三步远的地方。

"再近些。"那人说。

于连又往前走了走，伸手仿佛是要扶住什么东西。

"您的名字？"

"于连·索雷尔。"

"您迟到了。"那个人目光凶狠地盯住他。

于连受不了这目光，伸手想要扶住什么，然后直挺挺倒在地板上。

那人摇响了铃。于连只是失去了眼睛的功能和没法动弹，但还能听得见有脚步声走近。

有人把他扶到那把白木小扶手椅上。他听见那人在说：

"看样子是癫痫病犯了，这下可全了。"

等能睁眼，于连看到那个红脸人又开始写，而看门人也已经不见。"我得鼓起勇气，"我们的主人公对自己说，"一定得把我的感觉藏起来（他感到一阵强烈恶心）；如果出了意外，天知道人们会怎样想我。"最后那人不写了，斜眼看着于连：

"您能回答我的问话了吗？"

"是的，先生。"于连有气无力地答道。

"啊！这太好了。"

那人半直起身，拉开桌子的抽屉，很不耐烦地寻找一封信。找到后他慢慢坐下，他再看看于连，像是要把于连仅存的生命夺走。

"您是谢朗先生推荐的，他是教区最好的本堂神父，世上未曾有过的有德之人，我们是三十年的朋友。"

"啊！我有幸是在和比拉尔先生说话吗？"于连有气无力地问。

"当然！"神学院院长生气地看着他。

他那小眼突然加倍明亮起来，嘴角的肌肉抽搐了一下。那正是老虎开始琢磨猎物时的样子。

"谢朗的信很短，"他像是在自言自语，"Intelligenti pauca[①]；眼下没人有能力写这样短了。"他开始高声念那封信：

> 我向您介绍本堂区的于连·索雷尔，我为他施洗很快就要有二十年了。他是一个富裕的木匠的儿子，但这位父亲什么也不给他。于连将是天主的葡萄园里一名卓越的工人。有着很好的记忆力、理解力，还能思考。他的志向将会持久吗？是真诚的吗？

"真诚！"比拉尔神父带着一种惊奇的神气看着于连重复道。不

---

① 拉丁文："聪明的人一点就明白。"

过神父的目光不像刚才那样毫无人性了，"真诚！"他低声重复着，然后接着念：

> 我为于连向您请求一笔助学金；他会通过必要的考试来获得的。我教过他一点有关博须艾 [①]、阿尔诺 [②]、佛勒尼等人古老而有益的神学。如果此人不能令您满意，请即送回我处。您也了解的那位乞丐收容所所长，愿出八百法郎聘他为孩子们的家庭教师。——感谢天主，我的内心是平静的。我已习惯了那可怕的打击。Vale et me ama。[③]

比拉尔神父慢了下来，在念到"谢朗"两个字时叹了口气。

"他是平静的，"他说，"的确，他的德行当得起这份酬报；但愿到了那一天，天主也能给我同样的酬报。"

他望着天划了个十字。看到这个神圣的手势，于连那种一进入这间房间就开始了的恐惧得到缓解，身体也不再那么冰冷。

"我这有三百二十一个期望从事最神圣职业的人，"比拉尔神父最后用严肃但不凶狠的口吻对他说，"但只有七八个是谢朗神父那样的人推荐来的。因此，在这三百二十一个人当中，您将是第九位。不过我的保护既非偏袒亦非姑息，而是对罪孽加倍的关注和严格，以防止堕落和犯罪。去把那扇门锁上。"

于连好在总算没有再倒下。他注意到门旁有一扇小窗户，面向田野。他望了望那些树，仿佛看见了老朋友，感到很舒服。

"Loquerisne linguam latinam？（您能说拉丁语吗？）"他回来时，比拉尔神父问。

"Ita，pater optime（是的，我的神父）。"于连答道。这时候他稍微缓过来了点。当然，在刚过去的半个小时里，他觉得世上任何

---

① 博须艾（1672～1704），法国主教、作家。

② 阿尔诺（1612～1691），法国神学家，冉森派代表人物。

③ 拉丁文："再见，请爱我。"

人都要比比拉尔神父杰出。

谈话继续用拉丁语进行。神父的眼神渐渐变得温柔，于连也恢复了几分冷静。"我真软弱，"他想，"竟让这外表吓住了！此人不过是马斯隆先生一类的骗子罢了。"于连庆幸自己把差不多全部的钱都藏在了靴子里。

比拉尔神父考察了于连的神学，对其知识的广度感到惊讶。特别是问到《圣经》时更让他感到惊讶。但至于那些教宗的学说，他发现于连几乎连圣哲罗姆、圣奥古斯丁、圣波纳凡杜、圣巴齐尔等人①的名字都茫然无知。

"事实上，"比拉尔神父心想，"这就是我一向指责的谢朗那种致命的新教倾向。对《圣经》深入到过于深入的了解。"

（于连刚刚在没受到盘问的情况下主动谈到了《创世纪》和《五经》②等的真正写作时间。）

"此种对《圣经》的无休止论辩，"比拉尔神父想，"如果不是引向自由解读，就是说引向新教教义，还会引向哪呢？除了轻率的知识，对能抵消这种倾向的那些，神父却一无所知。"

不过在问到教皇的权威时，神学院院长的惊讶更是没了边际。他本以为于连会用古代法国教会的箴言之类的来回答，没想到这位年轻人却向他背诵了整本的德·迈斯特先生的书。

"这谢朗真是个怪人，"比拉尔神父想，"让他看这本书是为了教他如何嘲笑这本书吗？"

他想了解于连是否真相信德·迈斯特先生的理论，但白费力气。年轻人只是根据记忆来回答。从这时起，于连确实表现得很不错，他觉得能够控制自己了。经过长时间的考试，他觉得比拉尔先生对

---

① 圣哲罗姆（约342～420），早期基督教《圣经》学家，拉丁教父。圣奥古斯丁（354～430），早期基督教著名神学家，拉丁教父的代表人物，对基督教做出过重大贡献，主要作品有《上帝之城》等。圣波纳凡杜（1221～1274），基督教拉丁教父，神学家。圣巴齐尔（329～379），早期基督教拉丁教父，著有《书信集》。
② 《创世纪》是《旧约》的首卷。《五经》指的是《摩西五经》，包括《旧约圣经》的前五卷：《创世纪》《出埃及记》《利未记》《民数记》《申命记》。

他的严厉不过是做做样子。事实上，要不是神学院院长十五年来一直规定学神学的学生要严格遵守规定的原则，他就会以逻辑的名义拥抱于连了，因为他发现于连的回答清晰、准确、鲜明。

"果然是一个精神勇敢而健全的人，"他对自己说，"只是 corpus debile（身体虚弱）。"

"您常常这样摔倒吗？"这次他用法语提问，并用手指了指地板。

"有生以来第一次，看门人的脸把我吓坏了。"于连的脸红得像个孩子。

比拉尔神父几乎露出了笑容。

"这就是世间浮华所产生的后果。看来您是习惯了笑脸，那是谎言真正的舞台。真理总是严峻的，先生。而我们在此间的任务不也是严峻的吗？您必须注意使您的良心克服这种弱点：对外表无用的美过于敏感。

"如果推荐您来的，"比拉尔神父的语气带着明显的愉快接着说起了拉丁文，"不是谢朗神父，我就会用人世间您过于习惯的那种浮华的语言跟您谈话了。我要对您说，您要求的全额助学金乃是世上最难得到的东西。但谢朗神父信徒般工作了五十六年，假使不能在神学院支配一份助学金，那他得到的报酬就未免太少了。"

说完这些，比拉尔神父告诫于连，不经他同意，不要参加任何团体或秘密修会。

"我用名誉保证。"于连像个正直的人那样心花怒放。

神学院院长第一次笑了。

"这个词在这里不合适，"他说，"它太容易让人想起世间人们的虚荣了，正是这种虚荣引导他们犯下那么多错误，甚至常常还犯下罪恶。您应该尊崇圣庇护五世 [1] 的 Unam Ecclesiam [2] 谕旨第十七段，对我有绝对服从的义务。我是您教会里的尊长。在这所学校，我亲爱的儿子，听见就意味着服从。您有多少钱？"

---

① 庇护五世，1566 年至 1572 年的天主教教皇。

② 拉丁文："唯一的教会。"这个谕旨是作者杜撰的。

"果然开始了。"于连心想，"叫亲爱的儿子就为的是这个。"

"三十五法郎，我的神父。"

"仔细记下这笔钱是怎么用的，您要向我汇报。"

这次艰难的会见长达三个钟头。最后神父要于连把看门人叫来。

"把于连·索雷尔安置在一〇三室。"比拉尔神父对那人说。

他让于连单独居住，这表明了他对于连的器重。

"把他的箱子提过去。"他补了一句。

于连看见自己的箱子就在门边，他三个钟头以来一直在看它，居然没认出来。

一〇三室是这座房子最上一层的一个八尺见方的小房间，于连注意到房间朝向城墙，越过城墙可以看见美丽的平原，杜河在它和市区之间流过。

"多迷人的景色！"于连叫了起来。他这样自言自语，并没有意识到这句话的含义。在他抵达贝藏松后的这段短短的时间里，他的感受过于强烈，体能几乎被消耗殆尽。他在窗口附近这间斗室内的唯一一把木椅上坐下，立刻睡着。他没听见晚餐的钟声，也没听见圣体降福仪式的钟声。看来人们已经把他忘了。

第二天早上，当第一道阳光将他照醒时，他发现自己躺在地板上。

26 人世间或富人缺少的

我孤单地活在这世上，没人会想到我。所有我亲眼见着发达了的人们，都是厚颜无耻和冷酷的，而我却不一样。他们因我心地善良而恨我。啊！不久后我就将死去，或者因为饥饿，或者因为看到这些如此冷酷的人而感到不幸。

——杨格

他急忙把衣服刷干净下楼去；但他还是迟到了。一位学监严厉地责备他。于连并未想要为自己辩护，反而把胳膊往胸前一叉：

"Peccavi，pater optime（我的神父啊，我犯了罪，我认错）。"他用忏悔的口吻说。

这个开端大获成功。神学院的学生中那些精明的一眼便看出，他们将要与之打交道的这个人可不是初出茅庐。休息时，于连看见自己成为众人好奇的对象。然而他们从他那儿得到的只是克制与沉默。根据他给自己定下的准则，他把他的三百二十一个同学都看作敌人，而最危险的敌人自然是比拉尔神父。

几天后，于连要选择忏悔神父了，人家给了他一份名单。

"啊！仁慈的主！他们把我当成什么人了？"他心想，"他们以为我不懂得听话听音吗？"他选择了比拉尔神父。

但他没有料到这竟是决定性的一步。神学院有个年纪很轻的小修士是维尼埃尔人，第一天就声称是于连的朋友。他告诉于连，选副院长卡斯塔内德先生也许更为谨慎。

"卡斯塔内德神父是比拉尔先生的敌人，人们怀疑比拉尔先生是冉森派。"小修士俯在他耳畔补充说。

我们的主人公自以为足够谨慎，可他开始走的几步倒全都是鲁莽之举。想象力丰富的人所特有的自负将他引入歧途，他把意图当成事实，还自以为老练。他真是疯了，居然还自责自己不该使用弱者的手段取得成功。

"唉！这是我唯一的武器！换在以前的某个时代，"他对自己说，"我单靠行动就能养活自己。"

于连对自己很满意，环顾四周，发现到处都是完美的德行。

八到十个修士生活在圣洁的气氛中，都像圣德莱萨^①或者和在亚平宁山脉的维尔纳山顶受五伤的圣方济各^②那样见过幻象。不过这是一大秘密，他们的朋友绝口不谈。这几位见过幻象的年轻人几乎总是待在医务室里。另外还有一百位学生把坚定的信仰和不倦的勤奋结合到了一起。他们用功到了让自己病倒的程度，但所获甚少；只有那么两三位真正有才华的能脱颖而出，其中有一位叫夏泽尔。不过于连讨厌他们，他们也讨厌于连。

三百二十一个神学院学生中剩下的就都是些粗俗之辈了，他们也拿不准自己是不是懂了那些整天背来背去的拉丁词。这些人几乎都是农家子弟，宁肯靠背拉丁文挣面包而不愿在地里刨食。根据这一观察结果，于连从最初几天起就决定要迅速取得成功。"各行各业都需要聪明人，因为总有事要做。"他想，"在拿破仑统治下，我可能当个副官；而在这些未来的本堂神父中，我则要当代理主教。

"所有这些可怜虫，从小就干粗活，在来这里前，他们吃黑面包，喝凝乳，住茅屋，一年只能吃五六回肉。像那些古罗马的士兵把打仗当休息，对神学院的好饭菜，这些粗俗的农民也一样喜出望外。"

在饭后，从他们暗淡的眼神中于连只看到生理需求的满足；而在饭前，看到的是焦急等待过程中的肉体欢乐。然而于连不知道，

---

① 圣德莱萨（1515～1582），西班牙修女，曾重新整合加尔莫罗会。因见到显圣而著名。

② 圣方济各（1181～1226），天主教方济各托钵僧创始人。规定修士麻衣赤脚，步行传递"清贫福音"。传说他在维尔纳山顶斋戒四十天后看见天使刺穿他的双手、双脚和右肋，留下五道伤痕。

他们自然也不肯告诉他，在神学院学习教理、圣教史等不同课程，如果取得第一名，在他们看来不过是辉煌的罪孽。自打出了伏尔泰，有了实际上仅仅是怀疑和自由解释的两院制政治，法国教会好像懂得了书籍是它的真正敌人。在它看来，心灵的服从就是一切。在学习中，即使是在最圣洁的学问的学习中取得成功，也会被看作是可疑的，而且并非没有充分的理由。有谁能阻止像西埃耶斯或者格雷古瓦①这样一些杰出的人转向另一边去呢！因此惶惶不安的法国教会就抓住了唯一的得救机会，死死依附在教皇身上。唯有教皇还能试一试去瓦解自由解释的力量，通过教廷的烦琐仪式和典礼的虔诚肃穆，来遏制上流社会厌倦与病态的蔓延。

对种种事实于连只看到了一半，而在任何一所神学院里说出来的任何一句话，都是在力求对这些加以否认。他陷入深深的忧郁中。他很用功，很快学到一些对一个教士有用，但在他看来是虚假的东西。他不感兴趣，但也没别的事可做。

"难道世界上的人都把我忘了吗？"他常想。他不知道比拉尔神父曾把几封盖有第戎邮戳的来信烧掉了。信的用词都很得体，却透出强烈的激情。对此比拉尔先生认为："这样很好，至少这年轻人爱的不是一个不信宗教的女人。"

一天，比拉尔神父拆开一封信，见到信上的字迹有一半都像是被泪水浸过的。那是封诀别信。"终于，"信上对于连说，"上天给我恩典，让我有力量去恨。当然不是恨铸成我错误的那个人，他将永远是我在世上最爱的人，而是恨我的错误本身。牺牲已经做出，我的朋友。您也知道这并非没有眼泪。我应该为之献身的那些人，您也曾那样地爱过他们，他们的灵魂的获救最为要紧。一个公正而可怕的天主不会因他们的母亲犯了罪，就在他们身上施报复。永别了，于连，公正地待人吧。"

信的这个末尾几乎完全看不清楚。信上留下了一个第戎的地址，

① 格雷古瓦（1750～1831），法国神父，1789年大革命时期的活动家，国民议会议员。

但希望于连千万不要回信，如果一定要写点什么，至少要使用让一个幡然悔悟的女人听了不会脸红的语言。

忧郁，加上承办八十三个生丁一顿神学院午餐的人提供的饭菜的低劣，已经开始影响到于连的健康。一天早晨，富凯突然出现在他的房间里。

"总算进来了。为了看你，我来过贝藏松五次，这不怪你，总是碰钉子。我派一个人守在神学院门口，见鬼，你怎么总是不出去？"

"这是我强加给自己的一个考验。"

"我发现你变多了。总算又见到了你。两个像五法郎的漂漂亮亮的埃居刚让我知道我是个傻瓜，没有在第一次来的时候就拿出来。"

两个朋友的话总也说不完。于连的脸色陡然一变，因为富凯说：

"顺便问一句，你知道吗？你学生的母亲现在可虔诚呢。"

他说这话时神情轻快，却在一颗充满激情的心上留下奇特的影响；因为言者无心，听者有意。

"是的，我的朋友，最狂热的虔诚。有人说她去朝圣过好几次。但那个监视谢朗先生那么久的马斯隆神父一辈子都要感到耻辱了，德·雷纳夫人不愿向他忏悔。她到第戎或贝藏松做忏悔。"

"她来贝藏松了？"于连脸上泛起了红晕。

"经常来。"富凯有些疑惑起来。

"你带了《立宪新闻》吗？"

"你说什么？"富凯问。

"我问你有没有《立宪新闻》？"于连努力保持自己语气的平和，"在这儿要三十个苏一份。"

"什么！神学院里也有自由党！"富凯叫道，"可怜的法兰西！"他学着马斯隆神父那甜蜜、伪善的腔调补了句。

幸亏入院第二天于连认为还是个孩子的那位小修士跟他说过，让他有了一个重大的发现，不然的话，这次来访可就要给我们的主人公留下深刻印象了。进入神学院以来，于连的行为不过是一连串的做假。他时常为此感到痛苦。

其实，他至今所实施的那些重大行动都很巧妙，但他不太注意细节，而神学院里那些精明人却只盯着细节。因此，他已被同学认作自由思想者了。一大堆细小的细节出卖了他。

在他们看来，他已经犯下了大罪，他的思想能做出独立判断，而不是盲目听从权威和规则。比拉尔神父丝毫帮不了他。他在告罪亭之外没有跟他说过话，就是在告罪亭里也是听多说少。如果他选了卡斯塔内德神父，情况就会大不一样。

于连很快就发现自己干了一件傻事。他想减少由此带来的一些负面效果，就开始尝试改变自己。比方说，他的眼神给他带来不少麻烦。在这种地方，人们通常都会把眼睛垂下，这并非没有道理。"我在维尼埃尔时是多么自负啊！"于连想，"我自以为是在生活，其实那不过是为生活做准备罢了。如今我终于进入这个世界，我将发现直到我演完我的角色，我周围都会布满了敌人。每分钟都需要虚伪。"他认为，"这可真难啊！简直就是想让赫拉克利斯的功绩黯然失色。现代的赫拉克利斯就是西克斯特五世①，他用谦逊欺骗四十个红衣主教整整十五年，他们曾在他年轻时看到了他的暴躁和高傲。

"看起来，学问在这儿什么用也没有，"他愤愤地对自己说，"在教理、圣教史等功课上取得好成绩，只会在表面上受到重视。不过是用来引诱我这样的傻瓜的圈套。唉！我唯一的长处就是我善于掌握这种东西。是不是他们理解的这些东西的真正价值和我的理解不一样？我真傻，居然还以此为傲！老是得第一，这只会招来更多敌人。夏泽尔比我聪明，他就总是在作文中加上几句蠢话，让自己降到第五十几名；如果他得了第一名，那也是一时不小心。啊，比拉尔先生的一句话，就一句，就足够我受用了。"

大彻大悟后，先前让他厌烦得要命的长时间苦修，例如每周五次的数念珠祷告、唱圣心颂歌等等，就都变成最有趣的事情。于连一方面注意自己的言行，尤其是注意不要过高估计自己的能力，另

① 西克斯特五世，1585～1590年罗马天主教教皇。

一方面并不像一开始就想着跟那些神学院的模范生那样，时时刻刻想要证明自己是一名好基督徒。在神学院，有一种吃带壳煮的溏心蛋的吃法，它能表明在对宗教生活的笃信上取得的进步。

对此读者要是觉得可笑，那就请回想一下德里尔神父 ① 被邀到路易十六宫廷里的一位贵妇人家里赴宴，吃一枚鸡蛋时所犯的种种错误吧。

于连首先试图做到 non culpa，也就是无罪，在这种境界里，要求一个年轻的神学院学生无论是走路的姿态，还是手臂和眼睛的动作，都要能看上去超凡脱俗，但同时又要表现出还没有被对来世的思考和对今生生活的绝对空虚所吸引。

于连在走廊的墙上不断发现一些用木炭书写的句子，例如："与永恒的快乐或地狱里永恒的沸油比起来，六十年的考验算什么？"他不再蔑视这些句子，并且明白了应该让这类句子永远浮现在自己的眼前。"我这一生要干什么呢？"他问自己，"我将向信徒们出售天堂里的席位。这席位怎样才能让他们看见呢？通过和一个俗人的外表之间的区别？"

经过数月不间断努力，于连看上去还是一副总在思考的样子。他眼睛和嘴的动态里，并没有能表现出那种对绝对信仰无保留的相信和支持，更别说是以身殉教的决心。于连看到，在这方面，那些最粗俗的农民胜过自己，为此他愤愤不平。他们没有思考是有充分理由的。

那种随时准备相信一切、容忍一切的狂热而盲目的面容，我们经常可以在意大利的修道院里看到，并且奎尔奇诺 ② 也在他的教堂壁画上为我们这些俗人留下了完美的榜样，为了有这样一副面容，于连得做出多大努力呀 ③ ！

---

① 德里尔神父（1738～1813），法国诗人，翻译过古罗马诗人维吉尔的诗。
② 奎尔奇诺（1591～1666），意大利文艺复兴时期画家。
③ 请到罗浮宫陈列馆看看脱下胸甲、换上修士服装的德·阿基泰纳公爵弗朗索瓦的肖像，就是第 1130 号——作者原注。

在重大节日里，神学院学生们可以吃到红肠配酸白菜。于连的邻座注意到他对这种幸福无动于衷，这也是他的罪行之一。他的同学们把这看成是愚蠢的，是虚伪的一种最可鄙的表现，再没有比这给他招来更多敌人的了。"看这个资产者，这个傲慢的家伙，"他们说，"他假装鄙视好伙食，红肠配酸白菜！呸，无赖！就该下地狱！"

"唉！这些年轻的农民，我的同学，对他们来说，无知乃是一种巨大的优点，"于连在泄气时大叫道，"他们并没有世俗的思想需要神学院的老师加以纠正，而我却带来了太多的世俗思想，无论怎么做，他们总能从我脸上看出来。"

于连以一种近乎嫉妒的专注，研究那些进神学院的年轻乡下人中最粗俗的。当他们扒去粗布上衣换上黑袍时，他们受过的教育仅限于像弗朗什－孔代人说的那样，对叮当作响的大洋无限崇拜。

这是对现金这个崇高概念的最神圣与英勇的表达方式。

幸福对这些神学院学生来说，就跟伏尔泰小说中的主人公一样，首先在于吃得好。于连发现，这里几乎所有人都对穿细呢料衣服的人心怀一种天生敬意。这种感情让人意识到法庭给予我们的那种分配的公正到底有什么价值，甚至是低估这种分配的价值。他们私下里常说："跟一个大块头打官司能有什么好处呢？"

"大块头"是汝拉山区的土话，表示有钱的人。至于对大块头中的大块头，也就是政府，他们有多敬畏，那你最好还是自己去想象好了。

一听到省长的名字，那些弗朗什－孔代的农民就要带着敬意露出微笑，不然的话，就会被看作是轻率失礼；而穷人一旦轻率失礼，就会受到没有面包的惩罚。

最初那段时间，于连像是被自己的鄙视感压得透不过气来了。最后他感到了怜悯：他的大部分同学的父亲，在冬天寒冷的夜晚回到茅屋里，找不到面包、土豆和栗子。"在他们眼里，"于连想，"幸福首先是刚吃过一顿好饭，其次是有件好衣服，这有什么可奇怪的呢？我的同学们有坚定的志向，这就是说，他们在教士这种职业中看到了一种持续长久的幸福。能吃好，冬天有件暖和的衣服。"

有一次，于连听见一个富有想象力的年轻同学在跟同伴说：

"我为什么不能像西克斯特五世那样当教皇呢？他也放过猪呀。"

"只有意大利人才能当教皇，"他那同伴回答，"但代理主教、议事司铎甚至主教，肯定是在我们中抽签选出来的。夏龙①的主教 P 先生就是箍桶匠的儿子，我父亲就干这行。"

一天，正上教理课，比拉尔神父打发人把于连叫去。可怜的年轻人很高兴能摆脱身陷其中的那种肉体和精神的压抑氛围。

在院长先生那，于连发现对他的接待跟刚到神学院的那天不同了。这让他有些害怕。

"给我解释下写在这张纸牌上的东西。"院长大人用让于连无处逃避的目光盯着他。

于连念道：

"阿芒达·比奈，八点前在长颈鹿咖啡馆。就说是从让利来的，是我母亲方面的表亲。"

于连马上意识到了这有多大危险，卡斯塔内德神父的密探从他那儿偷走了这个地址。

"我来这儿的那天，"他回答时眼睛只能看比拉尔神父的额头，因为他受不了那可怕的目光，"我心惊胆战，谢朗神父曾对我说这是一个充满了告密和各种阴谋诡计的地方，同学间的窥探和揭发在这里是受到鼓励的。上天也正愿如此，为的是好让年轻的教士看清生活的真实面目，激发他们对尘世跟尘世的浮华的厌恶。"

"您居然敢当着我面夸夸其谈，"比拉尔神父勃然大怒，"小无赖！"

"在维尼埃尔，"于连冷静地继续说，"我哥哥们一嫉妒我就打我……"

"谈正题，正题！"比拉尔先生嚷嚷着，看样子快被气疯了。

于连可没被吓住，他继续讲他的故事。

---

① 夏龙，法国马恩省省会。

"那天我到了贝藏松，已经将近中午。我饿了，就进了一家咖啡馆。我心里充满了对这种世俗地方的厌恶，可我想在那儿吃饭要比在旅馆便宜。一位太太看上去是那里的老板，见我初来乍到，就动了怜悯之心。她对我说：'我很为您担心，先生，贝藏松到处都是坏人。如果您碰上什么倒霉事就来找我，八点前打发人到我这儿来。如果神学院的看门人不肯替您跑腿，您就说您是我表亲，从让利来……'"

　　"您这番花言巧语是要受到核实的，"比拉尔神父嚷道。他已坐不住了，开始在房间里走来走去，"回自己房间去！"

　　神父跟着于连，等他进屋后就把他锁在屋里。于连立刻检查箱子，发现除了那张要命的纸牌，箱子里什么也没少，但有几处明显被人翻动过，不过他的钥匙从不离身。"真幸运，"于连想，"在我来到这里，还是两眼漆黑，什么也不懂的时候，我没有接受卡斯塔内德先生的好心，他放我假出去，现在我算明白他的好心了。要知道我很可能一时控制不住自己，换上衣服去看美丽的阿芒达了，那样的话，我就完了。当他们没能用这种办法达到目的，为了不浪费所获情报，就拿它做了揭发材料。"

　　两个钟头后院长派人来叫他。

　　"您没撒谎，"院长的目光不那么严厉了，"不过，保留这样的地址是不谨慎的，其严重性您还无法想象。不幸的孩子！也许十年后它会给您带来严重损害。"

27 初尝人生

我们这个时代，伟大的天主！它是约柜。谁碰谁就会倒霉！

——狄德罗①

有关于连的这段时期的生活，读者一定会批准我们只讲述几件确切的事实。这不是因为我们缺少事实，恰恰相反，我们拥有大量的事实；但他在神学院的经历，对我们力图让本书保持的那种温和色调来说有些过于阴暗。我们那些因为某些原因经受过同样苦难的同时代人，会因此勾起难受的回忆，从而使甚至是读一篇故事的快乐都化为乌有。

于连尝试让自己变得虚伪，但成果很小。他常感到厌恶甚至气馁。他没能取得成功，而且还是在一种卑劣的行业中。一点点外界的帮助都足以使他重新振作，因为需要克服的困难并不大；可他却像被遗弃在汪洋中的孤舟。"我就是成功，"他想，"也要和这样一群卑劣的人一起度过一生！这些饕餮之徒，一心只想着肥肉和煎蛋，或者是一群卡斯塔内德神父，对他们，任何罪孽都不算太卑劣！他们将会掌权，可那会是怎样的代价啊，伟大的天主！

"人的意志是强大的，我到处都读到这一点；然而靠它能克服这样的厌恶吗？那些伟人在面对自己的事业时，比起我要容易得多，因为无论多么危险，他们总能感受到美。谁又能理解包围着我的那

---

① 狄德罗（1713～1784），法国启蒙时代思想家、哲学家、作家和百科全书派代表人物。

一切有多丑恶呢？"

这是他一生中最难忍受的时刻。对他来说，到一个驻扎在贝藏松的精锐团队去当兵要容易得多！他还可以当拉丁文教师，他的生活所需那样少！不过，那可就没了前程，对他的想象力来说，也就没有未来了，等于是死亡。

一天早晨他对自己说："我是何等自负，经常庆幸自己与那些农家子弟不同！好吧，我已活得足够长了，已经能看出不同导致的仇恨。"这一伟大的真理刚通过一次难堪而惨重的挫折展现给他。他做了一个礼拜的工作，竭力讨好一个享有圣洁声誉的同学。跟这个同学一起在院子里散步，他足够恭敬地聆听这位同学那些荒唐的蠢话。突然暴风雨来了，响起一记闷雷，那位圣洁的学生粗暴地推开他，大声叫道：

"听呀，这世上人人为自己，我可不愿遭雷劈；天主可能是想要劈死你，因为你是一个褒渎的人，一个伏尔泰。"

于连咬紧牙，睁大眼望着雷电交加的天空，大声喊叫着："如果我在风暴中睡大觉，就活该被淹死！让我们试试去征服一个学究吧！"

铃响了，是卡斯塔内德神父的圣教史课。

那天，面对那些如此惧怕艰苦工作和父辈的贫穷的年轻农民，卡斯塔内德神父教导说："政府，这个在人们眼中如此可怕的东西，也只有根据天主派到地上的代理人的授权，才具有真实的合法性。"

"要用你们圣洁的生活，你们的服从来使你们无愧于教皇的关怀，成为他手中的一根棍子，"他补充说，"你们将得到一个极好的职位，在那儿由你们发号施令，不受监督。一个终身的职位，薪俸的三分之一由政府支付，其余三分之二由受你们布道的信徒支付。"

下课后，卡斯塔内德神父在院里站住。

"关于一个本堂神父，我们完全可以这样说：有多大能耐，职位就会有多大好处，"他对围在身边的学生们说，"我跟你们说，我知道山里的几个本堂区，那里的额外收入超过城里的许多本堂神父。钱是一样多，外带肥阉鸡、蛋、新鲜奶油和其他杂七杂八的。在那儿，本堂神父是无可争议的一号人物，没有一顿好饭是会不邀请他的……"

卡斯塔内德神父刚上楼回房，学生们就三五成群散开。哪一群都把于连丢在一旁，仿佛他是一只长疥的羊。每一群中，他都看见有一个学生朝空中抛一个钢板，猜正面或反面，同学们由此得出结论自己是不是很快能得到某个额外收入丰厚的本堂神父职位。

接下来的是那些小故事。某年轻教士刚受神职一年，送了一只家养的兔子给一老本堂神父的女仆，老本堂神父就要求由他来做副本堂神父。几个月后，他就在这个堂区接替了老本堂神父，因为老本堂神父很快就死了。还有一位，顿顿饭陪着一位瘫痪的老本堂神父，细细地为他切鸡，终于被指定为一个富有的大镇堂区的继承人。

像所有准备进入职业生涯的年轻人一样，神学院的学生们往往夸大了这类离奇古怪、足以激发想象力的小手段的能量。

"我得参加这些谈话。"于连心想。在不谈香肠和好堂区时，大家就谈教理中的世俗部分，谈主教和省长、市长和本堂神父之间的纷争。于是就在于连眼前出现了第二天主的观念，并且远比另一个天主可怕，这就是教皇。他们压低了声音，当确信比拉尔先生听不见时就说，如果教皇不愿费神去任命法国的所有省长和市长，那是因为他任命了法国国王为教会的长子，委托他去代理了。

大概就是在这个时期里，于连认为可以利用德·迈斯特先生的《教皇论》来赢得别人对自己的尊敬。他使同学们大吃一惊，然而这又是一大不幸。他们可不喜欢别人的意见比他们自己的还要好。谢朗先生对于连就像对自己一样疏忽了一件事情：他使于连养成了正确推理、不说空话的习惯，却忘了告诉他，这样的习惯在不大受敬重的人身上，恰恰是一桩罪过，因为任何正确的推论都会得罪人。

因此，于连的能说会道就成了他的一个新的罪行。他的那些同学由于总是在想着他，最终想出了一句话来表达他们对他的憎恶，他们为他取了一个绰号"马丁·路德"①。据他们说，这是因为于连那让自己显得比别人优秀和傲慢的该死的推理。

神学院有那么几个年轻学生的脸色比于连要红润，看上去比他还英俊；但于连有双白皙干净的手，还有爱整洁的习惯。不过，在这样一座沉闷的学校里，这可不能算优点，过去他周围的那些肮脏的农民就为此公开说他行为放荡。我们担心，叙述我们主人公的种种厄运会使读者厌倦。比方说，几位身强力壮的同学就经常想要揍他一顿，他不得不揣上一支铁圆规，并且用手势向大家宣布他会使用它的。

---

① 马丁·路德（1483～1546），十六世纪欧洲宗教改革运动的发起者，被基督教新教路德宗看作创始人。

28 迎圣体

> 每个人的心都被打动了。仿佛天主降临到了这些到处都悬挂着帷幔，
> 被信徒们仔细铺上了细沙，狭窄的哥特式街道上。
>
> ——杨格

不论于连怎样低声下气装傻都没用，他太特殊，不可能讨人喜欢。
"不过，"他想，"这些老师都是精明人，是千里挑一的，可他们为何
也不喜欢我的谦卑呢？"他觉得他的殷勤只被一个人接受了，因为
这个人什么都信，什么当都能上。此人就是大教堂的司仪指导夏斯·贝
尔纳神父。十五年前，人家让他觉得有望得到议事司铎的位置，他
就一边等，一边在神学院教授布道术。在于连还看不清真相的那段
日子里，这门功课他经常得第一名。夏斯神父因此对他有好感，下
课后很愿意挽住他的胳膊在花园里转几圈。

"他到底想干什么？"于连感到奇怪，夏斯神父跟他谈大教堂
拥有的饰物，一谈就是几个钟头。除了丧事用的饰物，大教堂共有
十七件镶有饰带的祭披。大家对老迈的德·吕邦普莱议长夫人寄予
很大希望；这位老夫人已九十岁，七十年来一直保存着结婚礼服，
那是用夹了金线的上好里昂料子做的。"想想看，我的朋友，"夏斯
神父站住后，睁大眼睛说，"用的金子那么多，料子都竖着了。在贝
藏松大家普遍认为，议长夫人的遗嘱里指定了将使大教堂的宝库增
加十多件祭披，还不算四五件重大节日用的无袖长袍。"夏斯神父压
低声音补充说，"我有理由相信，议长夫人会给我们留下八个精美的
镀金银烛台，据说是勃艮第公爵大胆查理从意大利买回来的，她的
祖先中有一位曾是他的宠臣。"

"可这个人说了一大通旧衣服，他究竟想干什么呢？"于连心里琢磨不透，"这种铺垫真巧妙，做了一百年，可我还是什么也没看出来。他肯定是不信任我！他比那些人机灵，那些人的目的我只用两个礼拜就猜出来了。我知道，此人十五年来一直受着野心的折磨！"

一天晚上正在上剑术课，于连被叫到比拉尔神父处，神父对他说："明天是 Corpus Domini 节（圣体节）。夏斯·贝尔纳神父需要你去帮他布置大教堂，去吧，要服从。"

他刚要离开，比拉尔神父又把他叫住，带着体恤的神情补充说："这是进城走走的机会，就看你愿不愿意。"

"Incedo per ignes（我有敌人藏着呢）。"于连答道。

第二天一早，于连就前往大教堂。看到街道，看到城里已开始出现的热闹景象，于连感到很舒服。为了迎圣体，到处都有人在房屋的正面张挂帷幔。他觉得他在神学院度过的全部时光，实在不过是一瞬而已。他想到维尔吉，想到漂亮的阿芒达·比奈，也许能碰见她，她的咖啡馆不太远。夏斯·贝尔纳神父正站在他心爱的大教堂门口，于连老远就看见了。这个快活、开朗的胖子说："我正等着您呢，我亲爱的孩子。今天的活很重，时间又长，我们先吃头顿早饭，添些力气，第二顿在大弥撒中间十点钟开。"

"先生，我希望，"于连庄重地说，"时刻有人跟我在一起，烦请注意，"他指着头上的钟补充说，"我是五点差一分到达的。"

"啊！神学院的那些小坏蛋让您害怕了！您想到了他们，这很好，"夏斯神父说，"一条路会因为两旁的篱笆有刺就不美丽了吗？旅人赶自己的路，让扎人的刺在原地枯萎好了。干活吧，亲爱的朋友！"

夏斯神父的话很对。活儿很重，大教堂前一天刚举行过盛大的葬礼，任何准备工作都没做，因此需要在一个上午把支撑起三个大殿的那些哥特式廊柱全用红色锦缎套子罩起来。主教先生用邮车从巴黎请来了四个帷幔匠，但这些先生也不能把活儿都包了，何况他们非但不鼓励那些笨手笨脚的贝藏松的伙伴，反倒嘲笑他们，使得他们更笨。

于连得自己爬上梯子，于是他的灵活就帮了他大忙。他担任起了指挥本城帷幔匠的职责。见此夏斯神父大喜，看着于连从一架梯子飞到另一架梯子。很快，所有的柱子都罩上了锦缎，接下来要把五个巨型的羽毛束放在主祭坛上方的大华盖上。那是个涂金的冠状木顶，由八根意大利大理石的螺旋形柱支撑着，看上去富丽堂皇。但要到达大圣体龛上方的华盖中心，必须从一根木头楣上走过，而这段木头陈旧，可能已遭虫蛀，并且离地四十尺高。

　　面对这样的危险，原本一直神采飞扬的巴黎来的帷幔匠个个傻了，他们从底下往上看，叽叽喳喳议论，就是不敢爬上去。这时于连抓起羽毛束，一溜跑着登上梯子，把它们稳稳放在华盖中心的冠状饰物上。从梯子上下来后，夏斯•贝尔纳神父把他紧紧抱在怀里。

　　"Optime（拉丁语'好极了'），"善良的教士叫道，"我要把这讲给主教大人听。"

　　十点那顿饭吃得很快活。夏斯神父从未见过他的教堂如此美丽。

　　"亲爱的弟子，"他对于连说，"我母亲曾在这座可敬的教堂里出租椅子，所以我是在这座伟大的建筑物里长大的。罗伯斯庇尔的恐怖把我们毁了。那时我八岁，能在私人家举行的弥撒上帮忙了，所以做弥撒的日子，他们给我饭吃。要说折祭披，谁也没有我折得好，饰带从未断过。自从拿破仑恢复宗教信仰以来，我有幸在这座可敬的大教堂里一年五次指导事务。我一次次亲眼看见它被用这些美丽的饰物装扮起来，但从未像今天这样富丽堂皇过，锦缎的幅面也从未像今天这样平展，这样紧贴着柱子。"

　　"他终于要向我说出他的秘密了，"于连心想，"他在谈自己，这是真情在流露。"然而，这个处在兴奋状态下的人，却什么不谨慎的话都没说，"不过，他干了不少活，他很幸福，好葡萄酒也没少喝。怎样的一个人啊！对我来说是怎样的榜样啊！他有点晕了。（这是他从老军医那里学来的一句粗话。）"

　　大弥撒的 Sanctus① 响了，于连想穿上祭披跟着主教参加盛大的

────────────

① 拉丁文："圣哉"，此处指的是圣歌中的那句"圣哉"。

迎接圣体游行。

"那些小偷呢，我的朋友，小偷呢！"夏斯神父叫道，"你可没想到他们呢。迎圣体的队伍出来后，教堂里就空了。你和我，我们得盯着。如果围柱脚的美丽的金线只丢失两奥纳①，那就是我们的造化。那也是吕邦普莱夫人的馈赠，是从她曾祖父那位著名的伯爵那儿得来的。纯金的，我亲爱的朋友，"神父贴着他的耳朵激动地说，"一点假也没掺！你负责看北侧殿，待在那儿别出来；南侧殿和大殿归我。留意那些神工架，那些女人就是从那儿给小偷做耳目的，她们会盯着我们转身的机会。"

他刚说完，十一点三刻的钟声就响了，紧跟着那口大钟也"当当当"敲响。一时间钟声大作，如此饱满，如此庄严，让于连大为感动。他的想象飘然远去，离开了尘世。

神香和化装成圣约翰②的孩子们撒在圣体前的玫瑰花瓣的香气，终于使他达到兴奋的顶点。

那钟的声音如此庄严，需要二十个人也许还有十五或二十个信徒帮助，才能敲响。这钟本身存在危险，据说每两个世纪掉下一次；但于连的心受到这雄壮、响亮的钟声的激励，他想不到这些，他的想象在广阔的天地里翱翔起来。这说明他永远也成不了一个好教士，成不了一个干练的行政官员。像这样容易激动的心灵顶多适合成为艺术家。此时此刻，于连的自负暴露无遗。他那些神学院的同学中也许有五十个人注意到了现实生活的严酷，听到这口主教大教堂的钟声后，开始考虑打钟人的工钱。他们会用巴雷姆③的天才，去检查民众的感动程度是否值得付给打钟人的工钱。于连如果愿意考虑大教堂的物质利益，他的想象力也会远远超过这一目标，想到如何为教堂节省下四十法郎，而不计较避免二十五生丁的开支。

---

① 奥纳，法国古尺，最初相当于 1.18 米，后改为 1.20 米。
② 圣约翰，基督教《圣经》里的人物。幼年隐居旷野，成年后来到约旦河畔为人施洗礼。耶稣基督就是接受了他的洗礼。
③ 巴雷姆（1640～1703），法国数学家。

这应该算是世上最晴朗的一天了。圣体游行的队伍缓缓走过贝藏松，不时停留在有权势的人们竞相搭起的辉煌的临时祭坛前。教堂这时反倒沉浸在幽深的寂静中，清凉宜人，神香和鲜花的香气到处弥漫。

寂静而深的孤独，长方形大殿里的清凉，这一切都使于连的梦变得更加温柔甜蜜。现在，他不必担心被夏斯神父打扰，神父正在另一个地方忙着。于连的灵魂几乎抛开了肉体在徜徉。他确信忏悔室内只有几个虔诚的女人，他漫不经心看了一眼。

他看见两个装束很好的女人，在忏悔室里一个跪着，另一个站在一旁。他就那么随意看了一眼，也许是出于不太明确的责任感，也许是出于被这两位女性的高贵典雅所吸引，同时他注意到了，这时候忏悔室内并没有教士。"这就怪了，"他想，"她们如果真虔诚，就该跪在祭坛前；如果是上流社会，现在就该在某个阳台的第一排。连衣裙裁剪得真好！"他放慢脚步，想看清楚点。

在深邃的寂静中响起，于连的脚步声显然打扰了跪在忏悔座上的女人，她略微偏了偏头。然后就发出一声惊呼，晕倒了。

她的朋友企图扶住她。就在这时，那女人肩膀上一条用精美的大颗珍珠串成的绞形项链引起他的注意，对这条项链他太熟悉了。当他认出德·雷纳夫人的头发时，他的激动怎样形容都不为过！是她。试着扶住她不让她跌倒的是德维尔夫人。于连不顾一切冲上去帮忙，否则德·雷纳夫人倒下去还会拖上她的朋友。德·雷纳夫人面无血色，毫无知觉，头软绵绵靠在他肩上。他帮德维尔夫人让这迷人的头靠在一把草垫椅的背上。他一直跪着。

德维尔夫人这时转过头认出了他。

"走开，先生，走开！"她对他喊着，带着强烈的愤怒，"不要让她再见到您。见到您只会使她厌恶，她在见到您前是那样幸福！您的手段太残忍了。走开，走得远远的，如果您还有一点廉耻的话。"

这话说得强硬，而于连此时又是这样软弱，不容他离开。"她一直在恨我，"想到德维尔夫人，于连喃喃自语道。

这时，教堂里响起游行队伍前排教士们的歌声，他们回来了。夏斯·贝尔纳神父在叫于连，可他没有听见。神父过去抓住他的胳膊，把他从一根大柱子后拖了出来。于连躲在那里半死不活。神父想把他介绍给主教。

"你不舒服，我的孩子，"神父见他那么苍白，几乎走不动路，"你活干得太多了。"神父把胳膊伸给他，"来，坐在这张洒圣水的小凳上，在我背后，我挡着你。"此时，他们是在大门一侧。"放心，还有二十分钟主教大人才露面。努力恢复精神，他经过时我会扶你起来的，别看我很老，我的身体还很强壮。"

但主教经过时于连抖得太厉害，夏斯神父只好放弃引见的打算。

"别难过了，"神父对他说，"还有机会。"

晚上，神父让人给神学院的小教堂送来十斤蜡烛，说是于连细心节省下来的。其实根本不是那么回事。自从见到德·雷纳夫人，于连连自己也熄灭了。他的脑海一片空白。

29　第一次提升

他了解自己的时代，了解自己所在的地区，他现在有钱了。

——《先驱者》①

大教堂事件后，于连一直沉浸在梦幻中，久久无法解脱。一天早晨，严厉的比拉尔神父打发人来叫他。

"瞧，夏斯·贝尔纳神父写信来了，说了你一堆好话。总的来说，我对你的行为相当满意。但你极不谨慎，甚至有些轻率冒失。不过到目前为止，看得出你的心是善良甚至宽宏大量的，而且还有过人的智力。总之，我在你身上看到了一星火花。

"我在这里工作了十五年，就要离开这幢房子了。我的罪过是让神学院的学生们自由判断，没有怂恿也没有破坏你在告罪亭里对我说的那个秘密组织。我走之前想为你做点事，要不是在你房间发现阿芒达·比奈的地址这件事，此事我两个月之前就该做了，这是你应得的。我让你来做《新约》和《旧约》的辅导教师。"

于连感激得想跪下感谢天主，但他油然而生另一种更为真实的感情。他走近比拉尔神父，拿起他的手，举到自己的唇边。

"这是干什么？"比拉尔神父生气地叫道。然而于连的眼睛比行动表明了更多的东西。

比拉尔神父惊奇地望着他，像一个多年来已不惯于面对细腻感情的人一样。这种注视泄露了院长的真情，他的声音变了。

---

① 《先驱者》，1830 年至 1834 年在法国里昂出版的一份报纸。

"好吧！是的，我的孩子，我对你很有感情。上天知道这是没有办法的事。我本该公正无私，对人既无恨亦无爱。你的一生将是艰难的。我在你身上看到了某种使俗人不悦的东西。嫉妒和诽谤将对你穷追不舍。无论天主将你放在哪里，你的同伴都会怀着憎恨看你。如果他们装作爱你，那是为了更有把握出卖你。对此只有一个办法，就是向天主求助，他为了惩罚你的自负而使你必须受人憎恨。如果你能纯洁，毫不退让地拥抱真理，你的敌人迟早会失败。"

于连已经很久没听到这样友爱的鼓励了，不禁泪如雨下。我们应该原谅他的软弱。比拉尔神父朝他张开臂膀，这时对两个人来说都是甜蜜的。

于连欣喜若狂。这是他得到的第一次擢升，而且得到的好处是巨大的。要想象这些好处，就得先想象一下数月时间里的被迫独处，忍受那些讨厌甚至是难以忍受的同学。他们的吵嚷就足以使体质脆弱的人神经错乱。这些吃饱穿暖了的乡下人，只有在使出两肺的全部力量大叫时才能感到快乐。

现在于连差不多是单独用餐，并且要比其他学生晚一个钟头。他有花园的钥匙，园中无人时可以去那儿散步。

于连很惊异，发觉大家不像以前那么排挤他了；他原本以为会得到加倍的仇恨的。他不愿人家跟他讲话，这种秘而不宣的愿望仍嫌太过明显，给他招来不少敌人。而现在，这不再是可笑的高傲。在周围那些粗俗的人眼里，这是他对自己职位的一种恰如其分的评价。仇恨明显减少，尤其在成为他学生的那些最年轻的同学中，他彬彬有礼对待他们。渐渐地，他居然也有了拥戴者，没人再谑称他为"马丁·路德"。

于连就任新职后，神学院院长没有证人在场就绝不跟他讲话。这种做法是谨慎的，但对于连是一种考验。比拉尔是严格的冉森派，他不变的原则是：您认为一个人有才能吗？那就对他所希望和所做的一切设置障碍好了。如果他真有才能，就会推倒或绕过障碍。

狩猎季节到了。富凯心血来潮，以于连父母的名义给神学院送来一头鹿和一头野猪。两头死兽摆在厨房和食堂间的过道上。神学院的学生吃饭时都要从那儿经过。这成了好奇心的目标。野猪虽然是死的，也足以把最年轻的学生吓一跳，他们会忍不住去摸摸它的獠牙。整整一个礼拜，除了这，大家完全不谈别的。

这份礼物为于连带来了尊敬，也给了嫉妒他的人一次致命打击。财富确认了于连的优越。夏泽尔和几位最出色的学生开始主动接近他，差不多要埋怨他没把父母的财产情况告诉他们，害得他们对金钱失敬。

当时正在征兵，于连是神学院学生，因此得以免除兵役。这事使他非常激动。"看，那个时代就这么一去不复返，要是早二十年，我会开始一种充满英雄气概的生活！"

他独自一人在神学院花园里散步时，听见几个修围墙的泥瓦匠在说话。

"喂，该走了，又征新兵了。"

"在那个人的时代那可好了！泥瓦匠能当军官，当将军，这事儿可是见过的。"

"现在你去看看！穷光蛋才走，手里有几个钱的都留在家乡。"

"生下来穷，一辈子穷，就是这么回事。"

"嘿，他们说那个人死了，是真的吗？"第三个泥瓦匠问。

"是大块头们说的，你看，他们都怕那个人。"

"多不同啊，在那个时候活儿干得也顺！听说他是被他的那些元帅出卖的。叛徒才这么干！"

这场谈话使于连稍感宽慰。离开时，他叹口气背诵道：

"唯一受到人民深深怀念的国王！①"

考试日子到了。于连考得很出色，夏泽尔也努力表现了自己。

第一天开始，那些由著名的福利莱尔代理主教委派的主考人就大为不悦，他们不得不在名单上一再将于连·索雷尔列为第一名，至少也是第二名。有人向他们指出，这个于连·索雷尔是比拉尔神

---

① 来自布雷纳莱利（1738～1812）的诗歌《伏尔泰颂》。这句诗曾被刻在巴黎新桥边的亨利四世雕像的底座上。

父的宠儿。在神学院很多人打赌说，在考试总成绩的名单上，于连一定会名列第一，这将给他带来与主教大人一道进餐的荣幸。但在一场涉及教父们的拉丁文考试结束时，一位狡猾的主考人在问了于连一些有关圣哲罗姆的问题，以及他对西塞罗的爱好后，巧妙谈到了贺拉斯、维吉尔和其他几位世俗作家。同学们都一无所知，而这些作家作品的很多段落于连都能背诵出来。一时间他被自己的表演冲昏了头，忘了是在什么地方。按主考人的一再要求，他满怀激情地背诵和意译了贺拉斯的好几首颂歌。二十分钟后，主考人突然变脸，尖刻责备他在这些世俗作家身上浪费了时间，脑子里装了不少无用的或者有罪的思想。

"我是个傻瓜，先生，您说得对。"于连恍然大悟，明白了这不过是个圈套，而他愚蠢地上了当。

主考人的这种诡计就算是在神学院也被认为是卑鄙的；但尽管这样，德·福利莱尔先生用他那强有力的手在于连的名字旁边写上198这个数目。德·福利莱尔神父精明强干，他如此巧妙地在贝藏松组织了一个圣会网，其发往巴黎的那些报告使得法官、省长，甚至驻军的高级军官都害怕。能用这样的手段来侮辱他的冉森派敌人比拉尔神父，他感到很高兴。

在这十年时间里，他最关心的事就是如何把比拉尔从神学院院长的职位上拉下来。比拉尔神父不搞阴谋，忠于职守，他为于连规定的行为准则自己也同样坚守。但上天给了他一副暴躁易怒的脾气，对侮辱和仇恨特别敏感。对于这颗火热的灵魂，任何侮辱都不会是徒劳无功的。他认为上天把自己安排在这个职位上，那就说明在这个岗位上自己是有用的——尽管他有过一百次想要辞职。他这样对自己说："我遏止了耶稣会教义和偶像崇拜的发展。"

在考试期间，他大概两个月没有跟于连说过话，等收到考试结果的公函时，看到加在自己认为是学校的光荣的这名学生后的那个198的数字后，他病了有一个礼拜。对他这样一位性格要强，为人处世严格的人来说，唯一的安慰是他能把所有的监视手段都用在于连身上。还有一点让他感到欣喜，那就是他在于连身上没有看见愤怒和气馁。

几个礼拜后，于连收到一封盖有巴黎邮戳的信。这让他有些害怕。"终于，"他想，"德·雷纳夫人想起了她的诺言。"一个署名保尔·索雷尔的先生自称是他亲属，给他寄来一张五百法郎的汇票。信上说，如果于连继续研究那些优秀的拉丁作家，并且卓有成绩，将每年寄给他一笔同样数目的钱。

"这是她，是她的善良！"于连的心充满了柔情，"她想安慰我，可为什么没有一句有关友情的话呢？"

其实这次他错了。德·雷纳夫人在她的朋友德维尔夫人的指导下，完全沉浸在悔恨中。她尽管还是时常会不由自主想到那个不寻常的人，但她很注意，轻易不跟他联系。

如果我们用神学院的语言，就应该承认这笔五百法郎的汇款是个奇迹，而且会说上天是在利用德·福利莱尔先生，由他本人送了这份礼物给于连。

十二年前，德·福利莱尔神父来到贝藏松，所带的那只旅行箱小得不能再小。并且据传闻，那里面装着他的全部家当。如今，他是本省最富有的地主之一。他买过一块地产的一半，另一半通过继承落入德·拉莫尔侯爵手中。两个人为此开始大打官司。

尽管德·拉莫尔侯爵先生在巴黎地位显赫，并在宫中担任要职，但他还是觉得在贝藏松与一位据称是可以左右省长任免的代理主教决斗是件危险的事。他本可以请求一笔赏赐，在预算允许的随便什么名义下，把这场区区五万法郎的小官司让给德·福利莱尔神父，但他没有这样做，因为他认为自己有理，而且理由充足！

不过，请允许我斗胆问一句：有哪一个法官没有一个儿子或一个什么亲戚需要安插在某个地方呢？

为了让最糊涂的人也能看清，德·福利莱尔神父在赢得初审后的一个礼拜，乘上主教大人的四轮马车，亲自把一枚荣誉团骑士勋章送给他的律师。这行为让德·拉莫尔先生震惊，并且感到他的律师过于软弱，就向谢朗神父求教，谢朗神父建议他跟比拉尔先生联系。

在我们这个故事发生的时候，他们的关系已维持了好几年。比拉尔神父带着他那刚烈的性格投入到这件事中去。他不断会见侯爵的律师，研究案情，确认侯爵有理后，就公开成为德·拉莫尔侯爵的诉讼代理人，与权力很大的代理主教打官司。这种傲慢无礼出自一位小小的冉森派教徒，就更加让代理主教感到了奇耻大辱！

"你们看看这个自以为有权势的宫廷贵族是什么东西吧，"德·福利莱尔神父对他的亲信们说，"德·拉莫尔先生连一枚可怜的勋章都没有给他在贝藏松的代理人，而且还让他灰溜溜地被撤职。但有人写信给我说，这位贵族议员每礼拜都要佩戴蓝绶带到掌玺大臣的沙龙去炫耀，不管这掌玺大臣是怎样一个人！"

尽管比拉尔神父全力以赴，德·拉莫尔先生也和司法大臣尤其是他的下属关系很好，六年的努力也只是没完全输掉这场官司。

为了这件两个人都关注的事，侯爵与比拉尔神父之间保持着不间断的通信联系，最终看出了神父的才智的属性。渐渐两人之间尽管社会地位悬殊，但通信中开始有了亲切的感觉。比拉尔神父告诉侯爵，有人采取凌辱他的办法想要迫使他辞职，那种卑鄙的伎俩使他很生气，他也就向侯爵讲了于连的事。

这位大贵人虽然很有钱，却一点儿也不吝啬。由于比拉尔神父始终拒绝接受他的钱，包括那些因支付办案而产生的花费，于是这位侯爵灵机一动，就给神父心爱的学生汇去了这五百法郎，还亲自写了信中的那段留言。

一天，神父接到一纸短笺，说有急事请他务必到贝藏松郊外一家客店去一趟。于是神父在那见到了德·拉莫尔先生的管家。

"侯爵先生派我给您送来他的四轮马车，"那人说，"希望您读了此信后能在四五天内动身前往巴黎。请您定下时间，这期间我将到侯爵先生在弗朗什－孔代的地产上去看看。然后，在您觉得合适的时候我们就启程去巴黎。"

信很短：

我亲爱的先生，请您务必摆脱掉外省的种种烦恼，到巴黎来呼吸一点宁静的空气。给您送去我的车，我已命人在四天内等候您的决定。我本人在巴黎恭候您直到礼拜二。我需要您的同意，先生，那样我就能以您的名义接受巴黎附近最好的本堂区之一。您未来的本堂区中将会有一位从未见过您的最富有的教民，但对您比您所能想象的还要忠诚，他就是德·拉莫尔侯爵。

一向严肃的比拉尔神父在不知不觉中爱上了这所他倾注了十五年心血但到处都是敌人的神学院，因此，德·拉莫尔先生的来信对他来说，就好比是一位负责动一次残忍却是必要的手术的外科医生。他被解职看来是势在必行了。他约管家三日后会面。

四十八小时内，他一直心烦意乱犹豫不决。最后，他给德·拉莫尔先生写了一封信，又给主教大人写了一封堪称教会体杰作的长信，要想找出比这封信里更无懈可击、更真诚且充满敬意的句子，也许是很难做到的事。这封信注定要让德·福利莱尔先生难受一个钟头。信中逐条陈述了那些使人严重不满的原因，甚至还提到了些卑劣的小麻烦，正是这些让比拉尔神父最终不得不离开教区。

例如有人从他的柴房里偷木柴，毒死他的狗等等。

写完信，他派人叫醒于连。于连和其他学生一样，晚上八点即上床睡觉。

"您知道主教住哪儿吗？"他用漂亮的拉丁语问于连，"把这封信送交主教大人。不瞒你说吧，我是把你往狼群里送。注意看，注意听。你的回答不许有半点谎言，但是你要想到，盘问你的人也许会体会到一种终于能加害于你的快乐。我的孩子，在离开前告诉你这种经验，我感到十分坦然，因为我不想瞒着你，这封信就是我的辞呈。"

于连呆立不动，他爱比拉尔神父。这时候谨慎心徒然地对他说："这个正直的人走后，圣心派会压我，甚至把我赶走。"

但他不能只想自己。让他感到难办的是有一句话他很想说出来，但又不知道怎样说合适。这时他感到自己一点都不聪明了。

"怎么？我的朋友，您为什么还不去？"

"我听人说，先生，"于连怯生生地说，"您主持神学院这么长时间，却没有任何积蓄，我这儿有六百法郎。"

泪水使他说不下去了。

"这笔钱以后也得登记上，"前神学院院长冷冷地说，"去主教府吧，时间不早了。"

正巧这天晚上德·福利莱尔神父在主教府的客厅里值班，主教大人去省府吃饭了，所以于连把信交给了德·福利莱尔神父本人，不过于连之前并不认识他。

于连大吃一惊，他看见这位神父竟然公然拆开了给主教的信。打开信后，这位神父那张漂亮的面孔立刻显出一种惊奇的表情，其中混杂着强烈的快乐，紧接着又变得加倍的严肃。这张脸气色很好，于连印象极深，趁他读信的工夫，于连细细地端详起来。如果不是某些线条显露出一种极端的精明，这张脸会更庄重些；如果这张漂亮面孔的主人万一有一刻走神的话，这种极端的精明会给人虚伪的感受。他的鼻子太突出，形成一条笔直的线，不幸的是，这使得一个原本是高贵的侧面，变得跟一只狐狸没法再像了。此外，这位看起来如此关心比拉尔先生辞职的神父穿戴高雅，于连还没见过别的教士如此穿戴。

于连只是后来才知道，德·福利莱尔神父具有某种特殊才能。这位神父知道如何逗主教开心，而主教是一个可爱的老人，生来就是属于巴黎的，对他来说，到贝藏松就等于是被流放。他的视力极差，又偏偏酷爱吃鱼，于是端上来的鱼就由这位神父先把刺挑干净。

于连静静端详阅读辞呈的神父。这时候门突然吱呀一声开了。一位穿着华丽的仆人急匆匆走过。于连还来不及转身，就看见一个胸前佩戴着主教十字架的小老头走进来。他忙跪倒在地，主教朝他善意地笑了笑，走了过去。那位漂亮的神父跟上，把于连独自留在客厅里。于连借此机会开始欣赏起室内虔诚的豪华。

贝藏松主教是个风趣的人，曾饱尝流亡之苦，但这并未压垮他。他如今已经七十五岁了，对十年后会发生些什么毫无兴趣。

"我觉得刚才经过时看到了一个目光精明的学生，他是谁？"主教问，"根据我的规定，这时候他们不是该睡觉了吗？"

"这位可清醒着呢，我向您保证，主教大人，而且他带来了一个大新闻：您教区里的唯一一位冉森派教徒辞职了。可怕的比拉尔神父终于懂得说话意味着什么。"

"那好哇！"主教笑着说，"可我不相信您能找到一个抵得上他的人来代替他。为了向您显示这个人的价值，我明天请他来吃饭。"

代理主教想说什么，很可能是有关继任者的。但主教不准备谈公事，对他说：

"在让另一位进来前，先让我们知道这一位如何离开吧。给我把那个学生叫来，孩子口中出真言。"

有人叫于连。"这下我要到两个审问者中间了。"他想。他觉得自己从未这样勇气十足过。

他进去时，两个穿戴得比瓦雷诺先生还要华丽，身材高大的随从正在给主教大人宽衣。这位主教认为应该先问问于连的学习情况，然后再谈比拉尔先生。他刚一开始谈到教义，就被于连惊住了。于是他又转向人文学科，谈到维吉尔、贺拉斯、西塞罗。"这些名字，"于连想，"让我得了第 198 名。现在也好，我没什么可失去的了，那么我就来试试，给他看看我的能力好了。"他做得很成功，令主教大喜，因为他本人就是个优秀的人文学者。

在省府宴会上，有一位理应获得名气的年轻姑娘朗诵过那首歌颂马达勒拉 ① 的诗。主教大人对文学兴致很高，很快便忘了比拉尔神父和其他公事，和这位神学院学生讨论起贺拉斯是富还是穷的问题。这位高级神职人士引用了好几首颂歌，不过他的记忆力有时不大听使唤，于连于是马上就把整首诗背出来，而且神情显得很谦恭。使

---

① 这里说的姑娘应该指的是法国女诗人德尔菲娜·盖（1804～1855）。她的这首《马达勒拉》写于1824年。马达勒拉是一位《圣经》人物，一位悔过了的女罪人。

主教惊讶不止的是于连始终都保持平静的闲谈口吻，背上二三十首拉丁古诗就像谈神学院里发生的事一样。最后，主教不能不夸奖面前这位年轻的神学院学生了。

"不可能学得更好了。"

"主教大人，"于连说，"您的神学院可以向您提供一百九十七个更配得上您的赞赏的人。"

"怎么回事？"这数字使主教很奇怪。

"我可以用官方的证据支持我有幸在主教大人面前说的话。在神学院的年度考试中，我回答的正是此时此刻获得大人赞赏的内容，我因此获得了第一百九十八名。"

"哈！原来是比拉尔神父的宠儿，"主教笑着看了看德·福利莱尔先生，"我们早该料到的，不过干得足够光明磊落。我的朋友，"他问于连，"是不是人家把您叫醒，打发到这儿来的？"

"是的，主教大人。我只走出过神学院一次，就是在圣体瞻礼那天帮助夏斯·贝尔纳神父装饰大教堂。"

"Optime（拉丁文'好极了'），"主教说，"怎么，那位表现出极大勇气，把几束羽毛放到华盖上去的就是您？这些羽毛束年年让我胆战心惊，总怕它们会要了我一条人命。我的朋友，您前程远大；不过，我不想让您饿死在这儿，断送了您那光辉灿烂的前程。"

主教命人拿来饼干和马拉加酒，于连又吃又喝，德·福利莱尔神父更不示弱，因为他知道主教喜欢看人吃得胃口大开，兴高采烈。

这位高级神职人员对他这一夜的收尾越来越满意，他一度谈到了圣教史，发现于连对此完全不懂。接着他转到君士坦丁时代诸皇帝治下罗马帝国的精神状态。异教的末日曾伴有不安的怀疑的精神状态，这种状态现又折磨着十九世纪很多悲观的人的精神。主教大人注意到于连竟至于不知道塔西陀。

对这位高级神职人员的惊异，于连老老实实回答说，神学院的图书馆里没有这位作者的书。

"我的确很高兴，"主教快活地说，"您帮助我解决了一大难题：

十分钟以来，我一直在想该怎样感谢您让我出乎意料地度过了一个可爱的夜晚。我没想到我的神学院的学生中会有这样一位饱学之士。我想送您一套塔西陀的著作，尽管这礼物不大符合教规。"

主教让人拿来八册装帧极为考究的书，并在第一卷的扉页上用拉丁文为于连·索雷尔写了一句赞语。主教一向以一手漂亮的拉丁文而自豪。最后，他以一种与谈话截然不同的严肃口吻对他说：

"年轻人，如果您谦虚谨慎，有一天您将得到我的辖区内最好的本堂区，而且离我的主教府不会超过一百法里，但必须谦虚谨慎。"

于连抱着八册书出了主教府，一时半会惊得缓不过神来。这时午夜的钟声响了起来。

主教大人一句也没提到比拉尔神父。最让于连感到惊奇的是主教极其客气。他想不到如此的儒雅竟能与如此自然的庄严结合在一起。回到神学院，见到忧郁的比拉尔神父，这样的对比给了于连更深刻的印象。

"Quid tibi dixerunt（他们跟你说了些什么）？"比拉尔神父一看见他就高声问道。

于连想要把主教说过的话译成拉丁文，可越译越乱。

"说法语吧，重复主教大人的原话，不要增也不要减。"神学院前院长的口气严厉，态度也十分不雅。

"一位主教送给一个神学院的年轻学生一份多么奇特的礼物！"他翻着精美的《塔西陀全集》，烫金的切口似乎使他感到厌恶。

两点钟响了，他终于让心爱的学生回房间去。

"把你的'塔西陀'第一卷留给我，那上面有主教大人的赞语，"他对于连说，"我走后，这一行拉丁文将是您在这所学校里的避雷针。

"Erit tibi, fili mi, successor meus tanquam leo quaerens quem devoret.（因为对你来说，我的孩子，我的继任者将是一头狂暴的狮子，它将寻找可以吞食的人。）"

第二天一早，于连在同学们和他说话的方式中，感觉到了一些奇怪的变化。他为此变得更加谨慎起来。"看，"他想，"这就是比拉尔神父辞职的后果。整个学院都知道了，我被看作是他的宠儿。在这种方式中一定含有侮辱。"可相反，他在经过宿舍时，每个人的目光里都并没有仇恨。"这是怎么回事？这肯定是个圈套。可别让他们钻空子啊。"最后，那个维尼埃尔来的小修士笑着对他说："Cornelii Taciti opera omnia（《塔西陀全集》）。"

在听到这句话后，大家争先恐后来祝贺他，不仅是因为他从主教那儿得到这份精美的礼物，也因为他荣幸地与主教谈话达两个钟头之久。他们连最小的细节都知道。从此，不再有嫉妒，大家都在他面前变得谦恭起来，只要可能就给他恭维。而就在前一天，卡斯塔内德神父还无礼地对待他，今天也来挽住他的胳膊，请他吃饭。

不过于连的本性难移，这些粗俗的人的无礼，曾给他带来许多的痛苦，他们的卑躬屈膝同样引起他的厌恶。

将近中午时，比拉尔神父向学生们告别，少不了一番严厉的训话。"你们想要世间的荣誉，社会上的一切好处，想要对人发号施令，藐视法律和可以随意对人傲慢无礼的快感，还是希望灵魂得到永恒的获救？你们中学得最差的只要睁开眼，就能分清这两条路。"

他一走，那些耶稣圣心派的教徒就到小教堂去唱 Te Deum（"感恩赞美诗"）。神学院里没有人把前院长的训话当回事儿。"他对自己被免职极感不快。"到处都有人这么说。

比拉尔神父住进贝藏松最漂亮的旅馆，借口有事要办，其实他什么事也没有。

主教请他吃过饭了，为了打趣代理主教，还竭力让他出风头。吃饭后甜点时传来一个奇怪的消息，比拉尔神父被任命为距首都四法里远的极好的 N 堂区的本堂神父。善良的主教真诚地祝贺他。主教把整个这件事看成是一场玩得巧妙的游戏，因此情绪极好，极高评价了神父的才能。他给了比拉尔神父一份用拉丁文写的极好的证明书，并且不让想要提出异议的德·福利莱尔神父说话。

晚上，主教在德·吕邦普莱侯爵夫人处盛赞比拉尔神父。这在贝藏松的上流社会中是一大新闻。人们越想越糊涂，比拉尔神父怎么会得到这样不寻常的恩宠？有人甚至预见到比拉尔神父当了主教。最精明的那些人认为是德·拉莫尔先生当了部长，所以那天敢于嘲笑德·福利莱尔神父在上流社会的跋扈。

第二天早晨，比拉尔神父去见审理侯爵案子的法官们，人们几乎在街上尾随他，商人们也站在自家店铺的门口。他第一次受到礼貌的接待。严厉的冉森派信徒对他看到的这一切非常愤怒，跟他为侯爵挑选的那些律师们仔细地讨论了一番，就启程去了巴黎，只有两三个中学时代的朋友一直送他到马车旁，对马车上的纹章赞叹不已。他一时糊涂，竟对他们说，他管理神学院十五年，离开贝藏松时身上只有五百二十一法郎积蓄。这几位朋友流着泪拥抱了他，私下却说："善良的神父本可以不说这谎话，这也太可笑了。"

庸俗的人被金钱蒙住眼睛，无法理解比拉尔神父正是从真诚中汲取了力量，在六年中单枪匹马地反对玛丽·阿拉科克、耶稣圣心派、耶稣会士们和他自己的主教。

30 野心勃勃的人

> 如今只剩下一个贵族的爵位，那就是公爵爵位。侯爵现在是很可笑的了，人们只有在听到"公爵"这个词的时候，才会回头去看。
>
> ——《爱丁堡评论》

德·拉莫尔侯爵在接待比拉尔神父时毫无贵人们常有的繁文缛节。这等繁文缛节对了解它们的人来说，简直就是傲慢无礼浪费时间。而侯爵在一些重大事件中卷入过深，没时间可以浪费。

六个月来，他一直在忙于策划，想让国王和全国接受某种内阁，而这个内阁出于感激，会让他当上公爵。

多年来，侯爵始终要求他的律师就他在弗朗什－孔代的官司写一份清晰准确的报告。问题是那位有名的律师自己都弄不明白，如何能给他解释清楚呢？

但在神父给了他一方纸片后，一切就都了然了。

"我亲爱的神父，在我的所谓飞黄腾达中，我没有时间去关心两件虽小却重要的事——我的家庭和我的买卖。我从大处注意家族的境遇，可以让它有很远大的发展；我注意享乐，至少在我看来这高于一切。"他无意中发现比拉尔神父眼中的惊奇。尽管神父是个通情达理之人，还是因看见一个老人这样坦率谈论自己的享乐而感到惊奇。

"在巴黎，无疑有很多勤奋工作的人，"这位大贵人继续说，"但他们住在高高的六层楼上。只要我接近一个人，他就会在第三层租下一套房子，他的妻子也会选定一个日子在家接待客人；这样一来，这个人就不再愿意工作，更不会努力，除非是为了成为或显得像个上等人。这是他们有了面包后唯一的事情。

“确切说，为了我的诉讼，而且为了分开来看的每一件诉讼，我都有累得要死的律师，前天就有一位死于肺病。对于我的事务，您相信吗，先生？三年来，我竟找不到一个人，在他为我写东西时，肯多少认真想想自己是在干什么。不过，刚才说的这些不过是个开场白。

“我尊敬您，我还敢在第一次见到您后说我爱您。您愿意做我秘书吗？薪水八千法郎或者加倍？我跟您打赌，即便如此，还是我更赚。将来有一天我们彼此不再和谐了，我负责为您保留住您那个好堂区。”

但神父拒绝了。不过，谈话快结束时，看见侯爵确实陷入了困境，他突然灵机一动。

“我在神学院丢下一个可怜的年轻人，如果没弄错的话，他在那里将受到粗暴的迫害。如果他是个一般的教士，也早就 in pace 了（在和平中，在安静状态里。这里暗指被囚禁在修道院地下室里）。

“迄今为止，这年轻人还只知道拉丁文和《圣经》，但有朝一日他将展现出他的巨大才华，或者用于讲道，或者用于指导灵魂，这不是没有可能的。我不知道他将来做什么，但他有神圣的热情，有远大的前程。我原本打算把他荐给我们的主教——假如我们的主教多少有些您看人看事的观点的话。”

“您的这位年轻人什么出身？”侯爵问。

“大家说他是我们那里山里一个木匠的儿子，可我更相信他是某个富人的私生子。我曾见他接到一笔匿名或化名的信，其中有一张五百法郎的汇票。”

“啊！于连·索雷尔。”侯爵叫道。

“您从哪儿知道他的名字？”神父惊奇地问，旋即为自己问这样的问题而脸红了。

“这我就无可奉告了。”侯爵答道。

“那好！”神父说，“您可以试试让他做您秘书，他有毅力，有理智。一句话，值得一试。”

“为什么不？”侯爵说，“不过，这是不是一个可以被警察或其他什么人收买，然后在我家当密探的人呢？这是唯一的反对理由。"

在神父做出担保后，侯爵取出一张一千法郎的钞票来：

"把这个寄给于连·索雷尔做盘缠，让他上我这儿来。"

"一看就知道您住在巴黎。"比拉尔神父说，"您完全不知道，专横暴虐是如何压在我们这些可怜的外省人身上的，尤其是那些不以耶稣会士为友的教士们。他们不会放于连·索雷尔走，他们会找种种借口，会跟我说他病了，邮局也会把信弄丢。"

"我这几天就让部长给主教写封信。"侯爵说。

"我忘了一件应该注意的事，"神父说，"这年轻人尽管出身卑微，心气却高，如果伤了他的自尊，他就会变得愚蠢。"

"我喜欢这样，"侯爵说，"我让他做我儿子的朋友，这够了吗？"

不久，于连收到一封笔迹陌生、盖有夏龙的邮戳的信，里面有张可以到贝藏松一个商人处兑换的取款凭证，还有一份立即前往巴黎的通知。信上署的是假名，但于连打开时还是吓了一跳——信里掉下一片树叶，这是他和比拉尔神父商定的暗号。

不到一个钟头于连被叫到主教府，受到慈父般亲切的接待。主教大人一边背诵贺拉斯的诗句，一边恭维他，说在巴黎等待他的是远大的前程。而这些恭维话说得很巧妙，于连要感谢，就得做出解释。于连什么也没说，他一无所知，不知道主教大人为什么对自己这样的态度。主教府的一个小教士写信给市长，市长就亲自送来一张签好的通行证，旅行者的姓名空着待填。

当晚午夜之前，于连到了富凯家。富凯是个明智的人，对等待着他朋友的前途与其说感到高兴，更多是困惑不安。

"对你来说，"这个自由派选举人说，"到头来可能得到一个政府的职位，那将迫使你做出一些会在报纸上受到抨击的行为。我将通过你的耻辱得到你的消息。记住，即便从金钱上说，在自己做主的正当的木材生意中赚一百路易，也比从一个政府那里接受一千法郎强，哪怕是所罗门王的政府。"

富凯的这些话被于连看作是出自一个乡绅的狭隘。他终于要在大舞台上亮相了。在他的想象中，巴黎到处是阴险、虚伪但言行举止又跟贝藏松的主教或者阿格德的主教那样彬彬有礼的才智之士。去巴黎的兴奋驱散了眼前的一切。他朋友觉得是比拉尔神父的信剥夺了于连的自由意志。

第二天将近中午，他到了维尼埃尔，觉得自己是世上最幸福的人。他打算见见德·雷纳夫人。他首先到了他的第一位保护人善良的谢朗神父家里。他受到的接待是严厉的。

"你认为你受过我的恩惠吗？"谢朗先生没有理他的问候，"你跟我一道吃饭，这期间有人去为你另租一匹马，然后你离开维尼埃尔，什么人也不要见。"

于连表示服从，然后他们就只谈神学和拉丁作品。

他骑上马后走了一法里，在一片无人的树林停下。等到日落时分，他把马送回去。那之后他走进一个农民的家里，那个农民同意卖给他一把梯子，并帮他扛到俯瞰维尼埃尔的忠诚大道的那片树林。

"他一定是个可怜的逃避兵役的人……要不就是个走私犯。"那农民跟他告别时心里想，"管它呢！反正梯子卖了个好价钱，再说我这辈子也不是没倒腾过钟表零件。"

夜很黑。快到子夜一点时，于连扛着梯子进了维尼埃尔城。他尽早下到那道河床里，这条河穿过德·雷纳先生的漂亮花园，比花园低十尺，夹在两道护墙间。有了梯子，于连很容易就爬上了上去。那些看家的狗叫了起来，冲着他飞奔过来。他轻轻吹了声口哨，它们就马上对他表示亲昵。

尽管所有栅栏门都关着，他登上一道道平台，还是很轻易就到了德·雷纳夫人卧室的窗下。窗户朝着花园，距地面仅八尺到十尺。

护窗板上开有一个心形小洞，于连很熟悉。可是这个小洞并没有像往常那样，被一盏守夜灯从里面照亮，这使于连大失所望。

"伟大的主！"他默祷着，"看来今夜雷纳夫人没住在这间房子里！她睡在哪间房子里呢？全家一定都在维尼埃尔，因为我看见了狗。可在这间没有守夜灯的房子里，我很可能会碰上德·雷纳先生本人或另一个陌生人，那将引起怎样的一场风波啊！"

最谨慎的做法是后退离去，可这想法让于连厌恶。"如果是一个陌生人，我就丢下梯子跑掉了；但如果是她，等待我的是什么样的接待呢？她是不是还沉浸在悔恨和极度的虔诚中，这我不能怀疑。可她总还记得我——她刚给我写过信。"这样一推理，促使他下定了决心。

尽管他在发抖，可他还是决心要么死要么就见到她，就朝护窗板扔了几块小石子。在得不到回音后，他把梯子靠在窗户旁，伸手去敲护窗板；开始很轻，然后越敲越重。"不管天多么暗，他们还是能朝我开枪。"于连这样想，他的疯狂之举就成了一个胆子大小的问题了。

"今天夜里这间屋子没有人住，"他心想，"不然的话，无论谁睡在里面，现在也该醒了。我干吗还要瞻前顾后？只要注意别让睡在别的屋子里的人听见就行。"

于是他先下来，把梯子对着一扇护窗板放好，再上去，把手伸进心形小洞，很快摸到插在护窗板的小钩子上的铁丝。他拉了拉铁丝，觉得护窗板动了，心里一下子有说不出的高兴，一使劲拉开护窗板。"要一点一点地开，让她认出我的声音。"他把护窗板开到可以把头伸进去的程度，低声说着："是朋友。"

他仔细听了听，确信屋内没有任何动静，壁炉里也确实没看到守夜灯。这是一个不妙的迹象。

"小心枪子儿！"他考虑了片刻，鼓起勇气用手指敲了敲窗户，还是没有回音，他就用力敲了敲。"就是敲碎玻璃，也得干到底。"他敲得很使劲。这时候在黑暗中，他相信自己看到了一个白色的影子穿过房间。终于，他不再怀疑，那个影子好像在极慢极慢往前挪。突然，他看见半个脸贴在窗户玻璃上，跟他几乎紧贴着。

他打个哆嗦，把脸挪开了点。然而太黑了，就是离得这样近，他也无法分辨出那是不是雷纳夫人。他听见狗围着梯子转悠，低声吠叫。"是我，"他提高声音，"一个朋友。"没有回答，白色的幽灵消失了。"请开开窗子，我得跟您说说，我太不幸了！"他使劲敲打，玻璃都快碎了。

一记清脆的声音传来，窗子的插销拔开了。他推开窗户，轻轻跳进了屋子。

白色的幽灵闪开，他迅速抓住了一只胳膊。"如果这是她，她会说什么？"一声轻轻的叫喊让他确定正是德·雷纳夫人，他激动起来！

他把浑身颤抖着的她抱在怀里，而她几乎没有力气把他推开。

"无耻之徒！您来干什么？"

她声音变了，勉强说出这句话。于连听出了她最为真实的愤怒。

"我来看看您，这残酷的分离已有十四个月了。"

"出去，立刻离开。啊！谢朗先生，为什么阻止我给他写信呢？我本可以预先防止这种可怕的事发生的。"她推开他，这一次力气大得不同寻常。"我对我的罪孽感到悔恨，蒙上天垂顾，让我迷途知返。"她反复说着。"出去！快走！"

"十四个月的分离，我不跟您说说决不离开。我想知道您做了些什么。啊！我爱您爱得够深，我配听到您的知心话……我要知道一切。"

不管愿意不愿意，这种专横的口气还是对她产生了效力。

于连满怀激情紧紧抱住不让她挣脱，然后稍稍放松了点。这使得德·雷纳夫人略感放心。

"我去把梯子拉上来，"他说，"要是有仆人被响声惊动起来查看，会连累我们的。"

"啊！那就连累吧，您出去，出去！"她看上去真生气了，"男人与我有什么关系？是天主看见了您跟我吵闹得这样可怕，并因此而惩罚我。您真卑鄙，竟滥用我对您曾有过的感情，这种感情我现在已经没有了。您听见了吗？于连先生？"

他慢慢把梯子拉上来，生怕弄出声音。

"你丈夫在城里吗？"他这样问倒不是要冒犯她，实在是出于习惯脱口而出。

"不要这样跟我说话，求求您，不然我要叫我丈夫了。我没有不顾一切把您赶走，已经是犯了大罪。我可怜您。"她试图刺伤他的自尊，她知道这自尊是多么敏感。

拒绝用"你"称呼，粗暴斩断如此温柔而他还信赖的联系，这反而更激发起了于连的激情。

"什么！这怎么可能，您不爱我了！"他发自内心的声音让人听了很难再保持冷静。

她不回答，而他呢，伤心地哭了。

的确，他没力气说话了。

"这么说，我被唯一曾爱过的人完全抛弃了！那我以后活着还有什么意思？"他不再害怕什么危险了，现在除了爱情，一切都已从他心中消失。

他幽幽地哭了很久。他抓起她的手，她想抽回，然而只是痉挛地动了动。夜真黑，他们并排坐在床上。

"这跟十四个月之前是多么不同啊！"于连想着。眼泪流得更凶了，"这么说，分开了就会毁掉一切感情了！"

"请跟我谈谈您。"于连终于说道，沉默让他难受，他的声音也抽抽噎噎的。

"毫无疑问，"德·雷纳夫人声音严厉，语气中有某种无情和责备，"您走的时候，我的失足已为全城人所知。您的举动里有那么多的不谨慎！不久，我陷入绝望，可敬的谢朗先生来看我。他想让我坦白，然而没有用。一天，他想到了一个主意，带我去第戎那座我初领圣体的教堂。在那儿，他先说了……"德·雷纳夫人的话被自己的泪水打断，"太丢人了！我什么都坦白了。这个人多善良啊，他没有用愤怒压在我身上，反而跟我一起伤心。这期间，我每天都给您写信，可我不敢寄出。我小心把信藏好，当我痛不欲生时，就躲在卧室里重读那些信。

"最后，谢朗先生说服我，把那些信交给了他……其中有几封写得略微谨慎些，就寄给了您，您一封也不回。"

"我发誓，在神学院里我从未收到过你的信。"

"伟大的天主啊，谁把这些信截了？"

"你想我有多痛苦吧，在大教堂里看见你之前，我甚至不知道你是不是还活着。"

"主可怜我，让我明白我对他，对我的孩子，对我丈夫犯下了多大的罪。"德·雷纳夫人说，"我以为他从未像当时相信您爱我那样爱过我……"

于连扑到她怀里，这样做的确是没有什么企图，完全是不由自主的。然而德·雷纳夫人推开他，相当坚决地继续说下去：

"可敬的朋友谢朗先生让我明白，和德·雷纳先生结婚，就是做出了承诺，要把我全部的感情都给他，甚至包括我不知道的、在一次不幸的交往前我还没体验过的那种爱都包括在内……自从我交出了那些信，为此我做出了巨大的牺牲，这些信对我来说是如此宝贵，我的生活也许过得不幸福，但至少平静了。别再搅乱它吧，做我的朋友……最好的朋友。"于连在她手上印满了吻，她感觉到他还在哭。"别哭了，这真让我难受……该您告诉我您的事了。"于连说不出话来。"我想知道您在神学院里过的是什么样的生活，"她反复强调着，"然后您就走吧。"

于连没有多想，先说了自己一开始时遇到的无数阴谋和嫉妒，又说了那段当辅导教师后较为平静的生活。

"正在这时，"他补充道，"长时间的毫无音讯，无疑是让我明白今天我看到的事实，那就是您已不爱我了，我对您无关紧要……"德·雷纳夫人抓紧了他的手，"正在这时候，您给我寄了五百法郎。"

"我从未寄过。"德·雷纳夫人说。

"那封信盖着巴黎的邮戳，署名是保尔·索雷尔。"

然后他们之间关于这封信的来历发生了小小争议。两人的心理也悄然发生变化。不知不觉中，德·雷纳夫人和于连已不再用严肃口吻说话，他们又恢复了以前的那种亲切。黑暗中，他们谁也看不清谁，然而说话的声音已说明一切。于连伸开胳膊搂住了情人的腰，这举动很危险。她想推开于连的胳膊，而他却巧妙地用叙述一个有趣的场景引开她的注意力。他的胳膊仿佛被遗忘，待在了原来的地方。

在对那封寄来五百法郎的信做出许多推测后，于连继续说下去。他讲到过去的生活，变得稍稍能控制自己了。与眼下发生的事相比，那生活已引不起他多少兴趣。他的注意力完全在这次探望会有一个什么结果上。"您快走吧。"而她总是隔一会就提醒一下他，这样提醒时语气就会变得生硬。

"我要是被赶走，那该是奇耻大辱了！将会是毒害我一生的悔恨，"他心这样想，"她再也不会给我写信。谁知道我何时再回到这个地方！"在沉沉黑夜中，他清楚地知道她一直在哭，能感觉到她抽泣时胸脯的起伏。很不幸的是，这时的于连变成了一个冷冰冰的政治家，几乎像在神学院的院子里当他成为一个比他强壮的同学取笑的对象时一样审慎，一样冷静。于连故意让自己的叙述拖延下去，谈起了他离开维尼埃尔后的不幸生活。"这么说，"德·雷纳夫人告诉自己，"分别了一年，在几乎没有任何可以引起他的回忆的东西存在的情况下，他却一直想着在维尔吉度过的那些幸福的日子，可我却想着忘掉他。"她抽泣得更厉害了。于连看到自己取得了成功，他知道他该试试最后一招了。他突然谈起他刚刚收到的巴黎来信。

"我已辞别了主教大人。"

"什么！您不再回贝藏松了！您永远离开我们了？"

"是的，"于连坚定地说，"是的，我要离开这个连我一生最爱的女人都把我忘记的地方，永远不再见到它。我要去巴黎……"

"你要去巴黎！"德·雷纳夫人叫出声来。

但她几乎马上就被自己的泪噎住，极端的慌乱暴露无遗。于连需要这种鼓励，他正要采取一个可能对自己极为不利的举动。在她发出这声惊呼之前，他什么也看不出来，完全不知道会有什么结果。他不再犹豫，对后果的恐惧使他完全控制了自己，他站起来冷冰冰地说：

"是的，夫人，我要永远离开您了，祝您幸福，永别了。"

他朝窗户走了几步，就在他打开窗户时，德·雷纳夫人一跃而起，投入他的怀抱。

就这样，经过三个钟头的对话，于连得到了他头两个钟头里热切盼望得到的东西。温柔的爱情重新回来了，德·雷纳夫人的罪恶感也已消失。要是能再早点来临，这将是一种极度的幸福；而现在，像这样靠诡计获取的就仅仅只是一种满足。于连不顾情人的反对，一定要点亮那盏守夜灯。

"你难道不想给我留一点见到你的回忆吗？"他对她说，"在这双迷人的眼中，肯定存在的爱情难道对我来说已经永远消失了？还有这双美丽白皙的手，难道我再也看不见了？想想吧，我可能离开您很久呀！"

听到这话，德·雷纳夫人哭成个泪人儿，就什么也不拒绝他了。然而黎明已开始清晰地勾勒出维尼埃尔东部群山上冷杉的轮廓。但于连陶醉在欢乐之中，他非但不再提离开，还要求德·雷纳夫人让他藏在屋子里过上一整天，第二天夜里再走。

"为什么不？"她答道，"这命中注定的第二次堕落已剥夺了我所有的自尊，由此铸成的不幸将会是永久的。"她把他紧紧地抱住，"我丈夫跟从前不一样了，他起了疑心，他认为我在整个事件里把他耍得团团转，对我动不动就发火。他只要听见一点声音我就完了，他会像赶走一个坏女人那样把我赶走，可我的确是个坏女人。"

"啊！瞧瞧谢朗先生的语言，"于连说，"在那次去神学院的残酷的别离之前，你不会这样跟我说话的，那时候你爱我！"

于连说话的时候非常冷静。他已经得到了补偿，看见他情人很快忘了丈夫会给她带来的危险，一心只想着于连对她的爱情的怀疑这个大得多的危险。白天来得很快，把房间照得通亮，于连又可以感受这个迷人的女人依偎在自己怀里，甚至是躺在自己脚边的快乐，他的自尊心得到了满足。这个他唯一爱过的女人，几个钟头前还沉湎在对天主的恐惧中，沉湎在对自己职责的压力下。一年坚持不懈的努力，使得她有了种种决心，却未能抵御住于连的勇气。

很快，他们听见房子里有了响动。有件事德·雷纳夫人没有想到，这使她慌乱起来。

"那个可恶的爱丽莎要到这间屋子里来了，梯子这么大，怎么办？"她惊慌地对她情人说，"把它藏在哪儿呢？我去把它搬到顶楼上吧。"她那种活泼劲儿突然又上来了。

"不过那得经过仆人住的屋子呀。"于连惊讶地说。

"我把梯子放在走廊上，把仆人叫来，让他去办。"

"你得想好一句话，仆人经过时看见走廊上有梯子会怀疑的。"

"是的，我的天使，"德·雷纳夫人吻了他一下，"你得赶快躲到床底下去，我不在时爱丽莎会进来的。"

于连对她这种突如其来的果决感到惊奇。"后来，"他想，"一种实际的危险临近时，反而使她快活起来，这时她已忘了悔恨！的确是个出类拔萃的女人！啊！赢得一颗这样的心才真叫光荣。"

德·雷纳夫人去搬梯子，于连去帮她，但她却让他大吃一惊。看着如此纤细柔弱，突然间却不知道哪来的力量，她不用帮忙，一把抓住梯子像一把椅子似的举了起来。她迅速将梯子搬至四层的走廊上顺墙放倒，然后在仆人穿衣的工夫登上鸽楼。五分钟后她回到走廊上，梯子已不见。梯子哪儿去了？假使于连已离开这房子，这种危险不大会把她怎样；然而这时如果她丈夫看见了梯子，那就会出大事！德·雷纳夫人到处都跑遍了，最后，她在屋顶下发现了那梯子，那是仆人搬上去藏好的。这种情况很特别，若在过去，会让她惊恐不安。

"管它呢，"她想，"二十四小时后可能发生的事有什么关系？那时于连已经走了。对我来说，一切不都是恐惧和悔恨吗？"

她模模糊糊意识到，该结束生命了，可那又有什么关系！原以为是永别，可谁想到后来他又被还给了她，她又看见他了，而且为了来到她身边，于连所做的表现出多深的爱情啊！

"如果仆人对我丈夫说他发现了这梯子，我回答他些什么呢？"她沉思片刻，"他们得花二十四个钟头才能找到把梯子卖给你的那个农民。"她扑进于连的怀里，痉挛般地抱紧他。"啊！死吧，就这样死吧！"她一边叫一边狂吻他，"但不应该把你饿死，"她笑着说，"来，我先把你藏在德维尔夫人房间里，这房间一直锁着。"她到走廊一头查看了一番，然后要于连跑了过去。

"如果有人敲门，千万别开，"她一边把他关在屋里一边说，"总之，这不过是孩子们的一个玩笑。"

"让他们到花园里去，在窗户底下，"于连说，"让我看见他们高兴高兴，让他们说说话吧。"

"对，对！"德·雷纳夫人兴奋地跑了出去。

她很快就回来了，拿来些柑子、饼干和一瓶马拉加酒，只是没偷着面包。

"你丈夫在干什么？"于连问。

"他在写跟农民做生意的计划。"

八点的钟声在房子里回响。这时她不得不离开他，因为要是看不到她，人们就会到处找她。但很快她又冒失地回来，给他端来一杯咖啡，她怕他饿坏了。午饭后，她设法把孩子们带到德维尔夫人的房间外的窗下。他发现他们长高了，可惜的是模样也变得平庸，这很可能是因为于连自己的感受变了。

雷纳夫人跟他们谈于连。老大还有对过去的家庭教师的友情和怀念，那两个小的差不多把他忘了。

德·雷纳先生上午没出去，他在房里忙着和农民们做生意那件事，他把土豆卖给那些农民。直到吃晚饭，德·雷纳夫人都没再给她的囚犯片刻工夫。晚饭摆好后，她为他偷了一盘热汤。她无声无息走近藏于连的那间屋子，小心翼翼端着那盘汤，没想到迎面碰上了那个早上帮忙藏梯子的仆人。那个仆人也正无声无息走在过道里，仿佛在听什么。也许是于连走动时不小心发出了声响。等这个仆人走远，雷纳夫人大胆进了屋子。于连见她进来，不禁打了个哆嗦。

"你怕了，"她问他，"我嘛，我可以蔑视世界上任何危险，眉头都不皱。我只怕一件事，就是你走后我将一个人苦度时光。"她跑着离开了他。

"啊！"于连激动不已，自言自语道，"悔恨是这颗崇高的灵魂所害怕的唯一危险。"

终于到了晚上，德·雷纳先生去了俱乐部。他妻子说偏头痛痛得厉害，回房后急忙打发走爱丽莎，很快又起来去给于连开门。

于连饿得要死。于是雷纳夫人去配餐间找面包。于连听见一声大叫。等雷纳夫人回来，她告诉于连，说自己进入没有点灯的配餐间，走近一个放面包的碗橱，一伸手，却碰在一个女人的胳膊上，正是那个爱丽莎，于连听见的那声大叫就是她发出的。

"她在那儿干什么？"

"偷糖或者监视我们。"雷纳夫人毫不在乎地说，"还好，我找到了一块馅饼和一个大面包。"

"那是什么？"于连指指她围裙上的口袋。

雷纳夫人忘了从晚饭时起，自己口袋里就塞满了面包。

于连把她紧紧抱在怀里，觉得她从未这样美丽过。"就是在巴黎，"他暗自惭愧地想，"我也不可能遇到比这伟大的女人了。"她有着一个不惯于此类体贴的女人的全部笨拙，同时又有着只害怕另一种性质的危险的人的真正勇气。

于连津津有味吃着晚饭，他的情人就饭食的简单跟他开玩笑，因为她害怕一本正经说话。这时，突然有人使劲摇房门。是德·雷纳先生来了。

"你为什么把自己关起来？"他在门外对她喊道。

于连只来得及钻到沙发底下。

"怎么！您的衣服还穿得整整齐齐的？"德·雷纳先生进门后问，"您在吃晚饭，还把门上了锁！"

在平时，这个用夫妻间极冷淡的口吻提出的问题会使德·雷纳夫人惊慌失措，并且她发现她丈夫只要弯一弯腰就能看见于连，因为德·雷纳先生一屁股坐在于连刚坐过的那把椅子上，正对着沙发。

她把这一切都推诿给了自己的偏头痛。她丈夫也开始向她详细地讲述自己在"夜总会"玩台球赢了全部赌注的情况。"十九个法郎的赌注啊，真的！"他补充道。她瞥见于连的帽子就在他们前面三步远的一把椅子上。她显得非常冷静，开始宽衣，迅速从丈夫身后走过去，随手把连衣裙扔在放帽子的椅子上。

德·雷纳先生终于走了。她求于连接着讲他在神学院的生活。"昨天我没好好听你说，你说话时我只想着如何让自己把你打发走。"

她真是不谨慎到了极点，他们说话声音太高。大概深夜两点钟，突然一下猛烈的敲门声打断了他们的谈话。又是德·雷纳先生。

"快开门，家里有贼！"他说，圣让今天早上发现了梯子。"

"都完了，"德·雷纳夫人喊着投入于连的怀抱，"他要把我们两个都杀死，他不相信有贼。我要死在你怀里，这样死比活着还幸福。"她不理正在大发雷霆的丈夫，热烈地亲吻着于连。

"救救斯坦尼斯拉的母亲，"他用命令的目光看着她，"我从小房间的窗户跳到院子里，然后逃进花园，狗还认得我。把我的衣服打成一个包，立刻扔进花园。别让他们把门打破。特别是什么也不要承认，我不准你承认，让他怀疑总比让他确信要好。"

"你跳下去会摔死的！"这是她唯一的回答。

她跟他一起走到小房间的窗前，藏好他的衣服后她才给暴跳如雷的丈夫开门。德·雷纳先生在房间里看了看，又到小房间里看了看，一句话没说就走了。于连的衣服被她扔了下去，他一把抓住，飞快朝杜河方向跑去。他正跑着，一颗子弹呼啸而过，随即听见一声枪响。

"这不是德·雷纳先生，"他想，"他的枪法太差，打不了这么准。"几条狗在他身旁无声地奔跑，又是一枪，看来打断了一条狗的爪子，因为它嗷嗷惨叫起来。于连跳过一块公地的围墙，隐蔽地跑了五十步，然后朝另一个方向逃去。他听见人们在吆喝，清楚看见了那个仆人朝他开了一枪。一个佃户从花园的另一头射击，而于连已到了杜河岸上，他很快穿好了衣服。

一个钟头后，他已离维尼埃尔—法里远，上了去日内瓦的大路。"如果有人起疑，"于连想，"他们会到去巴黎的大路上追我。"

下卷

她一点都不漂亮，也没有搽脂抹粉。

圣佩韦[①]

---

① 圣佩韦（1804～1869），法国文学批评家，作家。主要著作有《文学家画像》《当代人物画像》等。

01 乡居的快乐

乡村，我何时才能再见到你！ [①]

——维吉尔

"先生是等去巴黎的驿车吗？"于连在一家旅店吃午饭时店主人问。

"今天还是明天无所谓。"于连回答说。

就在他装作无所谓的时候，驿车到了。还有两个空座位。

"怎么！是你呀，我可怜的法尔考兹。"从日内瓦方向来的一位旅行者对跟于连一起上车的那个人说。

"我还以为你在里昂附近罗纳河畔一个迷人的山谷里安顿下来了呢。"

"好个安顿下来！我在逃呢。"

"怎么你在逃？你，圣吉罗！老实巴交的样子，难道你犯了什么罪不成？"法尔考兹笑着问。

"说真的，差不多就是这样。我是在逃避外省那种令人厌烦的生活。你知道，我喜欢树林的清新和田野的宁静；你常责备我想入非非。我一辈子都不想再听人谈政治了，可政治还是把我赶了出来。"

"那你属于哪一党？"

"哪一党也不是，正是这把我毁了。我的全部政治是这样：我喜欢音乐、绘画，一本好书对我来说就是一件大事。我四十多岁了，

---

① 这句诗并不是维吉尔的，而是来自贺拉斯的《讽刺诗》第二卷第六首。

我还能活多久呢？十五年，二十年，最多三十年？那又怎么样呢？我坚信三十年后的部长们会稍许机灵些，但会跟今天的部长们一样正派。我把英国的历史当作我们未来的一面镜子。总会有一位国王想增加他的特权，也总会有人有想当议员、成为贵族院议员的野心，米拉波 ① 挣的那几十万法郎让外省的有钱人睡不着觉：他们把这叫作当自由党和爱人民。成为贵族院议员或内宫侍从的欲望使极端保王党们上蹿下跳。在国家这条船上，人人都想掌舵，因为给的报酬多啊。难道就没有一个可怜的小小的位子给普通旅客吗？"

"是啊，是啊，那对你这个性情平和的人来说，倒是很有意思的。是最近的选举把你赶出了外省吧？"

"我的不幸由来已久。四年前我四十岁，有五十万法郎；今天我多了四岁，却大概要少五万法郎。我在卖掉了罗纳河畔位置极佳的蒙夫勒里古堡时，损失这个数目。在巴黎，我厌倦了你们所谓的十九世纪文明迫使人们扮演的那种没完没了的喜剧。我渴望温情和淳朴。我在靠近罗纳河的山里买了一块地，天底下没有比那还美的地方了。

"村里的本堂神父和附近的绅士给我献了六个月的殷勤，我请他们吃晚饭，对他们说：'我离开巴黎，为的是一辈子不再谈论也不再听别人谈论政治，你们都看到了，我什么报纸也没订，邮差给我送的信越少我越高兴。'

"副本堂神父不满意了，我成了无数明目张胆的要求、纠缠之类的目标。我想每年捐给穷人二三百法郎，可人家要我送给宗教团体，那些圣约瑟夫会、圣母会等等，我拒绝了。于是人家就开始百般刁难我。我真蠢，居然生气了。我早晨出去享受山区的美景，总要碰上点烦恼打碎我的梦，让我很不舒服地想起人，想起人的恶毒。祈祷游行时唱的那首歌我很喜欢（大概是支希腊曲子），可人家不再为我的田地祝福，因为副本堂神父说这些田地属于一个不信神的人。一个虔诚的老农妇死了母牛，就说是因为靠近了我这个不信神的人。

---

① 米拉波（1749～1791），法国大革命时期立宪派领袖之一。1790年开始接受王室的贿赂，为王室复辟服务。

一个来自巴黎的哲学家有一口池塘，而一个礼拜后我发现塘里所有的鱼都肚子朝了天，被石灰毒死。各种形式的纠缠包围着我。治安官本是个正直的人，可他害怕丢了位置，就总是说我不对。田野的宁静对我来说成了地狱。一旦他们看见我被村圣会首脑副本堂神父抛弃，自由党的头目退休上尉也就不再支持我，而是扑过来，包括我养活了一年的泥水匠，甚至为我修犁的铁匠也想欺骗我。

"为了获得支持和打赢几场官司，我加入了自由党；但正如你所说的，这场鬼选举来了，人家要我投票……"

"选一个不认识的人？"

"完全不是，这个人我太认识了。我拒绝了，真是可怕的不谨慎！从这时起，自由党就缠住了我，我的处境变得不堪忍受。我相信，假如副本堂神父想控告我杀了我的女仆，准会有二十个证人分别从两个党派里站出来作证，发誓说是亲眼所见。"

"你想住在乡下，却又不想为你的邻居们的欲望效劳，甚至不听他们的高谈阔论。多大的错误啊……"

"错误总算得到了弥补。我正在卖蒙夫勒里古堡，必要的话就损失五万法郎好了；不过我很快活，我离开了这个伪善和烦恼的地狱。我要去寻找真正的孤独和田园的宁静，这在法国看来只能到香榭丽舍大街①的五层楼上去找了。而且我还得考虑考虑，如果我不在鲁尔区通过给教区送祝福面包来开始我的政治生涯的话。"

"要是现在还是拿破仑统治，这一切都不会落在你头上。"法尔考兹两眼闪烁着愤怒和遗憾。

"但愿如此，可你那波拿巴为什么自己都站不住脚？今天我的一切痛苦都是他造成的。"

这话让于连更加注意了。他从第一句话就明白，波拿巴分子法尔考兹就是德·雷纳先生在一八一六年绝交的儿时老友，而哲学家圣吉罗应该是知道如何通过招标，为自己廉价租到公房的那个某省

---

① 香榭丽舍大街，巴黎著名的一条林荫大道。

科长的兄弟。

"这一切都是你的波拿巴干的，"圣吉罗继续说，"一个正直的人，从无害人之心，四十岁拥有五十万法郎却不能在外省安居，就因为那些教士和贵族要赶走他。"

"啊！别说他坏话。"法尔考兹嚷道，"法国从未像在他统治下的十三年中那样受到各国人民的尊敬。那时候，人们所做的一切都透着伟大。"

"你的皇帝，让他见鬼去吧，"四十几岁的人喊道，"他只在战场上才伟大，还有他在一八〇二年重建财政时。从那以后他的所作所为又该怎么说呢？他用他那些内侍、排场和杜伊勒里宫的招待会，为王政的种种愚蠢打造出了一个全新的版本。这个版本经过修改，还能用上一两个世纪。贵族和教士想回到老版本上去，可他们缺少向公众推销所必需的铁腕。"

"真是一个旧印刷厂主的腔调啊！"

"是谁把我从我的土地上赶走的？"愤怒的印刷厂主继续说，"国家对待教士就该像对待医生、律师、天文学家一样，把他们当作公民，而不是操心他们怎么谋生；可拿破仑却用他的一纸和解诏书，重新把他们又招了回来。如果你的拿破仑没有封什么子爵和伯爵，今天会有那么多蛮横无理的贵人吗？不，时髦过度了。除了教士，就是那些乡村小贵族了，最让我恼火，强迫我当了自由党。"

争论没完没了，这话题法国还要谈上半个世纪。那个圣吉罗翻来覆去总是说外省无法生活，于连忍不住怯生生提出德·雷纳先生的例子。

"好哇，年轻人，您真善良！"法尔考兹叫了起来，"他不想做砧板，就做了锤子，而且还是把可怕的锤子。不过我看见瓦雷诺那家伙已经超过了他。您认识那流氓吗？那可是个真家伙。要是您的德·雷纳先生一旦发现自己被解职，并被瓦雷诺那家伙取而代之，他会说什么呢？"

"他将跟他的罪行面面相觑。"圣吉罗说，"这么说您是了解维尼埃尔了，年轻人？那好吧！波拿巴，让他和他那些王政的骗局见鬼去吧，是他让雷纳们和谢朗们的统治成为可能，而他们的统治又带来了瓦雷诺们和马斯隆们的统治。"

这次有关一种黑暗政治的谈话使于连惊讶，把他从那些撩人的非分之想中拉了出来。

他远远看见了巴黎，却毫无感觉。刚在维尼埃尔度过的二十四个钟头，如今他还历历在目，并正在和他将要建筑在未来命运上的海市蜃楼进行争夺。他发誓永不抛弃他的情人的孩子们，假使教士们的傲慢无理给我们带来共和国与对贵族的迫害，他会不惜一切保护他们。

在到维尼埃尔的那天夜里，当他把梯子放在德·雷纳夫人的卧室窗户底下时，如果住在里面的是一个陌生人或者竟然是德·雷纳先生，那会发生什么呢？

然而开始的两个钟头，当他情人真想把他赶走，而他在黑暗中坐在她身边为自己申辩时，那又是多么甜蜜啊！对于连这种人，此类回忆会伴随他一生。这次相会余下的部分，已经和十四个月前他们刚开始相爱的最初时光融为了一体。

于连被从这深沉的梦中惊醒时，车刚进入让-雅克·卢梭街驿站院内。一辆双轮轻马车走近，他说：

"我要去马尔梅松。"

"这个时候，先生？干吗去？"

"关您什么事？走吧。"

所有真正的热情无不是都只想着自己，因此我觉得在巴黎，热情就显得很可笑，在巴黎，您的朋友都希望您更多想着他们。我不想描写于连在马尔梅松有多激动。他哭了。怎么，就算是这一年砌了该死的白墙，把一座好好的花园割成了一块一块的，他居然还流下泪了？是的，先生，对于连和对后人是一样的，在阿尔科、圣赫勒拿岛和马尔梅松之间没有区别。

晚上，于连几番犹豫方才进了剧院，他对这种使人堕落的地方有些奇特的想法。

一种深深的疑虑使他不能欣赏活的巴黎，只有他的英雄留下的那些遗迹才让他感动。

"我这就到了阴谋和伪善的中心了！统治这里的是德·福利莱尔神父的那些保护者们。"

第三天晚上，他拗不过好奇心，打消了在见比拉尔神父前什么都看看的计划。这位神父口吻冷淡，向他解释了德·拉莫尔先生家里等待着他的是怎样的一种生活。

"如果几个月后您还没有被任用，您就回神学院去，不过这次是从前门进。您要住在法国最大的贵族之一的家里。您要穿黑衣，但不是像个教士，而是像个服丧的人。我要求您每礼拜三次到我介绍您去的神学院里上神学课。每天中午，您就坐在侯爵的图书室里，他会让您写些有关诉讼和其他事务的信件。侯爵会在收到的信件上的空白处简单写明需要回复的要点。我说过，不出三个月，您就能自己写这些回信。呈给侯爵的十二封信中他可能会在其中八九封上签字。晚上八点整理好他的办公桌，十点钟您就自由了。

"可能会有某位老妇人或某位和颜悦色的先生，为了让他们看看侯爵的那些信件，会暗示给您巨大的好处，或者干脆送您钱……"

"啊，先生！"于连叫了起来，脸红了。

"奇怪呀，"神父苦笑一声，"您这样穷，还在神学院里待了一年，居然还有义愤。您真是瞎了眼！

"难道这是血统的力量？"神父像是在自言自语，"奇怪的是，"他看着于连又说，"侯爵认识您……我不知道怎么回事。开始他给您的薪水是一百路易，这个人的毛病就是做事全凭心血来潮，他会孩子似的跟您作对。如果他满意，您的薪水会涨到八千法郎。

"但您要清楚，"神父酸溜溜地说，"他给您这些钱，不是为了您那双漂亮眼睛。要是我就少说话，尤其是绝不说我不知道的事情。

"啊，"神父感叹了一声，接着说，"我替您打听了一些情况，我刚才忘了德·拉莫尔先生的家庭了。他有两个孩子，一个是女儿，一个是十九岁的儿子，非常高雅，是那种中午还不知道下午两点钟干什么的疯子。他有才智，有勇气，在西班牙打过仗①。我不知道为什么侯爵希望您成为年轻的诺贝尔伯爵的朋友。我说过您精通拉丁文，也许他想让您教他儿子几句西塞罗和维吉尔。

"要是我，就绝不会允许让这位年轻人拿我开玩笑。他主动接近您时会彬彬有礼，但稍许掺杂有嘲讽，我要是接受，他就会把这种嘲讽反复好几遍。

"我不瞒您，开始这位年轻人会看不起您，因为您不过是一个小平民。他祖上曾在宫里任职，并且荣幸地因一次政治阴谋，于一五七四年四月三十日在格莱沃广场被斩首。而您呢，一个维尼埃尔木匠的儿子，是他父亲雇来的。掂量掂量这些差别吧。去到莫雷里的书中考察一下这个家庭的历史，所有在他们家吃晚饭的那些拍马屁的，都会隔三岔五提及这段历史，他们称之为微妙的暗示。

"千万要注意回答轻骑兵上尉，未来的法国贵族院议员诺贝尔·德·拉莫尔伯爵的玩笑的方式，不要事后跑我这儿来诉苦。"

"我认为，"于连满脸通红，"不该回应一个看不起我的人。"

"这种对您的轻视您根本不懂得是怎样一回事，它不过是以夸张的恭维之类的话语说出的。如果您是个傻瓜，您就会上当；可您想要发迹，就该坦然接受上当受骗。"

"到了这一切对我不再适合的那一天，"于连说，"我要是回到我那第一〇三号小房间里，我会被看作是一个忘恩负义的人吗？"

"毫无疑问，"神父答道，"所有对这个家庭献殷勤的人都会诽谤您的。不过，我会出面的。Adsum qui feci（我将会这样做），我会说这是我的决定。"

于连留意到了比拉尔神父的语气的严厉，有时候几乎是凶狠，为此他感到难过，这败坏了他最后回答的那句话。

事实上，神父对自己喜欢于连感到不安，而且他这是在直接干

① 这里指的是 1823 年法军国入侵西班牙的战争。

预一个人的命运，使得他又有了种宗教上的恐惧。

"您还会看见，"他的语气勉强，像是在完成一个艰巨的任务，"您还会看见德·拉莫尔侯爵夫人。那是个身材高大的金发女人，虔诚、高傲，自视甚高，但同时也有着毫无可取之处的礼貌周到。她是因其贵族偏见而著名的老德·肖纳公爵的女儿。这位贵妇人是构成她那个阶级妇女们的性格特质的那些东西的浮雕式的缩影。她并不隐瞒在她的祖先中有人参加过十字军东征，这是她唯一敬重的，金钱也比不了。这会使您惊讶吗？我们不是在外省，我的朋友。

"您在她客厅里会看见好几位大贵人，他们会以一种奇怪的轻慢谈论我们的那几位亲王。至于德·拉莫尔侯爵夫人，每当她提到某位亲王尤其是某位王妃时，总是会压低了声音以示尊重。我劝您不要在她面前说菲利普二世和亨利八世①是怪物。就因为他们当过国王，这就给了他们不受时间约束来享受人们，尤其是你我这类人的尊敬的权利。不过，"比拉尔神父补充说，"我们是教士，因为我们是教士，她把我们当作自己灵魂得救不可缺少的仆人。"

"先生，"于连说，"这样看来，我在巴黎待不长。"

"好极了！不过您要注意，我们这种穿道袍的人想要发迹，就得靠这些大贵人。您性格中有种至少是我还说不清楚的东西，这使得您不发迹就会受迫害，您没有中间道路。别人看得出他们跟您说话并不能使您高兴，在这样一个重社交的地方，您要是得不到尊敬，就注定要遭殃。

"如果没有德·拉莫尔侯爵的心血来潮，您在贝藏松会变成什么呢？有一天您会明白，他为您做的这些事是多么不同寻常，如果您是一个有心肝的人，您就会对他和他的家庭终生怀有感激之情。有太多比您还要有学问的神父，在巴黎生活多年，只能靠做弥撒挣的那十个苏和在索邦神学院②参加辩论挣的那十五个苏过日子！……想

---

① 菲利普二世（1165~1223），法国国王。亨利八世（1491~1547），英国国王。
② 索邦神学院是巴黎大学的前身。13世纪由法国国王圣路易的忏悔师洛贝·德·索邦专门为贫穷的学生建立。

想去年冬天我跟您讲的红衣主教杜布瓦①那个坏蛋的早年情形吧。难道您竟自负到自认比他还有才干吗？

"比如我，是个喜欢平静但才能平庸的人，本打算就在我的神学院里终老，谁知竟幼稚到对神学院有了依恋之情。好吧！当我提出辞呈时，我已经快被撤职了。您知道我当时有多少财产吗？不多不少五百二十法郎。没有一个朋友，只有两三个认识的人。德·拉莫尔先生把我从困境里解救出来，可我从未见过他。他只消一句话，人家就给了我一个本堂教区，而且教民都是些富有的人，还没有粗俗的恶习。而我的收入令人惭愧，简直与我的工作不相称。我跟您说了这么多，就是为了让您能有一个清醒的头脑。

"还有一点，那就是我这人不幸生来暴躁，有可能你我之间不再相互理睬。

"如果侯爵夫人的傲慢或她儿子的恶意取笑，使那座房子变得对您来说不堪忍受，我劝您到巴黎三十法里外的那座神学院修完您的学业，往北比往南好。北方有较多的文明和较少的不公。"他压低声音补充说，"不过我得承认，因为在巴黎离报纸近些，那些小暴君才会有所顾忌。

"如果我们还能从我们的会面中得到快乐，而侯爵的家对您又不合适，我就把我的副本堂神父位置给您。这个本堂区的收入我和您对半分，这是我应该给予您的，甚至还不够。"他打断于连刚要做的感谢，"在贝藏松您对我做出了那样不寻常的赠予。我一无所有时，是您救了我。"

这时候神父的语气变得温和了。但让于连感到羞愧的是，他觉得自己已经热泪盈眶，他很想一下子投入到这位朋友的怀抱。于是他努力装男子汉，他说：

"我从小就遭到父亲的憎恨，这是我最大的不幸之一，但我不会再抱怨命运，我在您身上重新找到了一个父亲。"

---

① 杜布瓦（1656～1723），此人是一位药铺老板的儿子，后来成为红衣主教并出任内阁总理。反冉森派。

"好了好了，"神父显得有些窘迫，他适时地来了句神学院院长的话，"任何时候都不应谈论命运，我的孩子，永远不要猜测天意。"

出租马车停了，车夫拉动一扇巨大的门上的铜门环——这是德·拉莫尔府。为了使来往的人不至于有所怀疑，在门上方的一块黑色大理石上"拉莫尔"几个字赫然在目。

这种装模作样让于连感到不快。"他们如此害怕雅各宾党人！在每道篱笆后都能看见一个罗伯斯庇尔和他的押送死刑犯的车子。他们这种举止常常能笑死人，但他们还这样张扬，生怕人们不知道自己的府邸，好让暴民们在骚乱时认出。"他把这想法告诉了比拉尔神父。

"可怜的孩子，您很快就会成为我的副本堂神父了。这念头该有多可怕！"

"我觉得再没有比这还一目了然的了。"于连说。

看门人的严肃表情，尤其是庭院的整洁使他赞叹不已。而这是一个阳光明媚的日子。

"多壮丽的建筑啊！"于连对他朋友说。

这是伏尔泰逝世前不久，在圣日耳曼区建造的那批正面如此单调平庸的豪华府邸之一。流行式样和美之间的距离莫过于此。

02 初入上流社会

可笑而又感人的回忆：在十八岁时，孤单且无依无靠地出现在第一个客厅里啊！一个女人的目光就足以让我惊慌失措。我越是想要讨好人，就越是显得笨拙。对一切我一开始就有着一种不能再错误的看法：要么就去无缘无故相信他人，要不就把任何一个人看作是仇敌，因为他们用严肃的目光在看我。可那时，在我的羞怯带来的那些可怕的不幸间，一个美好的日子是多难得呀！

——康德

进入那座院子里后，于连惊得目瞪口呆。

"别这么大惊小怪的，"比拉尔神父说。"您有些可怕的念头，而您现在还不过是个孩子，贺拉斯的 nil mirari（决不动心）哪去了？您要随时想到，有一大群穿着号衣的仆人目睹您在这里安顿下来，他们会千方百计捉弄您的。他们把您看作是跟自己同等地位的人，是被不公正地置于他们之上的。他们会在敦厚的外表下借口给您指点，为您出主意，而想方设法让您干一些蠢事出丑。给您出主意，乐意指点您，暗里却设法让您干个大蠢事栽个大跟头。"

"那就让他们来试试看好了。"于连紧咬嘴唇，又恢复了他的不信任。

两位先生在到达侯爵的书房前穿过了二层的几间客厅。啊，我的读者，您一定会觉得它们既豪华又沉闷。要是原封不动给您的话，您会拒绝住在里面，那是哈欠和沉闷议论的故乡。然而于连却觉得心醉神迷。"住在这样富丽堂皇的地方，怎么会感到不幸呢？"

终于两位先生来到这套华丽的房子中最丑陋的一间，黑乎乎的，房间里有个又矮又瘦但目光炯炯有神的人，这人戴着金色的假发。神父转身对于连做了介绍。于连简直认不出了。这不再是博莱－勒奥修道院里那个傲慢的大贵人。于连觉得他的假发太厚。靠了这种感觉，他居然一点儿也不害怕。一开始他觉得亨利三世的朋友的这个后代外表相当猥琐——瘦，而且不停在动。但于连很快注意到，侯爵的礼貌比贝藏松主教本人还能让他的交谈者感到愉快。接待持续不到三分钟，出来后神父对于连说：

"您看侯爵就像看一幅画。对这些人称为礼貌的那种东西，我不大精通，您很快就会知道得比我多。反正我觉得您的目光不太礼貌。"

出租马车在林荫大道附近停下来，神父领着于连进入一连串的大客厅里。于连注意到里面没有家具，他望着一架华丽的镀金座钟，其主题在他看来很是不雅。这时，一位风度翩翩的先生笑盈盈走过来。于连略微点头示意。

这位微笑先生把手放在了于连肩上。于连一惊，朝后跳了一步，他气得脸都红了。板着脸的比拉尔神父也不禁笑出泪来。原来这位先生是裁缝。

"我给您两天的自由，"出门时神父对他说，"到时您才能被介绍给德•拉莫尔夫人。换了别人，在来到这个新巴比伦①的最初日子里，会像一个年轻姑娘一样被死守着的。您要堕落就尽快去堕落吧，我也可以摆脱老是想着您这个弱点。后天早晨裁缝会给您送去两套衣服，您给替您试衣服的伙计五个法郎。还有，不要让这些巴黎人听出您的口音。您一开口他们就掌握了取笑您的武器。这是他们的本事。后天中午到我那儿……去吧，堕落吧……我忘了，按照这些地址去定做靴子、衬衣、帽子。"

———————————————
① 巴比伦，古代两河流域最大、最繁华的城市。曾是古巴比伦帝国的都城。公元前729年被亚述帝国吞并。新巴比伦由居住在两河流域南部的迦勒底人首领那波帕拉萨尔于公元前626年所建。在尼布甲尼撒二世统治期间，新巴比伦王国达到巅峰，修建了世界历史上几座最著名的建筑，例如空中花园、巴比伦塔等。此处指巴黎。

于连仔细看了看这些地址的笔迹。

"这是侯爵的亲笔，"神父解释说，"他是个实干家，凡事想在头里，喜欢亲力亲为。他把您放在身边就是为了省去此类麻烦。您有足够的聪明办好这个易怒的人含蓄地交代给您的每件事吗？这以后就会知道。您可要小心！"

按照地址，于连走进那些工匠的铺子，他一声不吭。他注意到他受到了恭敬的接待，而且靴匠在登记簿上还把他的名字写成于连·德·索雷尔先生。

在拉雪兹神父公墓，有一位先生十分殷勤，而且满嘴都是自由主义言论，他主动把奈伊元帅的墓指给于连看，由于一项英明的政策，奈伊元帅的墓丧失了树碑立传的可能。但当于连和这位热泪盈眶、几乎是紧紧搂住他的自由党人告别后，于连的手表却不翼而飞。多了这番阅历的他第三天中午去见比拉尔神父，神父久久打量着他。

"您也许会变成一个花花公子。"神父神情严厉。于连看上去像个戴着重孝的极年轻的人，他也确实帅。不过善良的神父自己太土气，看不出于连肩膀的动作在外省被看作是文雅而又神气的摇摆。侯爵见过他后，认为他的风度跟神父完全不同，于是对神父说：

"您会反对索雷尔先生学跳舞吗？"

神父听了一愣。

"不，"他好一会儿才回答，"于连不是教士。"

侯爵一步两级地爬上一道狭窄的暗梯，亲自把我们的主人公安置在朝向府邸大花园的一间漂亮的房顶屋里。他问他在女裁缝那儿做了多少件衬衣。

"两件。"于连老实回答。看到这样一位大贵人屈尊关心这种小事，于连不免有些慌乱。

"很好，"侯爵严肃地说，语气里带有某种命令和生硬，这使于连陷入沉思，"很好！再去做二十二件。这是您头一个季度的薪水。"

侯爵叫来一个年长的人对他说："阿尔赛纳，您以后就伺候索雷尔先生。"

几分钟后，于连一个人待在一间豪华的图书室里，这时刻妙不可言。他很激动，为了不让人看到自己的激动，他躲到一个阴暗的小角落里。从那里，他出神地观赏着一排排闪闪发亮的书脊，心想："我可以读所有这些书了，在这里我怎么会感到不愉快呢？德·拉莫尔侯爵刚为我做的这一切，德·雷纳先生哪怕只做百分之一也会觉得丢脸。

　　"不过，还是让我们来看看要抄写的东西吧。"完成这件工作后，于连才敢走近那些书。他发现一套伏尔泰的作品，高兴得几乎发狂。他跑去打开图书室的门，免得有人进来时措手不及，然后开始享受翻开那书的乐趣。书的装帧漂亮极了，是伦敦最优秀的工人的杰作。其实用不着这么漂亮也能让于连叹为观止。

　　一小时后侯爵进来，他看了看抄件，惊奇地发现于连写 Cela 这个词时写了两个 l，成了 Cella。[①]"神父关于他的学问所说的那些话，难道都是假的？"侯爵很泄气，温和地对他说：

　　"您对您的拼法拿不准吗？"

　　"的确如此，"于连诚实地回答，根本没考虑这会给自己带来损害。他对侯爵的宽厚很感动，不禁想起了德·雷纳先生傲慢的腔调。

　　"试用这个从弗朗什－孔代来的小神父真是白费工夫，"侯爵心想，"然而我多么需要一个可靠的人啊！"

　　"Cela 只有一个 l，"侯爵说，"您抄写完毕后，拼法拿不准的就查查词典。"

　　六点钟时，侯爵打发人来叫他。他看了看于连的靴子，明显感到不快："这是我的不对，我没告诉您每天五点半应该换上礼服。"

　　于连看着他，完全不懂。

　　"我是说要穿长袜，阿尔赛纳会提醒您的。今天我原谅您。"

　　说完，德·拉莫尔先生让于连到一间金碧辉煌的客厅去。在类似的场合，从前德·雷纳先生总要加快脚步抢先进门。前主人的

　　① Cela 这个单词在法语里是"这""这事"的意思。把这个单词里的 L 写了两个，是作者司汤达本人初到巴黎时犯过的错误。

这种小小的虚荣心使于连踩到了侯爵的脚上，踩得他很疼，因为他有痛风病。"啊！原来他还是个笨手笨脚的家伙，"侯爵心想。他把于连介绍给一个身材高大、外表威严的女人。这是侯爵夫人。于连觉得她态度傲慢，有点像参加圣查理节晚宴时的维尼埃尔专区区长德·莫吉隆夫人。客厅极其豪华，使得于连不禁有些慌乱，没听见德·拉莫尔先生说什么，侯爵夫人屈尊看了看他。客厅里有几个男人，于连认出了年轻的阿格德主教，感到说不出的高兴。几个月前，在博莱－勒奥修道院那次参拜圣骨仪式上，阿格德主教曾屈尊跟他说过话。此时这位年轻的高级教士根本不记得这个外省人。

于连觉得，聚集在客厅里的这些人有点郁闷和拘谨。在巴黎，人们说话时声音都很低，而且从不会表现出大惊小怪。

一位留着小胡子、面色苍白、个子瘦长的漂亮年轻人快到六点半才进来。他的脑袋很小。

"您总是让别人等。"他吻侯爵夫人的手时侯爵夫人责备道。

后来于连知道了，这是德·拉莫尔伯爵。于连一见就觉得他可爱。

"这怎么可能，这就是那个会用伤人的玩笑，把我从这个人家赶出去的人呀！"

于连仔细观察诺贝尔伯爵。注意到他穿的靴子带着马刺。"而我就得穿鞋，显然像个下人。"大家入座吃饭。侯爵夫人稍稍提高了嗓门说了句严厉的话。这时一个女孩子过来坐在他对面：她的头发是极浅的金黄色，身材非常好。只是她一点也不讨他喜欢。不过细细端详后，他想自己从未见过如此美丽的眼睛，只是这双眼睛展露的是一个冷酷的灵魂。接着，于连发现这双眼睛在观察人时也不忘保持威严的厌倦与无聊的神情。"德·雷纳夫人也有双美丽的眼睛，受到人们交口称赞，"他心想，"但和这一双毫无共同之处。"于连的见识还不够多，还分辨不出玛蒂尔德小姐（他听见人们这样称呼她）的眼中闪现的智慧。而使德·雷纳夫人的眼睛发亮的是热情或者气愤。这顿饭快结束时，于连找到一个词来形容德·拉莫尔小姐的眼睛：闪烁着的。另外，于连发现她的相貌酷似她母亲，而对她母亲，于连越来越不喜欢，也就不再看她。相反，他觉得诺贝尔伯爵各方面都令人赞赏，把于连迷住了，甚至想不到因为他比自己富有高贵而去嫉妒他、憎恨他。

于连发现侯爵的神情显得烦闷无聊。

快上第二道菜了，侯爵对他儿子说：

"诺贝尔，我要求你关照于连·索雷尔先生，我刚刚让他进入我的班子，而且我想让他成为一个人物，如果 cela（这）可能的话。""这是我秘书，"他对旁边的人介绍说，"他写 cela 时会用两个 l。"

大家都看着于连。于连对诺贝尔点了点头。这有点过分了，不过总体上这些人看他的眼神说明还算满意。

大概是因为侯爵提起了于连所受的教育，客人中就有一位拿贺拉斯来盘问他。"我正是谈贺拉斯才在贝藏松的主教面前获得成功的，"于连心想，"看起来他们只知道这个作家。"从这时起，他的心踏实了。这个变化不难，因为他刚决定不把德·拉莫尔小姐当女人看。餐厅里有两面八尺高的镜子令他肃然起敬，他不时在里面看见那个谈贺拉斯的人。对一个外省人来说，那人的句子还不算太长。他有一双漂亮的眼睛，目光里有种羞怯的小心翼翼，一旦听见答得好时，就会因感到快乐而发亮。这种考试给一顿严肃的晚餐增添了些乐趣。侯爵示意于连的对话者狠狠考。"难道他果然知道点儿什么吗？"侯爵心想。

于连边回答边思考。这时候他已不再那么羞怯，想要表现一番自己的机智。可对不了解巴黎人如何说话的人来说，想要表现机智是不可能的。不过于连的想法还算新颖，虽说表达得不够优雅也不是很恰当，但大家已看出他精通拉丁文。

于连的对手是铭文科学院①的院士，碰巧也懂拉丁文，他发现于连有不错的人文素养，也就不怕让于连难堪，开始想方设法让于连下不来台。于连战得兴起，竟然忘了餐厅里的豪华，他对拉丁诗人

---

① 铭文科学院，全称是"铭文与美学科学院"，属于法兰西研究院下属的五个学院之一。1663 年创立，拥有 40 名院士，专门从事考古和历史学。

陈述了一些对话者不曾见到过的看法。于是对话者作为一个正直的人，对这位年轻的秘书大加称赞。幸好这时有人挑起了另一场争论，争论的对象是贺拉斯的贫富，还有他究竟是一个和蔼、爱好享乐，无忧无虑且像莫里哀和拉封丹的朋友夏佩尔①那样纯粹为消遣而写诗的人，还是一个拜伦勋爵的告发者骚塞②那样的御用文人。他们谈到奥古斯都治下和乔治四世治下③的社会状况：在这两个时代，贵族的权力都过大。但在罗马，那些贵族只能眼看着权力被仅仅是个普通骑士的梅塞纳夺走；而在英国，贵族们则迫使乔治四世几乎屈从于如同威尼斯大公那样的地位。这场争论使侯爵摆脱了宴会开始时的闷闷不乐。

　　对那些现代人的名字于连闻所未闻，像骚塞、拜伦勋爵、乔治四世这些他也是第一次听说。但只要一涉及可以从贺拉斯、马夏尔④、塔西陀这些古罗马人的作品里了解的内容，就没人能在论辩中比他更占据上风。这时候跟贝藏松的主教这位高级教士进行的著名讨论的效果凸显了出来，于连把从中学到的那些东西毫不客气地据为己有，而这些看法都多少受到点欢迎。

　　当大家开始厌倦谈论诗人后，侯爵夫人屈尊看了眼于连。凡能让她丈夫开心的事她都会加以赞赏。"这年轻神父的笨拙举止下，也许掩藏着的是一个有学问的人。"坐在侯爵夫人边上的院士对她说。这话被于连隐约听到了。女主人愉快地接受这句对于连的评价，暗自庆幸自己把院士请来吃晚饭。"他给德·拉莫尔先生解了闷。"

---

① 夏佩尔（1626～1686），法国诗人。曾与人合作完成《普罗旺斯和朗格多克游记》一书。

② 骚塞（1774～1843），英国浪漫主义诗人。1813年被封为桂冠诗人。主要作品有《克哈马的诅咒》等。

③ 奥古斯都（公元前63～公元14），罗马帝国皇帝。乔治四世（1762～1803），英国国王。

④ 马夏尔（约40～104年），古罗马诗人。有作品《短诗集》。

03 最初几步

这个被明亮灯光充满，聚集着成千上万人的巨大山谷，令我眼花缭乱。没人认识我，所有人都比我优越。我晕头转向了。

——Poemi dell'av. Reina[1]

第二天一早，于连正在书房抄写信件，玛蒂尔德小姐从一扇用书脊掩藏得严严实实的小旁门进来。对这巧妙的设计于连赞叹不已。玛蒂尔德小姐却好像大吃一惊，她没想到会在这个地方碰上他。她头上卷着纸卷，看上去严厉、高傲，有种阳刚之气。玛蒂尔德小姐有办法偷她父亲书房里的书而不露痕迹。于连在场让她白跑一趟，更使她不快的是，她是来找伏尔泰的《巴比伦公主》第二卷的。对于她这样一个王政、宗教、圣心派的教育杰作来说，这真是再合适不过的补充读物了！可怜的姑娘才十九岁，就已经需要辛辣和嘲讽来激起自己对一本小说的兴趣了。

将近三点时诺贝尔伯爵来到书房。他要研究一份报纸，以便在晚上的聚会上能谈谈政治。遇见于连他很高兴，其实他早忘了于连。他要于连跟自己一起去骑马。

"我父亲放我们假到晚饭时。"

于连知道这个"我们"指的是什么，觉得这两个字很可爱。

"我的天主，伯爵先生，"于连说，"要是放倒一棵八十尺高的树，把它劈方正，然后锯成板子，我可以说得心应手。可骑马，我这辈子总共还不到六次。"

---

① 意大利语："雷纳律师的诗"。雷纳（1772～1826），意大利政治家、历史学家和文献学家。

"那好，现在是第七次。"诺贝尔说。

于连想起了国王驾临维尼埃尔那次，他觉得自己的骑术还不错，然而没想到从布洛涅森林回来的途中，在巴克街上因为躲避一辆双轮轻便马车，他从马上摔了下来，弄了一身泥。幸好他有两套礼服。晚饭时侯爵想跟他说说话，问他骑马散步的情况；诺贝尔急忙语焉不详地帮他应付过去。

"伯爵先生对我无微不至，"于连说，"我感谢他让人给了我一匹最温顺、最漂亮的马。可终究不能把我拴在马上，由于少了这一预防措施，我就在那条长长的靠近桥的街中央摔了下来。"

玛蒂尔德小姐哈哈笑了起来，接着冒昧地询问细节。于连照实回答，这恰恰是他独有的风度，只是不自知罢了。

"我想这个小教士将来会有出息的，"侯爵对院士说，"一个外省人在这种场合能应付自如！以前从未见过，将来也不会见到。况且还是在女士们面前讲述自己的不幸！"

于连讲述他的倒霉遭遇让听的人愉快。饭后，大家的话题都转了，玛蒂尔德小姐还向她哥哥询问这事的细节。于连好几次和她目光相遇，虽然未被问及，也敢主动回答。三个人笑作一团，就像住在树林深处村子里的三个年轻人。

第二天于连去听了两堂神学课，回来后又抄了二十来封信。在图书室时，他发现身边坐着一个穿着考究的年轻人，但形象猥琐，神情中带着强烈的妒忌。

侯爵进来了。

"您在这儿干什么，唐博先生？"他严厉地质问这个年轻人。

"我原以为……"年轻人卑恭地笑了笑。

"不，先生，您不要原以为。那是试用，早结束了。"

年轻的唐博愤愤起身离开了。他是德·拉莫尔夫人院士朋友的一个侄子，打算做个文人。院士已经让侯爵同意收他做秘书。唐博本来在另外一间偏僻的房间里工作，得知于连受宠后生了妒忌，早上擅自把自己的文具搬进了图书室。

四点钟，于连略微犹豫，就大着胆来到诺贝尔伯爵的住处。伯爵正要去骑马，看见于连他感到为难，因为他太讲究礼貌。

　　"我想，"他对于连说，"您可以到练马场去，几个星期后，我很高兴和您一块儿骑马。"

　　"我很想得到此等殊荣，感谢您对我的关怀。请相信，先生，"于连变得严肃，"欠您的我都感觉到了。如果您的马没有因我昨天的笨拙而受伤，而且这马空着，我想现在就骑。"

　　"好吧，我亲爱的索雷尔，一切风险由您自己承担。谨慎所要求的各种反对意见，您就假定我都向您提出过了。不过现在已经四点，我们没有时间耽搁了。"

　　于连一骑上马就对年轻的伯爵说：

　　"如何才能不摔下来呢？"

　　"要做的事情很多，"诺贝尔哈哈大笑说，"比方身体后仰。"

　　于连催马小跑起来，他们来到了路易十六广场。

　　"啊！冒失鬼，"诺贝尔说，"这儿车子太多了，而且赶车的都是些不谨慎的家伙！一旦摔下来，车就会从您身上压过去。他们绝不会冒险把马的嘴勒坏。"

　　有二十次，诺贝尔看见于连就要从马上摔下来。不过这次出游，最后还是以平安无事结束。回家后，年轻的伯爵对他妹妹说：

　　"我向你介绍一位胆大包天的冒失鬼。"

　　晚饭时，他对坐在桌子另一头的父亲称赞于连的胆大，这是对于连的骑术唯一能做出的赞扬。年轻的伯爵早晨听见了那些在院子里洗刷马匹的仆人议论于连堕马的事，他们肆意嘲笑这个新来的人。

　　尽管有伯爵的照顾，于连还是很快感到在这个家庭中自己的孤立。这里的一切他都不太适应，觉得怪怪的，因此他成为那些贴身男仆们的笑料就很自然了。

　　比拉尔神父要动身去他的本堂教区了。他这样想："如果于连是棵柔弱的芦苇，就让他枯萎好了；如果是个勇敢的人，就让他自己走出困境。"

04 拉莫尔府

他在这儿干吗？他会喜欢这儿吗？他想过这儿的人会喜欢他吗？

——龙沙 [1]

如果说德·拉莫尔府高贵的客厅里的一切都很怪的话，那么于连这个脸色苍白、一身黑衣的年轻人，在那些愿意赏脸注意一下他的人眼里，也就显得更古怪。关于这个年轻人，德·拉莫尔夫人曾向她丈夫建议，在有要人来吃饭的日子里，最好打发他出去办事。

"我想把这个试验进行下去，"侯爵回答说，"比拉尔神父认为，伤害身边的人的自尊是不对的。'一个人只能靠在有抵抗力的东西上'等等。这个人除了谁都不认识他，别的都还凑合，而且他基本上就是一个聋哑人。"

而于连则想："为了熟悉这里的环境，我得把在这间客厅里见到的每个人的名字都记下来，还有对他们的性格加上批注才是。"

他首先记下的是这个家庭的五六位朋友，这几位认为于连受到了任性的侯爵的保护，为此不得不讨好他。这都是些穷鬼，多少有些卑躬屈膝，不过也应该夸夸今天还能在贵族客厅里找到这样一个社会阶层的人：他们并非在所有人面前都一样奴颜婢膝。他们中有人甘心忍受侯爵的粗暴，但只要德·拉莫尔夫人说一句苛刻的话，他们就会做出反抗。

---

① 龙沙（1524～1585），法国抒情诗人。他的诗歌歌颂爱情和生活，反对禁欲和宗教压迫。

这家主人的性格里有太多骄傲和太多厌倦。他们为了消愁解闷，习惯了羞辱他人，因此他们不可能拥有真正的朋友。然而，除了下雨和极少的特别烦闷的日子，人们发现他们总是彬彬有礼的。

那五六个清客对于连表示出一种长辈般的友谊，而且如果他们不来，侯爵夫人就会面对漫长的孤独。在这个地位的女人眼中，孤独是可怕的，是失宠的标志。

侯爵很注意让妻子的客厅有足够多的人。当然不是那些贵族院议员，因为他认为他的那些新同僚还不够资格到他家来，但作为下属接待又不够有趣。

于连很久后才了解这些内情。执政者的政策是资产者家庭的话题，而在侯爵这个阶级的家庭中，只有身处困境时才会涉及政治。

寻欢作乐的需要，甚至在这样一个无聊的世纪里仍然一样迫切，即使是在举行晚宴的日子里，一旦侯爵离开客厅，大家也都会逃之夭夭。只要不拿天主、教士、国王、在位的人、受宫廷保护的艺术家和一切既成的事实打哈哈，只要不称赞贝朗瑞①、反对派报纸、伏尔泰、卢梭和一切胆敢说真话的人，尤其是不要谈论政治，就可以有绝对的言论自由。

即使十万年金的收入和蓝绶带，也斗不过这客厅里的宪章。稍有点生气的思想都会被看作是粗鄙的。尽管彬彬有礼，尽管都在想取悦于人，无聊还是明显写在每个人的额头上。年轻人来此尽义务，害怕说出任何可能被怀疑为有思想的东西，或者泄漏读过的禁书，于是都会说几句关于罗西尼和今天天气的漂亮话，然后闭上嘴。

于连注意到，谈话通常靠侯爵在流亡中结识的两位子爵和五位男爵才不至中断。这些先生们都有七八千法郎年金的收入，四位支持《每日新闻》，三位支持《法兰西报》。其中一位每天都要讲一个宫廷里发生的小故事，"了不起"这个词儿总会出现。于连注意到这个人有五枚十字勋章，而其他几位一般只有三枚。

---

① 贝朗瑞（1780～1857），法国诗人。在王政复辟时期写下了《白帽子》等诗作，抨击波旁王朝。曾两度因为侮辱国王而入狱。

此外，前厅还会有十名穿号衣的仆人，在整个晚上，每隔一刻钟供应一次冰冻饮料或茶，午夜还会有一顿带香槟酒的夜宵。

为此，于连有时会留下来待到最后。尽管这样，他还是不理解他们如何能在这间如此金碧辉煌的豪华客厅里，一本正经听这种无聊至极的谈话。有时他望着说话的人，看到他们自己也觉得是在信口开河。"我能背下德•迈斯特先生的著作，他说得可要好上一百倍，"他想，"然而就是他也一样令人生厌。"

觉察到这种精神窒息的并非于连一个。为了自我宽解，有人喝大量的冰镇饮料，有人则在晚上剩下的时间里大谈："我从拉莫尔府来，我知道了俄国如何如何……"

于连从一个清客的嘴里得知，不到六个月前，德•拉莫尔夫人让复辟以来一直当专区区长的勒布尔吉尼翁男爵当上了省长，作为对他二十多年不懈陪伴的奖赏。

这件事激起了这些先生们的热忱。从前能让他们生气的事基本很少，现在则完全没有。对这些食客的不尊重平时很少会表现出来，但在饭桌上还是有两三次于连无意中听见侯爵夫妇间简短的闲谈，所说的话对这些人是非常残酷的。他俩毫不掩饰对所有那些不是坐过国王马车的人的后代的轻蔑。于连注意到，唯有"十字军东征"这个词才能使他们的脸上露出些许的敬意。

在这豪华和无聊中，于连除了拉莫尔侯爵外，对什么都不感兴趣。一天，于连高兴地听见侯爵声称，在可怜的勒布尔吉尼翁晋升这件事上，他没少出力。原来这是对侯爵夫人献的一个殷勤，后来于连是从比拉尔神父那儿知道事情的真相的。

一天早晨，神父和于连在侯爵的图书室里处理那桩讼案。

"先生，"于连突然说，"每天和侯爵夫人一起吃晚饭，这是我的一个义务，还是人家对我的厚爱？"

"这是莫大的荣幸！"神父生气地说，"院士 N 先生十五年来一直兢兢业业献殷勤，也从未能替他的侄子唐博先生争取过这份荣幸。"

"对我来说，先生，这可是我的职务中最难忍受的部分。我在神学院里也没有这么厌倦过。有几次我看见德·拉莫尔小姐在打哈欠，她倒是应该对她家的那些朋友的殷勤习以为常了，我真怕睡着了。求求您，让他们允许我到哪家无名小店吃四十个苏一顿的晚饭吧。"

神父是真正的暴发户，对和大贵人共进晚餐这种荣幸非常看重。正当他竭力让于连懂得这种付出的必要时，传来一阵轻微的声响。转过头，于连看见德·拉莫尔小姐正在听，立刻就脸红了。她是来找一本书的，什么都听到了，于是她对于连有了几分敬意。"此人不是生来下跪的，"她想，"不像这个老神父。天主！他真丑。"

晚饭时，于连不敢看拉莫尔小姐，她却亲切地跟他说话。那天人很多，她要他留下。巴黎的女孩子不大喜欢那些上了点年纪的男人，尤其是当他们衣冠不整的时候。不需要很多的洞察力就能发现拉莫尔小姐平时取笑的目标，这次有幸落在了滞留在客厅里的勒布尔吉尼翁的同僚头上。这一天，不管她是不是装腔作势，反正她对那些令人厌倦的人是残酷的。

德·拉莫尔小姐是一个小圈子的核心。这个小圈子几乎每晚都待在侯爵夫人那把大安乐椅的后面，有德·克鲁瓦泽努瓦侯爵、德·凯吕斯伯爵、德·吕兹子爵和两三位年轻军官，他们不是诺贝尔就是他妹妹的朋友。这些先生们坐在一张蓝色大沙发上，在沙发的一端，于连不声不响坐在一把矮小的草垫椅上，对着坐在沙发另一端光彩照人的玛蒂尔德。这个不起眼的位置受到所有那些献殷勤的人的觊觎。诺贝尔把他父亲的年轻秘书留在那儿，或者说说话，或者晚会上提一两次他的名字，这倒也合乎情理。这天，拉莫尔小姐问他贝藏松城堡所在的那座山有多高。但于连从来就说不清这座山是不是高过蒙特玛尔高地。这小圈子里的人说的话常使他开怀大笑，他自觉无力想出类似的话来，那就像是一种外国话，他听得明白却说不出。

玛蒂尔德的朋友们这天持续不断拿这个豪华客厅里的人取笑。

"啊！德库利先生来了，"玛蒂尔德叫着，"他不戴假发了，难道他想靠着才华当上省长吗？他在炫耀他光秃秃的额头，说那里面装满了深刻的思想。"

"他认识全世界的人，"德·克鲁瓦泽努瓦侯爵说，"他也到我叔叔红衣主教那儿去。他能连续多年在每个朋友面前编造谎言而不会败露，要知道他的朋友有好几百呢。善于增进友谊是他的才能。就像你们现在看见的，冬天早晨七点，他已满身泥巴出现在一位朋友的家门口。

"他会隔段时间就跟人发生争执，然后写七八封信再言归于好，为了热情洋溢的友谊，还会写上七八封。但他最出众的是像个坦率的人那样跟人倾诉衷肠。当他有求于人时，这种花招就会使出来。我叔叔的那些代理主教中，有一位谈起德库利先生复辟以来的生活，真是精彩极了。我以后把他带来。"

"得了吧！这话我才不信，这是小人物间的职业性嫉妒。"德·凯吕斯伯爵说。

"德库利先生会在历史上留名的，"侯爵说，"是他跟德·普拉特神父还有塔列兰、波佐·迪·博尔格两位先生制造了王政复辟①。"

"此人曾掌管过好几百万，"诺贝尔说，"我想不出他为什么来这儿忍受我父亲那些常常是很讨厌的俏皮话。'您出卖过多少回朋友，我亲爱的德库利？'有一天他从饭桌的一头朝另一头这样嚷嚷。"

"他真出卖过吗？"拉莫尔小姐问，"谁没出卖过呢？"

"怎么？"德·凯吕斯伯爵对诺贝尔说，"森克莱尔这个著名的自由党人也到你们家来？见鬼，他上这儿来干什么？我得到他那儿去一下，跟他谈谈，让他说话。据说他很风趣。"

"不过你母亲会怎样接待他呢？"德·克鲁瓦泽努瓦侯爵说，"他的有些思想是那么怪诞、大胆、无拘无束……"

"看，"拉莫尔小姐说，"那个无拘无束的人在向德库利先生鞠躬，都挨着地了，还握住他的手。我都要当他会把这手举到唇边了。"

---

① 德·普拉特（1759～1837），拿破仑的神父，驻波兰大使，马利纳主教。曾协助塔列兰帮助王政复辟。塔列兰（1754～1838），法兰西第一帝国和王政复辟时期的外交大臣。善于权变。波佐·迪·博尔格（1764～1842），科西嘉人，外交家。曾任俄国沙皇亚历山大一世的私人顾问，驻法大使。

"一定是德库利跟当局的关系比我们想象的要好。"德·克鲁瓦泽努瓦先生对此做出自己的判断。

"森克莱尔上这儿来是为了进法兰西科学院,"诺贝尔说,"克鲁瓦泽努瓦,您看他是在怎样向 L.男爵致敬的。"

"他就是下跪也不会比这样还低矮。"德·吕兹先生说。

"我亲爱的索雷尔,"诺贝尔说,"您有才智,但您是从您那个大山里来的,您要努力做到别像这个大诗人那样向人鞠躬,哪怕是对天主。"

"啊!来了一个特别有才智的人,巴东男爵先生,奇怪的名字! ^①"拉莫尔小姐说,多少有些模仿仆人的腔调。

"我相信您家的仆人也在暗笑他。什么名字啊,巴东男爵!"凯吕斯先生说。

"名字有什么关系吗?记得有天他对我们这样说,"玛蒂尔德说,"'请想想第一次听到德·布庸公爵^②的名字时的情形吧。就我而言,大家只是不大习惯罢了……'"

于连离开了沙发后的这群人。他对轻松的嘲笑所具有的微妙还不大能领会,他认为一句玩笑话必须合情合理才能引人发笑。在这些年轻人的话里,他只看到对一切的诋毁,并为此感到不快。他那外省人或者英国式的过分拘谨,甚至使他从中感觉到了嫉妒,但在这一点上显然是他错了。

"诺贝尔伯爵,"他心里想,"他写一封二十行的信给他的上校,竟需要打三次草稿。他要是一生中能写森克莱尔那样的一页,肯定会感到非常高兴。"

对这些人于连不会加以注意。他接连走近好几个圈子,远远跟着巴东男爵,想听他说些什么。这个颇具才情的人神色紧张不安,于连注意到他只是在说出三四句风趣的话后才略微恢复正常。于连觉得此类才智需要足够的空间。

---

① 巴东在法语里是"棍子"的意思。
② 布庸在法语里是"汤"的意思。

巴东男爵不能说单词，为了语出惊人，他一张口至少得四个每句六行的长句。

"这人是在做论文而不是在聊天。"一个人在于连背后这样说。他转过身，听见有人说出夏尔维伯爵的名字，高兴得脸都红了。这是本世纪最精明的人。于连在《圣赫勒拿岛回忆录》和拿破仑口授的史料片断里经常能看到他的名字。夏尔维伯爵说话简洁，他的俏皮话就像闪电般准确、锐利，有时也足够深刻。他如果谈一个问题，讨论立刻就会提高一个层次。他还能给出翔实的事实依据。听他说话真是一种享受。此外，在政治上他是一个厚颜无耻的犬儒主义者。

"我是独立的，"他对一位佩戴两枚勋章，而他显然不放在眼里的先生说，"为什么人们想要我今天保持六个星期前同样的意见呢？如果那样的话，我的意见就成了我的暴君。"

四个神色庄重的年轻人围着他，这些先生看来不喜欢开玩笑。伯爵看出自己走得太远了，幸好他看到了巴朗先生，一个假装诚实的伪君子。伯爵找他搭话，大家知道可怜的巴朗要倒霉了，就迫不及待都围了过去。巴朗先生虽然丑得可怕，但是靠了道德和品行，在迈出踏进社会的那难以启齿的头几步后，娶了个很有钱的老婆。老婆死了，接着娶了第二个有钱的老婆。不过人们从未在社交场合看见过这个老婆。他谦卑地享用着六万法郎的年金，自己也有些追随者。夏尔维伯爵对他丝毫不留情面。很快有三十个人在他们身边围成了一个圈子。所有人都面带微笑，甚至那几位一本正经的属于本世纪的希望的年轻人也不例外。

"他在德·拉莫尔先生家里显然成了取笑的对象，为什么还要来呢？"于连这样想着走近比拉尔神父，他想问问。

而这时，巴朗先生溜了。

"好！"诺贝尔说，"侦察我父亲的一个密探走了，只剩下小瘸子纳皮埃了。"

"这会不会就是谜底呢？"于连心想，"但要是这样的话，侯爵为什么还接待巴朗先生呢？"

严厉的比拉尔神父板着脸，待在客厅一个角落里听仆人的通报。

"这儿简直成了藏污纳垢之所，"他像巴斯勒[①]那样说，"我看见来的都是些声名狼藉之人。"

事实上这是因为这位严厉的神父并不真正了解上流社会。但通过他那些冉森派的朋友，他对这些靠为所有党派效劳的极端狡猾的本领，或者靠不义之财进入客厅的人有一个准确的概念。这天晚上，他起初感情冲动地回答于连迫不及待提出的问题，几分钟后又突然打住，为自己说了所有的人的坏话而痛苦，并且觉得自己有罪。他易怒，信奉冉森派教义，并且相信仁爱是基督徒的天职，因此在上流社会里，生活对他来说就是一场战斗。

"这个比拉尔神父有怎样一张脸啊！"于连走近沙发时德·拉莫尔小姐说。

于连被激怒了。不过她说得倒也有理。比拉尔先生无可争议是这个豪华的客厅里最正直的人，然而他那张有着一个难看的酒糟鼻的脸，因长期的良心折磨而总是在抽搐，使之变得更难看。"在这之后您如何还能以貌取人呢？"于连想，"比拉尔神父内心高尚，他为了一点小过错就会严厉自责，这时他的脸色让人害怕。而那个尽人皆知的密探纳皮埃，脸上的神情却总是纯洁平静，充满幸福与满足的。"然而，比拉尔神父已经做出重大让步，他使用了一个仆人，而且穿着很好。

这时，于连注意到客厅里发生了一件怪事：所有的人都看向大门，谈话声也骤然降低。紧接着有仆人通报了臭名昭著的德·托利男爵的到来。最近的选举把所有的目光都集中在了这个人身上。于连走上前去想把这个人看清。这位男爵主持一个选区，他想出一个高明的主意，把投给某一党派的那些小方纸片选票偷出来，然后为了补足，再用同等数量的其他纸片替换，上面自然写的是他中意的名字。这个决定性的花招被几个选民看破，他们急忙向德·托利男爵表示祝

———

① 巴斯勒，法国喜剧作家博马舍的喜剧《费加罗的婚礼》里的人物。贪婪、伪善，好诽谤他人。

04 拉莫尔府 · 233

贺。这事发生后，此公的脸色到现在还是苍白的。有些居心不良的人甚至说出了"苦役"这个词。德·拉莫尔先生对他的接待非常冷淡，这位可怜的男爵不得不逃之夭夭。

"他这么快离开我们，一定是为了到孔特^①先生家里去。"夏尔维伯爵这样一说，大家都笑了。

在几位沉默的贵人和某些声名狼藉的阴谋家中，小唐博得以初试身手。虽然他的目光还没到精细的程度，但他的言辞很有力，足以弥补这个不足。

"为什么不判十年监禁？"他在于连走近他那堆人时说，"关毒蛇的应该是地牢，应该让它们在黑暗中死去，否则其毒液会变得更猛烈更危险。罚他一千埃居有什么用？他穷，就算是吧，那更好，他的党派会替他付的。应该罚款五百法郎和地牢里的十年监禁。"

"善良的主啊！他们说的这个怪物究竟是谁呢？"于连想，他很欣赏这位同事激烈的言辞和大幅度却生硬的手势。这位院士心爱的侄子的小脸枯瘦憔悴，这时显得格外难看。于连很快就知道他们说的是那位当今最伟大的诗人^②。

"啊，坏蛋！"于连大声喊了出来，愤慨使得他流出泪来。"啊，小无赖！"他想，"我会让你为这番话付出代价的。"

"不过，"他又想，"这些人都是以侯爵为首的那个党派的敢死队！他诽谤的这个杰出人物如果出卖他自己，我不是说把自己出卖给平庸的德·内瓦尔^③先生的内阁，而是说出卖给我们看见的那些你方唱罢我登场的勉强还能算正直的部长们，多少十字勋章、闲职得不到呢？"

比拉尔神父远远向于连示意，刚才德·拉莫尔先生跟他说了几句话。于连正低着眼听一位主教哀叹，当他终于能够脱身，走近他的朋友时，发现他已经被小唐博缠住。这小坏蛋恨神父成了于连得

---

① 孔特，当时法国著名的魔术家。
② 这里指的是贝朗瑞。1828 年他被判处九个月徒刑和受到一万法郎的罚款。
③ 德·内瓦尔，司汤达笔下的这个人物很可能影射的是查理十世时期末年的内阁总理兼外长波利雅克。

宠的根由，便过来向他献殷勤。

"死亡何时才能让我们摆脱这老废物呢？"小文人当时就是用的这种措辞，以《圣经》般的力量谈论可敬的霍兰德勋爵^①的。他的长处是熟知活人的生平，他刚匆匆评论了一番所有有希望在英国新国王的统治下获得权势的人。

比拉尔神父到隔壁一间客厅里去，让于连跟着他。

"我提醒您注意，侯爵不喜欢耍笔杆子的人，这是他最反感的了。通晓拉丁文，如果可能，还有希腊文、埃及历史、波斯历史等等，他会敬重您，像保护一个学者那样保护您；但不要用法文写一页东西，尤其不要写重大、超出您社会地位的内容，不然他会把您称作耍笔杆子的，让您交一辈子厄运。您住在一个大贵人的府上，怎么不知道德·卡斯特里公爵关于达朗贝尔^②和卢梭的名言：'此辈什么都要议论，却连一千埃居的年金也没有！'"

"什么也藏不住，"于连想，"这里和神学院一样！"他写了一篇八到十页的东西，言辞很是夸张，是对老军医的历史性赞颂。他说是老军医把自己培养成人的。"而这个小本子我一直是锁着的呀！"他上楼回到自己房间，马上烧了手稿。回到客厅，那些声名显赫的混蛋已离去，只剩下那些戴勋章的人。

在仆人刚刚搬来的摆满食物的桌子旁围了七八个三十到三十五岁的高贵、虔诚、做作的女人。光艳照人的德·费瓦克元帅夫人刚抵达，她为自己的迟到致歉。午夜已过，她在侯爵夫人身边坐下。于连的发现让他激动，因为她有着德·雷纳夫人那样的眼睛和眼神。

德·拉莫尔小姐那一伙人还不少。她正和她的朋友们忙着取笑不幸的德·塔莱尔伯爵^③。他是那个大名鼎鼎的犹太人的独子，这犹太人靠把钱借给国王们向人民开战而致富。他刚去世，留给儿子每

---

① 霍兰德（1773～1840），英国自由主义政治家，曾抗议对拿破仑的虐待。

② 达朗贝尔(1717～1783)，法国数学家、启蒙思想家、哲学家。曾担任《百科全书》副主编。

③ 塔莱尔伯爵这个人物显然是在影射德·罗斯柴尔德男爵。因为正是他曾借款给法国国王进行对西班牙的战争。

月十万埃居的收入和一个姓氏，唉，一个非常著名的姓氏。这种特殊的地位需要一个人具有单纯的性格和坚强的意志力才能承受。

不幸得很，伯爵只是个老实人，充满了被他的奉承者们陆续激起的种种欲望。

德·凯吕斯先生声称有人让他下了向德·拉莫尔小姐求婚的决心。（德·克鲁瓦泽努瓦侯爵会成为有十万法郎年金的公爵，他也正在追求她。）

"啊，不要责备他下了一个决心。"诺贝尔怜悯地说。

这可怜的德·塔莱尔伯爵最缺乏的可能就是意志力。就性格而言，他甚至都能当国王。他不断向所有人讨主意，也就没有勇气始终听从任何一种意见了。

德·拉莫尔小姐说，单单他的相貌就足以引起她无穷的快乐。那是种惶恐不安和灰心丧气的奇特混合；然而不时也可以清楚地看到间歇性的狂妄和那种法国富人所特有的，尤其是当相貌不错并且不到三十六岁时的专断。"他既傲慢又怯懦。"德·克鲁瓦泽努瓦先生这样评价道。德·凯吕斯伯爵、诺贝尔，还有两三个留小胡子的年轻人都在尽情嘲弄他，他却听不出来。最后，当一点钟响了，他们就想要把他打发走了。

"这样的天气，在门口等您的是您那些阿拉伯马吗？"诺贝尔问。

"不，是一组新买的拉车的马，便宜得多。"德·塔莱尔伯爵回答道，"左边那匹五千法郎，右边那匹只值一百路易。但我请您相信，它只在夜里才会被套上。它小跑起来和另一匹完全一样。"

诺贝尔想法让伯爵相信，像他这样的人理应爱马，不应该让他的马被雨淋着。于是他走了，那些先生们片刻后也走了，走的时候也没忘了取笑德·塔莱尔伯爵。

"就这样，"于连听见他们在楼梯上笑时想，"我有机会看见了我所处环境的另一面！我没有二十路易的年金，却跟一个每钟头就有二十路易收入的人站在一起，而他们嘲笑他……目睹这样的情形，完全能治好一个人的妒忌心。"

05 敏感和虔诚的贵妇

> 稍稍有点生气的念头在那里被看作是粗野，在那里，人们已经习惯了平淡无奇的闲聊。谁要是说出一句有独到见解的话来，谁就会因此倒霉！
>
> ——福布拉斯[①]

几个月的试用后，于连得到了认可。一天，管家给他送来了第三季度的薪水。拉莫尔先生让他监督布列塔尼和诺曼底的地产管理，于连因此常去那一带旅行。他还负责和德·福利莱尔神父的那桩著名官司的通信工作。这案子比拉尔神父曾做过介绍。

侯爵一如既往在收到的各种文件的空白处草草写上几句批语，于连据此写成信，这些信差不多每一封都可以签字了。

在神学院，老师们抱怨他不用功，但仍把他看作最出色的学生之一。于连靠着野心带来的痛苦激发出的热情抓紧各种各样的工作，很快便失去了从外省带来的那种鲜丽的气色。他的苍白在他同学们的眼中反倒成了一个优点。他觉得他们远不像贝藏松的同学那样坏，那样会毫不犹豫拜倒在一个埃居面前，而他们则以为他得了肺病。侯爵送给他一匹马。

于连担心骑马出去被人议论，就对他们说进行这项活动是遵医嘱。比拉尔神父带他去过好几个冉森派团体。于连对此感到惊奇，原本在他心里，宗教的观念是和伪善、贪婪紧密联系在一起的。他钦佩这些虔诚、严厉的人，他们根本不在意金钱。好几位冉森派教

[①] 福布拉斯应该是来自法国小说家库弗雷的小说《福布拉斯的奇遇》一书。

徒待他很友善，并给他出主意。一个崭新的世界敞开在他的眼前。他认识了冉森派的一位阿尔塔米拉伯爵，此人身高差不多六尺，是一个在他自己国家里被判处了死刑的自由党人，笃信宗教和热爱自由。这种奇特的对比使于连大为感动。

于连和年轻的伯爵疏远了。诺贝尔觉得他对他的几位朋友的玩笑反应过于激烈。有过一两次举措失度后，于连决心不再跟德·拉莫尔小姐说话。在拉莫尔府上，大家对他一直彬彬有礼，而他却自觉失宠了。他那外省人的常识使他用一句俗谚来解释这结果：新的就是好的。

也许是他比初来时看得稍微清楚些了，或者是对巴黎的风情所生的最初的狂喜已经过去。

一放下工作，他就感到厌倦。这是上流社会特有的烦琐礼节所产生的使一切变乏味的必然结果，这种礼节的确令人赞赏，却又过分看重地位的差异，过度强调秩序。任何敏感的心都会看出它的矫揉造作。

当然，人们可以指责外省人举止平庸、礼貌不周；然而外省人总还有点儿热情。在拉莫尔府，于连的自尊心从未受过伤害，但他常常在一天终于结束后想大哭一场。在外省，当您走进咖啡馆时发生意外了，那里的伙计会关心您。当然，如果这意外令人不快并有伤自尊的话，他也会一边安慰您一边把那让您难受的话说上十遍。在巴黎，人们会躲起来笑。

一大堆的小事我们就略去不讲了，倘若于连多少是那种可笑之人的话，这些小事会使他显得更加可笑。异常的敏感让他干出许许多多愚蠢的事。他全部的消遣都用在了防范上，他每天都去打枪，他是那几位著名的击剑教师的好学生。有空时他不再像从前那样阅读，而是跑去练马场，并且要最劣的马。他跟骑术教师骑马出去，几乎总要从马上摔下来。

由于他工作努力，沉默寡言并且足够聪明，侯爵觉得颇顺手，渐渐开始派他接办各种棘手的事情。侯爵虽野心勃勃，但总有空闲的时候，这时他就很精明地做生意。他消息灵通，搞公债投机得心应手。他买进房屋、森林，但易动肝火。他能毫不犹豫送出去几百路易，却会为了几百法郎打官司。有钱人心气高远，在官司里寻求的是乐趣而不是输赢。侯爵需要一位精明的人来帮他打点财务。

　　而德·拉莫尔夫人虽然生性审慎，有时却也会嘲笑于连。因为敏感而造成意外，是贵妇人最反感的，那正是礼仪的对立面。有两三次，侯爵为他辩护："他在您的客厅里是可笑的，可他在办公室里却是成功的。"于连呢，他认为掌握了侯爵夫人的秘密。只要一通报德·拉茹玛特男爵，她就突然对什么都上心了。那是一个冷冰冰不动声色的人。身材矮小、瘦削，其貌不扬，但穿得极好，整天泡在宫里，通常对任何事情都三缄其口。德·拉莫尔夫人如果能让他成为女儿的丈夫，那将会是她一生中所拥有的头一次真正的幸福。

06 说话的腔调

他们的崇高使命是冷静地对人民的日常生活中出现的那些小事做出判断。他们的智慧需要他们防止为了一些微不足道的原因，或者为了一些传播很远而走样的事情大发雷霆。

——格拉修斯

就一个初来乍到，却又因心高气傲而从来不屑一问的人来说，于连还没有干出什么太蠢的事。有一天在圣奥诺雷街，一阵急雨把他赶进了一家咖啡馆。一个身材高大、穿着海狸呢常礼服的人对于连阴郁的眼神感到好奇，朝他看了看，跟从前在贝藏松阿芒达小姐的那个情夫所做的完全一样。

于连经常责备自己放过了那一次的羞辱，所以绝不能容忍这一次。他要求解释。穿礼服的人立刻用最肮脏的谩骂对待他。咖啡馆里的人围了上去，行人也在门口站住。出于外省人的谨慎，于连总是随身带着两把小手枪。他的手在口袋里握住枪，一直在发抖。不过他很谨慎，只是不断对那人说："先生，您的住址？我鄙视您。"

他不断重复这几句，终于打动了围观的人。

"嘿！那个只顾嚷嚷的家伙，该把住址给他了。"穿礼服的人听他一再重复，就劈头盖脸扔过去五六张名片。幸好没有一张碰到他的脸，他曾发誓，非碰着脸不动枪。那人走时还不断转过身来挥动拳头威胁、辱骂他。

于连一身大汗。"一个最卑劣的人都能让我激动到这种程度！"他对自己非常生气，"如何才能克服这种丢脸的敏感呢？"

到哪儿去找证人？他没有一个朋友，他认识的那几个人都在六个礼拜的交往后无一例外地离去。"我是个难以相处的人，现在我受到了残酷的惩罚。"他想。最后，他想到一个第九十六团的叫列万的前中尉，经常跟他一起练射击的可怜虫。于连待他很真诚。

"我愿当您的证人。"列万说，"但有一个条件：如果您伤不了那人，您得当场跟我决斗。"

"一言为定，"于连很高兴。于是他们按名片上的地址到圣日耳曼区的中心去找夏尔·德·博瓦西先生。

那是早晨七点。让人通报后，于连才想到这人很可能就是德·雷纳夫人的一个亲戚，从前在驻罗马或者那不勒斯的使馆做事，曾给歌唱家吉罗尼莫开过介绍信。

于连在头天扔给他的那几张名片中取出一张，还有他自己的一同交给一个身材高大的男仆。

他和他的证人足足等了三刻钟才被领进一间雅致得令人赞叹的房间。他们看见的是一个身材高大的年轻人，穿着有如玩偶。他的相貌呈现出一种希腊美的完满和空洞，他的头出奇狭长，顶着一个用最美的金黄色头发梳成的金字塔，头发卷得极为细心，没有一根翘出。"就是为了把头发卷成这样，"第九十六团前中尉看着心想，"这该死的花花公子才让我们等这么久。"花花绿绿的睡袍、晨裤，甚至绣花拖鞋都是合乎规矩的，收拾得一丝不苟。他的容貌高贵而毫无生气，显出一种端正得体却又不同寻常的沉思：这是和蔼可亲的人的典型，憎恶意外和戏谑，庄重而按部就班。

第九十六团的前中尉对于连说，在往他脸上粗暴地扔名片后，又让他等这么久，就是对他的再一次冒犯。于连闯进德·博瓦西先生的房间，想显出桀骜不驯的样子，但也想同时显得有教养。

看到德·博瓦西先生举止温文尔雅，神情矜持，那样的高傲与自满显得自然而然，而房间到处都是令人赞叹的雅致。惊讶之余，于连想要表现出桀骜的念头瞬间消失。这不是昨天他遇到的那个人，绝对不是咖啡馆里的那个粗野之徒。这是另一个如此出众的人物，惊得于连说不出一句话来。他递上一张昨天扔给他的名片。

"这是我的。"那人看后说。于连的黑衣服没有引起他多少敬意，"不过我不明白，以名誉担保……"

最后几个字的腔调又勾起了于连的火气。

"我来是要和您决斗的，先生。"随后，他一口气讲了事情原委。

夏尔·德·博瓦西先生终于考虑成熟，他对于连的衣服的剪裁相当满意。"是斯托伯①的活儿，这很清楚，"他一边听一边想，"背心式样不俗，靴子也好。不过，从另一个角度看，一大早就穿这样一件黑衣服！……可能是为了更好躲避子弹吧。"

他旋即恢复了彬彬有礼的态度，几乎是在平等地对待于连。讨论的时间相当长，事情有些微妙，但于连终究无法罔顾面前这位高贵的年轻人和昨天侮辱他的粗野之徒毫无相似之处的事实。

于连实在不甘心这样就走掉，于是就没完没了要求解释。他注意到德·博瓦西骑士的自满，并对于连径直称他先生感到惊讶。于连钦佩他的庄重，虽然其中有节制的自命不凡让他有点难受。他说话时转动舌头的方式使于连感到惊奇……

年轻的外交家风度翩翩同意决斗。然而第九十六团的前中尉一个钟头以来一直坐着，两腿叉开胳膊肘朝外，手放在大腿上，断定他的朋友索雷尔先生绝非那种因为有人偷走一个人的名片，就向这个人无理取闹的人。

离开时德·博瓦西骑士的马车在院子里的石阶前等他们，于连偶然看了一眼，认出车夫正是昨天的那人。

于连冲上去抓住那人宽松的大衣，把他从座位上揪下来，用马鞭猛抽。两个仆人想保护同伴，于连挨了几拳，他把手枪顶上火，朝他们射击，他们逃了。这一切也只是一分钟的事。

德·博瓦西骑士走下台阶，庄重得到了滑稽地步，用他那大贵人的腔调不住问："怎么回事？怎么回事？"他显然很好奇，但外交家的习惯不许他表现出更多的兴趣。他知道怎么回事后，依然徘徊

---

① 斯托伯，当时巴黎最著名的裁缝。

在高傲和那种永远不应离开一个外交家的脸的可笑的镇静之间。

第九十六团的前中尉明白了，德·博瓦西先生想决斗，他也想很堂而皇之为朋友保留发起决斗的优先权。"这下可有决斗的理由了！"他喊道。

"我以为足矣。"外交家也说。

"我要赶走这个无赖，"外交家对仆人们说，"来一个人上车。"车门打开了，骑士无论如何要于连和于连的证人上他的车。他们去找德·博瓦西先生的一位朋友，这位朋友说有一个僻静的地方。一路上谈笑风生，确实不错。奇特的是外交家还穿着睡袍。

"这些先生虽然很高贵，"于连想，"却一点儿也不像来德·拉莫尔先生家吃饭的那些人那么乏味，我看出为什么来了，"过了一会又想，"他们敢干些不成体统的事。"他们谈论昨天演出的芭蕾舞中观众看好的女角儿。他们含蓄地提到一些为于连和他的证人，第九十六团的前中尉一无所知的刺激性趣闻。于连一点儿也不蠢，爽快地承认自己的无知。这种坦率使骑士的朋友很高兴，向他详细地讲述那些趣闻。

有件事让于连大吃一惊。街中间正在搭祭台，是为了迎圣体用的，车因此停了会儿。这两位先生竟然在开玩笑，说本堂神父是位大主教的儿子。在想当公爵的德·拉莫尔侯爵家里，永远不会有人敢说这种话。

决斗过程几乎一瞬间就结束了。于连胳膊中了一枪。他们用烧酒浸过的手帕为他包扎，德·博瓦西骑士很绅士，他请求于连允许他用那辆车送他回去。当于连说出拉莫尔府时，年轻的外交家和他朋友交换了一下眼色。于连的车子本来也在，但他觉得那两位先生的谈吐比善良的第九十六团前中尉的有趣得多。

"主呀！一场决斗就是这样的！"于连心里暗自想，"我真高兴找到了那个车夫！如果还得忍受在咖啡馆里受到的侮辱，我该有多不幸啊！"有趣的谈话几乎不曾间断过。于连这时才明白，外交上的矫揉造作有时是很有必要的。

"看来出身高贵的人之间谈话，并不一定都会令人厌倦！这两位就能拿迎圣体开玩笑，敢讲一些猥亵的趣闻，而且绘声绘色。他们欠缺的绝对只是对政治事务的兴趣，况且这种兴趣的欠缺还被优雅和清晰的表达能力弥补了。"于连感到对他们有了种热烈的倾慕，"我要能常见到他们该有多幸福！"

刚一分手，德·博瓦西骑士就到处打听，但听来的情况不大妙。

他很想认识他的对手，想知道他能否体面地去拜访。但对此他能得到的信息很少，也不令人鼓舞。

"这都是假的！"他对证人说，"要我承认和德·拉莫尔先生的一个普通秘书决斗过是不可能的，况且还是因为车夫偷了我的名片。"

"这事肯定会成为笑柄。"

当晚，德·博瓦西骑士和他的朋友就开始到处宣扬索雷尔先生是个完美的年轻人，是德·拉莫尔侯爵的一位密友的私生子。这件事很容易就不胫而走。一旦大家相信这是事实，年轻的外交家和他的朋友就前往拜访了于连几次。那半个月于连是在自己的卧室里度过的。于连对他们承认自己长那么大只去过一次歌剧院。

"这太可怕了，"他们说，"现在大家只去这个地方。您第一次去应该看《奥利伯爵》①。"

在歌剧院，德·博瓦西骑士把他介绍给当时正走红的著名歌唱家吉罗尼莫。

于连几乎要崇拜这位骑士了。自尊、神秘的傲慢和年轻人的自命不凡混在一起，让于连着迷。例如骑士有点儿口吃，因为他有幸经常见到的一位有此毛病的大人物。于连从未见过在一个人身上，能这样巧妙把幽默风趣和一个外省人会尽力去模仿的优雅融合在一起的。

大家在歌剧院里看见他在和德·博瓦西骑士在一起，这种交往使人经常提起他的名字。

---

① 《奥利伯爵》，罗西尼的歌剧。

"好哇！"有一天拉莫尔先生对他说，"原来您是我一位密友，弗朗什－孔代的一位富绅的私生子？"

于连想申明他从未推波助澜使人相信这种流言，但侯爵打断了他要说的话。

"德·博瓦西先生是不愿承认自己和一个木匠的儿子决斗过。"

"我知道，"拉莫尔先生说，"现在由我来让这传言变得真实，它挺合我意。但我要请您帮个忙，这只需要花费您短短半个钟头时间。凡是歌剧院有演出的日子，您在十一点半钟上流社会人士散场出来时到前厅去。我看您的举止中还有不少外省人的习惯，应该改掉；再说认识一些大人物，至少混个脸熟也不是坏事，这样一来，日后我也好让您出面去找他们办事了。到定座票房去一趟，让他们认一认您。现在您已经可以免费入场了。"

07 侯爵的痛风病发作

> 我得到了提拔，但不是因为我的功劳，而是因为我主人的痛风。
>
> ——贝尔多洛蒂

读者也许会对这种随便、近乎友好的口吻感到惊讶。对了，我们忘了说一件事了，那就是最近半个月的时间里，侯爵一直被自己的痛风病困在家里。

拉莫尔小姐和她母亲在耶尔[①]跟侯爵夫人的母亲在一起。诺贝尔伯爵不时来看看他父亲，父子间关系看上去非常好，但彼此却似乎无话可说。于是拉莫尔先生只能跟于连在一起，这倒让他发现于连还很有些思想，不免感到有些意外。他让于连给他读报，年轻的秘书很快就懂得怎样把侯爵感兴趣的段落挑出来。有份新发行的报纸让侯爵痛恨，发誓永远不看，但却每天都要提到。于连对此会心一笑。由于对当今这个时代感到失望，侯爵就让于连给他读李维[②]的作品，并且要求根据拉丁原文即席翻译，这使得他很快乐。

一天，侯爵用使于连不胜其烦的过分客气的口吻说：

"我亲爱的索雷尔，请允许我送您一件蓝色的礼服作为礼物。当您高兴穿上它来看我时，在我眼里您就是德·肖纳伯爵的弟弟了，也就是说是我朋友老公爵的儿子。"

对此于连不大明白是什么意思。当晚，他试着穿上蓝礼服去见

---

① 耶尔，法国南部濒临地中海的冬季疗养城市。
② 李维（公元前59～公元17），古罗马历史学家，主要作品《罗马史》。

侯爵。果然侯爵待他就像是一个跟自己同等身份的人了。于连感觉到了真正的礼貌，但是这些礼仪中细微的差别还是无法分辨。在侯爵起这个怪念头前，他可以发誓说，想要侯爵敬重自己是绝不可能的。"多了不起的聪明才智啊！"于连对自己说。当他起身准备告辞时，侯爵对他表示歉意，因痛风病发作不能送他。

一个古怪的念头开始缠绕着于连："他是在嘲弄我吗？"他百思不得其解，便去请教比拉尔神父。神父可没有侯爵那么多礼节，只吹了声口哨就去谈别的事了。第二天早晨，于连穿着风衣带着文件夹和待签的信件去见侯爵，他受到的接待又跟以往一样了。晚上，再换上蓝礼服后，马上就变得跟前天晚上一样彬彬有礼。

"既然您好心来看望一个可怜的生病老人，而又不感到厌烦，"侯爵对他说，"您就应该跟他讲讲您生活中遇到的那些小插曲，但要坦率，不要想别的，只想讲得清楚、有趣就行。因为我们得寻开心啊，人生中只有这才是真实的。一个人不能每天都在战争中拯救我，或者送我一百万。如果在这里，在我的长椅旁，我有里瓦罗尔①，他就能每天为我解除一小时的疼痛和厌倦。流亡期间在汉堡我跟他很熟。"

然后，侯爵给于连讲了一些里瓦罗尔跟汉堡人的趣闻，需要四个汉堡人凑在一起才能理解他的一句俏皮话。

侯爵在不得已的情况下与这小神父为伍，想让他兴奋起来。他用荣誉激发了于连的骄傲。既然人家要他讲真话，于连就决定什么都说出来。但有两件事情他不能说：对一个名字的狂热崇拜和他对天主的怀疑。他和德·博瓦西骑士的那场小纠纷来得恰到好处。听到在圣奥诺雷街的咖啡馆里，车夫用脏话骂他的那段情节，侯爵都笑出泪来，这是主人和被保护人之间最肝胆相照的一段时期。

拉莫尔先生对于连这种独特性格有了兴趣。起初，他喜欢于连的好笑，为的是开心取乐。很快，他觉得自己应该帮助这位年轻人纠正一些看人看事的方式。"别的外省人来到巴黎，对什么都赞不绝

---

① 里瓦罗尔（1753～1801），法国作家和记者。以谈吐风趣、见解深刻著称。大革命时期曾流亡汉堡。

口，"侯爵想，"而这个外省人对什么都恨。他们有足够多的装腔作势，而他却没有，那些傻瓜们因此把他看成傻瓜。"

痛风病的发作通常是因为冬季的严寒，一直拖着，持续好几个月。

"有人喜欢漂亮的西班牙猎犬，"侯爵心想，"为什么我喜欢这个小神父却感到这么难为情呢？他与众不同。我把他当儿子看那又怎样！不妥吗？这个怪念头如果持续下去，就会在我的遗嘱中付出一粒值五百路易的钻石。"

侯爵一旦了解了他的被保护人的坚强性格，就每天派他去处理一些新的事务。

而于连注意到了，这位大贵人有时会对同一件事做出矛盾的决定，为此他有些害怕。

这可能给他带来严重的损害。于是于连跟他一起工作时，总是带着一个登记簿，把侯爵的决定记在上面，并要求侯爵签字画押。于连用了一个文书，由他把相关的每件事的决定抄录在一个特殊的登记簿上。这个登记簿也抄录了所有的信件。

这个主意开始时好像很荒唐，也很无聊，然而不出两个月，侯爵就感到了它的好处。于连建议他雇一个在银行家手下干过的文书，把那些田地的所有收入和支出记成复式账。

这些措施使侯爵对自己的事务一目了然，甚至还欣然进行了两三次不必假手他人的投机，因为那些中介常常会欺骗他。

"您自己拿三千法郎吧。"有天他对年轻的助手说。

"先生，我的品行可能受到诽谤。"

"那您要怎么样？"侯爵生气地问。

"请您做一个决定，亲手写在登记簿上，这个决定写明给我三千法郎。况且，是比拉尔神父想到要记账的。"侯爵带着德·蒙卡德侯爵 [①] 听他的管家普瓦松先生报账时的那种厌烦神色写下自己的决定。

晚上，当于连穿上蓝礼服出现时，他们绝口不谈事务。侯爵的

---

① 德·蒙卡德侯爵，法国剧作家阿兰瓦尔（1700～1753）的剧本《资产者学堂》里的人物。

关怀使我们的主人公那一直痛苦着的自尊心得到了安抚，使他很快就对这位可爱的老人产生了眷念之情。但这并不是说于连如巴黎人所理解的那样易动感情，只是因为于连并非没有心肝之人。自从老军医去世后，还没有人像侯爵这样亲切对待过他。他惊奇地注意到，侯爵会很有礼貌地照顾到他的自尊，而他在老军医那儿从未得到过。他终于明白老军医为什么对自己的十字勋章要比侯爵对他的蓝绶带更感到自豪了——侯爵的父亲是一位大贵族。

一天早晨，于连穿黑衣为了事务来见侯爵，谈话结束时，侯爵很高兴，多留了他两个钟头，一定要把中介人刚从交易所送来的钞票送几张给他。

"我希望，侯爵先生，求您允许我说句话，而且我希望不至于让我背离我理应对您怀有的深深敬意。"

"说吧，我的朋友。"

"望侯爵先生俯允我拒绝这份礼物。这礼物不该送给黑衣人，它会让您好心地容忍蓝衣人的种种态度蒙垢。"他毕恭毕敬行了个礼，看也不看一眼就走了。

这个举动使侯爵很开心。晚上，他将这件事讲给比拉尔神父听。

"有件事我得向您承认，我亲爱的神父。我知道于连的出身，而且我允许您不为这段隐情保守秘密。"

"他今早的态度是高贵的，"侯爵想，"而我要让他成为贵族。"

侯爵终于可以出门了。

"到伦敦住上两个月，"他对于连说，"特别信使和其他信使会把我收到的信连同我的批语送给您。您写好回信，连同原信再给我送回来。我算了一下，要耽搁也不过五天工夫。"

在通往加莱的大路上一站站地赶，对此于连觉得奇怪，需要他去办的那些所谓事务都无关紧要。

于连是怀着一种近乎厌恶的情绪踏上英国的土地的。对此我们就不需要强调了。我们知道他对波拿巴怀有狂热的激情。他把每个军官都看成哈德逊·洛爵士①，把每个贵族都看成是一个巴瑟斯特勒勋爵②，圣赫勒拿岛上那些卑鄙的事就是在他的命令干下的，而他也因此得到了担任十年内阁大臣的回报。

在伦敦，他终于知道了贵族的自命不凡是怎样的。他结识了几位年轻的俄国贵族，他们为他指点门径。

"您生来不凡，我亲爱的索雷尔，"他们对他说，"您天生一副冷脸，距现实的感觉有千里之遥，这是我们费尽心机而终不可得的。"

"您不了解您生活的这个时代，"科拉索夫亲王对他说，"您要永远做人们不期待您做的那些事。我以名誉担保，这是时代的唯一宗教。既不要做一个蠢货，也不要装模作样。因为那样的话，人们会期待您干出蠢事和装模作样，而那条格言也就不可能实现。"

有一天，在德·菲茨·福尔克公爵的客厅里，于连赢得了声誉。他和科拉索夫亲王受邀前去做客，人们等了一个钟头。于连在二十个等待着的人当中的表现，至今还被驻伦敦使馆的那些年轻秘书们津津乐道。他的神态真是妙不可言。

他不顾他那些浪荡朋友的反对，一定要去看望著名的菲利普·范恩这个自洛克以降英国唯一的哲学家。于连见他时，范恩正要结束他的第七年监禁。"在这个国家里，贵族是不开玩笑的，"于连心想，"而且范恩已声名扫地，备受诋毁……"

于连发现他精神饱满，贵族的狂怒消除了他的烦闷。"瞧，"于连走出监狱时对自己说，"这是我在英国看见的唯一快活人。"

"对暴君最有用的观念是上帝的观念。"范恩曾对他说。

他的犬儒主义哲学的体系的其余部分我们暂且略去不谈。

回来后，德·拉莫尔先生问他："您从英国给我带回什么有趣的事情？"但于连不说话。

---

① 哈德逊·洛爵士（1769～1844），英国将军，为拿破仑被囚禁在圣赫勒拿岛上时的监管人，对拿破仑非常残酷。

② 巴瑟斯特勒勋爵（1762～1834），英国政治家。为拿破仑被囚禁在圣赫勒拿岛时的英国陆军大臣兼殖民事务大臣。

"您带回什么思想了，有趣还是没有趣？"侯爵又问。

"第一，"于连说，"最明智的英国人每天都有一个钟头是疯狂的，他有自杀这个魔鬼光顾，此为那个国家的神。

"其次，在英国上岸后，机智和才华都会有百分之二十五的贬值。

"第三，世界上没有什么东西比英国风景更美、更动人、更值得赞赏。"

"该我说了，"侯爵说，"第一，为什么您要到俄国大使的舞会上去说法国有三十万二十五岁的年轻人渴望战争？您以为这种话是国王们爱听的吗？"

"跟我们那些大外交家们说话，真不知如何是好，"于连说，"他们动辄一本正经地讨论。如果说些报纸上的老生常谈，您会被当成傻瓜。如果胆敢说些真实、新鲜的东西，他们会大吃一惊，因此不知回答什么好。而第二天早上七点，他们会派大使馆一等秘书来对您说，您失礼了。"

"不坏，"侯爵笑着说，"尽管如此，我敢打赌，思想深刻者先生，您没有猜到您为什么去英国。"

"请原谅，"于连说，"我每个礼拜一次去国王的大使那儿吃晚饭，他是个最有礼貌的人。"

"您是去找这枚勋章呀，"侯爵对他说，"我不想让您脱掉这身黑衣服，而我已习惯于和穿蓝衣服的人用那种更有趣的口吻说话。在没有新的命令之前，请您听好：当我看见这枚勋章时，您就是我的朋友肖纳公爵的小儿子，六个月前被雇用在外交界工作，不过您自己并不知道。请注意，"侯爵的神色变得严肃起来，并且打断了于连想要感谢的表示，"我决不想改变您的身份。对保护人和被保护人来说，那都是一个错误和不幸。什么时候我的那些官司让您厌倦了，或者您不再适合我，我会为您请求一个好的本堂区，像我们的朋友比拉尔神父一样，仅此而已。"侯爵的语气显得非常生硬。

这枚勋章让于连的自尊心得到满足，话也因此多得多了。也开始自以为不那么经常地受到一些可能引起不礼貌解释的话的冒犯，或者成为这些闲话的目标，而在热烈的谈话中，这种话的含义不是一下子就能感觉出来的。

这枚勋章给他招来了德·瓦雷诺男爵先生一次不寻常的拜访。他来巴黎是为了向内阁感谢封他为男爵，并与之修好。他很快要取代德·雷纳先生被任命为维尼埃尔的市长。

德·瓦雷诺先生告诉他，他们刚刚发现德·雷纳先生是个雅各宾党人，于连觉得这非常好笑。事实是这样的：选举正在准备中，新男爵是内阁推荐的候选人，而自由党却向实际上极端保王的省大选举团推荐了德·雷纳先生。

于连想知道点德·雷纳夫人的情况，但没有成功。男爵看来对他们还耿耿于怀，一点儿口风也不透。最后，他请求于连让他父亲在即将举行的选举中投他的票，于连答应写信。

"骑士先生，您该把我介绍给德·拉莫尔侯爵先生。"

"的确，我该这么做，"于连想，"可他这样一个无赖……"

"说实在的，"他回答说，"我在德·拉莫尔府是个太小的伙计，没有资格介绍。"

于连什么事都告诉侯爵，当晚他就把瓦雷诺的要求以及他自一八一四年以来的所作所为，都讲给侯爵听。

"您不仅明天要把新男爵介绍给我，"侯爵神情严肃地说，"我后天还要请他吃晚饭。他将是我们的新省长中的一个。"

"这样的话，"于连冷冷地说，"我要为我父亲要那个乞丐收容所所长的位置。"

"好哇，"侯爵神色又变得快活，"同意。我正等着一番说教呢。您开始成熟了。"

德·瓦雷诺先生告诉于连，维尼埃尔市的彩票局局长新近去世，于连觉得把这个位置给德·肖纳先生很有意思，他从前曾在德·拉莫尔先生的房间里捡到过这老笨蛋的请求书。于连一边背诵那份请求书一边让侯爵在向财政部请求这个位置的信件上签字，侯爵开怀大笑。

德·肖纳先生刚被任命，于连就获悉该省众议员们曾为著名的几何学家格罗先生请求这个位置。这个高尚的人只有一千四百法郎的年金，每年借给刚去世的彩票局局长六百法郎帮他养家。

于连对自己的所作所为大为吃惊。"这没什么，"他对自己说，"如果我想发迹，还得干更多不公的事，而且还得会用动人的漂亮话遮掩。可怜的格罗先生！配得上这枚勋章的是他，可得到的却是我。而我不能违背颁发给我勋章的政府的旨意。"

08 哪种勋章使人与众不同？

"你的水无法解我至渴，"干渴的精灵这样说。……"但是这是整个迪亚－巴克山最清凉的一口井。"

——贝利柯[1]

一天，于连从塞纳河畔景色迷人的维尔基埃领地回来。德·拉莫尔先生对这块领地特别在意，因为在他所有的领地中，只有这一块曾经属于著名的博尼法斯·德·拉莫尔。于连在府上见到了侯爵夫人和她的女儿，她们刚从耶尔回来。

现在，于连已经成了个地道的浪荡子，懂得了巴黎的生活艺术。他对德·拉莫尔小姐表现出十足的冷淡。看来他一点都不记得，她曾那么快活地询问他如何从马上摔下来。

德·拉莫尔小姐发现他长高了，也更苍白。他的身材、仪表，已经看不出任何外省人的痕迹。但他的谈吐还不够好，给人的感觉是严肃有余，过于真实。尽管有这些过于理智的不足，好在他有很强的自尊心，因此从他的谈吐中找不到低贱的味道。大家只是觉得他看重的东西还是太多。不过，他们也看出来他是个能坚持己见的人。

"他缺的是潇洒而不是机智，"拉莫尔小姐对他父亲说，同时拿他送给于连的勋章打趣，"哥哥跟您要了十八个月，他可是个拉莫尔家的人！"

"是的，但于连有出人意料之举，这可是您跟我说的拉莫尔家的

---

① 贝利柯（1789～1854），意大利爱国志士，作家。他的代表作是剧本《弗朗索瓦·达·里米尼》。曾在奥地利斯比尔堡度过九年时光。在狱中写下了《我的狱中生活》一书。

人从未有过的。"

仆人通报德·雷斯公爵到。

玛蒂尔德立刻忍不住要打呵欠了，她仿佛看见客厅里古旧的金饰和常来的旧客。她想象自己在巴黎又要开始的那种百无聊赖的生活。可她在耶尔时还是怀念巴黎。

"我十九岁了！"她想，"这是幸福的年龄，所有这些切口涂金的蠢东西都这么说。"她看看堆积在客厅墙边小桌上的在普罗旺斯旅行期间写作的新出版的诗集有八到十本之多。她不幸比德·克鲁瓦泽努瓦、德·凯吕斯和德·吕兹诸先生及其他一些朋友更有才智。她完全能想象出他们要说些什么，诸如普罗旺斯美丽的天空、诗、南方等。

这双美丽的眼睛流露出最深的厌倦，更糟的是，流露出无法找到快乐的绝望。最后，这双眼睛停在了于连身上。"至少，他跟别人不完全一样。"

"索雷尔先生，"她用一种上流社会年轻女子的声音叫道，显得轻快、短促，毫无女人味，"今晚您参加德·雷斯先生的舞会吗？"

"小姐，我还没有被介绍给公爵的荣幸。"（这句话和这个头衔简直就能剥掉骄傲的外省人的一层嘴皮。）

"让我哥哥带您到他家去吧。如果您去了，还可以跟我谈谈维尔基埃领地的具体情况，春天我们就要去那里。我想知道古堡能不能住，是不是像人们说的那么漂亮。欺世盗名的事多着呢！"

于连没有回答。

"跟我哥哥一块参加舞会吧。"她冷冷补上一句。

于连恭恭敬敬鞠了个躬。他想："这么说，就是在舞会上我也得向这家的所有成员汇报，那我岂不是成了花钱雇来的代理人吗？"突然间他的情绪变得很坏，"谁知这个女儿说的会不会打乱父亲、哥哥、母亲的计划！这是一个真正的君主的宫廷。在这里，必须毫无用处，却又不让任何人抱怨。

"这个大个子姑娘我不喜欢！"他一边看着她走开一边想。这时她母亲在叫她，要把她介绍给自己的几个女友，"她过于时髦，连衣裙掉到肩下……比旅行前还要苍白……什么样的头发啊，金黄得没了颜色，好像阳光都能穿过。行礼的姿态还有目光没法再高傲了！完全就是女王的做派！"

德·拉莫尔小姐叫住她哥哥，他正要离开客厅。然后诺贝尔伯爵走近于连对他说：

"我亲爱的索雷尔，您想我午夜到哪儿去接您参加德·雷斯先生的舞会？他特意要我把您带去。"

"我很清楚多亏了谁我才受到如此厚爱。"他深深鞠了一躬。

诺贝尔跟他说话时语气很礼貌，甚至有些关切。而于连的恶劣情绪就发泄在他刚才的回答中，他觉得自己的回答有种卑躬屈膝的味道。

晚上，德·雷斯府的豪华使于连感到震惊。入门的院子搭着金星点点的深红色斜纹布大帐，雅致至极，帐下的庭院变成了一片橙和夹竹桃的林子。花盆被不露痕迹地埋在地下，那些夹竹桃和橙树也像是本来就生长在那里的。车道铺了沙子。

在我们的外省人眼里，这一切都不同凡响。于连想不到会有如此的豪华，转眼间，他的恶劣情绪就烟消云散。在来的车上，诺贝尔兴致勃勃，而他则满眼漆黑，一进院，角色就来了个大调换。

诺贝尔只注意到几处细小的地方在如此的豪华中竟被忽略了。他估算着每件东西的费用，算到了一个很高的总数，这时于连注意到他流露出近乎嫉妒的神色，情绪也变坏了。

而于连一进入里面正在跳舞的头一间客厅，立刻就被迷住了，赞叹不已，突然胆怯起来。大家挤在第二间客厅门口，人多得无法往前走。第二间客厅的装饰活脱脱一个阿尔汗布拉宫。

"应该承认，她是舞会的王后。"一个留小胡子的年轻人说，他的肩膀正顶着于连的胸口。

"福尔蒙小姐整个冬季一直是最漂亮的，"旁边一个人答道，"如今发现自己退居到第二位了，看她那神情多古怪。"

"真的，她竭力想让人喜欢她。看看她在四组舞中单独一个人时那微笑多优雅。以名誉担保，这是千金难买的呀。"

"德·拉莫尔小姐看上去还能控制住胜利的喜悦，她清楚意识到了自己的胜利。好像害怕跟她说话的人追求她似的。"

"很好呀！这就是诱惑的艺术。"

于连想看看这迷人的女人，但白费力气，七八个比他高大的男子挡住了他。

"在这如此高贵的克制中确有些媚态。"留小胡子的年轻人说。

"还有那双蓝色的大眼睛，刚像是要泄露内心秘密了，马上就垂下去，慢慢地。"旁边那个人说，"我保证没有比这更巧妙的了。"

"看，站在她身旁的美丽的福尔蒙显得多平庸。"另一个人说。

"这种克制的意思是：如果你是配得上我的男人，我会有无限的柔情给你！"

"谁能配得上高贵的玛蒂尔德呢？"第一个人说，"一位君王，英俊，有才华，还要身材匀称，是战争中的英雄，年龄至多二十岁。"

"俄国皇帝的私生子……为了这桩婚事，会给他建一个君主国。或者干脆就是德·塔莱尔伯爵，一副衣冠楚楚的农民相……"

门口空了些，于连能进去了。

"既然在这些玩偶们的眼中她是出类拔萃的，那么我就该研究研究了。"他心想，"我想知道完美在这些人心中是怎样的。"

当他睁大眼在找时，玛蒂尔德看见了他。"我的责任在召唤我。"于连对自己说，这时他的表情里已经没有了刚才的怒气。好奇心驱使他往前走，而玛蒂尔德身上的那件低肩连衣裙，使得他的愉快在迅速增加，增加的速度让他的自尊心有些受不了。"她的美洋溢着青春的气息。"他这样做出评价。在他和她之间还隔着五六个年轻人，于连认出了刚才在门口说话的那几位。

"您，先生，您整个冬季都在这儿，"她对他说，"这是本季最漂亮的舞会，不是吗？"

他不做回答。

"库隆 ① 的这个四组舞我觉得很棒，那些夫人们也跳得好极了。"

---

① 库隆，法国第一帝国和王朝复辟时期以舞蹈著名的一家人。

几个年轻人都转过头去看这个幸运的男人是谁，然后大家一定要他回答，可他的回答未免令人有些泄气。

"我不是个好的评判，小姐。我抄抄写写过日子，这么豪华的舞会还是头一回看到。"

那个留小胡子的年轻人明显愤慨了。

"您是一位智者，索雷尔先生，"她的兴趣更加明显，"您像一位哲学家，像卢梭那样看待这些舞会，还有晚会。这些疯狂使您感到惊奇，却诱惑不了您。"

一个词儿一下子窒息了于连的想象力，驱走了他心里的所有幻想。他的嘴角流露出也许有些夸张的轻蔑。

"卢梭敢于评论上流社会时，在我眼里他不过是个傻瓜。他并不理解上流社会，他是以暴发户的心态带着一颗仆役的心接近它的。"

"可他写了《社会契约论》。"玛蒂尔德用崇敬的口气说。

"这个暴发户一边鼓吹建立共和、推翻君权，一边又因一位公爵在饭后散步时改变方向来陪伴他的一个朋友而喜不自胜。"

"啊！是的，德·卢森堡公爵在蒙特朗西陪着一位库安代先生朝巴黎方向走……①"德·拉莫尔小姐说，初次尝到了卖弄学问的乐趣和快意。她开始陶醉在自己的学问里，几乎跟那位发现费雷特利乌斯国王的存在的院士一样情不自禁②。于连的目光仍旧尖锐、严厉。玛蒂尔德兴奋的时间很短暂，对手的冷淡使她困惑。尤其让她感到惊讶的是，自己的这种感觉，原本是她惯于在别人身上造成的结果。

这时，德·克鲁瓦泽努瓦侯爵正急着朝德·拉莫尔小姐走过来。人太多了，他很难挤过来，他只好在离她三步远的地方站住。他望着她，对眼前的障碍无奈地笑笑。年轻的德·鲁弗雷侯爵夫人在他

---

① 这段话所提到的事，见卢梭的《忏悔录》。在讲完这个小故事后，卢梭说："我呢，我的心激动得连一句话也说不出。我跟在后面，哭哭啼啼，像个孩子。而且恨不得亲吻这位好心的元帅的脚印。"

② 司汤达在《罗马漫步》中曾提到，有一位学者把"朱庇特·费雷特利乌斯"译成了"朱庇特·费雷特利乌斯国王"。"费雷特利乌斯"是主神朱庇特的称号之一，意思是"打击者"。

旁边，她是玛蒂尔德的一个表姐妹。她的胳膊正被才结婚半个月的丈夫挽着。德·鲁弗雷侯爵很年轻，正被一种幼稚的爱情弄得神魂颠倒，在由公证人一手安排的亲事中，发现女方是十全十美的大美人往往都会是这样的。德·鲁弗雷先生等他一位年纪很大的伯父死后，就可以成为公爵。

德·克鲁瓦泽努瓦侯爵因为无法穿过人群，只好笑盈盈遥望着玛蒂尔德。玛蒂尔德天蓝色的大眼停留在他和他周围人的身上。"还有比这更平庸的人吗！"她心想，"就是这个克鲁瓦泽努瓦想要娶我。他温和、礼貌，举止像德·鲁弗雷先生一样文雅。这些先生要是不令人厌倦的话，倒还算可爱，将来他也一样会带着这种短浅的目光和沾沾自喜的神情跟着我参加舞会。结婚一年后，我的车、马、裙子，我的离巴黎二十法里远的别墅，都会尽善尽美，完全可以让一个类似德·鲁瓦维尔伯爵夫人这样的暴发户因嫉妒而送命。可那之后呢？……"

沉浸在这种想象里的玛蒂尔德很快就厌倦了。德·克鲁瓦泽努瓦侯爵终于挤到她身边，开始跟她说话，可她还在沉思中，完全没有听。对于她，他的说话声和舞会的嘈杂声混在了一起。她的目光机械地跟随着于连，这时于连正在走开，他的神情毕恭毕敬，但毫无疑问是高傲和不快的。她在远离熙熙攘攘人群的一个角落里发现了阿尔塔米拉伯爵，就是读者已经认识了的那位被自己的国家判处了死刑的那位。在路易十四治下，他曾有一位亲戚嫁给了一位孔蒂亲王。这段往事多少保护着他，免遭圣会的警察迫害。

"我看只有死刑判决才会让一个人与众不同，"玛蒂尔德这样想，"这是唯一无法购买的东西。

"啊！我刚才对自己说的是一句俏皮话！真遗憾，它来得不是时候，没能让我出风头！"说出这句话后玛蒂尔德感到兴奋。她过分喜欢在谈话中引用事先想好了的俏皮话，但她的虚荣心太重，她会为此感到得意。幸福的神色迅速代替了她脸上的厌倦。德·克鲁瓦泽努瓦侯爵一直在说，以为看见了一丝成功的希望，简直变成了饶舌。

"一个不怀好意的家伙，能用什么来反驳我这句俏皮话呢？"玛蒂尔德问自己道。"我会这样回击那些批评者：男爵的头衔，子爵的头衔都可以买到，一枚勋章也可以赠送——我哥哥就刚得到一枚。但他做了什么呢？——一个军阶可以获得，住十年兵营，或有个亲戚是陆军部长，就能像诺贝尔一样成为骑兵上尉。一笔巨产呢！……这仍是最难的，因而也最值得尊重。真奇怪，这跟书上讲的正好相反……好吧！为了财产，一个人完全可以娶罗斯柴尔德先生的女儿。①

"不能不承认我的话的确有深度。死刑判决是唯一无人敢去请求的东西。"

"您认识阿尔塔米拉伯爵吗？"她突然问德·克鲁瓦泽努瓦先生。

她的样子看上去像大梦方醒，这个问题和可怜的侯爵五分钟以来跟她说的话毫无关联，和蔼可亲的侯爵不免感到难堪。不过他是个机智的人，并以机智而享有盛名。

"玛蒂尔德挺古怪，"他心想，"这是个缺点，然而她能给她的丈夫一个多好的社会地位！我不知道这个德·拉莫尔侯爵是怎么搞的，他跟各党派的关系都好得不能再好，是一个不倒翁。再说，玛蒂尔德的古怪可以被视为天才。有了高贵的出身、巨额的财产，天才不会成为笑柄，那时该是多么与众不同啊！还有，只要她愿意，她就能兼有才华、个性和机智，这使她变得可爱……"由于同时想要做好两件事是件很难的事情，因此侯爵回答玛蒂尔德时有些心不在焉，回答得如同背书：

"谁不认识这个可怜的阿尔塔米拉？"接着他给她讲了那桩失败的、可笑的、荒唐的阴谋。

"荒唐！"玛蒂尔德好像是在自言自语，"可他行动了。我想见见这位男子汉，把他领我这儿来吧。"她对感到不快的侯爵说。

阿尔塔米拉伯爵也是个最公开赞美德·拉莫尔小姐的高傲和那种近乎放肆的神情的人，他认为她是全巴黎最美丽的人之一。

"她要是坐在王位上该多美！"他对德·克鲁瓦泽努瓦先生这样

---

① 罗斯柴尔德，当时法国一个富有的犹太银行家族。

说，并迫不及待跟他走了。

上流社会中有不少人想证明，没有什么事比阴谋更有伤风雅。还有什么比雅各宾分子更丑恶的呢？

玛蒂尔德的眼神在跟德·克鲁瓦泽努瓦先生一起嘲笑阿尔塔米拉的自由主义，但她听得饶有兴味。

"舞会上来了个阴谋家，真是绝妙的对比。"她想。看着他的小黑胡子，她觉得很像是一头沉睡着的雄狮，但她很快觉察到他脑子里只有一个想法：功利以及对功利的崇拜。

除了能给他的国家带来两院制政府，年轻的伯爵认为什么都不值得自己注意。他愉快地离开了玛蒂尔德这个舞会上最有诱惑力的女人，因为他看见一个秘鲁将军进来了。

可怜的阿尔塔米拉对欧洲感到绝望，于是他只能这样想：南美洲国家强大后，它们可以把米拉波送去的自由再还给欧洲。

一群留小胡子的年轻人旋风似的拥到玛蒂尔德身边。她清楚地意识到了阿尔塔米拉没被自己迷住，因此她对他的离去有些生气。她看见了他跟秘鲁将军说话时，黑眼睛闪闪发亮。德·拉莫尔小姐望着这些年轻的法国人时在想，他们脸上深沉的严肃是任何竞争对手都无法模仿的。"他们中间，"她想，"谁又甘愿被判处死刑，即便能拥有一切好机会？"

她的这种古怪的目光让缺乏才智之辈受宠若惊，却使其他人惴惴不安。他们害怕她会冒出什么尖刻的话，让他们难以回答。

"高贵的出身给人上百种优点，要是没有这些优点，我就会不舒服，于连的例子让我更清楚看到了这点。"玛蒂尔德想，"然而高贵的出身也会消灭掉那些能让一个人被判处死刑的心灵里的优点。"

她身边突然有人说："这位阿尔塔米拉伯爵是桑·纳查罗·皮芒泰尔亲王的次子。从前有个皮芒泰尔家的人试图救出一二六八年被斩首的康拉德①。那是那不勒斯最高贵的家族之一。"

①　这里的康拉德指的是康拉德五世，德国施瓦本公爵。企图夺回那不勒斯，战败后于 1268 年被处死。

"瞧呀，"玛蒂尔德心里说，"这绝妙地证明了我的格言：高贵的出身会使一个人失去性格的力量，而没有了这种力量，这个人就不可能被判处死刑！看来，今晚我注定要胡说八道了。既然我只能是个像别的女人一样的女人，那好吧！就去跳舞好了。"她让步了，接受了德·克鲁瓦泽努瓦侯爵的请求，一个钟头以来他一直求她跳一次加洛普舞。为了摆脱哲思的不快，她想让自己变得迷人起来，德·克鲁瓦泽努瓦先生不禁心花怒放。

　　然而跳舞，取悦院子里最漂亮的男人之一，都不能驱散玛蒂尔德的烦恼。为此她不可能取得更大成功了。她是舞会王后，她看得出这点，但她对此兴趣索然。

　　"跟一个克鲁瓦泽努瓦在一起，我将过一种多平凡的生活啊！"一小时后他把她送回到座位上时她对自己说，"我有半年不在巴黎，如果在一个全巴黎的女人都渴望参加的舞会上还找不到快乐，那我的快乐又在哪里呢？"她闷闷不乐，"再说，舞会上还有一群人的敬意包围着我，而这一群人，我想象不出还有更好的组成了。这里也许只有几个上议院议员和一两个于连这样的人是平民。然而，"她越来越忧郁，"有什么好处命运没有给我——声誉、财产、青春！唉！除了幸福。

　　"我得到的好处中最可疑的还是他们整个晚上向我说的那些。才智，我相信我有，因为我显然使他们所有的人都感到畏惧。如果他们敢开口谈一个严肃的主题，五分钟后就会喘不过气来，仿佛在我一个钟头以来不断重复的事上有了重大发现似的。我是美丽的，为了我这个长处，德·斯泰尔夫人会愿意牺牲一切，而事实上我却厌倦得要死。是否有理由认为，我把我的姓换成德·克鲁瓦泽努瓦侯爵的姓，就会少一些厌倦呢？

　　"可我的主！"她几乎想哭了，"他不是一个完美的人吗？这是本世纪教育的杰作。您只要朝他看一眼，他就会找出一句可爱甚至机智的话来说给你听。他是勇敢的……这个索雷尔可真古怪，"她心里这样想，眼神里的忧郁迅速变成了恼怒，"我事先说过有话要跟他讲，他居然不肯再露面！"

09 舞会

奢华的服饰，辉煌的烛光，到处洋溢着香水的芬芳，这样多漂亮的胳膊，这样多美丽的肩膀、花束，令人陶醉的罗西尼的曲子，还有西塞利①的绘画！我的心醉了。

——《于泽里游记》

"您不高兴，"德·拉莫尔侯爵夫人对她说，"我警告您，在舞会上这是很没风度的。"

"我只是头疼，"玛蒂尔德爱答不理地回答，"这里太热了。"

这时，好像是为了要证实德·拉莫尔小姐的话，那位德·托利老男爵突然昏倒，不得不被抬出去。有人说是中风，真是件扫兴的事。

但玛蒂尔德对此不闻不问。她有既定方针，绝不理会那些老人和只喜欢谈论不快乐的人。这是她一贯的宗旨。

她开始跳舞，避开关于中风的话题。其实老男爵并没有中风，因为第三天他就又露面了。

"索雷尔先生还不来。"跳过舞后她这样想。她几乎要用眼睛找他了，却突然发现他在另一间客厅里。怪事，他好像突然失去了对他来说是如此自然的不动声色的冷漠，不再像英国人那样古板了。

"他在跟我的死刑犯阿尔塔米拉伯爵说话呢！"玛蒂尔德心想，"他眼里燃烧着阴沉的火，像一个乔装的王子，他的目光更骄傲了。"

于连一边和阿尔塔米拉说话，一边走近她待的地方。她凝视着他，研究他的神情，想从中发现一些使一个人有幸被判死刑的高贵品质。

---

① 西塞利（1782～1868），法国装饰画家。

他从她身边走过时还在对阿尔塔米拉伯爵说：

"是的，丹东是个男子汉！"

"天哪！他会是个丹东吗？"玛蒂尔德对自己说，"可他的面孔是那么高贵，而那个丹东却丑得可怕，简直是个屠夫。"于连走得更近了些，她就毫不犹豫叫住他。她有意而且骄傲地提出了一个问题，这个问题对一个女孩子来说很不寻常。

"丹东不是个屠夫吗？"她说。

"是的，在某些人眼中是，"于连带着掩饰不住的轻蔑回答说，目光还因跟阿尔塔米拉的谈话在闪烁，"然而不幸的是，对出身高贵的人来说，他是塞纳河畔梅里地区的一个律师。这就是说，小姐，"他满脸凶相，"他的开始跟我在这儿看见的好几位贵族院议员一样。的确，在一个美人眼中，丹东有一个巨大的缺点：相貌丑陋。"

最后这几个字于连说得很快，口气也很特别，但肯定不礼貌。

稍等片刻，于连把上身微微前倾，神态谦卑却又掩饰不住傲气，似乎在说："我是您花钱雇来回答您的，而我靠我的工钱生活。"他甚至不屑抬眼看玛蒂尔德，而她的一双美丽的眼睛瞪得大大的盯着他，倒像是他的奴隶。最后，谁都不说话。他望着她，就像奴仆望着主人，等待吩咐；玛蒂尔德一直盯着他，目光奇特。最后，他死死瞪了她一眼匆匆离去了。

"他自己很英俊，"她缓过神来后在心里说，"却这样赞美丑陋！就那样脱口而出，绝不反悔！他不是凯吕斯或克鲁瓦泽努瓦那种人。这个索雷尔的神态有点儿像我父亲在舞会上模仿的拿破仑。"她完全忘了丹东。"今晚我确实感到厌倦。"她抓住她哥哥的胳膊，不管他乐意不乐意，逼着他跟她在舞场上转一圈。原来她是想听听死刑犯和于连的谈话。

人群挤作一团。但是她还是追上了他们，相距只有两步远。阿尔塔米拉正走近一个托盘拿冷饮，半侧着身。他看见一只穿着绣花衣服的胳膊在拿旁边的一杯冷饮。绣花衣服似乎引起了他的注意，使得他转过身来，想看看这只胳膊是谁的。顿时，他那如此高贵、天真的眼里流露出厌恶。

"您看那个人，"他对于连低声说，"那是敝国大使德·阿拉塞利亲王。今早他刚向你们法国外交部部长德·内瓦尔先生提出引渡我的要求。看，他就在那儿打惠斯特牌。德·内瓦尔先生也准备把我交出去，因为我们在一八一六年交给你们两三个阴谋分子。如果他们把我交给我的国王，我会在二十四小时内被绞死。而且抓我的就是这些留小胡子的漂亮先生们中的一位。"

"无耻！"于连的声音相当高。

玛蒂尔德听得一字不漏。厌倦顿时无影无踪。

"这还不够无耻，"阿尔塔米拉伯爵说，"我跟您谈我是为了给您一个强烈的印象。您看阿拉塞利亲王，每隔五分钟就要看一眼他的金羊毛勋章，他看见这种喂鸟的小饼挂在胸前高兴得不得了。这可怜的人，不过是个不合时宜生错了年代的人。要是在一百年前，金羊毛勋章是种无上的荣誉，但那时他这种人是根本得不到这个的。今天，在出身高贵的人中，只有阿拉塞利这种人才对它心醉神迷。他为了得到它，可以把全城的人都绞死。"

"他是花了这个代价才得到的吗？"于连焦急地问。

"不完全是，"阿尔塔米拉冷冷答道；"他也许曾经把他的国家里三十个被认为是自由党人的富有的产业主扔进了河里。"

"多残忍的人啊！"于连感叹道。

德·拉莫尔小姐怀着强烈的兴趣歪着头听，离得那么近，她那美丽的头发几乎碰到于连的肩膀。

"您很年轻！"阿尔塔米拉说，"我跟您说过，在普罗旺斯我有个妹妹嫁到那儿了，现在她还很漂亮、善良、温柔，是个极好的主妇，忠于她的职责，虔诚但不装假。"

"他想说什么呢？"德·拉莫尔小姐想。

"她是幸福的，"阿尔塔米拉伯爵继续说，"她在一八一五年时也是幸福的。那时我藏在她家，在她的靠近昂蒂布的领地上，您瞧，她听说奈伊元帅被处决时，竟跳起舞来！"

"这可能吗？"于连惊呆了。

"这就是党派精神，"阿尔塔米拉说，"十九世纪已经不再有真正的激情了，正是这个缘故，人们在法国才这么厌倦。人们做着最残忍的事，却没有残忍的精神。"

"这更糟！"于连说，"至少，当人们犯罪时，也应该有犯罪的乐趣，这是罪行唯一的好处，甚至以此为由来为罪行辩护。"

德·拉莫尔小姐完全忘了自己该做点什么了，她几乎被夹在阿尔塔米拉和于连中间。她的哥哥习惯服从她，让她挽着胳膊，望着客厅别的地方，以便掩饰自己的窘态，装出被人群挡住的样子。

"您说得对，"阿尔塔米拉说，"人们什么都干，就是没有乐趣，也记不住，甚至犯罪也是如此。在这个舞会上，我也许能指出十个人来，他们可以作为杀人犯被判处死刑。但他们自己已经忘了，别人也忘了。

"有的人如果他们养的狗腿断了，他们会流泪。在拉雪兹神父公墓，正如你们巴黎人的那种有趣说法，当鲜花被抛向他们的公墓时，有人会这样告诉我们，他们拥有勇敢的骑士的种种美德，还有人会谈到他们的生活在亨利四世治下的曾祖辈的丰功伟绩。如果阿拉塞利亲王费尽周折后我仍未被绞死，而且我一旦享用我在巴黎的财产，我愿意请您跟八到十个受人敬重、毫无悔恨之心的杀人犯一块儿吃饭。

"您和我，我们将是这顿晚饭上唯一没有沾上鲜血的人，但我将被当作嗜血成性的雅各宾怪物受到憎恨，而您，将只作为一个混入上流社会的平民而受到鄙视。"

"再真实不过了。"德·拉莫尔小姐说。

阿尔塔米拉惊讶地回头看她，可于连则不屑一顾。

"请注意，我带头搞的那次革命没有成功，"阿尔塔米拉伯爵继续说，"仅仅因为我不愿意砍掉三个脑袋，不愿把七八百万分给我们的拥护者，而那时我掌握着金库的钥匙。今天，我的国王渴望绞死我，而在叛乱前他用'你'称呼我。如果我砍掉那三个脑袋，把金库里的钱分了，他会把他的大勋章颁给我，因为我至少可以取得一半成功，我的国家也会有一个像样的宪章……世事就是如此，不过一棋局罢了。"

"那时，"于连眼里冒着怒火，"您还不会，而现在……"

"您是不是想说，我会砍掉一些人的脑袋，我不会成为您曾向我解释的那种吉伦特派①？……我要回答您，"阿尔塔米拉神情忧郁地说，"要是您在决斗中杀了人，那就远不像让一个刽子手处决他那么丑恶。"

"我想，"于连说，"要达目的就该不择手段。假如我不是个微不足道的人，有几分权力的话，我可以为了救四个人而杀三个人。"

他眼里闪着真诚的火焰，神情中含着对世人的轻蔑；他的眼睛和德·拉莫尔小姐的眼睛相遇了，但轻蔑没有变成优雅，反而变本加厉。

她深受刺激，但已不能忘掉于连。她恼怒自己，拉着她哥哥走了。

"我该去喝潘趣酒，大跳其舞，"她对自己说，"我要挑一个最好的舞伴，不惜代价引人注目。好啊，这是那个出了名的无礼之徒，费瓦克伯爵。"她接受了他的邀请，他们跳舞。"看看谁更放肆，"她恶狠狠想着，"不过，为了嘲弄，我得让他开口。"很快，其他参加四组舞的人不过是在装装样子了，谁也不想漏掉一句玛蒂尔德的尖酸刻薄的俏皮话。德·费瓦克伯爵心慌意乱，说不出任何有点深刻的话来，他只能附庸风雅说些应景的，满脸都是尴尬；而玛蒂尔德心里更加恼火，她的刻薄变本加厉，简直视这个可怜的人为敌了。她一直跳到天亮，下场时疲惫不堪。在回去的车里，剩下的一点儿力气还被用来让她感受悲哀和不幸。她被于连蔑视，却无法蔑视他。

于连幸福极了。他不知不觉陶醉于音乐、鲜花、美女和无所不在的豪华中，尤其陶醉于自己的想象，他梦想着荣耀和所有人的自由。

"多美的舞会！"他对伯爵说，"什么都不缺了。"

"缺思想。"阿尔塔米拉回答说。

他的表情流露出轻蔑，这轻蔑就更加刺人，因为看得出来，礼

---

① 吉伦特派，法国大革命时期大工商业的政治集团，因其首领大多来自吉伦特而得名。政治上相对于雅格宾派温和。

节要求必须隐藏这种轻蔑。

"您在呀，伯爵先生。是不是思想还在策划着什么阴谋呢？"

"我在这里是因为我的姓氏。在你们的客厅里，人们憎恨思想。它不能比歌舞剧的一句歌词还多一点讽刺，这样它就会受到奖赏。然而思想着的人，如果在他的俏皮话里有毅力和新意，你们就会称呼他犬儒。你们的一位法官送给库里埃^①的不就是这个名称吗？你们把他投入监狱，像贝朗瑞一样。在你们这儿，凡是精神上稍有价值的东西，圣会就会把他们送上轻罪法庭，上流社会则会为此鼓掌叫好。

"这是因为你们这个衰老的社会首先看重的是礼仪……你们永远超不出匹夫之勇，你们可以有缪拉^②，但永远不会有华盛顿。我在法国看见的只是虚荣。一个边说边思考的人，很容易说出轻率的俏皮话来，但他的主人会认为自己受到了侮辱。"

说到这，顺路送于连的伯爵的马车在拉莫尔府前停下。于连喜欢上了这个阴谋家。阿尔塔米拉给过他一句漂亮的赞语，但显然不是出自深刻的确信："您没有法国人的轻浮，而且懂得实用的原则。"正好，前天于连读了卡西米尔·德拉维涅^③的悲剧《玛力诺·法利埃罗》。

"伊斯拉艾尔·贝尔蒂西奥^④，他不是比所有那些威尼斯贵族更有性格吗？"我们这位愤怒的平民对自己说，"然而这些人的被证实的贵族血统可以上溯至公元七〇〇年，比查理曼大帝还早一个世纪。而今晚，在德·雷斯公爵的舞会上，最高贵的也只能勉强上溯至十三世纪，还是连滚带爬的。好！尽管那些威尼斯贵族出身如此高贵，可人们记住的却是伊斯拉艾尔·贝尔蒂西奥。

"一次阴谋消灭了所有那些由社会的任性给予的爵位。而在阴谋

---

① 库里埃（1772～1825），法国作家，司汤达的好友。其文章以辛辣的讽刺著称。
② 缪拉（1767～1815），法国元帅，拿破仑的妹夫。1808年至1815年的那不勒斯国王。
③ 卡西米尔·德拉维涅（1793～1843），法国诗人、剧作家。
④ 伊斯拉艾尔·贝尔蒂西奥，卡西米尔·德拉维涅的悲剧《玛力诺·法利埃罗》中的人物。

里，一个人也一下子取得了他面对死亡的态度给予他的地位。连才智都失去了力量……

"在这个瓦雷诺们和雷纳们的世纪里，今天的丹东能干什么？怕连国王的代理检察官都做不了……

"我在说什么？他会把自己出卖给圣会，会当部长，因为这位伟大的丹东犯过偷窃罪。米拉波也出卖过自己。拿破仑在意大利盗窃了数百万，要是没有这几百万，他也会像皮舍格吕 [①] 一样被贫穷击垮。只有拉斐德 [②] 从不曾偷盗过。应该偷盗吗？应该出卖自己吗？"于连被这个问题难住。他把夜里剩下的时间用来读大革命的历史。

第二天在图书室他一边写信一边还想着阿尔塔米拉伯爵的话。

"事实上，"在一段时间的愣神后他对自己说，"如果这些西班牙自由党人把人民牵连进某些罪行里去了，是不会这么容易就被清除掉的。这是些狂妄自大、夸夸其谈的孩子……像我一样！"于连突然像是在梦里喊叫一样惊醒。

"我做过什么艰难的事情，让我有权评判这些可怜的家伙？他们一生中毕竟有过一次敢于并采取了的行动呀。我就像那个人离开饭桌时大声说：'明天我不吃饭了，这丝毫也不妨碍我像今天一样健壮敏捷。'谁知道在采取一个伟大的行动的半途中会有什么感受？……"德·拉莫尔小姐走进图书室，打断了他那些高深的思想。丹东、米拉波、卡尔诺 [③] 能让自己立于不败之地，于连完全沉浸在对他们的伟大才能的赞赏中。他的心情异常兴奋，以至于他的目光停留在德·拉莫尔小姐身上，却没发现她，更没向她敬礼。当他那双睁得如此大的眼睛终于觉察到她的存在时，目光顿时暗了下去。德·拉莫尔小

[①] 皮舍格吕（1761～1804），法国大革命时期的将军，后因阴谋反对拿破仑被逮捕，后用领带自杀。

[②] 拉斐德（1757～1834），法国大革命时期著名活动家。早年曾参加北美独立战争。大革命初期任国民军总司令。1792年逃亡国外，第一帝国时期返回。

[③] 卡尔诺（1753～1823），法国大革命时期的政治家、数学家。曾担任公安委员会委员。他建立了共和国的十四支军队，制定了很多战略计划，被称为"胜利的组织者"。

姐注意到了，感到一阵酸楚。

她向他要维利①的《法国史》。书被放在最上一格，她够不着。于连不得不搬来两架梯子中最高的那一架。于连拿到书送给她，但还是无法注意到她。在撤走梯子时，他因为心思不在上面，胳膊肘碰在书橱的一块玻璃上。咣啷一声，玻璃碎了一地，这才惊醒了他。他急忙向德·拉莫尔小姐道歉，他想做得尽可能礼貌些，他也只能如此。玛蒂尔德明白自己打搅了他，比起跟她说话，他更愿意想他那些事。

她看了他一会，然后走了。于连看着走过身边的她朴素的打扮和昨晚形成强烈对比，一下子来了兴致。两种面貌之间的差别给人留下深刻的印象。这个女孩子在德·雷斯公爵的舞会上是那样高傲，而此刻眼神里竟含着几分哀求。"的确，"于连心想，"这黑色的连衣裙更显出她腰身的美。她有女王的气势，可是她为什么要戴孝？

"如果我问给谁戴孝，可能又干了件蠢事。"于连完全清醒过来，"我得重新读一读早晨写的信，谁知道会找出多少漏字和别的愚蠢错误。"他正勉强集中精力读第一封信，却听见身旁响起一阵绸裙的沙沙声。他迅速回头，看见德·拉莫尔小姐站在离他两步远的地方，正在笑。这第二次打扰使于连生气了。

至于玛蒂尔德，她刚才强烈感觉到自己在这个年轻人眼中无足轻重，笑是为了掩饰窘迫，这她倒是成功了。

"显然，您在想什么有趣的事，索雷尔先生。不会是跟那桩阴谋有关的奇闻逸事吧？正是这阴谋把阿尔塔米拉伯爵先生送到巴黎来的。告诉我是怎么回事，我很想知道。我会严守秘密的，我向您发誓！"她听见自己竟这样说，不免大吃一惊。她竟在恳求一个下人！这使得她更局促不安起来，急忙用一种轻松的口吻补充说：

"您一向冷若冰霜，是什么居然使您变成一个充满灵感的人，一个米开朗琪罗的先知那样的人？"

---

① 维利（1709～1759），法国历史学家，他的《法国史》没能全部完成，由后人补充完成。

这种尖锐而唐突的询问刺伤了于连，重又激起他的疯狂。

"丹东偷盗是对的吗？"他突然问她，神情凶狠，"皮埃蒙特的革命党人，西班牙的革命党人，他们应该把人民牵扯到那些罪行中去吗？他们应该把军队里所有的职位、把所有的十字勋章给那些甚至没有任何功劳的人吗？戴上这些十字勋章的人难道不怕国王回来？都灵的金库应该遭到抢劫吗？总之，小姐，"他一边神色可怕地走近她，一边说，"想把愚昧和罪恶逐出地球的人，应该像暴风雨那样来势汹汹，不问青红皂白作恶吗？"

玛蒂尔德被吓坏了，她无法承受他的目光，向后退了两步。她看着他，对自己的恐惧感到羞耻，然后迈着轻快的步子走出图书室。

10 玛格丽特王后 ①

爱情！在怎样疯狂的行为中你无法使我们找到快乐？

——《葡萄牙修女书信集》

于连把自己写的信重读了一遍。晚饭铃响时他对自己说："我在这个巴黎玩偶眼中一定很可笑！简直疯了，我居然把心里想的如实告诉她！不过也许并没有那么傻。在那种场合我理应说真话。"

"然而为什么问我私事呢？她那样问是冒昧，是不成体统的。我关于丹东的想法，并不包括在她父亲花钱雇我的工作中。"

进入餐厅，德·拉莫尔小姐的一身重孝让他的火气消了，尤其是全家并无一人戴孝，这更使他惊讶。

饭后，他完全摆脱了困扰着他的兴奋。碰巧，那位懂拉丁文的院士也在座。"如果我以为打听德·拉莫尔小姐为谁戴孝是件蠢事的话，"于连心想，"这个人对我的嘲笑也会最轻。"

玛蒂尔德望着他，表情很奇特。"这就是此地女人的卖弄风情，德·雷纳夫人为我描绘过的，"于连想，"今天上午我对她很不客气，她居然还想和我说话，我没有让步。在她眼里，我反而长了身价。无疑魔鬼是不会吃亏的。她生性傲慢，目中无人，以后准会报复我的。我倒要等着看她有怎样的手段。这和我失去的那个女人有多大的不同啊！多么迷人的性情！多么天真！她的想法我比她还先知道，因

---

① 玛格丽特王后（1553～1615），法国国王亨利二世的女儿，纳瓦拉国王亨利（后来的法国国王亨利四世）的王后，1599 年被休。

为我看见了它们产生的过程。在她心里，我唯一的对手是害怕她的孩子会死掉。这是种合乎情理、十分自然的情感，对于深有所感的我来说，甚至是可爱的。那时我真傻。我对巴黎的种种想法使我不能正确认识这个崇高的女人。

"多么不同啊，伟大的天主！在这儿我看到的都是些什么呢？冷酷、高傲、虚荣心、各种程度的自尊，除此之外一无所有。"

大家起身离开饭桌。"可别让人把我的院士拉走了。"于连心想。往花园走时，他挨近院士，一副温和恭顺的神态，赞同他对《欧纳尼》^①的成功所表示的愤慨。

"如果我们还是在密诏^②的时代该多好！……"他说。

"那他就不敢了。"院士做了个塔尔玛式^③的手势高声说道。

说到一朵花，于连引用了维吉尔《农事诗》里的几个句子，并且认为没有什么诗能和德利尔神父的诗媲美。一句话，他百般恭维院士，然后用一种最无所谓的口吻说：

"德·拉莫尔小姐一定是继承了哪位伯父的遗产才为他戴孝。"

"怎么！您在这个家里竟然不知道她这个怪癖？"院士突然站住了说，"事实是她母亲竟允许她这样干，我们私下说说，在这个家里，出众实在不是因为性格的力量。玛蒂尔德小姐一个人的性格力量抵得上他们所有的人，她牵着他们的鼻子走。今天是四月三十日！"院士站住，狡狯地望着于连。于连微微一笑，装作心领神会的样子。

"牵着全家人鼻子走，穿黑连衣裙，四月三十日，这中间有什么关联呢？"于连一时难以理解，"我想我一定比自己想的还要笨。"

"我应该承认……"他眼神充满疑问。

"我们到花园转转。"院士见有讲一个长长的风雅故事的机会，不禁有些欣然，"怎么！您真不知道一五七四年四月三十日发生了什

---

① 《欧纳尼》，法国作家雨果的剧本。1830 年在巴黎上演。

② 密诏，有法国国王封印的信件，其中很多是不经审判的监禁和放逐命令。1790 年的制宪议会废除。

③ 塔尔玛（1763～1826），法国著名悲剧演员。

么吗？"

"在什么地方？"于连惊讶地问。

"在格莱沃广场①。"

于连大为吃惊，但很遗憾，这句话并没有让他马上反应过来。只是好奇心使得他期待听到一个迎合他性格的悲剧故事，这使得他的眼睛都在闪闪发亮，而这位讲故事的人最喜欢看见听者这副模样。院士很高兴能碰上一个从未听说过这个故事的人，于是详细讲给于连听："一五七四年四月三十日，当时最英俊的青年博尼法斯·德·拉莫尔和他的朋友，来自皮埃蒙特的绅士阿尼巴尔·德·柯柯纳索，在格莱沃广场被斩首。拉莫尔是玛格丽特·德·纳瓦拉王妃心爱的情夫。请注意，"院士提醒道，"德·拉莫尔小姐的名字是玛蒂尔德·玛格丽特。拉莫尔同时还是德·阿朗松公爵②的宠臣和纳瓦拉国王的密友。纳瓦拉国王就是后来的亨利四世，他情妇的丈夫。一五七四年这一年封斋前的星期二那天，当时宫廷还在圣日耳曼③，可怜的国王查理九世④快死了。王太后卡特琳·德·美第奇⑤把拉莫尔的朋友，那两位亲王囚禁在宫中，拉莫尔想把他们救出去。他率领两百名骑兵来到圣日耳曼围墙下，德·阿朗松公爵害怕了，把拉莫尔交给了刽子手。

"这场政治灾难真正打动玛蒂尔德小姐的——七八年前她还只有十二岁，是她亲口告诉我的。她是个非常有头脑的人——是纳瓦拉的玛格丽特王后藏在格莱沃广场的一所屋子里，她敢于派人去向刽子手索要情人的头颅。"院士抬眼望天，"第二天午夜，她捧着那颗

---

① 格莱沃广场也叫河滩广场，是巴黎塞纳河畔的一个广场，曾经是死刑执行的地方。后改为市政府广场。

② 德·阿朗松公爵（1554～1584），名弗朗索瓦，玛格丽特王后的弟弟。

③ 圣日耳曼，巴黎附近一座村镇。

④ 查理九世（1550～1574），法国国王，亨利二世的第四个儿子，玛格丽特王后的哥哥。

⑤ 卡特琳·德·美第奇（1519～1589），意大利佛罗伦萨美第奇家族人，法国王后，查理九世和玛格丽特王后的母亲。

头颅坐上车，亲手把它葬在了蒙马特山脚下的小教堂里。"

"这可能吗？"被深深打动了的于连叫出声来。

"玛蒂尔德小姐看不起她哥哥，因为如您所看到的，他根本不把这段古老的历史放在心上，四月三十日这天也不戴孝。自从这次有名的死刑后，为了纪念拉莫尔对柯柯纳索的友谊，——柯柯纳索是个意大利人，名叫阿尼巴尔——因此这个家庭的所有男人都叫这个名字。而且，"院士压低声音补充说，"按查理九世本人的说法，这个柯柯纳索是一五七二年八月二十四日最残忍的杀人犯之一……但亲爱的索雷尔，作为经常跟这家人一起进餐的人，你怎么可能不知道这事呢？"

"原来是为这，德·拉莫尔小姐吃饭时才两次叫她哥哥阿尼巴尔。我还以为听错了。"

"这是一种责备。奇怪的是侯爵夫人竟容忍这种疯狂……将来这个高个子姑娘的丈夫有他受的！"

说出这句话后，院士又跟着说了五六句讥讽的话。院士眼里闪着的快乐和亲密的光芒使于连感到不舒服。"我们两个仆人在讲主人的坏话呢，"他想，"但既然是出自这个科学院的人的嘴里，什么也不应让我感到奇怪。"

有一天，于连无意间撞见院士跪在德·拉莫尔侯爵夫人面前；他在为他一个外省的侄子求一个烟草收税人的职务。德·拉莫尔小姐的一个年轻侍女像从前的爱丽莎一样在追求于连，晚上她告诉他，她的女主人戴孝绝不是为了引人注目，而是因为这个古怪的行为扎根在她性格的深处，她真爱那个拉莫尔，他是那个时代最有才智的王后的心爱情人，他为了想让朋友们获得自由而死。而且那都是怎样的一些朋友啊！一个是国王的兄弟，一个是亨利四世。

于连已经习惯了德·雷纳夫人举手投足间流露出的无比自然的朴实，在巴黎，于连在所有女人身上看到的只有矫揉造作，只要他心情稍有些忧郁，就找不出话来跟她们说。德·拉莫尔小姐是个例外。

他开始不再把来自高贵举止的美看作是冷漠。他跟德·拉莫尔小姐有过几次长谈。她有时在晚饭后会跟他一起在花园里散步,他们沿着客厅开着的那些窗子随意走着。有一天她对他说,她读过多比涅①的历史著作和布兰多姆②的作品。"奇特的读物,"于连心想,"而侯爵夫人连瓦尔特·司各特③的小说都不准她看!"

一天,她向他讲述亨利三世④时代一个年轻女人的行为;那时候她的眼里闪烁着喜悦的光芒,说明她对此充满了敬仰。那是她刚从莱图瓦尔⑤的《回忆录》中读到的。这个女人发现了丈夫的不忠,用匕首杀死了丈夫。

于连的自尊心得到了满足。一个处处受人敬重、用院士的话说是牵着全家人鼻子走的女人,居然能用近乎友谊的口吻跟他说话。

"我错了,"于连立刻又想,"这不是亲密,我不过是那种悲剧里的心腹人,这是出于说话的需要。我在这个家里被看作有学问的人。我这就去读布兰多姆、多比涅和莱图瓦尔。这样一来,我在跟德·拉莫尔小姐谈那些轶闻中的几则小故事时,就能提出反对意见。我要从这种被动的心腹人角色中摆脱出来。"

他跟这个举止如此威严,同时又如此随便的女孩子之间的谈话,渐渐变得有趣了。他发现她有学问,甚至通情达理。她在花园里的看法和她在客厅里所发表的观点大相径庭。

"神圣联盟战争时期是法国的英雄时代,"一天她对他这样说,眼里闪烁着才华和热情,"那时候每个人为了他想得到的东西,为了使他的党派获得胜利而战斗,不像您那个皇帝的时代,为了获得一枚勋章而卑躬屈膝。您得同意,那时的人不那么自私,也不是很卑劣。我爱那个时代。"

---

① 多比涅(1552~1630),法国作家,写过一部世界史。
② 布兰多姆(1540~1614),法国传记作家,著有《法国名人和战将传》。
③ 瓦尔特·司各特(1771~1832),英国作家,作品主题为历史传奇。代表作有《艾凡赫》等。
④ 亨利三世(1551~1589),法国国王,查理九世的弟弟。
⑤ 莱图瓦尔(1546~1611),法国传记作者,有日记体《回忆录》,记录亨利三世和亨利四世时代的一些逸闻。

"而博尼法斯·德·拉莫尔是那个时代的英雄。"他这样对她说。

"至少他被人爱，而那样被人爱也许是甜蜜的。如今有哪个女人碰到被斩首的情夫的脑袋不会害怕呢？"

德·拉莫尔夫人教导她的女儿：虚伪，如果想要让这种行为行之有效，就必须得隐藏起来。而于连呢，正如我们看到的，已经把自己对拿破仑的仰慕告诉了德·拉莫尔小姐。

"这就是他们对我们的巨大优势，"他一个人待在花园里时这样对自己说，"他们祖先的历史使他们超越了庸俗的感情，他们没有衣食之忧！多不幸啊！"他感到一阵酸楚，"我不配谈论这些重大话题。我的一生不过是一连串的虚伪，因为我没有一千法郎的年金。"

"您在想什么，先生？"玛蒂尔德匆匆跑回来问他。

于连已经对老是蔑视自己感到厌倦了。出于骄傲，他坦率地谈了自己的想法。对一个如此富有的人谈自己的贫穷时，他的脸憋得通红。他试图通过自豪的语气清楚地表明自己无所求。这时候玛蒂尔德觉得他从未这样英俊过，她看到了他那种敏感和坦白的表情，这实在是他常常缺乏的。

在不到一个月后的一天，于连在德·拉莫尔府的花园里一边沉思一边散步。但他脸上不再有自卑感带来的严峻和哲学家的傲慢。他刚把德·拉莫尔小姐一直送到客厅门口，她说自己跟哥哥一起奔跑时扭伤了脚。

"她靠在我胳膊上的方式真奇怪！"于连这样对自己说，"是我自命不凡还是她真对我有兴趣？她听我说话时的神情是那么温和，甚至在我承认骄傲给我带来了很多痛苦时也一样！而她平时无论在任何人面前都是那么骄傲，如果在客厅看到她那副表情，谁都会感到惊奇。可以断定的是，她对任何人都不会有这种温柔善良的神情。"

于连努力不夸大这种奇特的友谊。他将其比作武装通商。每天见面时，在恢复头一天的亲密口吻前，他几乎都要自问："我们今天是朋友还是仇敌？"于连明白，他只要听任这个如此高傲的姑娘羞辱一次，一切都会完结。"如果我必须跟她翻脸，我也应该首先维护我的骄傲所拥有的正当权利，比起等到事后反击她的轻蔑时的翻脸，这样会更好。"

有好几次，碰上情绪不佳，玛蒂尔德都试图跟他摆出贵妇人的架势，她以罕见的巧妙进行这种尝试，但都被于连粗暴地顶了回去。

有一天，他突然打断她的话："德·拉莫尔小姐有什么要吩咐她父亲的秘书吗？"他对她说，"他应该听候她的吩咐，并恭敬执行，除此之外，他没有什么要对她说的。他绝不是被雇来向她谈自己的思想的。"

这种生活的方式，还有于连那些奇特的疑虑，把他在这间豪华客厅里经常会产生的烦闷驱散。在那里，人们什么都害怕，拿任何东西开玩笑都有失体面。

"她如果爱我，那倒是有趣的！无论她爱我与否，"于连想，"我都有了一个有才智的女孩子作为知己。我看见全家人都在她面前发抖，尤其是德·克鲁瓦泽努瓦侯爵。这个年轻人如此彬彬有礼，温柔也勇敢，兼有出身和财富的优势，而我只要能有其中一样就心满意足！他疯狂地爱她，他应该娶她。德·拉莫尔先生曾让我给两位婚约公证人写过不少信！而我，一个手握着笔、地位如此低下的人，却在两小时后的花园里战胜了这个如此可爱的年轻人，因为她的偏爱明显、直接。也许她恨他是她未来的丈夫。而她待我的亲切，我是以一个地位低下的心腹身份获得的。

"不，要不是我疯了，就是她对我有好感，我越是冷淡恭敬，她就越是来找我。这可能是事先想好的，是假装的。但当我出其不意地出现时，我看见她的眼睛亮了起来。难道巴黎的女人如此善于装假吗？管它的！至少看起来对我有利，那我就尽情享受吧。我的主，她多美！那双蓝眼睛从近处看，尤其是经常那样看着我时，真让我欢喜呀！今年春天和去年春天多么不同！那时候，我在三百多个恶毒肮脏的伪君子中过着悲惨的生活，全靠性格的力量支撑。我几乎就要变得跟他们一样恶毒。"

在疑虑重重的时候，于连会想："这女孩子是在嘲弄我。她和她哥哥串通一气来骗我。但她好像看不起她哥哥的缺乏毅力！'他是勇敢的，仅此而已。'她对我这样评价自己的哥哥，'他没有一种思想敢于离经叛道。我总是不得不出来维护他。'一个十九岁的女孩子！在这个年龄，一个人能每时每刻都忠于自己的虚伪吗？

"另一方面，每逢德·拉莫尔小姐用她那蓝色的大眼睛表情奇特地盯着我时，诺贝尔伯爵就会立即走开。这在我看来很值得怀疑。当他妹妹这样看家里的一个仆人时，他不是应该感到愤怒吗？因为我听见德·肖纳公爵这样说过我。"想起这事，愤怒就取代了于连任何别的感情，"难道是这位怪癖的老公爵喜欢陈旧的说法吗？

"无论如何，她是这样漂亮！"于连继续浮想着，露出老虎般的目光，"我要得到她，然后走开，谁阻止我谁倒霉！"

这念头渐渐控制住了于连，使得他没法去想别的事。他的日子变得飞快，一天就像一个钟头似的。

他时刻都在想要做点正经事，但总是心不在焉，等一刻钟后清醒过来，心就会怦怦跳，脑子乱作一团。满脑子都是这个念头：

"她爱我吗？"

11 女孩子的威力

我赞美她的美貌，但我害怕她的才智。

——梅里美

如果于连不是把时间过多花在了对玛蒂尔德的美貌的赞美上，或者浪费在对她一家人与生俱来的傲慢的对抗上，而是更多用在对客厅发生的事情的观察上，他就会明白，她为什么能主宰她周围的一切。有人让她不高兴时，她会用一句玩笑话加以惩罚，并且她的这句玩笑恰到好处，表面看很得体，但细细品味就会发现非常伤人。渐渐它会变得让受伤的自尊难以忍受。家里其他人真心喜欢的东西，她都看不上眼，因此在他们眼里她冷酷无情。贵族的客厅，当你离开它们，再度提起，会觉得还是令人愉快的，但仅此而已。礼貌也仅仅是礼貌。于连体验到这点是在最初的迷醉和惊讶后。"礼貌，"于连想，"不过是举止不雅引起的愤怒暂时缺席罢了。玛蒂尔德常常感到厌倦，也许是因为她无处不感到厌倦。于是，把一句挖苦话磨得尖尖的，就成了她的一种消遣，一种真正的乐趣。"

也许是和她高贵的父母比，和那个院士还有五六个向她献殷勤的下属比算得上是稍微有趣点的牺牲品，她才把希望给了德·克鲁瓦泽努瓦侯爵、凯吕斯伯爵和其他两三位出身很高贵的年轻人。对她来说，他们只是她挖苦的新对象。

因为喜欢玛蒂尔德，我们才会不无痛苦地承认，她曾接到过他们中几位的信，有几次还写了回信。我们得赶快补充一句，这个人物乃是时代风尚的一个例外。一般来说，人们不能指责高贵的圣心修道院的女学生们不谨慎。

一天，德·克鲁瓦泽努瓦侯爵交还给玛蒂尔德一封很可能会对她的名誉造成损害的信。那是她头一天写给他的。他相信这种高度慎重的表现会使他的事情大有进展。然而玛蒂尔德喜欢的恰恰是不谨慎。她的乐趣是拿自己的命运赌博。因此那之后她有六个礼拜不理他。

她拿这些年轻人的信消磨时间，但据她看，这些信都是一副腔调，不外乎是一些深沉、忧郁的激情。

"他们全都十全十美，就像是一个人，准备好前往巴勒斯坦。"她对一个表姐妹这样说。"您还知道比这更乏味的事吗？这就是我这辈子将会收到的信。这种信大概每隔二十年，才会根据当时的流行风尚改变一次。它们在帝国时代一定不是这样的。那时候上流社会的年轻人，见过或参与过一些确实伟大的行动。我伯父德·N.公爵就到过瓦格拉姆①。"

"挥舞一下马刀需要多少才智呢？他们一旦干过，就老是说个没完！"玛蒂尔德的表妹德·圣埃雷迪特小姐说。

"是啊！我喜欢这些故事。参加一次真正的战役，拿破仑的战役，有一万个士兵阵亡，那就证明了一个人的勇敢。身临险境可以提高灵魂，把它从厌倦中解救出来，而我的那些崇拜者似乎都陷入了厌倦，并且这种厌倦是会传染的。他们中有谁想过需要有点儿非凡之举吗？他们都想着跟我结婚，想得美！我富有，我父亲又爱提拔他的女婿。啊！但愿我父亲能找到一个稍微有趣些的！"

玛蒂尔德看待事物的方式激烈、尖锐、鲜明、生动，不免影响到她的谈吐。在她那些彬彬有礼的朋友看来，她的一句话往往成为她的一个污点。如果她不是那么走红，他们几乎都会承认，她的言谈的色彩有点儿太浓，缺乏女性的细腻。

---

① 瓦格拉姆，奥地利一座村庄，在维也纳东北部。1809 年拿破仑在此大败奥地利军队。

而她能期望什么呢？财富、高贵的出身、才智、姿色，据别人说，她相信命运之手已把这一切集于她一身了。

这就是这位圣日耳曼区最令人羡慕的女继承人，在开始感到跟于连一起散步很愉快时的思想状态。她为他的骄傲惊讶，她欣赏这小小平民的机敏。"他会像莫里神父^①那样当上主教。"她对自己说。

很快，我们的主人公对她的许多想法的那种真诚而并非假装的抵制吸引了她。她老是想把那些谈话的细枝末节讲给女友听，却发现自己无论如何也不能还原其本来面目。

一天，她突然间恍然大悟："我有幸爱上了。"她对自己这样说，不可思议的喜悦立刻让她兴奋不已，"我爱上了，爱上了，这很清楚！在我这个年纪，一个女孩子美丽、聪明，如果不是在爱情中，那又能去哪儿找到这种强烈的感受呢？我没有办法，我永远不会对克鲁瓦泽努瓦、凯吕斯和 tutti quanti（意大利语'所有这些人'）产生爱情。他们是完美的，也许过于完美了，才让我厌倦。"

她把她在《曼侬·莱斯戈》^②《新爱洛伊丝》《葡萄牙修女书信集》等书中读到的所有那些关于激情的描绘，在脑子里重新过了一遍。当然，那都是些伟大的激情，轻浮的爱与她这个年纪、她这样出身的姑娘不配。爱情这词语，她只给予在亨利三世和巴松彼埃尔^③时代的法国能遇到的那种壮烈的情感。这种爱情绝不会在障碍面前卑劣地退却，甚至远甚于此，它能使人完成伟大的事业。"我多不幸，现在没有卡特琳·德·美第奇和路易十三^④那样的真正宫廷了。真是不幸呀！我觉得自己能干出最大胆、最伟大的事情。如果有一位如路易十三般英勇的国王拜倒在我脚下，我什么事不能让他做出来呢！我会把他带到旺代，像德·托利男爵常说的那样，他从那里可重获他的王国。那时就不会有宪章了……而于连会辅佐我。他缺少什么？

---

① 莫里神父（1746～1817），法国红衣主教。其父是鞋匠。
② 《曼侬·莱斯戈》是法国作家普列夫（1697～1763）的代表作。
③ 巴松彼埃尔（1579～1646），法国元帅、外交家。
④ 路易十三（1601～1643），法国国王，著名的红衣主教黎塞留是他的首相。

不就是头衔和财产吗？他能为自己赢得这些的。

"克鲁瓦泽努瓦什么也不缺，但他终其一生不过是个一半保王党一半自由党的公爵，一个始终优柔寡断的人，因此，无论在哪都处于第二位。

"有哪个伟大的行动在开始时不是极端的呢？只是在完成后，人们才认为是可能的。是的，在我心中占统治地位的是爱情及其所产生的一切奇迹，从激励着我的火焰中我感到了它的存在。上天应该给我这个恩惠，它不会平白无故把所有优点集中在一个人身上。我的幸福将配得上我，我的每一天都将不会是周而复始的重复。敢于爱一个社会地位远低于我的人，这已经够伟大和勇敢了。让我们看看他能不能继续配得上我！我只要一看见他身上有弱点，就立刻抛弃他。一个像我这样出身的女孩，而且有公认的骑士性格（这是她父亲的话），就不应该像个傻丫头那样行事。

"如果我爱德·克鲁瓦泽努瓦侯爵，我要扮演的角色不已经在这里了吗？那样一来，我将得到的幸福不过是我那些表姐妹幸福的翻版。我事先就知道可怜的侯爵会对我说什么和我会怎样回答。一种让人打呵欠的爱情能叫爱情？与其这样，还不如出家当修女。我也会像最小的表姐那样签一份婚约，长辈们会为此感动得落泪，除非是因为对方的公证人在鉴定婚约前夕又加入了一条最后条款，他们才会恼火。"

12 会是又一个丹东吗？

对忧虑的需要，这就是我的姑母——美丽的玛格丽特·德·瓦罗亚的秉性。不久后她就嫁给了纳瓦拉国王，我们现在所看见的是他以亨利四世这个称号统治着法国。对赌博的需要构成了这位可爱的公主性格的全部秘密。从十六岁开始，她跟她的哥哥们之间的争斗与和解的起因正是在于此。然而，一个女孩能拿什么做赌注呢？只有她最宝贵的东西：名声。她的整个一生都受到了敬重。

——查理九世私生子德·昂古列昂公爵《回忆录》

"在于连和我之间无须签订婚约，无须公证人，一切都是壮烈的，是偶然的产物。除了他所缺少的贵族身份，完全是玛格丽特·德·瓦罗亚对当时最杰出的人——年轻的拉莫尔的爱情。难道这是我的错吗？宫里那些年轻人那么坚决拥护礼仪，稍微有些出格的冒险行动就会吓得脸色发白。在他们眼里，到希腊或非洲走一趟就是最大胆的行为，而且还只能拉帮结伙一起去。他们一旦发现自己孤身一人，就会害怕，不是怕贝督因人的长矛，而是怕成为笑柄，这种恐惧简直能让他们发疯。

"我的小于连却相反，他只喜欢独自行动。这得天独厚的人从别人那儿寻求支持和帮助的念头一点都没有！他蔑视他人，正是因为这我才不蔑视他。

"如果于连虽贫穷而出身贵族，那我的爱情就不过是庸俗愚蠢的，是一次平淡无奇的门不当户不对的婚姻。我不要这样的爱情，没有丝毫伟大激情，更没有需要巨大勇气去克服的困难，更不会有吉凶难料的变故。"

德·拉莫尔小姐如此专注于自己这些美妙的推论，第二天竟不知不觉对着德·克鲁瓦泽努瓦侯爵和她哥哥称赞起于连来。她滔滔不绝，终于引起他们的不满。

"当心这个精力旺盛的年轻人，"她哥哥叫了起来，"如果再来一场革命，他会把我们都绞死。"

她小心避开正面回答，只就精力旺盛会引起的恐惧打趣哥哥和德·克鲁瓦泽努瓦侯爵。她想，这不过是害怕碰上意外情况，害怕自己会不知所措……

"哎呀呀，先生们，你们老是害怕成为笑柄。这怪物不幸已于一八一六年死了。"

"在一个有两个党派的国家里，"德·拉莫尔先生说过，"什么也不可能沦为笑柄。"

他女儿理解了他的意思。

"因此，"她对于连的敌人们说，"你们一生中有的怕了，然后人们会对你们说：'这不是一只狼，只是狼的影子。'①"

玛蒂尔德说完马上离开了他们。她哥哥的话使她不安，但第二天，她又从中看到了最美好的颂扬。

"在这个任何精力都死了的时代，他的精力让人害怕。我要把哥哥的话告诉他，看他如何回答。可我得选他没法对我说谎的时候。

"他会是下一个丹东！"她胡思乱想了好一会，"假定革命再度爆发，克鲁瓦泽努瓦和我哥哥将会扮演的角色就是任人宰杀的英勇的绵羊，死时唯一害怕的是不雅。我的小于连将打碎来逮捕他的雅各宾分子的脑袋，只要有一点希望都会逃走。他可不怕他们。"

最后这句唤醒了她痛苦的回忆，打掉了她的勇气。这让她想起德·凯吕斯和她哥哥等人的取笑。这些先生们一致指责于连像教士一样谦卑而虚伪。

---

① 这句话引自拉封丹的寓言诗《牧羊人和羊群》。

突然她眼里闪着喜悦。"但不管愿不愿意，他们尖酸的取笑恰恰证明他是我们这个冬季最出色的人。他的缺点、可笑有什么关系？他的大气磅礴使他们不快，尽管他们善良、宽容。当然，他穷，不得不想法成为教士；他们是轻骑兵上尉，不需要念书。

"他不想饿死，就必须穿黑衣服，有一副教士的面孔，这对他不利，但他的长处仍然让他们害怕，这再明显不过了。但只要和我单独待一会儿，教士的面孔就不见了。我注意到这些先生们每说出一句自以为出人意料的俏皮话时总会去看于连，然而他们很清楚，除非问到，他是不会跟他们说话的。他只跟我说话。他认为我灵魂高尚。他回答他们仅限于礼貌，然后敬而远之。跟我，他能几个钟头几个钟头地讨论，只要我有异议，他就对自己的想法没了把握。而且，我父亲是个出类拔萃的人，能使我们家业兴旺，但他也敬重于连。其余的人都恨他，但没人蔑视他，除了我母亲的那些伪善的女友。"

德·凯吕斯伯爵是个酷爱马匹的人，他能整天泡在马厩里，经常在那儿吃午饭。这种酷爱加上从来不笑，使他的朋友们尊敬他：他是这个小圈子里的一只鹰。

第二天，在拉莫尔夫人的安乐椅后面几个人聚齐，趁于连不在场，正是这位德·凯吕斯先生在克鲁瓦泽努瓦和诺贝尔的支持下，开始激烈攻击玛蒂尔德对于连的好评。而攻击开始时德·拉莫尔小姐还没到场，但隔得很远她就看出来了，为此她很高兴。

"他们联合起来反对一个有天才的人，他没有十个路易的年金，只有问到了才回答。他穿着黑衣他们尚且害怕，他要是戴上肩章又会怎样呢？"

接下去她就用妙趣横生的讥讽把凯吕斯及其盟友淹没掉。这些杰出的军官们玩笑的炮火一被打哑，她就对德·凯吕斯先生说：

"只要明天弗朗什－孔代有哪个乡绅发现于连是他私生子，给他一个贵族身份和几千法郎，不出六个礼拜，他就会像你们一样留起小胡子，六个月后，他就会当上轻骑兵军官。到那时，他性格的伟大就不再是笑柄。我看到那时您这未来的公爵先生，就只剩下宫廷贵族高于外省贵族这个陈腐理由了。但如果我想把您逼入绝境，硬说于连的父亲是一位西班牙公爵，在拿破仑时代作为战俘被囚禁在贝藏松，由于良心不安在临终时认了他，那您还剩下什么呢？"

这些关于出身的假设相当粗俗。由于妹妹的话太露骨了，诺贝尔不能不严肃起来。应该承认，这与他那张总是笑容满面、和善温厚的脸不协调，他斗胆说了句话。玛蒂尔德严肃地回答道：

"您病了，我的朋友，您一定很不舒服，要不怎么会用说教回答玩笑呢？"

"说教，您难道是想谋一个省长职位吗？"

德·凯吕斯伯爵的恼怒，诺贝尔的不高兴和德·克鲁瓦泽努瓦先生无声的绝望，玛蒂尔德很快都忘了。她得做出决定，因为一个最终会影响她的命运的想法在她心里出现。

"于连对我够真诚了，"她对自己说，"在他这个年纪，地位低下，又被一种惊人的抱负压得喘不过气，他需要一个我这样的女朋友。可我看不出他有什么爱情，否则以他大胆的性格他早该吐露了。"

这种不安，这种自己跟自己的争论，让玛蒂尔德不得安宁。于连每次跟她谈话，她都会找出新的理由。于是，她平时难以解脱的厌倦被驱散得一干二净。

拉莫尔小姐的父亲是个有才智的人，有可能当上部长并把林产还给教会，因此她在圣心修道院受到最过分的奉承。人们让她相信，由于出身和财产，她应该比别人幸福。但这正是君王们的烦恼及其种种疯狂的根源。

玛蒂尔德未能逃脱这种想法带来的有害影响。无论一个人多么有才智，他也不能在十岁时就对修道院的恭维有所警觉，何况看起来又那么有根有据。

从决定爱于连的那一刻起，她就不再厌倦了。每天她都为自己决定投入一种伟大的激情中而庆幸。"这玩意儿很危险，"她想，"那更是好上加好！

"没有伟大的激情，我的十六岁到二十岁这段人生最美好的时光，会被厌倦折磨得憔悴不堪。我没有别的快乐，只好听我母亲那些女友胡说八道。据说一七九二年在科布伦茨，她们并不完全像今天她们说的那样正儿八经。"

玛蒂尔德经受着疑问的折磨，于连却对她意味深长的目光浑然不知。他感到在诺贝尔伯爵的态度里有了更多的冷漠，德·凯吕斯先生、德·吕兹先生和德·克鲁瓦泽努瓦先生变得盛气凌人。好在他习以为常。其实在那次晚会上他显露出与他地位不相称的才华后，他就有可能受到这种待遇。晚饭后，那群留小胡子的漂亮青年陪着德·拉莫尔小姐去花园，要不是她激起了他的好奇，他才不会跟着他们呢。

"是的，我不能再视而不见，"于连对自己说，"德·拉莫尔小姐看我的方式很古怪。但在她那双美丽的蓝眼睛最放肆地凝视我的时候，我也总是看到了不信任和冷漠，跟德·雷纳夫人的完全不同。这难道是爱情吗？"

有一次晚饭后，于连先是跟着德·拉莫尔先生到他书房去，然后返回花园。玛蒂尔德一伙没注意到他走近，他听见她正在折磨她哥哥，于连清楚地听见自己的名字被提到两次。看见他后，大家顿时沉寂了，但这沉寂难以维持，拉莫尔小姐和她哥哥都太激动了。德·凯吕斯先生们对于连冷得像块冰。于连只得走开。

13 阴谋

> 支离破碎的话语，偶然的相遇，在想象力丰富的人眼里能成为最明显的证据，只要他心中多少有一点火焰在燃烧。

> ——席勒

第二天，他又碰到兄妹在谈论他。他的出现自然造成了昨天一样的沉默。他疑心道："这些年轻人是想嘲弄我吗？应该承认，这比德·拉莫尔小姐对一个穷秘书的所谓激情更自然。首先，这些人有激情吗？愚弄是他们的拿手好戏。他们嫉妒我那点可怜的口才，善妒又是他们的弱点之一。德·拉莫尔小姐想让我相信她看上了我，不过是想让我在她未婚夫面前出丑。"

这残忍的怀疑改变了于连的精神状态，轻而易举就扼杀了在他心中萌发的爱情。这种爱情仅建立在玛蒂尔德的美貌，或者建立在她王后般的举止和令人赞叹的打扮上。就这点而言，于连还是个暴发户。可以肯定，一个聪明的乡下人攀上上流社会，最能带来惊异的莫过于贵族社会的漂亮女人。使于连前几天想入非非的并非是玛蒂尔德的性格，他有足够的理智，知道自己所看到的可能只是一种表象。

例如玛蒂尔德不会错过礼拜天的弥撒，几乎每天陪母亲去教堂。如果在德·拉莫尔府的客厅里，有人冒冒失失忘了自己是在什么地方，胆敢哪怕最含蓄地影射一下王座或祭坛的利益，玛蒂尔德立刻就会变得冷冰冰。她那锐利的目光会流露出一种彻底无情的高傲，像她家一幅古老肖像上的一样。

然而于连确信，她房间里总会有伏尔泰的一两卷最具哲学性的著作。他自己也常偷几本回去。这版本装帧很漂亮。只要他把别的书挪挪，拿一本走就不会被发现，但他很快发现另一个人也在读伏尔泰。于是他用神学院的诡计把几段马鬃放在可能引起德·拉莫尔小姐兴趣的几卷书上，这几卷书旋即失踪好几个礼拜。

对书商把所有的假回忆录都给他送来这点，德·拉莫尔先生很恼火。他命令于连把所有有点危险的新书都买回，但为了不让毒素在家里传播，这些书被要求放进一个小书橱，就摆在侯爵卧室里。于连很快确信，只要这些新书与王座或祭坛利益相敌对，便会不翼而飞。

于连过于相信自己的试探结果，以为拉莫尔小姐是个马基雅维利主义者，以至于这种邪恶在后来几乎成了她唯一的精神魅力。对虚伪和说教的厌倦使他走上了极端。

在给予他动力上，他的想象力更甚于他的爱情。

为德·拉莫尔小姐优雅的身材、精美的衣着、白皙的手臂和从容的举手投足神魂颠倒了一番后，他发现自己爱上了她。居然把她幻想成卡特琳·德·美第奇。他设想她的性格深则不厌其深，恶则不厌其恶。这是他年轻时钦佩的马斯隆、福利莱、卡斯塔内德们的类型，也是他认为的典型巴黎人。

还有什么比相信巴黎人城府深、性情邪恶更可笑的呢？

"很可能这三人帮在嘲弄我。"于连想。如果没看到于连在回答玛蒂尔德的注视时目光里的冷漠，对他的性格的了解就是肤浅的。德·拉莫尔小姐很吃惊，两三次大着胆请求他相信自己的诚意，都被他辛辣地顶了回去。

这个女孩一向敏感，受到这种突如其来的恶劣态度的刺激，一下子流露出自然本性来。感情的萌生给她带来幸福的同时，也给她带来了忧郁。来到巴黎后，于连有了相当的阅历，能看出这种忧郁并非厌倦所致。她不再像从前那样沉溺于晚会、看戏等消遣，反而开始躲避。

法国人唱的歌让玛蒂尔德厌烦。把歌剧院散场时露面当作职责的于连注意到，只要可能，她就会让人带她去歌剧院。他自认为自己看出了她失去了在各种活动中的完美分寸感，因为好几次她对自己的朋友都非常尖酸刻薄。他觉得她是在把德·克鲁瓦泽努瓦侯爵当出气筒。"这年轻人一定是疯了，不然早甩了她，管她多有钱！"而于连因为他对她羞辱男性感到愤怒，对她更加冷淡，常常很不礼貌地回答她。

于连决心不为玛蒂尔德的表示所骗，然而有些日子里这种表示过于明显，让他无法视而不见。她是那样漂亮，他有时会心慌意乱。

"上流社会年轻人的这种机敏和耐心，最终会打败缺乏经验的我，"他告诫自己，"我得离开这里，了结这一切。"侯爵在下朗格多克 ① 有不少小块地产和房产，刚交给他管理。去一趟是有必要的，拉莫尔先生勉强同意了。除了与政治有关的事务外，于连已成了他的得力助手。

"他们还是没能让我上钩，"于连做着出门的准备，"德·拉莫尔小姐对这些先生开的玩笑无论是不是想取得我的信任，反正我是都当成了笑话。

"如果没有针对木匠儿子的阴谋，德·拉莫尔小姐的行为就很难解释，但她对德·克鲁瓦泽努瓦侯爵来说，也跟对我一样很难理解。例如昨天她真生气了，我很高兴她为了对我好而强迫一个人做他不愿做的事，而这人既高贵又富有。这可以让我快活地坐在驿车里，在朗格多克平原上奔驰。"

于连不想别人知道自己要出远门，但玛蒂尔德还是知道了。晚上她推说头疼，客厅里空气太闷，就在花园里散步很久，用尖刻的玩笑对待她那群仰慕者，想逼他们离开。她用一种古怪的目光看于连。

"这也许是在演戏，"于连想，"可她的呼吸很急促，还有心慌意乱的样子！算了！"他对自己说，"我有什么资格判断这些？这是巴黎女人中最聪明、最高贵的一位。这种碰到我时的急促呼吸，大概

---

① 朗格多克，法国南部省份。

她是从喜爱的莱昂蒂娜·费伊 ① 那儿学来的。"

花园里就剩他俩后，谈话显然无法进行下去。"不！他对我毫无感觉。"她真的感到了不幸。

他向她告辞时，她使劲儿抓住他胳膊：

"您今晚会收到我一封信。"她说话的声音都走样了。

于连被她的神情打动了。

"我父亲，"她说，"对您有公正的评价。明天必须留下不走，找个借口。"说完她就跑了。

她身材迷人，腿也漂亮，跑起来姿态优雅，让于连看得心醉神迷。可谁能猜得到，等她的身影消失后于连又想了些什么？她说"必须"这个词时的命令口气冒犯了他。路易十五临终时也曾对他的首席医生笨拙地使用了这个词，不过路易十五可不是暴发户。

一个钟头后，仆人把一封信交给于连，这信简直就是爱情的表白。

"文笔还不算做作。"于连想用对文字的品味来控制自己的喜悦，然而禁不住笑了。

"终于，"他大声叫起来，无法控制自己的情绪，"我，可怜的乡下人，终于得到一位贵妇人的爱情表白！

"至于我的表现不算坏，"他尽力压住心头的喜悦，"我知道如何保持我的尊严，从未说过爱她。"他开始研究字体。拉莫尔小姐写得一手漂亮的英国体小字。他需要做点什么，好把自己从那快要使他发狂的喜悦中解脱出来。

> 您的离去使得我不得不把心里的话说出来了……不能
> 见到您，我没法忍受……

他的心一动，打断了对玛蒂尔德的信的研究。"我战胜了德·克鲁瓦泽努瓦侯爵，"他喊道，"可我只会一本正经，他却那么漂亮！

---

① 莱昂蒂娜·费伊，当时法国著名的女演员。

留着小胡子，有迷人的军装，他总是能在合适的时候找到合适而巧妙的话。"

于连在花园里信步，幸福得发狂。

稍后，他上楼让人去通报德·拉莫尔侯爵，让侯爵看几份来自诺曼底的文件，证明诺曼底的诉讼要处理，他不得不推迟到朗格多克。

"您不走我很高兴，"侯爵对他说，"我喜欢见到您。"这句话使他感到别扭。

"而我却要去引诱他的女儿！而且很可能让他女儿跟德·克鲁瓦泽努瓦侯爵的婚事告吹，他可是把未来都寄托在这桩婚事上的。如果做不了公爵，至少他女儿会有一个凳子^①。"于连突然想不管不顾动身去朗格多克。不过这道德的光辉一闪即逝。

"我真善良，"他对自己说，"我一介平民，居然怜悯这样身份的家庭起来！我，一个被肖纳公爵称为仆人的人！侯爵又是如何增加他巨大的家产的？在宫里得知第二天可能会发生政变，他立刻卖掉手里的公债。可苍天把我抛到社会最底层，给我一颗高贵的心，却没给我一千法郎年金，而我却拒绝送上门的快乐！我如此艰难穿越这片充斥着平庸的灼热沙漠，却要拒绝能解除我干渴的一泓清泉！真蠢呀，在生活这片自私的沙漠里，人人为己。"

他想起德·拉莫尔夫人，特别是她那些贵妇人朋友投向他的满含轻蔑的目光。

战胜德·克鲁瓦泽努瓦侯爵的喜悦终于使这种道德感败下阵来。

"我多么希望看见他发火！"于连想，"我现在充满信心，想狠狠给他一剑。"他摆了个击剑术的第二架势的动作，"这之前我不过是个有点勇气的穷学生，这封信后，我和他平等了。"

"是的，"他怀着喜悦对自己说，"侯爵和我之间的价值已经衡量过了，汝拉山来的可怜木匠占了上风。"

"好，"他叫道，"回信上我就这样签名：德·拉莫尔小姐，别以

---

① 法国王朝时期的宫廷里，公爵夫人以上等级的贵妇人享有在国王和王后面前就座的特权。

为我忘了自己的身份。我要让您清楚地认识到，您是在为一个木匠的儿子背弃曾随圣路易 ① 十字军东征的著名的居伊·德·克鲁瓦泽努瓦的一个后裔。"

兴奋让于连不得不下楼到花园里去。把自己锁在那间狭小的卧室，他感觉喘不过气来。

"我，一个来自汝拉山的穷乡下人，"他不断重复，"注定一辈子穿可悲的黑衣！唉，早二十年我会像他们一样穿军装，那时一个像我这样的人要么阵亡，要么三十六岁当上将军。"他紧握手里那封信，让自己摆出一个英雄的姿态，"现在，确实如此，穿上这身黑衣，到四十岁也可以像博维 ② 的主教那样有一万法郎的薪水和蓝绶带。

"好吧！"他笑得像魔鬼，"我比他们更有聪明才智，我知道怎么选择这个时代的军服。"他感到野心和对法衣的喜爱膨胀起来，"有多少红衣主教出身比我还低，而他们掌过大权！例如我的同乡格朗维尔 ③ 。"

于连渐渐平静下来，重新变得谨慎。他暗诵他老师达尔杜弗的台词，对此他滚瓜烂熟：

> 我完全可以把这些话看作是正当的手段。
>
> ……
>
> 如果她不给我一点我所希望的实惠，
>
> 来代替这话作为担保，让我相信，
>
> 我绝不会听信这些甜蜜的话语。

"达尔杜弗也是毁于一个女人，他并不比别人坏……我的回信也可能被出示……我们找到了这个补救办法，"他的语气里有一股强压

---

① 圣路易（1214～1270），法王路易九世。他不顾大臣们的反对，率军发起了第八次也是历史上最后一次十字军东征。

② 博维，法国瓦兹省省会。

③ 格朗维尔（1517～1586），红衣主教，出生在贝藏松。其父并不贫穷，曾是查理五世的大臣。

住的残忍，"我们就把崇高的玛蒂尔德的来信中最热情的句子作为信的开头吧。

"就这么办，不过德·克鲁瓦泽努瓦先生的四个仆人会朝我扑过来把原信夺走。

"不会，因为我全副武装了，都知道我有朝仆人开枪的习惯。

"就这样吧！其中一个胆大的朝我扑来，应该赏他一百拿破仑 [①]。我打死或打伤他，他们求之不得呢。他们就可以合法地把我投入监狱。我会在轻罪法庭受审，经法官们公平判决把我送到普瓦西 [②] 监狱，和丰唐、马加隆等先生 [③] 为伴。在那儿我跟四百个乞丐睡在一起……我会怜悯这些人。"他猛站起来高声嚷道，"他们怜悯落在他们手里的第三等级的人吗？"这句话一下子就埋葬了他对德·拉莫尔先生的感激之情，而之前他一直受这种情感的折磨。

"且慢，贵族先生们，我知道这种马基雅维利式的小伎俩，马斯隆神父或者神学院的卡斯塔内德神父未必能干得更漂亮。你们把这挑逗的信抢走，我就能成为科尔马的卡隆上校 [④] 第二了。

"等一等，先生们，我要把这封要命的信装在小包里封好，托比拉尔神父保管。他是正直的冉森派，因此不受金钱诱惑。是的，不过他总爱拆别人的信……这封我要送到富凯那儿去。

应该承认，于连的目光残暴，表情邪恶，那是种纯粹的罪恶。这是一个正在和整个社会作战的不幸的人。

"拿起武器！"于连跳下府邸的台阶。他走进街角一个代书人的铺子，那人害怕了。"抄下来。"他把德·拉莫尔小姐的信递过去。

代书人抄写的时候，他给富凯写信求他保存一样珍贵的东西。"但是，"他停下笔对自己说，"邮局的书信检查处会拆开我的信，把你

---

① 拿破仑，指的是有拿破仑头像的法国旧金币。

② 普瓦西，法国瓦兹省的一座城市，有一座中央监狱。

③ 丰唐和马加隆先生是当时法国讽刺刊物《纪念册》的编辑。因为讽刺王朝复辟被判处苦役。

④ 卡隆上校（1774～1822），忠于拿破仑的军官，王朝复辟后退役。因在上莱茵省科尔马进行军事阴谋活动而被判处死刑。

们要找的那封信给你们……不，先生们。"他到新教徒开的书店买了一本很大的《圣经》，把玛蒂尔德的信藏在封面里，然后打包由邮车送走，收件人是富凯的一个工人，巴黎没人知道他的名字。

办完后他轻松愉快地回到拉莫尔府。"该我们了！现在。"接着他把自己锁在房里，脱掉了外衣。

"怎么！小姐，"他给玛蒂尔德写信，"德·拉莫尔小姐经她父亲的仆人阿尔塞纳之手，把一封极具诱惑的信交给汝拉山来的一个可怜的木匠，无疑是在愚弄他的单纯……"然后，他转抄收到的那封信中含义最明显的句子。

跟他这封信比，德·博瓦西骑士先生外交言辞中的深谋远虑都会逊色。刚过十点，于连陶醉在幸福和对自己的力量的感受中，这感觉对一个穷光蛋来说太新奇了。他走进意大利歌剧院，听他朋友吉罗尼莫演唱。音乐从未让他升到这样的高度，他成了一个神 ①。

---

① 司汤达的原注 "Esprit per. pré. gui.II.A.30."，后来被解释出来，应该是 "Esprit perd. Préfecture. Guizot, II Août 1830"。意思是 "才智失去了省长职位。基佐。1830 年 8 月 20 日"。7 月革命后司汤达申请过省长职位，但遭到当时的基佐政府的拒绝。

14 年轻女孩的想法

怎样的踌躇呀！多少的不眠之夜啊！伟大的主！我要使自己被人轻视吗？他本来将轻视我，但他离开，走了。

——阿尔弗雷德·德·缪塞[①]

写那封信玛蒂尔德不是没有经过一番斗争。不管她开始时怎样，反正对于连的兴趣很快制服了她的骄傲，而这种骄傲从她记事起就一直独霸她的心。现在，这颗高傲而冷酷的心第一次受到热烈情感的裹挟。但这情感虽制服了骄傲，却仍旧忠于传统的自尊。两个月的内心挣扎和新奇的感觉使她完全变了一个人。

她以为触摸到了幸福。对那种既有勇气又有才智的心灵来说，这是极具杀伤力的。然而这仍需和个人尊严及世俗的责任感作斗争。一天，她早晨七点就走进母亲房间，请求让自己到维尔基埃去独自过一段日子。侯爵夫人根本不屑于理她，劝她回床上去。这是一般的谨慎和对传统的尊重的最后一次努力。

她倒不害怕做错事和冒犯被凯吕斯们视为神圣的东西，她觉得他们这种人不配理解她，要是买一辆车或一块地，她倒是会去找他们商量。她害怕的是于连对她的感觉。

"也许他徒具出类拔萃的外表？"

她厌恶周围那些漂亮的年轻人没有性格。他们越是温文尔雅地嘲笑脱离时尚或自以为跟随时尚，就越是让她看不上眼。

他们是勇敢的，仅此而已。"再说怎样的勇敢呢？决斗中勇敢。

[①] 阿尔弗雷德·德·缪塞（1810～1857），法国浪漫主义诗人，主要作品有《罗拉》，剧本《洛朗察秋》和自传体长篇小说《一个世纪孤儿的忏悔》等。

但现在决斗不过是仪式。事先就什么都知道了，甚至倒下时应该说什么也是事先就知道的。直挺挺躺在草地上，手放在胸口，应该大度地原谅对方，还要给一位美人儿留下句话，这美人儿常常是虚构的，或者她在您死的那天刚好去参加舞会了。

"他们敢于率领一队刀光闪闪的骑兵直面危险，但孤身面对特殊的、意外的、真正丑恶的危险呢？

"唉！"玛蒂尔德对自己说，"在亨利三世的宫廷可以遇见因出身而伟大的人，也可以遇见因性格而伟大的人！啊！如果于连曾在雅尔纳克①或者蒙孔图尔效力过，我就不会再有怀疑了。在那精力和体力的时代，法国人不是玩偶。打仗时几乎是最少困惑的日子。

"他们的生活不像一具木乃伊那样被禁锢在一个人人相同的套子里。是的，晚上十一点钟孤身走出卡特琳·德·美第奇的苏瓦松府，要比今天去阿尔及尔需要更多勇气。过去的人一生就是一连串的偶然。而现在文明驱逐了偶然，不再有意外。它如果出现在思想里，会有无穷无尽的挖苦话来对付它；它如果出现在事件里，我们会因为恐惧而什么卑鄙的事都干得出。恐惧无论让我们干出什么疯狂的事都会得到原谅。堕落而令人厌倦的世纪啊！博尼法斯·德·拉莫尔如果从坟墓里伸出他那被砍掉的脑袋，看见他的十七个后代像绵羊一样束手就擒，并在两天后被送上断头台，他会说些什么呢？死是肯定的，然而进行自卫，至少打死一两个雅各宾分子，那会被认为有失体统。啊！在法国的英雄时代，于连会是骑兵上尉；我哥哥则是品行端正的年轻教士，眼里闪着智慧，满嘴大道理。"

几个月前，玛蒂尔德就不再指望能遇见一个稍微不同凡响的人了。她大胆给上流社会的几个年轻人写过信，从中得到一点乐趣。一个年轻女孩这样的行为轻率、大胆、不体面。可能在德·克鲁瓦泽努瓦先生眼中，还有她外祖父德·肖纳公爵眼中，她是在贬低自己。那时候，遇到写信的日子，玛蒂尔德就睡不着。不过那些都是回信。

---

① 雅尔纳克，法国西南部夏朗省小城。1569年德·安茹公爵，也就是后来的亨利三世在此率军大败德·孔代亲王的胡格诺派军队。

这一次，她敢说自己爱上了。她是主动（多么可怕的字眼！）给一个社会最底层的男人写信。

这事被发现必将是永远的耻辱。嘴上说说已经够可怕了，何况真动笔写？拿破仑在获悉贝兰的投降消息后高声说："有些事不可写下来！"而这句话正是于连告诉她的！好像是一个事先的警告。

不过这都还没什么，玛蒂尔德的焦虑有其他原因。她完全不顾会给上流社会造成怎样恶劣的影响，会使自己蒙羞并污辱门第，决定给一个与克鲁瓦泽努瓦们完全不同类的人写信。

于连性格的难以捉摸令人害怕。而她却要他做情人，也许做主人！

"一旦他对我可以为所欲为，什么企图他不会有呢？那好吧！我就像美狄亚那样对自己说：'在诸多危险中，我还有我。'"

她认为，于连对血统的高贵丝毫没有敬意。更有甚者，也许他对她没有丝毫爱情。

就在这充满了可怕疑虑的最后时刻，源于女性自尊的想法浮现。"在一个像我这样的女孩的命运中，一切都该是不寻常的。"玛蒂尔德高声喊道。她那从小就受到鼓励的骄傲同道德展开了搏斗。而于连的离开加速了这一切。

夜深时，于连把一个很重的箱子送到楼下门房那里。他叫来一个正追求德·拉莫尔小姐贴身女仆的仆人搬运这口箱子。"这花招可能没有效果，"于连心想，"但如果成功，她就会以为我已经离开了。"开了这个玩笑，他欣然入睡。可玛蒂尔德一夜不曾合眼。

第二天一早，于连趁没人时溜出府邸。但八点钟之前他又回来了。

他刚到图书室，拉莫尔小姐就出现在门口。他把回信交给她。他想他应该跟她说句话，但是拉莫尔小姐走了。其实他也不知道说什么。

"如果这不是她跟诺贝尔伯爵串通好的玩笑，那就是我冷酷的目光点燃了这个出身高贵的姑娘对我的古怪爱情。如果我竟然对这个金发大玩偶发生兴趣，那我就傻得可以了。"想到这儿，他变得更加冷静，更加有算计。

"在这场正在酝酿的战役中，出身犹如一座高地，她和我之间的战斗就在上面展开。我留在巴黎大错特错。如果这不过是个玩笑的话，那我推迟行期就会遭人轻视，并暴露在危险面前。走了有什么危险呢？如果他们是在嘲笑我，我走了就是对他们的嘲笑。如果她真的对我有几分兴趣，我走了这种兴趣会增加一百倍。"

德·拉莫尔小姐的信满足了于连的虚荣心，此刻的他竟忘了想想离去的好处。

极端敏感自己的失误是他性格中的致命弱点。这失误使他大为恼火，几乎忘了之前难以置信的胜利。九点钟左右，德·拉莫尔小姐来到门口扔给他一封信后转身走掉了。

"看来这要成一本书信体小说了，"他拾起那封信，"敌人虚晃一枪，我将应之以冷漠和道德。"

但人家是要他做出决定性答复呢，口气的高傲更增加了他内心的快乐。他乘兴写了两页纸，愚弄那些想嘲笑他的人，并在信尾开了个玩笑，说他决定第二天早晨动身。

信写好了。"花园是交信的好地方。"他这样想，立刻就去了。他看着拉莫尔小姐二楼卧室的窗户。卧室紧挨她母亲的房间，但一楼和二楼间有个很大的夹层。

二楼太高，于连手里拿着信在椴树下走来走去，从拉莫尔小姐的窗户那儿看不见他，椴树修剪成一个拱顶挡住了视线。"怎么搞的！"于连生自己的气了，"又是不慎之举！如果让我在众目睽睽下手拿着信，这可帮了我的敌人的忙了。"

诺贝尔的卧室在上面，如果于连走出椴树的拱顶，伯爵和他的朋友可以看得清清楚楚。

拉莫尔小姐在玻璃窗后面出现，于连半露出信来，她点了点头。于连立刻奔向楼上自己的房间，在楼梯上正好碰见了美丽的玛蒂尔德，她笑盈盈大大方方拿走了信。

"可怜的德·雷纳夫人，"于连对自己说，"就是在有了亲密关系六个月后，她在敢接我的一封信时，眼里洋溢着的情感是多强烈呀！

我相信她从不曾这样笑盈盈看过我。

"但是，"他继续想，"晨装、仪态的高雅，也多么不同啊！一个趣味高雅的人三十步之外看见德·拉莫尔小姐，就能猜出她的社会地位。这就是所谓的不言自明的优点那种东西。"

于连自嘲着，却没把思想和盘托出。德·雷纳夫人没有德·克鲁瓦泽努瓦侯爵可以为之牺牲，那时候他的情敌只有卑鄙的专区区长夏尔科先生——他用了德·莫吉隆这个断子绝孙了的家族的姓。

五点钟，于连收到从图书室的门口扔进来的第三封信。拉莫尔小姐依旧一溜烟跑了。"真是写上瘾了！"他笑着说，"其实可以很方便地面谈嘛！看来敌人是想得到我的信，这很明显，而且要好几封！"他并不急于拆开。"又是些漂亮的句子。"他想。可当他开始读了，脸也就发白了。信只有几行字：

　　今晚我必须跟您谈谈。子夜一点的钟声响时，您到花园来。园丁的大梯子就在井边，搭在窗口上爬到我屋里来。有月光，没关系。

15 又是一个阴谋吗？

啊！一个伟大的计划从拟定到执行，中间的间歇多难熬呀！太多的虚惊！太多的犹豫！它关系到生命。远不止生命，还关系到名誉！

——席勒

"这下严重了，"于连有些害怕了，"太明目张胆了。这位美丽的小姐可以在图书室里跟我谈，感谢主，她有完全的自由。侯爵怕我让他看账，从不到图书室来。德·拉莫尔先生和诺贝尔伯爵，这两个唯一上这儿来的人几乎整天不在家，他们什么时候回府也很容易预见。而崇高的玛蒂尔德，即使向她求婚的是一位君王，也算不得高攀，却要我干一件可怕的冒失事！

"显然他们想毁了我，至少要嘲弄我。他们先是想用我的信来毁掉我，幸亏我的信写得谨慎。那好！他们现在需要一个现行被抓住。这些漂亮的小先生们以为我太傻、太狂。见鬼去吧！顶着大月亮爬上二十五尺高的二层楼！他们有的是时间看见我，即使邻近府邸里的人也能。我爬在梯子上可好看啦！"于连回到自己房间，一边吹口哨，一边整理箱子。他决心走了，信也不回。

可这一明智的决定并没有给他带来内心的平静。"万一玛蒂尔德是真的呢？"他关上箱子对自己说，"那我就在她的眼中成了一个十足的懦夫。我没有高贵出身，必须有伟大的品质，由行动来证明的……"

他思考了一刻钟。"否认有什么用？我在她眼里将是一个懦夫。我将失去上流社会最出色的女人，在德·雷斯公爵的舞会上大家都这么说。而且也失去了极大的快乐，看不见德·克鲁瓦泽努瓦侯爵为了我而被牺牲。他可是公爵的儿子，将来也要当上公爵。一个可爱的年轻人，有着我所缺少的种种优点：机智、高贵的出身、财富……

"这悔恨要折磨我一辈子，不是为她，情妇有的是！

"'可名誉只有一个！'

"老唐·狄哀格①就是这么说的，而现在显而易见的是，我在遇到的第一个危险面前退却了，跟德·博瓦西先生的决斗不过是个玩笑罢了。这次可完全不同。我可能成为一个仆人的靶子，不过这还是最小的危险，我可能名誉扫地。

"这下可严重了，我的孩子，"他学着加斯科尼②人的口音快活地补充说，"事关名誉。一个被命运抛到像我这么低的地位上的可怜虫，绝不会再有这样的机会。我以后当然也会交上好运，但总会差些……"

他迈着急促的步子走来走去，时不时突然停住。他卧室里那尊黎塞留的精美大理石胸像吸引了他的目光。这尊胸像好像在严厉地看着他，责备他缺乏法国人性格中那种自然的大胆。"在你那个时代，伟大的人啊，我会犹豫吗？"

"往最坏里想，假定这是个圈套，那对一个女孩来说更危险、麻烦。他们知道我不是一个闭口不言的人。要我不说出来得杀了我。这在一五七四年博尼法斯·德·拉莫尔那个时代可以，而现在没人敢。如今这些人不一样了。德·拉莫尔小姐的耻辱明天就会传遍四百个客厅，而且怎样被人津津乐道啊！

"仆人们私下会议论我受到明显偏爱，这我听见过……

"另外，她的信！……他们会以为我会把信随身带着，好在她卧室里把我抓住，把信抢走。我可能要对付两个人、三个人、四个人，谁知道呢？可他们到哪儿去找这样的人呢？在巴黎什么地方能雇到嘴严的人呢？法律让他们害怕……当然！一定是凯吕斯们自己来干。这种时刻，还有我在他们中间露出的傻相，一定把他们迷住了。秘书先生，当心阿贝拉尔③的命运！

"好吧！等着瞧吧，先生们！我会让你们个个都挂彩的，我会像

---

① 唐·狄哀格，法国剧作家高乃依的悲剧《熙德》中的人物。

② 加斯科尼，法国西南部旧省。

③ 阿贝拉尔(1079～1142)，法国神学家，经院哲学家。爱上自己的学生爱络琦丝，两人秘密结婚。后被爱络琦丝的父亲发现，雇人阉割了他。

恺撒的士兵在法萨罗①那样朝脸上打……至于信嘛,我可放在了安全的地方。"

于连把最后两封信各抄一份,夹在图书室里那套精美的《伏尔泰全集》的第一卷里,原信则亲自送到邮局。

回来之后,他又惊又怕地对自己说:"我将投身怎样的疯狂啊!"有一刻钟他不曾考虑当夜要采取的行动。

"但如果拒绝,以后我会自己看不起自己!这会让我毕生怀疑自己,而这样的怀疑是不幸中最大的不幸。阿芒达的情夫不是已经给过我这样的体验吗!要是一桩明确的罪行,我相信我会比较容易饶恕自己,一旦承认,就置诸脑后。

"怎么!我要跟一个拥有全法国最高贵的姓氏之一的人竞争,而我自己将很乐意甘拜下风!实际上,不去就是懦弱。这句话决定一切,"于连站了起来……"再说,她真漂亮!"

"如果这不是欺骗,那她是怎样的疯狂啊!如果这是愚弄,当然,先生们,是否认真对待取决于我,而我会认真对待的。

"可要是我进去时,他们捆住我胳膊呢?他们可能已经在里面装了什么机关了!

"这像是一场决斗,"他笑着对自己说,"我的剑术教师说过,有进招就有破招,但仁慈的主希望有个了结,就让两个人中的一个忘记招架。再说,我有东西回敬他们。"他从口袋里掏出两把手枪,把火药换过了。

还要等几个钟头,为了找点事情做,于连给富凯写信:

"我的朋友,在发生意外的情况下,当你听人说我遇到了怪事,才可以拆开所附的信件。到那时,把我寄给你的手稿上的专名去掉,抄八份寄给马赛、波尔多、里昂,布鲁塞尔等地的报馆。十天后,把手稿印出来,先寄一份给德·拉莫尔侯爵先生,半个月后,把余下的在夜间撒向维尼埃尔的大街小巷。"

这份短短的为自己辩白的回忆录以故事的形式写成。富凯只有

---

① 法萨罗,希腊境内的古城。公元前48年恺撒在此大败庞贝。庞贝的士兵大多是年轻人,因此恺撒命令士兵"朝他们脸上打",庞贝的士兵害怕破相,纷纷逃跑。

在发生意外后才能拆看，于连在尽可能不牵扯德·拉莫尔小姐的前提下，准确描绘了他的处境。

刚封好包裹，晚饭的铃声就响了。他的心怦怦跳，他的想象还在刚写的故事悲剧性的预感里。他看到自己被仆人抓住，捆起来，嘴里塞着东西，被带进地下室。一个仆人看着他，如果贵族家庭的荣誉要求这件事有一个悲惨的结局，使用那种不留痕迹的毒药很容易了结这一切。那可以说他死于疾病，然后把他的尸体抬回他的房间。

像每个悲惨故事的作者一样，于连也被自己编的故事打动了，进入餐厅时竟真感到了恐惧。他看着那些穿着华丽号衣的仆人，研究他们的相貌。"被选派执行今晚任务的是哪几个呢？"他想，"在这个家里，总是念念不忘亨利三世的宫廷；也常提及，若是他们认为受到了冒犯，做起事来要比其他同等地位的人更果断。"他望着德·拉莫尔小姐，想从她的眼里看出她家人的打算。她面色苍白，一副中世纪的模样。他从未发现她的气度如此高贵，模样如此美丽、威严过。他几乎要爱上她了。"预感到死，面色苍白。"他对自己说（她的苍白宣布了她的伟大计划）。

晚饭后，他装作散步进了花园。但枉费心机，等了许久也不见德·拉莫尔小姐露面。这时跟她谈谈，也许会解除他心上的重负。

他去察看地势和梯子的分量。他想："我命中注定要使用这种工具！在这里如同在维尼埃尔。多不同啊！那时候，"他叹口气，"我不必怀疑我为之冒险的那个人。而且危险也多么不同！

"我要是被打死在德·雷纳先生的花园里，我根本不会丢脸。人们很容易把我的死说成是原因不明。在这儿，什么可恶的故事不会被编造出来啊，在肖纳府、凯吕斯府、雷斯府，总之在所有地方。我在后人眼中成了恶魔。

"两三年内，"他笑着自嘲一番。但这想法让他泄气，"谁能替我辩白呢？就算富凯把我留下的小册子印出来，不过是又多了一种耻辱罢了。怎么！一个收留了我，殷勤接待我，无微不至关怀我的家庭，我给予的回报竟是刊印小册子，抨击那发生的事，败坏女人的名誉！不行，我宁可被他们捉弄！"

16 子夜一点

这座花园足够大，是几年前以无比高超的审美力设计出来的。但那些树都已有百年了，园子有几分乡村风味。

——马欣吉尔 [1]

他决定给富凯写信取消原来的决定。十一点的钟声响了，他转动房门钥匙，弄得哗啦作响，像是把自己锁在了屋里。他蹑手蹑脚观察整座房子，尤其是仆人们住的五楼。没有任何异常。拉莫尔夫人的一个女仆在举行晚会，男仆们兴高采烈地喝着潘趣酒。"笑成这样的那些人，大概不会参加夜里的行动，他们应该更严肃才是。"他想。

最后，他到花园一个黑乎乎的角落站定。"如果他们的计划是瞒着家里的仆人，他们会让负责抓我的人从花园的墙上爬过来。

"如果德·克鲁瓦泽努瓦先生在这件事中稍冷静些，他应该在我进入她房间前就让人把我抓起来，让他想娶的人的名誉少受些损害。"

一番精确的军事侦察后，他想："事关我的名誉，如果我干出什么蠢事，我自己都没理由对自己说：我没想到。"

天晴朗得让人绝望，没什么主意好打了。十一点左右月亮升起来，十二点半时已经把朝花园的那面墙照得通亮。

"她真是疯了。"于连心想。一点的钟声响了，诺贝尔伯爵的窗子还有灯光。于连一辈子都没这么害怕过，他只看到这次出击的种种危险，没有丝毫热情。

他去搬那架巨大的梯子，等了五分钟，看看她会不会改变主意。

---

① 马欣吉尔（1583～1640），英国诗人，剧作家。

一点五分，他把梯子靠在窗口上，手拿着枪慢慢往上爬。居然没受到攻击。到了窗前，窗子无声地开了。

"您来了，先生，"玛蒂尔德非常激动，"我看了您一个钟头了。"

于连很局促，不知如何是好，他根本就没有爱情。窘迫中，他想应该大胆，就试图拥抱玛蒂尔德。

"不！"她把他推开。

他很高兴遭到拒绝，急忙向周围扫了一眼。月光很亮，使得拉莫尔小姐房间里更加黑暗。"很可能那边藏着一些人，而我看不见。"

"您衣兜里是什么？"玛蒂尔德问他，很高兴找到了话题。她感到不同寻常的痛苦，一个出身高贵的女孩自然具有的矜持和羞怯又占了上风，折磨着她。

"我有各种武器和手枪。"于连回答，因为找到点能说的而跟她一样高兴。

"应该把梯子拉上来。"玛蒂尔德说。

"梯子太大，会碰碎下面客厅或夹层的玻璃窗。"

"不会碰碎，"玛蒂尔德想让自己平静下来，"您可以用绳子拴在梯子第一蹬上把梯子放倒。我屋里经常准备着绳子。"

"这个动情的女人呀！"于连想，"她敢说出自己爱上了。她在这些预防措施中表现出如此的冷静和聪明，足以让我知道我并没有战胜德·克鲁瓦泽努瓦先生，我真蠢，我不过是代替了他。事实上，这有什么关系！难道我爱她吗？他有一个接替者这会让他恼火，这个接替者是我，就更让他恼火，在这个意义上我战胜了侯爵。昨晚在托尔托尼咖啡馆他是多么傲慢，竟然装作没有认出我！后来实在躲不过去，但他向我致意时神情凶恶！"

于连把绳子系在梯子的一端慢慢放倒。身子尽量探出阳台外，不让梯子碰着玻璃窗。"这可是个杀死我的好机会，如果有人藏在玛蒂尔德的房里。"而四处依然一片沉寂。

梯子触到地面，于连设法让它顺倒在墙边花坛里。

"我母亲看见她美丽的花草被压坏了，会说什么呀！……得把绳子扔掉，"她极其冷静地说，"如果有人看见绳子直通阳台，那可就说不清了。"

"我出去怎么办呢？"于连模仿克里奥尔语开玩笑地说。（家里有个女仆出生在圣多明各。）

"您从门口出去。"玛蒂尔德对这个主意感到高兴。

"啊！这个人真配得上我全部的爱！"她想。

于连刚把绳子扔进花园，玛蒂尔德就一把抓住他的胳膊。他以为敌人来了，猛转过身，同时拔出了匕首。她相信听见了一个窗子打开的声音。他们屏住呼吸一动不动，月光照着他们。但声音没再出现。

于连看了看门上的插销都插上了，他还想看看床下，但不敢，那底下可能安置了一两个仆人。但最后他害怕日后会责备自己不谨慎，还是看了看。

玛蒂尔德陷在极度羞怯造成的苦恼和对自己的憎恶中。

"您是怎么处理我的信的？"她终于问道。

"多好的机会，如果这些先生们在偷听，他们可该发难了，战斗也能避免了！"于连想。

"第一封藏在一本很大的新的《圣经》里，昨晚的驿车已把它带到很远的地方了。"

他讲细节，声音清晰，好让可能藏在衣橱里的人听清，他没敢查看那两个衣橱。

"另外两封也到了邮局，要和第一封走同样的路线。"

"伟大的主！为什么要有这么多的戒备？"玛蒂尔德惊讶地问。

"我为什么要说谎呢？"于连就把猜疑和盘托出。

"原来这就是你信写得冷淡的原因啊！"玛蒂尔德叫了出来。

于连没有注意到这个细微的差别。话中的"你"让他昏了头，至少他的疑心已化为乌有，就大着胆子把这如此美丽、使他如此敬重的姑娘抱在怀里。他没有遭到明确的拒绝。

他求助于记忆，像从前在贝藏松和阿芒达·比奈在一起时那样，背诵了好几句《新爱洛伊丝》中的句子。

"你有男子汉的胆量，"她没有听他那些漂亮句子，"我承认，我想考验你的勇气。你最初那些猜疑和你的决心证明了你比我想象的还要勇敢。"

玛蒂尔德努力用"你"来称呼他，显然，比起话语的内容，她把更多注意力花在这种奇特说话方式上了。这种缺乏温情的你我相称没有使于连感到一点快乐，他奇怪自己怎么一点幸福也没有，最后，他为了有所感，就求助于理智。他看到自己受这个女孩的敬重，而她那么高傲，从不会无保留地称赞人。如此这般，他终于感到了自尊心的满足带来的幸福。

玛蒂尔德还是很窘迫，好像给自己的行为吓呆了，能找一个话题自然很高兴。他们谈以后见面的办法，这种讨论再次证明了他的才智和勇气，他心里美滋滋的。他们要对付的是些精明的人，小唐博肯定是个奸细，但玛蒂尔德和他也不是笨蛋。说到底，到图书室会面不是最容易的吗？

"我可以去府里任何地方而不引起疑心，"于连说，"甚至能去德·拉莫尔夫人的卧室。"要到她女儿的卧室必得经过她的卧室。如果玛蒂尔德认为还是爬梯子好，他会怀着欣喜来冒这小小的险。

玛蒂尔德对他志得意满的神气有些反感。"这么说他是我的主人了。"她心想。她已经后悔了。她的理智对她刚刚干出的荒唐事深感厌恶。如果她能，她一定会把自己和于连一起杀掉。当她的意志力暂时把悔恨压下去时，她又感到了羞耻，因此痛苦不堪。她无论如何想不到自己会落到这种可怕境地。

"不过我总得跟他说话，"她最后对自己说，"跟情人说话，这是理所应当的。"于是，为了履行义务，她怀着柔情把这几天她为他做的决定一一讲给他听，不过这种柔情更多表现在言辞里。

她曾决定，如果他敢像规定给他的那样，借助园丁的梯子爬进她的房间，她就把自己给他。但把这种温情脉脉的话说出口，不会有人比她的口吻更冷淡。到此为止，这次幽会一直是冷冰冰的。这简直是把爱情当成了仇恨。对于一个不谨慎的女孩来说，这是怎样的道德教训啊！为了这样的一刻，值得毁掉自己的未来吗？

经过长时间犹豫，玛蒂尔德终于做了他的情妇。一个肤浅的观察者可能会觉得这犹豫乃是一种最坚决的仇恨的结果，殊不知，一个女人自然萌生的情感，要收回去有多难啊，即使有着坚强意志也一样。

实际上，他们的狂热有些勉强。热烈的爱情与其说是现实，不如说是一种模仿。

德·拉莫尔小姐认为她是在对自己和情人尽义务。"可怜的孩子，"她对自己说，"他表现出了十足的勇气，他应该幸福，不然就是我没有性格。"然而，她实际上宁愿以永恒的不幸为代价，摆脱她正在履行的残酷职责。

不管她对自己的强迫多么可怕，她还是完全履行了诺言。

没有悔恨，也没有责备来破坏这个夜晚。在于连看来，这一夜与其说是幸福，还不如说是奇特的。伟大的主！跟他最后在维尼埃尔度过的那二十四小时相比太不同了！"巴黎的高雅规矩找到了败坏一切甚至爱情的秘诀。"他对自己说。不过这对他就不公正了。

他站在大衣橱里，脑子里尽是这样的想法。那是在听见隔壁德·拉莫尔夫人的房里第一声响动时，玛蒂尔德让他钻进去的。玛蒂尔德跟母亲望弥撒去了，女仆们很快离开了套房。于连赶在她们回来结束工作前很容易溜走。

他骑上马，到巴黎附近一片森林中最僻静的地方。他感到幸福，更感到惊奇。幸福不时占据他的心，就像一个年轻少尉有了什么惊人之举，一下子被司令官提升为上校，他感到自己上升得很高很高。前一天还在他上面的那一切，如今全都在他旁边甚至下面了。渐渐地，他越走越远，幸福也随之增加。

如果他心里没有丝毫柔情，那也是因为玛蒂尔德的行为造成的。不管听上去多奇怪，她只是在履行一种责任。对她来说，那天夜里发生的事平淡无奇，她没有感受到小说里描绘的那种圆满的极乐，她只感到了不幸和羞耻。

"是我错了？难道我对他没有爱情？"她问自己。

17 古剑

我现在想要严肃起来——是时候了，
因为目前笑会被人看作是不严肃，
"美德"对"罪恶"开玩笑被看成是罪恶。

——《唐璜》第13章

她没有吃晚饭。晚上，她到客厅来了一会儿，但没看于连一眼。他觉得这种态度很奇怪，"不过，"他想，"我不了解他们的习惯，以后她会把这一切给我解释清楚的。"但强烈的好奇弄得他坐立不安，他开始研究玛蒂尔德脸上的表情。他承认，她的神情是冷漠甚至凶狠的。显然，这不是同一个女人，昨天夜里她充满狂热——只是那狂热太过分，不可能是真的。

第二天、第三天，她同样冷淡；她不看他，甚至对他的存在浑然不觉。于连受着强烈的煎熬，第一天他受到胜利的鼓舞，现在却相距千里之遥。他对自己说："是不是突然又回到道德上去了？"不过，对高傲的玛蒂尔德而言，这未免太庸俗。

"在生活里她不大信宗教，"于连想，"她喜欢宗教是因为它对维护她那个等级的利益有用。

"但她能不能仅因为脆弱就强烈谴责她所犯的错呢？"于连相信自己是她的第一个情夫。

"但是，"他有时候又想，"应该承认，在她的整个态度中，没有丝毫的天真、单纯和温柔。我从未见她这样高傲过。她会是蔑视我吗？仅仅因为我出身低微，她就责备自己干下的事，她做得出的。"

于连满脑子从书本和维尼埃尔的回忆里得来的偏见，幻想着一个温柔的情妇，她从使情夫得到幸福的那一刻起，就不再考虑自己的存在。而这个时候，玛蒂尔德的虚荣却冲着他爆发了。

由于两个月来已不再感到厌倦，所以她也不害怕厌倦。这于连一点都没想到，他已经失去了最大的优势。

"我给自己找了个主人！"德·拉莫尔小姐心想，她已陷入极度悲伤中，"他很看重名誉，这好极了。但如果我把他的虚荣逼入绝境，他就会报复，把我们的关系公之于众。

"他对我拥有巨大权力，因为他通过恐怖来控制，如果我把他逼入绝境，他能对我进行残忍的惩罚。"单这就足以驱使德·拉莫尔小姐去侮辱他。勇敢乃是她性格的首要品质。她在拿自己的生命进行赌博，除了这个念头，没有什么能医好她那不断再生的根深蒂固的厌倦。

第三天，德·拉莫尔小姐还是执意不看他。晚饭后，于连不顾她明显的不悦，跟着她进了弹子房。

"好吧，先生，既然您不顾我明确表示出的意愿，一定要跟我说话，"她强压住怒火，"您是不是认为已取得了支配我的权利？……您知道吗，世上还从没人有这么大胆子。"

这对情人的谈话再滑稽不过了。他们激动起来，彼此怀着最强烈的仇恨。由于双方都没有耐性，又都有着上流社会的习惯，所以很快便明确宣布断绝来往。

"我向您发誓永远严守秘密，"于连说，"我甚至可以发誓永远不同您说话，只要您名声不因这明显变化而受到损害。"他恭恭敬敬地行礼离开。

他认为这是一种轻而易举完成了的责任，然而他万万没想到，他已深深爱上了德·拉莫尔小姐。当然，三天前他被藏在大衣橱里时，他并不爱她。但从他们可能永远断绝来往的那一刻起，他心灵中的一切迅速地变了。

他的记忆开始重现那晚的情景，实际上，那一夜让他心冷。

在宣布永远断绝来往的第二天夜里，于连差点发疯，他不得不承认自己爱上了德·拉莫尔小姐。

随着这一发现而来的是可怕的斗争：他的情感全都乱了。

两天后，他非但不能傲视德·克鲁瓦泽努瓦先生，反而几乎想抱住他痛哭一场。

他对不幸慢慢习惯了，很快有了点理智，决定去朗格多克，就打点好行李去了驿站。

到了驿车售票处，人家告诉他碰巧第二天去图鲁兹的驿车上有个位置，他差点儿昏了过去。他订下这个座位，回到拉莫尔府，准备向侯爵禀报。

德·拉莫尔先生出门了。半死不活的于连去图书室等他。哎呀，德·拉莫尔小姐在那里，这可怎么办？

看见他，她露出了一副恶狠狠的表情。

太不幸了，于连又被这意外的相遇弄昏了头，心一软，竟用发自内心最温柔的口吻对她说："这么说，您不爱我了？"

"我厌恶我委身于随便什么人。"玛蒂尔德哭着说，她恨她自己。

"随便什么人！"于连叫了起来，他朝一把中世纪的古剑扑过去，那把古剑是作为古董收藏在图书室里的。

他相信在向拉莫尔小姐说话时自己痛苦到极点，待他看见她流出羞愧的眼泪时，他的痛苦又增加了一百倍。如果能杀死她，他就是世界上最幸福的人了。

他费了些力气才从古旧的鞘里拔出剑来，就在这时，玛蒂尔德感到了幸福，一种如此新奇的感觉油然而生，她高傲地朝他走去，眼泪也不流了。

于连突然想到了他的恩人德·拉莫尔侯爵。"我要杀死他的女儿！"他心想，"多可怕啊！"他动了动，想把剑扔掉。"肯定，她看到这个演戏的动作会大笑。"想到这里，他恢复了冷静，好奇地注视着古剑的锋口，像是要看看有没有锈斑，然后插入鞘中，极其沉着地挂回到那颗镀金的青铜钉子上。

整个动作花了足有一分钟。德·拉莫尔小姐惊奇地望着他。"这么说，我差点儿被我情人杀死！"她对自己说。

这个想法把她带回到查理九世和亨利三世那个时代。

她站在刚把剑挂回去的于连面前，一动不动凝视着他，眼里不再有仇恨。应该承认，此刻的她是迷人的，肯定从未有女人比她更不像一个巴黎玩偶（这个词是于连对这个城市的女人最严厉的批评）。

"我又要对他有所偏爱了，"玛蒂尔德想，"如果我跟他如此强硬地说话之后再次失足，他肯定会认为他是我主人了。"于是她跑掉。

"我的主！她多美啊！"于连看着跑掉的她说，"就是这个女人，在不到一个礼拜前曾那么狂热地投入我的怀抱……这样的时刻一去不复返了！而且还是由于我的过错！在她采取一个如此不寻常、对我如此重要的行动的时刻，我竟无所感觉！……应该承认，我的性格生来就平庸。"

侯爵来了，于连忙向他辞行。

"去哪？"德·拉莫尔先生问。

"去朗格多克。"

"对不起，不行，您留下有更重大的使命。如果要走，也是去北方……甚至我要命令您在府中待命。您外出不得超过两或三个钟头，我可能随时需要您。"

于连行了个礼，一言不发退下。这让侯爵惊讶。回到房中，于连把自己关起来。在那里，他可以随意夸大命运的残酷。

"这么说，"他想，"我走开都不行！天知道侯爵把我留在巴黎多少天。伟大的天主！结果我会怎样？没有一个朋友可以商量，比拉尔神父连头一句话都不会让我说完，阿尔塔米拉伯爵会建议我参与什么阴谋。

"我疯了，我感觉到我疯了！

"谁能引导我？我会变成什么样？"

18 残酷的时刻

她向我承认了！连最细小的情节她都没有放过。她那如此美丽的眼睛注视着我，流露出来对另一个人的爱情！

——席勒

玛蒂尔德陶醉了，一心想着差点被情人杀死。她甚至对自己说："既然他差点儿杀了我，他就配做我的主人。要多少上流社会的漂亮青年熔化到一起，才能有这样一个充满激情的举动？

"应该承认，登上椅子，把剑准确放回室内装饰师为它安排的那个别致的位置时，他真漂亮！看来我爱上他并非太荒唐。"

此时此刻，如果有什么重归于好的体面办法，她会抓住不放。于连这时则把自己关在房里，还上了两道锁，正在绝望中苦苦煎熬。他满脑子里都是各种疯狂念头，想着去扑倒在她脚下。如果他是在花园和府邸中到处转，他可能瞬间就会把那可怕的不幸变成强烈的幸福。

我们责备他不够机灵，然而他如果够机灵，就不会有拔剑的豪举，正是这豪举使他在德·拉莫尔小姐眼中变得漂亮了。对于连反复无常的痴情持续了一整天后，玛蒂尔德把自己爱他的短暂时刻想象得很迷人，失去了就会感到惋惜。

"事实上，"她对自己说，"我对这可怜孩子的热情，在他看来只是从午夜一点我看见他衣兜里带着枪从梯子爬上来时开始的，一直持续到早晨八点。一刻钟后，在圣瓦莱尔教堂听弥撒时，我才开始想他也许会认为自己成了我的主人了，可能会用恐怖的手段使我服从。"

晚饭后，德·拉莫尔小姐非但没有躲避于连，反而找他说话，差不多是催促他跟自己到花园里去，他服从了。

发生过那一切后，他们过去那样的谈话不会再有了。

渐渐玛蒂尔德跟他说起知心话来，谈到她的情感历程。她在这种谈话里发现了一种奇异的快感，她甚至跟他讲了对德·克鲁瓦泽努瓦先生、德·凯吕斯先生的短暂热情……

"怎么！对德·凯吕斯先生也有过！"于连叫了起来，他感到了痛苦和嫉妒。这点玛蒂尔德看出来了，但一点也不生气。

她继续折磨于连，细细讲她的旧情事，并且讲得绘声绘色，显得推心置腹。于连看得出，她的描绘是真实的。而且更让他痛苦的是，她一边说一边还在她回忆中发现新的细节。

疑心情敌仍被爱着，这已经够残酷了；而还要倾听钟爱的女人详述那被情敌唤起的情感，简直就是痛苦的顶点了。

啊，促使于连自认胜过克鲁瓦泽努瓦们的骄傲的冲动，此时此刻受到了多严厉的惩罚啊！他怀着深切而真实的痛苦在夸大他们那些微不足道的优势！他又是怀着怎样热烈的诚意在蔑视自己！

玛蒂尔德是值得他崇拜的，任何语言都无力表达他的崇拜。他在她身边走，偷偷看她的手、胳膊，还有她女王般的仪态。他已被爱情和不幸摧垮，就要跪倒在她的脚下喊出："怜悯我吧！"

于连不怀疑德·拉莫尔小姐的真诚，在她所说的一切中，真诚太明显了。为了让他的不幸绝对完整无缺，有时候她想着自己曾一度对德·凯吕斯先生怀有的感情，竟仿佛眼下还爱着似的。在她的语气中肯定有爱情，于连断言。

就是在他的胸中灌满熔铅，他也没有这么痛苦。这可怜的小伙子已经痛不欲生，他如何能猜到，正是跟他谈话，德·拉莫尔小姐才会怀着那么多乐趣回想起自己对德·凯吕斯先生或德·吕兹先生曾有过的那点点没结果的爱情。

不久前，于连在这条椵树成荫的小路上等着夜里一点钟敲响，好爬进她的屋里；而今在这同一条小路上，他听着她倾诉对别人的爱情的细节。一个人是不能承受比这更强烈的不幸的。

　　残酷持续了八天整。谈话的机会嘛，玛蒂尔德时而像是在寻找，时而是在回避，他们怀着残酷的快感时时回到的话题，还是她对别人曾有过的感情。她向他谈起她写过的信、信里的词句，甚至整句整句背了出来。最后，她似乎怀着恶意凝视着于连。他的痛苦就是她强烈的快乐。

　　可以看出，于连毫无人生经验，甚至没有读过小说；否则稍稍冷静下来，对这个受到自己如此崇拜，把一些奇特的知心话说给自己听的女孩子这样说："我的确不如那些先生，可您现在爱的是我……"也许她就会因为被猜中了心思而感到幸福。这样一来，他可以摆脱就要在玛蒂尔德眼中变得单调乏味的局面。

　　"您不再爱我了，可我崇拜您！"于连对她说。那天，于连被爱情和不幸弄得昏了头。这差不多是他干出的最蠢的一件事。

　　拉莫尔小姐从跟他谈论自己的感情经历中得到的全部快乐，一瞬间都被这句话摧毁了。她开始感到奇怪，在发生了那一切之后，他居然能不对她的叙述发火，就在他说这句套话前，她甚至想象他已经不爱自己了。"骄傲无疑已经扼杀了他的爱情，"她对自己说，"他不是那种人，能眼睁睁看着自己白白被置于凯吕斯、德·吕兹、克鲁瓦泽努瓦等人之下，虽然他承认他们的地位比自己高得多。不，我不会再看到他匍匐在我脚下！"

　　前几天，于连由于陷入了不幸中，因此会常常在她面前极力称赞那些先生的杰出品质，甚至言过其实。这种微妙变化没能逃过德·拉莫尔小姐的眼睛，她感到惊讶，但一点也猜不出原因。于连那狂热的心灵，在颂扬一位他相信仍被她爱着的情敌的同时，也正分享着情敌的幸福。

　　他的话如此坦率，也如此愚蠢，顷刻间改变了一切，玛蒂尔德确信自己被爱上。当时他们正一起散步，她立即离他而去，临走前她的目光里流露出了鄙视。回到客厅，她整个晚上不再看他一眼。第二天，她心里依然对他充满鄙视。整整一个礼拜，她都把于连当作最亲密的朋友，并从中获得了很大快乐；但现在这种快乐不复存在，看见他，她感到的是不愉快。玛蒂尔德的感觉一变而为厌恶。

于连对一个礼拜来玛蒂尔德心中的变化茫然无知，然而他感觉得到鄙视。他很知趣，尽可能少在她面前出现。

他几乎是强迫自己不见到她，然而这样做并非没有痛苦。他相信自己的痛苦还在加深。"一个男子汉的勇气，不可能承受得更多了。"他对自己说。他把时光消磨在府邸顶楼的一扇小窗前，百叶窗被仔细关好，但拉莫尔小姐在花园里时他能看见她。

晚饭后，他经常能看见她和德·凯吕斯、德·吕兹先生或某位她承认曾动过情的先生一起散步，这时他会怎样呢？

于连没想到自己的不幸会如此强烈。他几乎要大吼出来，坚强的心灵终于被彻底搅乱。

凡与德·拉莫尔小姐无关的念头，他都觉得丑恶。他连最简单的信也不能写了。

"您疯了。"侯爵对他说。

于连害怕被识破，就推说有病，而且让侯爵相信了。他很幸运，侯爵吃晚饭时拿他即将上路的旅行打趣。玛蒂尔德知道这次旅行可能会时间很长。于连躲她好几天了，但无论那些年轻人多出色、拥有多少她曾爱过的这苍白忧郁的人所没有的，也无力把她从沉思中拖出。

"一个平常的女孩，"她对自己说，"会在客厅里的这些年轻人中寻找意中人，可天才的特征之一就是不让自己的思想墨守成规。

"于连不过是没有财产，但我有啊！做他这样的人的终身伴侣，我会继续引人注目，我绝不会在生活中默默无闻。我可不像我的那些表姐妹老是担心爆发革命，她们害怕人民，不敢训斥不会赶车的马车夫；而我不同，我会扮演一个伟大的角色，因为我选择的人有坚强的性格，而且野心勃勃。他缺什么？朋友？金钱？这我都能给他。"然而在潜意识里，她或多或少把于连看作是下人，只要她愿意，想什么时候让他爱就让他爱。

19 滑稽歌剧

唉！青春期的恋爱像阴晴不定的四月天，太阳刚刚照耀着大地，顷刻之间又乌云密布！

——莎士比亚

玛蒂尔德醉心于未来和自己希望扮演的特殊角色，很快就开始怀念常和于连进行的那些枯燥乏味、形而上的讨论。有时过于崇高的思想令她感到厌倦，她会怀念在他身边时的那些幸福时刻。当后面这些回忆出现时，并非没有悔恨，有些时候她还会被悔恨压得喘不过气来。

"但如果说人人都有弱点，"她对自己说，"一个我这样的女孩，仅仅为了一个有才华的人就忘了责任，也是值得的。人家绝不会说，迷住我的是他那漂亮的小胡子和马上的英姿，而会说是他关于法国前途的深刻见解，关于即将降临在我们头上的那些事件可能与英国一六八八年革命①相似的看法。我已经被迷住了。"她这样对自己说，"我是个软弱的女人，但我至少没有像一个玩偶被操纵。

"如果发生革命，为什么于连不能扮演罗兰②，我不能扮演罗兰夫人的角色？比起德·斯戴尔夫人，我更喜欢罗兰夫人，因为不道

---

① 指1688年的英国"光荣革命"，当时的英国国会推翻詹姆士二世，派代表从荷兰迎回玛丽和威廉。

② 罗兰（1734～1793），法国政治家，大革命后担任内政部长。他妻子在巴黎有一个著名的沙龙，有着很大的政治影响，后被山岳派送上断头台。罗兰本人在听说妻子被杀后也自杀。

德在我们这个时代将不是个障碍。我断定人们不会指责我再次失足，否则我真会羞死了。"

应该承认，玛蒂尔德并不总像我们刚写的那么严肃。

她望着于连，觉得他的一举一动都有种迷人魅力。

"毫无疑问，我已经在他心里把他认为自己有权利的想法完全摧毁掉了。

"一个礼拜前，这可怜的孩子跟我说那句有关爱情的话时，那种不幸和热情洋溢的表情可以证明这点。应该承认，我这人真是少有，听见一句敬重和热情的话居然会生气。我不是他妻子吗？他那样说倒是合乎情理，而且应该承认很可爱。经过一次次长得没完没了的谈话后，于连还爱我。我得承认我残忍地向他承认，烦闷生活让我对上流社会那些被他嫉妒的年轻人偶尔产生了一点点爱情。啊！但愿他知道他们对我是多么不重要！与他相比，我觉得他们苍白无力，都是一个模子刻出来的。"

玛蒂尔德信手在她的纪念册上用铅笔涂抹起来。不一会儿画成的一个侧面像使她惊喜交加，这侧面像和于连本人惊人地相似。"这是上天的声音！是爱情的奇迹。"她欣喜若狂，"我竟不知不觉就画出了他！"

她跑回房间关起门，专心致志想画一幅于连的肖像，可总是画不好；信手而来的那幅始终是最好的。玛蒂尔德非常高兴，从中看出了伟大激情的一个显著证据。

直到很晚，侯爵夫人打发人来叫她一起去意大利歌剧院，她才放下手中的画册。她只有一个念头，用眼睛寻找于连，如果找到了的话，她要她母亲允许于连陪她们一道去。

他始终没露面。在包厢里陪伴女眷的只有几位庸俗之辈。整个第一幕的时间，玛蒂尔德都在思念那个她强烈爱着的人；但到了第二幕，一句爱情格言钻进了她的心。不愧是契马萨罗[1]的作品。歌剧

---

[1] 契马萨罗（1749～1801），意大利著名歌剧作曲家。

的女主人公唱道：

应该惩罚我对他的过分崇拜，我过分爱他了！

从听到这句美妙的坎蒂列娜①时起，世上存在的一切对她来说都消失了。跟她说话她也不应；她母亲责备她，她也只能勉强抬抬眼。她心醉神迷到了一种亢奋状态，可以媲美几天来于连因她感到的强烈情感冲击。那句格言与她的心境契合无间，坎蒂列娜又像仙乐般美妙，瞬间占据了她所有不曾直接想到于连的分分秒秒。这晚上她的心境跟德·雷纳夫人思念于连时的一样。从头脑里产生的爱情无疑比真正的爱情明智，但它只有短促的兴奋，它太了解自己，会不断审视着自己。它非但不会把思想引入歧途，反而是靠思想建构起来的。

回到家，玛蒂尔德借口自己身体不适，在钢琴上反复弹奏那段坎蒂列娜。她不停唱着使她着迷的那段著名的咏叹调：

我要惩罚我自己；惩罚我自己，
如果我爱得太深了……

这个疯狂之夜的结果是，她相信自己战胜了自己的爱情。（这段文字将给不幸的作者带来的损害不止一端。冷酷的人会指责他下流。但他根本不曾侮辱那些在巴黎的客厅里出风头的年轻女人，因为即使他认为她们中有人可能产生类似玛蒂尔德性格的疯狂冲动，也非贬低她们全体。这个人物完全是想象的产物，并且出自社会习俗之外，而正是这些社会习俗将确保十九世纪的文明在所有别的世纪中占据一个卓越的地位。

为这个冬季的舞会增添光彩的那些年轻的姑娘，她们所缺少的

---

① 坎蒂列娜，意大利语"优美动听的旋律"。

绝非谨慎。

我也不认为应该指责她们过分地鄙视巨大的财产、车马、上好的土地和可以保证在上流社会得到一个称心如意地位的一切事物。在这些利益里，她们绝非只看到厌倦，这些东西正是她们经久不息追求的对象，如果她们心里还有激情，那也是对这些东西的。

能为于连这样有几分才华的年轻人提供前程的也绝非爱情。他们紧紧依附一个小集团，如果这个小集团发迹，社会上的好东西就会纷纷落在他们身上。不属任何小集团的学者就倒霉了！哪怕最小的成就也会遭到质疑甚至指责。那些道德高尚的人会因为抢劫他而获得胜利。啊，先生，一部小说就像是一面在大路上拿在手中的镜子。它反映到您眼里的有时是蔚蓝的天空，有时是路上泥潭里的烂泥。而背篓里带着镜子的人将被您指责为不道德！因为他们的镜子只照出了污泥。而您却指责镜子，还不如指责有烂泥的大路，更不如指责那些道路巡视官。

既然我们一致同意，玛蒂尔德的性格在我们这个既谨慎又道德的时代是不可能有的，那么我继续讲述这个可爱姑娘的种种疯狂，就不怎么担心会激起公愤了。）

第二天一整天，她都在找机会确认她已战胜了自己疯狂的激情。她的主要目的是千方百计让于连不喜欢她。

于连太不幸，尤其是太爱激动，看不破这种有点复杂的爱情诡计，更不可能看出其中对自己有利的地方，因此他成了受害者，也许他的不幸从未如此强烈过。他的行动已经很少受理智支配，如果有哪位愁眉苦脸的哲人对他说："赶紧设法利用对您有利的吧，在这种巴黎可以见到的从头脑产生的爱情中，同一种态度不能持续两天以上。"他听了也不会懂。无论他多么狂热，他究竟有荣誉感。他懂得自己的第一个责任是谨慎。向随便什么人讨主意、倾诉，都可以比作一个穿越炎热沙漠的人，突然从天上接到一滴冰水。但他认识到了危险，生怕冒失的人问他时他会泪如泉涌。于是，他把自己关在房里。

于连看见玛蒂尔德长时间在花园里走来走去，她离去后，他就从楼上下来。他走到一株玫瑰前,她曾经在那里摘过一朵花。

夜色阴暗,他可以完全沉浸在自己的不幸之中,不怕被人看见。他觉得德·拉莫尔小姐爱上了那些年轻军官中的一位,她刚才还跟他们一起说笑呢。她是爱过他,但她已经知道他有多少长处了。

"的确,我长处很少!"于连对自己说,"我充其量是个平庸的人,令人生厌,我自己都受不了。"他对他身上所有的优点,所有他曾热烈爱过的那些东西厌恶得要死。在这种想象颠倒的状态中,他却企图用想象来判断人生。这是出类拔萃的人的一种错误。

他有好几次想到了自杀,那种情景充满了魅力,就像是美妙舒适的休息,那是献给沙漠里快要渴死的人的一杯冰水。

"死会加深她对我的鄙视!"他喊道,"我将留下怎样的回忆啊!"

一个人跌进不幸的最后一道深渊,除了勇气,再无别的办法。于连还没有足够的天才能对自己说:"胆子要大。"而当他看一眼玛蒂尔德房间的窗户时,透过百叶窗看见她熄灯了。他想象这间他这一生只见过一次的可爱房间,他的想象也只到此为止。

一点的钟声响了。他对自己说:"我用梯子爬上去!"

真是灵机一动,正当的理由纷至沓来:"我还能更不幸吗?"他跑去搬梯子,园丁把梯子锁住了。于连为此砸碎了一把小手枪,这时他有超人的力气,用手枪的扳机把链子上的一个链环拧断,不多时他就把梯子靠在了玛蒂尔德的窗子上。

"她会生气,对我百般蔑视,那有什么关系?我吻她,最后的一吻,然后回房间自杀……我的嘴唇将在死前接触到她的脸颊!"

他飞快爬上梯子,敲响百叶窗。一会儿后玛蒂尔德听见了,想打开百叶窗。但被梯子顶住了。于连紧紧抓住用来固定打开时的百叶窗的铁钩子,冒着摔下去的危险猛地一推梯子,令其稍稍挪动。玛蒂尔德终于打开窗子。

他跳进屋子,已经半死不活了。

"果然是你!"她说着投入他的怀抱……

谁能描写于连的幸福呢?玛蒂尔德的幸福也差不了多少。

她对他说自己不好，坦白自己的种种不是。

"惩罚我残忍的骄傲吧！"她紧紧地搂住他，他快喘不过气来了，"你是我的主人，我是你的奴隶，我要跪下求你饶恕，因为我竟然想反抗。"她挣脱他的拥抱扑倒在地，"是的，你是我主人。"她陶醉在幸福和爱情中，"永远主宰我吧，严厉惩罚你的奴隶吧，如果她想反抗。"

一会儿她又挣脱拥抱，点燃蜡烛，要把整个一边的头发剪下来，于连好不容易才阻止她。

"我要记住，"她说，"我是你的奴仆，万一可憎的骄傲让我昏了头，你就把这头发给我看，并且说：'现在已不再是爱情的问题，不再是您的心可以有什么感觉的问题，您曾发誓服从，那就以名誉担保服从吧。'"

迷乱和快乐达到了这种高度，看来最好还是不去描写为妙。

于连的道德感和幸福感并驾齐驱："我得从梯子上爬下去，"他说，他已经看见曙光出现在花园东边的烟囱上，"我不得不做出的牺牲配得上您，我要放弃几个小时的幸福，那是一个人所能体味的最惊人的幸福。这牺牲是我为您的名誉做出的，如果您知道我的心，您会明白我对自己的强迫有多粗暴。您对我将永远是此时此刻的您吗？不过，有名誉担保足够了。您要知道，从第一次相会后，所有的怀疑并不都是针对小偷的。德·拉莫尔先生在花园里安置了一个看守，德·克鲁瓦泽努瓦先生身边布满了密探，他每晚做的事人家全知道……"

玛蒂尔德不禁哈哈大笑，把她母亲和一个侍女惊醒，她们隔着门跟她说话。于连看着脸白了的她在斥责那个侍女，不理她母亲。

"要是她们开窗，就会看见梯子！"于连说。

他又一次把她抱在怀里，然后跳上梯子滑下去。

三秒钟后，梯子已被放在小路旁的椴树下，玛蒂尔德的名誉得救了。缓过神来后，于连发现自己浑身是血，几乎一丝不挂。他往下滑时不留神弄伤了自己。

他把梯子重新用铁链锁上。玛蒂尔德窗下种着奇花异草的花坛留下了梯子的痕迹，他也没忘记除掉。

黑暗中，于连用手在松软的土上摸来摸去，看看痕迹是否除干净。他觉得有什么东西落在手上，原来是玛蒂尔德的头发，她剪下来扔给了他。

她在窗口。

"这是你奴仆送给你的，"她的声音相当大，"这是永远服从的信物。我不要理智了，做我的主人吧。"

于连被彻底征服了，他又忍不住想要去拿梯子爬到她屋里，然而还是理智占了上风。

从花园回到府邸不是件容易的事。他把一间地下室的门撞开了，他还不得不尽可能轻地撬开他的房门。他离开那间小屋太匆忙，慌乱中把衣服口袋里的钥匙都忘了。"但愿她把那些遗留下的东西藏好！"

最后，疲乏战胜了幸福，太阳也升起了，他沉入梦乡。

午餐的铃声好不容易才把他叫醒。他来到餐厅，很快，玛蒂尔德也来了。看到这个如此美丽、如此受尊敬的女人眼中闪着绵绵的情意，于连的骄傲得到满足，然而很快，他的谨慎被惊动了。

玛蒂尔德推说来不及梳头，她把头发弄得让于连一眼就能看见夜里剪掉的那部分头发，为他做出的牺牲何等巨大。假使一张如此美丽的脸能够被什么破坏的话，玛蒂尔德已经做到了。她那美丽、略带灰色的金发整个一边被剪掉，只剩下半寸长。

吃中饭时，玛蒂尔德的态度完全与这头一件的轻率一致，完全就是想要大家都知道她对于连的感情。幸好这一天德·拉莫尔先生和侯爵夫人的心思全在颁发蓝绶带上，名单里没有德·肖纳先生。到了快吃完饭时，玛蒂尔德竟称于连为"我的主人"。他连眼白都红了。

或是偶然，或是德·拉莫尔夫人故意安排，玛蒂尔德这一天没有一刻是一个人的时候。直到晚上从餐厅到客厅去时，她才找到机会跟于连说：

"您会认为这是我的借口吗？妈妈刚决定让她的一个女仆住到我房里来。"

于连的幸福到了极点。这一天过得快如闪电。第二天早上刚七点，他就坐在了图书室，他希望德·拉莫尔小姐来，他给她写了封长信。

但直到吃午饭时他才看到她。今天她非常细心梳了头，极巧妙地遮住了头发被剪掉的地方。她瞟了于连一眼，但目光礼貌而平静，"我的主人"这称呼也不提了。

在深思熟虑之后，她断定他即便不是一个常人，至少也不够出类拔萃，不配她为此做出这些疯狂之举。总之，她不再想爱情了，这一天她倦于恋爱。

而于连呢，他的心翻腾得像个十六岁的孩子。可怕的妒忌、猜疑和惊讶让他绝望。

他一旦能不失礼貌地离开餐桌，就立即冲向马厩，自己动手给马备上鞍，然后跃马飞奔而去，他怕自己的心软给自己丢脸。

"我必须用肉体的疲劳来扼杀我的心，"他在墨东树林里奔跑，对自己这样说，"我做了什么，说了什么，竟遭此不幸？"

回到府邸后，他想："今天应该什么也不做、也不说，像在精神上死了的，肉体也死掉了。于连不再是活着的，只是他的尸体在移动。"

20 日本花瓶

　　他最初并不明白不幸有多强烈，他的慌乱超过了他的激动。但随着理智的恢复，他感到了这不幸的深度。所有生活中的快乐，对他来说都消失了，他只能感受到绝望正在用利爪撕裂他的胸膛。但谈论肉体的痛苦有何用呢？有哪种身体上的痛苦能和这种痛苦相比呢？

——让·保尔^①

　　晚饭铃响时，匆匆穿好衣服的于连在客厅里看到了玛蒂尔德。她正极力劝说哥哥和德·克鲁瓦泽努瓦先生，不要去絮伦参加德·费瓦克元帅夫人的晚会。

　　在他们面前，她极尽妩媚之能事。晚饭后，德·吕兹先生、德·凯吕斯先生和他们的几位朋友来了。可以说德·拉莫尔小姐重新崇拜起手足之情和最严格的礼法了。尽管当晚天气极好，她坚持不去花园，她希望大家不要远离德·拉莫尔夫人坐的那张安乐椅，要像冬天一样，在那张蓝色的长沙发后形成这群人的中心。

　　她讨厌花园，至少她觉得这花园让她想到于连。

　　不幸会降低智力。我们的主人公太笨，居然又站在那把小草垫椅子旁边，虽然它曾是那辉煌胜利的见证。如今没人跟他说话，他的在场无人理会，甚至更糟。德·拉莫尔小姐的朋友中，那些靠近他这一头的几位都故意背对着他，至少他是这么想的。

　　"这像是一种宫廷上的失宠。"他想。他决定研究一下那些企图用轻蔑制服他的人。

---

① 让·保尔（1763～1825），德国作家，全名让·保尔·弗里德里希·李希特。

德·吕兹先生的叔父在国王身边担任要职，因此，这位漂亮军官与人交谈时开头总要加上点特殊信息：他叔父七点钟动身去了圣克鲁①，晚上也打算睡在那。这像随口说出的，并无深意，不过每一次都会被提到。

于连用不幸而严肃的目光观察德·克鲁瓦泽努瓦先生，注意到这个可爱而善良的年轻人，认为神秘原因具有巨大力量。如果他看见一个稍许重要些的事被归结为一个简单而自然的原因，就会伤心并生气。"这可有点疯了，"他心想，"这种性格跟科拉索夫亲王向我描述过的亚历山大皇帝很像。"可怜的于连走出神学院来到巴黎的头一年，这些可爱的年轻人的风度对他来说是那么新鲜，只是此刻，他们的性格方才开始真正呈现在他的眼前。

"我不配待在这里。"他突然想。问题是如何离开那小草垫椅子又不显得笨拙。他想求助于记忆，然而他的记忆中此类资源并不丰富。可怜的孩子还缺乏阅历，因此他起身离开时显得十分笨拙，人人都看在眼里。他把自己的不幸表现得太明显。三刻钟以来，他一直扮演着一个讨人嫌的下属角色，他们甚至懒得掩饰对他的看法。

然而，他对这些情敌所做的批评性观察，毕竟阻止他把自己的不幸看得过于悲惨。他拥有对前两天发生的事的回忆，足以支撑起他的自豪感。"无论他们有什么超过我的地方，玛蒂尔德都对我屈尊俯就了，而且还是两度。"

他的智慧就此止步。这个奇女子，命运刚刚安排她做了他全部幸福的主宰，而他却根本不理解她。

第二天，他坚持要用疲劳毁掉他自己和他的马。晚上，他不想再靠近那张蓝色长沙发，玛蒂尔德依旧在那里。他注意到诺贝尔伯爵在房子里碰见他时，甚至不肯看他一眼。"他一定是做了不寻常的努力来强迫自己，他平时是那样有礼貌。"

对于连来说，睡眠可能会是幸福。尽管身体疲惫，但一些富于

---

① 圣克鲁，巴黎郊外小镇，法王查理十世的宫廷设在当地的城堡里。

诱惑的回忆又开始侵入他的想象中。他还没有那样的天才，看不出自己在巴黎附近的森林中纵马驰骋，是在把命运交给偶然支配，受影响的只是他自己，对玛蒂尔德毫无影响。

他觉得有件事可以给他的痛苦带来永远的缓解：那就是跟玛蒂尔德说话。可他敢吗？

一天早晨七点钟，他想得正深，突然见玛蒂尔德到图书室来了。

"我知道，先生，您想跟我说话。"

"伟大的主！谁告诉您的？"

"反正我知道。如果您没有荣誉观，您可以毁掉我，或者至少可以试试；然而我不相信这种危险是真实的，它当然不能阻止我说真话。我不爱您了，先生，我那疯狂的想象欺骗了我……"

于连正为爱情和不幸发狂，受此可怕一击后，想为自己辩白几句。再也没有比这还荒谬的了。惹人讨厌是可以辩白的吗？然而理智已经不再能控制他的行为。本能驱使他延缓对命运做出决定。他觉得只要他在说话，一切就还没结束。玛蒂尔德听不进他的话，他说话的声音激怒了她，她想不到他竟敢打断自己。

源于道德和骄傲的悔恨，也使她这天早晨感到不幸。想到曾把一些支配自己的权利交给一个小神父，一个农民的儿子，她真可以说是惊恐万状了。她有时对自己说："这差不多就是我在责备自己委身于一个仆人。"她夸大了自己的不幸。

一时间，德·拉莫尔小姐对于连表示出了最过分的轻蔑。她有无穷的才智，而这种才智擅长的是折磨人的自尊心，并给予残酷的创伤。

生平第一次，于连被迫在一个对他充满强烈仇恨的高超才智面前屈服了。此时此刻，他非但毫无维护自己的意思，反而轻蔑起自己来了。她那些轻蔑如此残酷，是经过巧妙的算计后来摧毁他可能有的所有骄傲，朝他劈头盖脸地压下来，让他听了竟然觉得都是对的，而且还不够全面。

她呢，为几天前感受到的爱慕之情而惩罚自己，惩罚他，从中感到了一种骄傲的乐趣。

那些残酷的话她也是第一次不假思索就脱口而出。她只是在重复反驳爱情的一方的辩护士一周来在她心里说过的话。

每句话都使于连的不幸增加一百倍。他想逃，德·拉莫尔小姐威风凛凛一把抓住他的胳膊。

"请您注意，"他对她说，"您说话声音太高，隔壁房间的人会听见的。"

"有关系吗？"德·拉莫尔小姐傲慢地说，"谁敢对我说他听见了我的话？我要根治您那小小的自尊可能对我抱有的种种企图。"

最后，当于连终于能离开图书室时，他惊奇地发现，自己的不幸感居然不那么强烈了。"好啊！她不爱我了，"他一遍遍高声自言自语，好像是要把自己的处境告诉自己，"她爱了我八天或十天，而我呢，却要爱她一辈子。

"难道这可能吗？不久前她还不算什么！在我心中不算什么！"

而骄傲的满足淹没了玛蒂尔德的心。她终于能一刀两断了！如此彻底战胜了强烈的倾慕，这使她感到幸福。"这样一来，这位小先生就会明白，而且是一劳永逸地明白，他没有，也永远不可能拥有支配我的权力。"她是那样幸福，此时此刻她确实没有了爱情。

经过如此残忍、令人屈辱的一幕后，对于一个不像于连那么热情洋溢的人来说，爱情会变得不可能。德·拉莫尔小姐一刻也不曾离开过自己的责任感，她对他说的那些令人难堪的话，虽说经过了周密算计，但仍可能是真话，甚至当他静下心来回想时也觉得是这样。

于连一开始从这惊人的遭遇中得出的结论，是玛蒂尔德的骄傲无边无际。他坚信他们之间一切都永远地结束了，可第二天吃中饭时，他在她面前既笨拙又胆怯。在此之前，我们还不能指责他有这样的缺点。这之前他清楚地知道自己该做什么，想做什么，并付诸实践。

这天吃过中饭，德·拉莫尔夫人要他递给自己一本煽动性的但极为罕见的小册子，那是她的本堂神父早上偷偷带给她的。于连从靠墙的小桌上拿起小册子时，碰倒了一个蓝色的旧瓷瓶，这瓷瓶可真是要多难看就有多难看了。

德·拉莫尔夫人伤心地叫了出来，马上站起来过去就近察看。"这是日本古瓶，"她说，"是从我那谢尔修道院院长的姑婆那儿得来的，这是荷兰人送给摄政王奥尔良公爵的礼物，他又给了他女儿……"

玛蒂尔德很高兴看见这个蓝瓶子被打碎，她觉得它难看得吓人。于连不说话，也不太慌乱，他看见德·拉莫尔小姐就在身边。

"这花瓶，"他对她说，"永远毁了，曾经主宰我心的一种感情也永远毁了。它曾使我做出种种疯狂事情，请您接受我的道歉。"说完，他扬长而去。

"说实在的，"德·拉莫尔夫人在他走开后说，"好像这位索雷尔先生对他刚做的事感到很自豪和满意似的。"

这句话说到了玛蒂尔德的心坎上。"的确，"她想，"我母亲猜得准，这正是他此刻的感情。"到了这时，她前一天跟他吵一场后感到的快乐才消失。"得，一切都结束了，"她对自己说，"我得了一个大教训。这错误是可怕和令人屈辱的！它会让我在以后的生活里变得聪明。"

"难道我说的不是真的吗？"于连想，"为什么我对这个疯丫头有过的爱情还在折磨我呢？"

这爱情非但没有如他所愿地熄灭，反而在迅速地增长。"她疯了，"他对自己说，"然而她因此就不那么可爱了吗？一个女人还能比她更漂亮吗？最高雅的文明所能呈献给人以最强烈快乐的那些东西，不都争先恐后聚集在德·拉莫尔小姐身上吗？"对往日幸福的这些回忆抓住了于连，迅速摧毁了理智的一切成果。

理智徒劳地和回忆斗争，它艰难的尝试却增加了回忆的魅力。

打碎日本古瓶二十四个钟头后，于连成了最不幸的人。

21 秘密记录

因为我叙述的一切都是我亲眼所见；我有可能看错了，但可以肯定的是，我讲给您听的时候没有骗您。

——《给读者的信》

侯爵打发人来叫他。德·拉莫尔先生像是变年轻了，两眼炯炯有神。

"我们来谈谈您的记忆力吧，"他对于连说，"据说您的记忆力惊人！那么您能记住四页东西，到伦敦后再背出来吗？但要一字不差！……"

侯爵揉着当天的《每日新闻》，试图掩饰他严肃的神情，但徒劳。于连从未见过侯爵这样严肃，就是在谈到福利莱诉讼案时也不曾见过。于连已经有了足够多经验，明白这时需要装出被侯爵的轻松语气骗到似的。

"这期《每日新闻》也许不太有意思，如果侯爵先生允许，明天早晨我将荣幸地全部背出来。"

"包括广告？"

"是的，一字不落。"

"说话算话？"侯爵突然郑重起来。

"是的，先生，只有对于食言的担忧会干扰我的记忆力。"

"看来我昨天忘了跟您谈到这个问题，我不要求您发誓永远不把您将听见的东西说出去。我太了解您了，不想让您蒙受这种羞辱。我替您做了担保，我要带您去一间客厅，那里会有十二个人，您把每个人说的话记录下来。

"您不必担心，我保证绝不是乱哄哄的谈话，大家会轮流发言，当然我不是说有规定的先后次序，"侯爵恢复了常态，神色有些狡黠，"我们说，您记，会有二十来页，然后回到这里来，把二十页压缩成四页。您明天早晨要背的就是这四页，而不是一整期《每日新闻》。然后您立即出发，像个为了消遣而出门的年轻人。目的是不引起人注意。您要去见一个大人物。到了那儿，您可得机灵些。要瞒过他周围的人，因为他那些秘书、仆人中有投敌的人，他们会沿途守候并截住我们的使者。您随身带一封无关紧要的介绍信。

"在大人朝您看的时候，您把我这只表拿出来，就是这只，我借给您路上用。现在就换过来吧，把您的表给我。

"大人会在您的口授下，亲自记录下您牢记在心的那四页东西。

"然后，千万注意，不是在此之前，如果大人问您，您就把会议情况讲给他听。

"路上您不会寂寞，在巴黎和这位大人的住所之间，有人巴不得朝索雷尔神父来上一枪。这样一来他的使命就会结束，我看事情也会因此被大大耽搁。因为，我亲爱的，我们如何能知道您死了呢？您的热情总不至于能把您的死讯通知我们。

"立即去买套衣服，"侯爵严肃地说，"按照两年前的式样穿戴起来。今天晚上您得拿出点不修边幅的样子。而在路上，您要像平时一样。您感到奇怪吗？您疑心到什么了？是的，我的朋友，您听到发言的那些可敬的人中，很可能有一位会把情报送出去，根据这些情报，他们就会在您吃晚饭的那家好客店里，至少给您来点鸦片。"

"那最好是绕道多走三十法里，"于连说，"我想是去罗马……"

侯爵的神色显得高傲和不满，自博莱－勒奥瞻圣体以来，于连还未见过侯爵这样的神色。

"我会在认为合适的时候告诉您的，先生，我不喜欢别人多问。"

"我不是问，先生，我发誓，"于连情不自禁说，"我是在心里这样想，不知不觉就出了声，我是在找一条最稳妥的路。"

"是啊，看来您的心走得够远了。永远不要忘记，一个使臣，而且还是您这个年纪的使臣，不应该给人是在祈求信任的样子。"

于连深感屈辱，是他错了。为了自尊他想找个借口，可没能找到。

"所以您要明白，"德·拉莫尔先生说，"一个人干了蠢事，总会推说是出于好心。"

一个钟头后，于连再次来到侯爵的会客厅，一副卑贱的下属模样，穿的衣服是老式的，加上不整洁的白领，透着几分学究气。

侯爵见了不禁哈哈大笑，只是在这时，他才完全信任于连。"如果这个年轻人出卖我，"德·拉莫尔先生心想，"那我还能相信谁呢？可只要有行动，就得相信什么人。我的儿子和他那些杰出朋友，他们勇敢、忠诚，抵得上他人万倍，如果要打仗，他们会战死在王座前的台阶上，他们什么都会……除了眼下要干的这事。如果我发现他们中哪一位能记住四大页，跑一百法里路不被发觉，那才见鬼呢。诺贝尔可以像他的先人一样不怕死，但这是任何一个新兵能做到的……"

侯爵陷入沉思："说不怕死，"他叹了口气，"这个索雷尔也许不比他差……"

"上车吧！"侯爵像是在赶走一个烦人的念头。

"先生，在人家替我准备这身衣服时，我记住了今天的《每日新闻》的第一版。"侯爵拿起报纸，于连倒背如流一字不差。"好！"侯爵今晚像个外交家，"这年轻人光顾着背诵，不可能记下我们经过的街道的。"

那是间阴沉的大厅，墙的一部分装有护壁板，另外的地方是绿色天鹅绒。大厅中间一个仆人沉着脸正在往一张大餐桌上铺一块绿台布。绿台布墨迹斑驳，不知是从哪儿捡来的。

房主人身材魁梧，他的名字无人提及。于连觉得他无论是长相还是说话，都像是一个正在消化食物的人。

在侯爵的示意下，于连待在桌子的最下方。为了定神，他开始削羽毛笔。他用眼角数了数，有七个人，但他只能看见他们的后背。他觉得，有两位跟德·拉莫尔先生说话时语气是平等的，其余几位就多少有些恭敬。

一个人未经通报就进来了。"这可怪了，"于连想，"这间客厅里不用通报的。难道是因为防范我吗？"众人起身迎接新来的人。他佩戴着和客厅里的三个人相同级别的勋章。他们说话的声音相当低。于连只能根据相貌和仪表来判断这个新来的人。他矮小粗壮，红光满面，两眼发亮，除了野猪的凶狠外没有别的表情。

紧随其后是一个完全不同的人。这个人很高很瘦，穿着三四件背心。他的目光和蔼，举止彬彬有礼。

"这完全是贝藏松老主教的模样啊，"这人显然是教会方面的，看上去在五十岁到五十五岁之间，神情再慈祥不过了。

年轻的阿格德主教来了，他的目光落到于连身上后一愣。自博莱－勒奥瞻圣仪式后他还没跟于连说话。他那惊讶的目光让于连不自在，不由得恼火起来。"怎么？"于连心想，"认识一个人老是让我倒霉吗？这些大人我从未见过，可我一点也不害怕，这年轻主教的目光却让我不知所措！应该承认，我这人很怪，很不幸。"

很快，一个黑头发的小个子风风火火，进门就说话。他面皮发黄，神色疯癫。在场的人聚成团，显然是在避开他的饶舌。

他们离开壁炉走近于连。于连越来越不自在，因为不管他多努力，也无法不听见；而且无论他多没有经验，也知道他们毫不掩饰谈论的事有多重要，而眼前这些大人物又多么希望这些事不为人知！

于连已经削了二十来只笔，这办法快不管用了。他在德·拉莫尔先生的眼里寻求命令，但看来侯爵把他忘了。

"我在这儿真可笑，"于连边削羽毛笔边想，"然而这些相貌平庸的人，别人或他们自己能把如此重要的事委托给他们，一定都很敏感。我这倒霉的目光有询问意味，肯定会刺激他们。可我老是低头不看，又像是在搜集什么。"

他窘迫极了，听见了一些奇怪的事情。

22 讨论

共和国——在今天，有一个愿为公益牺牲一切的人，就会有好几千甚至数百万只知道自己的享乐，自己的虚荣的人。在巴黎，一个人是因为他的马车而不是因为他的德行受到尊重的。

——拿破仑《回忆录》

这次穿着号衣的仆人匆忙进来通报了："德·某某公爵先生到。"

"住嘴，您这个傻瓜。"公爵一边走进来一边斥责。他看上去威风凛凛，让于连不由得认为，知道如何对仆人发脾气是这位大人物的全部本领。于连抬起的眼随即又垂下。他猜出了新来的人的重要性，知道盯着他看不谨慎。

这位公爵五十岁上下，打扮得像一个花花公子，走起路来一蹦一蹦。他有一个狭长的脑袋，鼻子很大，弧形的脸朝前凸出，要找到一个比他高贵但同时又更缺乏表情的脸很难。他一到，会议就开始。

德·拉莫尔先生的声音打断了于连的相面。"我向诸位介绍索雷尔神父先生，"侯爵说，"他具有惊人的记忆力，一个钟头前我才跟他谈到他有幸担负的使命，为了证明他的记忆力，他背出了《每日新闻》的第一版。"

"啊！那位可怜的 N 先生负责的国外新闻。"房子的主人说。他拿起报纸，表情滑稽地看着于连，竭力想要显示自己的重要。"背吧，先生。"他说。

一片沉寂，所有的眼睛都盯着于连。他滚瓜烂熟地背了有二十行。"够了。"公爵说。那个眼神如野猪的小个子坐下了，于连断定他是主席，因为他刚落座就指了指一张牌桌，示意于连把它搬到他身边。

于连带着书写用具坐下，他数了数，一共十二个人围坐在绿台布周围。

"索雷尔先生，"公爵说，"请到隔壁房间去，一会儿有人叫您。"

房主人显得很不安。"护窗板没有关上，"他压低声音对旁边的人说，又对于连愚蠢地喊道，"从窗口看也没用。"

于连想："我至少是被卷进了一桩阴谋。幸好不是通向格莱沃广场的那种。如果有危险，为了侯爵，我也应该去。如果有机会弥补我那些疯狂之举将会给他带来的烦恼，那该多好！"

他一边想他那些疯狂事和他的不幸，一边察看周围环境，以便永远记住。直到这时他才想起，他根本没听见侯爵对仆人说街道的名字，侯爵乘坐的是一辆封闭的马车，这也是从未有过的。

于连想了好久。他所在的客厅墙上挂着红色天鹅绒帷幔，帷幔饰有很宽的金线。靠墙的小桌上放着一个很大的象牙十字架，壁炉台上摆着德·迈斯特先生的《论教皇》，切口涂金，装帧豪华。于连打开书，免得人家说他在听。隔壁房间里说话的声音时高时低。门终于开了，有人叫他。

"请记住，先生们，"主席说，"从现在起，我们是在德·某某公爵先生面前说话。这位先生，"他指指于连，"是一位年轻的教士，忠于我们的神圣事业，靠惊人的记忆力，可以很容易把我们发言的每一句话复述出来。

"请先生发言。"他指了指那位穿着三四件背心的人。于连觉得直呼背心先生来得更自然。他随即开始记录。

（作者原想在这一页加上一些省略号。"那未免不雅。"出版者说，"对一本如此肤浅的书来说，不雅就是死亡。"

"政治，"作者如实回答道，"就是挂在文学脖子上的一块石头，不出半年就会淹死它。在妙趣横生的想象中有了政治，就好比音乐会上放了一枪。声音很大，却没有力量。它和任何乐器都不协调。这种政治会惹恼一半读者，并使另一半读者生厌，他们已经在晨报上读到了更专门、更有力的政治了……"

"如果您的人物不谈政治，"出版者又说，"那就不是一八三〇年的法国人，您的书也就不指望是一面镜子……")

于连的记录有二十六页，下面是逊色很多的摘要，因为依例要删去那些荒唐可笑的部分，免得显得讨厌或不真实（参阅《法庭公报》）。

穿好几件背心、面相慈祥的人（可能是位主教）常微笑，在他微笑的时候，他的松弛下垂的眼袋围着的眼睛就会闪烁一种异常的光芒，神态也变得坚决起来。人家让他第一个在公爵（"什么公爵呢？"于连想。）面前发言，显然是要阐述各种意见，履行代理检察长的职责。于连觉得他态度暧昧，没有明确结论，人们也常这样指责那些法官们。公爵甚至就此当场责备了他。

一番道德和宽容哲学的说教后，背心先生说：

"在一个伟大人物，不朽的皮特①领导下，高贵的英国为了阻止革命，已经花费了四百亿法郎。如果这次会议允许的话，我稍许直率地提出一个悲观的意见：英国不大懂得，对付像波拿巴这样的人，尤其是当人们只靠一大堆良好愿望来对抗他时，唯有个人手段才具有决定性……"

"啊！又在赞美暗杀！"房主人的神色看上去很不安。

"饶了我们吧，您那一套感伤的说教，"主席生气地喊道，那对野猪眼冒出了凶光，"说下去。"他对背心先生说。主席的腮帮和额头气得都发紫了。

"高贵的英国，"报告人继续说，"如今已被拖垮。每个英国人在付面包钱之前，必须先支付用来对付雅各宾党人的那四百亿法郎的利息。它不再有皮特……"

"它有威灵顿公爵。"一个军人摆出一副很了不起的样子。

"求你们静一静，先生们，"主席高声喊道，"如果我们争论不休的话，让索雷尔先生来就是多余的了。"

"我们知道先生有很多想法。"公爵显得很生气，一边说一边盯

---

① 皮特（1759～1806），1783年开始两度出任英国首相。爱尔兰独立运动和反拿破仑联盟的组织者之一。

着那个正在插话的从前为拿破仑手下的一位将军。于连看出这话影射一件极具侮辱性的个人隐私。大家微微一笑，变节的将军看来要大发雷霆了。

"不再有皮特了，先生们，"报告人一副泄了气的样子，就像一个不指望说服听众的人，"即便在英国出现一个新皮特，也不可能用同样的手段欺骗一个民族两次……"

"所以，常胜将军波拿巴今后也不可能再在法国出现了。"那个军人叫道。

这一次，主席和公爵都不敢发怒，尽管于连相信从他们的眼里看到了怒火。公爵叹了口气，声音响得让所有人都听得见。

发言者这次倒是生气了。

"有人急着要我赶快讲完，"他激动起来，把笑容可掬的礼貌和极有分寸的语言抛在一边，于连原以为那是他性格的体现；"根本不考虑我尽了多大努力不刺痛任何人的耳朵，不管这些耳朵可能有多长。好吧，先生们，我讲得简短些。

"我要不客气地对你们说：英国再也没有一个苏来为这种高尚的事业服务。就是皮特本人用他全部的天才，也不能欺骗英国的小业主了，因为他们知道，短短的滑铁卢战役就花了十亿法郎。既然有人要我把话说明白，"报告人越来越激动，"那我就告诉你们：你们自己帮自己吧。因为英国没有一基尼给你们，要是英国不出钱，奥地利、俄罗斯、普鲁士只能跟法国打一两场战役，他们只有勇气没有钱。

"我们可以指望，雅各宾主义聚集起来的年轻士兵在第一场战役，也许还有第二场战役被打败，但第三场战役中，即便我在你们有偏见的眼里是个革命者，我也要说，在第三场战役中你们面对的将是一七九四年的士兵，他们不再是一七九二年入伍的农民了。"

这时，三四个人同时打断他的话。

"先生，"主席对于连说，"到隔壁房间去把记录的开头部分誊清。"于连深感遗憾地离开了。报告人刚谈到的种种可能性，正是他平时深思的问题。

"他们害怕我嘲笑他们。"他想。等再被叫进去时，德·拉莫尔先生正在发言，看上去很严肃，这在了解他的于连看来很滑稽。

"……是的，先生们，尤其是关于这不幸的人民，我们可以说：

是成神像、桌子还是脸盆？①

把它刻成神像！寓言家嚷嚷道。先生们，这句如此高贵深刻的话，似乎应该由你们说出。依靠你们自己的力量行动吧，如此则高贵的法国会再现，就像我们的先人创建的那样，像在路易十六逝世前看见的那样。

"英国，至少它那些高贵的爵爷像我们一样憎恨可恶的雅各宾主义。没有英国的黄金，奥地利、俄罗斯、普鲁士只能打两三仗。这足以导致一次成功的军事占领，如德·黎塞留先生在一八一七年愚蠢地浪费掉的那次军事占领吗？我不信。"

这时有人想要打断他，但被"嘘"声压住。又是那一位前帝国将军，他想获得蓝绶带，并在秘密记录的起草人中冒尖儿。

"我不信。"一阵混乱后，德·拉莫尔先生继续说。他强调那个"我"字，那傲慢劲迷住了于连。"这才叫高明，"他一面走笔如飞一边想着，几乎跟侯爵说的一样快，"德·拉莫尔先生一句妙语消灭了这个变节分子的二十场战役。"

"一次新的军事占领，"侯爵字斟句酌，"我们不可能把希望仅仅寄托在外国人身上。在《环球报》②上写煽动文章的那些年轻人，可以向你们提供三四千名年轻军官，其中可能就有一位克莱贝尔，一位奥什，一位儒尔丹，一位皮舍格吕③，不过最后一位不会有太多善意。"

---

① 来自拉封丹的寓言诗《雕刻家与朱庇特的雕像》。
② 《环球报》，1824 年创办。最初是一份文学性的报刊，后来成为政治性的报刊，属于圣西门主义。
③ 克莱贝尔（1753～1800）、奥什（1768～1797）、儒尔丹（1762～1833）和皮舍格吕（1761～1804）都是法国大革命时期著名的将军。其中皮舍格吕因阴谋反对拿破仑遭到逮捕后自杀。

"我们没有能给他荣誉，"主席说，"应该让他永垂不朽。"

"总之，法国应该有两个党，"德·拉莫尔侯爵又说，"不是徒有其名的两个党，而是立场鲜明的两个党。让我们弄清楚应该打垮谁吧。一方是记者、选民，也就是舆论，另一方是青年以及所有赞赏他们的人。当他们被空话冲昏头脑时，我们呢，我们就可以得到预算这一实实在在的好处。"

这时又有人插嘴。

"您，先生，"德·拉莫尔先生对插嘴的人说话时显得高傲、自得，"如果您觉得'花费'这个词刺耳，那就用'吞没'这个词，您吞没列入国家预算的四万法郎，还有从王室经费里得到的八万法郎。

"好吧，先生，既然您逼我，我就斗胆以您为例。您的高贵的先人曾随圣路易参加十字军东征，您像他们一样，为了这十二万法郎，至少要让我们看到一个团，至少是一个连，我说什么来着！半个连，哪怕是五十个人，只要他们随时准备战斗，忠于神圣的事业。而您只有仆人，一旦发生暴乱，他们还让您害怕呢。

"王位、祭坛、贵族，明天都可能灭亡，先生们，只要你们不在每个省建立一支拥有五百忠诚的人的队伍，而我说的忠诚不仅包括法国人的勇敢，还包括西班牙人的坚忍。

"这支队伍的一半要由我们的孩子、我们的侄子，总之要由真正贵族子弟组成。他们每个人的身边都要有一个人，不是一旦一八一五年①重现就立刻戴上三色帽徽的奈尔的饶舌的小资产者，而是一个像卡特利诺②那样单纯而坦率的好农民。我们的贵族子弟要教育他，可能的话，把他变成自己的好兄弟。让我们每个人都牺牲收入的五分之一，在每个省都建立这样一支五百人的忠诚队伍吧。那时候你们就可以指望一次外国人的军事占领了。外国士兵如果没有

---

① 1814年联军进入巴黎，拿破仑退位，遭到囚禁。但他于1815年逃出厄尔巴岛，3月1日率领一千人回到巴黎重新称帝。这就是所谓的"百日政变"。

② 卡特利诺（1759～1793），法国大革命时期西部旺代省的保王党领袖。乡村石匠的儿子。

把握能在每个省里找到五百名友好的士兵，是连第戎也不会到的。

"外国的君主们，只有当你们告诉他们，有两万贵族子弟随时准备拿起武器为他们打开法国的大门时，他们才会听你们的。你们会说，这很难。然而先生们，我们的脑袋值这个价。在新闻自由和我们作为贵族的生存之间的是殊死的搏斗。去做工厂主、农民吧，要不就拿起你们的枪。如果愿意，你们可以胆怯，但不要愚蠢。睁开眼睛吧。

"'组织起战斗的队伍'，我要用雅各宾党人的这句歌词对你们说。那时会有某个高贵的古斯塔夫·阿道夫，有感于王政原则所遇到的燃眉之急，冲向距家园三百法里外的地方，为你们做出古斯塔夫曾为新教诸亲王所做的事。你们还想继续空谈下去吗？五十年后，欧洲将只有共和国总统而没有国王。随着国王这两个字的消失，僧侣和贵族也将消失。我只看见一些候选人在讨好肮脏的民众。

"你们会说，法国此刻没有一位被所有人信赖、熟悉、爱戴的将军，组织军队是为了王位和祭坛，老兵都被清除了，而普鲁士和奥地利的每个团里都有五十个打过仗的下级军官。这没用。

"小资产阶级的二十万青年渴望战争……"

"不要再提这些不愉快的事实了，"一个表情庄重的人以自负的口吻打断说，这个人显然在教会里地位极高，因为德·拉莫尔先生没有生气，反而讨好地笑笑，这对于连来说是一个重大迹象。

"总而言之，不要再提起这些不愉快的事实，先生们，一个人的腿患了坏疽要锯掉，但不能对外科医生说：'这条坏腿还很健康。'让我借用这个说法吧，先生们，高贵的德·某某公爵就是我们的外科医生……"

"关键话终于说出了，"于连想，"今夜我要赶往的地方是……"

23 教士、树林、自由

> 万事万物的第一法则就是自保，是生存下去。您播种毒芹，却指望麦穗成熟！

——马基雅维利

庄重的人继续发言。能看出他熟悉情况，他的雄辩温和而节制，于连非常喜欢。他陈述下列事实：

"一、英国没有一个基尼可以帮我们，节俭和休谟[1] 在那里大为风行。甚至那些圣人[2] 也不会给我们钱，布鲁汉姆[3] 先生将嘲笑我们。

"二、没有英国的金钱，就无法从欧洲的国王们那里得到两场战役，而两场战役还不足以对付小资产阶级。

"三、有必要在法国建立一个武装的政党，不然欧洲连这两场战役也不敢打。

"第四点显而易见，我斗胆向你们提出：

"没有教士，就不可能在法国建立一个武装的政党。因为我将向你们证明，先生们。应该将一切给予教士。

"因为他们忙于自己的事物，不分昼夜，并且指导他们的那些人能力极强，远离风暴，距你们的边界三百法里之遥……"

"啊！罗马，罗马！"房主人叫起来……

"是的，先生，罗马！"红衣主教自豪地说，"不管你们年轻时流行过什么巧妙的笑话，我在一八三〇年也要大声疾呼，只有罗马

---

① 休谟（1711～1776），英国哲学家、历史学家、经济学家。
② 这里的"圣人"指的是英国的清教徒，代表工商业阶级的辉格党。
③ 布鲁汉姆（1778～1868），英国历史学家、政治家。

指导下的教士能对社会底层讲话。

"五万名教士在他们的首领指定的日子里重复同样的话，而老百姓呢，毕竟是他们提供士兵，比起世界上所有的歪诗①，百姓更容易被教士的声音打动……（这种人身攻击引起了一阵低声的议论。）

"教士的才能胜过在座各位，"红衣主教提高了嗓音，"在法国建立武装政党这个主要目标的努力和已经采取过的步骤都是由我们完成的。"接着他列举事实……"谁把八万条枪送往旺代……

"只要教士没有能力收回他们的树林，他们就一事无成。一打仗，财政部长就会书面通知办事的人，除了给本堂神父的钱外，别的钱一概没有。其实，法国并不是一个虔诚的国家，它喜欢战争。谁让它打仗，谁就受欢迎，因为用老百姓的话说，打仗就是让耶稣会士挨饿，打仗就是让法国人这骄傲的怪物摆脱外国干涉。"

红衣主教的话大受欢迎……"应该让德·内瓦尔先生离开内阁，"他说，"他的名字很不必要地刺激了公众。"

听见这话，所有人都站起来七嘴八舌嚷嚷。"又该让我走了。"于连想，然而连谨慎的主席本人都忘了于连的在场。

所有的眼睛都在找一个人，于连认出来那是内阁总理德·内瓦尔先生，于连在德·雷斯公爵的舞会上见过。

一片混乱，如同报纸报道议会时所说。整整一刻钟后，德·内瓦尔先生才站起来，一副使徒的腔调：

"我绝不向你们保证，说我不恋内阁。

"事实向我证明，先生们，我的名字使许多温和派反对我们，从而加强了雅各宾党人的力量。因此，我乐意引退，然而天主的道路只有少数人才看得见。"他盯着红衣主教说，"我负有使命，上天对我说：你把头送上绞架，或者在法国恢复王政，将议会两院削弱至路易十五统治下的最高法院的程度。而这件事，先生们，我将去做。"

他坐下，一片肃静。

---

① 很可能这里指的是当时法国诗人贝朗瑞的那些反对王权和教会的诗歌。

"真是个好演员。"于连想。但他错了；他总是把他人的才智想得太高。在一个晚上如此激烈的争论的激励下，尤其是在讨论的真诚气氛激励下，德·内瓦尔先生非常兴奋，此刻对他的使命深信不疑。此人勇气可嘉，但没有头脑。

随着"我将去做"这句豪语而来的肃静中，午夜的钟声响了。于连觉得时钟的声音中有种庄严的阴郁。他被打动了。

讨论很快重新开始，越来越活跃，尤其是坦率得令人难以置信。"这些人会让人毒死我的，"于连有时候会想，"怎么能在一个平民面前说这些东西呢？"

两点的钟声响了，他们还在讨论。房主人早已睡着，德·拉莫尔先生不得不摇铃叫人来换蜡烛。总理德·内瓦尔一点三刻离去时，没少从身边的镜子里研究于连。他的离去让所有人都感到自在。

换蜡烛时，背心先生低声对旁边的人说："天知道这个人要对国王说什么！他可能说我们可笑，毁掉我们的未来。

"应该承认，他真是少有的自负，甚至厚颜无耻。他组阁前常来这儿，但总理职位到手就都变了，个人兴趣也荡然无存，他应该意识到这点。"

总理刚出去，波拿巴的将军就闭上了眼。这时他谈他的健康，他负的伤，看了看表后走了。

"我敢打赌，"背心先生说，"将军去追总理跟他道歉，说他不该到这儿来，并且声称他领导我们。"

半睡的仆人换完了蜡烛。

"我们磋商吧，先生们，"主席说，"不要再试图谁说服谁。考虑下记录的内容吧，四十八小时后我们外面的朋友就要读到了。刚才谈到各部长，现在，德·内瓦尔先生已经离开了，我们可以说那些部长与我们没有关系了，他们将来还是要听我们的。"

红衣主教狡黠地笑笑表示同意。

"我觉得，再没有比概括我们的立场更容易的了。"年轻的阿格德主教强压住一股由最激昂的宗教狂热凝聚而成的热情。他一直保持沉默，于连注意到他的眼睛从讨论开始的温和、平静，到一个钟头后开始燃烧，现在他的心灵简直就是爆发着的维苏威火山。

"从一八〇四年到一八一四年，英国只犯了一个错误，"他说，"那就是没有对拿破仑采取直接的个人行动。这个人封公爵、内侍，重建帝位，至此，天主赋予他的使命已经完成；他除了被献祭，就别无他用。《圣经》中不止一处教导我们如何消灭暴君。（接下来是好几段拉丁文引文。）

"今天，先生们，要做献祭的不是一个人，而是整个巴黎。全法国都在模仿巴黎。在每个省武装你们那五百人有用吗？这是件冒险的事，而且没完没了。何必把法国和巴黎自己的事情搅在一起呢？巴黎用它的报纸、客厅制造灾祸，让这个新巴比伦毁灭吧。

"在祭坛和巴黎之间应该有个了结。这场灾难甚至与王座利益有关。为什么巴黎在波拿巴统治下竟大气也不敢出呢？去问问圣洛可①大炮好了……"

直到凌晨三点钟，于连才跟德·拉莫尔先生离开。

侯爵感到羞耻和疲倦。他在跟于连说话时生平第一次有了恳求。他要求于连保证绝不把他刚才见到的过分狂热（这是他的原话）泄漏出去。"不要告诉我们的外国朋友，除非他坚持要知道我们这些年轻疯子的情况。政府被推翻关他们什么事？他们会当上红衣主教，躲到罗马去。我们呢，将在古堡里被农民杀死。"

于连的记录长达二十六页，侯爵据此编成秘密记录，到四点三刻才完成。

"我累得要命，"侯爵说，"从这份记录的结尾部分缺乏明晰性就可以看出，我一生做过的事这一件最不让我满意。好吧，我的朋友，去休息几个钟头，为了防止有人劫持，我把您锁在房间里。"

第二天，侯爵把于连带到一座离巴黎相当远的孤零的古堡里。

---

① 圣洛可，巴黎的一座教堂。1795 年 10 月 4 日，也就是"葡月"，保王党分子在巴黎举行暴动。热月党人军队总司令起用拿破仑率兵镇压，10 月 5 日在圣洛可教堂附近打死很多保王党分子。

那里面住着些奇怪的人，于连认为是教士。他们给了他一本护照，用的是假名，但写明了旅行的真正目的地。然后，他孤身一人登上一辆敞篷四轮马车。

侯爵对于连的记忆力毫不担心，那份秘密记录他已当面背过好几遍，他担心的是于连中途被截。

"要特别注意，您一定要像一个出门旅行的花花公子。"他在于连离开客厅时亲切地说，"在昨天的会议上，可能不止一个假伙伴。"

旅行迅速而无聊。于连一离开侯爵就把秘密记录和使命忘了，一心只想着玛蒂尔德的鄙视。

在梅斯过去几法里的一个村子里，驿站长说没有马了。那时已是晚上十点，于连很生气，让人准备晚餐。他在门前溜达，趁人不注意，来到马厩的院子，果然没有马。

"不过那人神情很怪，"于连想，"他那双粗鲁的眼睛老是打量我。"

正如我们所见，他已开始不相信他们对他说的话了。他考虑晚饭后溜走，为了了解一点当地的情况，他离开房间到厨房去烤火。真是喜出望外，在那里碰上了著名歌唱家吉罗尼莫先生！

那不勒斯人坐在让人搬到炉火前的一张扶手椅上，一个人说的话比围着他的二十个德国农民还要多。

"这些人把我毁了，"他朝于连嚷道，"我明天要去美因茨演唱。有七位君主赶去听我唱歌。我们还是出去透透气吧。"他意味深长地说。

他们在大路上走了百来步，不可能再会有人听见他们说话。

"您知道他搞的什么名堂吗？"他对于连说，"这个驿站长是个骗子，我给了一个小顽童二十个苏，他什么都跟我说了。在村子另一头的马厩里有不下十二匹马。他们想拖住一个信使。"

"真的？"于连装傻。

发现了骗局还不算晚，还得离开此地，这可是吉罗尼莫和他的朋友办不到的。"等天亮吧，"歌唱家说，"他们怀疑我们了。他们要找的大概是您或者我。明天早晨我们要一份丰盛的早餐，在他们准备的时候，我们出去散步趁机溜走，我们租两匹马赶到下一个驿站。"

"那您的行李呢？"于连问。他心想，吉罗尼莫本人也许就是被派来拦截他的。吃了晚饭后，于连刚睡着，就被两个人的说话声惊醒，他们倒大大咧咧的。

于连认出了驿站长。驿站长提着一盏暗灯，灯光照向旅行箱，那是于连让人搬进房里的。驿站长身旁有个人，正不慌不忙翻箱子。于连只能看出那人衣服的黑色紧身袖。

"道袍。"他轻轻握住了放在枕下的两把小手枪。

"不用担心，他不会醒，本堂神父先生，"驿站长说，"给他们喝的酒是您亲自准备的。"

"我连文件的影子都没找到，"本堂神父说，"内衣、香水、发蜡、乱七八糟的小东西倒不少，这是个寻欢作乐的现代青年。密使大概是另一个装作说话有意大利口音的。"

两个人走近于连，在他旅行装的口袋里搜寻，他真想把他们当小偷打死，而这绝不会有什么后果。他真想……"那我可就成了个傻瓜，我会坏了大事。"

教士翻过衣服后说："不是那个外交家。"

"如果他到床上动我，他会倒霉！"于连对自己说，"他可能过来用匕首刺我，我自然不会让他这么干。"

那个本堂神父转过头，于连半睁开眼一看，这一惊不小！原来是卡斯塔内德神父！其实，尽管那两个人低声说话，他一开始就觉得其中一个声音很熟。于连突然被一种强烈欲望攫住，想把这个最卑鄙的流氓从大地上清除掉……

"但我的使命呢？"他提醒自己。

本堂神父和同伙出去了。一刻钟后于连假装醒了，叫人时把整座房子的人都吵醒了。

"我中毒了，"他喊道，"难受得要命！"他要找个借口去救吉罗尼莫。他发现吉罗尼莫已被酒里的鸦片酊麻醉，处于半窒息状态。

于连早就担心此类岔子，晚饭时喝的是从巴黎带来的巧克力茶。他没能完全叫醒吉罗尼莫，无法劝他赶快离去。

"把整个那不勒斯王国给我，"歌唱家说，"我也不会放弃睡觉的快乐。"

"那七位君主呢？"

"让他们等着好了。"

于连一个人走了。之后在见到那位大人物前再没出什么事。到达目的地后，他花了整整一上午请求被接见，但没能成功。幸好快到四点时公爵想透透气。于连看见他步行出来，毫不犹豫走上前去请求施舍。离大人物两步远的时候，他掏出德·拉莫尔侯爵的表，有意让他看见。"远远跟着我。"那人并不看他。

走了四分之一法里，公爵突然进了一家小咖啡馆。在这个最下等的地方的一个房间里，于连把那四页东西背给了公爵。背过一遍后对方要求他："再背一遍，慢些。"

公爵做了笔录。"步行到邻近的驿站。把您的行李和马车丢在这里，尽可能到斯特拉斯堡去，本月二十二日（当天是十日）中午十二点半回到这个咖啡馆来。半个钟头后再出去。要沉默！"

于连听见的就是这几句。这几句已足以让他佩服得五体投地。"处理大事就是这样，"他想，"这位大政治家如果听见三天前那些狂热的饶舌者说的话，该怎么想呢？"

用了两天工夫，于连才到达斯特拉斯堡。因为他绕了个大弯。"如果卡斯塔内德神父认出我，他可不会轻易放过我……能让我的使命失败，他会很高兴！"

幸好卡斯塔内德神父没认出他，他是圣会在整个北部边境上秘密警察的头目。而斯特拉斯堡的耶稣会士根本不会想到要监视于连。于连佩戴十字勋章，穿着蓝色的常礼服，像一个在乎仪表的年轻军官。

24 斯特拉斯堡

> 痴情！你拥有爱情全部的力量和感受不幸的所有能力。但它的销魂
> 的快乐、它的甜蜜的喜悦却非你能企及。
>
> ——席勒

于连得在斯特拉斯堡待上一个礼拜。为此他想要把思想放到建立军功和报效祖国上去。但他真的爱这些吗？对此他一无所知。他只觉得在他苦闷的心灵里，玛蒂尔德绝对主宰着他的幸福和想象。他需要调动性格的全部力量才不致陷入绝望。他无法想与德·拉莫尔小姐无关的事。从前，德·雷纳夫人激起的感情用野心、虚荣心的小小满足就能排遣；如今玛蒂尔德把一切都吸引去了，他到处都只看见她。

前后左右于连都看不到成功。人们在维尼埃尔看见的那个自负、骄傲的人，如今陷在可笑的谦逊中。

三天前，他会欣然杀掉卡斯塔内德神父，而今在斯特拉斯堡，一个孩子跟他争吵他也会认为那孩子是对的。他重新回忆此生遇见过的那些对手、敌人，总觉得是自己错了。

这是因为想象力现在成了他的敌人，而在以前，正是强大的想象力被他不断用来为自己描绘辉煌的未来。

旅人的生活是孤独的。他扩大了这黑色想象王国的版图。什么样的珍宝能抵得上一个朋友！"难道有一颗心在为我跳动吗？即使我有朋友，荣誉不也要命令我沉默吗？"

他骑着马在凯尔的郊外消沉地徜徉，那是德国莱茵河畔的一个

小镇，因德赛克斯和古维庸•圣西尔①而不朽。一个农民指给他看一些小溪、道路和河中的小岛。于连左手拉着马，右手展开圣西尔元帅的《回忆录》，书里附有精美的地图。一声快乐的叫喊使他抬起了头。

原来是科拉索夫亲王，这位于连在伦敦结交的朋友几个月前曾向他指点过上乘的自命不凡的基本原则。科拉索夫忠于这门伟大的艺术，他前一天到达斯特拉斯堡，一个钟头前到了凯尔。他这辈子没读过一行关于一七九六年围城战的文字，此刻却无所不知地对于连大谈特谈这场围城战。德国农民惊讶地看着他，这个农民懂的法国话足够让他听出亲王犯的那些愚蠢的错误。于连却跟这个农民想的大相径庭，他惊奇地望着这位漂亮的年轻人，欣赏他骑在马上的风度。

"难得的好性格！"他心想，"他的裤子多合身，头发剪得多高雅！唉！如果我能这样，也许她不会爱我三天就讨厌我。"

亲王讲完凯尔围城战，对于连说："您的脸色像个特拉伯苦修会修士，您夸大了我在伦敦教给您的保持庄重的那些原则。愁容满面不能算风度，要神情厌倦才行。如果您发愁，这说明您缺什么，有什么东西没成功。

"这是自显低下。相反，您若表示厌倦，那就说明低下的东西百般使您愉悦而终属徒劳。因此您要明白，亲爱的，误解何其严重。"

于连扔了一个埃居给那个听得张口结舌的农民。

"好，"亲王说，"有风度，是种高贵的轻蔑，好极了！"说着，他纵马疾驰而去。于连紧紧跟上，佩服得像个傻瓜。

"啊！要是我能这样，她就不会喜欢克鲁瓦泽努瓦胜过喜欢我了！"他的理智越是受到亲王那些可笑之处的冒犯，他就越鄙视自己不能欣赏它们，为没有而感到不幸。他对自己的厌恶简直无以复加。

亲王发现了他的忧伤。"啊，真发愁了，我亲爱的朋友，"回到斯特拉斯堡后，亲王说，"您的钱都丢了吗，还是爱上了一个小女伶？"

① 德赛克斯（1768～1800），法国将军，1796年在凯尔进行了两个月的保卫战。古维庸•圣西尔（1764～1830），法国元帅，有四卷回忆录，其中谈到了凯尔保卫战。

俄国人模仿法国人的风尚，不过总相差五十年那么远。现在他们才刚到路易十五时代。

这种关于爱情的戏言，使于连的眼里充满了泪水。"我何不向这可爱的人讨个主意呢？"他暗想。

"啊，是的，我亲爱的，"他对亲王说，"您看见了，我在斯特拉斯堡确实深深地爱上了，而且还遭到冷落。住在邻近城里的一个迷人女子在三天的热恋后竟把我甩了，她的变心使我痛不欲生。"

他用了假名向亲王描述了玛蒂尔德的行为和性格。

"别说完，"科拉索夫说，"为了让您信赖您的医生，我来把您的心里话说完。这位少妇的丈夫家财万贯，或者更可能是她属于当地最高的贵族阶层。反正她有值得自豪的东西。"

于连点点头，他再没勇气说话了。

"很好，"亲王说，"这儿有三种苦药，您得立即服下：

"一、每天去看……您怎么称呼这位夫人？"

"德·杜布瓦夫人。"

"多怪的名字！"亲王哈哈大笑，"对不起，这名字对您来说有点过于高贵了。您必须每天去看德·杜布瓦夫人；但要注意，不要在她面前显出冷淡和生气的样子。记住这个世纪的伟大原则：要跟人们对您的期待背道而驰。您要表现得和您一个礼拜前有幸蒙她厚爱时一模一样。"

"啊！我当时很平静，"于连绝望地叫了起来，"我以为我在怜悯她……"

"飞蛾扑火必自焚，"亲王说，"像世界一样古老的比喻。

"一、每天去看她。

"二、您追求她那个社交圈子里的一个女人，但不要过度热情，明白？我不瞒您，您的角色很难演；如果让人猜出您在演戏，那您就完了。"

"她那么聪明！我完了！"于连愁眉苦脸的。

"不，您只不过是爱得比我想象的还要深。德·杜布瓦夫人在内心只想她自己，像所有得天独厚的女人一样，或者有太多的尊贵，或者有太多的钱财。她老是看自己而不看您，因此她不了解您。两三次爱的冲动后，她借助想象力的巨大努力委身于您，她在您身上看见了她梦想的英雄，而不是真实的您……

"可见鬼，这都是基本常识啊，我亲爱的索雷尔，您难道完全是个小学生？……

"好吧，咱们进这家商店看看。瞧这条可爱的黑领带，简直可以说是伯林顿街①的约翰·安德森的出品。请买下吧，把您脖子上的那根难看的黑绳子扔远点。"

"还有，"亲王从斯特拉斯堡最好的那家男用服饰用品店出来后继续说，"德·杜布瓦夫人，主呀，什么名字啊！别生气，我亲爱的索雷尔，我实在没办法……她来往的都是些什么人？您想追求谁呀？"

"一个正经的袜商的女儿。她有一双世上最美的眼睛，我非常喜欢她。她无疑在当地地位最高，她样样都好，可只要有人谈起买卖和店铺，她就满脸通红，手足无措。不幸的是，她父亲曾是斯特拉斯堡最知名的商人之一。"

"如果一谈起产业就这样，"亲王笑着说，"可以肯定您那美人儿想的是她自己而不是您。这一可笑之处很有用，它可以使您在她那美丽的眼睛前不会有片刻的疯狂。您必定成功。"

于连这时想的是常在德·拉莫尔府上走动的德·费瓦克元帅夫人，一个外国美人儿，嫁给一位元帅，而元帅一年后就死了。她毕生的目标似乎就是让人忘掉她是实业家的女儿，为了在巴黎成个人物，她带头维护道德。

于连对亲王心悦诚服，为了得到他那些可笑的忠告，他不惜代价！两个朋友说个没完，科拉索夫很高兴，还从来没有一个法国人这么长时间听他说话。"这么说，"兴高采烈的亲王心想，"我终于能

---

① 伯林顿街是伦敦市中心的一条老街道。

给我的老师上课了！"

"我们一致同意，"他第十次对于连说，"您当着德·杜布瓦夫人的面跟斯特拉斯堡的袜商年轻美丽的女儿说话时，不可有一丁点儿热情。相反，写信时要热情如火。阅读一封写得好的情书乃是正经女人的无上快乐，那是松懈的时刻。她不演戏，敢于倾听内心的呼声。所以，每天要写两封信。"

"不行！不行！"于连气馁地说，"我宁可被放在臼里捣碎，也不愿意造三个句子。我已是死尸一具，我亲爱的，对我别抱任何希望。让我死在路边吧。"

"谁让您造句？我包里有六本手抄的情书。针对各种性格的女人，包括最贞洁女人的也有。您知道，卡利斯基不是在离伦敦三法里远的里奇蒙台地，追求过全英国最漂亮的女贵格会 ① 教徒吗？"

于连深夜两点离开他朋友时，已经不那么痛苦了。

第二天亲王打发人叫来一个抄写人，两天后于连得到五十三封编了号的情书，都是写给最高尚、最忧郁的贞洁女人的。

"没有第五十四封，"亲王说，"因为卡利斯基被撑走了。不过您只想影响德·杜布瓦夫人，受到袜商女儿的冷落又有什么关系呢？"

他们天天骑马，亲王发疯似的喜欢上了于连。他不知道如何向他证明这突如其来的友谊，就把他一个表妹、莫斯科的富有女继承人许给他。"一旦结了婚，"他说，"我的影响和您这枚十字勋章可以让您两年内当上上校。"

"可这枚勋章不是拿破仑给的，差远了。"

"没关系，"亲王说，"是他设立的，现在还是欧洲的第一勋章。"

于连几乎就接受了，但他的责任要求他回到大人物儿那去。他离开科拉索夫时答应写信。他收到了他送来的秘密记录的回复，朝巴黎飞奔而去。但刚刚连续独处了两天，他就觉得离开法国和玛蒂尔德的痛苦比死还折磨人。"我不会和科拉索夫给我的几百万结婚，"

---

① 贵格会，基督教"公谊会"的别称。

他对自己说，"不过，我会听从他的建议。"

"无论如何，诱惑女人的艺术是他的特长。在他脑子里想这件事都有十五年了，他现在三十岁。不能说他缺乏才智，他精明、狡黠，热情和诗意在这种性格里不可能存在，他像个检察官，这就更能保证他不会错了。

"我得这么做，去追德·费瓦克夫人。

"她很可能让我有点讨厌，但我会盯着她的眼睛，它们曾经和爱我胜过一切的那双眼睛那样相像。

"她是外国人，这是一个需要观察的新的性格。

"我疯了，完蛋了，我应该听一位朋友的劝告，不相信自己。"

25 女人的道德的职责

> 但是，要是我这样小心谨慎地享受这种快乐，那它对我就不成其为快乐了。

> ——洛佩·德·维加 [1]

回到巴黎，我们的英雄就去见德·拉莫尔侯爵。侯爵看了他捎来的信后神色困惑。于连走出他的办公室，立刻跑去见阿尔塔米拉伯爵。这位漂亮的外国人占了被判死刑的好处，又兼有庄重的仪态和信教虔诚的福气和高贵的出身，德·费瓦克夫人因此常常见他。

于连郑重其事向他承认自己很爱她。

"她纯洁、高尚。"阿尔塔米拉说，"只是有点伪善和夸张。有时候，她用的第一个词我都懂，可连起来我就不懂了。她常常让我觉得我的法国话不那么好。认识她，可加重您在社交界的分量。不过，我们去找比斯托斯吧，他曾追求过元帅夫人。"

唐·迭戈·比斯托斯让他们把事情原委详加解释，自己一言不发，俨然一位坐在事务所里的律师。他有张修道士的大脸，留着小黑胡子，神情严肃，此外，他还是个很不错的烧炭党人。

"明白了，"他对于连说，"德·费瓦克夫人有没有过情夫？您有成功的希望吗？这就是问题的症结。我应该对您说，我嘛，失败了。现在我不再对此恼火，我这样说服自己：她常发脾气，另外我很快就会跟您讲，她还爱报复。

"我不认为她是胆汁质的，此种气质是天才的气质，会为每一个

---

① 洛佩·德·维加（1562～1635），西班牙戏剧作家。

行动抹上激情的光泽。相反，她那罕见的美和鲜丽来自荷兰人的黏液质的、沉静的气质。"

这个西班牙人的慢性子和不可动摇的冷静让于连着急，时不时从嘴里不由自主地蹦出几个单音节的词。

"您在听我说吗？"比斯托斯严肃地问他。

"请原谅法国人的急性子，我洗耳恭听。"于连说。

"德·费瓦克元帅夫人因此非常喜欢憎恨，她毫不留情控告一些她从未见过的人，其中就有律师，也有像写科莱[①]那样的歌词的穷文人，您知道吗？

> "爱着玛罗特
> 是我的癖好……"

西班牙人用法文唱得津津有味。于连得把整首歌听完。

这首绝妙的歌还从未被人这么不耐烦地听过。西班牙人终于唱完了，他说："元帅夫人让人把这首歌的作者解雇了：

> "有天情人在酒馆……"

于连真害怕他又要唱下去。还好，他只是分析了歌词。这首歌确实有伤风化。

"元帅夫人对这首歌发怒的时候，"唐·迭戈说，"我提醒她，她这种地位的女人根本就不该读眼下出版的这些无聊玩意。不管宗教的虔诚和社会风气如何发展，在法国总会有种酒馆文学。当德·费瓦克夫人让人把作者，一个领半饷的穷鬼的一千八百法郎的职位撤掉时，我对她说：'您要当心，您用的武器攻击了这个拙劣的诗人，他会用他的诗回击您，他会写一首关于道德高尚的女人的歌。你会

---

① 科莱（1709～1783），法国诗人，剧作家。写流行歌曲。

在镀金的客厅得到支持，可喜欢玩笑的人却会把他那些俏皮话一遍遍到处传唱。'您知道元帅夫人怎么回答我，先生？'全巴黎都会看见我为了天主的利益而不惜殉道，这将是法国的一大奇观。民众将学会尊重贵族。那将是我一生中最美好的日子。'她的眼睛从没那样美过。"

"她的眼睛真是美极了。"于连叫道。

"我看得出您爱她……总之，"唐·迭戈庄重地说，"她并没有那种驱使人进行报复的多胆汁体质。如果说她喜欢伤害人，那是因为她感到不幸，我疑心是内心的不幸，难道她不是一个对自己的卫道行当感到厌倦的假正经吗？"

西班牙人默默望着于连整整一分钟。

"全部问题就在这，"他郑重其事说，"从这里您可以得到一点儿希望。在我充当她谦卑的仆人的两年中，我对此想了很多。您的整个前途，热恋中的先生，取决于这一重大问题：她是一个对卫道感到厌倦、并且因感到不幸而变得凶恶的假正经吗？"

"或者，"阿尔塔米拉终于打破沉默，"就像我跟您说过二十遍的，干脆就是出于法国人的虚荣心？是对她父亲，著名的呢绒商的回忆造成了这个生性阴郁的女人的不幸。她的幸福只可能有一种，就是住在托莱多，受一位每天让她看见大门洞开的地狱的忏悔师的折磨。"

于连离开时，唐·迭戈的神色更加庄重："阿尔塔米拉告诉我，您是自己人。有朝一日您会帮助我们重获自由，因此我愿意在这小小的消遣中助您一臂之力。了解一下元帅夫人的风格对您有好处，这是她的四封亲笔信。"

"我去抄下来，"于连叫道，"再还给您。"

"绝不会有人从您那儿知道我们说的一个字？"

"绝不会，"于连高声道，"以名誉担保！"

"愿天主助您！"西班牙人默默把阿尔塔米拉和于连送到楼梯口。这一幕使我们的英雄差不多要微笑了。"看这个虔诚的阿尔塔米拉，"他心想，"竟帮助我与人通奸！"

在跟唐·迭戈·比斯托斯进行这场严肃的谈话中，于连一直在留意阿利格尔府的大钟的报时。

晚饭时间快到了，他又要见到玛蒂尔德！他回去仔细穿好衣服。

"开始就干蠢事，"他下楼时想，"应该严遵亲王的医嘱才是。"

他回到房里换上一件简朴的旅行装。

"现在，"他想，"要注意目光。"这时才五点半，而晚餐是六点，他决定下楼去客厅看看，看到没有人。但看见那个蓝色长沙发，他心头一热，眼泪就上来了，面颊也热得烫手，"必须摆脱这种愚蠢的敏感，"他生气地对自己说，"它会出卖我。"他拿起一份报纸，从客厅到花园走了三四个来回。

他哆嗦着在一棵大橡树后藏好，才大着胆子看德·拉莫尔小姐的窗户。窗户关着，他几乎晕倒，靠在橡树上很长一段时间，然后跟跟跄跄去看园丁的那架梯子。

先前被他拧断的那个链环还没修好。一阵疯狂的冲动让于连不能自持，他把它压在了嘴唇上。

从客厅到花园来回走了很久，他感到疲倦，这是他强烈感到的第一个成功。"我的目光将是暗淡的，不会出卖我！"吃饭的人陆续进了客厅，每一次开门，都在于连的心里引起一阵慌乱。

终于，德·拉莫尔小姐露面了，让人等的老习惯坚持不误。她看见于连后脸红了。没人告诉她于连回来了。根据科拉索夫亲王的嘱咐，他观察到她的手在抖。这发现使他慌乱，但相当高兴。

德·拉莫尔先生称赞了他。过了会儿侯爵夫人也对他的疲倦安慰了几句。于连时刻对自己说："我不应该看德·拉莫尔小姐，但我的目光也不该躲着她。在不幸发生前一个礼拜是什么样子，现在就该是什么样子……"他有理由对成功有信心，所以留在了客厅。他头一次向女主人献殷勤，尽力让她那个圈子里的男人们保持活跃。

他的礼貌得到了酬报。将近八点，仆人通报德·费瓦克元帅夫人到。于连溜出去，很快重新露面。他十分用心打扮了一番。德·拉莫尔夫人很感激他这种尊敬的表示，她想证明她的感激之情，就向德·费瓦克夫人谈起他的旅行。于连在元帅夫人身旁坐下，正好让玛蒂尔德看不见他的眼睛。这样坐，他完全是按照那门艺术的规定，把德·费瓦克夫人当成了痴心爱恋的对象。科拉索夫亲王送给他的那五十三封信中的第一封，开始就是关于这种感情的大段文字。

元帅夫人说她要去喜剧歌剧院。于连也急忙赶去，在那儿看见了德·博瓦西骑士。骑士把他带进宫内侍从先生们的包厢，正好挨着德·费瓦克夫人的包厢。于连一个劲儿地看她。"我得记围攻日记，"他回府后对自己说，"否则我会忘记进攻的。"他强迫自己就这个乏味的主题写下两三页，这样他几乎可以不去想德·拉莫尔小姐了！

在他离开后，玛蒂尔德差不多把他忘了。"说到底，不过是一个常人罢了，"她想，"他的名字将永远让我记住我一生中所犯的最大错误。应该诚心诚意回到一般人所说的明智和名誉上去，一个女人要是忘了这些，就会失去一切。"她表示她和德·克鲁瓦泽努瓦侯爵之间准备已久的婚约终于可以定下来了。侯爵高兴得发狂，如果有人跟他说，在玛蒂尔德的态度深处有种屈从，他一定感到非常惊讶，她是那样让他感到自豪。

但德·拉莫尔小姐一看见于连，以前的想法又都变了。"真的，这才是我的丈夫，"她对自己说，"如果回到明智观念上，我要嫁的显然是他呀。"

她原本预料于连会纠缠，会显出不幸。她已准备好回答，因为吃罢晚饭，他肯定试图跟她说几句话。可相反，他坚决待在客厅，甚至不朝花园看一眼，天知道这有多难！"最好是立刻解释清楚。"德·拉莫尔小姐想。她独自去了花园，于连根本不露面。她在客厅的落地长窗附近走来走去，见他正忙着向德·费瓦克夫人描绘莱茵河畔山丘上废弃的古堡，这些古堡为山丘增色不少。对于一些沙龙称为才智的那种感伤、别致的句子，他显然已得心应手。

科拉索夫亲王要是在巴黎，也一定会骄傲，这一晚和他的预言一模一样。于连以后几天的表现他也一定会赞赏。

秘密政府的成员们密谋颁发几条蓝绶带。德·费瓦克元帅夫人坚持她的叔祖父要有一条，德·拉莫尔侯爵也为岳父提出同样的要求。于是他们开始共同努力，德·费瓦克夫人几乎每天到德·拉莫尔府上来。从她那儿，于连知道侯爵快当部长了。他向王党提出一个巧妙的计划，三年内取消宪章而又不致引起骚动。

如果德·拉莫尔先生当了部长，于连可望得到一个主教职位。可在他眼里，这些重大利益都蒙着一重薄纱，他只能在想象中模糊看到，离得很远。可怕的不幸把他弄得疯疯癫癫，生活的全部都在他和德·拉莫尔小姐的关系中。他想经过五六年细心呵护，他会重新被她爱上。

人们看到，这个冷静的头脑已丧失理智。曾经使他卓尔不群的种种长处中，如今只剩下一点坚定了。他切实执行科拉索夫亲王制定的行动计划，每晚坐在离德·费瓦克夫人相当近的地方，可他找不出一句话跟她说。

他强迫自己在玛蒂尔德眼里显出痊愈的样子，这使他精疲力竭。待在元帅夫人身旁他没有一点活力，甚至眼里也失去了光芒，仿佛处在极度肉体痛苦中。

德·拉莫尔夫人历来就是她那让她成为公爵夫人的丈夫的镜子，几天来她把于连捧上了天。

26 精神之爱

当然在阿玲身上也能看到说话时不慌不忙的贵族式的圆滑，但绝不会超过大自然愿意表现出的任何事物的平分线，就跟清朝官僚觉得什么东西都不好——至少他们的态度无法让人猜出他们所看到的东西使他们欢喜。

——《唐璜》

"这家人看问题的方式有点疯狂，"元帅夫人想，"他们都迷上了他们的年轻神父，他就知道听，眼睛倒挺美。"

于连呢，他在元帅夫人的态度中，找到了贵族式沉静的典型，除了准确无误的礼貌，更多体现了任何强烈感情的不可能。意外的情绪波动，缺乏自制，几乎都会使德·费瓦克夫人感到愤慨，如同对下人没有威严一样。同情心的最微小表示，在她看来都应该感到脸红，会大大损害一个有地位的人的尊严。她最大的幸福是谈论国王最近的一次狩猎，最喜欢的书是《德·圣西蒙公爵 ① 回忆录》，尤其是家系部分。

于连知道根据光线分布，哪个位置对欣赏德·费瓦克夫人那种类型的美最为适宜。他先占了那个位置，细心地转动椅子，直到看不见玛蒂尔德。她很奇怪他这样，有一天，她离开蓝色长沙发，到挨着元帅夫人的扶手椅的一张小桌旁做女红。于连可以从德·费瓦克夫人的帽檐下看见她。那双决定他命运的眼睛起初使他害怕，接

---

① 德·圣西蒙公爵（1675～1755），法国作家。主要写有关路易十四和路易十五时期的宫廷轶事。

着就把他从平时的冷漠中拖了出来。他开始说话，而且口若悬河。

他对着元帅夫人说，但唯一目的是对玛蒂尔德造成影响。他那么兴奋，直说得德·费瓦克夫人莫明其妙。

这算初步的成绩。如果于连能加上点德国神秘主义，或高深的耶稣会教义，元帅夫人就立刻会把他归入改造时代的高人之列。

"既然他趣味低劣，"德·拉莫尔小姐心想，"竟跟德·费瓦克夫人说得这么热烈，我就再也不听他说话了。"这晚上直到人都散去，她居然说到做到，尽管费了点劲。

夜半，她替母亲端着蜡烛盘送回卧房，到了门口，德·拉莫尔夫人站住，盛赞于连。玛蒂尔德恼了，她睡不着觉了，她想了想，又平静下来："我蔑视的东西依然可以造就元帅夫人眼中的出类拔萃之人。"

至于于连已不那么痛苦了。他的目光无意间落在那个俄罗斯羊皮文件包上，里面放着科拉索夫亲王送给他的五十三封情书。第一封信下端有一注：第一次见面后一个礼拜送出一号信。

"我已经晚了！"于连叫了起来，"见到德·费瓦克夫人已经很长时间了。"他立即动手抄第一封情书，那篇充满说教的陈词滥调讨厌得要命，于连抄到第二页就睡着了。

几个钟头后，太阳把趴在桌子上的他照醒。他最难受的时刻之一就是每天早晨醒来时，这时他又能意识到自己的不幸。但这一天他却几乎是笑着把信抄完。他对自己说："难道真会有年轻人这样写信吗？"他数了数，长达九行的句子有好几处。在原信下方，他看见有一个铅笔写的注：

　　本人亲自送达：骑马，黑领带，蓝色常礼服。带着悔恨的神情将信交给门房，目光要含着深深的忧郁。看见贴身女仆，要偷偷抹眼泪，跟她说话。

这一切照办无误。

"我真是胆大妄为，"于连走出德·费瓦克府时想，"活该科拉索夫倒霉。竟敢给一个如此著名的看重道德的女人写信！我遭受她的最大轻蔑，不过再没有比这更让我开心的了。实际上，我能有所感觉的也就是这种喜剧。是的，这个我称之为丑恶的家伙，让他成为笑柄最好了。我要是自以为了不起，为了消愁破闷，我会去犯罪的。"

一个月来，于连生活中最美好的时刻，就是把马牵回马厩。科拉索夫明确禁止他在任何借口下注意那离他而去的情妇。然而她熟悉那匹马的蹄声，熟悉于连用马鞭敲马厩的门叫人的方式，这时就把玛蒂尔德吸引到窗帘后面。窗帘很薄，于连可以看透。从帽檐下他可以看她的身体而不看她的眼睛。"这样，"他对自己说，"她看不见我的眼，就不是我在看她。"

晚上，德·费瓦克夫人看见他，就像她根本没收到他早晨神情忧郁地交给门房的那篇充满哲学意味的神秘宗教论文。头天晚上，于连偶然发现了侃侃而谈的诀窍，于是他把自己安置在能看见玛蒂尔德眼睛的位置上。她则在元帅夫人到后不久离开蓝色长沙发，从她那个平时的小圈子里开了小差。德·克鲁瓦泽努瓦看到这任性举动不免灰心丧气，他显而易见的痛苦把于连残酷的不幸一扫而光。

生活中出现的这一意外，使他说起话来像天使。即便一个人的心作了最严格的道德的殿堂，自尊心也还是能溜进去。所以，元帅夫人上车时才会心想："德·拉莫尔夫人说得有道理，这小教士与众不同。开头几天，大概是我的在场把他吓着了。事实上，在这个家遇见的人都很轻浮，我只看见一些因年老色衰才变得有道德的女人，她们很需要这年龄结成的冰块。这个年轻人该能看得出来。他的信写得很好，但我担心，他在信中求我指点迷津，不过是种不自知的感情罢了。

"然而多少人皈依天主，就是这样开始的啊！这个人的情形看上去很有希望，他的风格和有些年轻人的不同，我曾有机会见过他们写的信。不能不承认这年轻教士的文字中有热忱和深刻的严肃，也有坚定的信念，他会有马西荣 [①] 的温和的美德的。"

---

① 马西荣（1663～1742），法国主教。以善于布道著称。

27 教会里最好的职位

勤奋！才干！功绩！都算得了什么！您得加入一个小集团！

——泰雷马克[①]

就这样，主教和于连第一次在这个迟早要由她分配法国教会职位的女人心中联系到了一起。这好处不大会让于连动心，此时此刻，他的心思用不到那些跟他眼下的不幸无关的事上去。一切都在加重他的不幸。例如看见自己的卧室就让他受不了，晚上，当他端着蜡烛回来，每件家具、小饰物，都像是开口在尖刻地宣布他的不幸的新细节。

"今天，我还有一件苦活儿，"他回房时对自己说，并且带着一种久违的欢快，"希望这第二封信和第一封一样乏味。"

果然，它比第一封还乏味。他觉得他抄的东西荒唐，到后来就一行行写下去，根本不想是什么。

"比在伦敦时外交老师让我抄的闵斯特尔条约[②]的正式文献还要夸张。"他想。

这时，他才想起德·费瓦克夫人的信，他忘了还给那个庄重的西班牙人唐·迭戈·比斯托斯。他把信找出来，和那俄国贵族的信一样地不知所云，什么都想说，什么也没说，"这种风格真是一把风

---

① 泰雷马克，希腊神话中奥德修斯和帕涅罗珀的儿子。

② 闵斯特尔条约，1648 年欧洲 30 年战争结束时，交战双方在闵斯特尔和奥斯纳布鲁签订的两个条约。因都是在德国境内的威斯特法利亚，所以也称为"威斯特法利亚条约"。

奏琴，"于连想，"在这种关于虚无、死亡、无限之类的玄想中，我看只有害怕被人取笑的可憎心理才是真实的。"

经过我们删节的这种独白，连续被重复了两个礼拜。每天抄着类似《启示录》注释的东西酣然入睡，第二天神情忧郁去送信，把马送回马厩时希望看见玛蒂尔德的裙子，然后是工作。晚上要是德·费瓦克夫人不来德·拉莫尔府，他就要去歌剧院。这就是于连最近的生活。要是德·费瓦克夫人来侯爵夫人家，他的生活会比较有趣，他可以从元帅夫人帽子下偷看玛蒂尔德，说起话来也滔滔不绝。他那些别致而感伤的句子，开始具有一种动人、高雅的要素了。

他清楚感觉到，在玛蒂尔德看来，他说的那些东西都荒谬绝伦，然而他想以措辞的高雅来打动她。"我说的东西越虚假，就越应该讨她喜欢。"于连这样想。于是，他开始肆无忌惮夸大自然的某些方面。他很快发现，为了在元帅夫人眼中不显得庸俗，尤其应该避免简单而合理的思想。

总之，他的生活不像在无所作为中度日那么可怕了。

"可是，"一天晚上他对自己说，"我现在已在抄第十五封了，前十四封都准确无误交给了元帅夫人的卫士。我的信都快荣幸塞满她书桌的所有抽屉了。而她对我就像我根本没写过一样！这会有什么结局呢？我的坚持不懈会不会让她跟我一样厌烦？应该承认，科拉索夫的朋友，热恋里奇蒙的美丽的贵格会女教徒的那个俄国人，当时一定是个可怕的人，没有人比他更讨厌了。"

于连根本不懂年轻的俄国人对美丽的英国女人展开的攻击。前四十封信只是请求原谅写信的冒昧。这个温柔的人儿也许感到无比烦闷，但让她养成了接到一些信的习惯，这些信也许比她的日常生活还要多点乐趣。

一天早晨，于连收到一封信，他认出了德·费瓦克夫人的纹章，忙撕开封口，几天前他是不会如此急切的。但那不过是张晚餐的请柬。

于连跑去看科拉索夫亲王的指示。不幸的是，在原来应当简洁明了的地方，年轻的俄国人却想自己如多拉那样轻薄油滑。于连想不出自己在元帅夫人的晚宴上应该采取的道德立场。

客厅极其富丽堂皇，挂着一些油画。画上有明显的涂抹痕迹。于连后来才知道，是女主人觉得这些画的主题不雅，命人加以修改了。"好一个道德的世纪！"他想。

在客厅他注意到三个参加过秘密记录起草的人。其中一位是德·某某主教大人，元帅夫人的叔父，他掌管教士的俸禄，据说对他这个侄女有求必应。"我迈了多大一步啊，"于连不禁苦笑，"而这一步对我来说又是多么无所谓！我现在跟有名的德·某某主教一起吃饭。"

晚宴的平淡让于连想："这是一本拙劣的书的目录，人类思想的所有重大主题都被洋洋自得提及。三分钟后就会自问：究竟是言者的夸张还是可恶的无知占了上风？"

读者大概已经忘了那个叫唐博的院士侄儿，未来的教授的小文人，他似乎专门负责用诽谤来毒化客厅的空气。

于连正是从这个小人这里第一次想到，德·费瓦克夫人不回他的信，却会宽容地对待支配他写信的那种感情。于连的成功让唐博先生卑鄙的灵魂被撕裂："如果索雷尔成为高尚的元帅夫人的情夫，她会把他安排在教会里的好位置上，而我就能在拉莫尔府里摆脱掉他。"

比拉尔神父先生为于连在德·费瓦克府取得的成功训斥了他一番。在严峻的冉森派教徒和道德高尚的元帅夫人的客厅之间，存在一种宗派的嫉妒。

28 曼侬·莱斯戈

> 一旦他对修道院院长的愚蠢与无知深信不疑，就几乎经常能够靠颠倒黑白而获得成功。
>
> ——利赫坦贝克[1]

俄国人指出，切记不要在口头上反驳写信的对象。不应以任何借口偏离心醉神迷的倾慕者的角色。那些信永远以此为前提。

一天晚上，在歌剧院，在德·费瓦克夫人的包厢里，于连把《曼侬·莱斯戈》捧上了天。他这样做的唯一理由是觉得这出戏一钱不值。

元帅夫人说这出芭蕾舞剧比普列弗神父的小说差太远。

"怎么？"于连听了又惊讶又开心，"一个道德如此高尚的女人竟吹捧一本小说！"德·费瓦克夫人每礼拜总有那么两三次对作家极尽轻蔑之能事，说他们企图借助平庸的作品腐蚀青年，这些青年，唉！太容易犯肉欲方面的错误。

"在这类不道德且危险的体裁中，《曼侬·莱斯戈》据说是第一流的。一颗罪恶深重的心的软弱和理应感到的痛苦，据说被描写得很真实，而这种真实颇有深度。不过您的波拿巴在圣赫勒拿岛宣称这是一部写给仆人看的小说。"元帅夫人说。

这句话让于连紧张起来。"有人想在元帅夫人面前毁掉我，告诉了她我对拿破仑的热情。看来她很恼火，忍不住要让我有所感觉。"这发现让他一晚上都很开心，人也变得有趣了。在告别时她对他说："记住，先生，一个人如果爱我，就不应该爱波拿巴，我们只能把他

---

① 利赫坦贝克（1742～1799），法国学者，以文笔幽默著称。

当作天意强加给我们的一件不可避免的事物。再说，这个人的心太硬，不能欣赏艺术杰作。"

"一个人如果爱我！"于连在心里重复道，"这句话要么毫无意义，要么包含了一切。作为可怜的外省人，我们就是掌握不了这种语言的奥秘。"他一边抄写给元帅夫人的很长很长的信，一面深深怀念起德·雷纳夫人。

"您在昨晚那封看来是离开歌剧院后写的信里，怎么谈起伦敦和里奇蒙来了？"第二天她问他，不过于连一眼就看出她是在假装冷淡。

于连很尴尬。他逐行抄，没有去注意写的是什么，看来是忘了用巴黎和圣克鲁替换原信中的伦敦和里奇蒙。开始了两个或三个句子后，就怎么也结束不了，他觉得马上要发疯大笑起来。最后，他搜索枯肠，好不容易想出一个诡辩的理由："讨论人类灵魂的最崇高、最大的利益令我激动。写着写着，我的灵魂就走神了。"

"我给她留下了印象，"他心想，"今晚可不必再受烦闷的罪了。"他一溜小跑出了德·费瓦克府。回去后，他重读头天夜里抄的原信，很快找到俄国人谈伦敦和里奇蒙的那段要命的地方。于连发现这封信算得上缱绻。

他的话很轻浮，而他的信却具有崇高的近乎启示的深刻，这种对比使他不同凡响。长句子尤其令元帅夫人喜欢，"这不是伏尔泰那个不道德的人使之风行的那种一蹦一跳的风格！"尽管我们的主人公竭力把一切合乎常情常理的东西从谈话中消除，他的谈话仍有一种反王政、不信神的色彩，这可逃不过德·费瓦克夫人的眼睛。这位夫人身边尽是道德先生，然而他们不是每晚都有新思想，所以，凡是有几分像新事物的东西，都能给她留下强烈印象。不过同时她又认为自己理应对这些东西感到愤慨。她把自己这种缺憾称作"打上了这个轻浮时代的印记"……

在于连的生活中被费瓦克插曲占去的这段时间里，德·拉莫尔小姐一直需要克制自己不去想他。她的灵魂进行着激烈搏斗，有时她庆幸能蔑视这位愁苦的年轻人了；然而，她又身不由己地被他的谈话俘获。尤其使她惊奇的竟是他那十足的虚假。他对元帅夫人说的句句是谎言，或者至少是他的思想的一种丑恶的伪装，因为玛蒂尔德清楚他对几乎所有问题的看法。这种马基雅维利主义令她震惊。"多么深刻啊！"她对自己说，"跟持有相同论调的唐博先生那种夸夸其谈的傻瓜或者平庸的无赖多么不同！"

然而，于连为了履行最艰难的职责，他每天都得在元帅夫人的客厅里露面。为了扮演这个角色，终于使他的心力交瘁。夜里，他穿过费瓦克府的巨大院子时，常需要靠着意志力才免于陷入绝望。

"我在神学院里战胜了绝望，"他对自己说，"而那时我的前景是多么可怕啊！我或是飞黄腾达，或是横遭厄运，无论是哪种情况，我都必须和天底下最可鄙、最可厌的人朝夕相处，度过一生。第二年春天，短短十一个月后，我成了也许是我这个年纪的人中最幸福的。"

但这些严密的推理碰上可怕的现实时，前者往往不起作用。他每天都在吃午饭和吃晚饭时看见玛蒂尔德。从德·拉莫尔先生口授的许多信稿中，他知道她就要跟德·克鲁瓦泽努瓦先生结为夫妇。这可爱的年轻人每天两次来拉莫尔府，遭冷落的情人嫉妒的眼睛没放过他的一举一动。

当于连以为看出德·拉莫尔小姐善待她的未婚夫时，回到房里后他情不自禁深情地望着他的手枪。

"啊！"他对自己说，"把内衣的标志去掉，到距巴黎二十法里远的什么僻静森林里结束我可憎的一生不是更明智吗！当地没人认识我，我的死半个月内不会有人知道，而半个月后谁会想到我呢？"

这番推理很明智。然而第二天，隐约看见玛蒂尔德的胳膊，只消袖口和手套之间那一段，就足以把我们这位年轻的哲人再度投进残酷的回忆中去，而正是这回忆使他留恋人生。"好吧！"他对自己说，"我要把俄国人的策略坚持到底。那会怎样结束呢？

"至于元帅夫人，抄完这五十三封信我当然不会再写别的信了。

"而玛蒂尔德，如此艰难地演了六个礼拜的戏，或是她的愤怒丝毫无改，要不就是我得到片刻的和解。伟大的主啊！那我会高兴死了！"他想不下去。

　　大梦后他又能推理了。他对自己说："那么，我会得到一天的幸福，然后她的冷酷重新开始，唉！就是因为我不能讨得她的欢心。那我就什么办法也没有了，我毁了，永远完了……

　　"她那样的性格能给我什么保证呢？唉！我一无长处，举止不高雅，谈吐笨拙而单调。伟大的天主！为什么我是我呢？"

29 烦恼

> 为了热情而牺牲自己，那还可以；但为了自己没有的热情而牺牲，啊！可悲的十九世纪！
>
> ——吉罗代 [①]

德·费瓦克夫人读于连的那些长信，起初感觉不到乐趣，可天长日久，就不知不觉喜欢上了。但有件事情令她不快："多可惜，索雷尔先生并非是个真教士！否则就可以跟他建立某种亲密关系了。有这枚十字勋章和这身近乎平民的衣服，会带来一些很残酷的问题，怎么回答呢？"她想不下去，"某个狡猾的女友甚至会散布说他是我娘家那边的小表弟，地位低下，是个得过国民自卫军勋章的商人。"

直到见到于连前，德·费瓦克元帅夫人的乐趣一直都是在自己的名字旁写上元帅夫人这几个字。现在，一种新贵病态而极易受到伤害的虚荣跟刚产生的兴趣发生了冲突。

"让他当上巴黎附近某教区的代理主教，"元帅夫人对自己说，"在我是再容易不过的事！可索雷尔先生连个头衔也没有，还是德·拉莫尔先生的小秘书！真扫兴。"

这颗什么都害怕的心，第一次被一种与她对身份和优越社会地位的渴求无关的东西打动。她的老门房注意到了这点，他把那位神情如此忧郁的英俊青年的信送来时，准能看见元帅夫人神情里的心不在焉和不满迅速地消失，而那种神情，她在下人面前时总挂在脸上。

一天，德·费瓦克夫人在问了三次有无信来后，突然决定给于

[①] 吉罗代（1767～1824），法国画家，新古典主义的代表，但受到了浪漫主义的深刻影响。

连写回信。写第二封时，她开始为自己需要写上"德·拉莫尔府索雷尔先生收"这样一个过于平凡的地址和姓名而感到有失身份，她几乎停下了。

"您应该给我带几个信封来，"晚上，她冷冷地对他说，"上面有您的姓名和地址。"

"我是情夫男仆集于一身了。"于连想着，鞠了一个躬，那样子活像德·拉莫尔先生的老仆阿尔塞纳。

当晚他就送去了几个信封。第二天一早，收到第三封信时他只看了开头五六行和结尾两三行。这封信只有四页，字很小很密。

她渐渐养成了一种甜蜜的习惯，几乎每天给他写信。于连依然是俄国人的忠实抄写员，这是夸张风格的一大好处，德·费瓦克夫人对于连的回信和她的信内容上有没有关联毫无感觉。

小唐博自愿充当密探监视于连的行动。他要是告诉她，那些信都原封未动被随手扔在了于连的抽屉里，不知她的自尊会受多大伤害！

一天早晨，门房去图书室送一封元帅夫人的来信，正好被玛蒂尔德碰上了，她看见信和于连亲笔写的地址。门房出来后她进去，信就放在桌边，于连正忙着写东西，没来得及把信放进抽屉。

"我不能容忍这个，"玛蒂尔德抓起那封信嚷道，"您把我完全忘了，我是您妻子呀。您的行为真可怕，先生。"

说到这里，她的傲慢一下子被惊醒，使她说不出话来，她泪流满面，于连觉得她喘不过气来了，惊慌失措起来。他扶玛蒂尔德坐下时，她几乎倒在他怀里。

开始，他看到这一动作还大喜过望，紧接着想到了科拉索夫："一句话就可能让我失去一切。"

这策略迫使他做出艰难的选择。"我甚至都不该把这柔软的躯体贴紧心口，否则她会蔑视、虐待我！"他一边诅咒玛蒂尔德的性格，一边却越发疼爱她，把她当王后拥在怀里。

德·拉莫尔小姐的自尊受到伤害，觉得自己万般的不幸，于连无动于衷的冷淡更加剧了这种感觉。她根本不敢去细看他，自然无法知道他此刻的感情。她坐在图书室的长沙发上，背对着于连，承受着自尊和爱情的痛苦折磨。她觉得刚才的举动太丢人！

"我多不幸啊！我活该遭到拒绝！而且遭到谁的拒绝？"她的自尊使得她发狂，"我父亲的一个仆人！这我无法容忍！"她大喊道，然后狂怒地站起来。前面两步远就是于连的书桌，她拉开抽屉后立刻惊呆了，眼前八九封没有拆开的信，和门房刚送来的那封完全一样。她认出姓名地址都是于连的笔迹。

"这么说，"她怒不可遏，"您不仅跟她好，您还蔑视她。您，一个微不足道的人，居然蔑视德·费瓦克元帅夫人！

"啊！宽恕我，我的朋友，"她一下子跪倒，"如果你愿意，就蔑视我吧，但要爱我，没有你我活不了了。"她真昏过去了。

"这个骄傲的女人，终于跪倒在我的脚下了！"于连心想。

30 喜剧歌剧院包厢

就像最阴暗的天空

预示着最大的暴风雨。

——《唐璜》

这场汹涌澎湃的感情风暴给予于连的惊奇多于幸福。玛蒂尔德的辱骂向他证明了俄国人的策略的明智。"少话少动。这是我获救的唯一希望。"

他一言不发，扶玛蒂尔德坐到沙发上。她哭成了泪人儿。

她把德·费瓦克夫人的信一封封拆开。当她认出元帅夫人的笔迹时，神经质地抖动了一下，很是明显——她没读这些有六页的信。

"至少回答我，"玛蒂尔德哀求着，但不敢看于连，"您清楚知道我骄傲，我承认这是我地位和我性格带来的不幸。这么说，德·费瓦克夫人已经从我这儿把您的心抢走了……这要命的爱情驱使我做出了所有牺牲，她也为您做了吗？"

忧郁的沉默是于连的全部回答。"她有什么权利——"他想，"要求我做泄露隐私的事呢？"

玛蒂尔德试着读那些信，但她的眼里满是泪水。

一个月来，她高傲的心就是不肯承认自己的感情。只是一个偶然出现的原因，就让嫉妒和爱情战胜了骄傲。她坐在沙发上，离他很近。他望着她的头发和白皙的脖子。突然，他忘了策略的程序，伸出胳膊搂住她的腰，几乎把她紧抱在胸前。

她慢慢转过头来，他看到她眼里全都是痛苦，已经认不出来了。

于连感到力量正离自己而去，他强制自己采取的勇敢行为使他痛苦不堪，难以坚持。

"如果我让自己沉浸在爱她的幸福中，她的眼睛马上就会流露出最冷酷的轻蔑。"然而就在这时，她声音微弱，有气无力勉强成句，一再保证，她懊悔太多的骄傲让她做出那些举动。

"我也骄傲啊！"他的声音勉强听得见，脸上的表情表明他的体力已衰竭。

对玛蒂尔德来说，现在能听见他的声音成了她的一大幸福，而她原本不抱希望了。此时此刻，她不禁要诅咒自己的骄傲了，她真想找到些不寻常的举动，向他证明她崇拜他和厌恶自己的程度。

"也许是因为这种骄傲，"于连继续说，"您一时对我另眼相看，肯定是因为这种勇气十足的男子汉的坚定，您此刻才尊敬我。我可能钟情于元帅夫人……"

玛蒂尔德打个哆嗦，她眼中有了种奇怪的神情。她就要听见宣布对自己的判决了，这变化没能逃过于连的眼睛，他感到勇气正在消失。

"啊！"他一边听着自己的声音，仿佛发出的是些噪音，"如果我能在这如此苍白的脸颊上印满吻，而你又感觉不到，那有多好！"他想着。"我可能钟情于元帅夫人……"他的声音越来越弱，"当然，我还没有决定性的证据说明她对我有意……"

玛蒂尔德望着他，他经受住了她的目光，至少他希望他的面孔没有出卖他。他感到爱情已经渗透进他的心最隐秘的皱褶里去了。他从未崇拜她到这种程度，他几乎变得和玛蒂尔德一样疯狂。如果她有足够的冷静和勇气，耍个手腕，他一定会跪倒在她面前，发誓放弃这无意义的做戏。他还有点儿力气，能继续说话。"啊！科拉索夫，"他内心发出叫喊，"您为什么不在这儿！我多么需要您的指导！"同时，他的声音在说：

"就算没有别的感情，感激也足以让我眷恋元帅夫人。她对我表现出宽容，当别人都轻蔑我时，她安慰我……"

"啊！伟大的天主！"玛蒂尔德叫道。

"那好吧！您给我什么保证？"于连的语气变得激烈而坚定，仿佛一时抛弃了谨慎，"什么保证，什么神灵能向我保证，您此刻准备准许我恢复的地位能存在两天以上呢？"

"我的过分的爱情，还有如果您不再爱我了，那就是我过分的不幸。"她抓住了他的手，朝他转过身。

她的动作太猛，短披肩稍稍动了，让于连看见了她那迷人的双肩。她略微散乱的头发又勾起他甜蜜的回忆……

他快要屈服了。"一句话不慎，"他心想，"就会让那一长串绝望中的日子重新开始。德·雷纳夫人是找理由来做她的心让她做的事，而这个上流社会的女孩，只有在有充分理由向她证明，她的心应该被感动时，她才让自己的心被感动。"

他是在一瞬间发现这个事实，也是在一瞬间重获勇气的。

他抽回被玛蒂尔德握着的手，带着明显的恭敬稍稍离开她一点。一个男人的勇气不可能比这更大了。接着，他把散落在沙发上的德·费瓦克夫人的信一封封收起来，极有礼貌，在此刻也极为残酷地说：

"请德·拉莫尔小姐容我考虑一下。"说完他迅速离开图书室。她听见他关上了所有的门。

"这恶魔无动于衷。"她对自己说。

"可我说什么，恶魔！他聪明、谨慎、善良，是我犯了多得无法想象的错误。"

随着这种想法的持续，玛蒂尔德这一天几乎感到了幸福，因为她沉浸在了爱里！

晚上在客厅里当仆人通报德·费瓦克夫人到时，她一惊，觉得仆人的声音很不祥。看见元帅夫人，她受不了选择很快离去。于连对他艰难的胜利并不感到自豪，他为自己的眼神担心，没有在拉莫尔府用晚饭。

随着渐渐远离战场，他的幸福在迅速增加，他已经开始谴责自己了。"我怎么能抵制她呢？"他对自己说，"要是她不爱我了怎么办？一瞬间便可改变这个高傲的心灵。应该承认，我那样对她真可恶。"

晚上，他觉得必须在喜剧歌剧院德·费瓦尔克人的包厢露面。她特意请了他，玛蒂尔德不会不知道他是到场还是无礼地缺席了。尽管道理很清楚，他却没力气投入社交中。他一说话就会失去一半的幸福。

十点的钟声响了。他无论如何要露面了。

幸好元帅夫人的包厢里挤满了女人。他被打发到门边上，完全被帽子遮住。多亏这个位置，让他免于闹笑话。卡罗莉娜在《秘婚记》里的悲痛欲绝的歌声美妙绝伦，让人潸然泪下。德·费瓦克夫人看见了他的眼泪，这眼泪跟他平时那种男子汉的坚毅形成强烈对比。这贵妇的心被打动了，尽管这心因为早已浸透了新贵女人的傲气的最具腐蚀性的东西而麻木。她还剩的那点点女人心肠促使她开口。她在此刻很想享受一下自己说话的声音。

"您看见拉莫尔家的女眷们了吗？"她问他，"她们在第三层。"于连立刻很不礼貌地从包厢的前面探出身子。他看见了玛蒂尔德，她的眼里闪着泪光。

"可今晚不是她们上歌剧院的日子呀。"于连想，"多么急切啊！"

是玛蒂尔德说服她母亲来歌剧院的，尽管一个常上她家去献殷勤的女人热心提供的包厢的位置并不合适。她想看看于连会不会跟元帅夫人一起度过这个夜晚。

31 让她害怕

看看，这就是你们的文明的伟大奇迹！你们把爱情变成了一件极其平常的事情。

——巴纳夫

匆匆走进德·拉莫尔夫人的包厢，于连最先碰到的是玛蒂尔德的泪水模糊的眼睛。她毫无节制地哭着，包厢里只有地位不高、借给她们包厢的那个女友和她的几个熟识的男人。玛蒂尔德把手放在于连的手里，好像忘了她母亲在场。她几乎被泪水噎住了，只对他说了句："保证！"

"我不可以跟她说话，"他心想，他也非常激动，勉强用手挡住眼睛，借口吊灯直射三层包厢让人睁不开眼，"如果我说话，她就会知道我的心情激动，因为我的声音会出卖我，我还可能失去一切。"

他的心已经激动了一整天，此刻，内心的斗争更艰巨。他害怕看见玛蒂尔德的虚荣心的发作。他很陶醉，却极力克制不跟她说话。

依我看，这是他性格最出色的特点之一。一个人能做出这样的努力克制自己，是能有大出息的——如果命运允许的话。

德·拉莫尔小姐坚持要带于连回府。幸亏雨下得很大，侯爵夫人让他坐在自己对面跟他说个不停，让他没法跟她女儿说话。让人看见还以为侯爵夫人是在小心呵护于连的幸福。他不再害怕会因过度激动而毁掉一切，就索性沉湎在过分激动中。

回到房间，于连跪在地上，不停亲吻科拉索夫亲王给他的情书。

"伟大的人啊！还有什么不该归功于您呢？"他疯狂大叫着。

他渐渐冷静了些。他把自己比作一位将军，刚赢得一场战役的一半。"优势是肯定和巨大的，可明天会发生什么呢？一切仍可能毁于一旦。"

他打开了拿破仑的《回忆录》。两个钟头里他强迫自己去读，可只是眼睛在看，管它呢，他要自己读下去。在这种奇特的阅读中，他的头脑和心灵进入至高境界，但连他自己都不知道。"这颗心和德·雷纳夫人的心不一样。"他对自己说，可他无法走得更远。

"让她害怕，"他突然把书远远一抛，"我只有让敌人害怕，敌人才会屈服于我。那时候敌人就不敢蔑视我了。"

他在房间里来回走着，沉醉在欢乐中。实际上这种幸福骄傲多于爱情。

"让她害怕！"他自豪地重复着，而他完全有理由自豪。"就是在最幸福的时刻，德·雷纳夫人也总是怀疑我的爱情和她的爱情是否对等。而在这里，我要制服的是一个恶魔，因此必须制服。"

他知道，第二天早晨八点玛蒂尔德就会到图书室来，于是他九点才去，尽管怀着炽热的爱情，可头脑还控制着心。他也许没有一分钟不对自己说："要让她老是怀着这个巨大的疑团：'他爱我吗？'她的地位，包围着她的种种阿谀奉承，都使她很容易就恢复自信。"

他看见她面色苍白、平静地坐在沙发上，不过一动不动。她向他伸出手：

"朋友，我冒犯了您，是的。您大概生我的气了吧？……"

于连没有料到她这样平常。他就要泄露内心的秘密了。

"您要保证，我的朋友，"一阵沉默之后，她接着说，看上去她希望打破沉默，"这是公正的。把我拐走，我们去伦敦……我将身败名裂……"她鼓起勇气把手从于连的手里抽回，捂住了自己的眼睛。所有持重和女性贞操的情结又回到她心里……"好吧！让我丢脸吧！"她终于叹口气说，"这就是保证。"

"昨天我很幸福，因为我有勇气严厉对待自己。"于连想。他还能控制自己，就冷冰冰地说：

"一旦踏上去伦敦的路，用您的话说，一旦丢了脸，谁向我保证您还会继续爱我？谁向我保证我坐在驿车里不让您觉得讨厌？我不是个怪物，故意让您名誉扫地，我只是又多了一个不幸。成为障碍的不是您的社会地位，真不幸，是您的性格。您能向您自己保证爱我一个礼拜吗？"

（"啊！让她爱我一个礼拜，仅仅一个礼拜，"于连低声对自己说，"然后我就幸福地死去。未来与我何干？生命与我何干？如果我愿意，这幸福立刻就能开始，完全取决于我！"）

而玛蒂尔德以为他是在沉思。

"这么说，我完全配不上您了？"她握着他的手说。

于连抱住她，然而就在这时，职责伸出那只铁爪来抓住了他的心。"如果她看出我崇拜她，我又会失去她。"于是，他恢复了一个男子汉应有的尊严，推开她的胳膊。

当天和以后许多天里，他知道如何把他那过度的幸福藏起来，有时候，他不得不放弃把她抱在怀里的快乐。

但有时候，幸福的狂热又压倒了谨慎。

花园里的花廊藏着一架梯子，他常去那里看玛蒂尔德的百叶窗，悲叹她的变化无常。一株很大的橡树的树干正好挡住他不被人看见。

他和玛蒂尔德走过这个令他清晰回想起自己那不幸的地方，往日的绝望和眼下的幸福对比太强烈，他有些受不了，泪水不禁涌出。他把她的手拉近嘴唇说："这里，我曾思念着您来度过我的时光；这里，我曾望着那扇百叶窗几个钟头，只为等着我能看见这只手打开它……"

他的心完全软了。他向她描绘他当时的极度绝望。简短的感叹证明了眼下的幸福驱散了那残酷的痛苦……

"我在干什么？我的主！"于连突然醒过来，"我完了。"

在这种过分的警觉中，他相信已经看见德·拉莫尔小姐眼中的爱情正在减弱。尽管那是幻觉，可于连迅速变了脸，蒙上一重死一般的苍白。他的眼睛暗淡了，一种不无恶意的高傲表情取代了最真实、最自然的爱的表情。

"您怎么了，我的朋友？"玛蒂尔德温柔而不安地问。

"我在说谎，"于连恼怒地说，"我在对您说谎。我谴责我自己，但是主知道我尊敬您，不应该说谎。您爱我，您忠于我，我不需要花言巧语讨您喜欢。"

"伟大的主！您刚说的那些令人心醉的话都是花言巧语？"

"我强烈谴责这些话，亲爱的朋友。那都是我为了一个爱我却讨厌的女人编造出来的……这是我性格的缺点，我向您坦白，饶恕我吧。"

痛苦的泪水流满了玛蒂尔德的脸颊。

"只要有一点点小事让我不快，我就不由自主记起来了，"于连说，"我那可恶的记忆力，我诅咒它，就向我提供一个理由，而我也就加以滥用。"

"难道我刚刚无意中做了让您不高兴的事吗？"玛蒂尔德带着可爱的天真问。

"我记得有一天，您走过这金银花廊时摘了一朵花，德·吕兹先生从您手里拿过去，您就让他拿了。我正在两步之外。"

"德·吕兹先生？不可能！"玛蒂尔德高傲地说，"我绝不会那样做。"

"我肯定。"于连激烈反驳。

"那好吧！的确如此，我的朋友。"玛蒂尔德难过得垂下眼帘。她明明知道，几个月来，她不曾允许德·吕兹先生有过这样的举动。

于连温情地望着她："不，"他对自己说，"她爱我。"

晚上，她笑着责备他对德·费瓦克夫人的兴趣："一个市民爱一个新贵！也许只有此种人的心——我的于连不能使之发疯。她把您变成了一个真正的浪荡子。"她边说边抚摸他的头发。

于连在自认受到玛蒂尔德蔑视的那段时间里，成了巴黎穿戴最讲究的男人之一。即便如此，他仍然胜过此类人一等——他一旦打扮好，就不会再在意了。

有件事玛蒂尔德很生气，于连还在抄俄国人的信送给元帅夫人。

32 老虎

唉！事情为什么是这样，而不是那样？

——博马舍①

一位英国旅行者说自己养大了一头老虎，与它亲密相处，爱抚它，然而桌上总放着一把上了膛的手枪。

只有玛蒂尔德无法看出他眼里的幸福时，于连才敢尽情享受。他一丝不苟履行策略所规定的，不时对她说几句严厉的话。

他发现玛蒂尔德变得温柔了，这让他很吃惊。当这种温柔和她那过分的忠诚就要使他控制不住自己时，他有勇气突然离开她。

玛蒂尔德生平第一次真正爱上了。

过去她总觉得生活像龟行，现在却飞起来了。

不过，骄傲总还会偶尔冒冒头，她想大胆面对爱情让自己面对的种种危险。于连会谨慎从事，这样一来，在有危险时她就会显露出自己的个性。她跟他在一起时温顺、谦卑，但对家里人或仆人，她却更加傲慢。

晚上在客厅，她常常当着六十个人的面，把于连叫过来单独说话，而且时间很长。

一天，小唐博在他们身旁，她求他去图书室为自己找斯摩莱特的那卷谈一六八八年革命的书；他稍微有点迟疑，她就马上说："您倒是什么都不急。"用的是那种让人感到羞辱的腔调。这给了于连心

---

① 博马舍（1732～1799），法国喜剧作家。《费加罗婚礼》的作者。

理上的快慰。

"您注意到这小怪物的眼神了吗？"于连问她。

"要不是他伯父在这间客厅里侍奉了十一二年，我立刻让人把他轰出去。"

她对德·克鲁瓦泽努瓦、德·吕兹诸先生的态度，表面上还算是彬彬有礼，但骨子里却同样咄咄逼人。她狠狠责备自己，不该向于连说出那些隐情，尤其是她不敢承认自己夸大了对这些先生们做出的几乎全无邪念的种种出于好感的表示。

尽管她有过美好的决心，她那女性的骄傲仍然每天都阻止她对于连这样说："因为是您，我才觉得描述我的软弱是一种快乐，那次德·克鲁瓦泽努瓦先生把手放在大理石桌子上，稍稍碰了我的手，我竟然没有把手抽回来。"

如今，只要这些先生中有一位跟她说上几句，她总会有问题要问于连，好让于连待在身边。

她发现自己怀孕了，就高兴地告诉了于连。

"现在您还怀疑我吗？这不是一个保证吗？我永远是您的妻子。"

这消息使于连震惊，差点忘了他的行动策略。"怎么能对这个为我身败名裂的可怜的女孩有意冷淡无礼呢？"只要她有一点痛苦，哪怕是在他能听从理智的日子里，他也再无勇气对她说出那些残酷的话了——尽管经验告诉他，这种话对他们爱情的持续是不可或缺的。

"我要给我父亲写信，"一天玛蒂尔德对他说，"对我来说，他不仅是父亲，也是个朋友，因此，欺骗他，哪怕是暂时，我也会觉得无论对您还是对我，都是可耻的。"

"伟大的主！您要干什么？"于连惊恐地问。

"履行我的职责。"她两眼闪着喜悦。

她比他的情人要来得大度。

"可他会赶走我，让我蒙受耻辱！"

"这是他的权利，应该尊重。我将让您挽着我的胳膊，在大白天从大门走出去。"

于连大吃一惊、求她推迟一个礼拜。

"我不能，"她说，"名誉说话了，我看见了责任，应该履行，而且是立刻。"

"那好吧！我命令您推迟。"最后于连说，"您的名誉是安全的，我是您丈夫。我们两人的状况将因这一重大举措而改变。我也有我的权利。下礼拜二是德·吕兹公爵招待客人的日子，晚上德·拉莫尔先生回来时，门房将把这封决定命运的信送给他……他一心想让您成为公爵夫人，对此我确信不疑，想想他的不幸吧！"

"您是说：想想他的报复有多严厉？"

"我可以怜悯我的恩人，因伤害了他而感到难过。但我不怕，永远也不怕任何人。"

玛蒂尔德服从了。从她把她的状态通知于连后，于连还是第一次用命令的口吻跟她说话。他从未这样深地爱她。他心灵中的那份温柔使他抓住玛蒂尔德的身体状况当借口，不再对她冷言冷语。想到要向德·拉莫尔先生招认，于连就惶恐不安。他要和玛蒂尔德分开了吗？无论她看见他走时多痛苦，一个月后她还会想他吗？

他几乎同样害怕侯爵对他进行的公正的谴责。

晚上，他向玛蒂尔德承认了第二个苦恼的原因，接着，爱情让他昏了头，竟把第一个苦恼的原因也说了出来。

她的脸色陡变。

"离开我半年，对您真是一种不幸？"她说。

"巨大的不幸，这世上唯有这不幸让我心怀恐惧。"

玛蒂尔德感到太幸福了。于连认真扮演他的角色，竟让她觉得两人中是她爱得更深。

要命的星期二到了。午夜，侯爵回府时看见一封信，写明要他一个人亲阅。

我的父亲：
　　我们间的一切社会关系都已破裂，只剩下自然关系。

除了我的丈夫，您现在是，也将永远是我最亲的人。我的眼里满含泪水，想到了我给您造成的痛苦，但为了不使我的耻辱公开，为了让您有时间思考和采取行动，我不能把早就应该向您招认的事拖下去不说了。我知道您对我的爱无比深厚，如果您出于这爱愿意给我一笔小小年金，我将和我的丈夫去您愿意的地方生活，比方说瑞士。他的姓氏如此卑微，不会有人认出索雷尔太太，一个维尼埃尔木匠的儿媳妇就是您女儿。这个姓氏我费好大劲才写出来。我真为于连害怕您的愤怒，而这愤怒是公正的。我做不了公爵夫人了，我的父亲，但这在我决定爱他的时候就已经知道了，因为是我主动爱上他，是我引诱了他。我从您那儿继承了一颗高尚心灵，不会把我的注意力投向庸俗或我觉得庸俗的事上去。为了让您高兴，我曾属意德·克鲁瓦泽努瓦先生，然而没用。为什么您要把真正有价值的人置于我眼下呢？我从耶尔回来时，您自己对我说：这位年轻的索雷尔是唯一让您开心的人。如果可能的话，这可怜的孩子对此信给您带来的痛苦，将和我一样难过。我不能阻止您作为一个父亲的愤怒，但像以往那样作为朋友爱我吧。

于连是出于对我的尊重，而对您是深深的感激之情。因为他天性高傲，所以在正式场合从不会主动去找地位比自己高的人说话。他对社会地位的差别非常敏感，也是天生的。是我——我红着脸向我最好的朋友承认，除此之外我对任何人也不会说——有一天在花园里拉住了他的胳膊。

二十四小时过后，您为什么还对他生气呢？我的错误无法挽回。如果您一定要的话，将由我来转达他的深切的敬意和惹您生气的遗憾。您不会再见到他，但他去哪里我就会去哪里找他。这是他的权利，也是我的责任，他是我的孩子的父亲。如果您出于仁慈愿意给我们六千法郎度日，我将怀着感激之情接受；不然的话，于连打算去贝藏松，在那儿教授拉丁文和文学。无论他的起点多低，我确信他会成功的。跟他在一起，我不怕默默无闻。如果发生革命，我确信他会担任主要角色。在那些向我求婚的人中，有哪一个您能这样说呢？他们有肥沃的土地，然而单凭这一点，我看不出有什么值得赞赏的。就是在目前制度下，如果他有一百万和我父亲的保护，他也会有很高的地位……

玛蒂尔德知道侯爵是个爱冲动的人，所以就整整写了八页。

"怎么办？"德·拉莫尔先生在读信时，于连暗自琢磨着，"第一，我的责任在哪儿？第二，我的利益在哪儿？我欠他的太多了！没有他，我只是个地位低下的无赖，而且还没法坏到人们不再憎恨和欺侮的程度。他让我成了上等人。因而我将来不得不干的坏事，首先次数会减少很多，其次是坏不到很高的程度。多亏了他，我才能拥有这枚十字勋章，才能参与外交事务，让我的地位被提高到普通人之上。

"如果他拿起笔来指示我怎么做，他会写些什么呢？……"

德·拉莫尔先生的老仆人打断了于连的沉思。

"侯爵让您立刻去见他，不管穿戴整齐没有。"

仆人走在于连身边，低声对他说：

"侯爵在大发雷霆，您小心点儿。"

33 偏爱的地狱

> 在打磨这枚钻石时，一个笨拙的宝石匠人会使之失去一些最耀眼的闪光。在中世纪，我说什么来着？甚至在黎塞留时代，法国人还有意志力。
>
> ——米拉波

于连发现侯爵正在大发雷霆。也许这位贵人生平第一次忘了文雅，把到嘴边了的那些骂人的话一股脑倾泻在于连头上。我们的主人公惊呆了，完全失去了耐心，但他的感激之心分毫不减。"这可怜的人，长久以来思想深处盘算着各种美好的计划，如今眼睁睁看着它们毁于一旦！不过我应该回答他，我的沉默会增加他的愤怒。"于连的回答是达尔杜弗这个角色提供的。

"我不是天使……我尽力为您效劳，您慷慨地给我报酬……我很感激，但是我二十二岁了……在这个家里，理解我思想的只有您和这个可爱的人……"

"坏蛋！"侯爵叫道，"可爱的！可爱的！您觉得她可爱的那一天就该离开。"

"我试过，那时我请求您让我去朗格多克。"

侯爵气得走来走去，终于累了，也是被痛苦压倒，一屁股坐在椅子上。于连听见他在低声自语："这倒也不是个坏人。"

"不，对您我不是个坏人。"于连一边大声说一边跪下。然而他为自己的这一举动感到羞耻，很快又站了起来。

侯爵的确是气糊涂了。看见他跪下，又破口大骂起来，骂得凶且粗俗，与车夫无异。很可能这些骂人的话新奇，能化解愤怒。

"怎么！我的女儿叫索雷尔太太！怎么！我的女儿不是公爵夫

人！"每当这两个念头同时出现，德·拉莫尔先生的痛苦就会到极点，他的情绪也就无法控制。于连真担心会挨揍。

不过好在侯爵渐渐习惯了自己的不幸，在清醒的间隙，他也对于连提出相当合情合理的指责：

"您早该走，先生，"他对于连说，"走是您的责任……您是最卑鄙的人……"

于连走近桌前写道：

> 很久以来，活着对我就是一件难以忍受的事情，我决定结束它。我请求侯爵先生在接受我的深深感激之情的同时，也接受我对死在府上可能引起的麻烦的歉意。

"请侯爵先生屈尊看看这张纸……杀死我吧，"于连说，"或者让您的仆人杀死我。现在是子夜一点，我到花园里，慢慢朝后墙走。"

"见你的鬼去吧。"他离去的时候，侯爵吼道。

"我明白，"于连想，"看到我不把我的死栽到他仆人头上，他也许会高兴的……让他杀死我吧，也好，这是我给他的一个满足……可当然啦，我爱生活……我对我的儿子负有责任。"

这个念头第一次如此清晰地呈现在他的脑海里，在花园里，在过了最初充满危险感的几分钟后，他就不再想别的了。

这种对未来孩子的关切如此新奇，使他不知不觉变成了一个谨慎的人。"我得有个人商量如何对付这个狂暴的人……他毫无理智，什么事都干得出来。富凯离得太远。再说他也不会理解侯爵这种人的感情。

"阿尔塔米拉伯爵……我有把握他能守口如瓶吗？我向人征求意见，但不该节外生枝引起副作用，那样我的处境会更复杂。唉！剩下阴郁的比拉尔神父了……冉森主义让他的头脑变得狭隘……换成一个懂得人情世故的混蛋耶稣会士，对我倒更合适些……我一说到这桩罪孽，比拉尔神父就会揍我。"

这时候达尔杜弗的天才又来救于连了："好吧，我去向他忏悔。"
这是他在花园里走了两个钟头后的决定。他不再想挨枪子的可能了，
他困得不行。

第二天一早，于连就到巴黎几法里外去敲严厉的冉森派的门。
他大为吃惊，发现神父对他的忏悔并无意外的表示。

"我也许有该自责的地方，"看来神父的忧虑多于气愤，"我相信
我早就猜到这桩恋情了，可我对您的友情阻止我告诉她父亲……"

"他会怎么样呢？"于连急忙问。

（他此刻爱上了神父，如果发生争吵，他会很难过。）

"我看有三种可能，"于连说，"第一，德·拉莫尔先生很可能派
人杀死我，"他讲了那封留给侯爵的绝命书，"第二，诺贝尔伯爵要
求跟我决斗，打死我。"

"您会接受吗？"神父怒气冲冲站了起来。

"您让我说完。我当然不会向我恩人的儿子开枪。

"第三，他可能让我离开。如果他对我说：'去爱丁堡，去纽约，'
我会服从。那时候，他们可以掩盖德·拉莫尔小姐的状况，不过我
不会允许他们伤害我的儿子。"

"请相信，这将是那个堕落的人的第一个念头……"

而此时玛蒂尔德正陷入绝望。她早晨七点钟见到父亲。他给她
看了于连的绝命书，她担心了，怕他以为结束生命是高尚的行为。"而
且还是没有问我同意不同意。"她的痛苦变成了愤怒。

"如果他死了，我也死。"她对她父亲说，"您将是他的死因……
您也许会高兴……但我会向他的亡灵起誓，首先我将戴孝，我将公
开我的索雷尔的寡妇的身份，还要散发讣告，您瞧着吧……您不会
看到我的胆怯和懦弱的。"

德·拉莫尔先生目瞪口呆了。他开始冷静看待已经发生的事情。
中饭时玛蒂尔德没有露面。侯爵如释重负。特别是他发现她什么也
没有对她母亲说。

于连刚从马上下来，玛蒂尔德就派人把他叫去，几乎当着女仆

的面投入他的怀抱。于连则表现得很沉稳，经过与比拉尔神父的长谈，他变得更老练，更会应对了。他的想象力已被对各种可能的估算窒息。玛蒂尔德眼噙着泪说她已看了他的绝命书。

"我父亲会改变主意的，我求您立刻动身去维尔基埃。骑上马，赶在他们吃完饭前走。"

于连的表情始终是冷静的，为此她哭出声来。

"让我来办我们的事，"她嚷嚷着抱住他，"你知道我不是有意离开你。给我写信，写给我的女仆，让别人写，我会给你写很长很长的信。再见！逃吧。"

最后这句刺伤了于连，不过他还是服从了。"命中注定，"他想，"就是在最好的时候，这些人也不会忘记刺痛我。"

玛蒂尔德坚决抵制她父亲的各种谨慎计划。谈判的基础只有一个，那就是她将成为索雷尔太太，和她丈夫在瑞士过清贫的生活，或者在巴黎住在父亲家里。她断然拒绝秘密分娩的提议。

"那样的话就有可能引起对我的诽谤和侮辱。结婚后两个月，我和丈夫出门旅行，我们不难把儿子说成是在某个合适的日子出生的。"

她的坚定一开始招来的是盛怒，最后竟使侯爵开始犹豫不决。

有次他的心软了，对女儿说：

"这是一万法郎年金的证书，把它送给你的于连，让他快办，别让我把它收回来。"

于连深知玛蒂尔德习惯于发号施令，为了服从她，就赶了四十法里的冤枉路。他在维尔基埃和佃户们把账目算清，侯爵的恩惠给了他返回的机会。他去求比拉尔神父收留自己，比拉尔神父在他不在的那段时间里，已经成了玛蒂尔德的盟友。侯爵每次问到他，他都证实除了公开结婚，其他办法在天主眼里都是罪恶。

"幸好，"神父说，"世俗的智慧在这点上与宗教一致。德·拉莫尔小姐脾气火爆，自己都保不住秘密，还指望别人为她保守这个秘密吗？如果不光明磊落地公开结婚，社会将在长时间里关注这宗奇怪的门户不当的婚事，必须消除任何秘密。"

"的确，"侯爵思考后想，"这样办的话，如果婚后三天还有人议论，那就成了糊涂人的嚼舌头了。应该利用政府采取重大的反雅各宾措施的机会，悄悄把事情办了。"

德·拉莫尔先生的两三位朋友的想法跟比拉尔神父一样，他们认为，重大的障碍是玛蒂尔德的果决性格。不过，听了这么多好的意见，侯爵还是不能习惯放弃让女儿坐凳子的念头。

他的记忆和想象里，还充斥着他年轻时还是可能的阴谋诡计和欺骗。屈服于所需，害怕法律对他来说是有损于他这种地位的人的丢脸的行为。十年来为了这个心爱的女儿的前途想入非非，如今却付出了高昂的代价。

"谁能料到呢？"他对自己说，"一个性格如此高傲、天赋如此超绝，对自己的姓氏比我还要骄傲的女孩，法国最显赫的人家一个个在老早前就来求婚，竟会是这样的结果！

"应该放弃一切谨慎。这个时代乱套了！我们正在走向混乱。"

34 才智之士

省长正骑着马赶路。他一边走一边对自己说："为什么我不能当部长、内阁总理、公爵呢？我要这样去作战……用这种办法把那些革新者投入监狱。"

——《环球报》

任何理由也无法摧毁十年美梦所带来的力量。侯爵并不认为生气是明智的，然而他又下不了决心饶恕。"这个于连要是能出个意外死掉就好了，"他有时候会这样自言自语……就这样，他那困惑的想象从最荒唐的幻想中得到些许宽慰。这些幻想消解了比拉尔神父那些明智的推导带来的影响。一个月过去，谈判协商仍没有进展。

在家庭事务和在政治事务中一样，侯爵有过一些远见卓识，能给他带来三天的兴奋。这样的时候，他不喜欢任何建立在正确推理基础上的行动计划，他认为所有的推导都必须是基于对他最得意的计划的支持，否则都是无效的。他怀着诗人的全部热情和兴奋工作，把事情推至某个阶段，第四天开始，他就不会再想这个计划。

于连开始还对侯爵的迟缓感到困惑，可几个礼拜过去，他开始猜到德·拉莫尔先生在这件事情中还没有任何明确的计划。

德·拉莫尔夫人和府里的人，都以为于连是去外省处理地产事务了。他躲在比拉尔神父的住宅里，几乎每天都能见到玛蒂尔德。而她则每天早晨去父亲那儿待一个钟头，有时两个人几个礼拜都不谈那件占据了他们全部心思的事情。

"我不想知道这人现在在哪里，"一天侯爵对她说，"把这封信给他吧。"

玛蒂尔德读道：

> 朗格多克的土地每年收入两万零六百法郎，一万零六百法郎给我女儿，一万法郎给于连先生。当然，土地也一起给你们。告诉公证人分别拟两个赠予证书，明天就给我，此后我们就不再有关系了。唉！先生，这一切岂是我该料到的吗？
>
> 　　　　　　　　　　　　　　　　　　德·拉莫尔侯爵

"太谢谢您了，"玛蒂尔德高兴地说，"我们到阿让和玛芒德之间的埃居荣古堡去定居。据说那地方跟意大利一样美。"

这份赠予让于连大为吃惊。他不再是我们曾经认识的那个严肃、冷静的人了。儿子还没出生，其命运已吸引住他的全部心思。对一个如此贫穷的人来说，这笔意外的财富相当可观，他不禁生出一份野心。他眼看着他妻子或者说他有了一笔三万六千法郎的年金。至于玛蒂尔德，她全部的感情都投入到了对丈夫的崇拜中，出于自尊，她一直把于连称作丈夫。她最大也是唯一的希望，就是自己的婚姻得到承认。她时刻都在夸大自己的明智程度，认为自己能够把命运和一个出类拔萃的男人结合在一起。在她脑子里，个人的才能才是时尚。

持续不断的分离，事情的错综复杂，用来谈情说爱的时间的缺乏，都使于连从前制订的明智策略所产生的效果变得越来越大。

因为很少能见到爱人，玛蒂尔德终于不耐烦了。她在情绪不好的情况下写了封信给她父亲，开头简直像《奥赛罗》：

> 我喜欢于连，远胜过社会能向德·拉莫尔侯爵先生的女儿提供的种种乐趣，我的选择足以证明这点。那些因受人敬重和满足小小虚荣而得到的快乐对我来说，没有丝毫价值。我和我的丈夫分开眼看就要有六个礼拜了。这足以证明我对您的尊重。下礼拜四之前，我将离开父亲的家。您的恩德已使我们富有。除了可敬的比拉尔神父，没人知道我的秘密。

他将为我们主持婚礼，仪式结束后我们会马上去朗格多克，除非有您的命令，我们将永不在巴黎露面。然而使我伤心的是，这一切将被编成耸人听闻的传闻用来攻击我，攻击您。一个愚蠢的公众所编造的俏皮话，难道不会迫使我们善良的诺贝尔去找于连的麻烦吗？我了解他，在这种情况下，我对他无能为力。我们会在他的灵魂中发现一个反抗的平民。我跪下求您，我的父亲！来参加我的婚礼吧，在比拉尔神父的教堂里，下礼拜四。这样一来那些恶毒的传闻将失去锋芒，您的独子和我丈夫的生命都将得到保障……

这封信使侯爵陷入一种奇怪的困境里。这么说，必须做出最终的决定了。任何细微的习惯，所有平常的朋友，都失去了对他的影响。

在这非同寻常的情形下，年轻时代的经历所赋予他性格的最重要的特性又恢复了力量。流亡生活的各种不幸让他富于想象。有两年时间，他享有一笔巨大的财富和宫廷的宠幸，然而一七九〇年的革命让他陷入流亡和可怕的贫穷中。这所严酷的学校改变了一个二十二岁的灵魂。实际上与其说他是受着财富的支配，还不如说他是坐镇在眼下拥有的财富之中。然而，正是这种曾让他避免受到金钱的腐蚀的想象力，使他饱受一种疯狂的欲望的折磨：他渴望看到女儿拥有一个醒目的封号。

在刚刚过去的六个礼拜中，侯爵有时会心血来潮想让于连变得富有，他觉得贫穷是可耻的，更是不体面的，对他女儿的丈夫来说更是不可能的，他得拿出钱来。第二天，他的想象又变了，他觉得于连会明白自己的这种慷慨解囊未曾明言的含义，会改名换姓远走美洲，给玛蒂尔德写信说自己已为她死去……德·拉莫尔先生想象这样一封信已经写好，揣摩着它对女儿性格的影响……

玛蒂尔德的真实的信一下子把他从这类孩子气的幻觉里惊醒，那一天他在考虑如何杀死于连或让他失踪，然后又想如何让他有个辉煌前程。他可以让于连用他的一处庄园的名称作姓氏。为什么不能把自己的爵位传给他呢？他的岳父德·肖纳公爵，自从他的独子战死西班牙后，已经跟他说过好几次，想把他的爵位传给诺贝尔……

"不得不承认于连有不寻常的办事能力和胆量，甚至可能还有些才华。"侯爵这样对自己说……"但在他性格深处，我发现了某种可怕的东西。这是他留给所有人的印象，因此一定是真实存在的。（这种真实越难以捉摸，就越让老侯爵富于想象的心感到害怕。）

"我女儿有一天巧妙地说了出来（那是在一封没有引用的信里）：'于连不属于任何客厅，不属于任何小集团。'他没有为寻求任何支持来反对我的力量，我要是抛弃他，他就会一无所有……可这是对社会现状的无知吗？……有两三次我对他说：'要当候选人，只有客厅的支持才是切实有用的……'

"不，他没有一个检察官该有的不浪费一分钟、不错过一个机会的机智和狡猾……这不是路易十一式①的性格。另一方面，我又看见他满嘴不宽容的格言警句……我真糊涂了……他是在用这些格言警句来构筑阻挡激情的堤坝吗？

"至少有一点很清楚：他无法忍受蔑视，我可以从这点着手控制他。

"的确，他并不在乎出生高贵与否，他尊重我也不是出于本能……这是个缺点，按说一个神学院学生的心灵毕竟只应该对缺乏享受和金钱焦虑。而他不同，他无论如何都忍受不了被蔑视。"

女儿的信促使德·拉莫尔先生必须下决心。"总之，关键问题在于于连胆子大到追求我女儿的程度，是不是因为他知道我最爱她，而我有十万埃居的进款呢？

"玛蒂尔德反对这种看法……不，于连先生，在这一点上我可不存在幻想。

"这到底是出乎意外的爱情，还是渴望往上爬的欲望呢？玛蒂尔德看得很清楚，她首先感到这种怀疑会在我心中毁掉他，所以才承认是她先爱上他的……

---

① 路易十一世（1423～1483），法国国王。以狡诈和残忍著称。

"一个性格如此高傲的女孩，竟会主动有这类举动！……一天晚上，在花园拉住他的胳膊，多可怕！好像她没有其他一千种体面些的办法让他知道她看中了他似的。

"辩解等于承认，我不相信玛蒂尔德……"

这一天，侯爵的分析比平时更具结论性。不过，还是习惯占了上风，他决定争取时间，给女儿写了一封回信。因为在这座府邸里，人们通常习惯于用通信方式交流。而且德·拉莫尔先生不敢和玛蒂尔德面对面，不敢惹她。他怕仓促让步会使得这个事件就此无可挽回。

信件：

> 小心，不要再干蠢事。这里有张给于连·索雷尔·德·拉维尔内骑士先生的轻骑兵中尉委任状。您看得出我为他做了什么。不要违抗我，不要问我。让他二十四小时内前往斯特拉斯堡报到，他的团队驻扎在那儿。这里还有张银行的支票，服从我吧。

玛蒂尔德的爱情和快乐简直没了边际，她想得寸进尺，就立刻回信道：

> 如果德·拉维尔内先生知道您肯屈尊为他做这一切，定会感激涕零诚惶诚恐匍匐在您脚下。然而我的父亲如此宽宏大量，却独独把我忘了，您女儿的名誉正处在危险中，稍有不慎便会留下永久的污点，而这不是两万埃居的年金能弥补的。如果您对我许下诺言，下个月我的婚礼在维尔基埃公开举行，我就把委任状送给德·拉维尔内先生。我求您不要超过这个期限，因为过了这个期限，您的女儿就只能以德·拉维尔内夫人的名义在公开场合露面了。我感激您，亲爱的爸爸，您把我从索雷尔这个姓氏中解救了出来……

回信出乎意料。

> 服从吧，否则我将收回成命。发抖吧，轻率的姑娘。
> 我还不了解您的于连是怎样的人，而您自己比我了解得还
> 要少。让他动身去斯特拉斯堡，想着走正道吧。我在半个
> 月内让您知道我的决定。

这封回信如此坚决，让玛蒂尔德吃了一惊。"我不了解于连"这句话让她浮想联翩，很快就得出一些最具魅力的假设，而她认为这些假设是真实的。"我的于连的才智没有穿上客厅里的那套庸俗的小制服，这证明了他的出类拔萃，而我父亲正因为这点，才不相信他是出类拔萃的……

"然而，他这个想法来自一时的心血来潮，我不服从就可能引起争吵，张扬出去会降低我的社会地位，让我在于连的眼中也不那么可爱了。之后……就是十年的贫穷。单凭才能挑选丈夫这种傻事，只有靠巨大的财富才能免遭世人耻笑。如果远离父亲，他那么大年纪了，是很有可能忘了我的……诺贝尔会娶一个可爱机灵的妻子，路易十四那么大年纪了，不是一样受到德·勃艮第公爵夫人[①]的引诱……"

想过这些后，她决定服从，但没有把信给于连看，于连的火爆脾气会让他干出蠢事。

晚上，她告诉于连他已是轻骑兵中尉了，他真是喜出望外。我们根据他的野心，根据他对儿子的热情，不难想象他的快乐。姓氏的改变使他大为惊讶。

"无论如何，"他想，"我的小说是结束了，一切功劳归于我自己。我知道如何让这骄傲的怪物爱我，"他望着玛蒂尔德继续想，"她父亲没有她没法活，她没有我没法活。"

---

① 德·勃艮第公爵夫人（1685～1712），路易十四的孙媳妇。

35 风暴

主呀，赐给我平庸吧！

——米拉波

　　于连心有所思，对玛蒂尔德表现出的强烈情感，他只是回应了一半。他保持着沉默，面色阴郁。在玛蒂尔德眼中，他从未显得如此伟大，如此值得崇拜。她担心他过于敏感会坏事。

　　几乎每天早晨她都看见比拉尔神父来府上。于连难道不能从神父那知道点父亲的意图吗？侯爵本人难道不会一时心血来潮给他写信？在如此巨大的幸福下，如何解释于连的态度呢？她不敢问他。

　　她，玛蒂尔德！不敢！从这时起，在她对于连的感情中已经有了某种模糊而不可预料的近乎恐惧的成分。一个在巴黎人所赞赏的过度文明中长大的人的全部热情，她都感受到了。

　　第二天清早，于连来到比拉尔神父的家。几匹驿马拖着一辆从邻近驿站租来的破烂车子进了院子。

　　"这样的车子已经不合时宜了，"严厉的神父满脸的不乐意，"这是德·拉莫尔先生送您的两万法郎，他要您在一年内花掉，但要尽可能不招人耻笑。（这么大一笔钱扔给一个年轻人，教士从中只看见了犯罪。）

　　"侯爵还补充说：'于连·德·拉维尔内先生的这笔钱，是来自他父亲的，他父亲是谁就不必说了。德·拉维尔内先生也许认为应该送一份礼物给维尼埃尔的木匠索雷尔先生，小时候他照应过他……'我可以去办这件事，"神父说，"我终于让德·拉莫尔先生下了决心，去跟狡狯的耶稣会士德·福利莱尔神父取得和解。他的影响比起我们的影响实在是大得多。这个人统治着贝藏松，他对您的高贵出身的默认将是谈判的一个心照不宣的条件。"

于连激动得不能自持，他拥抱神父，他已看到自己被承认了。

"呸！"比拉尔一把推开他，"这种世俗的虚荣有什么意义？……至于索雷尔和他的儿子们，我将以我的名义向他们提供一笔五百法郎的年金，分别付给每个人，只要我对他们满意。"

于连重又变得冷漠、高傲。他谢了神父，但措辞含糊，没有任何具体的承诺。"难道我真的可能是被可怕的拿破仑放逐到山区里的一个大贵人的私生子吗？"他对自己说。他越来越觉得这并非不可能，"我对我父亲的仇恨就是一个证明……我不再是个怪物了！"

这番独白后不多天，陆军最精锐的部队之一——轻骑兵第十五团，在斯特拉斯堡的练兵场上演习。德·拉维尔内骑士先生骑在六千法郎买来的全阿尔萨斯最漂亮的马上。他被任命为中尉，除了在一本不知道谁听说过的某个团队的花名册上，他并没有当过少尉。

他毫无表情的神态，他的严肃近乎凶恶的目光，还有他的苍白和不可动摇的冷静，从第一天起就为他树立了声誉。很快，他的周到而有分寸的礼貌，不必哗众取宠就显露出的对枪剑使用的娴熟，就打消了别人准备嘲笑他的念头。经过五六天犹豫，团里的舆论开始对他有利。那些爱开玩笑的老军官说："这年轻人什么都有，就是没有年轻人的样子。"

于连从斯特拉斯堡给谢朗先生写了封信，这位维尼埃尔的前本堂神父现在已经老得不能再老：

　　　　您一定已经知道了促使我的家人让我富裕起来的那些事，我毫不怀疑您会为此感到高兴。附上五百法郎，我请求您不要声张，也不要提我的名字，把这笔钱分给那些不幸的人。他们现在像我当年一样贫穷，毫无疑问，您一定会像当年帮助我一样帮助他们。

能真正陶醉于连的是野心而不是虚荣，不过他仍把很多的注意力放在外表的修饰上。他的马、军服、随从的号衣都干净整洁，简直能跟一丝不苟的英国贵人媲美了。他刚靠了别人的保护当了两天中尉，就已经在盘算着三十岁当上司令官。至少，像所有那些伟大的将军一样，二十三岁应该不止是个中尉。他想的只有荣耀和儿子。

正当他为这最狂妄的野心激动不已的时候，德·拉莫尔府的一名年轻跟班意外地出现在他面前，他是来送玛蒂尔德的信的。

> 一切都完了，尽快回来，牺牲一切，必要时就开小差。到后立刻坐一辆出租马车在花园的小门附近等我……街……号。我去找您，也许把您带进花园。一切都完了，而且我担心无可挽回。相信我，您看我在逆境中仍是忠诚、坚定的。我爱您。

几分钟后，于连得到上校许可，策马离开斯特拉斯堡。可怕的不安吞噬着他，过了麦茨他就骑不动马了。他跳上一辆驿车，以快得简直不可思议的速度到了指定的拉莫尔府花园的小门旁。小门开了，玛蒂尔德顾不上任何尊严，一下子投进于连的怀抱。幸好当时是凌晨五点钟，街上还没有人。

"一切都完了。我父亲害怕看见我的眼泪，星期四夜里就走了。去哪儿没人知道。这是他的信，您看吧。"她和于连一起上了马车。

> 我什么都能宽恕，就是不能宽恕那种因为您有钱就诱惑您的计划。看吧，不幸的孩子，这就是可怕的真相。我发誓，我绝不同意您和这个人结婚。如果他愿意走得远远的，离开法国，最好去美洲，我保证给他一万法郎的年金。您看看这封信吧，这是我为了了解他的情况而收到的回信。

这个无耻之徒自己逼着我给德·雷纳夫人写信。您若写信涉及这个人，我连一行也不看。我厌恶巴黎，厌恶您。我要求您对将要发生的事严守秘密。断然拒绝一个卑鄙无耻的人吧，您将重新获得一个父亲。

"德·雷纳夫人的信呢？"于连冷冷地问。
"在这儿。我本想让你有准备后再给你。"

　　我对神圣的宗教和道德事业负有的责任迫使我，先生，采取给您写信这一艰难的举动。一种万无一失的准则命令我此刻伤害一位邻人，为的是避免一桩更大的丑闻。我所承受的痛苦，应该由责任感来战胜。的确，先生，您向我打听全部真实情况的这个人，他的行为似乎是无法解释，或竟是正派的。人们可以认为掩盖和伪装一部分事实是合适的，谨慎和宗教也希望如此。然而您想了解的这个人的行为，实在是太应该受到谴责了，远超过我所能表达的。这个人贫穷而贪婪，靠着彻头彻尾的虚伪，通过诱惑一个软弱、不幸的女人，试图谋求社会地位，出人头地。我再补充一句，这也是我艰难的责任的一部分：我不得不认为于……先生没有任何宗教信仰。凭良心说，我不能不这样认为：他为了在一个家庭里获得成功，其手段之一就是竭力诱惑这个家里最有影响力的女人。在无私的外表和一些小说词句的掩盖下，他最大的甚至是唯一的目的是控制这个家的主人及其财产。他这样做后留下的是不幸和无尽的悔恨……

这是一封很长的信，有一半都被泪水浸得模糊了。但的确是德·雷纳夫人的亲笔，甚至比平时写得还要用心。
"我不能指责德·拉莫尔先生，"于连读完信后说，"他是公正、慎重的。有哪一个父亲肯把心爱的女儿给这样的一个人呢？再见吧！"

于连跳下马车跑向等在马路另一边的驿车，看上去似乎完全遗忘了玛蒂尔德的存在。玛蒂尔德追了几步，然而那些店铺门的商人都认识她，他们的目光逼得她退回花园。

于连前往维尼埃尔。在匆匆的旅途上，他原想给玛蒂尔德写信，但是不行，他的手写在纸上的字根本无法辨认。

他到达维尼埃尔正是礼拜天的早晨。他走进当地武器店后，店主人就对他最近的发迹恭维了一番。这是当地一大新闻。

于连费了好大劲才让他明白他要两把手枪。店主人根据他的要求把手枪装上子弹。

三点钟的钟声敲响，在法国乡村里尽人皆知，这是在宣布弥撒即将开始。

维尼埃尔的新教堂里所有的高窗都被深红色的窗帘遮住。于连站在离正在祈祷的德·雷纳夫人几步远的地方。看到这个曾经那样爱自己的女人，于连发抖了。"我不能，"他对自己说，"我下不了手。"

这时，为弥撒做辅祭的年轻教士摇响了铃声。德·雷纳夫人低下头，几乎被披肩的皱褶完全遮住。于连朝她开了一枪，没有打中；他又开了一枪，她倒下。

36 悲惨的细节

别以为我会软弱。我已经为自己报了仇。我应该去死，我就在这里。请为我的灵魂祈祷吧。

——席勒

于连什么也看不见，他站着不动。稍微缓过神来，他发现人们正纷纷逃离教堂，连教士也从祭坛逃开。于连跟在几个边喊边逃的女人后面慢慢往外走。一个女人想逃得比别人快些，一把把他推倒。他的脚被人群撞倒的椅子绊住，当他起来时，感到脖子被人抓住，那是一个穿制服的警察。于连本能地想使用手枪，但另一个警察扭住了他的胳膊。

他被关进监狱的一间屋子，戴着手铐孤零零一个人，门上了两道锁。这一切进行得很快，他毫无感觉。

"天，一切都结束了，"清醒过来后他高声说道，"是的，两个礼拜后上断头台……或者自杀。"

他不能往下想，觉得自己的脑袋被狠狠夹住。不一会儿他就沉睡过去。

但德·雷纳夫人并没有受到致命伤。第一颗子弹打穿了她的帽子，她回头时第二颗子弹击中了她的肩膀。这颗子弹打断一块骨头后竟被弹回到一根哥特式的柱子上，掀掉一大块石头。

给她处理伤口的那位医生很严肃，他对德·雷纳夫人说："我可以像担保我自己的生命一样担保您的生命。"而她则深感痛苦。

很久以来她就真诚盼望着自己能死，她写给德·拉莫尔先生的信是她现在的忏悔神父强迫她写的，这封信给了这个因长久的不幸而变得虚弱不堪的人最后一击。这不幸来自于连的离别，而她把这称作悔恨。那位新从第戎来的年轻神父有德又热忱，对此看得一清二楚。

"就这样死去，但不是死于我自己的手，就不算是一桩罪孽了。"德·雷纳夫人这样想。"我对死感到高兴，天主也许会饶恕我。"然而她不敢这样想，"死于于连之手实在是幸福的。"

医生和那些赶来的朋友们刚走，她就把贴身女仆爱丽莎叫来。

"监狱看守，"她满脸通红对女仆说，"是个残酷的人，他肯定要虐待他，会以为可以让我高兴……想到这我就受不了。您能不能像您自己要去的那样，把这个装着几个路易的小包送给监狱看守？您对他说宗教不许他虐待他……"

正是由于这个，于连才受到维尼埃尔的监狱看守的人道对待。监狱看守还是那位无懈可击的司法助理诺瓦鲁先生，我们曾知道阿佩尔先生的到来让他有多害怕。

一位法官来到监狱。

"我蓄意杀人，"于连说，"我在某武器店买了手枪，并让店主人装上子弹。据民法第一三四二条，我应被判死刑。"

法官颇感惊奇，就提出各种问题，想让被告在回答中自相矛盾。

"但您没看出来吗？"于连微笑着说，"我像您所希望的那样承认有罪。先生，您肯定会逮住您所追逐的猎物，您会得到判决的乐趣的。请您走吧。"

"还有一件讨厌的事，"于连想，"我得给德·拉莫尔小姐写信。"

他写道：

我已复仇了。

遗憾的是我的名字将出现在报纸上，这样一来我就没法悄悄在两个月内死去。一如与您分别，复仇是残酷的。从今以后，我禁止自己写和说您的名字。永远不要提起我，甚至对我的儿子也不要，沉默是尊重我的唯一方式。对一般人来说，我是个普普通通的杀人犯……在这最后时刻，允许我说句真话，那就是您要忘掉我。我劝您永远不要向任何人提起我，您将在几年时间后耗尽我在您性格中看到的浪漫和冒险。您生来就该与中世纪的英雄们为伍，那就应该表现出和他们一样坚定的性格。让应该发生的事在秘密中发生和结束，不要连累您自己。您可以用一个假名，但不要让人知道。如果需要朋友的帮助，我把比拉尔神父留给您。

不要跟任何人谈起，尤其不要跟吕兹们谈起。

我死后一年，您要嫁给德·克鲁瓦泽努瓦先生，我请求您，以丈夫的名义命令您。不要给我写信，我不会回信的。我觉得我远不如亚果那么坏，我却要像他那样说："从今以后，我再也不说一句话。"

人们将不会再看见我说和写了，您现在有的将是我最后的话和最后的倾慕。

于·索

信送出以后，于连清醒了些，第一次感到不幸。"我将死去"这句伟大的话大概已经把那些生自野心的希望一个个从他心中拔除了，他觉得死本身并不可怕。他的一生不过是为不幸做长期的准备罢了，他不会有意忘记这个被认为是最大的不幸的不幸。

"怎么？"他心想，"假使我两个月后要同一个精于剑术的人决斗，我会软弱到老是想这件事，而且还是怀着恐惧？"

他用一个多钟头的时间试图从这个角度认清楚自己。

当他看清自己的灵魂，真相呈现在他眼前犹如狱中的柱子一样清晰时，当时他想到了悔恨。

"为什么我要悔恨？我受到了最冷酷的侮辱，我杀了人理当被判死刑，仅此而已。我是在跟人类结清了账后死去的。我没留下任何未尽的义务，我谁也不欠。我的死除了使用的工具外没有什么可耻的。的确，单这一点就足以让我在维尼埃尔的市民眼中蒙羞，但从理性角度看，还有比这更可蔑视的吗！我只有一个办法能让他们敬重我，就是在去刑场的路上向他们撒金币。也就是说我死后的名声跟金子联系在一起，对他们来说，那样的话我的死就将是光辉夺目的了。"

仅仅一分钟时间，于连就认定这样的推理明确无误："我在这个世界上没什么事可做了。"他这样想，然后昏沉沉睡去。

晚上九点钟左右，看守送晚饭来把他叫醒。

"在维尼埃尔大家都说些什么？"

"于连先生，我就任这个职务的第一天，在王家法院的十字架前宣过誓的，我没法不保持沉默。"

他闭上嘴，但并不走。看到这种庸俗的虚伪，于连感到开心。"他希望五个法郎出卖他的良心。"他想，"我得让他等着。"

看守见于连吃完饭也没有企图收买他的表示，就用伪善的口吻说：

"出于对您的友谊，于连先生，我不能不说了，尽管有人会说这有悖于法律，因为这可能对您的辩护有利……于连先生心肠好，如果我告诉他德·雷纳夫人好些了，他一定会很高兴。"

"什么！她没死？"于连大叫起来，疯了似的。

"怎么！您一点儿也不知道？"看守原本愚蠢的表情一变而为贪婪的兴奋，"先生应该送点儿什么给医生。根据法律和正义，他是不该说出的。可我为了让先生高兴，就去了他那儿，他什么都跟我说了……"

"这么说伤势不致命，"于连不耐烦地问他，"你用生命担保？"

这个六尺高的巨人也不禁害怕了，直朝门口退。于连看出自己的策略不对，就坐下，扔了一个拿破仑给诺瓦鲁先生。

接下去这人的叙述证明了德·雷纳夫人的伤并未危及生命，于连听着听着，眼泪涌了上来。

"出去！"于连突然对他说。

看守服从了。门一关上，于连就叫起来："伟大的主！她没有死！"

他跪下，热泪夺眶而出。

在这最后的时刻，他有了信仰。教士的虚伪有什么关系？能使天主的形象的真实与崇高有分毫减损吗？

在此刻，于连开始为自己所犯下的罪行后悔忏悔。也恰恰在此刻，他从巴黎到维尼埃尔所处的那种肉体冲动和半疯狂的状态，凑巧结束，这使他免于绝望。

他的泪水来自一个高尚的源头，他对等待审判没有丝毫怀疑。

"这么说，她会活下来了！"他对自己说……"她会为了宽恕我，爱我而活下去……"

第二天早晨很晚的时候，看守才叫醒他，对他说：

"您一定有很大的勇气，于连先生。我来了两次都没忍心叫醒您。这儿有两瓶美酒，是本堂神父马斯隆先生送来的。"

"怎么？这无赖还在这儿？"于连问。

"是的，先生，"看守压低了嗓音说，"别这么大声说话，那会坏了您的事的。"

于连开怀大笑。

"在目前情况下，我的朋友，只有您才会坏我的事，如果您不再温和、仁慈……您会得到很好的酬报的。"于连的表情又变得专横。一枚硬币的赠予立即证实了这种脸色来得多么适时。

诺瓦鲁先生又详详细细把自己知道的有关德·雷纳夫人的情况说给他听，但是对爱丽莎小姐来访却只字未提。

这个人简直卑鄙到了极点。于连的脑子里闪过一个念头："这个丑大个子看来最多能挣三四百法郎，因为牢房里关的人不多。我可以保证他有一万法郎收入，如果他愿意跟我一起逃往瑞士……困难在于让他相信我的诚意。"想到要跟一个如此卑劣的人长时间商谈，于连感到恶心，他又去想别的事了。

到了晚上，没有时间了。午夜，一辆驿车来把于连提走。他对几位警察旅伴感到很满意。早晨，他们抵达了贝藏松监狱，他被很客气地安置在哥特式主塔楼的最高一层。他判断那是座十四世纪初的建筑，他欣赏它那优雅和动人的轻盈。穿过一个深深的院子，从两堵墙之间的窄缝望去，可以见到一片极美的风景。

第二天有过一次审讯，此后一连好几天都没人打扰他。他的灵魂是平静的。他觉得自己的案子简单明了："我蓄意杀人，应该被杀掉。"

他的思想没有停留在这上面。当众审判的烦恼，辩护，他觉得都是些小麻烦，到那时再想不迟。死亡的时刻也拖不住他的思想："我在宣判后再想。"生活对他来说一点也不烦闷，他从全新的角度看待所有的事情，不再有野心了。他很少想到德·拉莫尔小姐。悔恨使得他的眼前经常浮现德·雷纳夫人的形象，尤其是在夜里。在这高高的塔楼里，只有白尾海雕的叫声划破夜的寂静！

他感谢上天没有让她受到致命伤。"真是怪事！"他心想，"我本以为她用那封给德·拉莫尔先生的信永远毁了我的幸福，可从那以后不到半个月，我不再在意那些事了……两三千法郎的年金，在维尔吉那样的山区里的平静生活……我当时是幸福的……可我当时身在福中不知福！"

有时候，他会突然从椅子上跳起来。"如果我让德·雷纳夫人受了致命伤，我就自杀……我需要对此深信不疑，否则我会厌恶我自己。

"自杀！这是个问题。"他想，"那些法官，如此看重形式，对可怜的被告穷追不舍，为了获得十字勋章可以把最好的公民吊死……我得摆脱他们，免遭他们用拙劣的法语进行的辱骂，可那些外省报纸把那叫作雄辩……

"我还有五六个礼拜好活。或多或少……自杀！不，"几天以后他对自己说，"拿破仑也活下去了……

"再说我生活得很愉快，这里很安静，一点儿也不觉得闷。"他笑了起来，立刻着手列了个书单，好让人把他想看的书从巴黎寄来。

37 主塔楼

一位朋友的坟墓。

——斯特恩[1]

走廊里传来响动，平常这时候不会有人到他的牢房来。白尾海雕边叫边飞走了，门打开，可敬的谢朗神父手拄拐杖进来，一下子倒在了他怀里。

"啊！天主，这可能吗？我的孩子……恶魔！我应该这样叫你。"

老人再也说不出一句话来了。于连怕他跌倒，扶他坐在椅子上。时间的手已经重重压在这个从前精力充沛的人身上。于连觉得他不过是个影子。

缓过气来后，他说："前天我才收到您从斯特拉斯堡写的信，还有送给维尼埃尔穷人的五百法郎。他们送到了山里的利弗吕村，我退休后住在那我侄子让的家里。昨天我听说您闯大祸……天哪！这可能吗？"老人没有流泪，好像也没有思想，只是机械地念叨，"您会需要那五百法郎的，我给您带来了。"

"我需要看见您，我的父亲！"于连叫道，"我还有钱。"

然而他再也得不到有条理的回答了，不时会有几滴眼泪顺着谢朗先生的面颊静静流下。他望着于连，看着他拉起自己的手亲吻，看上去很茫然。这张脸过去是那么生动，流露着最高贵的感情，而现在，却是麻木迟钝的。很快，一个农民样的人来接老人。"别让他

---

① 斯特恩（1713～1768），英国作家，感伤主义文学的代表。

太累了。"那人对于连说，他就是谢朗神父的侄子。这次见面使于连感觉到了悲惨，他觉得自己的心冻住了。

他看见了死亡全部的丑。而这种状况持续了有几个钟头。那之后他都在狭窄的主塔楼里走来走去，到了这可怕的一天快结束的时候，他突然叫道："我多傻！看到这可怜的老人让我感到悲哀，那是在我就要像别人一样死去的时候。可这时候死去，正好让我不用经历这风烛残年的悲惨。"

无论怎样，于连动了情，这次探访使他难过。

在他身上没了严肃与和崇高，也没有古罗马人的刚毅，死亡似乎升高了。

"这就是我的温度计，"他对自己说，"今晚，我的勇气比我上断头台时所需要的低了十度。而今天早晨这勇气还在。不过没有关系！必要时升上去就行。"温度计的想法使他开心。

第二天一觉醒来，他为过去的一天感到羞愧。"事关我的幸福，我的平静。"他差点给总检察长写信，要求他不准任何人来看自己，"富凯呢？"他想，"要是他执意来贝藏松，看不到我他会多痛苦啊！"

也许有两个月他没想到富凯了。"我在斯特拉斯堡时就是个大傻瓜，我的思想都没超出过我的衣领。"对富凯的回忆抓住了他，使他感动。他不安地走动着，"现在我肯定要比死亡的水平低二十度……如果这种软弱继续下去，最好还是自杀。我若是像个奴才那样死去，马斯隆神父和瓦雷诺之流该会有多高兴啊！"

富凯来了，这个淳朴而善良的人痛苦得发狂。他只有一个想法，如果他还有想法的话，那就是变卖家产引诱看守，让于连逃走。他跟于连说德·拉瓦莱特①的越狱。

"你让我难过，"于连对他说，"德·拉瓦莱特先生是无辜的，我却是有罪的。你的无意却让我想到了区别……

"不过是真的吗？你想变卖财产？"于连突然又变得猜疑起来。

---

① 德·拉瓦莱特（1769~1830），拿破仑的亲信。波旁王朝第二次复辟后被判处死刑。他在妻子的帮助下成功越狱。

富凯看到他朋友终于对他的主意有了反应，非常高兴，就详细把每项产业能得到的钱——算给他听，每一法郎都不漏掉。

"这对一个乡下业主来说，是多崇高的努力啊！"于连想，"多少次节省，多少次斤斤计较，我过去看了觉得那么脸红，而今他却全部为我牺牲掉！我在德·拉莫尔府看见的那些读《勒奈》①的漂亮的年轻人，没有一个会干这种可笑的事。除了那些还年轻、遗产是继承来的人，他们并不知道金钱的价值，这些漂亮的巴黎人中有哪一个能做出这样的牺牲呢？"

富凯所有语法上的错误，所有粗俗的举止顷刻间消失，于连投入他的怀抱。富凯在朋友的眼中看到了热情，十分高兴，还以为他同意逃走。

富凯让于连从谢朗神父带来的悲伤中恢复了过来。他还年轻，但依我看，是棵好苗子。他不曾像大多数人那样从温和走向狡猾，年龄反而给了他易受感动的善良，那种过分的狐疑也会得到克服……然而这些空洞的预言又有何用呢？

审讯比过去频繁了，尽管于连想尽可能简化对自己的审判。"我杀了人，至少我是想致人死命，而且有预谋。"每次他都这样说。然而法官首先看重的是形式。于连的申明非但没有缩短审讯，反而刺伤了法官的自尊。他不知道他们本想把他转到可怕的黑牢里去，多亏富凯的活动，他们才让他继续待在一百八十阶之上的漂亮房间里。

富凯为一些重要人物供应木柴，德·福利莱尔神父就是其中之一。善良的木柴商找到了这位权力极大的代理主教。他真是喜出望外，德·福利莱尔先生对他说，于连的优良品质和过去在神学院的服务都使他感动，他打算在法官面前为他美言几句。富凯看到了拯救朋友的一线希望，走的时候匍匐在地，求代理主教在弥撒上接受十个路易的捐献，祈求宣布被告无罪。

富凯大错特错了。德·福利莱尔先生绝非瓦雷诺之流。他拒绝了，

---

① 《勒奈》，法国著名的浪漫主义作家夏多勃里昂的中篇小说。

甚至力图让这位善良的农民明白，他最好把自己的钱留着。他看到不可能既谨慎又能把事说清楚，就劝他把这笔钱施舍给可怜的囚犯，他们实际上什么都缺。

"这个于连是个怪人，他的行动无法解释，"德·福利莱尔先生想，"可对我来说不该有什么不可解释的……也许有可能使他成为一个殉教者……无论如何，我会弄清事情始末，也许还能找个机会吓唬吓唬那位德·雷纳夫人，她丝毫不尊重我们，心里还恨我……也许我还能借此找到一种办法跟德·拉莫尔先生取得和解，他似乎挺偏爱这个小修士。"

诉讼案的和解已在几个星期前签字了。比拉尔神父离开贝藏松时，曾经提起于连的神秘出身。正是在他离开的那一天，这不幸的人在维尼埃尔的教堂里朝德·雷纳夫人开了枪。

于连在他和死亡之间只看见一件令自己不愉快的事，那就是他父亲的探访。他想写信给总检察长要求禁止一切探望，他就此征求富凯的意见。他不愿意见到自己的父亲，尤其是在这样的时候，这让富凯这位木材商正直的心深感不快。

但对此富凯很不高兴了，他认为自己明白了为什么那么多人恨他的朋友。出于对不幸的尊重，他没有说出自己的想法。

"无论如何，"他冷冷地说，"都不该不接受您父亲的探望。"

38 一个有权势的人

但她的举止那么神秘，她的身材那么优美！她是谁呢？

——席勒

第二天，主塔楼的门很早就开了，于连被惊醒。

"啊！仁慈的天主，"他想，"我父亲来了。多令人不快的场面！"

这时，一个村姑打扮的女人投入他的怀抱，他简直认不出了。原来是德·拉莫尔小姐。

"你真坏，我接到你的信才知道你在哪儿。你所说的罪行不过是高贵的复仇罢了，它向我表明在您胸膛里跳动的是一颗多么高尚的心，这些是我来到维尼埃尔才知道的……"

尽管于连对德·拉莫尔小姐怀有种种戒备，他还是觉得她非常漂亮，再说这些戒备他也未曾明确过。他如何能在她的举止中看不到高贵、无私呢？这种情感远超过了一个平庸的心灵，否则她是不敢做出眼下的行为来的。他用罕见的高尚措辞和思想向她表述：

"未来已在我眼前勾画清楚。我死后，您要嫁给德·克鲁瓦泽努瓦先生，他将娶一个寡妇。这位可爱的寡妇有着高贵的心灵，但有点儿浪漫，有过一段奇特的悲剧性经历，这段经历对她来说是伟大的，震惊之余，她转而开始学会了谨慎，理解了年轻侯爵的实实在在的优点……亲爱的玛蒂尔德，您来贝藏松如果让人发现，那对德·拉莫尔先生可是致命的，我永远也不能宽恕自己。我已经给他造成那么大伤害！院士要说他在怀里暖了一条蛇了。"

"我承认我没料到会听见这么多冷静的道理，这么多对未来的关注，"拉莫尔小姐生气地说，"我的女仆几乎跟您一样谨慎，她还为自己弄了一张通行证，我是以米什莱夫人的名义乘坐驿车的。"

"那么米什莱夫人也能同样容易到我这儿来吗？"

"啊！你是出类拔萃的，是我看中的人！起初我见到一个法官的秘书，他说我不能进塔楼，我给了他一百法郎。但这位正经人拿到钱后，却让我等着，还提出不少问题，我想他是要骗我的钱……"

"后来呢？"于连问。

"别生气，我的小于连，"她一边吻他一边说，"我只好向这个秘书说出了我的姓名，他把我当成了爱上了英俊的于连的一个巴黎的小女工……实际上，这正是他的原话。我对他发誓说我是你妻子，我会得到准许每天来探视。"

"真是疯狂，"于连想，"我无法阻止她。反正德·拉莫尔先生如此显赫，舆论总会找到理由原谅那位娶了这位可爱寡妇的年轻上校的。我的死会掩盖一切。"于是，他纵情享受玛蒂尔德的爱情给他带来的欢乐，那是疯狂，是灵魂的伟大，是最为奇特的东西。她郑重其事地说要跟他一起去死。

狂热过后，她的心突然被一种强烈的好奇抓住。她端详她的情人，发现他远远高出她的想象。博尼法斯·德·拉莫尔似乎复活了，然而更有英雄气概。

玛蒂尔德会见了当地最好的几位律师，她过于露骨地提出给他们钱，冒犯了他们，不过，他们最后还是接受了。

她很快明白，在贝藏松，凡是可疑、重大的事情，都得经过德·福利莱尔神父。

她还发现，顶着米什莱夫人这么个卑微的名字，要见到圣会中最有权势的人物是不可能的。然而城里已经盛传，一个时装店的漂亮女工疯狂爱上了于连·索雷尔，从巴黎跑到贝藏松来安慰他。

玛蒂尔德孤身一人在贝藏松的街上走来走去，她希望不被人认出。无论如何，她不相信在人们中造成轰动会没有好处。她甚至疯狂到想鼓动起动乱，在赴刑场途中把于连救下。德·拉莫尔小姐以为自己的打扮看上去像一个普通的忧患中的女人，实际上她仍引人注目。

经过八天的努力，她终于获准会见德·福利莱尔先生。

有势力的圣会成员，种种精心策划的罪行，这两种想法在她脑海中联系得如此紧密。尽管她很勇敢，主教府的门仍免不了使她发抖。她登上楼梯，走向首席代理主教的房间时几乎迈不动步。主教府邸空阔寂寥，也让她感到冷。"可能我坐在一张扶手椅上，扶手椅抓住我的胳膊，我就那样消失了。我的女仆找谁去打听我的下落呢？宪兵队长也不会轻易采取行动……我在这座城市里孤立无援！"

但一走进代理主教的房间，德·拉莫尔小姐就松了口气。首先，来给她开门的男仆穿着华丽的号衣，她等候召见的那间客厅精美细腻，与那种粗俗的富贵气大不相同。在巴黎，也只能在几个最好的人家里见到。德·福利莱尔先生出现了，一见他那父执般的神情，她所有有关残酷罪行的想法顿时烟消云散。她甚至在这张漂亮面孔上找不到一点刚毅和野蛮。这个在贝藏松执掌一切的教士脸上有着浅浅的微笑，显示出他是一个有教养的人，一个有学问的高级教士和精明的行政官员。玛蒂尔德简直以为自己回到了巴黎。

没有多久，德·福利莱尔先生就使玛蒂尔德承认，她是他的劲敌德·拉莫尔侯爵的女儿。

"事实上我不是什么米什莱夫人，"她完全恢复了她的高傲，"承认这一点对我并不难，因为我是来向您，先生，询问有无可能安排德·拉维尔内先生越狱的。首先，他是一时糊涂才犯了罪，他开枪打伤的那个女人现在身体很好；其次，为了引诱下面的人，我可以立即拿出五万法郎，我还保证加倍。最后，我本人和我全家为了感激救出德·拉维尔内先生，没有什么做不到。"

德·福利莱尔先生对这个名字感到惊奇。玛蒂尔德给他看了好几封陆军部长给于连·索雷尔·德·拉维尔内先生的信件。

"您看，先生，我父亲负责栽培他。我和他已秘密结婚，我父亲希望在宣布这桩对德·拉莫尔家的女人有些奇怪的婚姻前，使他成为高级军官。"

玛蒂尔德注意到，德·福利莱尔先生随着一些重要情况的获知，仁慈和快活的表情迅速从脸上消失，变成一种杂有虚假的狡猾。

神父慢慢把那些正式文件读了一遍。

"我能从这奇特的心腹话里得到些什么好处呢？"他暗想，"我一下子和德·费瓦克元帅夫人的一位朋友搭上了密切关系。元帅夫人可是德·某某主教大人最有权势的侄女，通过她就能在法国当上大主教。过去只是在未来才有可能看见的东西，现在一下子出现在眼前。这可以让我实现我的一切愿望。"

这个如此有权势的人，玛蒂尔德单独跟他待在一套安静的房子里，他那面容的迅速变化一开始使她害怕。"什么！"她很快便对自己说，"对一个渴望权力和享乐的教士的冰冷利己主义一点儿影响也产生不了，那运气不是太坏了吗？"

通往大主教职位的一条捷径意外出现在德·福利莱尔先生面前，让他眼花缭乱，加上对玛蒂尔德的才华的惊讶，他一时竟丧失了警惕。德·拉莫尔小姐看见他几乎要匍匐在自己脚下了，他野心勃勃，激动难耐，甚至神经质地抖动不已。

"一切都清楚了，"她想，"德·费瓦克夫人的女友在此地没有办不成的事。"尽管嫉妒还使她痛苦，她却仍有勇气说于连是元帅夫人的密友，几乎每天都能在她家里看见德·某某主教大人。

"在本省最著名的居民中连续抽签四五次，决定一份三十六人陪审员名单，"代理主教说这话时目光中流露出强烈的野心，每个字都加重了语气，"在每份名单上我要是找不到八个到十个朋友，而且是那群人中最聪明的，那可真算我交好运了。我几乎总能得到比判决所需还要多的多数。您看，小姐，我可以很容易得到免诉判决……"

神父突然住口，仿佛听见自己的声音感到奇怪，他说了些绝不应对圈外人说的事情。

然而，该轮到他让玛蒂尔德目瞪口呆了，他告诉她，于连的奇特遭遇中最令贝藏松的社会感到惊奇和有趣的是，他过去曾激起德·雷纳夫人巨大的热情，而且两人彼此长期热恋。德·福利莱尔先生不难看出，他的叙述引起了慌乱。

"我可报复了！"他想，"终于有办法来摆布这个如此坚定的年轻女人了，我还怕不能成功呢。"高贵和不易控制在他眼里，更增添这位稀世美人的魅力。见她差不多要哀求自己了，他镇定如初，毫不犹豫转动插进她心中的那把匕首。

"总之，"他口气轻松地说，"如果我们获悉索雷尔先生是出于嫉妒才向他曾经那样爱过的女人开了两枪，我是不会感到意外的。她绝非没有吸引力，最近她经常会见一个从第戎来的什么马基诺神父，也是一个没有道德的冉森派，他们都是一路货色。"

德·福利莱尔先生无意中发现了这个漂亮女孩的弱点，就兴味盎然地不慌不忙折磨起她来。

他的眼睛火辣辣地盯着玛蒂尔德，"为什么索雷尔先生选择了教堂，是不是因为他的情敌正在那儿做弥撒？大家都承认您保护的那个幸运儿聪明而且谨慎。还有比躲在他更熟悉的德·雷纳先生的花园里更简单的了吗？在那儿几乎万无一失，不会被看见，不会被抓住，不会被怀疑，他能轻易杀死让他嫉妒的女人。"

这番推理那样正确，终于使玛蒂尔德失去理智。在玛蒂尔德生活的巴黎上流社会，热情只在很少情况下能战胜谨慎，从窗户往下跳的都是住在六层楼以上的人。

最后，德·福利莱尔神父让玛蒂尔德明白（他当然在说谎）他能随意支配负责于连案件的那个检察院。抽签决定陪审员后，他至少可以影响其中三十位。

如果德·福利莱尔神父不是被玛蒂尔德的漂亮迷住了，他至少会在第五或者六次见面时才说得如此清楚。

39 又是阴谋

> 加斯特尔，一六七六。——一个人刚刚在跟我房子相邻的屋子里杀死了自己的亲姐妹。这位绅士已经犯过了一桩谋杀罪。那一次他父亲私下给了那些推事五百埃居，救了他的命。
>
> ——洛克《法兰西游记》

走出主教府，玛蒂尔德没有犹豫，立刻让人给德·费瓦克夫人送去一封信，对名誉的担心一秒钟也未阻止她。她恳求她的情敌，请德·某某主教大人亲笔写一封信给德·福利莱尔先生。她甚至求她亲自来一趟贝藏松。就一颗嫉妒而骄傲的心灵来说，这举动足够英勇了。

她听从富凯的忠告，为了谨慎，没有把她的活动说给于连听。单单她来就已够让他不安了。死亡越来越近，他也变得比一生中任何时候都正直，他的悔恨不仅是对德·拉莫尔先生，也是对玛蒂尔德的。

"怎么！"他对自己说，"我跟她在一起，有时候心不在焉，甚至烦闷无聊。她为我身败名裂，而我竟这样报答她！难道我是个恶人吗？"在他还野心勃勃时他是不会这样想的，那时候对他来说，不能成功才是最大的耻辱。

他跟玛蒂尔德在一起时感到的精神痛苦越发强烈了，因为他激起了她最离奇、最疯狂的热情。她满口都是为了救他而打算做出的种种奇特的牺牲。

她受到一种她引为自豪、压倒全部自尊的感情的激励，让她希望自己每时每刻的生命都没有白过。看守们被打发得好好的，让她在监狱里为所欲为。玛蒂尔德的主意并不局限于牺牲名节，她可不在乎让整个社会都知道她的状况。如果需要，她可以跪倒在国王奔驰的马车前，引起亲王们的注意，然后冒死请求赦免于连。她甚至想靠她那些在国王身边任职的朋友，她能进入圣克卢花园里的那些禁地。

于连觉得自己配不上如此的献身精神。老实说，他已对英雄主义感到疲倦。若是面对一种单纯的、天真的、近乎羞怯的爱，他也许会动心。然而玛蒂尔德却相反，她想要的是公众的注意。

她不想苟活于情夫之后，然而在她对他生命怀有的焦虑和恐惧当中，她有一种无法拿出来示人的苛求，那就是用她那过度的爱情和崇高的行为引起轰动。

于连毫不为这种英雄主义所动，并为此颇感恼火。然而，他要是知道了玛蒂尔德如何用她那些疯狂的念头折磨善良的富凯，他又会怎样呢？

对于玛蒂尔德的忠诚，富凯无话可说，他自己也是为了救于连愿意牺牲全部财产甚至生命。只是玛蒂尔德的挥金如土令他骇然。最初几天，花去的钱数目之大使富凯肃然起敬，他和所有的外省人一样，对金钱有着强烈的崇敬。

最后，他发现德·拉莫尔小姐的计划经常变动，但使他感到快慰的是，他终于找到一个词来责备这种他觉得令人厌烦的性格：变化无常。从变化无常到外省最厉害的诅咒"刚愎自用"仅一步之隔。

"真奇怪，"玛蒂尔德离开监狱后于连想，"一种如此热烈的激情，又是以我为对象，我却感到麻木！两个月前我崇拜她！我在书里读过，死亡的临近使人对什么都失去兴趣，而可怕的是自觉忘恩负义又自觉不能改变。我难道是一个利己主义者吗？"他为此狠狠责备和羞辱自己。

野心在他的心中死去，灰烬中生出了另一种激情，他称之为对谋害德·雷纳夫人的悔恨。

事实上他是在狂热地爱着她。当独处时，他纵情回忆从前在维尼埃尔或者维尔吉度过的美好时光，这时他感到一种独特的幸福。那段飞逝的时光中发生的一切，哪怕最微不足道的都对他具有一种不可抗拒的新鲜和魅力。他从不想自己在巴黎的成功，他已厌倦了。

这种心情在迅速增长，妒忌的玛蒂尔德猜出了几分。她清楚地意识到，她得跟他对孤独的爱好作斗争。有几次，她怀着恐惧讲出了德·雷纳夫人的名字，看见于连打了个哆嗦。从此，她的激情就开始汪洋恣肆，漫无边际。

"如果他死了，我就跟着他死。"她对自己说，"巴黎的那些客厅看见我这样地位的一个女孩，对一个行将赴死的情人崇拜到这种程度，会说些什么呢？要找到这样的感情，必须回溯到英雄时代。在查理九世和亨利三世的时代，使人心跳的正是这样的爱情。"

她紧紧把于连的头搂在心口，沉浸在最强烈的冲动里。"怎么！"她惊恐地想，"这颗迷人的头注定要落地！那好吧！"她燃烧着一种不乏幸福感的英雄气概，"我的嘴唇现在亲吻着这美丽的头发，他死后不出二十四小时就会变得冰凉。"

她老想着这些充满英雄气概和可怕的快乐时刻，难以摆脱自杀的念头。"不，我的先人的血在我身体里一点也没有变凉。"她骄傲地对自己说。

"我有一事要求您，"一天，她的情人对她说，"把您的孩子寄养在维尼埃尔，由德·雷纳夫人照应吧。"

"您对我太冷酷了……"玛蒂尔德的脸白了。

"的确，我求你原谅。"于连从冥想中醒来，把她紧抱在怀里。

他揩干了她的泪，让谈话具有一种忧郁哲学的情调，他谈到那即将在他面前关闭的未来。

"应该承认，亲爱的朋友，激情在人生中是一种意外，然而此种意外只会发生在出类拔萃的人间……我儿子如果死了，对您的家庭的自尊是一大幸事，那些下人会看出来的。被忽视将是这个不幸与耻辱之子的命运……我希望在一个我尚不能确定但我的勇气还能隐约看见的时候，您会听从我最后的嘱咐：嫁给德·克鲁瓦泽努瓦侯爵。"

"什么！让我丧失名誉！"

"丧失名誉落不到您这样的姓氏上。您将是寡妇，一个疯子的寡妇，如此而已。我还要说，我的罪行没有金钱的动机，丝毫也不可耻。也许将来某位贤明的立法者会战胜同时代人的偏见取消死刑。那时某个同情我的声音会把我作为例子举出：'瞧，德·拉莫尔小姐的第一个丈夫是个疯子，但不是一个恶人和坏蛋。让他人头落地是荒谬的……'那时我的身后之名绝不令人厌恶。至少过些时候……您的社会地位，您的财产，请容我说，还有您的才华，将会使得成为您丈夫的德·克鲁瓦泽努瓦担任一个他独自无力承担的角色。他只有出身和勇敢，单靠这两种长处，在一七二九年可以造就一个完人，可在一个世纪后的今天，却不合时宜，只会使人存有过高的希望。要想领导法国青年，还得有其他的东西。

"您将用您坚定大胆的性格协助您丈夫加入某个政党，并支持这个政党。您能够成为投石党运动①中的那些谢弗勒兹②和隆格维尔们③……不过到那时，亲爱的朋友，此刻激励着您的这股圣洁的火可能不那么热了。

"请允许我对您说，"他最后补充道，"十五年后，您会把您曾对我的爱情看作一种可以原谅的疯狂，但终究是一种疯狂……"

他突然停下，陷入沉思。他又重新面对使玛蒂尔德反感的想法："十五年后，德·雷纳夫人会热爱我的儿子，而您会把他忘掉。"

---

① 投石党运动是路易十四执政初期的一次反对专制制度的政治运动，谢弗勒兹和隆格维尔两位公爵夫人都在运动中起过重要的作用。
② 谢弗勒兹（1600～1679），公爵夫人，在投石党运动中反对红衣主教黎塞留和马萨林。
③ 隆格维尔（1619～1679），公爵夫人，红衣主教马萨林的对手，投石党运动中重要角色。

40 宁静

这是因为那时我太疯狂，而今我已变得明智。啊，仅能看见瞬间发生的事物的哲学家，你的目光如此短浅！你的眼睛不可能察看到那些隐蔽着的激烈变化。

——歌德

他们的这次谈话被一次审讯打断，接着是和辩护律师进行的一次磋商。这是一段充满了漫不经心和温柔梦幻的生活中，仅有的令人不快的时刻。

"这是杀人，而且是预谋杀人。"于连对法官和律师这么说，"我很遗憾，先生们，"他微微一笑补充说，"不过这让你们的工作变得过于简单了。"

"无论如何，"终于摆脱这两个人后，于连对自己说，"我得有勇气，要比这两个人有勇气。他们把这场跟不幸结局的较量看作是灾难中的灾难，我可要到了那一天才认真对待它。

"这是因为我遭受过更大的不幸，"于连继续跟自己探讨，"第一次去斯特拉斯堡，那时我以为已被玛蒂尔德抛弃，我的痛苦要比现在大得多……不料今天我却毫无感觉……事实上，比起让这个美丽的姑娘分享我的孤独，我更愿意一个人独处……"

律师是个循规蹈矩的人，以为于连疯了。他和公众一样认为，是嫉妒让于连拿起了枪。一天，他试着让于连明白，不管是真是假，这种说法是一条辩护的途径。可被告的态度转眼间变得激烈而尖锐。

"以您的生命担保，先生，"于连勃然大怒，"请您记住，不要再散布这种可恶的谎言。"那律师一时竟害怕自己也被谋杀了。

他准备辩护词，因为决定性的时刻迅速逼近。贝藏松及全省上下尽在谈论这案子，于连不知道这些，他曾要求永远不要跟他谈这些事。

这天，富凯和玛蒂尔德想告诉他一些传闻。据他们看，这些传闻可以带来希望。但他们一开口，于连就不让继续说下去。

"让我过我理想的日子吧。你们那些烦人的小事，你们那些多少总让我生气的生活细节，会把我从天上拉下来。一个人能怎么死就怎么死，我只愿意按照我的方式去思考死亡。别人跟我有什么关系？我和所有人就要一刀两断。求求你们，别再跟我说这些，看见法官和律师已经够了。"

"事实上，"他对自己说，"我的命运是做着梦死。肯定不出半个月，我就会被人遗忘，应该承认，还想装模作样真是太傻了……

"不过奇怪的是，直到看见了生命的终点这样靠近，我才知道了享受生活。"

最后那段日子里，他整天在主塔楼顶上的狭小平台上散步，抽着玛蒂尔德命人去荷兰弄来的上好雪茄，根本没想到城里所有的望远镜每天都等待着他的出现。他的心思在维尔吉。他从不跟富凯谈德·雷纳夫人，但他这位朋友有两三次对他说，德·雷纳夫人恢复得很快，这句话在他的心中引起强烈回应。

正当于连的灵魂几乎无时不沉浸在思想的国度时，玛蒂尔德则忙于实际事务。这对一颗贵族的心来说倒也合适，她已能把德·费瓦克夫人和德·福利莱尔先生之间的联络推进到这样一种亲密程度，主教职位这个关键的词已被提出。

掌管圣职分配的可敬的高级教士，在他侄女的一封信上作为附注添了一句：

这可怜的索雷尔不过是个冒失鬼，我希望把他还给我们。

这几行字让德·福利莱尔先生欣喜若狂，他不怀疑能救出于连。

"都是这种雅各宾党人的法律，规定要有一份长长的陪审员名单，其真正目的不过是剥夺出身好的人的势力罢了。"在抽签决定此次开庭的三十六名陪审员的前一天，他对玛蒂尔德说，"我本可以左右判决，本堂神父N就是我让人宣告无罪的。"

第二天，在从票箱里出来的人名中，德·福利莱尔先生高兴地发现有五个圣会分子，并且在非本城的人名中有瓦雷诺先生、德·穆瓦诺先生、德·肖兰先生。"我首先可以保证这八位，"他对玛蒂尔德说，"头五个是机器。瓦雷诺是我的代理人，穆瓦诺全靠着我，德·肖兰是个胆小怕事的笨蛋。"

报纸将陪审员的名字传遍全省，德·雷纳夫人想去贝藏松，她丈夫则惊恐万状。德·雷纳先生能够得到的是她答应绝不下床，免得被传出庭作证。

"您了解我的处境，"维尼埃尔这位前市长说，"我现在成了变节的自由党人了。毫无疑问，瓦雷诺这混蛋和德·福利莱尔先生很容易就能让检察长和法官们做出令我不快的事来。"

德·雷纳夫人服从了丈夫。"如果我在法庭上露面，"她想，"就好像我要求报复似的。"

尽管她对忏悔神父和丈夫做出许诺，她还是一到贝藏松就给三十六位陪审员每人写了一封亲笔信：

> 审判那天，我绝不露面，先生，因为我的在场会给索雷尔先生造成不利。我在这世上只盼望，而且满怀热情盼望一件事，那就是他能得救。请您不必怀疑，一个无辜的人因我而被判处死刑，这可怕的念头会让我终生不得安宁，并且无疑会缩短我的生命。我还活着，您怎么能判他死刑呢？不，毫无疑问，谁也没有权剥夺一个人的生命，特别是像于连·索雷尔这样一个人的生命。在维尼埃尔，谁都知道他有过精神失常的时刻。这可怜的年轻人有一些有权

势的敌人，但即便在他的敌人（他有多少啊！）中，有哪一个怀疑他的才华和渊博的学识？先生，您将审判的不是一个凡夫俗子。在将近十八个月时间里，我们都知道他虔诚、明智、勤奋，每年有两三次他的忧郁症会发作，甚至导致精神失常。维尼埃尔全城的人，我们度过美好季节的维尔吉的所有邻居，我全家，专区区长先生本人，都能证明他的虔诚堪称榜样，他能背出整本《圣经》。一个不信神的人能坚持数年专心研读《圣经》吗？我的儿子们将有幸向您递交这封信。他们是些孩子，请您问问他们，先生，他们会把和这可怜的年轻人有关的详细情况告诉您。为了能使您相信判他死刑是野蛮的，这些情况是必要的。您非但不是为我报仇，反而会要我的命。

他的敌人拿什么来反对这些事实呢？我的孩子们亲眼见过他们的家庭教师的疯狂的发作，我的伤就是此种疯狂造成的结果，其危险性如此之小，不到两个月我就能乘驿车从维尼埃尔到贝藏松来了。如果我知道，先生，您还对把一个犯如此轻微罪的人从法律的野蛮下解脱出来有片刻的犹豫，我将离开只有我丈夫的命令才能让我躺卧的病床，跪倒在您的脚下。

请您宣布，先生，预谋是不确实的，这样一来，您将不会因为让无辜者流血而自责……

41 审判

当地的人将会长久记住这件著名的诉讼案。对被告的同情甚至引起了骚动，这是因为他的罪行是惊人的，却一点都不残忍。即使残忍，可这个年轻人是这样漂亮！他的辉煌前程即将就此结束，更增添了人们对他的同情。"他们会判他死刑吗？"女人们这样问自己熟悉的男人，可以看出，她们在等着得到回答时，面色苍白。

——圣佩韦

让德·雷纳夫人和玛蒂尔德如此害怕的一天终于来了。

城市的样子变得怪异，这更增添了她们的恐惧，连富凯这样坚强的人也不免为之所动。人们从四面八方涌向贝藏松，都想观看这桩桃色案件的审判。

几天前旅馆就客满了。刑事法庭庭长先生被那些想要得到旁听券的人所包围，城里每位女士们都想旁听审判，街上在叫卖于连的肖像。

玛蒂尔德为了这个时刻，还特意留了一封德·某某主教大人的亲笔信。这位领导法国天主教会，执掌任免主教大权的高级神职人员竟肯屈尊请求赦免于连。审判前一天，玛蒂尔德把这封信交给了代理主教。

会晤结束时，德·福利莱尔先生见她泪流满面，就说："我可以向您担保陪审团的裁决。"他终于抛掉外交家的含蓄，自己也几乎被感动，"有十二个人负责审查您要保护的人的罪行是否确实，尤其是否有预谋，其中有六个是朋友，忠于我们的事业，我已暗示他们，我能不能当主教全靠他们了。瓦雷诺男爵是我让他当上维尼埃尔的市长的，他的两个下属德·穆瓦诺先生和德·肖兰先生完全听从于他。当然，抽签也为这桩案子弄出两个思想极不端正的陪审员，不过他们虽然是极端自由党人，遇有重大场合，还是不敢无视我的命令，我已让人请求他们投和瓦雷诺先生一样的票。我获悉第六位陪审员是个工业家，非常有钱，是个饶舌的自由党人，暗中希望向陆军部供货。毫无疑问，他不想得罪我。我已让人告诉他瓦雷诺先生知道我想要什么。"

"这位瓦雷诺先生是谁？"玛蒂尔德不安地问。

"如果您认识他，您就不会对成功有怀疑了。这人能说会道，胆大脸皮厚，是个粗人，天生一块领导傻瓜的材料。一八一四年把他从贫困中救出来，我还要让他当省长。如果其他陪审员不随他的意投票，他能揍他们。"

晚上还有一番讨论等着玛蒂尔德。于连不想这令人难堪的场面延长，他认定自己的结局不可更改，决定不再说话。

"我的律师会说就够了，"他对玛蒂尔德说，"我在我的这些敌人面前亮相的时间太长了。这些外省人对我靠您而迅速发迹感到愤怒，他们没有一个不希望判我死刑的，尽管也可能在我被押赴刑场时像傻瓜似的痛哭流涕。"

"他们希望看到您受辱，这是千真万确的，"玛蒂尔德回答说，"但我不相信他们是残酷的。我来到贝藏松，我的痛苦已经公开，这已经引起所有女人的关切，剩下的将由您那漂亮的面孔来完成。只要您在法官面前开口，听众就都是您的……"

第二天九点，于连从牢房下来去到法院的大厅。院子里人山人海，警察们费尽力气才从人群中挤过去。于连睡得很好，镇定自若，对这群嫉妒的人除了怜悯并别无他感，而他们将为他的死刑判决鼓掌喝彩，不过这并不残暴。在人群中受阻的那一刻钟，他不能不承认，他在公众中引起了一种温柔的同情，这是他始料未及的。他没听见一句刺耳的话。"这些外省人不像我想的那么坏。"他对自己说。

审判庭建筑的优雅使他不胜惊讶。纯粹的哥特式，那些全部用石头精雕细刻的漂亮小柱子，让他仿佛到了英国。

然而很快，他的注意力被十二个到十五个漂亮女人吸引住了。她们正对着被告席，把法官和陪审官头顶上的三个包厢塞得满满的。他朝公众转过身，看见梯形审判庭高处的环形旁听席上也坐满女人，大部分很年轻。他觉得她们都很漂亮，她们的眼睛闪闪发亮，充满了关切。大厅剩下的部分拥挤不堪，门口厮打起来，卫兵无法让人们安静。

所有的眼睛都在寻找于连。他出现的那一刻，当他坐在略高一些的被告席上时，大厅里响起嗡嗡一片充满惊奇和温柔的低语。

这天他看上去不到二十，穿着朴素却风度翩翩，他的头发和前额楚楚动人，玛蒂尔德坚持要亲自替他打扮。于连的脸色苍白，刚在被告席上坐下，他就听见四下里到处有人说："主呀！他多年轻！……可这是个孩子啊……他比画像上还要好看。"

"被告，"他右边的警察对他说，"您看见那个包厢里的六位夫人吗？"他指给他看梯形审判席上方突出的小旁听席。"那是省长夫人，"警察说，"旁边是德·N侯爵夫人，她很喜欢您，我听见她跟预审法官说过。再过去是德维尔夫人……"

"德维尔夫人！"于连叫了一声，脸涨得通红，"她从这儿出去后，会写信给德·雷纳夫人的。"他不知道德·雷纳夫人到了贝藏松。

证人的发言很快结束。代理检察长念起诉书刚念了几句，于连正面小旁听席上的两位夫人眼泪就下来了。"德维尔夫人的心不会这么软。"于连想。不过，他注意到她的脸红得厉害。

代理检察长做出一幅悲天悯人状，用蹩脚的法语极力渲染所犯罪行的野蛮。于连看到德维尔夫人左右几位夫人露出激烈反对的神色。有几位陪审员看来认识这几位夫人，跟她们交谈，似乎在劝她们放心。"这是个好兆头。"于连心想。

直到这时，于连对参加审判的男人们都怀有轻蔑。代理检察长平庸的口才更增加了这种轻蔑的程度。但渐渐地，于连内心的冷酷在显然以他为对象的关切面前消失了。

他对律师坚定的神情感到满意。"不要玩弄辞藻。"他对要开始发言的律师说。

"他们用来对付您的全部夸张手法都是从博须埃那儿剽窃来的，这反而帮了您的忙。"律师说。果然，他还没说上五分钟，几乎所有女人都掏出了自己的手帕。律师受到鼓舞，对陪审官们说了些极有力的话。于连自己也被感动了，他战栗着，眼泪几乎夺眶而出。"伟大的主！我的敌人会说什么呀？"

他的心就要软下来了，幸亏这时他无意中看见了德·瓦雷诺男爵先生傲慢无礼的目光。

"这个混蛋的眼睛炯炯放光，"他暗想，"这个卑劣的灵魂获得了怎样的胜利啊！如果是我的罪行造成了这种结果，我就该诅咒我的罪行。天知道他会对德·雷纳夫人说我些什么！"

这个念头很快就占据了他的心。随后，于连被公众赞许的表示唤醒。律师刚结束辩护，于连想起应该跟律师握手。时间很快过去。

有人给律师和被告送来饮料。于连这时才注意到一个情况：没有一个女人离开座位去吃饭。

"说真的，我饿得要死。"律师说，"您呢？"

"我也一样。"于连答道。

"您看，省长夫人也在那儿吃饭呢，"律师指着小包厢说，"鼓起勇气，一切都顺利。"审判重又开始。

在庭长做辩论总结时，午夜的钟声响了。庭长不得不暂停，寂静中浮动着焦虑不安，大时钟的声音在大厅中回荡。

"我的最后一天从此开始。"于连想。很快，他想到了责任，感到周身在燃烧。到此刻，他一直挺住了不让自己心软，坚持不说话。然而当庭长问他有没有要补充时，他站了起来。他朝前看，看见了德维尔夫人，在灯光的映照下，他觉得这双眼睛非常明亮。"莫非她也哭了？"他想。

"各位陪审员先生：

"我原以为在死亡临近的时刻，我能无视对我的轻蔑。然而我仍感到了厌恶，这使我必须说几句话。先生们，我本没有荣幸属于你们那阶级，你们在我身上看到的是一个起来反抗他的卑贱命运的农民。

　　"我不求你们的宽恕，"于连的语气变得异常坚定，"我绝不存在幻想，等待我的是死亡，而死亡对我是公正的。我居然谋害最值得尊敬和钦佩的女人。德·雷纳夫人曾经像母亲那样对我。我的罪行是残忍的，而且是有预谋的。因此我该被判处死刑。但即便我的罪不这么严重，我看到有些人也不会因为我年轻就会因怜悯而止步，他们仍想通过我来杀一儆百，永远让这个阶级的年轻人灰心丧气。因为他们虽然出身于一个卑贱的阶级，可以说是受着贫穷的煎熬，却有幸受到良好的教育，敢于侧身于傲慢的有钱人所谓的上流社会之中。

　　"这就是我的罪行。先生们，事实上因为我不是受到与我同等的人的审判，将受到更为严厉的惩罚。我在陪审员的座位上看不到一个富裕起来的农民，我看到的只是一些愤怒的资产者……"

　　二十分钟时间里，于连一直用这种语气说话，他把郁结在心中的一切都吐露了出来。代理检察长想得到贵族的青睐，气得从座位上跳了起来。尽管于连的用语多少有些抽象，所有的女人还是泪如雨下，就是德维尔夫人也用手帕揩着眼睛。在结束前，于连回头谈了他的预谋和悔恨，还有他对雷纳夫人的尊敬，谈他在那些更为幸福的岁月里对德·雷纳夫人怀有的儿子般的爱……德维尔夫人大叫一声昏了过去。

　　陪审官退回到他们的房间后，一点的钟声响了。没有一个女人离开座位，好几个男人眼噙着泪。交谈开始时很热烈，但陪审团的决定久候不至，渐渐疲倦使大厅里安静下来。这时刻是庄严的，灯光变得暗淡。于连很累，他听见身后有人在议论是好还是坏预兆。他很高兴看到大家的心都向着他。陪审团还没回来，但没有一个妇人离席。

　　两点的钟声刚敲过，出现了一阵巨大的骚动。陪审员的房间的小门开了。德·瓦雷诺男爵迈着庄重而戏剧的步子走出来，后面跟着其他陪审员。他咳嗽了一声宣布：他以灵魂和良心保证，陪审团一致同意于连·索雷尔犯预谋杀人罪。这个宣告的结果必然是死刑。过了一会儿，死刑即被宣布。于连看了表，想到了德·拉瓦莱特先生，此时是两点一刻。"今天是礼拜五。"他想。

"是的，不过这一天对瓦雷诺这家伙是个好日子，他判了我死刑……我被看得太紧，玛蒂尔德无法像德·拉瓦莱特夫人那样救我……这样，三天后的同一时刻，我将会知道'这个伟大的也许'^①究竟是怎样一回事。"

这时，他听见一声喊叫，被唤回现实世界中来。周围的女人哭哭啼啼，他看见所有的脸都转向一个开在哥特式墙柱顶饰上的小旁听席。那里发出了一声尖叫。人们又转脸看于连，警察吃力地拥着他穿过人群。

"让我们尽量别让瓦雷诺这骗子看笑话，"于连想，"他宣布陪审员商议结果时是多么尴尬和虚假啊！而那个可怜的庭长，当了多年法官，在宣判我死刑时眼里却含着泪。瓦雷诺那家伙终于报了雷纳夫人的……我见不到她了！……我感到不可能有最后的告别……要是我能把我对我自己的罪行有多么厌恶告诉她，我该多幸福啊！

"我只想说这样一句话：我认为我被公正地判处了死刑。"

---

① 传说拉伯雷（1494～1553）在临终时说过这样一句话："我就要去寻找一个伟大的也许。"

42①

押回监狱后，于连被关进一间专门关押死囚的牢房。

平时他总是会注意到那些最细小的情况，但这一次竟没发现他们没有让他回主塔楼去。他一心在考虑，如果能见到德·雷纳夫人，他要说些什么。他想她会打断他，于是希望一见面就把自己的悔恨完全表达出来。干了这样的事，怎么可能让她相信我只爱她呢？因为说到底我想杀她，或是出于野心，或是出于对玛蒂尔德的爱。

他躺在床上，发现单子是粗布的。他睁开眼。"啊！我是作为死囚关在黑牢里了，"他对自己说，"这是公正的……

"阿尔塔米拉伯爵跟我讲过，丹东在死前曾用他那粗嗓门说：'奇怪，"斩首"这个动词没有全部的时态变化。可以这样说：我将被斩首，你将被斩首；但不能说：我已被斩首。'

"为什么不能呢？"于连继续想，"如果有来世的话……说真的，如果我碰见的是基督徒的上帝，那我就完了，那是个暴君，因此，他满脑子报复的念头，他的《圣经》说的尽是残酷的惩罚。我从未爱过他，我甚至从来也不想相信人们会诚心爱他。他毫无怜悯心（他想起了《圣经》中好几个段落）。他将以可怕的方式惩罚我……

"但要是我碰见的是费奈隆②的上帝，他也许对我说：'你将会得到宽恕，因为你曾经深爱过……'

"我曾深爱过吗？啊！我爱过德·雷纳夫人，然而我的行为是残

---

① 原作从这里开始就没有了标题和题词。

② 费奈隆（1651～1715），法国康布雷主教，作家，启蒙运动的先驱之一。

忍的。在这件事上和在别的事上一样，为了闪光的东西抛弃了质朴、谦逊……

"可那是怎样的前景啊！……如果遇到战争是轻骑兵上校，和平时期是外交使团秘书，然后是大使……因为我很快就能熟谙国务事务……即便我是个傻瓜，德·拉莫尔侯爵的女婿还怕有对手吗？我的任何蠢事都会被原谅，甚至会被当作是才华的体现。在维也纳或伦敦过最豪华的生活……

"不对，完全错了，先生，三天后你就要上断头台了。"

于连说出这句俏皮话后开心地笑了。"实际上，每个人身上都有两个人。"他想，"见鬼，谁会有这样恶毒的念头呢？

"那好！是的，我的朋友，三天后的断头者，"他回答那个插嘴的人说，"德·肖兰先生将跟马斯隆神父合租一个窗口。好，在这个窗口的租金上，这两位可敬的人物谁将占谁的便宜呢？"

他突然想起洛特鲁①的《旺赛斯拉斯》中的一段：

拉迪斯拉斯：……我的心已准备好。

国王(拉迪斯拉斯之父)：断头台也已准备好，把您的头放上去吧。

"多好的回答！"他这样想，然后睡着了。

早晨有人紧紧抱住他，把他弄醒了。"怎么，时候到了吗？"于连睁开惊恐的眼睛。他以为是刽子手。

原来是玛蒂尔德。"幸亏她没听懂我的意思。"他完全恢复了镇静，发现玛蒂尔德形容大变，像是病了半年似的。

"这个卑鄙的福利莱尔背叛了我。"她绞着手，气得哭不出来。

"我昨天发言时很美吗？"于连问，"我是即席发言，有生以来第一次！说真的，恐怕也是最后一次。"

---

① 洛特鲁(1609～1650)，法国剧作家。《旺赛斯拉斯》是他的两部悲剧中的一部。

此时此刻，于连开始忍不住玩弄起玛蒂尔德的性格来，冷静得像一位熟练的钢琴家……"显赫的出身，这优越条件我没有。然而玛蒂尔德的崇高心灵把她的情人抬到了她自己的高度。您认为博尼法斯·德·拉莫尔在法官面前会表现得更好吗？"

　　玛蒂尔德这一天像住在六层楼上的穷姑娘，温情脉脉毫不做作，然而她从他那里得不到更朴实的话。她从前常让他受到的折磨，他回敬给了她。

　　"没有人知道尼罗河的源头。"于连心想，"人类的眼睛是不可能看见还在普通溪流状态的河中之王的，因此，任何人的眼睛也将看不到软弱的于连。首先是因为他并不软弱。但我有一颗易于感动的心，最普通的一句话，只要用诚恳的语气说出，就能让我变得温和甚至流泪。有多少次，那些心肠冷酷的人因为这个缺点而看不起我！他们以为我在乞求宽恕，这是我所不能忍受的。

　　"据说丹东在断头台下想起了妻子，大为感动。但丹东曾赋予一个到处是轻浮的年轻人的国家以力量，并拒敌人于巴黎之外……只有我自己知道我能做出什么事来……而在别人，我充其量只是个也许。

　　"要是不是玛蒂尔德而是德·雷纳夫人在这里，我还能够保证我自己吗？我过度的绝望和过度的悔恨，在瓦雷诺们和当地所有贵族的眼里，可能被看作是对死亡可耻的恐惧。这些内心懦弱的人，他们的经济地位使之免受诱惑，他们多自豪啊！德·穆瓦诺先生和德·肖兰先生刚判了我死刑，他们会说：'看看什么叫木匠的儿子！他可以博学，可以机智，但勇气呢？……勇气是学不来的。'即使可怜的玛蒂尔德现在也在哭，或者说她哭不出来了。"他这样想，看了看她红红的眼……他把她搂紧在怀里，看到这种真正的痛苦，他忘了自己的推论……"她也许哭了一整夜，"他对自己说，"但有朝一日，这个回忆会让她感到羞愧！她会认为自己在年轻时，被一个卑鄙的平民引入了歧途……克鲁瓦泽努瓦这人软弱，会娶她的，而且他这样做是对的。她会使他扮演一个角色的。"

根据一个坚定而有庞大计划的头脑，

对常人迟钝的头脑所拥有的权利。①

　　"啊！多有趣一件事：自我被判死刑后，我一生中所读到的那些诗句都出现在了我的记忆里。这是衰败的迹象……"

　　玛蒂尔德有气无力对他说了好几遍："他在隔壁房间里。"最后他终于注意到了她的这句话。"她的声音是微弱的，"他想，"然而语气中的专横分毫不减。她为了不发火才压低声音。"

　　"谁在那儿？"他温和地问。

　　"律师，要您在上诉状上签字。"

　　"我不上诉。"

　　"怎么？您不上诉，"她猛然站了起来，眼里冒着怒火，"请问为什么？"

　　"因为此刻我有赴死的勇气，不至于太让人笑话。谁能对我说，两个月后，长时间待在这潮湿的黑牢里，我的状态还会这么好？我想我还要跟教士见面，跟我父亲见面……这世上再没有比这更让我不愉快的事了。让我死吧。"

　　这个意外的障碍让玛蒂尔德性格中高傲的部分被唤醒。本来在贝藏松监狱的探监时间到来前，她没能见到德·福利莱尔神父就很恼火，现在便把一腔怒火发泄在于连头上。她崇拜他，然而在这一刻，她却诅咒他的性格，后悔爱上了他。他从中又看见了从前在拉莫尔府图书室里那个用尖刻的言语辱骂他的高傲的人。

　　"为了你家族的荣耀，上天应该把你降生为男人。"他对她说。

　　"至于我，"他想，"我要是在这种令人厌恶的日子里再过上两个月，让贵族集团把我当成他们可能编造出的卑鄙无耻的诽谤的目标，而且唯一的安慰只有这个疯女人的诅咒，那我才是个大傻瓜……那好吧，后天早上，我就跟一个以冷静和武艺高超著称的人进行决

---

① 这两句诗引自伏尔泰的悲剧《穆罕默德》，略有出入。

斗……

"'非常高超，'那魔鬼的声音说，'他弹无虚发。'

"好吧，但愿如此（玛蒂尔德仍在滔滔不绝）。不，"他对自己说，"绝不上诉。"

他决心已下，遂陷入梦幻……邮差将照例在六点钟顺路送来报纸，八点钟，德·雷纳先生看过后，爱丽莎踮着脚把报纸放在德·雷纳夫人床上。她醒了。她读着报纸，突然大惊失色，美丽的手抖个不停。她会一直读到这些字……十点零五分他离开了人世。

"她将痛哭，我知道的。就是我想杀她也没用，一切都将被忘记。我企图杀死的那个人，将是唯一真心为我哭泣的人。

"啊！这是怎样一个对比呀！"在玛蒂尔德继续吵闹的那段时间里，他只想着德·雷纳夫人。尽管他也回答玛蒂尔德的话，却没法把心从对维尼埃尔那间卧房的回忆上移开。他看见贝藏松的报纸放在橙黄色塔夫绸的被面上，看见那只如此白皙的手痉挛地抓住它，看见德·雷纳夫人在哭泣……看着眼泪在那可爱的脸上流淌。

在毫无办法的情况下，德·拉莫尔小姐只好把律师请了进来。幸好律师是一七九六年意大利军团的一名老上尉，是马努埃尔[①]的战友。

他为了做做样子，对犯人的决定提出了反对意见。于连想要以尊敬的态度对他，就向他逐条陈述理由。

"说真的，您这样想也行，"费利克斯·瓦诺先生最后说，"不过您还有三天上诉时间，而且每天来是我的责任。如果两个月内监狱底下有座火山爆发，您就可以得救。不过您也可能死于疾病。"

于连和他握手。"谢谢您，您是个正直的人。我会考虑的。"

玛蒂尔德和律师一起出去了。于连觉得对律师比对她怀有多得多的友谊。

---

① 马努埃尔（1775～1827），法国政治家，自由党人。1793年参加了拿破仑对意大利的远征，后受重伤离开军队。王朝复辟时被选为议员。

43

一个钟头后，酣睡中他感到有泪水流到手上，他醒了。

"啊！又是玛蒂尔德，"他迷迷糊糊想，"她在忠实执行自己的策略，想用温情摧毁我的决心。"想到又会有一场新的感伤，他感到厌烦，就不睁开眼。贝尔费戈尔逃避妻子的那几句诗浮现 [1]。

他听见一声奇怪的叹息，睁开眼看到了德·雷纳夫人。

"啊！我死前又见到你了，这是幻觉吗？"他扑在她的脚下。

"对不起，夫人，我在您眼里不过是个杀人凶手。"他彻底醒来。

"先生……我来求您提出上诉，我知道您不愿意……"她泣不成声。

"请宽恕我。"

"如果想让我宽恕，"她站起来，投入他的怀抱，"那就立刻提出上诉。"

于连在她脸上印满了吻。

"那这两个月里你每天都来看我吗？"

"我发誓。每天都来，除非我丈夫强行禁止我。"

"我签字！"于连叫道，"怎么！你宽恕我了！这可能吗？"

他紧紧把她搂在怀里，他疯了。她轻轻叫了一声。

"没什么，"她对他说，"你弄疼我了。"

"把你弄疼了，"于连泪如雨下。他稍稍放松些，在她手上印满火一样的吻，"我在维尼埃尔你的房间里最后一次见到你，谁能料到竟会有这样的事呢？"

---

[1] 拉封丹写过一首《贝尔费戈尔》的叙事诗，诗中撒旦派魔鬼贝尔费戈尔到人间去亲身体验结婚的感觉。但贝尔费戈尔很快就逃回了地狱。

"谁能料到我会给德·拉莫尔先生写那封诬告信呢？……"

"你要知道，我一直只爱你一个人。"

"真的！"德·雷纳夫人喜出望外。她靠在于连身上，而于连跪着，他们泪眼相对，久久不说话。

于连的一生中从来没有过这样的时刻。

过了好久，德·雷纳夫人才说："那位年轻的米什莱夫人，不如干脆叫德·拉莫尔小姐吧，我开始真相信了这个离奇的故事！"

"那只是表面上的真实，"于连说，"她是我妻子，但不是我情人……"

他们上百次互相打断，好不容易才把各自不知道的事讲出来。那封给德·拉莫尔先生的信是德·雷纳夫人的忏悔神父——那位年轻的教士写好后她再抄的。

"宗教让我干了件多可怕的事啊！"她说，"我还把信改得缓和了些呢……"

于连的幸福向她证明了他已原谅了她。他还从未爱得这般疯狂。

"不过我认为我是虔诚的，"德·雷纳夫人对他说，"我真诚相信天主，我相信而且也得到证实，我犯的罪是可怕的，自从看见你，甚至你朝我开了两枪后……"于连不顾她反对连连吻她。

"放开我，"她继续说，"我想跟您说清楚，免得忘记……我一看见你，就只剩下对你的爱，甚至爱这个词还不够。我对你感到了我只应对天主感到的那种感觉：尊敬、爱情、服从……实际上我不知道你在我心中唤起的是什么。你要我马上杀了看守，我会毫不犹豫去做。在离开前，你把这给我解释清楚吧，我想看清自己的心，因为两个月后我们就要分别了……顺便问，我们要分别了吗？"她对他嫣然一笑。

"我收回我的话，"于连站了起来，"我不对死刑判决上诉了，如果你想用毒药、刀子、手枪、木炭或其他方法结束或缩短你的生命。"

德·雷纳夫人的面容突然变了，最温存的柔情让位于深沉的遐想。

"我们要是马上死呢？"最后她说。

"谁知道另一个世界有什么？"于连答道，"也许是痛苦，也许什么也没有。难道我们不能甜甜蜜蜜一起度过这剩下的两个月吗？两个月，那可是很多天。我永远也不会这样幸福！"

"你永远不会这样幸福？"

"永远不会，"于连重复道，"跟你说话，就像跟我自己说话一样。天主不容我夸大。"

"你这样说话，就是在命令我。"她露出了羞怯而忧郁的微笑。

"那好！你以你对我的爱发誓，决不以任何方式伤害你的生命……要记住，"他补充说，"你必须为了我儿子活下去，玛蒂尔德一成为德·克鲁瓦泽努瓦侯爵夫人，就会把他扔给仆人们。"

"我发誓，"她冷冷地说，"但我要带走有你的签字的亲笔上诉状。我去找总检察长先生。"

"当心，这会连累你的。"

"在我来监狱看你后，我就永远成了贝藏松和整个弗朗什-孔代街谈巷议的女主角了，"她的神情悲痛。"廉耻的界限已被越过……我是个丧失名誉的女人，真的，这是为了你……"

她的口气那么悲伤，于连拥抱她，感到一种没有体验过的幸福。那已经不是陶醉，而是极端的感激了。他第一次看到她为他做出的牺牲有多么巨大。

显然有好心人告诉了德·雷纳先生，他妻子去监狱看望于连，在那儿待了很长时间，因为三天后他派车来，命令她即刻回维尼埃尔。

这残酷的分别使于连的这一天开始就不顺。两三个钟头后，有人告诉他，有个诡计多端，但在贝藏松的耶稣会里没能爬上去的教士，一大早就站在监狱门外的路上。雨下得很大，那家伙企图装出受难的样子。于连心绪恶劣，这种蠢事使他大为恼火。

早晨他已拒绝这个教士的探望，然而此人打算让于连忏悔，然后利用他认为可以获悉的隐情在贝藏松的年轻女人中博取名声。

他高声宣布，他要在监狱门口度过白天和黑夜。"主派我来打动这个叛教者的心……"人们总是喜欢看热闹，开始聚集起来。

"是的，我的弟兄们，"他对他们说，"我要在这里度过白天黑夜，以及此后的所有白天和黑夜。圣灵跟我说话了，我负有上天的使命，我要拯救年轻的索雷尔的灵魂。跟我一起祈祷吧……"

于连讨厌人家议论自己，讨厌一切把注意力引向他的事。他想抓住时机悄悄逃离这个世界，然而他又存着再见德·雷纳夫人的希望，他爱得发狂。

监狱的门朝着一条很热闹的街。想到这个一身泥巴的教士招来一大群人议论纷纷，他的心备受折磨。"毫无疑问，他每时每刻都提到我的名字！"这比死还让人难受。

有一个看守对他很忠心，于连一个钟头里两三回请他去看那教士是不是还在监狱门口。

"先生，他跪在泥水里，"看守每次都对他说，"他在高声祈祷，为您的灵魂念连祷文……""无礼的家伙！"于连想，这时候，他果然听见一片低沉的嗡嗡声，那是人们在应答连祷。更使他不耐烦的是，他看见看守本人的嘴唇也在一动一动地。"有人开始说，"看守说，"您的心肠一定很硬，才会拒绝这个圣洁的人的帮助。"

"我的祖国啊！你还是这么野蛮！"于连气疯了。

"这家伙想在报上写篇文章，他肯定会得到的。

"啊！该下地狱的外省人！在巴黎，我可不受这样的气。那儿的人招摇撞骗的手段要高明得多。

"让那个教士进来吧。"最后他对看守说，额上的汗直往下淌。看守画了个十字，高高兴兴出去了。

那个圣洁的教士丑得可怕，而且还浑身是泥。冰冷的雨水更增加了黑牢的阴暗和潮湿。教士想拥抱于连，说话间拿出了深受感动的样子。那卑劣的伪善实在太明显，于连一辈子还不曾这么愤怒过。

教士进来已经一刻钟，于连完全成了个懦夫。他第一次觉得死是可怕的。他想到执行后两天，尸体开始腐烂……

他正要表现出软弱，或者扑向教士用锁链勒死他时，突然想到，何不请这个圣洁的人为我举行一次四十法郎的弥撒，就在当天？

时间快到中午。教士终于走了。

44

那个教士一走，于连就开始为了自己的死亡而放声大哭。哭泣时他在心里对自己说：如果德·雷纳夫人在贝藏松，他会向她承认自己的软弱……

这时，他听见了玛蒂尔德的脚步声。

"监狱里最大的不幸，"他想，"就是不能关上你的门。"不管玛蒂尔德说什么，都只能让他生气。

她对他说，审判那天，德·瓦雷诺先生口袋里已装着省长任命书，所以他才敢把德·福利莱尔先生不放在眼里，乐得判他死刑。

"'您的朋友是怎么想的，'德·福利莱尔先生对我说，'居然去唤醒和攻击这个资产阶级贵族的虚荣心！为什么要谈社会等级？他告诉了他们为维护他们的政治利益应该做什么，而这些傻瓜从来也没想到过。这种社会等级的利益蒙住了他们的眼睛，他们看不见死刑的恐怖。应该承认，索雷尔先生处理事情太幼稚。如果我们请求特赦还不能救他，他的死就无异于自杀……'"

玛蒂尔德当然不可能把她不知道的事告诉于连，原来德·福利莱尔神父看见于连完了，不禁动了念头，以为要是能接替于连，这对他实现野心会大有好处。

于连生气、抵触，弄得自己失去自制。他对玛蒂尔德说："去为我做一次弥撒吧，让我安静一会。"玛蒂尔德本来就嫉妒德·雷纳夫人来探望，又知道她刚离开，明白于连为什么生气，不禁大哭。

她的痛苦是真实的，这就更让于连愤怒。他迫切需要孤独，可如何做得到呢？

最后，玛蒂尔德试图缓和他，讲了种种道理后就走了。然而几乎在同时富凯来了。

"我需要一个人待着，"于连对这位忠实的朋友说。见对方迟疑，就又说："我正在写一篇回忆录，供请求特赦用……还有……求你，别再跟我谈死的事，如果哪天我有特别的需要，会首先跟你说的。"

于连终于能独处了，他感到从没有过的疲惫。这颗原本就已被折磨得虚弱不堪的心那点仅余的力量，被德·拉莫尔小姐和富凯消耗尽了。

傍晚，一个想法让他觉得宽慰：

"如果在今早，当我害怕和厌恶死亡的时候，有人通知我马上要执行死刑，公众的目光就会刺激我的光荣感，也许我走路的样子会有些不自然，像个走进客厅的胆怯的花花公子。这些外省人中要是有几个眼光敏锐的，就能看出我的软弱……可谁也不会看见。"

这样想，他感觉减少了内心的一些不幸感。"我此刻是个懦夫，"他就像是在唱歌似的反复念叨，"但谁也不知道。"

他没想到第二天有件更令他不愉快的事在等着他。他父亲早就说要来看他，但一直没来，这天于连还没醒，白发苍苍的老木匠就来了。

于连感到虚弱，心里料到了会有令人难堪的责备。为了让痛苦达到顶点，这天一早他就对自己不爱父亲深恶痛绝起来。

"命运让我们在这世界上彼此挨在一起，"看守打扫牢房时于连想，"我们几乎一直都在尽可能地伤害对方。他在我死的时候来给我最后的一击。"

剩下他们俩时，老人开始了严厉的指责。

于连忍不住眼泪下来了。"真是可耻的软弱！"于连对自己很生气，"他会到处去夸大我的缺乏勇气，对瓦雷诺们和统治着维尼埃尔那些平庸的伪君子们来说，他们会怎样得意呀！他们在法国势力很大，占尽了种种社会利益。我至少到现在为止可以对自己说：他们得到了金钱，的确，而且还得到了各种荣誉，而我，我有高尚的心灵。

"而现在有了一个人人都相信的见证，他将向全维尼埃尔证明我在死亡面前是软弱的，并且还会加以夸大！我在这个人人都明白的考验中可能成为一个懦夫！"

于连绝望了。他不知道如何打发走父亲。要想骗过这个目光锐利的老人，此刻完全是他力所不能及的。

他迅速把各种可能都想了一遍。

"我攒了些钱！"他突然高声说。

这句话真灵，立刻改变了老人的态度和于连的地位。

"我该如何处置呢？"于连继续说的时候平静多了。那句话的效果使他摆脱了自卑感。

老木匠被这笔钱抓住了，他的贪婪被激发。他看到于连似乎想留一部分给两个哥哥。他兴致勃勃地谈了许久。于连可以挖苦他了。

"好吧！关于我的遗嘱，天主已经给了启示。我给两个哥哥每人一千法郎，剩下的归您。"

"好极了，"老人说，"剩下的归我。既然上帝降福感动了您的心，如果您想死得像个好基督徒，您最好是把您的债还上。还有我预先支付的您的伙食费和教育费，您还没想到呢……"

"这就是父爱呀！"终于只剩下他一个人时，于连感到很伤心，他反复伤感地说着。很快，看守来了。

"先生，父母来访后，我总是要送瓶好香槟酒来的，价钱略贵一点，六法郎，不过它能让人心情舒畅。"

"拿三个杯子来，"于连孩子般急切地说，"我听见走廊里有两个犯人在走动，让他们也进来。"

看守带来两个苦役犯，他们都是惯犯，正等着被送回苦役犯监狱。这是两个快活的恶棍，精明、勇敢、沉着，非同寻常。

"您给我二十法郎，"其中一个对于连说，"我就把我的经历细细讲给您听。那可是精品。"

"您要是撒谎呢？"

"不会，"他说，"我朋友在这儿，他看着二十法郎眼红，我要是说假话，他会拆穿我的。"

他的故事令人厌恶。然而它揭示了一颗勇敢的心，这颗心只酷爱着一种事物，那就是金钱。

他们走后，于连马上变成了另一个人。他不再生自己的气。痛苦因胆怯而加重，德·雷纳夫人走后一直折磨着他，现在变成了忧郁。

"如果我能更少地受表象的欺骗，"他对自己说，"我就能看出，巴黎的客厅里到处都是我父亲这类'正人君子'，或者这两个苦役犯这样狡猾的坏蛋。他们说得对，客厅里的那些人早晨起床时，脑子里绝不会有这种令人伤心的想法：'今天怎么吃饭呢？'他们会夸耀自己的公正！他们当了陪审官就得意扬扬判一个因饿得发晕而偷了一套银餐具的人有罪。

"但在一个宫廷上，事关失去或得到一部长职位，我们那些客厅里的正人君子就会去犯罪，和出于填饱肚子的需求迫使这两个苦役犯所犯的罪毫无区别……

"根本不存在自然法，这个词儿不过是过了时的胡说八道，和那天对我穷追不舍的代理检察长倒很相配，他的祖先就是靠路易十四的一次财产没收发的财。只是在有了一条法律禁止做某件事，而违者将受到惩罚时才有了权利。在有法律之前，只有狮子的力气和饥饿、寒冷之类的生物的需要才是自然的需要……不，受人敬重的那些人，不过是些犯罪时侥幸未被当场捉住罢了。判处我死刑的瓦雷诺对社会的危害要比我大一百倍。

"好吧！"于连此时心情忧郁，但并不愤怒，"尽管贪婪，我父亲也要比这些人强。他从未爱过我。我用一种不名誉的死让他丢脸的确有些过分。人们把害怕缺钱、夸大人的邪恶称作贪婪，这种贪婪使他在我可能留给他的三四百路易里看到了安慰和安全。礼拜天吃过晚饭，他会把他的金子拿给维尼埃尔那些羡慕他的人看。他的目光会告诉他们：以这样的代价，你们当中谁会不想有一个上断头台的儿子呢？"

这种哲理很可能是正确的，但它让人失去希望。漫长的五天就这样过去。他对玛蒂尔德礼貌而温和，他看得出，最强烈的嫉妒使她愤怒。一天晚上，于连认真考虑了自杀。德·雷纳夫人的离去让他陷入深深的不幸之中，变得脆弱。不论在生活中还是想象中，没有什么能让他高兴起来。缺少活动使他的健康开始受到损害，性格也变得像一个德国大学生那样脆弱而容易激动。那种能用一句有力的粗话赶走头脑中的不适当念头的男性高傲，他已经失去。

"我爱过真理……它在哪里？……到处都是伪善，是招摇撞骗，甚至那些最有德、最伟大的人也一样。"他厌恶地撇撇嘴……"不，人不能相信人。

"德·某某夫人为可怜的孤儿们募捐，对我说某亲王刚捐了十个路易，撒谎。可我能说什么呢？圣赫勒拿岛上的拿破仑呢！……为罗马王 ① 发表的文告纯粹是招摇撞骗。

"主啊！如果这样一个人，而且还是在灾难理应要他严格尽责的时候，居然也堕落到招摇撞骗的地步，对那些等而下之的人还能期待什么呢？……

"真理在哪？在宗教里……是的，"他轻蔑地苦苦一笑，"在马斯隆、福利莱尔、卡斯塔内德们的嘴里……也许在教士并不会比使徒们得到更多酬报的真正的基督教那里？……但圣保罗得到了发号施令、夸夸其谈和让别人谈论他的快乐……

"啊！如果有一种真正的宗教……我真傻！我看见一座哥特式大教堂，一些令人肃然起敬的彩绘玻璃窗，我那软弱的心想象着玻璃窗上的那个形象……我的心能理解他，我的灵魂需要他……可我找到的只是个蓬头垢面的自命不凡的家伙……除了没有那些可爱的风度，简直就是一个德·博瓦西骑士。

"但一个真正的教士，一个马西荣，一个费奈隆……马西荣曾为杜布瓦祝圣。《圣西蒙回忆录》破坏了我心中费奈隆的形象。但要是

---

① 这里的罗马王指的是拿破仑一世的儿子，他在出生后就被封为罗马王。

有一个真正的教士……那时候，温柔的灵魂在世纪上就会有一个汇合点……我们将不再孤独……这好教士将跟我们谈天主。但什么样的天主呢？不是《圣经》里的残忍、渴望报复的小暴君……而是伏尔泰的公正、善良、无限的天主……"

他回忆起他能背诵下来的那部《圣经》，回忆让他非常激动……"但后来却成了三位一体，在我们的教士可怕的滥用之后，怎么还能相信天主这个伟大的名字呢？

"在孤独中生活……怎样的痛苦啊！……

"我疯了，不公正了，"于连用手拍了拍脑门，"我在这牢里是孤独的，可我过去并不是生活在孤独中，我有过强有力的责任感。不论对错，我为我自己规定的责任就像是一棵大树的树干，暴风雨中我靠着它。我动摇过。我毕竟只是凡人……但我没有被卷走。

"是牢房潮湿的空气让我想到了孤独……

"为什么一边诅咒虚伪一边还要虚伪呢？不是死亡，不是黑牢，也不是潮湿的空气，而是德·雷纳夫人的离开压垮了我。如果在维尼埃尔，为了看到她我不得不躲在她家地窖里，我还会抱怨吗？

"我的那些同时代人的影响占了上风，"他苦笑一下，"跟自己说话，与死亡仅两步之隔，我还要虚伪……十九世纪啊！

"……一个猎人在林中开了一枪，猎物掉下来，他冲上去抓住。他的靴子碰倒了一个两尺高的蚁巢，毁了蚂蚁的住处，蚂蚁和它们的卵散得远远的……蚂蚁中即使是最有哲学家头脑的，也永远无法理解猎人靴子这个黑色的、巨大的、可怕的东西，它以难以置信的速度闯进它们的住处，还伴以几束微红的火焰和巨大的声响……

"……因此，死生永恒，对于其器官大到足以理解它们的对象都是简单的……

"一只蜉蝣在一个盛夏的早晨九点钟出生，然后在傍晚五点钟死去，它如何理解黑夜这个词呢？

"让它再活五个钟头，它就能看见并理解黑夜了。

"我也一样，我将在二十二岁死去。再给我五年生命，让我和德·雷纳夫人一起生活，"他像魔鬼那样笑了，"讨论这些真是发疯了！

"一、我是虚伪的，就像有什么人在那儿听似的。

"二、我剩下的日子这样少，我却忘了生活和爱……唉！德·雷纳夫人不在。可能她丈夫不让她再来贝藏松继续丢脸了。

"正是这使我孤独，根本就不是因为缺少一位公正、善良、全能、不邪恶、不渴望报复的天主。

"啊！如果他存在……唉！我会跪倒在他脚下。我会这样对他说：我该死。可伟大的天主，善良的天主，宽容的天主，把我爱的女人还给我吧！"

夜已深。在他平静地睡了一两个钟头后，富凯来了。

于连感觉到自己像一个看清了自己灵魂的最深处的人，有了坚定与果决。

45

"我不想恶作剧,你去把这个可怜的夏斯·贝尔纳神父请来好了,"他对富凯说,"他会三天吃不下饭的。但请你想法帮我找一位比拉尔神父的朋友、不会搞阴谋诡计的冉森派信徒吧。"

富凯正等着他这句话呢。凡是外省舆论要求做的种种,于连都做得很得体。尽管忏悔神父挑得不好,但有德·福利莱尔神父暗中帮忙,于连在牢里还是受到了圣会的保护,他要机灵些是可以逃出去的。但牢里的恶劣空气起了作用,让他的心智衰退。这也是在德·雷纳夫人出现时他会感到更幸福的原因。

"我的责任首先是为你,"她一边说一边吻他,"我从维尼埃尔逃出来了……"

在她面前,于连没有一丁点自尊心,他把自己所有的软弱都尽情展现了出来。

晚上,她一走出监狱,就让人把那个像抓住猎物一样抓住于连不放的年轻教士叫到她姑妈家。由于他一心想着在贝藏松上流社会的年轻女人中取得信任,德·雷纳夫人很容易就说服他去博莱-勒奥修道院做一次九日祈祷。

语言无法表达于连的爱情的过度和疯狂。

靠了金钱,雷纳夫人滥用她姑妈,一个出名而非常富有的笃信宗教的女人的信誉,她被获准每天两次探望于连。

这个消息让玛蒂尔德醋意大发,完全丧失理智。德·福利莱尔先生向她承认,他的势力还没有大到可以无视一切礼仪的程度,因此不能让人准她每日不止一次去探望她的朋友。玛蒂尔德让人跟踪德·雷纳夫人，她想知道她的一举一动。德·福利莱尔先生用尽所能想出的一切办法，向她证明于连配不上她。

经受着这种种煎熬的她反而更爱他了，几乎每天都跟他大吵大闹。

对于这个他如此不寻常地连累了的可怜女孩子，于连想竭力做到正直，然而他对德·雷纳夫人狂热的爱情每时每刻都不放过他。他找到的理由全都站不住脚，他无法让玛蒂尔德相信德·雷纳夫人的探访是纯洁的。他只好对自己说："这出戏应该快要结束了，如果我掩饰不住感情，这倒是个借口。"

德·拉莫尔小姐获悉德·克鲁瓦泽努瓦先生死了。德·塔莱尔先生，那个如此富有的人，竟敢对玛蒂尔德的失踪说了些难听的话，德·克鲁瓦泽努瓦先生前去请他收回自己说的那些话。德·塔莱尔先生就把一些写给他的匿名信拿出来，信中充满了巧妙串联起来的种种细节，可怜的侯爵不可能看不清事实真相了。

德·塔莱尔先生又斗胆开了几句不够委婉的玩笑。德·克鲁瓦泽努瓦先生被自己的不幸逼得怒不可遏，提出了过分的道歉要求。但百万富翁宁可进行决斗。愚蠢最终取得了胜利，巴黎最配被人爱的人之一，不满二十四岁就死于非命。

他的死在于连日益衰弱的心中产生了奇怪、病态的影响。

"可怜的克鲁瓦泽努瓦，"他对玛蒂尔德说，"他诚实正直，对我们通情达理。您在您母亲客厅里干出那些轻率的事后，他本应恨我，给我制造麻烦，要知道跟随轻蔑而来的仇恨通常都是狂暴的……"

德·克鲁瓦泽努瓦先生的死改变了于连关于玛蒂尔德未来的想法，他用了几天工夫向她证明，她应该接受德·吕兹先生的求婚。"这个人腼腆，但不过分伪善，"他对她说，"他肯定会加入求婚者的行列。比起可怜的克鲁瓦泽努瓦，他的野心要平凡、持久些，他家里没有公爵领地，娶于连·索雷尔的寡妇不会有任何困难。"

"而且是一个蔑视伟大的激情的寡妇，"玛蒂尔德反唇相讥，"因为六个月的生活，已足够让她看清，她的情人爱的不是她而是另一个女人，而这个女人正是他不幸的根源。"

"您这就不公正了，德·雷纳夫人的探视将向为我请求特赦的巴黎律师提供特殊的理由，他将描绘凶手如何受到受害者的关怀。这会产生效果的，也许有一天您会看到我成了一出情节剧的主角……"

疯狂而又无法施之报复的嫉妒，无望的不幸持续不断（因为纵使于连获救，又怎能挽回他的心？），一往情深爱上这个不忠的情人所带来的羞辱和痛苦，使德·拉莫尔小姐陷入沮丧而沉默，即使有德·福利莱尔先生的殷勤和富凯粗犷的坦率，也不能使她摆脱这种沉默。

至于于连，除去玛蒂尔德，倒是生活在爱情中，他几乎不管明天如何。当这种狂热极端且毫无矫饰时，便产生出一种奇特的效果，德·雷纳夫人分享着他的无忧无虑和因此带来的温馨。

"从前，"于连说，"我们在维尔吉的树林里散步，我本可以很幸福，可强烈的野心把我带到了虚妄之国。不是把这近在唇边的可爱胳膊紧抱在胸前，而是让未来把我从你身边夺走，为了建立一个庞大的未来，我必须进行那些战斗……不，如果您不来看我，我死了也不会知道什么是幸福。"

有两件事扰乱了这种平静。于连的忏悔神父尽管是冉森派，却没能逃过耶稣会士的算计，不知不觉成了他们的工具。

有一天，他来对于连说，除非他愿意犯下可怕的自杀罪，否则他应该想尽一切办法去争取特赦。而教士在巴黎的司法部有很大的影响，于是就有了一个很容易的办法：大张旗鼓地宣扬皈依宗教……

"大张旗鼓！"于连重复好几遍，"啊！我也抓住您了，我的父亲，您也像一个在演戏的传教士一样……"

"您的年纪，"冉森派教士说，"您从上天得来的这张动人的脸，还有您无法解释的犯罪动机，以及德·拉莫尔小姐为您所做出的英勇举动，直到您的受害者对您表示出的惊人友情，都有助于使您成为贝藏松年轻女人心中的英雄。她们为了您把一切都忘了，甚至忘了政治……"

"您皈依宗教会在她们心中留下深刻印象，并极大地影响到她们。您可以为宗教做出贡献，而我，难道就因为耶稣会士会在同样情况下做出同样的选择，就犹豫不决？即使是这样，在这个逃脱他们贪婪的魔掌的特殊情况下，他们仍会为害！但愿不会……您的皈依宗教会使人洒下的热泪，将足以抵销十版伏尔泰的亵渎宗教的作品所产生的腐蚀作用。"

"那我还剩下什么？"于连冷冷地回答，"如果我自轻自贱。我曾经野心勃勃，不愿责备自己，那时我是根据时代风尚行动的。现在，我却是在得过且过。但如果我听任自己做出某种卑怯的事来，我会让自己变得非常不幸……"

另一件使得于连更加难受的事来自德·雷纳夫人。不知是她哪位诡计多端的女友，竟说服了这个天真而又腼腆的女人，让她相信她的责任是到圣克卢去跪在查理十世①面前。

她原本已经做出了牺牲：和于连分开。然而在付出了这样的代价之后，抛头露面带来的难堪在她眼里已不算什么，而这在任何别的时候，都会让她觉得比死还难！

"我要去见国王，我要公开承认你是我的情人，因为一个人的生命，一个像于连这样的人的生命，应该超过任何利弊的权衡。我要说你是因为嫉妒才谋害我的。有许多可怜的年轻人在这种情况下，因为陪审团或国王的仁慈而获救……"

"我不再想见你了，我要叫人对你把监狱的大门关上，"于连叫嚷着，"如果你不对我发誓，决不做任何使我俩当众出丑的事，我明天就自杀。去巴黎的主意不是你的。告诉我那个让你起了这个念头的女阴谋家的名字……

"让我们幸福地度过我生命这短暂的为数不多的几天吧。让我们把我们的生活藏起来，我们的罪孽太明显了。德·拉莫尔小姐在巴黎很有影响，我相信只要是人力所能及的事，她都会去做。在外省，

---

① 查理十世（1757～1831），法国国王。1824年即位，1830年法国大革命爆发后逃亡英国。

所有有钱有势的人都反对我。你的行动会更加激怒他们，尤其是生活对他们来说是那么容易的温和派……不要让那些马斯隆、瓦雷诺以及成千上万比他们还可笑的人把我们当作笑柄。"

牢里的恶劣空气让于连难以忍受。幸亏他们宣告了他的死期，那一天阳光明媚，大地万物都显得生机勃勃。这为于连带来了勇气。在露天行走给了他甜美的感觉，仿佛久在海上颠簸的水手踏上陆地。"来吧，一切顺利，"他对自己说，"我并不缺乏勇气。"

这颗头颅从不曾像它即将落地时那么富有诗意。从前他在维尔吉的树林里度过的那些温馨的时刻纷至沓来，有力地涌回他的脑海。

一切都进行得简单而得体，他在这方面没有任何的矫情。

两天前，他曾对富凯说：

"我不能保证我的情绪。这黑牢如此恶劣潮湿，使我有时发烧，有时神志不清，但恐惧，不！人们绝不会看到我的脸色发白。"

他事先做了安排，在末日到来的那天早上，让富凯把玛蒂尔德和德·雷纳夫人都带走。

"让她们坐一辆车，"他对富凯说，"设法让驿车的马不停奔跑。她们会相互拥抱，或者互相恨得要死。在这两种情况下，可怜的女人都会从可怕的痛苦中稍稍得到解脱。"

于连要德·雷纳夫人发誓要活下去，要好好照顾玛蒂尔德的儿子。

"谁知道呢？也许我们死后有感觉。"有天他对富凯说，"我喜欢在俯视维尼埃尔的大山里的那个小山洞里安息。是的，安息，就是这个词。我跟你讲过，有好几次在黑夜里我躲进那个山洞，我的目光远远投向法兰西那些最富庶的省份，野心在我心里燃烧，那时这就是我的激情……总之，这个山洞对我是如此珍贵，不得不承认它的位置令一个哲学家的灵魂都会羡慕……好吧！贝藏松的这些圣会分子什么都拿来赚钱，如果你知道怎么做，他们会把我的遗体卖给你的……"

富凯做成了这笔悲惨的买卖。他独自在自己的房间里守着朋友的尸体度过黑夜。但让他大吃一惊的是看见玛蒂尔德走了进来。几个小时前，他把她留在距贝藏松十法里的地方。她的目光和表情都是狂乱的。

"我想看看他。"她说。

富凯没有勇气说话，也没有勇气站起来。他指了指地板上那件蓝色的大氅，于连的遗体就裹在里面。

她跪下。显然，对博尼法斯·德·拉莫尔和玛格丽特·德·纳瓦拉的回忆给了她超人的勇气。她双手颤抖着揭开了大氅。富凯把眼睛转过去。

他听见玛蒂尔德在房间里急促走动。她点燃了几支蜡烛。当富凯有力气看她时，她已经把于连的头放在面前一张小石桌上，她在吻那头颅的前额……

玛蒂尔德跟着她情人一直走到他为自己选下的坟墓。为数众多的教士护送着棺材，没人知道她就坐在那辆蒙着黑纱的车子里，膝上放着她曾如此爱过的人的头颅。

就这样，他们在半夜里来到汝拉山脉一座高峰的最高点，在那个小山洞里，无数的蜡烛照得通明，二十个教士做着安灵的仪式。送殡的行列经过几个小山村，村民们为这奇特的仪式所吸引，纷纷跟随。

玛蒂尔德身着长长的丧服出现在他们中间，在弥撒结束时，她命人扔给村民好几千枚五法郎的硬币。

她单独和富凯留下，她要亲手埋葬她情人的头颅。富凯痛苦得差点儿发疯。

在玛蒂尔德的关心下，这个荒蛮的山洞用花巨款在意大利雕刻的大理石装饰起来。

德·雷纳夫人信守诺言。她没有自杀，连企图都没有。然而在于连死后的第三天，她拥吻着她的孩子们离开人世。

- 完 -

舆论统治尽管会带来自由，但它的坏处是插手了与它无关的事情，例如私生活。由此带来了美洲和英国的苦恼。为避免触及私生活，作者杜撰了一个小城维尼埃尔；当他需要一位主教、一个陪审团和一个刑事法庭时，他把这一切都安排在了贝藏松；但他从没去过那里。